EDITORES

Los **JET** de Plaza & Janés

## BIBLIOTECA DE

# JOHN LE CARRE

# El honorable colegial
## John le Carré

Plaza & Janés Editores, S.A.

Título original:

**THE HONOURABLE SCHOOLBOY**

Traducción de

**JOSE M. ALVAREZ y ANGELA PEREZ**

Portada de

**IBORRA & ASS.**

Tercera edición: Enero, 1990

© 1977 Authors Workshop AG
Traducción: © Editorial Argos Vergara, 1977
De la presente edición: © 1987,
PLAZA & JANES EDITORES, S. A.
Virgen de Guadalupe, 21-33
Esplugues de Llobregat (Barcelona)

Printed in Spain — Impreso en España

ISBN: 84-01-49099-5 (Col. Jet)
ISBN: 84-01-49973-9 (Vol. 99/3)
Depósito Legal: B. 3.373 - 1990

Impreso en Litografía Rosés, S. A. — Cobalto, 7-9 — Barcelona

*Para Jane, que aguantó lo peor,
soportó por igual mi presencia y mi ausencia,
y lo hizo todo posible.*

*El público y yo sabemos
lo que aprende el colegial:
que mal devuelven en pago
quienes han sufrido el mal.*

W. H. AUDEN

# PREFACIO

Doy las gracias más encarecidas a las muchas personas, generosas y hospitalarias, que hallaron tiempo para ayudarme en mi investigación para esta novela.

En Singapur, Aluyne (Bob) Taylor, el corresponsal del *Daily Mail*; Max Vanzi de la UPI; y Bruce Wilson, del *Melbourne Herald*.

En Hong Kong, Sydney Liu, de *Newsweek*; Bing Wong, de *Time*; HDS Greenway, del *Washington Post;* Anthony Lawrence, de la BBC; Richard Hughes, entonces del *Sunday Times*; Donald A. Davis y Vic Vanzi, de la UIP; y Derek Davies y su equipo, de la *Far Easter Economic Review,* en especial Leo Goodstadt. Quiero hacer patente también mi gratitud por la excepcional cooperación del general de división Penfold y su equipo del Royal Hong Kong Jockey Club, que me guió en la Happy Valley Racecourse y fue amabilísimo conmigo sin querer indagar en ningún momento cuál era mi propósito. Querría también mencionar a los diversos funcionarios del gobierno de Hong Kong y a los miembros de la Royal Hong Kong Police, que me abrieron puertas con cierto riesgo de meterse en líos.

En Fnom Penh, mi cordial anfitrión el barón Walther von Marschall me atendió extraordinariamente bien y jamás podría habérmelas arreglado sin la sabiduría de Kurt Furrer y Madame Yvette Pierpaoli, ambos de Suisindo Shipping and Trading Co., y actualmente en Bangkok.

Pero debo reservar mi especial agradecimiento para la persona que hubo de aguantarme más tiempo, mi amigo David Greenway, del *Washington Post,* que me permitió recorrer bajo su sombra distinguida Laos, el nordeste de Tailandia y Fnom Penh. Tengo una gran deuda con David, con Bing Wong y con ciertos amigos chinos de Hong Kong, que creo preferirán permanecer en el anonimato.

He de mencionar, por último, al gran Dick Hughes, cuyo carácter expansivo y cuyos modales he exagerado desvergonzadamente en el papel del viejo Craw. Algunas personas, en cuanto las conoces, sencillamente se cuelan en una novela y se sientan allí hasta que el escritor les encuentra un sitio. Dick es una de esas personas. Sólo lamento no haber podido obedecer su vehemente exhortación a denigrarle hasta la empuñadura. Mis más crueles esfuerzos no pudieron sobreponerse a la cordial naturaleza del original.

Y puesto que ninguna de estas buenas gentes tenía más idea de la que yo tenía por entonces de cómo resultaría el libro, debo apresurarme a absolverles de mis fechorías.

Terry Mayers, veterano del equipo británico de Karate, me asesoró sobre ciertas técnicas inquietantes. En cuanto a la señorita Nellie Adams, no habría alabanzas suficientes para describir sus prodigiosas sesiones de mecanografía.

Cornualles, 20 de febrero de 1977.

# PRIMERA PARTE

# DANDO CUERDA AL RELOJ

# CÓMO DEJÓ LA CIUDAD EL CIRCUS

Más tarde, en los polvorientos rinconcitos donde los funcionarios del servicio secreto se reúnen a tomar un trago, hubo disputas sobre cuándo había empezado, en realidad, la historia del caso Dolphin. Un grupo, dirigido por un reaccionario patriotero encargado de la transcripción microfónica, llegó al extremo de afirmar que la fecha correcta era sesenta años atrás, cuando «aquel supersinvergüenza de Bill Haydon» llegó al mundo bajo una traidora estrella. El solo nombre de Haydon les hacía temblar. Aún hoy les hace temblar. Pues fue a este mismo Haydon a quien, cuando aún estaba en Oxford, reclutó Karla el ruso como «topo» o «durmiente» o, en lenguaje llano, agente de penetración, para trabajar contra ellos. Y quien, guiado por Karla, se incorporó a sus filas y les espió durante treinta años, o más. Y cuyo posterior y casual descubrimiento (tal era la línea de razonamiento) hundió hasta tal punto a los británicos, que se vieron forzados a una fatal dependencia respecto a su servicio secreto hermano norteamericano, al que, en su extraña jerga particular, llamaban «los primos». Los primos cambiaron por completo el juego, decía el reaccionario patriotero. Lo mismo que hubiese podido deplorar el tenis fuerza. Y lo destruyeron también, según sus ayudantes.

Para mentes menos floridas, el verdadero origen fue el desenmascaramiento de Haydon por George Smiley y el posterior nombramiento de éste como encargado jefe del servicio secreto traicionado, cosa que ocurrió a finales de noviembre de 1973. En cuanto George consiguió quitarle la careta a Karla, decían, no hubo nada que le parase. El resto era inevitable, decían. El pobre y buen George... ¡pero qué inteligencia bajo todo aquel peso!

Un alma erudita, una especie de investigador, un «excavador» en la jerga, insistió incluso, algo borracho, en el 26 de enero de 1841 como fecha natural, cuando un cierto capitán Elliot de la Marina Real Inglesa condujo a un grupo de desembarco a una roca envuelta en niebla llamada Hong Kong en la desembocadura del río de las Perlas y unos días más tarde la proclamó colonia británica. Con la llegada de Elliot, decía el erudito, Hong Kong se convirtió en el cuartel general del comercio de opio de Inglaterra con China y, en consecuencia, en uno de los pilares de la economía imperial. Si los británicos no hubieran inventado el mercado del opio (decía, no del todo en serio), no habría habido caso alguno, ni conjura, ni dividendos: y ningún renacimiento, en consecuencia, del Circus, tras el traidor saqueo de Bill Haydon.

En cuanto a los duros (los agentes de campo en la reserva, los preparadores y los directores de casos, que formaban siempre un grupito aparte), veían la cuestión sólo en términos operativos. Señalaban el diestro juego de piernas de Smiley al rastrear al pagador de Karla en Vientiane; cómo había manejado a los padres de la chica; y sus maniobras y tratos con los reacios barones de Whitehall, que sostenían las cuerdas de la bolsa operativa, y controlaban derechos y permisos en el mundo secreto. Sobre todo, el maravilloso momento en que dio la vuelta a la operación sobre su eje. Para estos profesionales, el caso Dolphin era sólo una victoria de la técnica. Ellos veían el matrimonio forzado con los primos sólo como otro habilidoso ejemplo de pericia profesional en una partida de póker larga y delicada. En cuanto al resultado final: al diablo. El rey ha muerto, viva el siguiente rey.

La polémica se reanuda siempre que se reúnen los viejos camaradas, aunque, lógicamente, el nombre de Jerry Westerby raras veces se menciona. De vez en cuando, bien es verdad, lo menciona alguien, por temeridad o pasión o simple descuido; lo saca a colación y hay ambiente un instante, pero la cosa pasa. Hace sólo unos días, un joven en período de prueba, recién salido de la renovada escuela de adiestramiento del Circus en Sarratt (en jerga de nuevo, «La Guardería»), lo sacó a colación en el bar de menos de treinta, por ejemplo. Hace poco ha incluido una versión aguada del caso Dolphin en Sarratt como material para discusión de agencia, con breves puestas en escena, incluso, y al pobre muchacho, aún muy verde, le pudo la emoción, como es lógico, al descubrir que estaba en el ajo. «Pero por Dios — protestó, saboreando ese tipo de libertad estúpida que se concede a veces a los guardamarinas en los vestuarios —. Dios mío, ¿cómo no habla nadie del papel de Westerby en el asunto? Él fue sin duda el que soportó la carga más pesada. Él fue la punta de lanza. Fue él, ¿no?... qué duda cabe.» Salvo, claro, que no llegó a decir «Westerby» ni tampoco «Jerry», no porque no supiese tales nombres, ni mucho menos, sino porque usó en su lugar el nombre cifrado asignado a Jerry para el caso.

Fue Peter Guillam el que devolvió la pelota al campo. Guillam es alto y recio y apuesto y los aspirantes que aguardan el primer destino suelen mirarle como a una especie de dios griego.

—Westerby fue el leño que avivó la hoguera — declaró secamente, rompiendo el silencio —. Cualquier agente de campo lo habría hecho igual, y algunos bastante mejor.

Al ver que el muchacho aún no captaba la insinuación, Guillam se levantó y se acercó a él y, muy serio, le dijo al oído que debía tomar otro trago, si podía aguantarlo, y después cerrar el pico durante unos cuantos días, o unas cuantas semanas. Tras esto, la conversación volvió de nuevo al tema del buen amigo George Smiley, sin duda el último de los *auténticos* grandes, y ¿qué sería de su vida, ahora que estaba retirado de nuevo? Había llevado tantas vidas distintas; tenía tanto que recordar en paz, decían.

—George dio cinco veces la vuelta a la Luna por cada vuelta que dimos nosotros — declaró lealmente alguien, una mujer.

—Diez veces, aceptaron todos. ¡Veinte! ¡*Cincuenta*! Con la hipérbole, el fantasma de Westerby retrocedió misericordiosamente. Y retrocedió también, en cierto modo, el de George Smiley. En fin, George tuvo muy buena suerte, decían. ¿Qué se podía esperar a *su* edad?

Quizás un punto do partida más realista sea un cierto sábado de tifón de mediados de 1974, a las tres en punto de la tarde, cuando Hong Kong yacía desarbolada esperando el asalto siguiente. En el bar del club de corresponsales extranjeros, un grupo de periodistas, casi todos de antiguas Colonias británicas (australianos, canadienses, norteamericanos) bromeaban y bebían en un estado de ánimo de ocio belicoso, un coro sin héroe. Trece plantas más abajo, corrían los viejos tranvías y autobuses de dos pisos, embadurnados del pegajoso polvo marrón-cieno de las obras y del hollín de las chimeneas de Kowloon. Los pequeños estanques de las entradas de los gigantescos hoteles sufrían el aguijoneo de una lluvia lenta y subversiva. Y en el aseo de caballeros, que, en el Club, tenía la mejor vista del puerto, el joven Luke, el californiano, hundía la cara en el lavabo limpiándose la boca de sangre.

Luke era un jugador de tenis larguirucho y díscolo, un viejo de veintisiete años que hasta la evacuación norteamericana había sido la estrella de la cuadra saigonesa de corresponsales de guerra de su revista. Cuando sabías que jugaba al tenis era difícil pensar en él haciendo otra cosa, ni siquiera bebiendo. Le imaginabas en la red, devolviendo todo lo que llegase hasta el Día del Juicio, o sirviendo saques inalcanzables entre dobles faltas. Mientras sorbía y escupía, su mente hallábase fragmentada por la bebida y la concusión leve (probablemente Luke hubiera utilizado el término bélico «fragueada») en varias partes lúcidas. Ocupaba una parte una chica de bar de Wanchai llamada Ella, por cuya causa le había atizado un gancho en la mandíbula a aquel maldito policía y padecido las inevitables consecuencias: el mencionado superintendente Rockhurst, también conocido por el Rocker, que se hallaba en aquel momento en un rincón del bar relajándose después del ejercicio, con el mínimo de fuerza necesario le había derribado como a un saco y le había atizado luego una buena patada en las costillas. Otra parte de su mente estaba en algo que su casero chino le había dicho aquella mañana cuando fue a quejarse del ruido que hacía su gramófono y se quedó a tomar una cerveza.

Una primicia informativa sensacional, sin duda. Pero, ¿qué había tras ella?

Sintió náuseas de nuevo. Luego, atisbó por la ventana. Los juncos estaban amarrados tras las barreras y el transbordador estaba parado. Había una veterana fragata inglesa anclada y, según los rumores que corrían por el club, Whitehall la había puesto a la venta.

—Debería zarpar —farfulló, recordando el poquillo de sabiduría náutica que había adquirido en sus viajes—. Las fragatas deben hacerse a la mar cuando hay tifones. Sí, *señor*.

Los cerros eran plomizos bajo las masas de nubes negras. Seis meses atrás, el cuadro le habría arrullado placenteramente. El puerto, el estrépito, incluso las chabolas rascacielescas que gateaban de la orilla del mar al Pico: después de Saigón, Luke se había entregado vorazmente a todo aquello. Pero lo único que veía ahora era un pulcro y rico Peñón británico dirigido por un hatajo de comerciantes de cuello delicado cuyos horizontes no iban más allá del perfil de sus vientres. En consecuencia, la Colonia se había convertido para él exactamente en lo que ya era para el resto de los periodistas: un aeropuerto, un teléfono, una lavandería, una cama. De vez en cuando (pero no por mucho tiempo), una mujer. Donde había que importar hasta las experiencias. En cuanto a las guerras, que habían sido su adicción tanto tiempo, quedaban tan lejos de Hong Kong como de Nueva York o Londres. Sólo la Bolsa mostraba una sensibilidad simbólica y, de cualquier modo, cerraba los sábados.

—¿Crees que sobrevivirás, campeón? —preguntó el desgreñado vaquero canadiense, dirigiéndose al compartimento de al lado. Los dos habían compartido los placeres de la ofensiva del Tet.

—Gracias, querido. Estoy en perfectas condiciones — replicó Luke, con su acento inglés más exaltado.

Luke decidió que era para él muy importante recordar lo que le había dicho Jake Chiu mientras tomaban la cerveza aquella mañana y, de pronto, como un don del cielo, le llegó el recuerdo.

—¡Ya lo tengo! — gritó —. Dios mío, vaquero, ¡ahora me acuerdo! ¡Luke recuerda! ¡Mi cerebro! ¡Funciona! ¡Amigos, escuchad a Luke!

—¡Olvídalo! — aconsejó el vaquero —. Anda mal la cosa ahí fuera hoy, campeón. Sea lo que sea, olvídalo.

Pero Luke abrió la puerta de una patada e irrumpió en el bar con los brazos abiertos.

—¡Eh, eh, *escuchad* todos!

Ni una cabeza se volvió. Luke abocinó las manos en la boca para aumentar la potencia de la voz:

—Escuchad, borrachos de mierda, tengo *noticias*. Algo fantástico. Dos botellas de whisky al día y un cerebro como una navaja de afeitar. Me han dado un notición.

Viendo que nadie le hacía caso, agarró una jarra y martilleó en la barra del bar, derramando la cerveza. Incluso entonces, sólo el enano le prestó una levísima atención.

—¿Qué ha pasado, Lukie? — gimió el enano con su acento marica de Greenwich Village —. ¿Le ha dado otra vez el hipo al Gran Mu? Sería horrible.

El Gran Mu era, en la jerga del Club, el gobernador, y el enano, el jefe de la oficina de Luke. Era una criatura adusta y fofa de pelo desgreñado que le chorreaba en negras hilachas sobre la cara, que tenía el hábito de brotar de pronto, silenciosamente, al lado de uno. Un año atrás, dos franceses, a los que por otra parte raras veces se veía por allí, estuvieron a punto de matarle por un comentario de pasada que hizo sobre los orígenes del lío de Vietnam. Le llevaron al ascensor, le partieron la mandíbula y varias costillas y le dejaron tirado como un saco de patatas en la planta baja y volvieron a vaciar sus copas. Poco después, los australianos realizaron con él un trabajo similar, cuando hizo una estúpida acusación relacionada con la simbólica participación militar de Australia en la guerra. Dijo que Canberra había hecho un trato con el presidente Johnson para que los chicos australianos se quedaran en Vung Tau, que era una especie de romería campestre, mientras los norteamericanos combatían de veras por todas partes. A diferencia de los franceses, los australianos no se molestaron siquiera en utilizar el ascensor. Se limitaron a darle una zurra al enano allí mismo donde estaba y cuando cayó añadieron un poco más de lo mismo. Tras esto, aprendió a mantenerse alejado de ciertas personas de Hong Kong. En tiempos de niebla persistente, por ejemplo. O cuando cortaban el agua cuatro horas al día. O un sábado de tifón.

Por otra parte, el Club estaba más bien vacío. Por razones de prestigio, los mejores corresponsales no solían frecuentarlo en realidad. Unos cuantos hombres de negocios, que iban por el atractivo que proporcionaban los periodistas, algunas chicas, que iban por los hombres. Un par de turistas de guerra de televisión con falsas ropas de campaña. Y en su rincón acostumbrado el impresionante Rocker, superintendente de policía, ex Palestina, ex Kenya, ex Malaya, ex Fiji, un implacable veterano con una cerveza, un equipo de nudillos ligeramente enrojecidos y un ejemplar de la edición fin de semana del *South China Morning Post*. El Rocker, según decía la gente, iba por la clase. Y en la gran mesa del centro, que en días de entre semana era la reserva de la United Press International, haraganeaba el Club Juvenil de Bolos Anabaptista y Conservador de Shanghai, presidido por el extravagante amigo Craw, el australiano, disfrutando de su torneo habitual de los sábados. El objetivo de la competición era lanzar una servilleta retorcida a través de la estancia y conseguir que quedara prendida en la estantería del vino. Cada vez que lo lograbas, tus competidores debían pagarte la botella y ayudarte a beberla. El amigo Craw gruñía la orden de disparar y una madura camarera shanghainesa, su favorita, disponía cansinamente los vasos y servía los premios. Aquel día, el juego no parecía muy animado y algunos socios ni siquiera se molestaban en tirar. Fue éste, sin embargo, el grupo que Luke eligió como su público.

—¡La *mujer* del Gran Mu cogió hipo! —insistía el enano—. ¡El *caballo* de la mujer del Gran Mu cogió hipo! ¡El *mozo de establo* del caballo de la mujer del Gran Mu cogió hipo! El...

Luke avanzó a grandes zancadas hacia la mesa y saltó directamente a ella con gran estrépito, rompiendo varios vasos y pegando con la cabeza en el techo. Perfilado allí frente a la ventana sur, medio encogido, quedaba fuera de escala para todos: la niebla oscura, la sombra oscura del Pico atrás, y aquel gigante llenando todo el fondo. Pero siguieron tirando y bebiendo como si no le hubieran visto. Sólo el Rocker miró hacia él una vez, antes de lamerse un pulgar inmenso y pasar la página del tebeo que estaba leyendo.

—Tercer turno — ordenó Craw, con su fuerte acento australiano—. Hermano Canadá, dispóngase a disparar. *Espera,* patán. Fuego.

La servilleta retorcida surcó el aire hacia la estantería, con trayectoria alta. Encontró una hendidura y quedó enganchada un instante, luego cayó al suelo. A instancias del enano, Luke empezó a pasear por la mesa y cayeron más vasos. Por fin logró acabar con la resistencia de su público.

—Señorías — dijo el viejo Craw con un suspiro—. Les ruego silencio y que escuchen a mi hijo. Temo que va a tener que parlamentar con nosotros. Hermano Luke, ha cometido usted hoy varios actos de guerra y uno más provocará nuestra firme hostilidad. Hable claro y concisamente, sin omitir ningún detalle, por insignificante que sea, y después procure contenerse, caballero.

En la incansable búsqueda de leyendas atribuibles a cada uno, el amigo Craw era el Viejo Marinero.* Craw se había sacudido más tierra de los pantalones, comentaban todos entre sí, de la que la mayoría de ellos recorrerían. Y tenían razón. En Shanghai, donde había iniciado su carrera, había sido chico de té y redactor de noticias locales del único periódico de habla inglesa del puerto. Desde entonces, había cubierto informativamente a los comunistas contra Chang Kai Chek y a Chang contra los japoneses y a los norteamericanos prácticamente contra todo el mundo. Craw les proporcionaba un sentido histórico en aquel lugar sin raíces. Su forma de hablar, que en períodos de tifón hasta los más duros podían disculpablemente hallar tediosa, era una genuina resaca de los años treinta, cuando Australia proporcionaba la masa principal de los periodistas de Oriente; y el Vaticano, por alguna razón, la jerga del gremio.

Así que al fin, Luke, gracias al viejo Craw, consiguió su propósito.

—¡Caballeros! — ¡Maldito enano polaco, suéltame los pies! — Caballeros. — Hizo una pausa para limpiarse la boca con el pañuelo—. La casa llamada High Haven está a la venta y su gracia Tufty Thesinger ha volado.

No hubo reacción, aunque, en realidad, él no esperaba mucha. Los periodistas no son dados a exclamaciones de asombro ni de incredulidad siquiera.

—High Haven — repitió sonoramente Luke —, está libre. El se-

* Alude a *The Rime of the Ancient Mariner,* de S. T. Coleridge. (*Nota de los Traductores.*)

ñor Jake Chiu, el famoso y popular empresario de bienes raíces, más conocido por ustedes como mi iracundo casero particular, ha recibido encargo del mayestático gobierno de Su Majestad de *disponer* de High Haven. Es decir, de venderla. Déjame de una vez, polaco cabrón, ¡te mataré!

El enano le había hecho perder pie. Sólo un ágil y nervioso salto le salvó de romperse la crisma. Desde el suelo, aulló más frases ofensivas contra su atacante. Entretanto, la gran cabeza de Craw se había vuelto hacia Luke y sus húmedos ojos fijaron en él una mirada lúgubre, que pareció prolongarse eternamente. Luke empezó a preguntarse contra cuál de las leyes de Craw podría haber pecado. Bajo sus diversos disfraces, Craw era una personalidad compleja y solitaria, como sabían todos los que estaban alrededor de aquella mesa. Bajo la buscada aspereza de sus modales había un amor al Oriente que parecía apretarle a veces más de lo que podía aguantar, de modo que había meses que desaparecía y, como un elefante taciturno, se perdía por senderos personales hasta que se sentía de nuevo en condiciones de vivir en compañía.

—No farfulle esas cosas, Su Señoría, tenga la bondad — dijo al fin Craw, y echó hacia atrás imperiosamente su gran cabeza —. Procure no verter esas sandeces en agua tan salobre, ¿de acuerdo, caballero? High Haven es la casa de los fantasmas. Lleva años siéndolo. La madriguera del comandante Tufty Thesinger, de ojo de lince, de los Fusileros de Su Majestad, actualmente Lestrade del Yard de Hong Kong. Tufty no se largaría así por las buenas. Es un tipo de pelo en pecho, no un mariquita. Dele un trago a mi hijo, Monseñor — esto al barman shanghainés —. Delira.

Craw lanzó otra orden de fuego y el Club volvió a sus empresas intelectuales. La verdad era que aquellos grandes buscadores de noticias de espías tenían muy poca fe en lo que Luke pudiera contarles. Tenía éste una larga reputación de vigilaespías fracasado y sus sugerencias resultaban invariablemente falsas. Desde lo de Vietnam, aquel idiota veía espías debajo de todas las alfombras. Creía que eran ellos quienes controlaban el mundo, y dedicaba gran parte de su tiempo libre, cuando estaba sobrio, a merodear entre el innumerable batallón de los que, sin disfraz apenas, vigilaban China desde la Colonia y peor, que infestaban el enorme Consulado norteamericano de la cima del Pico. Así que de no haber sido un día tan soso, la cosa probablemente hubiera quedado ahí. Pero, dadas las circunstancias, el enano vio una posibilidad de diversión y la aprovechó:

—Díganos, Luke — sugirió, alzando y retorciendo las manos

con gesto afeminado —. ¿Venden High Haven con su *contenido* o *como se encuentre*?

La pregunta le proporcionó una salva de aplausos. ¿Valía más High Haven con sus secretos o sin ellos?

—¿La venden con el *comandante Thesinger*? — prosiguió el fotógrafo sudafricano, con su soso sonsonete, y hubo más risas, aunque ya no cordiales. El fotógrafo era un inquietante personaje de pelo a cepillo, muy flaco y con la piel tan agujereada como los campos de batalla que tanto le gustaba acechar. Procedía de Ciudad de El Cabo, pero le llamaban Ansiademuerte el Huno. Se decía que les enterraría a todos, pues los acechaba como un mudo.

Durante varios jubilosos minutos, la cuestión planteada por Luke quedó por completo anegada en el torrente de chistes e historias sobre el comandante Thesinger e imitaciones suyas, al que se sumaron todos salvo Craw. Se recordó que el comandante había hecho su aparición primera en la Colonia como importador, con cierta tapadera fatua abajo, en los Muelles; sólo para pasar, seis meses después, de modo completamente inadmisible, a la lista de los Servicios y, junto con su equipo de pálidos oficinistas y blancuzcas y bien educadas secretarias, levantar el campo camino de la mencionada casa de fantasmas como sustituto de alguien. Se descubrieron en particular sus almuerzos *tête-à-tête*, a los que, según se supo, habían sido invitados, una u otra vez, prácticamente todos los periodistas que estaban presentes. Y que terminaban con laboriosas propuestas en el momento del coñac, que incluían frases maravillosas por este estilo: «Ahora escucha, viejo, si alguna vez te tropezaras con un chow interesante de la otra orilla del río, ya sabes (uno con *acceso*, ¿comprendes?), recuerda, por favor, High Haven.» Luego, el número de teléfono mágico, el que «está en mi mesa mismo, no hay intermediarios ni grabadoras, nada, ¿entiendes?» que más de media docena de ellos tenían, al parecer, en la agenda: «Toma, apúntalo en el puño de la camisa, como si fuese una cita o una chica, algo así. ¿Preparado? Hong Kong 5-0-4...»

Tras canturrear los números al unísono, todos se aplacaron. Un reloj tarareó las tres y cuarto. Luke se incorporó despacio y se limpió el polvo de los vaqueros. El viejo camarero shanghainés dejó su puesto junto a las estanterías y cogió la carta con la esperanza de que alguien quisiera comer. La duda le dominó un instante. Era un día perdido. Lo había sido desde la primera ginebra. Al fondo resonó el gruñido apagado del Rocker que pedía un generoso almuerzo:

—Y tráeme una cerveza fría, *fría*. ¿Oyes, muchacho? *Mucho* fría. *Chop, chop* — el superintendente tenía su asunto con los nativos y siempre decía esto. Volvió la calma.

—Bueno, ya está, Luke — dijo el enano, alejándose —. Con esto te ganas el Pulitzer, no hay duda. Felicidades, querido. La noticia del año.

—Aaaah, al carajo todos vosotros — dijo Luke despectivo, y se dirigió al bar, donde estaban sentadas dos chicas amarillentas, hijas del ejército de merodeo —. Jake Chiu me enseñó la carta con la orden, ¿entendéis? Del servicio secreto de Su Majestad. La jodida corona arriba, el león tirándose a la cabra. Hola, guapas, ¿no os acordáis de mí? Soy aquel señor tan bueno que os compró caramelos en la feria.

—Thesinger no contesta — canturreó fúnebre desde el teléfono Ansiademuerte el Huno —. No contesta nadie. Ni Thesinger ni su ayudante. La línea está cortada.

Por la emoción o por aburrimiento, nadie se había dado cuenta de que Ansiademuerte se había ido.

El viejo Craw, el australiano, se había quedado más muerto que un pájaro dodó. De pronto, alzó la vista con viveza.

—Marca de nuevo, imbécil — ordenó, con acritud de sargento instructor.

Ansiademuerte encogió el hombro y marcó otra vez el número de Thesinger y dos se acercaron a verle actuar. Craw siguió quieto, mirándoles desde donde estaba sentado. Había dos aparatos. Ansiademuerte probó con el segundo, pero sin mejor suerte.

—Llama al telefonista — ordenó Craw desde el fondo —. No te quedes ahí como un ánima en pena preñada. ¡Llama al telefonista, simio africano!

—Número desconectado — dijo el telefonista.

—Pero desde cuándo, por favor — preguntó Ansiademuerte al aparato.

No había información al respecto, dijo el telefonista.

—Puede que hayan pedido un número nuevo, ¿no? — rugió Ansiademuerte por el aparato, aún al infortunado telefonista. Nadie le había visto nunca tan preocupado. Para Ansiademuerte, la vida era lo que pasaba al final del visor fotográfico: tal pasión sólo podía atribuirse al tifón.

No hay información al respecto, dijo el telefonista.

—¡Llama a Shallow Throat! — ordenó Craw, totalmente furioso ya —. ¡Llama a todos los funcionarios de mierda de la Colonia!

Ansiademuerte cabeceó vacilante. Shallow Throat era el portavoz oficial del Gobierno, objeto de odio de todos ellos. Recurrir a él para algo era un mal trago.

—Deja, yo lo haré — dijo Craw y, levantándose, les apartó para coger el teléfono y lanzarse al lúgubre cortejo de Shallow Throat —. Su devoto Craw, señor, a su servicio. ¿Cómo está su Eminencia de ánimo y de salud? Encantado, señor, encantado. ¿Y la esposa y la prole, cómo están, señor? Espero que todos coman bien. ¿Ni escorbuto ni tifus? Bien, eso está bien. Y ahora, veamos, ¿tendría usted la bondad de indicarme por qué demonios se ha escapado de la jaula Tufty Thesinger?

Le miraban, pero su rostro se había inmovilizado como piedra. No había más que leer allí.

—¡Lo mismo digo, caballero! — resopló al fin, y devolvió bruscamente el aparato a su soporte con tal vigor que toda la mesa saltó. Luego, se volvió al viejo camarero shanghainés.

—¡Monseñor Goh, caballero, pídame un burro de motor y muchas gracias! ¡Muevan el culo sus señorías, todo el rebaño!

—¿Para qué demonios? — dijo el enano, con la esperanza de quedar incluido en aquella orden.

—Para un reportaje, cardenalillo mocoso, para un reportaje lascivas y alcohólicas eminencias. ¡Para riqueza, fama, mujeres y larga vida!

Ninguno era capaz de descifrar su lúgubre humor

—Pero, ¿qué cosa tan terrible fue la que dijo Shallow Throat? — preguntó desconcertado el desgreñado vaquero canadiense.

El enano se hizo eco:

—Sí, ¿qué fue lo que dijo, hermano Craw?

—Dijo *sin comentarios* — replicó Craw, con elegante dignidad, como si tales palabras fuesen la más vil calumnia que pudiera arrojarse sobre su honor profesional.

Así que se fueron al Pico, dejando a la silenciosa mayoría de bebedores en su paz: El inquieto Ansiademuerte el Huno, Luke el Largo, luego el astroso vaquero canadiense, muy impresionante con su bigote de revolucionario mexicano, el enano, pegándose, como siempre, y, por último, el viejo Craw y las dos chicas del ejército: una sesión plenaria del Club Juvenil de Bolos Anabaptista y Conservador de Shanghai, sin duda, con el añadido de las damas, pese a que los miembros del Club eran célibes jurados. Sorprendentemente, el joven chófer cantonés les llevó a todos, un triunfo de la exuberancia sobre la física. Aceptó incluso dar tres recibos por el importe total, uno para cada uno de los periodistas presentes, algo que jamás había hecho, que se supiese, ningún taxista de Hong

Kong, ni antes ni después. Era un día que echaba por la borda todo precedente. Craw se sentó delante ataviado con su famoso sombrero de paja liso con los colores de Eaton en la cinta que le había legado un antiguo camarada en su testamento. El enano quedó apretujado sobre la palanca de cambio y los otros tres se sentaron detrás y las chicas en el regazo de Luke, con lo que se le hacía difícil llevarse el pañuelo a la boca. El Rocker no consideró oportuno unirse a ellos. Se había puesto la servilleta al cuello preparándose para el cordero asado del Club, con salsa de menta y muchas patatas.

—¡Y otra cerveza! Pero esta vez *fría*, ¿has oído eso, mozo? *Mucho* fría, y tráela *chop chop*.

Pero en cuanto la línea de la costa se aclaró, el Rocker hizo también uso del teléfono y habló con Alguien de Autoridad, sólo por ponerse a cubierto, aunque todos estaban de acuerdo en que no había nada que hacer.

El taxi era un Mercedes rojo, nuevísimo, pero no hay nada que liquide un coche más de prisa que el Pico, escalando a toda marcha siempre, con los acondicionadores de aire a tope. El tiempo seguía espantoso. Mientras subían renqueando lentamente los acantilados de hormigón, les envolvía una niebla lo bastante espesa para asfixiar. Cuando salieron de ella, fue aún peor. Se había extendido por el Pico un telón caliente e inamovible, que apestaba a petróleo y estaba atestado del estruendo del valle. La humedad flotaba en cálidos y delicados enjambres. Un día claro, habrían tenido una vista de ambos lados, una de las más encantadoras de la tierra: por el norte, Kowloon y las azules montañas de los Nuevos Territorios que tapiaban a los ochocientos millones de chinos que carecían del privilegio del dominio británico; al suroeste, las bahías Repulse y Deepwater y el mar de China. Después de todo, High Haven había sido construida por la Marina Real inglesa en los años veinte, con toda la gran inocencia de este servicio, para recibir e impartir una sensación de poder. Pero aquella tarde, si la casa no hubiera estado emplazada entre los árboles, y en una hondonada donde los árboles se alzaban muy altos en su esfuerzo por alcanzar el cielo, y si los árboles no hubiesen mantenido a raya la niebla, no habrían tenido nada que mirar, salvo las dos columnas blancas de hormigón con los botones que indicaban «día» y «noche» y las encadenadas puertas que los dichos pilares sostenían. Mas, gracias a los árboles, veían claramente la casa, pese a estar situada a cincuenta metros. Podían distinguir las tuberías de desagüe, las salidas de

incendios y los tendederos de ropa, y podían admirar asimismo la
verde cúpula que había añadido el ejército japonés durante su ocupación de cuatro años. Corriendo para situarse en primera fila en
su afán de ser aceptado, el enano pulsó el botón en que decía «día».
En la columna había un micrófono empotrado y todos lo miraban
fijamente esperando que dijese algo o, como diría Luke, echase una
vaharada de humo de yerba. En la carretera, el taxista cantonés
había puesto a tope la radio, que emitía una quejumbrosa canción
china de amor que parecía infinita. La segunda columna era lisa,
salvo por una placa de bronce que anunciaba al Inter-Services Liai-
son Staff, la trillada tapadera de Thesinger. Ansiademuerte el Huno
había sacado la cámara y estaba fotografiando tan metódicamente
como si se encontrase en uno de sus campos de batalla natales.

—Quizá no trabajen los sábados — propuso Luke, mientras todos seguían esperando, a lo que Craw respondió que no fuera imbécil: los fantasmas trabajaban siete días a la semana y sin parar,
dijo. Y además nunca comían, salvo Tufty.

—Buenas tardes — dijo el enano.

Tras pulsar el botón de noche había estirado sus labios rojos y
deformes hacia las rejillas del micrófono, fingiendo un acento inglés clase alta que manejaba sorprendentemente bien, justo es reco-
nocerlo.

— Mi nombre es Michael Hanbury-Steadly-Heamoor, y soy el la-
cayo personal de Gran Mu. Me gustaría, por favor, hablar con el
comandante Thesinger de un asunto de cierta urgencia, por favor,
hay una nube fungiforme en la que puede que el mayor no haya
reparado, y parece estar formándose sobre el río de las Perlas y está
estropeándole al Gran Mu la partida de golf. Gracias. ¿Sería usted
tan amable de abrir la puerta?

A una de las chicas rubias se le escapó la risa.

—No sabía que fuese un Steadly-Heamoor — dijo la chica.

Tras abandonar a Luke, se habían colgado del brazo del desgreñado canadiense, y no hacían más que susurrarle cosas al oído.

—Es Rasputín — decía admirada una de las chicas, dándole una
palmada en el muslo, por detrás —. He visto la película. Es su
vivo retrato, ¿verdad, Canadá?

Todos echaron un trago de la botellita de Luke mientras se re-
agrupaban y se preguntaban qué hacer. Del taxi aparcado seguía
llegando impávida la canción de amor china del conductor, pero los
aparatos de las columnas no decían nada en absoluto. El enano
pulsó ambos botones a la vez y ensayó una amenaza alcaponesca.

—Bueno, Thesinger, sabemos que estás ahí dentro. Sal con los brazos en alto, sin la capa, y tira al suelo la daga... *¡eh, cuidado, vaca estúpida!*

Esta imprecación no iba dirigida ni al canadiense ni al viejo Craw (que se desviaba furtivamente hacia los árboles, en apariencia para cumplir con un imperativo de la naturaleza) sino a Luke, que había decidido abrirse paso hasta la casa. La entrada se alzaba en una cenagosa área de recepción protegida por goteantes árboles. Al fondo había un montón de desperdicios, algunos recientes. Cuando se acercaba allí en busca de alguna clave iluminadora, Luke había desenterrado un trozo de hierro en bruto en forma de ese. Tras llevarlo hasta la puerta, pese a que debía pesar doce kilos o más, lo enarboló a dos manos y empezó a pegar con él en los soportes, con lo que la puerta repicó como una campana rajada.

Ansiademuerte se había hincado sobre una rodilla, el rostro flaco crispado en una sonrisa de mártir mientras disparaba su cámara.

—Cuento hasta cinco, Tufty — chilló Luke, con otro golpe estremecedor —. Uno... — pegó de nuevo —. Dos...

Se alzó de los árboles una bandada de pájaros diversos, algunos muy grandes, que voló en lentas espirales, pero el estruendo del valle y el retumbar de la puerta ahogaban sus graznidos. El taxista bailoteaba por allí, batiendo palmas y riendo, ya olvidada la canción de amor. Y, aún más extraño, dado el tiempo amenazador, apareció toda una familia china, empujando no un cochecito sino dos, y también ellos empezaron a reírse, hasta el niño más chico, tapando la boca con las manos para ocultar los dientes. Hasta que de pronto, el vaquero canadiense soltó un grito, se desembarazó de las chicas y señaló al otro lado de las puertas.

—Por el amor de Dios, ¿qué demonios hace Craw? El viejo buitre ha saltado toda la alambrada.

Por entonces, se había desvanecido ya en ellos cualquier sensación de normalidad. Se había apoderado de todos una locura colectiva. La bebida, el lúgubre día, la claustrofobia, les había sacado por completo de quicio. Las chicas mimaban indiferentes al canadiense. Luke seguía su martilleo, el chino reía a gritos, hasta que, con una intemporalidad divina, la niebla se alzó, se cernieron directamente sobre ellos templos de nubes negriazul y entre los árboles atronó un torrente de lluvia. Al cabo de un segundo, les alcanzó a ellos, empapándoles en el primer chaparrón. Las chicas, semidesnudas de pronto huyeron entre risas y gritos al Mercedes, pero los varones aguantaron firmes (hasta el enano aguantó firme) viendo a través de las cortinas de agua la inconfundible imagen de Craw el australiano, con su viejo sombrero de Eaton, plantado allí, al cobijo de la casa bajo un tosco porche que parecía hecho para bicicletas, aunque sólo un lunático subiría en bici hasta el Pico.

—¡Craw! — gritaron —. ¡Monseñor! ¡Se nos adelantó el muy cabrón!

El repiqueteo de la lluvia era ensordecedor, las ramas parecían troncharse con su fuerza. Luke había tirado ya su disparatado martillo. El desgreñado vaquero abrió la marcha, le seguían Luke y el enano, y cerraba la procesión Ansiademuerte, sonrisa y cámara, acuclillándose y renqueando sin dejar de fotografiar a ciegas. La lluvia les chorreaba a placer, borboteando en arroyuelos alrededor de los tobillos, mientras seguían el rastro de Craw ladera arriba hasta una loma donde a la algarabía general se añadía el chirriar de las ranas bramadoras. Escalaron un altozano de helechos, se detuvieron ante una valla de alambre de púas, cruzaron torpes entre las alambradas separadas y saltaron una zanja poco profunda. Cuando llegaron donde estaba, Craw miraba la cúpula verde, mientras la lluvia le chorreaba a mares por las mejillas a pesar del sombrero de paja, convirtiendo su excelente traje color ante en una túnica ennegrecida e informe. Estaba como hipnotizado, mirando fijamente hacia arriba. Luke, que era el que más le quería, fue el primero en hablar.

—Señoría. ¡Eh, despierta! Soy yo: Romeo. Dios santo, ¿qué bicho le ha picado?

Luke le tocó en el brazo, preocupado de pronto. Pero a pesar de ello, Craw seguía sin decir nada.

—Puede que se haya muerto de pie — propuso el enano, mientras el sonriente Ansiademuerte le fotografiaba en tan feliz e intempestiva condición.

Craw volvió en sí lentamente, como un viejo campeón.

—Hermano Luke, le debemos una disculpa en regla, señor mío — murmuró.

—Hay que llevarle al taxi — dijo Luke, y empezó a abrirle camino, pero el buen Craw se negaba a moverse.

—Tufty Thesinger. Un buen boy scout. No es de los que se fugan... no es lo bastante taimado para huir: es un buen boy scout.

—Que descanse en paz Tufty Thesinger — dijo Luke impaciente —. Vamos, mueve el culo, enano.

—Está pirado — dijo el vaquero.

—Analiza los datos, Watson — continuó Craw, tras meditar un poco, mientras Luke le tiraba del brazo y la lluvia seguía cayendo aún más de prisa —. Observa primero las jaulas vacías en la ven-

tana, de donde los acondicionadores de aire han sido intempesti-
vamente arrancados. La moderación, hijo mío, es una encomiable
virtud, en especial, no creo que haga falta decirlo, en un fantasma.
Fíjate en la cúpula, ¿te das cuenta? Estúdiala con detenimiento,
caballero. Mira esas marcas. No son, por desgracia, las huellas de
un sabueso gigante, sino marcas de antenas desmontadas por una
mano frenética y ojirredonda. ¿Has oído hablar alguna vez de una
casa de fantasmas sin antena? Sería como un burdel sin piano.

El chaparrón había alcanzado su punto álgido. Las inmensas gotas caían como metralla a su alrededor. La expresión de Craw era
una mezcla de cosas que Luke sólo podía imaginar. Pensó de pronto, en el fondo del corazón, que quizá Craw estuviese realmente
muriéndose. Luke había visto muy pocas muertes naturales y estaba muy alerta al respecto.

—Quizá les haya entrado la fiebre del Peñón y se hayan largado — dijo, intentando de nuevo arrastrarle hacia el coche.

—Muy posiblemente, Señoría, muy posiblemente, sin duda. Es
indudable que nos hallamos en la estación de los actos temerarios y
descontrolados.

—Vamos — dijo Luke, tirándole con firmeza del brazo —. Dejad pasar, ¿queréis? Camilleros.

Pero el viejo aún se resistía tercamente y seguía echando una
última ojeada a la inglesa casa de fantasmas que iba retrocediendo
en la tormenta.

El vaquero canadiense fue el primero que envió el reportaje, y
debería haber tenido mejor suerte, desde luego. Lo escribió aquella noche, mientras las chicas dormían en su cama. Pensó que el
reportaje iría mejor como artículo de revista que como simple información directa, así que lo tejió en torno al Pico en general, y
sólo utilizó a Thensiger como excusa. Explicó que el Pico era tradicionalmente el Olimpo de Hong Kong («cuanto más arriba viviese
uno, más alta posición ocupaba en la sociedad») y que los acauda-
lados comerciantes de opio británicos, padres fundadores de Hong
Kong, habían huido allí para evitar el cólera y las fiebres de la
ciudad; que sólo un par de décadas atrás toda persona de raza china necesitaba aún un pase para poner los pies allí. Narró la historia de High Haven, y explicó, por último, su reputación, fomen-
tada por la Prensa en lengua china, de ser la cocina de brujas de las
conjuras imperialistas británicas contra Mao. De la noche a la mañana, la cocina había cerrado y los cocineros habían desaparecido.

«¿Otro gesto conciliador? —preguntaba—. ¿De apaciguamiento? ¿Formaba parte todo aquello de la política de ir reduciendo la colonia al Continente? ¿O era sólo un indicio más de que en el Sudeste de Asia, como en el resto del mundo, los británicos tenían que empezar a bajar de la cima del monte?»

Su error fue elegir un importante periódico dominical inglés que a veces le publicaba cosas. Antes que su reportaje había llegado la orden prohibiendo toda referencia a aquellos sucesos. «Lamentamos no poder publicar su excelente artículo», telegrafió el director, tirándolo directamente a la papelera. Unos días después, al volver a su habitación, el vaquero se encontró con que la habían saqueado. Además su teléfono contrajo durante varias semanas una especie de laringitis, por lo que nunca lo utilizaba sin incluir un comentario obsceno sobre Gran Mu y su séquito.

Luke se fue a casa lleno de ideas, se bañó, tomó una buena dosis de café solo y se puso a trabajar. Telefoneó a las líneas aéreas, a sus contactos oficiales y a toda una hueste de pálidos y supercepillados conocidos del Consulado norteamericano, que le enfurecieron con astutas y délficas respuestas. Asedió a las empresas de mudanzas especializadas en los contratos oficiales. A las diez de aquella noche tenía, según le explicó al enano, al que también telefoneó varias veces, «pruebas irrefutables de cinco tipos distintos» de que Thesinger, su mujer y todo el personal de High Haven, habían abandonado Hong Kong en un vuelo charter a primera hora de la mañana del jueves, rumbo a Londres. El perro boxer de Thesinger, según había sabido por una feliz casualidad, les seguiría en un carguero aéreo a finales de aquella semana. Tras tomar unas cuantas notas, Luke cruzó la habitación, se sentó ante la máquina, redactó unas pocas líneas, y se estancó, tal como sabía que habría de sucederle. Empezó con fluidez y brío:

«Una reciente nube de escándalo pende hoy sobre el combatido y no elegido Gobierno de la única Colonia que le queda a Inglaterra en Asia. Tras la última revelación de chanchullos en la policía y entre los funcionarios del Gobierno, nos llega la noticia de que la agencia más secreta de la isla, High Haven, base de las conjuras británicas de capa y espada contra la China roja, ha sido sumariamente clausurada.»

Y en este punto, con un blasfemo gemido de impotencia, se detuvo y sepultó la cara en las manos abiertas. Pesadillas: ésas podía soportarlas. Despertar, después de tanta guerra, estremecido y sudoroso por visiones indescriptibles, las narices agobiadas por el hedor del napalm sobre la carne humana; en cierto modo, era un consuelo para él saber que después de tanta presión, las compuertas de sus sentimientos se habían roto. Algunas veces, al experimentar aquellas cosas, anhelaba el sosiego necesario para recuperar su capacidad de repugnancia. Si eran necesarias las pesadillas a fin de devolverle a las filas de los hombres y mujeres normales, las abrazaría con gratitud. Pero ni en la peor de sus pesadillas se le había ocurrido que después de haber descrito la guerra sería incapaz de describir la paz. Durante seis nocturnas horas, Luke combatió con aquel sobrecogedor estancamiento. Pensaba a veces en el viejo Craw, inmóvil allí bajo la lluvia, pronunciando su fúnebre oración: ¿Podría ser *aquél* el reportaje? Pero, ¿cómo basar un reportaje en el extraño estado de ánimo de un colega?

Tampoco tuvo mucho éxito la versión personal y minuciosa del enano, y eso le irritó en sumo grado. Aparentemente, el reportaje tenía todo lo que pedían ellos. Se burlaba de los ingleses, se escribía *espía* con todas las letras y, por una vez, no se consideraba a Norteamérica el verdugo del Sudeste de Asia. Pero lo que recibió como toda respuesta, tras cinco días de espera, fue la escueta indicación de que no se saliese de su sitio y de que no armase escándalo.

Lo cual dejaba solo al viejo Craw. Aunque era sólo una atracción secundaria frente al interés de la acción principal, el ritmo de lo que Craw hizo y no hizo sigue siendo hasta hoy impresionante. Estuvo tres semanas sin mandar nada. Podría haber utilizado material secundario, pero no se molestó en hacerlo. A Luke, que estaba seriamente preocupado por él, le pareció al principio que su misterioso declinar continuaba. Perdió por completo su brío y su afán de camaradería. Se volvió seco y, a veces, claramente desagradable, y aullaba en mal cantonés a los camareros; hasta a Goh, que era su favorito. Trataba a los socios del Club de bolos como si fueran sus peores enemigos, y recordaba supuestos desaires que ellos habían olvidado hacía mucho. Sentado allí en su asiento junto a la ventana, solo, era como un viejo *boulevardier* venido a menos, irritable, introvertido e indolente. Luego, un buen día, desapareció, y cuando Luke llamó preocupado a su apartamento, la vieja *amah* le dijo que «Papa Whisky ido, ido Londres rápido». Era una extraña criaturilla y Luke se sintió inclinado a dudar de ella. Un insulso corresponsal de *Der Spiegel*, un alemán del norte, dijo haber visto a Craw en Vientiane, de parranda, en el bar Constellation; pero Luke seguía dudando. Vigilar a Craw había sido siempre una especie de deporte para los iniciados, y había prestigio en lo de engrosar el fondo general.

Hasta que llegó un lunes y, hacia el mediodía, el buen amigo Craw entró a zancadas en el Club luciendo un nuevo traje beige y con una flor de lo más elegante en la solapa, todo sonrisas y anécdotas de nuevo, y se puso a trabajar en el reportaje de High Haven. Gastó dinero, más del que normalmente le habría asignado su periódico. Celebró varios joviales almuerzos con elegantes norteamericanos de agencias estadounidenses vagamente acreditadas, algunos conocidos de Luke. Luciendo su famoso sombrero de paja, les fue llevando por separado a restaurantes tranquilos y cuidadosamente seleccionados. En el Club, le denigraron por gateo diplomático, que era delito grave, y esto le complacía. Luego, una conferencia de observadores de China le llevó a Tokio y utilizó esta visita, es justo suponer que con inteligencia, para comprobar otros aspectos de la historia que iba ya perfilándose. Pidió a viejas amistades suyas en la conferencia, que le investigaran algunos datos cuando regresaran a Bangkok, o Singapur o Taipé o el sitio en que estuvieran, cosa que hicieron porque sabían que él habría hecho lo mismo por ellos. Él parecía saber, de un modo extraño, lo que estaba buscando antes de que ellos lo encontraran.

El resultado apareció en versión íntegra en un periódico matutino de Sydney que quedaba fuera del alcance del largo brazo de la censura anglonorteamericana. Recordaba, según acuerdo unánime, los mejores años del maestro. Abarcaba unas dos mil palabras. Según su estilo característico, lo más importante no empezaba ni mucho menos con la historia de High Haven, sino con el «ala misteriosamente vacía» de la Embajada británica en Bangkok, que aún un mes atrás había albergado un extraño departamento llamado «Unidad de Coordinación de la SEATO», así como una sección de visados que contaba con seis subsecretarios. ¿Eran los placeres de los salones de masaje del Soho, inquiría delicadamente el viejo australiano, los que atraían a los tailandeses a Inglaterra en tal número que hacían falta seis subsecretarios para atender sus peticiones de visados? Resultaba extraño también, comentaba, que desde su partida, y desde la clausura de aquella sección, no se hubiesen formado largas colas de aspirantes a viajeros en la Embajada. Poco a poco (con una prosa fácil pero no descuidada) se desplegaba ante los lectores un cuadro sorprendente. Llamaba al servicio secreto británico el «Circus». Decía que el nombre se derivaba de la dirección del cuartel general secreto de la organización, que dominaba un famoso cruce de calles de Londres. El Circus no sólo había abandonado High Haven, decía, sino también Bangkok, Singapur,

Saigón, Tokio, Manila y Yacarta. Y Seúl. No se había librado
siquiera ni la solitaria Taiwan, donde se descubrió que un olvidado
residente británico había amparado a tres chóferes-oficinistas y a
dos subsecretarios sólo una semana antes de que se publicara el
artículo.

«Un verdadero Dunquerque — decía Craw — en el que los vuelos charter en DC-8 sustituyeron a las flotillas pesqueras de Kent.»
¿Qué había provocado aquel éxodo? Craw exponía varias hipótesis
inteligentes. ¿Estaban acaso ante una reducción más en los gastos
del Gobierno británico? Al periodista le parecía poco verosímil esta
hipótesis. En períodos de apuros, Inglaterra tendía a utilizar más
espías, no menos. Toda su historia imperial le instaba a hacerlo.
Cuanto más se debilitaban sus rutas comerciales, más refinados eran
sus esfuerzos clandestinos por protegerlas. Cuanto más débil era
su garra colonial, más desesperadas eran sus tentativas de subvertir
a aquellos que querían ahuyentarlas. No: podía haber colas de ra-
cionamiento en Inglaterra, pero los espías serían el último lujo del
que Inglaterra prescindiría. Craw exponía otras posibilidades y las
rechazaba. ¿Un gesto de *distensión* con la China continental?, sugería, haciéndose eco del comentario del vaquero. Inglaterra haría
todo lo imaginable sin duda por mantener Hong Kong a salvo del
celo anticolonialista de Mao... salvo prescindir de sus espías. Así, el
viejo Craw llegaba por fin a la teoría que era más de su agrado:

«Al otro lado del tablero de damas del Extremo Oriente — escribía —, el Circus está realizando lo que en el mundo del espionaje se llama una *zambullida de pato.*»

Pero, ¿por qué?

El periodista citaba entonces las «viejas prebendas norteamericanas del militante de la iglesia del servicio secreto de Asia». Los
agentes secretos norteamericanos estaban, en general, según él, y no
sólo en Asia, «enloquecidos por la falta de medidas de seguridad
en las organizaciones británicas». Y, aún más, por el reciente descubrimiento de un importante espía ruso (utilizaba el nombre de
marca correcto, «topo») dentro del cuartel general londinense del
Circus: un traidor inglés, al que no quiero nombrar siquiera, pero
que en palabras de las viejas prebendas había puesto en peligro todas las operaciones clandestinas anglonorteamericanas de importancia de los últimos veinte años. ¿Dónde estaba ahora el topo?, había preguntado el periodista a sus informadores. A lo que, con invariable malevolencia, ellos habían contestado: «Muerto. En Rusia. Y ojalá ambas cosas.»

Craw nunca había querido un resumen de noticias, pero éste,

a los afectuosos ojos de Luke, parecía tener un verdadero sentido del ceremonial. Era casi una afirmación de vida por sí solo, aunque sólo fuese de la vida secreta.

«¿Acaso está desapareciendo para siempre, pues, Kim, el pequeño espía, de las leyendas del Oriente? — preguntaba —. ¿Jamás volverá a teñirse la piel el pandit inglés ni a ponerse ropas nativas y ocupar silencioso su puesto junto a la hoguera de la aldea? No teman — insistía —. ¡Los ingleses volverán! ¡El tradicional deporte de la caza del espía volverá a florecer entre nosotros! El espía no ha muerto: sólo duerme.»

Apareció el artículo. En el Club fue fugazmente admirado, envidiado, olvidado. Un periódico local de lengua inglesa con fuertes conexiones norteamericanas lo reprodujo íntegro, con el resultado de que la cachipolla disfrutó después de todo de un día más de vida. La función de homenaje de Craw, dijeron: un sombrerazo antes de abandonar la escena. Luego, la red ultramarina de la BBC lo reprodujo, y, por último, la propia y torpe red de la Colonia emitió una versión de la versión de la BBC; durante un día entero se debatió si el Gran Mu había decidido quitarles la mordaza a los servicios de información locales. Sin embargo, incluso con esta prolija jerarquía, nadie, ni Luke, ni siquiera el enano, consideró oportuno preguntarse cómo demonios había sabido el viejo dónde estaba el camino secreto para entrar en High Haven.

Lo cual simplemente demostraba, si hubiesen hecho falta pruebas de ello alguna vez, que los periodistas no son más rápidos que cualesquiera otros en lo de percibir lo que pasa ante sus narices. Era sábado de tifón, después de todo.

Dentro del propio Circus, tal como había denominado correctamente Craw a la sede de los servicios secretos británicos, las reacciones al artículo variaban según lo mucho que supiesen los que sufrían la reacción. Entre los caseros, por ejemplo, responsables de los míseros disfraces y tapaderas que el Circus era capaz de proporcionarse en los últimos tiempos, el amigo Craw desencadenó una oleada de furia contenida que sólo pueden entender los que han paladeado el ambiente de un departamento de los servicios secretos sometido a asedio intenso. Hasta espíritus por otra parte tolerantes se mostraban furiosamente vengativos. ¡Traición! ¡Ruptura de contrato! ¡Bloqueo de pensión! ¡Hay que ponerle en la lista de vigilados! ¡Un proceso en cuanto vuelva a Inglaterra! Un poco más abajo en el escalafón, los menos angustiados por su seguridad tenían un punto de vista más afable del asunto, aun cuando siguiese adoleciendo de mala información. Bueno, bueno, decían, un poco pesarosos, en fin, así son las cosas: Quién no pierde el control de vez en cuando, sobre todo cuando se le ha tenido olvidado tanto tiempo, como al pobre Craw. Y además no había revelado nada que no estuviese al alcance de todos, ¿no? En realidad, los caseros debían mostrar *un poco* de moderación. Había que ver cómo se habían lanzado la otra noche contra la pobre Molly Meakin, la hermana de Mike, y una hermana bastante prudente, sólo porque se dejó un poco de papel con membrete en la papelera.

Sólo los que estaban más en el ajo veían las cosas de otro modo. Para ellos, el artículo del viejo Craw era una discreta obra maestra de mistificación: George Smiley en su mejor forma, decían. Evidentemente, la noticia tenía que salir a flote, y todos estaban de acuerdo en que la censura, fuese cual fuese el momento, era criticable. Mucho mejor, por tanto, dejarle salir a la luz de forma prevista por nosotros. En el momento oportuno, en la cuantía correcta y en el tono adecuado: una experiencia de toda la vida, convenían todos, en cada pincelada; pero este punto de vista no trascendía su círculo.

En cuanto a Hong Kong (evidentemente, decían los jugadores de bolos de Shanghai, el viejo Craw, como los moribundos, había tenido un instinto profético de aquello) el artículo de Craw sobre High Haven resultó ser su canto de cisne. Un mes después de que apareciera, Craw se había retirado, no de la Colonia sino de su actividad como redactor y también de la isla. Tras alquilar una casa de campo en los Nuevos Territorios, comunicó que se proponía expirar bajo un cielo de ojos rasgados. Para los del Club de bolos, hubiese sido igual que si dijese Alaska. Sencillamente quedaba demasiado lejos, decían, para volver luego en coche una vez borracho. Corría el rumor (falso, pues las apetencias de Craw no iban en esa dirección) de que se había llevado consigo como acompañante a un lindo muchacho chino. Era obra del enano: no le gustaba que un viejo le birlara una gran noticia. Sólo Luke se negaba a borrarlo de su mente. Fue a verle un día a media mañana, tras el turno de noche. Porque le apetecía y porque el viejo buitre significaba mucho para él. Craw estaba más feliz que nunca, informó: Su áspero carácter de antes seguía íntegro. Pero le había desconcertado un poco la súbita aparición de Luke allí sin avisar. Estaba con él un amigo, no un muchacho chino, sino un bombero de visita al que presentó como George: un hombrecillo rechoncho y miope de gafas muy redondas que al parecer había aparecido por allí inesperadamente. En un aparte, Craw le explicó a Luke que aquel George era un pez gordo de una agencia de Prensa inglesa para la que él había trabajado en los tiempos oscuros.

—Es el que se encarga del aspecto geriátrico, Señoría. Está dando una vuelta por Asia.

Fuese quien fuese, era evidente que Craw mostraba mucho respeto por el rechoncho individuo, pues hasta le llamaba Su Santidad. Luke tuvo la sensación de que estorbaba, y se fue sin llegar a emborracharse siquiera.

Y así estaban las cosas. La misteriosa fuga de Thesinger, la casi muerte y resurrección del viejo Craw, su canto de cisne como un reto a tanta censura solapada; la inquieta obsesión de Luke por el mundo de los servicios secretos; la inteligente explotación de un mal necesario por parte del Circus. Nada planeado, aunque, tal como la vida dispondría, sí un alzar el telón para mucho de lo que más tarde sucedió. Un sábado de tifón; una agitación en la charca chapoteante, fétida, hormigueante y estéril que es Hong Kong, un aburrido coro, sin héroe aún. Y, curiosamente, unos cuantos meses después, una vez más le tocó a Luke, en su papel de mensajero shakespeariano, anunciar la llegada del héroe. Llegaron las noticias al telégrafo de la casa estando él allí a la espera y se lo comunicó a un aburrido público con su fervor acostumbrado:

—¡Amigos! ¡Presten atención! ¡Tengo noticias! ¡Jerry Westerby vuelve a la carga, señores! ¡Ha salido de nuevo camino de Oriente, ¿me oyen? ¡Para continuar con el mismo tebeo!

—¡Oh, *Señoría*! — exclamó de inmediato el enano con burlón embeleso —. ¡Un toquecito de sangre azul, sin duda, para elevar el tono vulgar! *Hurra por la clase.*

Y con un profano juramento, lanzó la servilleta a la estantería del vino.

—Jesús — dijo después, y vació de un trago el vaso de Luke.

# 2

# LA GRAN LLAMADA

La tarde en que llegó el telegrama, Jerry Westerby tecleaba en su máquina en la parte sombreada de la terraza de su destartalada casa de campo, el saco de libros viejos tirado a sus pies. El telegrama lo llevó la persona ataviada de negro de la encargada de correos, una campesina feroz y adusta que, con la decadencia de las fuerzas tradicionales, se había convertido en el cacique de aquella mísera aldea toscana. Era una criatura vil, pero lo espectacular de la ocasión había estimulado sus mejores instintos y, pese al calor, subió a buen paso el árido sendero. En su libro, el momento histórico de la entrega se fijó más tarde en las cinco y seis minutos, lo cual era mentira, pero le daba fuerza. La hora exacta fueron las cinco en punto. Dentro de la casa de Westerby, la escuálida muchacha a la que en la aldea llamaban la huérfana, aporreaba un terco trozo de carne de cabra con vehemencia, del mismo modo que atacaba todo. Los ávidos ojos de la cartera la localizaron, junto a la ventana abierta, desde bastante lejos: los codos alzados y los dientes superiores apiñados sobre el labio inferior: ceñuda como siempre, sin duda.

«Puta —pensó furiosa la encargada de correos—, ¡ahora tendrás lo que has estado esperando!»

La radio atronaba con Verdi: la huérfana sólo oía música clásica, como había llegado a saber todo el pueblo por la escena que había hecho en la taberna la noche que el herrero intentó poner música de rock en la máquina tragaperras. Le había tirado una jarra. Así que con el Verdi y la máquina de escribir y la cabra, decía la cartera, el estruendo era tan ensordecedor que hasta un italiano lo habría oído.

Jerry estaba sentado como una langosta en el suelo de madera, recordaría la cartera (quizás tuviese un cojín) y utilizaba como escabel el saco de los libros. Estaba espatarrado, escribiendo con la máquina entre las rodillas. Tenía fragmentos de manuscrito con puntitos de moscas todo alrededor, sujetos con piedras para protegerlos de las ráfagas abrasadoras que azotaban la chamuscada cima

del cerro en que vivía, y, enfundada en mimbres, una botella de
tinto local junto al codo, sin duda para esos momentos, que conocen hasta los artistas más notables, en que la inspiración natural
le fallase. Escribía a máquina al modo del águila, comentaría
más tarde la cartera entre risas de admiración: daba muchas vueltas antes de lanzarse en picado. Y vestía lo que vestía siempre,
ya estuviese haraganeando sin propósito por su corralito, labran-
do la docena de inútiles olivos que el bribón de Franco le había
endosado, o bajase al pueblo con la huérfana a comprar, o se
sentase en una taberna delante de un vino áspero antes de lanzarse a la larga subida hacia casa: botas de cabritilla que la
huérfana jamás limpiaba, y que estaban rozadas por la puntera,
calcetines cortos que ella nunca lavaba, una camisa sucia, en tiempos blanca, y pantalones cortos grises que parecían haber sido
destrozados por perros furiosos, y que una mujer honrada habría remendado mucho tiempo antes. Y la recibió con aquel ronco torrente de palabras habitual, tímido y entusiasta al mismo
tiempo, que ella no entendía en detalle, sino sólo de modo general, como una retransmisión de noticias por radio, y que podía
reproducir, a través de los negros huecos de sus dientes decrépitos,
con sorprendentes relampagueos de fidelidad.

—Mama Stefano, Dios mío, debe estar achicharrada. Venga aquí
y refrésquese un poco — exclamó, mientras bajaba los cocalones de
ladrillo con un vaso de vino para ella, sonriendo como un colegial,
que era su sobrenombre en el pueblo: El colegial, ¡un telegrama
para el colegial, urgente, de Londres! En nueve meses, nada más
que una partida de libros de bolsillo y el garrapateo semanal de su
hijo, y ahora, de pronto, aquel monumento de telegrama, breve
como una demanda, pero con cincuenta palabras pagadas de respuesta. ¡Imaginaos, cincuenta, sólo el coste! Era perfectamente lógico que acudiesen todos los que pudieran para ayudar a interpre-
tarlo.

Se habían atascado al principio con *Honorable*: «El *honorable*
Gerald Westerby.» ¿Por qué? El panadero, que había sido prisio-
nero de guerra en Birmingham, sacó un astroso diccionario: *que
tiene honor, título de cortesía que se da al hijo de un noble*. Por
supuesto. La *signora* Sanders, que vivía al otro lado del valle, había declarado ya que el colegial era de sangre noble. El hijo segundo de un barón de la Prensa, había dicho, *Lord* Westerby, el propietario de un periódico, muerto. Primero había muerto el periódico, luego el propietario... Eso había dicho la señora Sanders, una
gracia, el chiste había corrido entre ellos. Luego *lamentamos*, que

era fácil. Y también *aconsejamos*. La cartera tuvo la satisfacción de descubrir, contra toda esperanza, el muy buen latín que los ingleses habían asimilado, pese a su decadencia. La palabra *tutor* resultó más dura, pues conducía a *protector,* y de ahí inevitablemente a chistes de mal gusto entre los hombres, que la encargada de correos silenció con irritación. Hasta que al fin, paso a paso, se descifró el código y se aclaró la historia. El colegial tenía un tutor, en el sentido de padre sustituto. Este *tutor* se hallaba gravemente enfermo en un hospital, y quería ver al colegial antes de morir. No quería a nadie más, sólo al honorable Westerby. Completaron rápidamente el resto del cuadro por su cuenta: la familia afligida alrededor del lecho, la mujer en lugar destacado, inconsolable, elegantes sacerdotes administrando los últimos sacramentos, los objetos de valor retirados y guardados, y, por toda la casa, por pasillos, cocinas, !a misma palabra en susurros: Westerby... ¿dónde está el honorable Westerby?

Por último, había que descifrar quiénes eran los signatarios del telegrama. Había tres y se denominaban a sí mismos *procuradores,* palabra que desencadenó una oleada más de alusiones groseras antes de que se llegase a *notario* y las caras se pusieran serias bruscamente. Virgen Santísima. Si hacían falta para aquello tres notarios, tenía que haber allí muchísimo dinero. Y si habían insistido los tres en firmar, y habían pagado la respuesta de cincuenta palabras además, entonces las sumas no debían ser ya grandes sino gigantescas. ¡Acres! ¡Carretadas! ¡No era raro que la huérfana se hubiese agarrado así a él, la muy puta! De pronto, todos quisieron hacer la escalada al cerro. Guido con su Lambretta podía llegar hasta el depósito de agua, Mario era capaz de correr como un zorro, Manuela, la hija del tendero, tenía unos ojos delicados y la sombra de pesar le sentaba a las mil maravillas. Tras rechazar a todos los voluntarios (y darle un buen revés a Mario por presuntuoso), la cartera cerró el cajón y dejó a su hijo tonto al cargo de la tienda, aunque significase veinte minutos asfixiantes y (si aquel maldito viento de horno soplaba allí arriba) una bocanada de polvo al rojo por su esfuerzo.

Al principio no le habían hecho demasiado caso a Jerry. Ahora, mientras subía laboriosamente entre los olivares, lo lamentaba, pero el error tenía sus motivos. En primer lugar, había llegado en invierno, que es cuando llegan los malos compradores. Llegó solo, aunque tuviera el aire furtivo de quien se ha desprendido poco ha de mucha carga humana, como hijos, mujeres, madres, por ejemplo; la encargada de correos había conocido hombres en su época, y ha-

bía visto aquella sonrisa agraviada demasiadas veces para no iden-
tificarla en el caso de Jerry: «Soy casado pero libre», decía la sonrisa, y ni lo uno ni lo otro era cierto. En segundo lugar, le había
traído el encoloniado comandante inglés, un cerdo declarado que
llevaba una agencia inmobiliaria para explotar campesinos: otra razón para desdeñar al colegial. El perfumado comandante le enseñó
varias granjas aceptables, incluyendo una en la que tenía interés
personal la propia encargada de correos (y que era también, por
casualidad, la mejor), pero el colegial se quedó con el cuchitril del
marica de Franco, que se alzaba allí en la cima de aquel maldito
cerro al que estaba subiendo ella ahora: el cerro del diablo, le llamaban; el diablo se iba a allá arriba cuando en el infierno hacía
demasiado frío para él. El sinvergüenza de Franco precisamente,
que echaba agua a la leche y al vino y se pasaba los domingos par-
loteando con jovencitos presumidos en la plaza del pueblo. El abul-
tado precio fue de medio millón de liras del que el encoloniado
comandante intentó quedarse un tercio, sólo porque mediaba un
contrato.

—Y todo el mundo sabe por qué favorece el comandante al sinvergüenza de Franco —masculló silbando entre los dientes espu-
meantes, y la concurrencia emitió ruidos de asentimiento «stch,
stch» hasta que ella, furiosa, les ordenó que se callaran.

Además, como mujer astuta, desconfiaba un poco del carácter
de Jerry. Aquella suavidad ocultaba dureza. Lo había comprobado
con otros ingleses, pero el caso del colegial era algo muy especial
y le inspiraba desconfianza; le tenía por peligroso a causa de su
inquieta simpatía. Ahora ya se podían atribuir aquellos fallos de
los comienzos, claro, a la excentricidad de un escritor inglés aristócrata, pero al principio, la encargada de correos no había demostrado tanta indulgencia con él. «Esperad al verano», había advertido a sus clientes con un gruñido, poco después de que el colegial
visitara por primera vez su establecimiento: Pasta, pan, matamos-
cas: «En verano descubrirá lo que ha comprado, cl. cretino.» En
verano, los ratones del sinvergüenza de Franco invadirán su dormitorio. Las pulgas de Franco le comerán vivo y los avispones pe-
derastas de Franco le perseguirán por el jardín y el viento abrasa-
dor del diablo le achicharrará las partes. Se acabará el agua, se verá
obligado a defecar en los campos como un animal. Y cuando vuelva el invierno otra vez, el encoloniado sinvergüenza del comandante podrá venderle la casa a otro imbécil, con pérdida para todos
salvo para él.

En cuanto a distinción, en aquellas primeras semanas, el colegial no mostró ni pizca de ella. Nunca regateaba, no sabía siquiera lo que era un descuento, no producía la menor satisfacción robarle. Y, en la tienda, cuando conseguía sacarle de sus contadas y miserables frases de italiano de cocina, el colegial no alzaba la voz y gritaba como un verdadero inglés sino que se encogía de hombros despreocupadamente y se servía él mismo lo que quería. Un *escritor*, decían. Bueno, ¿y quién no lo era? Muy bien, sí, le compró unos cuadernillos de papel. Ella pidió más. Él compró más. Bravo. Tenía libros. Un montón de libros mohosos, por la pinta, que llevaba en un saco gris de yute como un cazador furtivo y, antes de que viniese la huérfana, le veían en sitios insólitos, con el saco de los libros al hombro, camino de una sesión de lectura. Guido se lo había tropezado en el bosque de la Contessa, encaramado en un tronco como un sapo y repasando los libros uno tras otro, como si fueran todos uno solo y hubiese perdido la página. Poseía también una máquina de escribir cuyo sucio estuche era un batiburrillo de raídas etiquetas de equipaje: bravo otra vez. Igual que cualquier melenudo que compra un bote de pintura pasa a llamarse pintor: un escritor de *esa* clase. En la primavera vino la huérfana y la encargada de correos también la odió.

Era pelirroja, lo cual, para empezar, ya era medio camino andado para la putería. Y no tenía pecho ni para alimentar a un conejo; y lo peor de todo era aquella vista feroz para la aritmética. Decían que la había encontrado en la ciudad: puta de nuevo. No le había dejado separarse de ella, ya desde el primer día. Pegada a él como un niño. Comía con él con el ceño fruncido. Bebía con él, y con el ceño fruncido. Compraba con él, captando las palabras igual que un ladrón, hasta que ambos se convirtieron en un pequeño espectáculo local, el gigante inglés y aquella puta espectral y ceñuda, bajando del cerro con su cesto de mimbre; el colegial con los raídos pantalones cortos sonriendo a todo el mundo, la hosca huérfana con su sayal de puta sin nada por debajo, de modo que aunque era más lisa que un escorpión, los hombres se la quedaban mirando para ver cómo se balanceaban a través de la tela las duras ancas. E iba bien agarrada a su brazo, con la mejilla en su hombro, y sólo le soltaba para sacar del bolso el dinero que ahora, avarientamente, controlaba ella. Cuando se encontraban con un rostro familiar, él saludaba por los dos, levantando el brazo libre como un fascista. Y que Dios protegiese al hombre que, las raras veces que ella iba sola, se atreviera a decirle una frescura o una obscenidad. Se volvía y escupía como un gato callejero y le ardían los ojos como los del demonio.

—¡Y ahora sabemos por qué! — gritó la encargada de correos,
muy alto, mientras, subiendo aún, superó una falsa cumbre —. La
huérfana va detrás de la herencia. ¿Por qué si no iba a ser fiel una
puta?

Fue la visita de la Signora Sanders a su tienda lo que provocó
una espectacular reconsideración de los méritos del colegial y de
los motivos de la huérfana por parte de Mama Stefano. La Sanders
era rica y criaba caballos valle arriba, donde vivía con una amiga
conocida como la hombre-niño, que llevaba el pelo muy corto y
cinturones de cadena. Sus caballos ganaban premios en todas partes. La Sanders era aguda e inteligente y frugal de un modo que
agradaba a los italianos, y sabía a quién merecía la pena conocer
entre los pocos ingleses apolillados que vivían desparramados por
aquellos cerros. Vino, en apariencia, a comprar un jamón (debería
haber sido un mes atrás), pero su objetivo real era el colegial. ¿Era
verdad?, preguntó: «El Signore *Gerald* Westerby, ¿vive aquí en el
pueblo? ¿Un hombre alto, de pelo entrecano, fornido, lleno de energía, un aristócrata, tímido?» Su padre el general había conocido a
la familia en Inglaterra, dijo; habían sido vecinos en el campo una
temporada, el padre del colegial y el suyo. La Sanders estaba pensando hacerle una visita: ¿Cuál era la situación del colegial? La
encargada de correos murmuró algo sobre la huérfana, pero la Sanders no se inmutó:

—Oh, los Westerby siempre andan cambiando de mujer — dijo,
con una carcajada, y se volvió hacia la puerta.

La cartera la detuvo, pasmada, luego la inundó a preguntas.

Pero, ¿quién era él? ¿Qué había hecho en su juventud? Periodista, dijo la Sanders, y comunicó lo que sabía de los antecedentes
familiares. El padre, un hombre llamativo de aspecto, rubio, como
el hijo, tenía caballos de carreras, ella le había vuelto a ver no mucho antes de su muerte y aún era todo un hombre. No paraba nunca, igual que el hijo: mujeres y casas, cambiándolas continuamente;
tenía que hablar siempre a gritos a alguien, si no podía ser a su
hijo, al vecino de enfrente. La cartera presionó más. Pero, ¿por sí
mismo?, ¿se había distinguido por sus propios méritos el colegial?
Bueno, había trabajado, desde luego, para algunos periódicos importantes, digamos, explicó la Sanders, ensanchando misteriosamente
la sonrisa.

—No es, en general, costumbre inglesa conceder mucho honor
a los periodistas — explicó, con su forma de hablar romana clásica.

Pero la cartera necesitaba más, mucho más. Lo que escribía, su

libro, ¿de qué trataba? ¡Tan largo! ¡Tantas cuartillas desechadas y
esparcidas! Cestos enteros, le había dicho el basurero (nadie en su
sano juicio encendería un fuego allá arriba en verano). Beth Sanders sabía la energía que acumula la gente aislada, y sabía que en
sitios deshabitados su inteligencia debe fijarse en cuestiones pequeñas. Así que ella intentó corresponder, lo intentó de veras. En fin,
desde luego él había *viajado* constantemente, dijo, volviendo al mostrador y depositando allí su paquete. Hoy todos los periodistas eran
viajeros, desde luego, desayunar en Londres, comer en Roma, cenar
en Delhi, pero aun así el Signor Westerby había sido algo excepcional. Por lo que quizás estuviera escribiendo un libro de viajes,
aventuró.

Pero, ¿por qué había viajado?, insistió la cartera, para quien
ningún viaje carecía de objetivo: *¿por qué?*

Por las guerras, replicó la Sanders pacientemente: por las guerras, las pestes y el hambre. «¿Qué otra cosa iba a hacer un periodista en estos tiempos, en realidad, sino informar de las miserias
de la vida», preguntó.

La cartera asintió prudente con la cabeza, todos los sentidos
centrados en la revelación: hijo de un rubio Lord ecuestre que gritaba, viajero loco, redactor de periódicos importantes. Y ¿había un
escenario particular, preguntó, algún rincón de este mundo de
Dios, en el que estuviese especializado? Lo estaba principalmente
en Oriente, según opinión de la Sanders, tras un momento de reflexión. Había estado en todas partes, pero hay un tipo de inglés que
sólo se siente a gusto en Oriente. Ésa era sin duda la razón de que
hubiera venido a Italia. Hay hombres que sin el sol se marchitan.

Y también mujeres, chilló la cartera, y las dos se echaron a reír.

Y el Oriente, dijo la cartera, ladeando trágicamente la cabeza...
una guerra detrás de otra, ¿por qué no parará todo esto el Papa?
Cuando Mama Stefano enfiló por esta vía, la Sanders pareció acordarse de algo. Sonrió levemente al principio, y la sonrisa fue creciendo. Una sonrisa de exilio, reflexionó la cartera, observándola:
es como un marino que recuerda el mar.

—Andaba siempre con un saco lleno de libros — dijo —. Nosotros decíamos que los había robado.

—¡Pues sigue llevándolo! — chilló la cartera, y explicó que Guido se lo había encontrado en el bosque de la Contessa, que el colegial estaba allí leyendo sentado en un tronco.

—Tenía idea de hacerse *novelista*, según creo — continuó la
Sanders, siguiendo con sus recuerdos personales —: recuerdo que
nos lo contó su padre. Estaba *furiosísimo*. Andaba dando gritos por

toda la casa.

—¿El colegial? ¿Estaba furioso *el colegial*? —exclamó Mama Stefano, incrédula.

—No, no. El padre.

La Sanders soltó una carcajada. En la escala social inglesa, explicó, los novelistas están aún por debajo de los periodistas.

—¿Y sigue aún pintando?

—¿Pintar? ¿Es pintor?

—Lo intentó —dijo la Sanders, pero el padre también le prohibió pintar. Los pintores eran las criaturas más viles de *todas* —dijo, entre nuevas risas—: sólo los que triunfaban eran remotamente tolerables.

Poco después de este bombardeo múltiple, el herrero (el mismo herrero que había sido blanco de la jarra de la huérfana) dijo haber visto a Jerry y a la chica en la caballeriza de la Sanders, dos veces un semana, luego tres veces, y que además comían allí. Que el colegial había demostrado mucho talento con los caballos, y que los entrenaba y paseaba con innata destreza, hasta a los más indómitos. La huérfana no participaba, dijo el herrero. Ella estaba sentada a la sombra con la hombre-niño leyendo del saco de libros o mirando a Jerry con aquellos ojos celosos que no pestañeaban; esperando, como sabían ahora muy bien todos, a que el tutor muriese. ¡Y hoy el telegrama!

Jerry había visto a Mama Stefano de muy lejos. Tenía aquel instinto, había una parte de él que nunca dejaba de vigilar: una figura negra renqueando inexorable por el polvoriento sendero arriba como un escarabajo cojo entrando y saliendo de las rectas sombras de los cedros, por el arroyo seco de los olivares del bribón de Franco, hasta su trocito privado de Italia, como decía él, y recorriendo luego sus doscientos metros cuadrados, suficientes, sin embargo, para lanzar una deshilachada pelota de tenis alrededor de un poste en los atardeceres frescos, cuando se sentían atléticos. Había visto muy pronto el sobre azul que la mujer agitaba en su mano, y había oído sus gritos sobreponiéndose fraudulentamente a los otros rumores del valle: las Lambrettas y las sierras mecánicas. Y su primera reacción, sin dejar de escribir, fue mirar a hurtadillas a la casa para asegurarse de que la chica había cerrado la ventana de la cocina para que no entrara el calor ni los insectos. Luego, exactamente como describiría más tarde la cartera, bajó con rapidez los escalones a su encuentro, vaso de vino en mano, a fin de detenerla antes de que se acercara demasiado.

Leyó el telegrama despacio, una vez, inclinándose sobre él para dar sombra a lo escrito, y su expresión mientras Mama Stefano le miraba se hizo sombría y reservada; su voz adquirió una aspereza mayor mientras ponía una mano gruesa e inmensa sobre el brazo de ella.

—*La sera* — logró decir, mientras la guiaba de vuelta por el sendero.

Contestaría al telegrama aquella noche, quería decir.

—*Molto grazie*, Mama. Super. Muchísimas gracias. Magnífico.

Cuando se separaron, ella aún parloteaba descontroladamente, ofreciéndole todos los servicios posibles, taxis, mozos de cuerda, llamadas telefónicas al aeropuerto, y Jerry se palmeaba levemente los bolsillos de los pantalones buscando cambio, grande o pequeño: se le había olvidado momentáneamente, al parecer, que era la chica quien controlaba el dinero.

El colegial había recibido las noticias con temple, informó la cartera en el pueblo. Amablemente, hasta el punto de acompañarla parte del camino de vuelta; valerosamente, de modo que sólo una mujer de mundo (y que conociese a los ingleses) habría leído debajo la dolorosa aflicción; distraídamente, hasta el punto de que se había olvidado de darle propina. ¿O estaba adquiriendo ya la suma tacañería de los muy ricos?

Pero, ¿cómo se comportó la *huérfana*?, preguntaron. ¿Suspiró y lloró a la Virgen, fingiendo compartir la aflicción de él?

—Aún no se lo ha contado — murmuró la cartera, recordando evocadoramente el único y breve vislumbre que había tenido de ella, de lado, aporreando la carne —: Él tiene que considerar aún la posición de ella.

El pueblo se aposentó, esperando el anochecer, y Jerry se sentó en el campo de los avispones, contemplando el mar y dándole vueltas y vueltas al saco de los libros, hasta que llegaba al límite y se desenrollaba por sí solo.

Primero estaba el valle, y sobre él se alzaban los cinco cerros en un semicírculo, y sobre los cerros corría el mar que a aquella hora del día sólo era una lisa mancha parda en el cielo. El campo de los avispones, donde estaba sentado él, era sólo un largo bancal costeado de piedras, con un granero desmoronado en un extremo que les había dado cobijo para sus comidas al aire libre y sus baños de sol a cubierto de las miradas, hasta que los avispones anidaron en la pared. Ella los había visto cuando estaba lavando, y entró corriendo a contárselo a Jerry, y Jerry había cogido sin más un cubo de mortero de la casa del bribón de Franco y les había taponado todas las entradas. Luego, la llamó para que pudiera admirar su obra: mi hombre, cómo me protege. En el recuerdo, la veía con toda fidelidad: temblando a su lado, los brazos cruzados, contemplando el cemento nuevo y oyendo a los enloquecidos avispones dentro y murmurando, «Jesús, Jesús», demasiado asustada para moverse.

Quizá me espere, pensó.

Recordó el día que la conoció. Se contaba a sí mismo aquella historia con frecuencia, porque en su vida, la buena suerte era algo muy raro, en lo que se refería a mujeres, y cuando aparecía algo así le gustaba paladearlo, como él decía. Un jueves. Había hecho su viaje habitual a la ciudad, con el propósito de hacer unas compras, o quizás de ver unas cuantas caras nuevas y salir un rato de la novela. O quizás sólo por huir de la aullante monotonía de aquel paisaje vacío, que le parecía casi siempre una especie de cárcel, y, además, solitaria; o puede que sólo pensara en procurarse una mujer, lo cual lograba de vez en cuando paseándose por el bar del hotel de los turistas. Así que se sentó a leer en la *trattoria* de la plaza mayor (una *garrafa*, una ración de jamón, aceitunas) y, de pronto, se fijó en aquella chica flacucha y ágil, pelirroja, ceñuda y con un vestido castaño que parecía el hábito de un monje y, al hombro, un bolso de tela de alfombra.

«Parece desnuda sin una guitarra», pensó.

Le recordaba vagamente a su hija Cat, diminutivo de Catherine, pero sólo vagamente, pues hacía diez años que no veía a Cat, los que hacía que su primer matrimonio se había hundido. La razón de que no la hubiera visto ni siquiera sabría decirla con exactitud. En la conmoción primera de la separación, un confuso sentido de la caballerosidad le dijo que era mejor que Cat se olvidase de él. «Es mejor que me borre. Que ponga su corazón donde está su hogar.» Cuando su madre volvió a casarse, pareció que su actitud la motivaba la abnegación. Pero, a veces, la echaba muchísimo de menos y muy probablemente ésa era la razón por la cual, tras haber captado su interés, la chica lo mantenía. ¿Andaría dando vueltas Cat de aquel modo, sola y agobiada por el hastío? ¿Tendría ya Cat aquellas pecas suyas, y aquella tez lisa como un guijarro? Más tarde, la chica le explicaría que se había escapado. Había encontrado trabajo como institutriz con una familia rica de Florencia. La madre estaba demasiado ocupada con los amantes para ocuparse de los hijos, pero el marido tenía tiempo de sobra para la institutriz. La chica había cogido el dinero que había po-

dido encontrar y se había largado y allí estaba. Sin equipaje, la policía detrás, y utilizando su último billete arrugado para pagarse
una comida vulgar antes de la perdición.

Aquel día no había en la plaza demasiado talento (nunca lo había) y cuando se sentó, la chica había conseguido que le diesen el
tratamiento habitual prácticamente todos los hombres capaces de
la villa, de los camareros para arriba, ronroneándole «hermosa señorita» y consideraciones más escabrosas de añadidura, cuya orientación precisa Jerry no captó, pero que habían hecho reír a todos
a su costa. Después, uno intentó pellizcarle el pecho, ante lo cual
Jerry se levantó y se acercó a la mesa. Jerry no era un gran héroe,
sino todo lo contrario según su opinión personal. Pero rondaban
por su cabeza demasiadas cosas, y podría haber sido también Cat
la que estuviese así acorralada en un rincón cualquiera. Sí, pues:
cólera. Posó una mano, en fin, en el hombro del camarero bajito
que se lanzaba ya a por ella, y otra en el hombro del grande, que
había aplaudido la bravuconada, y les explicó, en mal italiano, pero
de modo bastante razonable, que debían dejar de inmediato de molestar a aquella bella señorita y dejarla comer en paz. En caso contrario, les rompería sus grasientos cuellecitos. El ambiente pasó a
no ser demasiado agradable después de eso, y el pequeño parecía
dispuesto realmente a pelear, pues no hacía más que llevarse la
mano al bolsillo de atrás, y hurgar en la chaqueta, hasta que una
mirada final a Jerry le hizo cambiar de idea. Jerry dejó sobre la
mesa un poco de dinero, recogió el bolso de la chica, volvió a por
el saco de los libros a su mesa y llevándola del brazo, alzándola
casi en vilo, cruzó con ella la plaza camino del Apolo.

—¿Eres inglés? — preguntó ella por el camino.

—Hasta la medula, sí — bufaba furioso Jerry, y fue la primera
vez que vio su sonrisa. Era una sonrisa por la que merecía la pena
trabajar, no había duda: su carita huesuda se iluminó como la de
un pilluelo por detrás de la mugre.

Un tanto aplacado ya, Jerry la alimentó, y con el advenimiento
de la calma empezó a desplegar un poco su historia; después de
tantas semanas sin nada en que centrarse, era lógico que intentase
resultar simpático. Explicó que era periodista, que estaba descansando y que escribía una novela, que era su primer intento, que
estaba rascando un viejo prurito, y que tenía un menguante montón de dinero que un tebeo le había pagado como indemnización
por despido de personal superfluo… lo cual era muy cómico, dijo,
porque él había sido algo superfluo toda la vida.

—Es como si te dieran la mano y te la dejaran llena de dinero
— dijo Jerry.

Había dedicado una pequeña parte a la casa, había haraganeado
un poco y ahora le quedaba ya poquísimo. En este punto, ella sonrió por segunda vez. Alentado, mencionó él el carácter solitario de
la vida creadora:

—Pero, Dios mío, no te imaginas el trabajo que cuesta en realidad, el conseguir *realmente* que el asunto salga, digamos...

—¿Esposas? — preguntó ella interrumpiéndole.

Por un instante, él había supuesto que ella estaba interesada ya
por la novela. Entonces vio sus ojos recelosos y expectantes y replicó con cautela: «Ninguna activa», como si las mujeres fuesen
volcanes; y lo habían sido, sí, en el mundo de Jerry. Después del
almuerzo, mientras caminaban, algo borrachos, cruzando la plaza
vacía, con el sol cayéndoles a plomo, ella hizo su única declaración
de propósitos:

—Todo lo que poseo está en este bolso, ¿entendido? — preguntó. Era el bolso que llevaba al hombro, el de tela de alfombra —.
Y quiero que las cosas sigan igual. Así que nadie debe darme nada
que no pueda llevar encima. ¿Entendido?

Cuando llegaron a la parada del autobús, ella se puso a pasear
y cuando el autobús llegó subió tras él y dejó que le pagara el billete, y cuando se bajó en la aldea subió al cerro con él, Jerry con su
saco de libros, ella con el bolso al hombro, y así fue la cosa. Tres
noches y la mayor parte de sus días durmió y a la cuarta noche fue
a él. Él estaba tan poco preparado para ella que hasta había dejado cerrada con llave la puerta de su cuarto: él tenía sus manías con
puertas y ventanas, sobre todo de noche. Así que tuvo que apo-
rrear la puerta y gritar: «Quiero entrar en tu maldito catre, por
favor», para que él abriese.

—No me mientas nunca — le advirtió, metiéndose en su cama
como si compartiesen una fiesta de alcoba —. Si no se dice nada
no hay mentiras. ¿De acuerdo?

Como amante, era igual que una mariposa, recordaba Jerry:
podría haber sido china. Ingrávida, nunca se estaba quieta; era tan
frágil que le desesperaba. Cuando salieron las luciérnagas, se arro-
dillaron ambos en el asiento de la ventana y las miraron y Jerry se
acordó de Oriente. Chirriaban las cigarras y eructaban las ranas,
y las luces de las luciérnagas jugueteaban alrededor de un charco
central de oscuridad y debieron estar allí arrodillados, desnudos,
una hora o más, mirando y escuchando, mientras la ardiente luna
se hundía entre las cimas de los cerros. No hablaron nada ni llega-

ron a conclusión de ningún tipo que él supiese. Pero dejó de cerrar
con llave la puerta de su cuarto.

La música y el martilleo habían cesado, pero se había iniciado
un estruendo de campanas de iglesia, que él supuso toque de vís-
peras. El valle nunca estaba tranquilo del todo, pero las campanas
sonaban más a causa del rocío. Se acercó al *swing ball*, y arrancó
la cuerda de la columna metálica, luego pateó con su vieja bota
de cabritilla la base, recordando cómo volaba el ágil cuerpecillo de
ella de tiro en tiro y cómo se hinchaba el hábito de monje.

«*Tutor* es la palabra clave», le habían dicho. «*Tutor* significa la
vuelta», dijeron. Durante un momento, Jerry vaciló, mirando de
nuevo hacia abajo, la llanura azul donde la misma carretera, en
absoluto figurativa, llevaba rielante y recta como un canal hacia la
ciudad y el aeropuerto.

Jerry no era lo que él habría denominado un pensador. Toda
una niñez escuchando a su padre gritar le había enseñado pronto el
valor de las grandes ideas, y también de las grandes palabras. Quizás hubiera sido eso lo que le había unido a la chica en principio,
pensó. Aquella actitud suya: «No quiero que me den nada que no
pueda llevar encima.»

Quizá. Quizá no. Ella encontrará a otro. Pasa siempre.

*Es el momento*, pensó. El dinero liquidado, la novela abortada,
la chica demasiado joven: en marcha. Es *el momento*.

¿El momento de qué?

¡*El momento*! El momento de que ella hallase a un joven vigoroso en vez de agotar a un viejo. El momento de ceder al ansia de
viajar. Levanta el campamento. Despierta a los camellos. Sigue tu
camino. En fin, Jerry lo había hecho ya antes una o dos veces. Plan-
tar la vieja tienda, quedarse un rato, seguir. Lo siento, querida.

Es una orden, se dijo. Entre nosotros hay que obedecer sin pensar. Suena el silbato, los muchachos se reagrupan. Se acabó la discusión. *Tutor*.

De todos modos, era curiosa la sensación que había tenido de
que llegaba, pensó, mirando aún fijamente la borrosa llanura. No
un gran presentimiento, ninguna tontería así: simplemente, sí, la
sensación de que era el momento. Tenía que ser. Una sensación de
sazón. Pero en lugar de un alegre impulso de actividad, se apoderó
de su cuerpo el torpor. Se sentía de pronto demasiado cansado,
demasiado gordo, demasiado soñoliento para ponerse en movimiento de nuevo. De buena gana se habría tumbado allí mismo, donde

estaba. Le habría gustado dormir sobre la áspera hierba hasta que ella le despertase o llegara la oscuridad.

Tonterías, se dijo. Puras tonterías. Sacando el telegrama del bolsillo, entró con vigorosas zancadas en la casa, gritando su nombre:

—¡Eh, querida! ¡Muchacha! ¿Dónde te escondes? Hay malas noticias — se lo entregó —. ¡El Destino! — dijo, y se dirigió a la ventana en vez de mirarla mientras lo leía.

Esperó hasta que oyó el rumor del papel al aterrizar en la mesa. Se volvió entonces porque no podía hacer otra cosa. Ella no había dicho nada, pero se había metido las manos bajo las axilas y a veces su lenguaje gestual era ensordecedor. Jerry vio que sus dedos tanteaban a ciegas, intentando aferrarse a algo.

—¿Por qué no te vas una temporada a casa de Beth? — sugirió —. A ella le encantaría tenerte en su casa, a la vieja Beth. Te estima mucho. Podrías estar todo el tiempo que quisieras en casa de Beth.

Ella siguió con los brazos cruzados hasta que él bajó a poner el telegrama. Cuando volvió, le había sacado el traje, el azul, del que siempre se habían reído (ella le llamaba su uniforme de presidiario), pero temblaba y estaba pálida y mortecina, la misma cara que cuando él hizo lo de los avispones. Cuando intentó besarla, estaba fría como el mármol, así que la dejó. De noche, durmieron juntos y fue peor que estar solo.

Mama Stefano proclamó la noticia a la hora del almuerzo, jadeante. El honorable colegial se había ido, dijo, llevaba puesto el traje. Llevaba el maletín, la máquina de escribir y el saco de los libros. Franco le había llevado hasta el aeropuerto en la camioneta. La huérfana había ido con ellos, pero sólo hasta el acceso a la *autostrada*. Cuando se bajó, ni siquiera dijo adiós: sólo se quedó allí al borde de la carretera como la basura que era. Durante un rato, después de que la descargaron, el colegial se quedó muy callado y pensativo. Apenas atendía a las ingeniosas y agudas preguntas de Franco, y no hacía más que alisarse el pelo, aquel pelo entrecano como había dicho la Sanders. En el aeropuerto, como faltaba una hora para que saliese el avión, se habían bebido una botella y habían jugado una partida de dominó, pero cuando Franco intentó robarle con la factura, el colegial mostró una insólita dureza, regateando al fin, como los ricos de verdad.

Franco se lo había contado a ella, dijo: su amigo del alma. Franco, a quien calumniaban llamándole pederasta. ¿No le había defendido ella siempre, al elegante Franco, a Franco, el padre de su hijo tonto? Habían tenido sus diferencias (¿quién no?) pero ¡que le nombraran, si podían, un hombre en todo el valle más honrado, diligente, simpático y elegante que Franco, su amigo y amante!

El colegial había vuelto a por su herencia, dijo la encargada de correos.

# 3

# EL CABALLO DEL SEÑOR GEORGE SMILEY

Sólo George Smiley, decía Roddy Martindale, un tipo de Asuntos Exteriores, gordo y avispado, podría haber conseguido que le nombrasen capitán de un barco naufragado. Sólo Smiley, añadía, podría haber agravado las aflicciones de tal nombramiento eligiendo ese mismo momento para abandonar a su hermosa, aunque a veces vagabunda, esposa.

A primera, e incluso a segunda, vista, George Smiley era inadecuado en todos los sentidos, como Martindale apreció en seguida. Era rechoncho, y desesperadamente tímido en ciertos sentidos. Una timidez natural le hacía de vez en cuando pomposo, y para hombres de la ampulosidad de Martindale, la modestia de Smiley era como un reproche permanente. También era miope, y al verle en aquellos primeros días que siguieron al holocausto, con sus gafas redondas y sus prendas de funcionario, asistido por su apuesto y silencioso copero Peter Guillam, arrastrándose discretamente por los más cenagosos senderos de la selva de Whitehall; o encorvado, sobre un montón de papeles a cualquier hora del día o de la noche en su astroso salón del trono de la quinta planta del *mausoleo* eduardiano del Circus de Cambridge que ahora dirigía, pensabas que era él, y no el difunto Haydon, el espía ruso, quien merecía el nombre de «topo». Después de tan prolongadas horas de trabajo en aquel edificio semidesierto y lúgubre, las bolsas de las ojeras se habían vuelto cárdenas, sonreía raras veces, aunque no careciese, ni mucho menos, de sentido del humor y había veces en que el mero esfuerzo de levantarse de su silla parecía dejarle sin resuello. Una vez alcanzada la posición erecta, hacía una pausa, la boca levemente abierta, y emitía un pequeño y fricativo «uf» antes de ponerse en movimiento. Otro hábito suyo era limpiar las gafas con aire distraído en el extremo grueso de la corbata, con lo que le quedaba la cara tan desconcertadamente desnuda que una secretaria muy vieja (en la jerga se llamaba a estas damas «madres») se vio asaltada en más de una ocasión por un ansia casi incontenible, sobre la que los psiquia-

tras habían hecho toda clase de graves pronósticos, de echarse sobre
él y protegerle de la tarea imposible que parecía decidido a realizar.

—George Smiley no está sólo limpiando la cuadra —comentaba el mismo Roddy Martindale, en su mesa de almuerzo del Ear-
rick—. Sube también con su caballo cuesta arriba. Ja, ja.

Otros rumores, favorecidos sobre todo por departamentos que
habían presentado solicitudes para obtener el privilegio del fallido
servicio eran menos respetuosos con la tarea de Smiley.

«George está viviendo de su reputación», decían, al cabo de
unos meses. «La captura de Bill Haydon fue una casualidad.»

En fin, decían, después de todo había sido un soplo de los norteamericanos, no había sido, ni mucho menos, un golpe de George:
El honor deberían habérselo llevado los primos, pero habían renun-
ciado diplomáticamente a él. No, no, decían otros. Fue el Holandés.
El Holandés había descifrado el código del Centro de Moscú y había pasado la picza a través del enlace: preguntadle a Roddy Martindale. Martindale, por supuesto, era un traficante profesional de
informaciones falsas del Circus. Y, así, los rumores iban de un lado
a otro mientras Smiley, aparentemente indiferente, guardaba silencio y despedía a su esposa.

Era casi increíble.

Estaban asombrados.

Martindale, que jamás en su vida había amado a una mujer, se
sentía especialmente ofendido. Convirtió el asunto en una *cosa* positiva en el Garrick.

—¡Qué descaro! ¡Él un completo don nadie y ella una medio
Sawley! Pauloviano, eso le llamo yo. Pura crueldad pavloviana. Después de años de soportar sus pecadillos perfectamente sanos (em-
pujándola a ellos, en realidad), ¿qué hace el hombrecillo? ¡Se vuelve y, con brutalidad absolutamente *napoleónica,* le atiza una patada en la boca! Un escándalo. Y estoy dispuesto a decírselo a todo
el mundo. Un escándalo, sí. Soy un hombre tolerante, a mi modo.
Creo que no soy ningún santurrón, pero Smiley ha ido demasiado
lejos. Desde luego que sí.

Por una vez, ocurría de cuando en cuando, Martindale tenía la
imagen correcta. Las pruebas estaban allí y todos podían verlas.
Con Haydon muerto y el pasado enterrado, los Smiley habían arreglado sus diferencias y juntos, con cierto ceremonial, la reconci-
liada pareja había vuelto a su casita de Chelsea, a la calle Bywater.
Habían hecho incluso una tentativa de incorporarse a la vida social.
Habían salido, habían recibido invitados de modo acorde al nuevo
cargo de George. Los primos, el singular miembro del Parlamento,

una serie de barones de Whitehall. Cenaron allí y volvieron a casa
llenos; durante unas cuantas semanas, fueron incluso una pareja
modestamente exótica que recorrió el circuito burocrático más selecto. Hasta que de pronto, con evidente pesar de su esposa, George
Smiley se había apartado de ella y había instalado su campamento
en los escuálidos desvanes que había detrás de su salón del trono
del Circus. Pronto la lobreguez del lugar pareció actuar sobre la
superficie de su rostro, como el polvo sobre la piel de un preso.
Y mientras, Ann Smiley se consumía en Chelsea, soportando muy
mal su insólito papel de esposa abandonada.

Abnegación, decían los entendidos. Abstinencia de monje. George es un santo. Además, a *su* edad...

Cuentos, replicaba la facción de Martindale. ¿Abnegación por
*qué*? ¿Qué quedaba allí, en aquel sombrío monstruo de ladrillo
rojo, que pudiese exigir tal sacrificio? ¿Qué había ya en ninguna
parte, en el terrible Whitehall o, Dios nos asista, en la terrible *Inglaterra* que pudiese ya exigirlo?

Trabajo, decían los entendidos.

¿Pero *qué* trabajo?, decían las atipladas protestas de aquellos
que se habían nombrado a sí mismos vigilantes del Circus, exhibien-
do, como gorgonas, los pequeños fragmentos de lo visto y oído.
¿Qué hacía él allá arriba, privado de las tres cuartas partes de su
personal, sólo con unos cuantos vejestorios para prepararle el té,
sus redes destrozadas? ¿Sus residencias extranjeras, su asignación
reptil congelada por completo por Hacienda (se referían a sus cuentas operativas) y ningún amigo personal en Whitehall ni en Washington en quien poder confiar? Salvo que considerase amigo suyo al
presumido de Lacon, de la oficina del Gobierno, siempre tan dispuesto a ayudarle en cualquier ocasión imaginable. Y naturalmente
*Lacon* lucharía por él: ¿A quién más tenía? El Circus era la base
del poder de Lacon. Sin él, él era... bueno, lo que era ya, un capón.
Naturalmente, *Lacon* lanzaría el grito de guerra.

—Es un escándalo — proclamó Martindale furioso, mientras a
su anguila ahumada y a su filete con riñones y al clarete del Club
les añadía un beneficio de veinte peniques —. Se lo diré a todo el
mundo.

Entre los pueblerinos de Whitehall y los de la Toscana, a veces
resultaba sorprendentemente difícil elegir.


El tiempo no ahogó los rumores. Por el contrario, se multiplicaron, y les dio colorido su aislamiento, al que llamaron obsesión.

Se recordó que Bill Haydon no sólo había sido colega de George

Smiley, sino primo de Ann y algo más todavía. La furia de Smiley
contra Haydon, decían, no se había aplacado con la muerte de éste:
no había duda de que estaba bailando sobre la tumba de Bill. Por
ejemplo, George había supervisado personalmente la limpieza de la
famosa sala de Haydon que daba a Charing Cross Road, y la destrucción de los últimos rastros de él, desde aquellas intrascendentes
pinturas al óleo, que eran obra suya, a los restos y baratijas de los
cajones de su escritorio. Hasta había ordenado serrar y quemar el
mismo escritorio. Y una vez hecho *eso,* afirmaban, había mandado
a un equipo de obreros del Circus para echar abajo las paredes de
separación. Sí, señor, decía Martindale.

O, como otro ejemplo, y francamente uno de los más inquietantes, bastaba ver la fotografía que colgaba en la pared del co-
chambroso salón del trono de Smiley, una fotografía de pasaporte,
por el aspecto, pero ampliada a mucho más de su tamaño natural,
de modo que tenía un aspecto granulento y, según algunos, espectral. Uno de los de Hacienda la vio durante una reunión convocada
para borrar las huellas de las cuentas bancarias operativas.

—Por cierto, ¿es ésa la foto de Control? — le había preguntado
a Peter Guillam, sólo como un comentario intrascendente. No había
tras la pregunta ninguna intención siniestra. En fin, ¿por qué no?,
¿qué había de malo en *preguntar?* Control, aún no se conocían
otros nombres, era la leyenda del lugar. Había sido guía y mentor
de Smiley durante treinta años. Smiley le había enterrado, en realidad, decían: pues los muy secretos, como los muy ricos, tienen
tendencia a morir sin que nadie les llore.

—No, desde luego que *no es* Control — había replicado Guillam
el copero, con aquel tono suyo espontáneo y desdeñoso —. Es
Karla.

¿Y quién era Karla cuando estaba en la casa?

Karla, querido amigo, era el nombre de trabajo del agente soviético que había reclutado a Bill Haydon, en primer término, y que
había estado controlándole después.

«Es un tipo de leyenda, completamente distinto, eso es lo menos que podemos decir — clamaba Martindale, temblando de furia —. Parece ser que tenemos entre manos una auténtica *vendetta.*
¿Podemos llegar a ser tan pueriles?»

Hasta a Lacon le fastidiaba un poco aquella foto.

—Ahora en serio, ¿por qué le tienes ahí colgado, George?
— preguntó, con su voz audaz de prefecto jefe, una tarde que entró
en el despacho de Smiley cuando iba camino de casa procedente de
la oficina del Gobierno —. Me pregunto qué significa para ti. ¿Has

pensado en ello? ¿No crees que es un poco macabro? ¿El enemigo victorioso? Creo que puede acabar con uno, mirándole desde allá arriba con esa satisfacción malévola...

—Bueno, Bill ha *muerto* — dijo Smiley de aquel modo elíptico que utilizaba a veces, dando la clave de un motivo, en vez del motivo mismo.

—Y Karla está vivo, ¿no? — dijo Lacon —. Y tú prefieres tener un enemigo vivo que uno muerto, ¿es eso lo que quieres decir?

Pero las preguntas hechas a George Smiley tenían, a cierto nivel, la costumbre de pasarle de largo; incluso, según sus colegas, de parecer de mal gusto.

Un incidente que proporcionó más material sustantivo en los bazares de Whitehall se refería a los «hurones» o barredores electrónicos. No se recordaba en parte alguna un caso peor de favoritismo. ¡Dios mío, qué estómago tenían a veces aquellos tipos! Martindale, que llevaba un año esperando a tener despacho propio terminado, mandó una queja a su subsecretario. En mano. Para que la abriera él personalmente. Lo mismo hizo su hermano en Cristo del Ministerio de Defensa y lo mismo, casi, Hammer, de Hacienda, pero Hammer olvidó echarla al correo o se lo pensó mejor en el último momento. No era sólo una cuestión de prioridades, ni mucho menos. Ni de principios siquiera. Se trataba de *dinero*. Dinero *público*. Hacienda había renovado ya las instalaciones de la mitad del Circus a instancias de George. La paranoia de éste respecto a escuchas ocultas no tenía límite, al parecer. A esto se añadía el que los hurones andaban faltos de personal, había habido disputas laborales respecto a horas extras antisociales... ¡había tantos puntos de vista! Todo el asunto era dinamita.

Pero, ¿qué había pasado? Martindale tenía los detalles en la punta de sus manicurados dedos. George fue a ver a Lacon un jueves (el día de la extraña ola de calor, recuerdas, en la que prácticamente todo el mundo se asfixiaba, incluso en el Garrick) y el sábado (¡un sábado, *imaginad* las horas extras!) aquellos animales cayeron como un enjambre sobre el Circus, enfureciendo a los vecinos con su estruendo y poniéndolo todo patas arriba. No se había conocido desde entonces caso más *grave* de preferencia ciega... bueno, desde que le permitieron a Smiley volver a disponer de aquella especialista en Rusia vieja y sarnosa que él tenía, Sachs, Connie Sachs, catedrática de Oxford, sin razón alguna, considerándola una madre, cuando no lo era.

Discretamente, o tan discretamente como pudo, Martindale procuró por todos los medios enterarse de si los hurones habían descubierto en realidad algo, pero chocó contra un muro. En el mundo secreto, información es dinero, y en ese sentido, al menos, aunque él no lo supiera quizás, Roddy Martindale era un mendigo, pues las interioridades de este secreto interno sólo las conocía el grupito más íntimo. Era cierto que un jueves Smiley había ido a ver a Lacon, a su despacho revestido de madera que daba al Parque de St. James; y que el día fue insólitamente caluroso para el otoño. Brillantes rayos de sol caían sobre la alfombra de diseño figurativo, y las motas de polvo jugaban en ellos como finísimos pececitos tropicales. Lacon se había quitado incluso la chaqueta, aunque no la corbata, claro.

—Connie Sachs ha estado haciendo un poco de aritmética con la caligrafía de Karla en casos análogos — proclamó Smiley.

—¿*Caligrafía?* — repitió Lacon, como si caligrafía fuese contra las normas.

—Trucos del oficio. Los hábitos técnicos de Karla. Parece ser que donde era aplicable, utilizaba topos y robasonidos a la vez.

—Repítemelo ahora en inglés, George, ¿te importa?

Donde lo permitían las circunstancias, dijo Smiley, Karla había preferido respaldar sus operaciones de agente con micrófonos. Aunque Smiley estaba seguro de que no se había dicho nada dentro del edificio que pudiera comprometer cualesquiera «planes actuales», como él les llamaba, las implicaciones eran inquietantes.

Lacon estaba empezando a conocer también la caligrafía de Smiley.

—¡Alguna derivación de esa teoría, un tanto académica? — preguntó, examinando el rostro inexpresivo de Smiley por encima del lápiz, que sostenía entre los dos índices, como una regla.

—Hemos estado haciendo inventario de nuestros almacenes de material audio — confesó Smiley, arrugando la frente —. Falta una buena cantidad de equipo de la casa. Desapareció mucho, al parecer, cuando las reformas del 66.

Lacon esperó, esforzándose por sacarle más.

—Haydon estaba en el comité de edificación que era responsable de que se hiciese el trabajo — concluyó Smiley, como obsequio final —. Él era la fuerza motriz, en realidad. Es exactamente... bueno, si los primos llegan a enterarse alguna vez, creo que sería la última gota.

Lacon no era tonto y la cólera de los primos, precisamente cuando todo el mundo andaba intentando alisarse las plumas, era algo que debía evitarse a toda costa. De depender de él, habría despachado a los hurones aquel mismo día. Un término medio sería el siguiente sábado, por lo que llegado el día, y sin consultar a nadie, despachó a todo el equipo, a las doce, en dos furgones grises que llevaban este cartel: «Control de plagas.» Era verdad que habían puesto todo patas arriba, de ahí los estúpidos rumores sobre la sala de Haydon. Estaban furiosos porque era fin de semana y quizá, por lo mismo, injustificadamente violentos: las horas extras las pagaban a un precio aterrador. Pero su estado de ánimo cambió muy pronto cuando localizaron ocho radiomicrófonos en la primera pasada todos ellos del mismo tipo de los de los almacenes de material del Circus. Haydon los había distribuido de una forma clásica, como aceptó Lacon cuando acudió a hacer una inspección personal. Uno en un cajón de un escritorio que no se usaba, como si se hubiera dejado allí inocentemente y se hubiese olvidado, si no fuera porque el escritorio estaba casualmente en la sala de codificación. Otro acumulando polvo encima de un viejo aparador metálico en la sala de conferencias de la quinta planta, o, en la jerga, la sala de juegos. Y otro, con el típico talento de Haydon, metido detrás de la cisterna en el lavabo de al lado, que era para altos funcionarios. Una segunda pasada, que incluyó las paredes maestras, permitió descubrir otros tres empotrados en la estructura durante la edificación. Sondas, con tubitos de plástico de acceso al exterior para captar sonidos. Los hurones los colocaron como si alinearan las piezas cobradas en una cacería. Muertos lo estaban, por supuesto, como todos los aparatos, pero lo cierto es que habían sido colocados allí por Haydon, y conectados a frecuencias que el Circus no utilizaba.

—Y he de decir que mantenidos a costa de la Hacienda pública, además — dijo Lacon, con la más seca de las sonrisas, acariciando los hilos que habían conectado los micrófonos sonda con la instalación general —. O así fue, al menos, hasta que George modificó la instalación. No ha de olvidárseme decírselo al hermano Hammer. Se estremecerá.

Hammer, galés, era el enemigo más pertinaz de Lacon.

Smiley, por consejo de Lacon, montó entonces una modesta pieza teatral. Ordenó a los hurones reactivar los radiomicrófonos en la sala de conferencias y modificar el receptor de uno de los pocos coches de vigilancia del Circus que quedaban. Luego, invitó a tres de los jinetes de escritorio de Whitehall más inflexibles, incluido al galés Hammer, a rondar en el coche en un radio de media milla alrededor del edificio, y escuchar una discusión previamente redactada entre dos imprecisos ayudantes de Smiley que estaban sentados en la sala de juegos. Palabra por palabra. Ni una sílaba fuera de su sitio.

Tras lo cual, el propio Smiley les obligó a jurar que guardarían absoluto secreto y les hizo firmar una declaración por si acaso, redactada por los caseros, destinada expresamente a amedrentarlos. Peter Guillam admitió que les mantendría tranquilos un mes o así.

—O menos, si llueve — añadió acremente.

Pero si Martindale y sus colegas del campo contiguo a Whitehall vivían en un estado de inocencia primigenia respecto a la realidad del mundo de Smiley, los más próximos al trono se sentían igualmente distanciados de él. A su alrededor, los círculos se iban haciendo cada vez más pequeños a medida que se aproximaban, y en los primeros días, poquísimos llegaban al centro. Al cruzar la entrada lúgubre y marrón del Circus, con sus barreras provisionales controladas por vigilantes conserjes, Smiley no abandonaba nada de su reserva habitual. Durante noches y días seguidos, la puerta de su pequeña suite-oficina, permanecía cerrada y su única compañía era Peter Guillam, y un omnipresente factótum de sombría mirada llamado Fawn, que había compartido con Guillam la tarea de hacer de niñeras de Smiley durante el acoso de Haydon. A veces, Smiley desaparecía por la puerta trasera sin más que un gesto, llevándose consigo a Fawn, una criatura flaca y diminuta, y dejando a Guillam encargado de controlar las llamadas telefónicas e informarle en caso de emergencia. A las madres, les gustó esta conducta hasta los últimos días de Control, que había muerto al pie del cañón, gracias a Haydon, con el corazón destrozado. Por los procesos orgánicos de una sociedad cerrada, se añadió a la jerga una palabra nueva. El desenmascaramiento de Haydon se convirtió entonces en la *caída* y la historia del Circus se dividió en *antes de la caída* y *después*. Para las idas y venidas de Smiley, la *caída* física del edificio mismo, vacío en tres cuartas partes y, desde la visita de los hurones, en estado de desorden general, aportaba una sombría sensación de ruina que en momentos bajos resultaba simbólica para quienes tenían que vivir con ella. Lo que los hurones destruyen, no vuelven a reconstruirlo: y creían que lo mismo podía aplicarse, quizás, a Karla, cuyos rasgos polvorientos, clavados allí por su escurridizo jefe, seguían vigilando desde las sombras de su espartano salón del trono.

Lo poco que conocían era abrumador. Cuestiones tan vulgares como la del personal, por ejemplo, adquirían una dimensión aterradora. Smiley había invitado al personal a que se fuera y a que se

desmantelaran las residencias; y por lo menos la del pobre Tufty
Thesinger, de Hong Kong, que aunque desde mucho antes alejada
del escenario antisoviético fue una de las últimas que se cerró. Respecto a Whitehall, terreno del que ellos desconfiaban profundamente, igual que Smiley, se supo que éste había sostenido discusiones
extrañas y bastante tremendas sobre indemnizaciones por despido y
readmisiones. Había casos, al parecer (el pobre Tufty Thesinger de
Hong Kong aportaba una vez más el ejemplo más directo), en que
Bill Haydon había alentado deliberadamente el ascenso excesivo de
funcionarios quemados con los que se podría contar que no empren-
derían iniciativas personales. ¿Debería pagárseles para que se fueran de acuerdo con su auténtico valor, o según el valor exagerado
que malévolamente les había asignado Haydon? Había otros casos
en los que Haydon, por su propia seguridad, había urdido razones
de expulsión. ¿Deberían recibir la pensión completa? ¿Tenían derecho a pedir el reingreso? Desconcertados y jóvenes ministros,
nuevos en el poder desde las elecciones, elaboraban normas audaces
y contradictorias. En consecuencia, pasaron por las manos de Smiley toda una triste corriente de frustrados funcionarios de campo del
Circus, de ambos sexos, y los caseros recibieron orden de cerciorarse de que, por razones de seguridad, y quizá de estética, ninguno de
estos recién llegados de residencias extranjeras pusiera los pies dentro del edificio principal. No quería tolerar Smiley tampoco ningún
contacto entre los condenados y los amnistiados provisionalmente.
En consecuencia, con el renuente apoyo de Hacienda en la persona
del galés Hammer, los caseros instalaron una oficina de recepción
provisional en una casa alquilada de Bloomsbury, bajo la tapadera
de una escuela de idiomas. (Lamentamos no poder recibir a nadie
sin cita previa), controlándola con un cuarteto de funcionarios de
pagos-y-personal. Este equipo se convirtió inevitablemente en el
Grupo Bloomsbury, y se supo que a veces, durante una hora libre
o así, Smiley procuraba escurrirse hasta allí y, en una visita más
bien tipo hospital, ofrecía su pésame a rostros con frecuencia desconocidos. En otras ocasiones, según su humor, guardaba silencio
absoluto, prefiriendo mantenerse anónimo y silencioso como un
buda en un rincón de la polvorienta sala de entrevistas.

¿Qué le impulsaba? ¿Qué andaba buscando? Si la rabia era la
raíz, entonces era una rabia común a todos ellos en aquellos tiempos. Podían sentarse en grupo en la sala de juegos tras un largo
día de trabajo y estar allí cotilleando y bromeando; pero si alguien
deslizaba los nombres de Karla o de su topo Haydon, caía sobre
ellos un silencio de ángeles, y ni siquiera la astuta y veterana Con-

nie Sachs, la especialista en Moscú, era capaz de romper el hechizo.

Aún más conmovedores a ojos de sus subordinados fueron los esfuerzos de Smiley por salvar del naufragio algo de las redes de agentes. Al día siguiente de la detención de Haydon, habían quedado inmovilizadas las nuevas redes soviéticas y del Este europeo del Circus. Los contactos por radio se paralizaron, quedaron congeladas las líneas de comunicación y, según todos los indicios, si quedaban en la zona agentes que fuesen verdaderamente del Circus, se habían replegado de la noche a la mañana. Pero Smiley se opuso ferozmente a ese enfoque fácil, lo mismo que se había negado a aceptar que Karla y Moscú Centro fuesen entre ellos insuperablemente eficientes, metódicos o racionales. Acosó a Lacon, acosó a los primos en sus grandes anexos de Grosvenor Square, insistió en que se siguieran controlando las frecuencias radiofónicas de los agentes y, pese a las agrias protestas del Ministerio de Asuntos Exteriores (Roddy Martindale en primera fila, como siempre), logró que los servicios ultramarinos de la BBC emitieran mensajes en lenguaje abierto ordenando a todo agente vivo que casualmente los oyese y conociese la clave abandonar el barco de inmediato. Y, poco a poco, ante el desconcierto de todos, llegaron pequeños aleteos de vida, como confusos mensajes de otro planeta.

Primero los primos, en la persona de su jefe local de estación Martello, inquietantemente fanfarrón, informaron desde Grosvenor Square que una cadena de escape norteamericana estaba pasando a dos agentes británicos, un hombre y una mujer, a la vieja estación de recreo de Sochi en el mar Negro, donde se estaba preparando una pequeña embarcación para lo que los tranquilos agentes de Martello insistían en llamar «tarea de exfiltración». Con esta descripción se refería a los Churayev, pieza clave en la red *Contemplate* que había cubierto Georgia y Ucrania. Sin esperar el visto bueno del Ministerio de Hacienda, Smiley resucitó del retiro a un tal Roy Bland, un corpulento dialéctico ex marxista y agente de campo durante algún tiempo, que había sido el encargado de la red. A Bland, muy hundido con la caída, le confió a Silsky y a Kaspar, los dos sabuesos rusos, también en naftalina, también antiguos protegidos de Haydon, como grupo de recepción de reserva. Aún estaban sentados en su avión de transporte de la RAF cuando llegó la noticia de que habían matado a tiros a la pareja al salir del puerto. El plan de exfiltración se había desmoronado, dijeron los primos. Martello, muy considerado, telefoneó personalmente a Smiley para darle la noticia. Era un hombre amable por naturaleza y, como Smiley, de la vieja escuela.

Era de noche y llovía a cántaros.

—Tómatelo con calma, George —advirtió, con su tono paternal—. ¿Me oyes? Hay agentes de campo y agentes de oficina y somos tú y yo los que tenemos que procurar que siga existiendo esta distinción. De lo contrario, nos volveríamos todos locos. No se puede ir hasta el final por ninguno de ellos en concreto. Somos como generales. No debes olvidarlo.

Peter Guillam, que estaba junto a Smiley cuando recibió la llamada, juraba después que Smiley no había mostrado ninguna reacción visible. Y Guillam le conocía bien. Pero diez minutos después, sin que nadie se diese cuenta, había desaparecido y faltaba de la percha su voluminoso impermeable. Volvió ya amanecido, calado hasta los huesos, y con el impermeable aún al brazo. Después de cambiarse volvió a su mesa, pero cuando Guillam, espontáneamente, se acercó de puntillas con el té, encontró a su jefe, para su desconcierto, sentado muy rígido ante un viejo volumen de poesía alemana, con los puños cerrados a ambos lados del libro, y llorando en silencio.

Bland, Kaspar y de Silsky suplicaron la readmisión. Alegaron que el pequeño Toby Estherhase, el húngaro, había conseguido la readmisión sin motivo visible y exigieron en vano el mismo tratamiento. Les retiraron de la circulación y no se volvió a hablar de ellos. La injusticia pide injusticia. Aunque manchados, podrían haber sido útiles, pero Smiley no quería ni oír hablar de ellos; ni entonces ni después ni nunca. Ése fue el punto más bajo del período que siguió inmediatamente a la caída. Los había que creían en serio (dentro del Circus y fuera también) que habían oído el último latido del corazón de los servicios secretos ingleses.

Pero quiso la casualidad que a los pocos días de esta catástrofe, la suerte ofrendase a Smiley un pequeño consuelo. En Varsovia, a plena luz del día, un agente importante del Circus de paso recogió la señal de la BBC y se fue derecho a la Embajada inglesa. Gracias a las feroces presiones que ejercieron Lacon y Smiley, lo facturaron en avión a Londres disfrazado de correo diplomático, a despecho de Martindale. Desconfiando de sus explicaciones, Smiley entregó al agente a los inquisidores del Circus que, privados de otra carne, estuvieron a punto de liquidarle pero que al fin le declararon limpio. Le reasentaron en Australia.

Luego, aún en el principio mismo de su mandato, Smiley se vio obligado a emitir juicio sobre las otras estaciones nacionales del Circus. Su instinto le empujaba a desprenderse de todo: las casas de seguridad, ya totalmente inseguras; la Guardería de Sarrat, donde tradicionalmente se informaba y adiestraba a los agentes y a los nuevos aspirantes; las laboratorios audioexperimentales de Harlow; la escuela de pócimas y explosiones de Argyll; la escuela acuática del estuario de Helford, donde marinos en decadencia practicaban la magia negra de la navegación en pequeñas embarcaciones como si fuese el ritual de una religión perdida; y la base de transmisiones radiofónicas de largo alcance de Canterbury. Se habría desprendido incluso del cuartel general que los discutidores tenían en Bath, donde se descifraban las claves.

—Liquídalo todo — le dijo a Lacon, yendo a visitarle a sus habitaciones.

—¿Y luego qué? — inquirió Lacon, desconcertado por aquella vehemencia suya, que desde el fracaso de Sochi era aún más marcada.

—Empieza de nuevo.

—Comprendo — dijo Lacon, lo cual significaba, claro, que no comprendía.

Lacon tenía hojas llenas de cifras de los de Hacienda delante, y las estudiaba mientras hablaban.

—La Guardería de Sarratt, por alguna razón que no consigo entender, está asignada al presupuesto *militar* — comentó como reflexionando —. No está en tu fondo reptil. El Ministerio de Asuntos Exteriores paga lo de Harlow (y estoy seguro que se han olvidado hace ya mucho de ello). Argyll está bajo el ala del Ministerio de Defensa, que lo más seguro es que no sepa siquiera que existe; el Departamento de Correos se encarga de Canterbury y la Marina de Helford. Me complace decirte que Bath está subvencionado también con fondos del Ministerio de Asuntos Exteriores, y con la firma concreta de Martindale, que se asignó a ese presupuesto hace seis años y que se ha desvanecido del mismo modo de la memoria oficial. Así que no nos comen nada. ¿Qué te parece?

—Que son madera muerta — insistió Smiley —. Mientras existan, jamás los sustituiremos. Sarratt se fue al diablo hace mucho, Helford agoniza, Argyll resulta ridículo. En cuanto a los camorristas, han estado trabajando prácticamente a jornada completa para Karla durante los últimos cinco años.

—Al decir Karla te refieres a Moscú Centro.

—Me refiero al departamento responsable de Haydon y de media docena...

—Sé lo que quieres decir. Pero me parece más seguro, si no te importa, hablar de instituciones. De ese modo nos evitamos el embarazo de las personalidades. Después de todo, *para* eso son las instituciones, ¿no?

Lacon golpeaba rítmicamente la mesa con el lápiz. Por fin, alzó la vista y miró quisquillosamente a Smiley.

—Bueno, en fin — dijo —, tú eres el hombre clave ahora, George. Me da miedo pensar lo que pasaría si alguna vez esgrimieses tu hacha hacia *mi* lado del jardín. Esas otras estaciones nacionales son acciones muy valiosas. Si te deshaces de ellas ahora, nunca las recuperarás. Luego, si te apetece, cuando esté ya todo encarrilado, puedes convertirlas en efectivo y comprarte algo mejor. No debes venderlas cuando el mercado está bajo, ya me entiendes. Tienes que esperar hasta poder sacar un beneficio.

Smiley aceptó el consejo a regañadientes.

Por si todos estos dolores de cabeza no fuesen suficiente, una lúgubre mañana de lunes una revisión de cuentas de Hacienda indicó graves discrepancias en la utilización del fondo reptil del Circus durante el período de cinco años anterior a su congelación por la caída. Smiley se vio obligado a celebrar un juicio improvisado, en el que un viejo funcionario de la sección de finanzas, al que hubo que sacar de su situación de retiro, se desmoronó y confesó su vergonzosa pasión por una muchacha de Registro que le había vuelto loco. En un lúgubre ataque de remordimiento, el viejo volvió a casa y se ahorcó. Contra los vehementes consejos de Guillam, Smiley insistió en asistir al funeral.

Hemos de consignar, sin embargo, que desde estos primeros pasos completamente decepcionantes, y en realidad desde sus primeras semanas en el cargo, George Smiley se lanzó al ataque.

La base de la que partió ese ataque fue, en el primer caso, filosófica, en el segundo teórica, y sólo en última instancia, gracias a la espectacular aparición del egregio jugador Sam Collins, humana.

El principio filosófico era muy simple. La tarea de un servicio secreto, proclamó Smiley con firmeza, no consistía en expediciones de caza sino en informar a sus clientes. Si no lo hacía, los clientes recurrirían a otros, a vendedores menos escrupulosos, o, peor aún, se entregarían al autoservicio aficionado. Y el servicio secreto oficial se marchitaría. No aparecer en los mercados de Whitehall era no ser querido, continuaba. Peor: a menos que el Circus produjese, no tendría artículos que intercambiar con los primos, ni con otros servicios hermanos con los que los intercambios eran tradicionales. No producir era no comerciar, y no comerciar era morir.

Amén, dijeron todos.

La teoría de Smiley (él le llamaba su *premisa*) de cómo podía obtenerse información secreta sin recursos, fue tema de una reunión

informal que se celebró en la sala de juegos menos de dos meses
después de su toma de posesión, y en la que participaron él y el
reducido círculo íntimo que constituía, hasta cierto punto, su equipo de confidentes. Eran cinco en total: el propio Smiley; Peter Guillam, su escanciador; Connie Sachs, grande y exuberante, especialista en Moscú; Fawn, el criado para todo de ojos oscuros, que calzaba zapatos de gimnasia negros y manejaba el samovar de cobre
estilo ruso y las galletas; y, por último, el doctor di Salis, conocido
como el Jesuita Loco, el principal especialista en China del Circus.
Cuando Dios terminó de hacer a Connie Sachs, decían los guasones,
necesitaba un descanso, así que hizo precipitadamente al doctor di
Salis con las sobras. El doctor era una criaturilla irregular y desaliñada, que más parecía un remedo de Connie que su duplicado, y su
figura y sus rasgos, verdaderamente, desde el plateado pelo de punta
que le brotaba por encima del mugriento cuello a las húmedas y
deformes yemas de los dedos que picoteaban como picos de pollo
cuanto había a su alrededor, tenían un indudable aire de algo mal
engendrado. Si le hubiese dibujado Bearsley, le habría hecho enca-
denado e hirsuto, atisbando por un lado del enorme caftán de Connie. A pesar de esto, di Salis era un notable orientalista, un erudito
y una especie de héroe también, pues había pasado una parte de la
guerra en China, reclutando en nombre de Dios y del Circus, y otra
parte en la cárcel de Changi, por gusto de los japoneses. Ése era el
equipo: El Grupo de los Cinco. Con el tiempo, se amplió, pero al
principio eran sólo estos cinco los que componían el famoso cuadro, y, después, haber formado parte de él, como decía di Salis,
era «como tener un carnet del partido comunista con número de
afiliado de una sola cifra».

En primer lugar, Smiley revisó el desastre, lo cual llevó un tiempo, como lleva un tiempo saquear una ciudad o liquidar a gran
número de personas. Se limitó a recorrer todas las callejas traseras
que poseía el Circus, demostrando de modo completamente implacable, cómo, por qué métodos, y a menudo exactamente cuándo,
había revelado Haydon los secretos oficiales a sus amos soviéticos.
Tenía, claro, la ventaja de haber interrogado él mismo a Haydon, y
de haber hecho además las primeras investigaciones que habían llevado a su desenmascaramiento. Conocía la pista. Sin embargo, su
perorata fue un pequeño *tour de force* de análisis destructivo.

—Así que no hay que hacerse ninguna ilusión —concluyó lisamente—. Este servicio no volverá a ser el mismo. Podrá ser mejor,
pero será diferente.

Amén de nuevo, dijeron todos, y se tomaron un lúgubre descanso para estirar las piernas.

Era curioso, recordaría Guillam más tarde, el que los acontecimientos importantes de aquellos primeros meses se desarrollasen todos, por Dios sabe qué causa, durante la noche. La sala de juegos era larga y de techo alto, con altas ventanas de gablete que daban sólo al anaranjado cielo de la noche y a un bosquecillo de herrumbrosas antenas de radio, reliquias de la guerra que nadie había considerado oportuno quitar.

La *premisa,* dijo Smiley cuando reanudaron la sesión, era que Haydon no había hecho nada contra el Circus que no estuviese ordenado, y que la orden procedía personalmente de un hombre: Karla.

Su premisa era que, al informar a Haydon, Karla revelaba las lagunas de información que tenía Moscú Centro; y que al ordenar a Haydon que eliminase ciertas informaciones secretas que llegaban al Circus, al ordenarle que les restase importancia o las distorsionase, que las ridiculizase o incluso que impidiese por completo su circulación, Karla indicaba los secretos que no quería que descubriesen ellos.

—Y eso nos proporciona un negativo, ¿no es así, querido? —murmuró Connie Sachs, cuya velocidad de captación la situaba, como siempre, muy por delante del resto del equipo.

—Así es, Con. Eso es exactamente lo que podemos obtener —dijo Smiley muy serio—. Podemos obtener un negativo.

Y reanudó su conferencia dejando a Guillam más desconcertado en el fondo que antes.

Rastreando minuciosamente la senda de destrucción de Haydon (sus huellas, como decía él), a base de repasar exhaustivamente su selección de los datos; recomponiendo, tras laboriosas semanas de investigación si era preciso, las informaciones secretas recogidas de buena fe por las estaciones exteriores del Circus, y comparándolas, en todos los detalles, con las informaciones distribuidas por Haydon a los clientes del Circus en la plaza del mercado de Whitehall, sería posible determinar el negativo (como tan correctamente había dicho Connie) y determinar el punto de partida de Haydon y, en consecuencia, de Karla, declaró Smiley.

Una vez adoptada la orientación correcta, se abrirían sorprendentes posibilidades, y el Circus se hallaría en situación, pese a todo, de volver a tomar la iniciativa, o, en palabras de Smiley, «de *acción,* y no meramente de *reacción*».

La premisa, según la gozosa descripción que haría luego Connie Sachs, significaba: «Buscar otra maldita momia de Tutankamon, mientras George Smiley sostiene la lámpara y nosotros pobres peones manejamos los picos y las palas.»

Por entonces, claro está, nadie vislumbraba siquiera a Jerry Westerby entre las imágenes de la futura operación.

Se lanzaron al combate al día siguiente, la inmensa Connie por un lado y el greñudo y pequeño di Salis por el suyo. Como decía di Salis, con una voz modesta y nasal, que tenía un vigor feroz: «Por lo menos sabemos al fin por qué estamos aquí.» Sus familias de pálidos excavadores dividieron en dos el archivo. Para Connie y «mis bolcheviques», como ella les llamaba, Rusia y los satélites. Para di Salis y sus «peligros amarillos», China y el Tercer Mundo. Lo que quedaba en medio, informes de fuente sobre los teóricos aliados de Inglaterra, por ejemplo, se colocó en un cajón especial en reserva para posterior valoración. Trabajaron, como el propio Smiley, horas imposibles. Los de la cantina se quejaron, los conserjes amenazaron con largarse; pero, poco a poco, la energía pura de los excavadores contagió incluso al equipo auxiliar y acabaron por callarse. Se creó una burlona rivalidad. Bajo la influencia de Connie, los chicos y chicas del despacho de atrás a quienes hasta entonces apenas si se había visto sonreír, aprendieron de pronto a parlotear entre sí en el idioma de su gran familia del mundo de fuera del Circus. Los sicarios del imperialismo zarista tomaban insípido café con discordantes desviacionistas patrioteros stalinistas y se enorgullecían de ello. Pero el acontecimiento más impresionante fue sin duda el cambio que se operó en di Salis, que interrumpía sus labores nocturnas con breves pero vigorosos períodos en la mesa de ping pong, donde desafiaba a todos los que llegaban, saltando de un lado a otro, como un cazador de mariposas a la caza de raros especímenes. Pronto aparecieron los primeros frutos, que les proporcionaron nuevo ímpetu. Al cabo de un mes se habían distribuido nerviosamente tres informes, en condiciones de extrema reserva, que llegaron a convencer hasta a los escépticos primos. Un mes después, salió un sumario encuadernado en pasta dura titulado, a escala planetaria, *Informe provisional sobre las lagunas de los servicios soviéticos respecto a la capacidad de ataque mar-aire de la OTAN*, que logró el reacio aplauso de la sede central de Martello de Langley, Virginia, y una llamada telefónica entusiasta del propio Martello.

—¡Ya se lo había *dicho* yo a esos tipos, George! — gritaba, tanto que la línea telefónica parecía una extravagancia innecesaria —.

Ya se lo dije: «El Circus responderá.» ¿Crees que me creyeron? ¡Ni hablar!

Entretanto, unas veces con Guillam por compañía, otras con el silencioso Fawn como niñera, el propio Smiley realizó sus oscuras peregrinaciones y caminó hasta estar medio muerto de cansancio. Y, pese a no lograr resultados positivos, siguió peregrinando. De día, y a menudo también de noche, rastreó los condados próximos y puntos más lejanos, interrogando a viejos funcionarios del Circus y a antiguos agentes ya retirados. En Chiswick, pacientemente apostado en la oficina de un viajante de artículos a precio rebajado y hablando en murmullos con un antiguo coronel de caballería polaco, reasentado allí como empleado, creyó ver claro al fin; pero la promesa se disolvió como espejismo cuando avanzó hacia ella. En una tienda de material de radio de segunda mano de Sevenoaks, un checo de los Sudetes le inspiró la misma esperanza, pero cuando volvió a toda prisa con Guillam a confirmar la historia en los archivos del Circus, se encontraron con que todos los mencionados habían muerto y no quedaba nadie que les llevase más allá. En una caballeriza privada de Newmarket, ante el furor casi violento de Fawn, fue insultado por un obstinado escocés, un protegido de Alleline, el predecesor de Smiley, y todo por la misma causa escurridiza. A la vuelta, pidió los papeles, sólo para ver apagarse la luz una vez más.

Porque la certeza básica no formulada que había tras la premisa que había esbozado Smiley en la sala de juegos era ésta: que la trampa con la que Haydon se había atrapado a sí mismo no era irrepetible. Que en último análisis, el papeleo de Haydon no era la causa de la caída de éste, ni su manipulación de los informes, ni la supuesta «pérdida» de informes embarazosos. La causa había sido su pánico. Su intervención espontánea en un campo de operaciones, donde el peligro que él mismo corría, o que corría quizás algún otro agente de Karla, se hizo de pronto tan grave que su única esperanza pasó a ser eliminarlo a pesar de los riesgos. Éste era el truco que Smiley ansiaba ver repetirse; y ésa la cuestión que, nunca directamente, si no por deducción, Smiley y sus ayudantes del Centro de recepción de Bloomsbury planteaban.

—¿Puedes recordar algún caso en tu período de servicio en el campo en que, según tu opinión, se te impidiera sin motivo seguir una pista operativa?

Y fue el apuesto Sam Collins, con su smoking, su cigarrillo negro y su bigote recortado, con su sonrisa de caballero del Mississippi, citado para una tranquila charla un buen día, el que llegó y alegremente dijo:

—Ahora que lo pienso, sí, amigo, sí, recuerdo una vez.

Pero detrás de esta pregunta y de la respuesta crucial de Sam se alzaba de nuevo la formidable personalidad de la señorita Connie Sachs y su persecución del oro ruso.

Y tras Connie de nuevo, como siempre, se alzaba la foto de Karla, eternamente nebulosa.

—*Connie ha descubierto algo, Peter* — susurraba la propia Connie a Guillam una noche, muy tarde, por el teléfono interno —. Ha descubierto algo. Seguro, seguro.

No era, en modo alguno, su primer hallazgo, ni el décimo, pero su tortuosa intuición le dijo de inmediato que se trataba de «material legítimo, querido, te lo dice la vieja Connie». Así que Guillam se lo contó a Smiley y Smiley cerró las carpetas, despejó la mesa y dijo:

—Está bien, que pase.

Connie era una mujer inmensa, lisiada y muy lista, hija de un catedrático y hermana de otro, también una especie de autoridad académica ella misma, conocida entre los veteranos como Madre Rusia. Según la leyenda, Control la había reclutado en un rubber de bridge cuando estrenaba su traje largo, la noche que Neville Chamberlain prometió «paz en nuestra época». Cuando Haydon llegó al poder en la estela de su protector Alleline, una de sus primeras decisiones, y de las más prudentes, fue quitar a Connie de enmedio. Porque Connie sabía más de las artimañas de Moscú Centro que la mayoría de los pobres imbéciles, como ella les llamaba, que trabajaban allí, y el ejército privado de topos y reclutadores de Karla había sido siempre su diversión especialísima. A través de los dedos artríticos de Madre Rusia no había pasado, en los viejos tiempos, ni un solo desertor soviético, aunque sí sus interrogatorios; ni siquiera un confidente que hubiese logrado situarse junto a algún cazatalentos identificado de Karla, pero Connie lo revivía todo ávidamente con todos los detalles coreográficos de la cacería; no había ni una sola migaja de rumor en sus casi cuarenta años en la brecha que no hubiese quedado sedimentada allí, en su cuerpo torturado por el dolor, que no estuviese colocada allí entre la basura de su sintética memoria, para utilizarlo en el momento en que lo precisase. La mente de Connie, había dicho Control una vez, con cierta desesperación, era como un inmenso cuaderno de notas. Cuando la despidieron se volvió a Oxford y al infierno. Cuando Smiley volvió a llamarla, su único entretenimiento era el crucigrama del *Times* y andaba por sus dos buenas botellas al día. Pero aquella noche, aquella noche modestamente histórica, mientras arrastraba su enorme corpulencia por el pasillo de la quinta planta camino del despacho particular de George Smiley, lucía un limpio caftán gris, se había embadurnado los labios de rosa, en un tono muy parecido al natural, y no había tomado en todo el día nada más fuerte que un mísero cordial de menta (cuyo aroma iba quedando en su estela) y llevaba estampada desde el principio mismo la certeza de la importancia de la ocasión, según fue opinión unánime luego. Llevaba una bolsa de compra muy voluminosa, de plástico porque no soportaba la piel. Una planta más abajo, en su cubil, su chucho, que se llamaba *Trot*, reclutado en un arrebato de remordimiento por su difunto predecesor, gemía desconsolado debajo del escritorio, ante la viva cólera del compañero de trabajo de Connie, di Salis, que solía atizarle furtivas y secretas patadas; o, en momentos más joviales, contentarse con recitarle a Connie los diversos y apetitosos métodos que usaban los chinos para preparar un perro a la cazuela. Al otro lado de los gabletes eduardianos, mientras Connie los pasaba uno a uno, caía un chaparrón de fines de verano que ponía punto final a una larga sequía y que a Connie le pareció (así se lo dijo luego a todos) simbólico, bíblico incluso. Las gotas repiqueteaban como balas sobre el tejado de pizarra, aplastando las hojas muertas que se habían asentado allí ya. En la antesala, las madres continuaban estólidas su tarea, acostumbradas ya a los peregrinajes de Connie, aunque no les gustase más por ello.

—Queridas —murmuró Connie, agitando hacia ellas como una princesa su mano gorda—, sois tan leales. Tanto.

Para entrar en la sala del trono había que bajar un escalón (los iniciados solían perder allí el equilibrio, pese al descolorido letrero de aviso) y Connie, con su artritis, trató la operación como si de una escalerilla se tratase, sujeta por Guillam de un brazo. Smiley observó, las manos regordetas unidas sobre el escritorio, cómo empezaba a sacar solemnemente sus ofrendas: no eran ojos de tritón, ni el dedo de un recién nacido estrangulado (habla Guillam una vez más); eran fichas, un montón de fichas, etiquetadas y anotadas, el botín de otra de sus desapasionadas incursiones en el archivo de Moscú Centro que, hasta su resurrección de entre los muertos de hacía unos meses, habían estado pudriéndose, gracias a Haydon, durante tres largos años. Mientras las sacaba y corregía las notas orientadoras que les había añadido en su burocrática caza, esbozó aquella desbordante sonrisa suya (Guillam otra vez, pues la curio-

sidad le había forzado a abandonar el trabajo y a acercarse a observar) y murmuró «tú vas aquí, diablillo» y «¿dónde te has metido
tú ahora, condenada?» no para Smiley o Guillam, por supuesto,
sino dirigiéndose a los propios documentos, pues Connie tenía por
costumbre suponer que todo estaba vivo y podía ser recalcitrante u
obstinado, fuese *Trot*, su perro, o una silla que le impidiese el paso,
o Moscú Centro, o, en fin, el propio Karla.

—Un *viaje organizado*, queridos — proclamó —. Eso es lo que
ha estado haciendo Connie. Supermagnífico. Me acordaba de Pas-
cua, cuando mamá escondía los huevos pintados por la casa y nos
mandaba buscarlos a los niños.

Durante unas tres horas, intercaladas de café y bocadillos y otros
obsequios no deseados que el lúgubre Fawn insistió en traerles,
Guillam se esforzó por seguir las vueltas y revueltas del extraordinario viaje de Connie, al que su investigación posterior había proporcionado ya una base sólida. Connie manejaba los papeles de
Smiley como si fueran cartas de una baraja, los mostraba y volvía
a taparlos con sus deformes manos sin darles apenas tiempo a leer-
los. Y, para remate, se atenía a lo que Guillam llamaba «su jerga
de mago de tercera fila», el abracadabra del oficio del excavador
obsesivo. En el núcleo de su descubrimiento, según Guillam pudo
entrever, yacía lo que Connie llamaba una *veta de oro* de Moscú
Centro; una operación de lavado monetario soviético para trasladar
fondos clandestinos a canales abiertos. No había aún un esquema
completo de la operación. El contacto israelí había suministrado una
parte, los primos otra, Steve Mackelvore, residente jefe en París,
muerto ya, una tercera. De París la pista volvía a llevar a Oriente,
a través de la Banque de l'Indochine. En este punto, además, los
documentos habían sido trasladados a la Estación Londres de Haydon, que era el nombre asignado al directoriado operativo, con una
recomendación adjunta de la diezmada sección de Investigación Soviética del Circus de que se iniciase una investigación a toda escala
del caso sobre el terreno. Estación Londres congeló la propuesta.

«Potencialmente perjudicial para una fuente sumamente delicada», escribió uno de los esbirros de Haydon, y ahí quedó la cosa.

—Archívalo y olvídalo — murmuró Smiley, pasando páginas
distraídamente —. Archívalo y olvídalo. Siempre tenemos buenas
razones para no hacer nada.

Fuera, el mundo estaba dormido del todo.

—*Exactamente*, querido — dijo Connie hablando muy suave,
como si temiera despertarle.

Había ya fichas y carpetas esparcidas por toda la sala del trono. Parecía mucho más la escena de un desastre que la de un triunfo. Durante otra hora más, Guillam y Connie miraron silenciosamente al espacio o a la fotografía de Karla, mientras Smiley reseguía concienzudamente los pasos de Connie, el rostro anhelante inclinado hacia la lámpara de lectura, los rasgos rechonchos acentuados por el haz de luz, las manos saltando sobre los papeles, y subiendo de cuando en cuando hasta la boca para ensalivar el pulgar. Paró una o dos veces para mirar a Connie, o abrió la boca para hablar, pero Connie tenía ya lista la respuesta antes de que formulara él la pregunta. Connie recorría mentalmente a su lado todo el camino. Cuando terminó, Smiley se retrepó en su asiento, se quitó las gafas y las limpió, por una vez no con el extremo ancho de la corbata, sino con un pañuelo nuevo de seda que sacó del bolsillo de arriba de la chaqueta negra, pues había pasado casi todo el día encerrado con los primos, reparando vallas también. Al verle hacer esto, Connie miró resplandeciente a Guillam y murmuró «*¿Verdad que es un encanto?*», que era una de sus frases favoritas cuando hablaba de su jefe, lo que estuvo a punto de trastornar de rabia a Guillam.

La siguiente declaración de Smiley tenía el tono de la obsesión leve.

—De todos modos, Con, hubo una petición oficial de investigación de Estación Londres a nuestra residencia de Vientiane.

—Fue antes de que Bill tuviese tiempo de meter su pezuña en el asunto — contestó ella.

Como si no la hubiera oído, Smiley cogió una carpeta abierta y se la pasó por encima de la mesa.

—Y de Vientiane *mandaron* una larga respuesta. Está todo indicado en el índice. Y al parecer nosotros no la tenemos. ¿Dónde está?

Connie no se molestó en coger la carpeta.

—En la *trituradora,* querido — dijo ella, y miró a Guillam muy tranquila y satisfecha.

Había llegado la mañana. Guillam hizo un recorrido apagando luces. Esa misma tarde, entró en el tranquilo club de juego del West End donde, en la nocturnidad permanente de la actividad que había elegido, Sam Collins soportaba los rigores del retiro. A Guillam, que esperaba encontrarle supervisando su habitual partida vespertina de *chemin-de-fer,* le sorprendió que le indicasen un suntuoso salón con el rótulo de «Dirección». Sam estaba instalado tras un excelente escritorio, sonriendo triunfal tras el humo de su cigarrillo negro acostumbrado.

—¿Pero, qué demonios has hecho, Sam? —exigió Guillam en un susurro teatral, fingiendo mirar nervioso a su alrededor—. ¿Te has metido en la Mafia? ¡Dios mío!

—Oh, no, no hizo falta —dijo Sam, con la misma pícara sonrisa. Y se echó una impermeable encima del smoking y condujo a Guillam por un pasillo y, tras cruzar una puerta de incendios, salieron a la calle y entraron en el asiento trasero del taxi que había dejado esperando Guillam, aún secretamente maravillado de la nueva importancia de Sam.

Los agentes que actúan sobre el terreno tienen diversas formas de ocultar las emociones y la de Sam era sonreír, fumar despacio y llenar los ojos de un brillo sombrío de extraña complacencia, fijándolos atentamente en su interlocutor. Sam era un especialista en Asia, un veterano del Circus con mucho tiempo de trabajo de campo a sus espaldas: cinco años en Borneo, seis en Birmania, cinco en el norte de Tailandia y, por último, tres en la capital laosiana, en Vientiane, todo ello bajo la razonable cobertura de comerciante al por mayor. Los tailandeses le habían interrogado dos veces, pero le habían dejado libre y había tenido que salir de Sarawak en calcetines. Cuando estaba de humor, tenía muchas historias que contar sobre sus peregrinajes por las tribus montañesas del norte de Birmania y los Shans, pero estaba de humor muy pocas veces.

Sam era una víctima de Haydon. Hubo un momento, cinco años atrás, en que aquella perezosa sagacidad de Sam le convirtió en serio candidato al ascenso a la quinta planta... el puesto de jefe, incluso, según algunos, si Haydon no hubiese hecho valer toda su influencia a la sombra del ridículo Percy Alleline. Con lo cual, en vez de conseguir poder, tuvo que quedar pudriéndose en el campo hasta que Haydon conspiró para reclamarle y lograr su expulsión por una infracción de poca monta, una cosa amañada, además.

—¡Sam! ¡Cuánto me alegro de verte! Siéntate —dijo Smiley, todo cordialidad por una vez—. ¿Querrás un trago? ¿Por qué hora del día andas? ¿Podemos ofrecerte un desayuno?

Sam había obtenido en Cambridge una desconcertante matrícula de honor que había dejado estupefactos a sus tutores que hasta entonces le habían considerado poco menos que imbécil. Lo había conseguido, se decían después los catedráticos para consolarse, sólo a base de memoria. Pero otras lenguas más duchas en las cosas del mundo contaban una historia muy distinta. Según ellas, Sam había tenido una aventura amorosa con una chica muy fea de la Oficina de Exámenes, logrando poder echar una ojeada previa a las preguntas del examen.

# 4

# DESPIERTA EL CASTILLO

Lo primero que hizo Smiley fue tantear a Sam... y Sam, al que no le disgustaba tampoco una mano de póker de vez en cuando, tanteó también a Smiley. Algunos agentes de campo, sobre todo los listos, tienen como a orgullo, una especie de orgullo perverso, el no conocer todo el cuadro. Su arte consiste en manejar diestramente cabos sueltos, y se paran tercamente ahí. Sam sentía también esta inclinación. Tras repasar un poco su expediente, Smiley le tanteó respecto a varios casos antiguos que no tenían nada especial, pero que daban un indicio de la disposición presente de Sam y confirmaban su capacidad para recordar con precisión. Recibió a Sam solo, porque con más gente, habría sido un juego muy distinto: más o menos intenso, pero distinto. Más tarde, cuando salió ya a la luz todo el asunto y quedaban sólo cuestiones de relleno, mandó subir de las regiones inferiores a Connie y al doctor di Salis, y dejó también sentarse con ellos a Guillam. Pero eso fue después; de momento, Smiley sondeó sólo la mente de Sam, ocultándole por entero el hecho de que todos los documentos habían sido destruidos y que, puesto que Mackelvore ya había muerto, él era ahora el único testigo de ciertos hechos clave.

—Bueno, Sam, ¿recuerdas — preguntó Smiley cuando le pareció por fin el momento adecuado — una orden que te llegó a Vientiane, de aquí, de Londres, de investigar ciertos giros bancarios de París? Era una orden normal en que se pedían «investigaciones de campo no imputables, por favor, confirmar o desmentir...», algo así. ¿Te suena eso, por casualidad?

Tenía delante una hoja con notas, lo que indicaba que era sólo una pregunta más de una larga serie. Mientras hablaba, señalaba algo con el lápiz sin mirar siquiera a Sam. Pero así como oímos mejor con los ojos cerrados, Smiley percibió, pese a todo, que la atención de Sam se reforzaba: lo que se tradujo en que estiró un poco las piernas, las cruzó y redujo los gestos hasta suprimirlos casi por completo.

—Transferencias mensuales a la Banque de l'Indochine — dijo
Sam, tras la pausa adecuada —. Fuertes. Pagadas desde una cuenta
exterior canadiense a la filial de París.

Dio luego el número de la cuenta.

—Pagos los últimos viernes de mes — continuó —. Fecha de
inicio junio setenta y tres, más o menos. Me suena, desde luego.

Smiley percibió de inmediato que Sam se preparaba para jugar
una partida larga. El recuerdo era claro, pero la información que
daba escasa: parecía más una puesta de apertura que una respuesta
franca.

Smiley, con la vista aún fija en los papeles, dijo:

—Ahora sería bueno parar un poco aquí, Sam. Hay ciertas discrepancias en los datos de archivo, y me gustaría aclarar del todo
tu parte de la información.

—Por supuesto — dijo Sam de nuevo, chupando muy tranquilo
su cigarrillo negro. Observaba las manos de Smiley y, de vez en
cuando, con estudiada languidez, le miraba a los ojos... aunque
nunca demasiado tiempo.

Smiley, por su parte, luchaba sólo por mantener el pensamiento
abierto a las tortuosas opciones que ofrecía la vida de un agente
de campo. Sam podría muy bien estar ocultando algo completamente insignificante. Podría haber hecho alguna trampilla con los
gastos, por ejemplo, y temer que se descubriera. O haberse inventado la información en vez de salir a buscar los datos y jugarse el
cuello: Sam tenía ya la edad en que el agente de campo mira ante
todo por su propio pellejo, no debía olvidarlo. O podría tratarse
de la situación contraria: Sam se había excedido un poco en sus
investigaciones, más de lo que le permitía la oficina central. Presionado, había preferido recurrir a los revendedores en vez de no
mandar nada. Había establecido un acuerdo lateral con los primos
locales. O los servicios de seguridad locales le habían chantajeado
(en la jerga de Sarratt, los ángeles le habían aplicado el tizón) y había jugado con dos barajas a fin de sobrevivir y asegurarse su pensión del Circus. Smiley sabía que, para interpretar las actitudes de
Sam, tenía que mantenerse al tanto de estas opciones y de una infinidad más. Un despacho es un lugar peligroso para observar el
mundo.

Así que, tal como proponía Smiley, se demoraron un poco. La
orden de investigar sobre el terreno que había enviado Londres,
dijo Sam, le llegó en la forma oficial, ajustándose bastante a la descripción de Smiley. Se la mostró al viejo Mac, que, hasta que le
destinaron a París, era el contacto del Circus en la Embajada de

Vientiane. En una sesión nocturna, en su casa de seguridad. Rutina, aunque la cuestión rusa resaltaba ya desde el principio, y Sam recordó en concreto que le había dicho a Mac ya entonces: «Londres debe pensar que es dinero de la caja negra de Moscú Centro», pues había localizado el criptónimo de la Sección de Investigación Soviética del Circus mezclado en los preliminares de la señal. (A Smiley no le pasó desapercibido el hecho de que Mac no tenía por qué enseñarle la señal a Sam.) Y Sam recordaba también la respuesta de Mac a su comentario: «No deberían haberle dado la patada a la amiga Connie Sachs», había dicho. Sam estaba absolutamente de acuerdo con ello.

Tal como sucedieron las cosas, dijo Sam, fue muy fácil de cumplir esta petición. Sam tenía ya un contacto en el Indochine, bueno además, llamémosle Johnnie.

—¿Figura aquí, Sam? — preguntó cortésmente Smiley.

Sam evitó contestar directamente a esta pregunta y Smiley respetó su reserva. Aún no ha nacido el agente de campo que comunique a la oficina central todos sus contactos, o que los mencione incluso. Lo mismo que los ilusionistas se aferran a su mística, los agentes de campo, por razones distintas, son congénitamente reservados en cuanto a sus fuentes.

Johnnie era de fiar, dijo enfáticamente Sam. Tenía un historial excelente en varios casos de tráfico de armas y de narcóticos y Sam habría respondido por él ante cualquiera.

—Tú también trabajaste en esas cosas, ¿verdad, Sam? — preguntó respetuosamente Smiley.

Así que Sam había hecho pluriempleo para la oficina local de narcóticos como cosa extra, advirtió Smiley. Muchos agentes de campo lo hacían, algunos hasta con el consentimiento de la oficina central: en su mundo, les gustaba hacerlo para liquidar desecho industrial. Iba con el oficio. Nada espectacular, por tanto, pero Smiley archivó la información, de todos modos.

—Johnny era de fiar —repitió Sam, con una advertencia en la voz.

—Estoy seguro de ello —dijo Smiley, con la misma cortesía.

Sam prosiguió con su relato. Había acudido a Johnny, al Indochine, y le había largado una historia absurda para que no se inquietase, y al cabo de unos días Johnny, que era sólo un modesto empleado, había investigado en los libros y anotado los datos de las cuentas, con lo que Sam tuvo la primera parte de la conexión lista y empaquetada. El asunto funcionaba así, según Sam:

—El último viernes de cada mes llegaba de París un giro por

télex a nombre de un tal Monsieur Delassus que se hospedaba en el Hotel Condor, Vientiane, y que debía abonarse previa presentación del pasaporte, cuyo número se reseñaba.

Sam recitó una vez más, sin esfuerzo, las cifras.

—El banco enviaba el aviso — continuó —, Delassus acudía el lunes a primera hora, sacaba el dinero en metálico, lo metía en una cartera de mano y salía con él. Fin de la conexión.

—¿Cuánto?

—Poco al principio, pero la cantidad aumentó en seguida. Y siguió creciendo; poco a poco luego.

—¿Hasta llegar a...?

—Veinticinco mil americanos en billetes grandes — dijo Sam sin pestañear.

Smiley enarcó levemente las cejas.

—¿Al mes? — dijo, con cómica sorpresa.

—Todo un banquete — confirmó Sam, y volvió a refugiarse en un lánguido silencio.

Hay una tensión especial en los hombres inteligentes que usan sus cerebros por debajo de sus posibilidades y a veces no pueden controlar sus emanaciones aunque quieran. En ese sentido, son un riesgo muchísimo mayor, bajo los focos, que sus colegas más estúpidos.

—¿Estás comprobando lo que te digo con los datos de archivo, muchacho? — preguntó Sam.

—No estoy comprobando nada, Sam. Ya sabes cómo son estas cosas algunas veces. Hay que agarrarse a un clavo ardiendo, hay que escuchar al viento.

—Claro, claro — dijo Sam comprensivo. Después de intercambiar más miradas de confianza mutua, Sam reanudó su relato.

En fin, se fue, según dijo, al Hotel Condor. El conserje era una subfuente habitual en el ramo, a disposición de todo el mundo. Allí no había ningún Delassus, pero el recepcionista admitió gozosamente una pequeña oferta por proporcionarle una dirección de hospedaje. Al lunes siguiente (que casualmente seguía al último viernes del mes, dijo Sam), puntual, con la ayuda de su contacto Johnny, Sam se fue al banco a «hacer efectivos cheques de viaje», y pudo ver directamente al dicho Monsieur Delassus entrar, mostrar su pasaporte francés, contar el dinero y guardarlo en su cartera de mano y volver con ella a un taxi que le esperaba fuera.

Los taxis, explicó Sam, eran animales exóticos en Vientiane. Todo el que era alguien tenía su coche y su chófer, así que la deducción lógica era que Delassus no quería ser alguien.

—Hasta ese momento todo fue bien — concluyó Sam, mirando con interés como Smiley escribía.

—*Muy* bien — corrigió Smiley.

Con su predecesor Control, Smiley nunca usaba cuaderno: sólo cuartillas sueltas, una a una, y un pisapapeles de cristal para sostenerlas, que Fawn limpiaba dos veces al día.

—¿Coincide con lo que hay en archivo, o no? — preguntó Sam.

—Yo diría que la dirección es la correcta, Sam — dijo Smiley—. Es el *detalle* lo que saboreo. Ya sabes cómo son los archivos.

Ese mismo día por la noche, prosiguió Sam, confabulado una vez más con su contacto, examinó despacio el archivo de fichas de rusos residentes, y logró identificar los rasgos repugnantes de un secretario segundo (comercial) de la Embajada soviética, Vientiane, cincuenta y tantos, porte militar, sin antecedentes, nombre y apellidos incluidos pero impronunciables y conocidos, en consecuencia, por los bazares diplomáticos como «Comercial Boris».

Pero Sam, por supuesto, tenía el nombre y los impronunciables apellidos, presos en la memoria, y se los deletreó a Smiley lo bastante despacio para que éste los anotara en letras mayúsculas.

—¿Ya lo tienes todo? — preguntó amablemente.

—Sí, gracias.

—Alguien se olvidó el fichero en el autobús, ¿verdad, muchacho? — preguntó Sam.

—Así es — aceptó Smiley, con una carcajada.

Cuando un mes después volvió a llegar el lunes crucial, continuó Sam, decidió operar con mucha precaución. En vez de seguir furtivamente él mismo a Comercial Boris, él se quedó en casa y encargó la misión a un par de sabuesos residentes allí, especializados en trabajo de acera.

—Trabajo de artesanía — explicó—. Ni sacudir el árbol, ni líneas laterales, ni nada de nada: muchachos laosianos.

—¿Nuestros?

—Tres años en la brecha — dijo Sam —. Y *buenos* — añadió el agente de campo que llevaba dentro, para quien todos sus gansos son cisnes.

Los citados sabuesos vigilaron la cartera de mano en su viaje siguiente. El taxi, distinto al del mes anterior, llevó a Boris de gira por toda la ciudad y a la media hora volvió a dejarle junto a la plaza principal, no muy lejos del banco. Comercial Boris caminó un corto trecho, entró en otro banco, uno local, e ingresó toda la suma directamente por la ventanilla en otra cuenta.

—Así que tra-la-lá — dijo Sam, y encendió otro pitillo, sin mo-

lestarse en ocultar el gozoso desconcierto que le producía el hecho
de que Smiley reconstruyese verbalmente un caso tan documentado.

—Tra-la-lá, desde luego — murmuró éste, escribiendo afanoso.

Tras esto, dijo Sam, los muchachos volvieron e informaron. Sam
no se movió en un par de semanas, para dejar que se posase el
polvo y lanzó luego a su ayudante femenino a asestar el golpe final.

—¿Nombre?

Lo dio. Una veterana con base en casa, adiestrada por Sarratt,
que compartía su cobertura comercial. La chica esperó a Boris en
el banco local, le dejó terminar de rellenar la hoja de ingreso y
luego montó un numerito.

—¿Qué hizo? — preguntó Smiley.

—Exigió que la atendiesen antes — dijo Sam con una sonrisa —.
El hermano Boris, como era un cerdo machista, creía tener los
mismos derechos y protestó. Hubo una discusión.

La hoja de ingreso estaba allí encima, explicó Sam, y la chica,
a la vez que montaba su número, consiguió leerla: veinticinco mil
dólares norteamericanos ingresados en la cuenta exterior de una
empresa aeronáutica de chiste llamada Indocharter Vientiane, S. A.:

—Valores, unos cuantos DC3 escacharrados, una choza de lata,
un montón de papel de correspondencia con un membrete de fantasía, una rubia tonta en la oficina y un estrafalario piloto mexicano
a quien en toda la ciudad llamaban Ricardo el Chiquitín por su
considerable estatura — dijo Sam. Y añadió —: Y la anónima colección habitual de diligentes chinos en el despacho de atrás, por supuesto.

Smiley estaba tan alerta en aquel momento que podría haber
sentido caer una hoja. Pero lo que oyó, metafóricamente, fue estruendo de barreras alzándose y supo de inmediato, por el tono,
por el endurecimiento de la voz, por los pequeños signos del rostro y del cuerpo que indicaban exagerada indiferencia, que estaba
aproximándose al núcleo mismo de las defensas de Sam.

Anotó, pues, el dato mentalmente, y decidió seguir un rato con
la empresa aeronáutica de chiste.

—Vaya — gorjeó —, ¿así que ya conocías esa empresa?

Sam puso boca arriba una cartita.

—Bueno, Vientiane no es precisamente una gran metrópoli,
amigo.

—Pero bueno, tú la conocías, ¿no es así?

—Todo el mundo conocía a Ricardo el Chiquitín allí — dijo
Sam; la sonrisa era más amplia que nunca y Smiley advirtió en seguida que Sam le estaba tirando arena a los ojos. Aun así, siguió

el juego.

—Háblame de él entonces — propuso.

—Uno de los ex payasos de Air America. Vientiane estaba lleno de ellos. Lucharon en la guerra secreta de Laos.

—Y la perdieron — dijo Smiley, escribiendo de nuevo.

—Sin ayuda de nadie — aceptó Sam, viendo cómo ponía Smiley una hoja a un lado y cogía otra del cajón —. Ricardo era una leyenda local. Había volado con el capitán Rocky y con los otros. Había hecho un par de incursiones en la provincia de Yunnan para los primos. Cuando acabó la guerra, anduvo una temporada sin rumbo y luego se enroló con los chinos. A esos grupos les llamábamos Air Opium. Por la época en que Bill me hizo volver a casa, eran una industria floreciente.

Smiley siguió dándole cuerda. Mientras creyese que estaba desviándole de la pista, hablaría por los codos. Pero si pensaba que Smiley se acercaba demasiado al asunto, echaría el cierre de inmediato.

—Bien — dijo, pues, cordialmente, tras anotaciones aún más meticulosas —. Volvamos ahora a lo que Sam hizo después. Tenemos lo del dinero, sabemos a quién se abona, quién lo maneja. ¿Cuál fue tu jugada siguiente, Sam?

Bueno, si no recordaba mal, había estudiado los datos uno o dos días. Había *aspectos*, explicó Sam más confiado: detalles chocantes. Primero, estaba el Extraño Caso de Comercial Boris. A Boris, como había indicado ya Sam, se le consideraba un diplomático ruso de verdad, si es que los hay: no se le conocía ninguna conexión con ninguna otra empresa. Sin embargo, operaba solo, disponía en exclusiva de un montón de dinero y, según la modesta experiencia de Sam, cualquiera de estas cosas significaba *agente secreto* sin lugar a dudas.

—No sólo agente, sino un maldito jefazo. Un pagador inflexible y feroz, coronel o más, ¿no?

—¿Qué otros *aspectos*, Sam? — preguntó Smiley, manteniéndole en el mismo rumbo, sin presionarle, sin hacer esfuerzo alguno aún por ir a lo que Sam consideraba el meollo del asunto.

—El dinero no seguía la ruta normal — dijo Sam —. Era muy raro. Lo decía Mac. Lo dije yo. Lo decían todos.

Smiley alzó la cabeza más despacio aún que antes.

—¿Por qué? — preguntó, mirando a Sam muy fijo.

—La residencia soviética oficial de Vientiane tenía tres cuentas bancarias en la ciudad. Los primos tenían vigiladas las tres. Las tenían vigiladas desde hacía años. Sabían lo que sacaban los de la residencia al céntimo, y sabían incluso, por el número de cuenta, si era para obtener información secreta o para subversión. La residencia tenía porteadores propios y un sistema de triple firma para toda extracción de fondos superior a los mil pavos. Pero, Dios santo, George, yo creo que todo eso está en archivo, ¿no?

—Sam, quiero que te imagines que no existe archivo — dijo Smiley muy serio, sin dejar de escribir —. Se te explicará todo a su debido tiempo. Ten paciencia.

—De acuerdo, de acuerdo — dijo Sam; Smiley se dio cuenta de que respiraba mucho más tranquilo: parecía creer que ya pisaba terreno firme.

Fue entonces cuando propuso Smiley que subiese la buena de Connie a enterarse, y quizá también el doctor di Salis, dado que el Sudeste Asiático era precisamente su especialidad. En el terreno táctico, se contentaba con esperar su oportunidad con el secretillo de Sam; en el estratégico, el potencial de la historia de Sam era ya de un interés patente. Así que allá se fue Guillam a avisarles, mientras Smiley decretaba un descanso y los dos estiraban las piernas.

—¿Cómo va el trabajo? — preguntó Sam muy cortés.

—Bueno, un poco estancado — admitió Smiley —. ¿Lo echas de menos?

—¿Ése es Karla, verdad? — dijo Sam, mirando la foto.

El tono de Smiley se hizo a la vez vago y pedante.

—¿Quién? Ah sí, sí que lo es. Me temo que no se parezca mucho, pero no tenemos nada mejor de momento.

Era como si estuviera contemplando una acuarela antigua.

—Tienes una cosa personal con él, ¿verdad? — dijo Sam, pensativo.

En ese momento, entraban Connie, di Salis y Guillam, dirigidos por éste, mientras el pequeño Fawn sostenía innecesariamente la puerta abierta.

Con el enigma temporalmente marginado, la asamblea se convirtió en una especie de partida de guerra: se había iniciado la cacería. Primero, Smiley le resumió a Sam el asunto, dejando claro, sobre la marcha, por otra parte, que estaban *fingiendo* que no había datos en el archivo, lo cual era una velada advertencia a los recién llegados. Luego, Sam cogió el hilo donde lo había dejado: en lo de los *aspectos,* los pequeños detalles chocantes; aunque en realidad no había, insistió, mucho más que decir. La pista llevaba hasta Indocharter Vientiane, S. A., y luego quedaba cortada.

—Indocharter era una empresa china en el extranjero — dijo

Sam dirigiendo una mirada al doctor di Salis —. Básicamente swa-townesa.

Al oír esto, di Salis lanzó un grito, en parte carcajada y en parte lamento.

—Ay, son las peores de todas — declaró, queriendo decir que eran las más difíciles de desenmascarar.

—Eran un grupo chino en el exterior — repitió Sam para los demás — y los manicomios del Sudeste Asiático están hasta los topes de honrados agentes de campo que han intentado aclarar qué vida lleva el dinero caliente después que entra en el buche de los chinos que operan fuera.

Sobre todo, añadió, de los swatowneses, o chiu chows, que eran un grupo aparte, y controlaban los monopolios del arroz en Tailandia, en Laos y en otros puntos. Y, añadió Sam, Indocharter Vientiane, S. A., era un verdadero clásico del grupo. Su cobertura como comerciante le había permitido, claro, investigarla con cierto detalle.

—En primer lugar, la *Société Anonyme* estaba registrada en París — dijo —. En segundo, la *Société*, según información fidedigna, era propiedad de una empresa mercantil shanghainesa, establecida en el exterior y discretamente diversificada, con sede en Manila, propiedad a su vez de una empresa chiu chow registrada en Bangkok, que, a su vez, dependía de una organización totalmente amorfa de Hong Kong llamada China Airsea, inscrita en la Bolsa local, y que tenía de todo, desde flotas de juncos a fábricas de cemento, caballos de carreras y restaurantes. China Airsea era, dentro del marco de Hong Kong, una empresa mercantil excelente, con solera y en buena posición, y probablemente el único contacto entre Indocharter y China fuese que el quinto hermano mayor de alguien tuviese una tía que había ido al colegio con uno de los accionistas y le debía un favor.

Di Salis dio otro cabeceo rápido y aprobatorio y tras unir sus torpes brazos, los encajó en una deforme rodilla que alzó hasta el mentón.

Smiley había cerrado los ojos y parecía adormilado. Pero estaba oyendo, en realidad, exactamente, lo que esperaba oír: cuando llegó lo del personal de la empresa Indocharter, Sam Collins eludió con mucho tiento a cierta persona.

—Pero creo que has maencionado que también había dos personas no chinas en la empresa, Sam — le recordó Smiley —. Una rubia tonta, según dijiste, y un piloto, Ricardo.

Sam rechazó en seguida la objeción, restándole importancia.

—Ricardo era un tarambana — dijo —. Los chinos no le habrían confiado ni el dinero de los sellos. El trabajo de verdad se hacía todo en la habitación de atrás. Si entraba dinero, era allí donde se manejaba, era allí donde se esfumaba. Fuese dinero ruso en efectivo, fuese opio o fuese lo que fuese.

Di Salis, tirándose frenéticamente de una oreja, se apresuró a confirmar:

—Para reaparecer luego en Vancouver, Amsterdam o Hong Kong, o donde convenga al objetivo muy chino de alguien — proclamó, y se desmigajó de satisfacción ante su propia inteligencia.

Sam había conseguido una vez más, pensó Smiley, eludir el anzuelo.

—Bien, bien — dijo —. ¿Qué pasó después, Sam, según tu autorizada versión?

—Londres congeló el caso.

Del absoluto silencio que siguió, Sam debió deducir en un segundo que había tocado un nervio importante. Su actitud lo indicaba: no echó un vistazo para ver la expresión de los demás, ni manifestó curiosidad alguna. Por el contrario, con una especie de teatral modestia, se revisó los brillantes zapatos y los elegantes calcetines y dio una pensativa chupada a su pitillo negro.

—¿Y cuándo fue eso, Sam? — preguntó Smiley.

Sam dio la fecha.

—Retrocede un poco. Sigamos olvidándonos del archivo, ¿entendido? ¿Cuánto sabía Londres de tus investigaciones según ibas haciéndolas? Explícanoslo. ¿Enviaste informes sobre la marcha, a diario? ¿Los envió Mac?

Guillam comentó luego que si las madres del despacho contiguo hubiesen tirado una bomba nadie habría apartado la vista de Sam.

Bueno, dijo tranquilamente éste, como si se burlase del capricho de Smiley, él era un perro viejo. Su principio sobre el terreno había sido siempre primero actuar y luego disculparse. Y también el de Mac. Si obrabas al revés, Londres acababa no dejándote cruzar la calle sin cambiarte primero los pañales, dijo Sam.

—¿Entonces? — dijo pacientemente Smiley.

Pues sucedió que la primera noticia que enviaron a Londres sobre el caso fue, podríamos decir, también la última. Mac certificó la investigación, informó del total de datos obtenidos por Sam y pidió instrucciones.

—¿Y Londres? ¿Qué hizo Londres?

—Mandarle a Mac notificación de máxima prioridad, sacarnos a los dos del caso y ordenarle telegrafiar de inmediato confirmando si yo había entendido la orden y la obedecía. Nos lanzaban, por si acaso, un cohete, ordenándonos que no volviésemos a operar por nuestra cuenta.

Guillam hacía garabatos en la cuartilla que tenía delante: una flor, pétalos luego, luego lluvia cayendo sobre la flor. Connie miraba resplandeciente a Sam como si fuese el día de la boda de éste y de sus ojos infantiles brotaban lágrimas emocionadas. Di Salis trajinaba y se agitaba como siempre, igual que un motor viejo, pero también tenía la vista, en la medida en que podía fijarla en algún sitio, fija en Sam.

—Debisteis enfadaros mucho — dijo Smiley.

—En realidad no mucho.

—¿No tenías ganas de seguir el caso hasta el final? Habías dado un golpe magnífico.

—Bueno, sí, me enfadé un poco, claro.

—Pero cumpliste las órdenes de Londres...

—Soy un soldado, George. Todos estamos en la misma guerra.

—Muy laudable — dijo Smiley, mirando una vez más a Sam, tan elegante y fino con su smoking.

—Órdenes son órdenes — dijo éste, con una sonrisa.

—Sí, claro. Y cuando volviste por fin a Londres — continuó Smiley, en un tono controlado e interrogante   y tuviste tu sesión de «bienvenido a casa buen trabajo» con Bill, ¿le mencionaste el asunto, por casualidad?

—Le pregunté qué demonios pasaba con aquello, sí — aceptó Sam, con la misma indiferencia.

—Y. ¿qué te contestó?

—Acusó a los primos. Dijo que ellos estaban metidos en el asunto antes que nosotros. Dijo que era suyo el caso, y el territorio.

—¿Tenías alguna razón para creerlo?

—Claro. Ricardo.

—¿Sospechabas que era un agente de los primos?

—Hombre, voló para ellos. Estaba ya en sus libros. Era un candidato lógico. Les bastaba con no borrarlo de la nómina.

—Pero no habíamos quedado en que un hombre como Ricardo no tenía acceso a las verdaderas operaciones de la empresa...

—Pero no iban a dejar de usarlo por eso. Los primos son así. Aún era un caso suyo, a pesar de que Ricardo no sirviese para nada. El pacto de manos fuera regía de todos modos.

—Volvamos al momento en que Londres se retiró del caso. Recibiste la orden: «Déjalo todo.» Obedeciste. Pero aún tardaste una temporada en volver a Londres, ¿no? ¿Hubo algún tipo de continuación?

—No entiendo bien, George.

En el fondo de su pensamiento, Smiley tomó escrupulosa nota, una vez más, de la evasiva de Sam.

—Por ejemplo, tu contacto amistoso en la Banque de l'Indochine, Johnny. Seguiste relacionándote con él, ¿no?

—Claro — dijo Sam.

—¿Y no te mencionó Johnny, por casualidad, como cosa anecdótica, qué fue de la veta de oro después de que recibieses tu telegrama de manos fuera? ¿Continuó llegando el dinero todos los meses, como antes?

—La cuenta quedó congelada. París cerró el grifo. Ni Indocharter ni nada de nada.

—¿Y Comercial Boris, el que no tenía antecedentes? ¿Vive feliz y tranquilo después de aquello?

—Volvió a casa.

—¿Había cumplido el plazo?

—Había hecho tres años.

—Normalmente hacen más.

—Sobre todo los agentes importantes — aceptó Sam, sonriendo.

—Y Ricardo, el aviador mexicano chiflado que sospechabas que era agente de los primos, ¿qué fue de él?

—Murió — dijo Sam, sin apartar los ojos de la cara de Smiley —. Se estrelló en la frontera tailandesa. Los muchachos lo achacaron a sobrecarga de heroína.

Presionado, Sam demostró recordar también aquella fecha.

—¿No se lamentó el suceso en el bar?

—No mucho. La opinión predominante parecía ser que Vientiane sería un sitio mucho más seguro sin Ricardo tiroteando el techo de White Rose de Madame Lulú.

—¿Dónde se expresaba esa opinión, Sam?

—Bueno, donde Maurice.

—¿Maurice?

—El Hotel Constellation. Maurice es el propietario.

—Comprendo. Gracias.

Aquí hubo un lapso definido, pero Smiley no parecía reacio a llenarlo. Observado por Sam, por sus tres ayudantes y por Fawn, el factótum, Smiley dio un tirón a las gafas, las ladeó, las volvió a colocar y volvió a apoyar las manos en la cubierta de cristal de la mesa. Luego volvió a hacer recorrer a Sam toda la historia, volvió a comprobar fechas, nombres y lugares, muy concienzudamente,

como los interrogadores especializados de todo el mundo, atento por
la mucha costumbre a los pequeños fallos y las discrepancias casua-
les y las omisiones, y a los cambios de tono, sin hallar nada, en apariencia. Y Sam, con su falsa sensación de seguridad, lo repasó todo,
mirando con la misma sonrisa hueca con que miraba deslizarse las
cartas sobre el tapete verde o veía cómo el girar de la ruleta empujaba la bola blanca de un espacio a otro.

—Sam, creo que deberías pasar la noche aquí con nosotros...
— dijo Smiley, en cuanto se quedaron otra vez los dos solos —.
Fawn se ocupará de la cama y demás. ¿Podrás soportarlo?

—Claro, hombre, por Dios — dijo Sam generosamente.

Entonces, Smiley hizo algo un poco inquietante. Tras entregarle
un montón de revistas, telefoneó pidiendo el expediente personal
de Sam, todos los volúmenes, y con Sam sentado allí ante él, los
fue leyendo en silencio de punta a cabo.

—Veo que eres un Don Juan — comentó al fin, cuando ya la oscuridad se agolpaba en la ventana.

—Pss, más o menos — aceptó Sam, aún sonriendo —. Más o
menos, sí.

Pero se percibía un claro nerviosismo en la voz.

Cuando llegó la noche, Smiley mandó a casa a las madres y dio
orden, a través de los caseros, de que los archivos quedasen libres
de excavadores lo más tarde a las ocho. No dio razón alguna. Les
dejó que pensasen lo que quisieran. Sam debería estar en la sala
de juegos a su disposición, y Fawn hacerle compañía y no dejarle
suelto. Fawn se tomó la orden al pie de la letra. Hasta cuando las
horas se arrastraban y Sam parecía dormitar, permaneció encogido
como un gato en el umbral, y sin cerrar los ojos ni un momento.

Luego, se reunieron los cuatro en Registro (Connie, di Salis,
Smiley y Guillam) y empezaron una larga y cauta cacería de papeles. Buscaron primero los expedientes operativos que deberían haber estado archivados en el sector del Sudeste Asiático, en las fechas que Sam les había dado. No había ninguna ficha en el índice
y no había ningún expediente tampoco, pero esto no era demasiado
significativo. Estación Londres, de Haydon, había adquirido la costumbre de apoderarse de las fichas operativas y confinarlas a su
propio archivo interno. Así que cruzaron lentamente el sótano, entre el repiqueteo de sus pisadas sobre los mosaicos cubiertos de
pardo linóleo, hasta llegar a una alcoba enrejada como una antecapilla, donde descansaban los restos de lo que en otros tiempos había sido archivo de Estación Londres. Tampoco allí encontraron

ninguna ficha, ningún documento.

—Buscad los telegramas —ordenó Smiley, y comprobaron los libros, tanto los de entrada como los de salida y, por un momento, Guillam llegó a sospechar que Sam mentía, hasta que Connie señaló que las hojas de comunicación importantes habían sido mecanografiadas con una máquina distinta: una máquina que, según resultó más tarde, no había sido adquirida por los caseros hasta seis meses después de la fecha que figuraba sobre el papel.

—Buscad boyas —ordenó Smiley.

Las boyas del Circus eran las copias duplicadas de documentos importantes que hacía Registro cuando los expedientes amenazaban con estar en constante movimiento. Se guardaban en carpetas de hojas sueltas como números atrasados de revistas, con un índice cada seis meses. Después de mucho buscar, Connie Sachs desenterró la carpeta del Sudeste Asiático que cubría el período de seis semanas que seguía inmediatamente al comunicado de Collins. Allí no había ninguna referencia a una posible veta de oro soviética ni a Indocharter Vientiane, S. A.

—Probad en FP —dijo Smiley, utilizando, algo muy raro en él, iniciales, que por lo demás detestaba.

Se dirigieron, pues, a otro extremo de Registro y buscaron en Fichas Personales, primero Comercial Boris, luego Ricardo, luego por el alias Chiquitín, dado por muerto, al que Sam había mencionado, al parecer, en su desdichado primer informe a Estación Londres. De vez en cuando, mandaban arriba a Guillam a preguntarle a Sam algún pequeño detalle, y Guillam le encontraba leyendo *Field* y dando sorbos a un buen vaso de whisky, vigilado infatigablemente por Fawn, que rompía la rutina (como pudo saber más tarde Guillam) con planchas, primero sobre dos nudillos de cada mano, luego sobre las puntas de los dedos. En el caso de Ricardo, probaron con posibles variaciones fonéticas y las buscaron también en el índice.

—¿Dónde están archivadas las organizaciones? —preguntó Smiley.

Pero el índice de organizaciones tampoco contenía ficha alguna de aquella *Société Anonyme* llamada Indocharter Vientiane.

—Buscad el material de enlace.

Los contactos con los primos en los tiempos de Haydon se realizaban exclusivamente a través del Secretariado de Enlace de Estación Londres, del que tenía él mismo, por razones obvias, la dirección personal y que tenía sus fichas propias de toda la correspondencia interna. Volvieron a la antecapilla y salieron de nuevo con las manos vacías. Para Peter Guillam la noche estaba adquiriendo dimensiones surrealistas. Smiley apenas decía palabra. Su rostro gordinflón parecía de piedra. Connie, en su emoción, había olvidado las molestias y dolores artríticos y saltaba de una estantería a otra como mocita en baile. Guillam, que no era, ni mucho menos, un burócrata nato, se arrastraba tras ella fingiendo seguir su ritmo y secretamente agradecido por aquellos viajes arriba a consultar a Sam.

—Ya le tenemos, George —decía Connie entre dientes—. Estate seguro de que hemos agarrado ya a ese sapo bestial.

El doctor di Salis se había ido a saltitos en busca de los directores chinos de Indocharter (Sam recordaba aún, sorprendentemente, los nombres de dos de ellos) y trajinó con ellos primero en caracteres chinos, luego en alfabeto latino y, por último, en lenguaje comercial cifrado chino. Smiley estaba sentado en una silla leyendo las fichas sobre las rodillas, como el que va en el tren, ignorando tercamente a los demás pasajeros. A veces, alzaba la cabeza, pero los sonidos que oía no procedían del interior de la habitación. Connie había iniciado por propia iniciativa una búsqueda de referencias relacionadas con las fichas con que deberían estar teóricamente ligados los expedientes del caso. Había fichas personales de mercenarios, y de aviadores autónomos. Había fichas técnicas sobre los métodos de Centro para lavar el dinero con que pagaba a los agentes, e incluso un tratado, que ella misma había escrito hacía mucho ya, sobre el tema de los pagadores secretos responsables de las redes ilegales de Karla que actuaban sin conocimiento de las residencias correspondientes a la organización general. No se habían añadido al apéndice los apellidos impronunciables de Boris Comercial. Había fichas de antecedentes sobre la Banque de l'Indochine y sus lazos con el Banco Narodny de Moscú, fichas estadísticas sobre la creciente importancia de las actividades de Centro en el Sudeste Asiático y fichas de estudio sobre la propia residencia de Vientiane. Pero las negativas no hacían más que multiplicarse, y al multiplicarse no hacían sino confirmar lo dicho. En toda su persecución de Haydon no se habían tropezado en ninguna otra parte con una eliminación de huellas tan sistemática y completa. Era la mejor orientación de todos los tiempos.

Y llevaba inexorablemente a Oriente.

Sólo un dato indicaba aquella noche al culpable. Cayeron sobre él entre el amanecer y la mañana, mientras Guillam dormitaba de pie. Fue Connie quien lo olisqueó, Smiley lo posó silencioso en la mesa, y los tres juntos lo examinaron a la luz de la lámpara como si fuera la clave del tesoro enterrado: una reseña de certificados de destrucción, una docena en total, con el criptónimo autorizador garrapateado con un rotulador negro hacia la línea media, lo que producía un agradable efecto de carboncillo. Las fichas condenadas se relacionaban con «correspondencia sumamente secreta con H/anexo»... lo que quería decir, con el jefe de Estación de los primos, el entonces como ahora hermano en Cristo de Smiley, Martello. El motivo de la destrucción era el mismo que el que Haydon había dado a Sam Collins para abandonar el campo de investigaciones de Vientiane: «*Riesgo de comprometer delicada operación norteamericana.*» La firma que condenaba las fichas al incinerador era el nombre de trabajo de Haydon.

Volviendo al piso de arriba, Smiley invitó a Sam una vez más a su habitación. Sam se había quitado la pajarita y el rastrojo de la mandíbula sobre el abierto cuello de la camisa blanca le hacía parecer bastante menos fino y delicado.

Smiley envió primero a Fawn a por café. Dejó que llegase y esperó a que se largase otra vez, no sin servir antes dos tazas, sólo para dos, azúcar para Sam, una sacarina para Smiley por lo de adelgazar. Luego, se acomodó en un sillón junto a Sam en vez de poner por medio un escritorio, para crear un ambiente de más intimidad.

—Creo, Sam, que deberías hablarme un poco de la chica — dijo, con mucha suavidad, como si comunicase tristes nuevas —. ¿Fue por caballerosidad por lo que la omitiste?

A Sam pareció más bien divertirle.

—¿Perdiste las fichas, verdad, muchacho? — preguntó, con el mismo tono íntimo propio de vestuario de caballeros.

A veces, para obtener una confidencia, uno ha de hacer otra.

—Las perdió *Bill* — contestó suavemente Smiley.

Sam se sumergió, con cierta teatralidad, en meditación profunda. Encogiendo una mano de jugador, examinó las yemas de los dedos, lamentando su lastimoso estado.

—Ese club mío funciona prácticamente solo ya — reflexionó —. Si he de serte sincero, me empieza a aburrir. Dinero, dinero. Tengo ganas de cambiar, de hacer algo.

Smiley comprendió, pero tenía que ser firme.

—No tengo ningún recurso, Sam. Apenas si puedo alimentar las bocas que ya he contratado.

Sam dio un sorbo pensativo a su café solo, sonriendo a través del vapor.

—¿Quién es ella, Sam? ¿De qué asunto se trata? Nadie va a

juzgar nada. Es agua pasada, te lo aseguro.

Sam, de pie, hundió las manos en los bolsillos, movió la cabeza y, muy a la manera de Jerry Westerby, empezó a dar vueltas por la habitación, examinando las lúgubres y extrañas cosas que colgaban de la pared: fotos de guerra de grupo de catedráticos de uniforme; una carta enmarcada, manuscrita, de un primer ministro muerto; de nuevo el retrato de Karla, que ahora examinó desde muy cerca, una y otra vez.

—«Nunca desperdicies tus monedas» —comentó, tan cerca de Karla que su aliento empañó el cristal—. Eso es lo que mi buena madre solía decirme. «Nunca regales tus valores. Recibimos muy pocos en la vida. Hay que ser parco a la hora de dar.» Da la sensación de que hay un plan en marcha. ¿Es cierto o no? —preguntó.

Limpió luego el cristal con la manga y prosiguió:

—Parece que hay mucha hambre en esta casa vuestra. Me di cuenta nada más entrar. Está puesta la mesa grande, me dije. El nene comerá esta noche.

Y llegó hasta la mesa de Smiley, se sentó en la silla como si la probase para ver si era cómoda. La silla giraba, además de balancearse. Sam probó ambos movimientos.

—Necesito una solicitud de investigación —dijo.

—Arriba, a la derecha —dijo Smiley, y observó cómo Sam abría el cajón, sacaba una cuartilla de papel amarillo y la colocaba sobre el cristal de la mesa para escribir.

Escribió durante un par de minutos en silencio, deteniéndose de vez en cuando por consideraciones artísticas y reanudando luego la escritura.

—Si aparece la chica, dímelo —dijo, y, con un saludo teatral a Karla, se fue.

Una vez se hubo ido, Smiley cogió el impreso de la mesa, avisó a Guillam y se lo pasó sin decir una palabra. En la escalera, Guillam se detuvo a leer el texto:

«Worthington, Elizabeth, alias Lizzie, Alias Ricardo, Lizzie.» Ésa era la primera línea. Luego los detalles: «Edad unos veintisiete. Nacionalidad británica. Estado civil, casada, datos del marido desconocidos, nombre de soltera también desconocido. 1972-3 esposa de facto de Ricardo, Chiquitín, ya muerto. Último lugar de residencia conocido, Vientiane, Laos. Última ocupación conocida: mecanógrafa-recepcionista de Indocharter Vientiane, S. A. Empleos anteriores: camarera de club nocturno, vendedora de whisky, buscona elegante.»

Cumpliendo su decepcionante papel habitual de aquel período, Registro tardó unos tres minutos en lamentar no disponer de «ningún dato repito ningún dato sobre el sujeto». Aparte de esto, la Abeja Reina manifestó su desacuerdo con el término «elegante». Insistía en que selecta era un modo mucho adecuado de describir a aquel tipo de buscona.

Era muy curioso que la reticencia de Sam no hubiese disuadido a Smiley. Parecía aceptarla satisfecho como parte inevitable del asunto. Muy al contrario, pidió copias de todos los informes directos que Sam había enviado de Vientiane o de otros lugares en los últimos diez años y pico y que hubiesen escapado a la diestra cuchilla de Haydon. Y luego, en las horas de ocio, cuando las había, los ojeó, y dejó que su imaginación inquisitiva construyera cuadros del oscuro mundo personal de Sam.

En este momento decisivo del asunto, Smiley mostró un sentido del tacto absolutamente encantador, como todos admitieron más tarde. Un individuo de menos clase podría haberse lanzado sobre los primos pidiéndoles como cosa de la máxima urgencia que Martello buscase el extremo norteamericano de la correspondencia destruida y le permitiese echarle un vistazo. Pero Smiley no quiso remover nada, no quiso indicar nada. Y así, en vez de elegir a un emisario más humilde, Molly Meakin era una graduada linda y primorosa, un poco marisabidilla quizás, un poco introvertida, pero ya con un modesto prestigio como capacitada funcionaria, y con raíces en el viejo Circus a través de su hermano y de su padre. En la época de la caída, ella aún era una aspirante, y estaba perdiendo los dientes de leche en Registro. Después la conservaron como elemento básico de plantilla y la ascendieron, si ésta es la palabra, a la Sección de Reconocimiento, de donde ningún hombre, y menos aún una mujer, según la tradición, vuelve vivo. Pero Molly poseía, quizá por herencia, lo que en el gremio se llama vista natural. Mientras los que la rodeaban seguían intercambiando anécdotas sobre dónde estaban exactamente y qué llevaban puesto cuando les comunicaron la noticia de la detención de Haydon, Molly establecía un canal extraoficial y discreto con su colega del Anexo de Grosvenor Square, eludiendo los laboriosos procedimientos introducidos por los primos desde la caída. Su principal aliado era la rutina. Su día de visita era el viernes. Todos los viernes tomaba café con Ed, que controlaba la computadora. Y hablaba de música clásica con Marge, que sustituía a Ed. Y, a veces, se quedaba para baile antiguo, o una partida de tejo o de bolos en el Twilight Club del sótano del Ane-

xo. El viernes era también, por pura casualidad, el día que llevaba
su listita de peticiones de datos. Si no tenía nada importante, procuraba inventar algo a fin de mantener abierto el canal, y aquel
viernes concreto, a instancias de Smiley, incluyó en su selección el
nombre de Ricardo el Chiquitín.

—Pero no quiero que destaque en ningún sentido, Molly — dijo
Smiley con vehemencia.

—Por supuesto que no — dijo Molly.

Como humo, según su propia expresión, Molly eligió una docena
de otros RS y cuando llegó a Ricardo escribió «Richards ver por
Rickard ver por Ricardo, profesión profesor ver por instructor aero-
náutico», de modo que sólo apareciese el Ricardo real como una
posible identificación más. Nacionalidad mexicana ver por árabe
añadía: y añadía también la información extra de que quizás pudiera haber muerto.

Era de nuevo noche ya cuando Molly regresó al Circus. Guillam
estaba agotado. Los cuarenta son una edad difícil para andar despierto, decidió. A los veinte o a los sesenta, el cuerpo ya sabe de
qué va la cosa, pero los cuarenta son una adolescencia en la que
uno duerme para envejecer o para mantenerse joven. Molly tenía
veintitrés. Fue directamente a la habitación de Smiley, se sentó muy
decorosa, las rodillas muy juntas, y empezó a vaciar el bolso, observada atentamente por Connie Sachs, y aún más atentamente por
Peter Guillam, aunque por razones distintas. Sentía mucho haber
tardado tanto, dijo con gravedad, pero Ed había insistido en llevarla
a una reposición de *True Grit*, gran favorita del Club Twilight, y
después había tenido que librarse de él, pues tampoco quería ofen-
derle, y menos aún aquella noche concreta. Luego de decir esto, entregó a Smiley un sobre que éste abrió. En él había una larga tarjeta de computadora color crema. ¿Pero le rechazó o no? deseaba
saber Guillam.

—¿Cómo terminó la cosa? — fue la primera pregunta de
Smiley.

—Muy correctamente — contestó ella.

—El guión tiene una pinta espléndida — exclamó luego Smiley.
Pero al seguir leyendo, su expresión cambió poco a poco convirtiéndose en una mueca lobuna y extraña.

Connie se reprimió menos. Cuando le pasó la tarjeta a Guillam,
soltó una carcajada.

—¡Oh *Bill*! ¡Mi querido malvado! ¡Los has despistado a todos!
¡Ay, demonios!

A fin de silenciar a los primos, Haydon había invertido su mentira original. El largo mensaje, una vez descifrado, narraba esta encantadora historia.

Temeroso de que los primos pudiesen estar realizando por su cuenta las investigaciones del Circus con la firma Indocharter, Bill Haydon, como jefe de Estación Londres, había enviado al Anexo un aviso de manos fuera puramente formal, conforme al compromiso bilateral en vigor entre los dos Servicios. En él se indicaba a los norteamericanos que Indocharter Vientiane, S. A., se hallaba por entonces bajo la vigilancia de Londres y que el Circus tenía un agente sobre el terreno. En consecuencia, los norteamericanos aceptaron renunciar a cualquier pretensión que pudiesen tener respecto al caso, a cambio de compartir la posible información que se obtuviese. Para ayudar a los ingleses, los primos mencionaron, por otra parte, que su relación con el piloto Ricardo el Chiquitín se había extinguido.

En suma, nadie había visto un ejemplo más claro de lo de jugar a dos barajas.

—Gracias, Molly —dijo cortésmente Smiley, después de que todos tuvieron oportunidad de maravillarse—. Muchísimas gracias.

—No hay de qué —dijo Molly, decorosa como una niñera—. Y no hay duda de que Ricardo ha muerto, señor Smiley —concluyó, y citó la misma fecha de muerte que había suministrado ya Sam Collins.

Y con esto cerró el broche de su bolso, se echó la falda sobre las admirables rodillas y caminando delicadamente salió de la habitación, bien observada una vez más por Peter Guillam.

Se apoderó entonces del Circus un ritmo diferente, un humor completamente distinto. Había terminado la frenética búsqueda de una pista, de cualquier pista. Ya podían lanzarse tras un objetivo en vez de galopar en todas direcciones. La amistosa separación de las dos familias se desmoronó en la práctica: los bolcheviques y los peligros amarillos se convirtieron en una sola unidad bajo la dirección conjunta de Connie y del doctor, aunque sus tareas técnicas continuasen diferenciadas. Después de esto, a los excavadores las alegrías les fueron llegando en pequeños fragmentos, como charcos en un sendero largo y polvoriento, y a veces casi todos por los bordes externos del camino. Connie no tardó más de una semana en identificar al pagador soviético de Vientiane que había supervisado la transferencia de fondos a Indocharter Vientiane, S. A.: el Boris Comercial. Era el antiguo soldado Zimim, un veterano graduado de la escuela secreta de adiestramiento que tenía Karla en las afueras de Moscú. Con el anterior alias de Smirnov, este tal Zimim figuraba en archivo como antiguo pagador de un *aparato* germanooriental en Suiza seis años atrás. Había aflorado antes de eso en Viena con el nombre de Kursky. Como habilidades adicionales podía ofrecer las de ladrón de sonido y «trampero», y algunos decían que era el mismo Zimim que había montado en Berlín Oeste la dulce y eficacísima trampa en que había caído un cierto senador francés que más tarde vendió la mitad de los secretos de su país incurriendo en traición. Había salido de Vientiane exactamente un mes después de que llegara a Londres el informe de Sam.

Tras este pequeño triunfo, Connie se lanzó a la tarea, en apariencia imposible, de determinar qué medidas podría haber tomado Karla, o su pagador Zimim, para sustituir la veta de oro interceptada. Connie disponía de varios hitos indicadores. Primero, el conocido conservadurismo de las organizaciones secretas de gran tamaño, y su adhesión a las vías de actuación ya consagradas. Segundo, la presunta necesidad que tenía Centro, dado que se trataba de grandes sumas, de sustituir el viejo sistema por uno nuevo y rápido. Tercero, la complacencia de Karla, tanto antes de la caída, cuando tenía inmovilizado al Circus, como después, cuando el Circus yacía a sus pies jadeante y desdentado. Por último se basaba y confiaba sencillamente en su propio dominio enciclopédico del tema. Agrupando las montañas de materia prima sin elaborar que habían ido amontonándose, deliberadamente olvidadas, durante los años de su exilio, el equipo de Connie revisó concienzudamente fichas y archivos, intercambió datos, hizo esquemas y diagramas, rastreó la caligrafía individual de operadores conocidos, padeció dolores de cabeza, discutió, jugó al ping pong y, de cuando en cuando, con agobiantes precauciones, con consentimiento expreso de Smiley, emprendió tímidas operaciones de campo. Se convenció a un contacto amistoso de la ciudad para que visitara a un viejo conocido especializado en empresas extranjeras de Hong Kong. Un agente de Bolsa de Cheapside abrió sus libros a Toby Esterhase, el superviviente húngaro de aguda vista que era todo lo que quedaba del ejército itinerante antaño glorioso de consejeros y artistas de acera del Circus. Así siguió el asunto, a ritmo de caracol: pero al menos el caracol sabía adónde quería ir. El doctor di Salis, a su modo distante, emprendió la ruta china ultramarina, abriéndose paso entre las conexiones arcanas de Indocharter Vientiane, S. A., y sus escurridizos grupos de empresas matrices. Sus ayudantes, tan excepcionales como él, eran estudiantes de idiomas o antiguos agentes chinos reciclados. Con el tiempo, adquirieron una palidez colectiva, como miembros de un mismo y rancio seminario.

Entretanto, Smiley avanzaba, por su parte, con no menos cautela, y por rutas aún más intrincadas, cruzando aún mayor número de puertas.

Se perdió de vista una vez más. Era tiempo de esperar y lo pasó atendiendo al otro centenar de cosas que precisaban de su atención urgente. Terminado su breve período de trabajo de equipo, se retiró a las más íntimas regiones de su mundo solitario. Fue a Whitehall, fue a Bloomsbury, fue a ver a los primos. Otras veces, la puerta de la sala del trono permanecía cerrada días seguidos, y sólo el oscuro Fawn, el factótum, tenía permiso para entrar y salir con sus zapatos de gimnasia, portando humeantes tazas de café, platitos de pastas y, de vez en cuando, informes escritos, de su jefe o para él. Smiley siempre había detestado el teléfono, y ahora no aceptaba ninguna llamada, salvo que se tratase, en opinión de Guillam, de cuestiones de la máxima urgencia, y ninguna lo era. El único aparato que Smiley no podía desconectar era una línea directa con el escritorio de Guillam, pero cuando le daba la ventolera llegaba al punto de ponerle una cubretetera encima, para ahogar los timbrazos. El procedimiento invariable era que Guillam dijese que Smiley estaba fuera o conferenciando y que llamaran una hora después. Entonces Smiley escribía un mensaje, se lo entregaba a Fawn y, en caso necesario, con la iniciativa a su favor, Smiley llamaba. Conferenciaba con Connie, a veces con di Salis, a veces con ambos, pero a Guillam no se le llamaba. El archivo de Karla se trasladó de la Sección de Investigación de Connie a la caja de seguridad personal de Smiley, por si acaso. Los siete volúmenes. Guillam certificó la entrega y se los llevó, y a Smiley, cuando alzó la vista del escritorio y los vio, le inundó la tranquilidad del reconocimiento, y se inclinó hacia ellos como si recibiera a un viejo amigo. Volvió a cerrarse la puerta y pasaron más días.

—¿Alguna noticia? —preguntaba Smiley de vez en cuando a Guillam. Quería decir: «¿Ha llamado Connie?»

La residencia de Hong Kong se evacuó más o menos por esta época y Smiley recibió, demasiado tarde, aviso de los esfuerzos elefantinos de los caseros por eliminar el artículo sobre High Haven. Smiley cogió inmediatamente el expediente de Craw y llamó de nuevo a Connie para consulta. Unos cuantos días después, apareció en Londres el propio Craw para una visita de cuarenta y ocho horas. Guillam le había oído hablar en Sarratt y le detestaba. Un par de semanas después, vio al fin la luz del día el celebrado artículo del viejo, Smiley lo leyó atentamente, se lo pasó luego a Guillam y, por una vez, ofreció una explicación concreta de su actuación: Karla debía saber muy bien lo que perseguía el Circus, dijo. Los negativos eran un pasatiempo consagrado. Pero Karla no sería humano si después de cazar una presa tan grande no se durmiese un poco en los laureles.

—Quiero que todo el mundo le diga lo muertos que estamos —explicó Smiley.

Su técnica de ala rota se extendió pronto a otras esferas, y una de las tareas más entretenidas de Guillam fue cerciorarse de que Roddy Martindale estaba bien provisto de penosas historias sobre el desconcierto que reinaba en el Circus.

Y los excavadores seguían con su tarea. La llamarían, después, la falsa paz. Tenían el mapa, dijo más tarde Connie, y tenían los emplazamientos, pero aún había que trasladar montañas a *cucharadas*. En la espera, Guillam invitó a Molly Meakin a prolongadas y costosas cenas, pero la cosa acabó sin que llegaran a nada definitivo. Jugó al *squash* con ella y admiró su vista, nadó con ella y admiró su cuerpo, pero ella le vedó un contacto más íntimo con una extraña y misteriosa sonrisa, apartando la cabeza y bajándola aunque sin dejarle que se separara de ella.

Bajo la continua presión de la ociosidad, Fawn, el factótum, empezó a actuar de forma extraña. Cuando desapareció Smiley y le dejó solo, Fawn pasó a vivir literalmente consumido, aguardando el regreso de su jefe. Guillam, que le sorprendió una noche en su pequeña madriguera, se quedó sobrecogido al verle en un acuclillamiento casi fetal, enrollando y enrollando un pañuelo al pulgar como una ligadura, para hacerse daño.

—¡Por amor de Dios, hombre, que no es nada personal! —exclamó—. George no le necesita por ahora, no es más que eso. Tómate unos días de descanso o algo así. Refréscate.

Pero Fawn siempre llamaba a Smiley el Jefe, y miraba de reojo a los que le llamaban George.

Fue hacia el final de esta fase estéril cuando apareció en la quinta planta un artilugio nuevo y maravilloso. Lo trajeron en maletas dos técnicos de pelo a cepillo, y lo instalaron en tres días: un teléfono verde destinado, pese a los prejuicios de Smiley, a su escritorio, y que le conectaba directamente con el Anexo. Pasaba por la sala de Guillam, y estaba ligado a toda suerte de cajas grises anónimas que ronroneaban sin previo aviso. Su presencia no hizo más que intensificar el estado de ánimo general de nerviosismo: ¿Qué utilidad tenía una máquina, se preguntaban unos a otros, si no tenían nada que poner en ella?

Pero tenían algo.

De pronto, se corrió la noticia. Connie no decía lo que había encontrado, pero las nuevas del descubrimiento corrieron como fuego por todo el edificio: «¡Connie ha dado en el blanco! ¡Los excavadores lo han conseguido! ¡Han encontrado la nueva veta de oro! ¡Y la han seguido hasta el final!»

¿Hasta qué final? ¿Hasta quién? ¿Dónde acababa? Connie y di Salis seguían guardando silencio. Durante un día y una noche, entraron y salieron de la sala del trono, cargados de fichas, una vez más, sin duda con el objeto de mostrarle a Smiley sus trabajos.

Luego, Smiley desapareció tres días y Guillam sólo supo mucho después que «a fin de ajustar todos los tornillos», como dijo él, había visitado Hamburgo y Amsterdam para tratar ciertos asuntos con determinados banqueros, muy distinguidos, que él conocía. Estos caballeros dedicaron mucho tiempo a explicarle que la guerra había terminado y que no podían, en realidad, violar su código de ética profesional, y luego le dieron la información que tanto necesitaba: que fue sólo la confirmación definitiva de todo lo que los excavadores habían deducido. Volvió Smiley pero Peter Guillam aún siguió segregado, y podría muy bien haber seguido así indefinidamente, en aquel limbo privado, de no haber sido por la cena de los Lacon.

A él le incluyeron por puro azar. Y también la cena fue cosa casual. Smiley le había pedido a Lacon una cita por la tarde en la oficina de la Presidencia del Gobierno, y pasó varias horas de conciliábulo con Connie y di Salis preparándose para ella. Pero a Lacon le convocaron a última hora sus jefes parlamentarios, y propuso una comida informal en su horrible mansión de Ascott en lugar de la cita concertada. A Smiley le reventaba conducir y no había ningún coche de servicio. Guillam se ofreció al final a hacerle de chófer en su ventiladísimo y viejo Porsche, tras haberle echado por encima una manta que llevaba en el coche por si Molly Meakin aceptaba ir con él de excursión. Durante el trayecto, Smiley intentó charlar de cosas intrascendentes, cosa rara en él, pero estaba nervioso. Llegaron lloviendo y hubo discusión en la puerta sobre qué hacer con el inesperado subalterno. Smiley insistió en que Guillam hiciese lo que le pareciese y volviese a buscarle a las diez y media: los Lacon insistieron en que *debía* quedarse. Había en realidad *montones* de comida.

—Lo que tú digas — dijo Guillam a Smiley.

—Bueno, por mí no hay problema. Por mí puedes quedarte, si

a los Lacon no les importa, naturalmente — dijo con acritud Smiley, y entraron.

Así que pusieron un cuarto plato a la mesa y se cortó la carne demasiado hecha en trocitos hasta que pareció guisado seco, y despacharon a una hija en bicicleta con una libra a por una segunda botella de vino a la taberna que había carretera arriba. La señora Lacon era rubia, rubicunda y conejesca, una novia-niña que se había convertido en niña-madre. La mesa era demasiado larga para cuatro. Colocó a Smiley y a su marido a un extremo y a Guillam junto a ella. Tras preguntarle si le gustaban los madrigales, se embarcó en una descripción interminable de un concierto del colegio particular de su hija. Dijo que estaba absolutamente *echado a perder* por los extranjeros ricos que estaban admitiendo para equilibrar el presupuesto. La mitad de ellos ni siquiera eran capaces de cantar a la manera occidental:

—Bueno, lo que quiero decir es que a quién puede agradarle que su hijo se eduque con un montón de persas cuando ellos tienen seis mujeres cada uno — decía.

Guillam iba dándole cuerda mientras procuraba captar el diálogo que tenía lugar al otro extremo de la mesa. Lacon parecía bolcar y batear a un tiempo.

—Primero, tú me haces la petición *a mí* — decía —. Estás haciendo eso ahora, muy adecuadamente. En esta etapa, no deberías darme más que un esbozo introductorio. Lo tradicional es que a los ministros no les guste todo lo que no quepa escrito en una postal. Y a ser posible, una postal *ilustrada* — añadió, y dio un delicado sorbo a aquel tinto repugnante.

La señora Lacon, en cuya intolerancia resplandecía una beatífica inocencia, empezó a protestar por los judíos.

—Bueno, y además no comen la *comida* que hacemos nosotros — decía —. Según Penny, toman cosas especiales de arenque en la comida.

Guillam perdió de nuevo el hilo, hasta que Lacon alzó la voz advirtiendo:

—Procura mantener a *Karla* fuera de esto, George. Ya te lo he dicho antes. Aprende a decir *Moscú* en vez de Karla. ¿De acuerdo? A ellos no les gustan las alusiones personales. Por muy desapasionadamente que le odies. Ni a mí.

—Moscú entonces — dijo Smiley.

—No es que una *los deteste* — dijo la señora Lacon —. Es sólo que son distintos.

**Lacon tomó de nuevo un tema anterior.**

—Cuando dices una suma *grande,* ¿a qué te refieres en concreto?

—Aún no estamos en situación de decirlo — contestó Smiley.

—Bueno. Más tentador. ¿No tienes en cuenta el factor pánico? Smiley no entendió la pregunta mejor que Guillam.

—¿Qué es lo que más te alarma de tu descubrimiento, George? ¿Qué es lo que más temes, en tu papel de perro guardián?

—¿La seguridad de una Colonia de la Corona Británica? — sugirió Smiley, después de pensarlo un poco.

—Están hablando de Hong Kong — explicó la señora Lacon a Guillam —. Mi tío fue secretario político. Por el lado de papá — añadió —. Los hermanos de mamá nunca hicieron nada inteligente.

Dijo que Hong Kong era bonito pero que olía muy mal.

Lacon estaba ya algo achispado y divagaba.

—Colonia... Dios mío, ¿has oído eso, Val? — dijo, hacia el otro extremo de la mesa, aprovechando la ocasión para educar a su esposa —. El doble de ricos que nosotros, según mi opinión, y, desde la posición que *yo* ocupo, envidiablemente más seguros también. El tratado aún tiene veinte años de vigencia, si es que los chinos lo aplican. ¡A este paso, nos acompañarían a la puerta, con mucho gusto!

—Olivier cree que estamos *condenados* — explicó la señora Lacon a Guillam con gran vehemencia, como si estuviera haciéndole partícipe de un secreto de la familia. Luego lanzó a su marido una sonrisa angélica.

Lacon volvió a su tono confidencial, pero siguió hablando alto, y Guillam supuso que estaba intentando lucirse para su mujer.

—¿No es cierto que pretendes decirme también (como fondo de la postal, como si dijésemos) que una mayor presencia de los servicios secretos soviéticos en Hong Kong constituiría motivo de notable embarazo para el gobierno colonial en sus relaciones con Pekín?

—Antes de que yo llegase a eso...

—De cuya magnanimidad — prosiguió Lacon — depende continuamente para su supervivencia. ¿No?

—Es precisamente por esas mismas implicaciones... — dijo Smiley.

—¡Oh, Penny! ¡Estás desnuda! — gritó con indulgencia la señora Lacon.

Y, proporcionando a Guillam un celestial respiro, se lanzó a tranquilizar a una hijita rebelde que había aparecido en la puerta.

Lacon se había llenado los pulmones, entretanto, para lanzar un aria.

—En consecuencia, no sólo estamos protegiendo Hong Kong de los *rusos* (lo que ya es bastante peliagudo, te lo garantizo, pero quizás no lo *bastante* grave para algunos de nuestros ministros más soñadores) sino que estamos protegiéndole de la cólera de Pekín, que, según opinión universal, es terrible, ¿no es cierto, Guillam? *Sin embargo...* — dijo Lacon, y para subrayar la *volte face* llegó al punto de inmovilizar el brazo de Smiley con su gran mano hasta hacerle posar el vaso — *sin embargo* — advirtió, mientras su errática voz caía y volvía a remontarse — el que nuestros jefes se traguen todo esto es una cuestión completamente distinta.

—Yo no consideraría la posibilidad de consultarles hasta haber obtenido una confirmación de los datos que tenemos — dijo Smiley con viveza.

—Sí, pero no puedes, ¿verdad? — alegó Lacon, cambiando los sombreros —. No puedes ir más allá de la investigación interior. No tienes permiso.

—Sin comprobar la información...

—Bueno, ¿y qué supondría eso, George?

—Habría que colocar un agente sobre el terreno.

Lacon enarcó las cejas y apartó la cabeza, con lo que a Guillam le recordó irresistiblemente a Molly Meakin.

—El método no es asunto mío, ni los detalles. Es evidente que no puedes hacer nada embarazoso puesto que no tienes dinero ni recursos — sirvió más vino, derramando un poco —. ¡Val! — gritó —. ¡Un paño!

—Tengo *algo* de dinero.

—Pero no para ese fin.

El vino había manchado el mantel. Guillam echó sal encima mientras Lacon lo alzaba y metía debajo su servilletero para salvar el barnizado.

Siguió un largo silencio, roto por el goteo del vino en el suelo de parquet. Por fin, Lacon dijo:

—Te corresponde por entero a ti definir lo que puede ser cargado en cuenta durante tu mandato.

—¿Puedo tener eso por escrito?

—No, amigo mío.

—¿Puedo tener una autorización tuya para dar los pasos necesarios para corroborar la información?

—No, amigo.

—¿Pero tú no me bloquearás?

—Puesto que no sé nada de métodos, y no se me consulta, difícilmente puede corresponderme dictarte lo que has de hacer.

—Pero, si hago una consulta formal... — comenzó Smiley.

—¡Val, *trae* un paño! En cuanto hagas una petición formal, yo me lavaré las manos por completo. Es el comité de control de los servicios secretos, no yo, quien determina el alcance de tu actuación. Tú harás tu discurso. Ellos te oirán. A partir de entonces, la cosa queda entre tú y ellos. Yo sólo soy la comadrona. ¡Val, trae un paño, se está poniendo todo perdido!

—Sí, claro, es mi cabeza la que corre peligro, no la tuya — dijo Smiley, casi para sí —. Tú eres imparcial. Ya conozco ese cuento.

—*Oliver* no es imparcial — dijo la señora Lacon jubilosamente, mientras volvía con la niña en brazos, peinada y con el camisón puesto —. Está *terriblemente* a tu favor, ¿no es así, Olly?

Y le entregó un paño a Lacon y éste empezó a limpiar.

—Últimamente — prosiguió —, se ha convertido en un verdadero *halcón*. Mejor que los norteamericanos. Ahora, da las buenas noches a todo el mundo, Penny, vamos.

Y les fue ofreciendo la niña a uno tras otro.

—Primero el señor Smiley... el señor Guillam; ahora papá... ¿qué tal Ann, George, supongo que no estará otra vez en el campo?

—Oh, muy bien, gracias.

—Bueno, obliga a Oliver a darte lo que quieres. Se está haciendo terriblemente *pomposo*. ¿No es cierto, Olly?

Y se fue, bailoteando y cantando a la niña sus rituales.

—A serrín, a serrán... a serrín, a serrán... maderitas de San Juan...

Lacon la vio salir orgulloso.

—Ahora dime, George, ¿vas a meter a los norteamericanos en el asunto? — preguntó despreocupadamente —. Ya sabes que significaría dinero. Si metes a los primos, arrastrarás al comité sin problema. Los de Asuntos Exteriores te comerían en la mano.

—Prefiero operar por mi cuenta en esto.

Ojalá no hubiese existido nunca el teléfono verde, pensó Guillam.

Lacon rumiaba, agitando el vaso.

—Lástima — dijo, al fin —. Lástima. Si no están los primos, no hay factor pánico.

Contempló a aquel individuo rechoncho y vulgar que tenía ante sí. Smiley estaba sentado con las manos juntas, los ojos semicerrados, parecía medio dormido.

—Y tampoco credibilidad — continuó Lacon; parecía un comentario directo sobre la apariencia de Smiley —. Defensa no alzará un dedo por ti, eso para empezar. Ni tampoco los de Interior. Con Hacienda hay un cincuenta por ciento de probabilidades. Y con Asuntos Exteriores... depende de a quién manden a la reunión y lo que hayan desayunado — reflexionó de nuevo, y añadió:

—George.

—¿Sí?

—Déjame que te mande a un abogado. Alguien que pueda defenderte, hacer valer tu petición, llevarla hasta las barricadas.

—¡Oh, no, gracias, creo que puedo arreglármelas solo!

—Hazle descansar más — aconsejó a Guillam en un susurro ensordecedor cuando se dirigían ya hacia el coche —. Y procura que deje esas chaquetas negras y esa ropa que lleva. Le sienta muy mal. ¡Adiós, George! Llámame mañana si cambias de opinión y quieres ayuda. Conduce con cuidado, Guillam. Recuerda que has bebido.

Cuando cruzaban las verjas, Guillam dijo algo verdaderamente muy grosero, pero Smiley estaba demasiado sepultado en la manta para oírle.

—Así que se trata de Hong Kong... — dijo Guillam, mientras se alejaba.

No hubo respuestas, pero tampoco desmentido.

—¿Y quién es el afortunado agente? — preguntó Guillam, poco después, en realidad sin ninguna esperanza de obtener respuesta —. ¿O no vamos a hacer más que andar al rabo de los primos?

—No andamos al rabo de ellos — replicó Smiley, con viveza —. Si les metemos en esto, nos dejarán en la estacada. Y si no lo hacemos, no tenemos recursos. Se trata de una cuestión de equilibrio, ni más ni menos.

Y volvió a sepultarse en la manta.

Pero he aquí que al día siguiente ya estaban en marcha.

A las diez, Smiley convocó una reunión de la dirección operativa. Habló Smiley, habló Connie, di Salis se manoseó y se rascó como un agusanado tutor de corte de una comedia de la Restauración, hasta que le tocó el turno y habló, con su voz inteligente y cascada. Esa misma noche, Smiley mandó su telegrama a Italia: uno de verdad, no sólo una señal, consigna Tutor, copia al archivo, que crecía con gran rapidez. Lo redactó Smiley y Guillam se lo llevó a Fawn que lo transportó triunfal a la oficina de correos de Charing Cross, que estaba abierta toda la noche. Por el aire ceremonioso con que partió Fawn, podría haberse llegado a pensar que el pequeño impreso amarillento era el punto culminante de una vida muy poco aventurera. No era así. Antes de la caída, Fawn había trabajado bajo las órdenes de Guillam como cazador de cabelleras con base en Brixton. Su actividad profesional, sin embargo, era la de matador silencioso.

# 5

# UN PASEO POR EL PARQUE

La despedida de Jerry Westerby tuvo un aire festivo y bullicioso, a lo largo de toda aquella semana soleada, que nunca llegó a desvanecerse. Parecía como si Jerry se estuviese aferrando al final del verano lo mismo que hacía Londres. Madrastras, vacunas, agencias de viaje, agentes literarios y editores de Fleet Street: todo lo recorrió Jerry, aunque Londres le resultase tan odioso como la peste, con su paso alegre y decidido. Tenía incluso una personalidad londinense a juego con las botas de cabritilla: su traje, no exactamente Savile Row, pero un traje, sin lugar a dudas. El uniforme carcelario, como decía la huérfana, era un chisme lavable de un azul desvaído, obra de una sastrería de las que lo hacen en veinticuatro horas, llamada «Pontschak Happy House of Bangkok», que lo garantizaba como *inarrugable*, en radiantes letras de seda, en la etiqueta. Con la suave brisa del mediodía se hinchaba, ligero como los vestidos de las damas en los muelles de Brighton. La camisa de seda, que era del mismo origen, tenía un tono amarillento de vestuario deportivo que recordaba Wimbledon o Henley. El bronceado, aunque toscano, era tan inglés como la famosa corbata de criquet que ondeaba en su persona como patriótica bandera. Sólo su expresión tenía, para los muy entendidos, ese claro brillo de alerta, que también había advertido Mama Stefano, la encargada de correos, y que el instinto describe como «profesional», y ahí lo deja. A veces, si preveía una espera, llevaba consigo el saco de libros, lo que le daba un aire de palurdo: Dick Whittington llega a la ciudad.

Se había instalado, más o menos, en Thurloe Square, donde vivía su madrastra, la tercera Lady Westerby, en un pisito coquetón, atestado de grandes antigüedades salvadas de otros hogares abandonados. Ella era una mujer gallinesca y pintarrajeada, gruñona como algunas beldades viejas, que solía acusarle de delitos reales o imaginados, como fumarle su último cigarrillo o traer barro a casa tras sus obsesivos paseos por el parque. Jerry se lo tomaba todo

con buen ánimo. A veces, cuando volvía tarde, a las tres o las cuatro de la mañana incluso, sin sueño aún, aporreaba la puerta de
su dormitorio para despertarla, aunque lo más frecuente era que
estuviera despierta; y, una vez maquillada, le acompañaba, sentándose al borde de su cama, con su camisón de frufrú y una *crême
de menthe frappée* en la zarpita, mientras Jerry se espatarraba en
el suelo, entre una mágica montaña de cachivaches, trajinando con
lo que él llamaba su equipaje. El montón de trastos estaba formado por cosas inútiles de lo más diverso: viejos recortes de Prensa,
montones de periódicos amarillentos, documentos legales atados
con cinta verde e incluso un par de botas de montar hechas a la
medida, con la horma puesta pero verdes de moho. Jerry trataba
de decidir, en teoría, lo que necesitaba de todo aquello para su viaje, aunque raras veces llegaba más allá de un recuerdo de algún
tipo, que les llevaba a una cadena de evocaciones. Una noche, por
ejemplo, desenterró un álbum con sus primeros artículos periodís-
ticos.

—¡Mira, Pet, aquí hay uno muy bueno! ¡Westerby arranca la
máscara al culpable! ¿Verdad que esto hace latir más de prisa el
corazón, amiga mía? ¿Verdad que resucita los viejos ánimos?

—Deberías haberte metido en el negocio de tu tío — replicó
ella muy satisfecha. El tío en cuestión era un rey de la grava, al
que Pet utilizaba pródigamente para subrayar la falta de previsión
del viejo Sambo.

Otra vez, encontraron la copia de un testamento del viejo, de
años atrás («Yo, Samuel, llamado también Sambo, Westerby»), entre un montón de facturas y correspondencia de procuradores, todo
dirigido a Jerry en su calidad de albacea, y todo manchado de
whisky o de quinina, y que empezaban «Lamentamos».

—Una sorpresa este chisme, ¿eh? — murmuró incómodo, cuando era ya demasiado tarde para enterrar de nuevo el sobre en el
montón —. Creo que podríamos tirar este papelucho, ¿no te parece,
querida?

Los ojos de botón de bota de su madrastra relampaguearon furiosos.

—Léelo en voz alta — ordenó, en un tono de voz teatral y re-
tumbante, y ambos se lanzaron de inmediato a vagabundear por las
insondables complejidades de legados que donaban a nietos, pro-
veían de dinero para estudios de sobrinos y sobrinas, preveían los
ingresos de su esposa durante el resto de su vida, el capital asignado a Fulano en el caso de muerte o matrimonio, los codicilos que
recompensaban favores, los que castigaban ofensas.

—Mira, ¿sabes quién era éste? Aquel primo terrible, Alde, el que fue a la cárcel. Santo Dios, ¿para qué querría dejarle dinero a *él*? ¡Para que se lo gastara en una noche!

Y codicilos que velaban por el futuro de los caballos de carreras que de otro modo podrían acabar bajo la cuchilla: «Mi caballo *Rosalie*, de Maison Laffitte, junto con dos mil libras al año para su cuidado... Mi caballo *Intruder*, al que están preparando ahora en Dublín, a mi hijo Gerald mientras duren sus vidas respectivas, con el sobrentendido de que los mantendrá hasta sus muertes naturales...»

El viejo Sambo, profundamente enamorado, como Jerry, de un caballo.

Y también para Jerry. Acciones. Para Jerry sólo las acciones de la empresa. Millones. Un respaldo, poder, responsabilidad; todo un mundo inmenso a heredar y por el que brincar... un mundo ofrecido, prometido incluso, y negado luego: «Mi hijo dirigirá todos los periódicos del grupo de acuerdo con los criterios y la práctica que yo utilicé durante mi vida.» Se acordaba incluso de un bastardo: una suma de veinte mil, libre de cargos, a la señorita Mary Algo del Green, Chobham, madre de mi hijo reconocido Adam. Sólo había un problema: la despensa estaba vacía. Las cifras contables disminuían progresivamente a partir del día en que el imperio de aquel gran hombre entró en liquidación. Cambiaban luego a rojo y volvían a crecer convirtiéndose en largos insectos chupasangre que crecían a micra por año.

—En fin, Pet —dijo Jerry, en el silencio ultraterreno del casi amanecer, mientras volvía a tirar el sobre en la montaña mágica—. Ya estás harta de él, ¿verdad, querida?

Y se volvió hacia el montón de descoloridos periódicos (últimas ediciones de los hijos de la inteligencia de su padre) y, como sólo los veteranos de la Prensa pueden hacer, se abrió paso rápidamente entre todos.

—Él, donde está ahora, ya no podrá seguir cazando muñequitas, ¿eh, Pet? —gran crujir de papel—. No sé cómo podrá pasar sin ello. Porque ganas no le faltarán, estoy seguro.

Y en tono más tranquilo, volviéndose y mirando a la muñequita inmóvil del borde de su cama, cuyos pies apenas si llegaban a la alfombra, añadió:

—Tú fuiste siempre su *tai-tai*, querida mía, su número uno. Siempre te defendió. Me decía: «Pet es la chica más guapa del mundo.» Esas mismos palabras me decía. Una vez me dijo a voces en Flett Street: «La mejor mujer que he tenido.»

—Maldito diablo — dijo su madrastra en un súbito y suave flujo de puro dialecto North Country, mientras las arrugas se le amontonaban como pinzas de cirujano alrededor del rojo pliegue de los labios —. Condenado. Le odio con todas mis fuerzas.

Y permanecieron así un rato, los dos en silencio, él jugueteando con sus trastos y mesándose el pelo, ella sentada, unidos en una especie de amor hacia el padre de Jerry.

—Deberías haberte metido en el negocio de la grava con tu tío — suspiró, con la agudeza de la mujer desengañada.

En su última noche, Jerry la invitó a cenar y después, a la vuelta, ella le sirvió el café en lo que quedaba de la vajilla de Sèvres. El detalle provocó un desastre. Jerry metió su tosco índice imprudentemente en el asa de la tacita y ésta se quebró con un leve *pif*, que Pet, venturosamente, no captó. Con un habilidoso manoteo, Jerry logró ocultar el desastre, ganar la cocina y hacer el trueque. Pero nada escapa a la ira de Dios. Cuando su avión hizo escala en Tashkent (había conseguido un pase por la transiberiana) descubrió, asombrado, que las autoridades rusas habían abierto un bar en un rincón de la sala de espera: en su opinión, era una prueba sorprendente de la liberalización del país. Y cuando hurgó en el bolso de la chaqueta buscando billetes para pagarse un vodka doble, encontró en su lugar un lindo signo interrogante de porcelana con los bordes mellados. Renunció al vodka.

Y en los negocios fue igualmente dócil, igualmente condescendiente. Su agente literario era un viejo conocido del criquet, un pretencioso de orígenes inciertos que se llamaba Mencken y a quien llamaban Ming, uno de esos tontos congénitos a quienes la sociedad inglesa, y el mundo editorial más en concreto, están siempre dispuestos a hacer un sitio. Mencken era fanfarrón y extrovertido y lucía una barba canosa, quizás con el propósito de sugerir que escribía los libros que vendía. Comieron en el club de Jerry, un local grande y sucio que debía su supervivencia a la asociación con clubs más humildes y a las repetidas peticiones de ayuda por correo. Agazapados en el comedor medio vacío, bajo los ojos marmóreos de los constructores del Imperio, lamentaron la falta de jugadores rápidos en el Lancashire. Jerry declaró que ojalá Kent fuese capaz «de darle como es debido a esa maldita pelota, Ming, en vez de picotearla». En Middlesex, convinieron, algunos de los jóvenes que estaban empezando eran bastante buenos: pero «Dios Santo, te has fijado cómo les persiguen», dijo Ming, moviendo la cabeza y cortando la carne al mismo tiempo.

—Lástima que te desinflases — chilló luego, para Jerry y para cualquiera que se interesase en oírle —. Nadie ha conseguido aún hacer la novela del Oriente de hoy, en mi opinión. Greene lo consiguió, pero a Greene no hay quien le aguante, yo no puedo, la verdad, apesta a papismo. Bueno, Malraux si te gusta la filosofía, pero a mí no me gusta. Maugham se puede soportar, y antes de él hay que ir hasta Conrad. Salud. ¿Quieres que te diga una cosa?

Jerry llenó el vaso de Ming, que continuó:

—Mucho ojo con el rollo Hemingway. Toda esa gracia bajo presión, amor cuando te rebanan los huevos de un zambombazo. No gusta, ésa es mi opinión. Es algo que ya está *dicho*.

Jerry acompañó a Ming hasta el taxi.

—¿Quieres que te diga una cosa? — repitió Mencken —. Frases más largas. Vosotros, los periodistas, cuando os metéis a hacer novelas, escribís demasiado breve. Párrafos breves, frases breves, capítulos breves. Veis las cosas tamaño columna, en vez de ver páginas. A Hemingway le pasaba lo mismo. Siempre intentando escribir novelas en una caja de cerillas.

—Adiós, Ming. Y gracias.

—Adiós, Westerby. Dale recuerdos a tu padre. Debe ser bastante mayor ya, supongo. Pero eso nos pasa a todos.

Jerry estuvo a punto de mantener el mismo buen humor hasta con Stubbs; pese a que Stubbs, como habría dicho Connie Sachs, como director administrativo del grupo, no era ninguna excepción. Su escritorio estaba atestado de pruebas de imprenta manchadas de té, tazas manchadas de tinta, los restos de un bocadillo de jamón muerto de viejo. Y Stubbs miró ceñudo a Jerry allí sentado, frente a él, entre todo aquello, como si Jerry fuera a quitárselo.

—Querido Stubbs. Honra de la profesión — exclamó Jerry, abriendo la puerta de golpe, y se apoyó en la pared, las manos a la espalda, como para que no se le desmandasen.

Stubbs mordió con fuerza algo que tenía en la punta de la lengua, antes de volver a la ficha que estaba estudiando en medio de los cachivaches amontonados en su escritorio. Stubbs lograba que resultaran ciertos los chistes más manidos sobre directores. Era un hombre amargado, de gruesa papada gris y gruesos párpados que parecían embadurnados de hollín. Seguiría con el diario hasta que las úlceras cayesen sobre él y entonces le mandarían al dominical. Al cabo de un año, le cederían a las revistas femeninas para atender pedidos de niños hasta que le llegase la jubilación. Entretanto, era tortuoso y malévolo, y escuchaba todas las llamadas telefónicas que se recibían de los corresponsales sin decirles que estaba escuchando.

—Saigón — gruñó, y con un bolígrafo mordido señaló algo en un margen. Su acento londinense se complicaba con otro un poco artificioso que le había quedado de la época en que el canadiense era el acento propio de Fleet Street —. Navidades de hace tres años. ¿Te suena?

—¿Pero de qué hablas? — preguntó Jerry, aún contra la pared.

—Hablo de *fiestas* — dijo Stubbs, con sonrisa de verdugo —. Camaradería y buen humor en el despacho. Cuando la empresa era lo bastante imbécil para mantener allí a un corresponsal. La fiesta de Navidad. La diste tú.

Leyó de una ficha:

—«Para comida de Navidad, Hotel Continental, Saigón.» Luego, enumeras a los invitados, exactamente como te pedíamos que hicieras. Periodistas locales, fotógrafos, chóferes, secretarias, botones, yo qué sé. Setenta libras nada menos cambiaron de mano en pro de las relaciones públicas y la alegría festiva. ¿Recuerdas?

Y, sin pausa apenas, continuó:

—Entre los invitados, incluyes a Smoothie Stallwood. Estaba *allí*, ¿no? Stallwood. ¿Hizo su número de siempre? ¿Lo de engatusar a las más feas, con las palabras justas?

Mientras esperaba la respuesta, Stubbs volvió a mordisquear lo que tuviese en la punta de la lengua. Pero Jerry siguió apoyado en la pared, dispuesto a esperar todo el día.

—Somos una empresa periodística de izquierdas — dijo Stubbs, era una de sus frases favoritas —. Eso significa que desaprobamos la caza del zorro y nos basamos, para nuestra supervivencia, en la generosidad de un millonario iletrado. Los archivos dicen que Stallwood comió aquella Navidad en Fnom Penh, derrochando hospitalidad con personalidades del Gobierno camboyano, Dios le guarde. He hablado con Stallwood, y él cree que estuvo allí. En Fnom Penh, claro.

Jerry se acercó perezosamente a la ventana y asentó el trasero en el viejo radiador negro. Fuera, a menos de dos metros de él, colgaba sobre la transitada acera un mugriento reloj, regalo del fundador a Fleet Street. Era media mañana, pero las manecillas estaban paradas en las seis menos cinco. En el portal de enfrente dos hombres leían el periódico. Llevaban los dos sombrero, el periódico les tapaba la cara, y Jerry pensó en lo agradable que sería la vida si las sombras, los que vigilan y siguen al prójimo, tuvieran aquel aspecto en la vida real.

—Todo el mundo estafa a este pobre tebeo. amigo Stubbs — dijo pensativo, tras otro prolongado silencio —. Tú incluido. Estás hablando de hace tres cochinos años. Olvídalo ya, hombre. Ése es mi consejo. Métetelo por el pasaje trasero. Es el mejor sitio para guardarlo.

—No es un tebeo, sino un periodicucho. Un tebeo es un suplemento en colores.

—Para mí es un tebeo, muchacho. Siempre lo fue, siempre lo será.

—Bienvenido — canturreó Stubbs con un suspiro —. Sea bienvenido el favorito del director.

Cogió un impreso de contrato.

—«Nombre: Westerby, Cleve Gerald» — declamó, fingiendo leer el impreso —. «Profesión: Aristócrata. Sea bienvenido el hijo del viejo Sambo.»

Tiró luego el contrato sobre la mesa.

—Estarás en los dos. En el dominical y en el diario. Siete días de renglón, desde guerra a pornografía. Ni contrato fijo ni pensión, gastos al nivel más bajo posible. Lavandería sólo durante los desplazamientos, y eso no significa la colada de toda la semana. Recibirás una tarjeta de crédito para mandar telegramas, pero no la usarás. Mandas simplemente por carga aérea el reportaje y por télex nos das el número de la nota de embarque y nosotros colgaremos tu artículo del clavo cuando llegue. Pago posterior según los resultados. La BBC se digna también, amablemente, aceptar tus entrevistas de viva voz a las ridículas tarifas habituales. El director dice que es bueno para el prestigio del grupo, aunque no sé lo que pueda significar eso. En cuanto a sindicación...

—Aleluya — dijo Jerry en un largo susurro.

Y acercándose a la mesa, cogió el bolígrafo mordido, húmedo aún de la boca de Stubbs y, sin mirar siquiera a su propietario ni el contenido del contrato, garrapateó su firma en un lento zig-zag a lo largo del final de la última página, con una pródiga sonrisa. En aquel mismo instante, como convocada para interrumpir el sacro acontecimiento, abrió sin ceremonias la puerta de una patada una chica en vaqueros que lanzó sobre la mesa un nuevo fajo de galeradas. Sonaron los teléfonos (quizá llevaran un rato sonando), se fue la chica haciendo ridículos equilibrios en sus enormes tacones de plataforma. Asomó una cabeza extraña a la puerta y gritó: «Es la hora del rezo del viejo, Stubbs.» Luego apareció un subalterno y, momentos después, Jerry se vio obligado a hacer el recorrido: administración, corresponsales extranjeros, editorial, pagos, diario, deportes, viajes, las espectrales revistas femeninas. Su guía era un barbudo licenciado de veinte años y Jerry le llamó «Cedric» a lo

largo de todo el ritual. En la acera, se detuvo, balanceándose ligeramente, de talón a puntera y atrás otra vez, como si estuviera borracho, o aturdido por los golpes.

—*Magnífico* — murmuró, lo bastante alto como para que un
par de chicas se volviesen sobre la marcha y le mirasen —. Excelente. Super. Espléndido. Perfecto.

Y, con esto, se zambulló en la charca más próxima, donde apun-
talaba la barra una pandilla de camaradas, principalmente del ramo
político e industrial, ufanándose de haber casi conseguido un titular
en la página cinco.

—¡Westerby! ¡Es el conde en persona! ¡Es el *traje*! ¡El mismo
traje! ¡Y el conde dentro, Santo Dios!

Jerry se quedó hasta el final de la función. Bebió frugalmente,
sin embargo, pues le gustaba tener despejada la cabeza para sus
paseos por el parque con George Smiley.

En toda sociedad cerrada hay un dentro y un fuera, y Jerry estaba fuera. Pasear por el parque con George Smiley, en aquella
época (o, dejando la jerga profesional, tener una entrevista secreta
con él o, como podría haberlo expresado el propio Jerry, si alguna
vez, Dios no lo quiera, pusiera nombre a los acontecimientos más
importantes de su destino, «dar una zambullida en su otra y mejor
vida») le exigía deambular desde un punto de partida dado, normalmente alguna zona poco poblada, como el recientemente extinto
Covent Garden, y llegar a pie a un destino determinado un poco
antes de las seis, momento en el que, suponía él, el mermado equipo de artistas de acera del Circus hubiese echado un vistazo al
terreno que él dejaba atrás y lo hubiese declarado limpio. La primera noche, su destino era el lado del malecón de la estación del
metro de Charing Cross, como se llamaba aún aquel año, un punto
de mucho tráfago, donde siempre parecía que le pasaba algo raro
al tráfico. El último día, fue una parada múltiple de autobús de la
acera sur de Piccadilly, donde bordea Green Park. Fueron cuatro
veces en total, dos en Londres y dos en la Guardería. El paso por
Sarratt era operativo (la obligatoria «rectificación» en el oficio,
a la que ha de someterse periódicamente todo agente de campo)
e incluía mucho a memorizar, como nombres de teléfono, claves de
palabras y procedimientos de contacto; frases de código abierto
para introducir en lenguaje normal mensajes por télex al tebeo;
refugios y procedimientos de emergencia en ciertas circunstancias,
se esperaba que improbables. Como muchos deportistas, Jerry tenía
una memoria clara y ágil para los datos y cuando los inquisidores

le examinaron quedaron complacidos. También hicieron con él un ensayo en el terreno de la acción violenta, cuyo resultado fue que acabó con la espalda ensangrentada de tanto pegar en la gastada esterilla.

Las sesiones de Londres consistieron en una entrevista muy simple de información y una muy breve despedida.

Para las recogidas se idearon métodos diversos. En Green Park, a modo de señal de reconocimiento, llevó una bolsa de viaje de Fortnum & Mason y logró, pese a lo larga que llegó a hacerse la cola del autobús, mediante un despliegue de sonrisas y de maniobras, permanecer limpiamente al final de ella. Cuando esperó en el malecón, por otra parte, llevaba un ejemplar atrasado de la revista *Time* (que lucía, por coincidencia, los generosos rasgos del presidente Mao en la portada), cuyas letras rojas y cuyo borde rojo sobre fondo blanco, destacaban vigorosamente bajo la luz oblicua. El Big Ben dio las seis y Jerry contó las campanadas, pero el código ético de tales encuentros exige que no se produzcan en las horas ni en los cuartos, sino en los vagos espacios intermedios, que se consideran menos delatores. Las seis de la tarde era la hora otoñal de las brujas, cuando los aromas de todos los campos rurales de Inglaterra, húmedos y cubiertos de hojas, se aureolaban río arriba de húmedos girones de la oscuridad, y Jerry pasó el rato en un agradable semitrance, oliendo esos aromas pensativo y con el ojo izquierdo, Dios sabe por qué, firmemente cerrado. Por fin apareció ante él la furgoneta, una Bedford verde destartalada, con una escalerilla para subir al techo y «Harris Constructor» medio despintado, pero aún legible, en el lateral: una vieja chatarra para la vigilancia, ya jubilada, con planchas de acero sobre las ventanillas. Al ver que pasaba, Jerry se acercó en el momento en que el conductor, un muchacho malhumorado de labio leporino, asomaba ya su cabeza de puercoespín por la ventanilla abierta.

—¿Dónde está Wilf? — preguntó con aspereza el muchacho —. Dijeron que lo traías contigo.

—Tendréis que conformaros conmigo — gruñó Jerry —. Él tiene un trabajo pendiente.

Y, abriendo la puerta de atrás, entró sin dudarlo y la cerró de golpe, pues el asiento de pasajeros de la cabina estaba deliberadamente atestado de láminas de contrachapado de modo que no quedaba sitio donde pudiera sentarse.

Ésa fue, en realidad, toda la conversación que sostuvieron.

En los viejos tiempos, cuando había en el Circus un ambiente campechano e informal, Jerry habría contado con cierta charla amistosa, pero ya no. Cuando iba a Sarratt, el procedimiento era muy parecido, salvo por el hecho de que tenían que recorrer más de veinte kilómetros y sólo si tenían suerte y el chico se acordaba de echarle un cojín atrás podía acabar el viaje sin el brazo destrozado. La cabina del conductor estaba aislada de la parte de atrás de la furgoneta, donde se acuclillaba Jerry, y sólo podía mirar, mientras se bamboleaba en el banco de madera, asido a las agarraderas, por las rejillas de los bordes de las solapas de las ventanillas de acero, que le proporcionaban como mucho una visión rayada del mundo exterior, aunque Jerry era bastante rápido para identificar hitos y señales.

En el viaje a Sarratt pasó por barrios empobrecidos con fábricas anticuadas que parecían cines pobremente encalados de los años veinte, y por un parador de carretera de ladrillo con «Banquetes de boda» en neón rojo. Pero sus sentimientos fueron muy profundos el primer día, y el último, cuando visitó el Circus. El primer día, cuando se aproximaba a las familiares y famosas torretas (nunca dejaba de apreciar la importancia del momento) se apoderaba de él una especie de confusa santidad: «Ésta es la esencia misma del servicio.» Al chafarrinón de ladrillo rojo siguieron los troncos ennegrecidos de los plátanos, luego brotó una ensalada de luces coloreadas, pasaron ante él los portones de una verja y, por fin, la furgoneta se detuvo bruscamente. Las puertas se abrieron desde fuera de golpe, al mismo tiempo que oyó cerrarse las verjas y una voz masculina de sargento instructor gritó: «Vamos, hombre, muévete, qué esperas», y era Guillam, que le tomaba un poco el pelo.

—Hombre, Peter, muchacho, ¿cómo van las cosas? *¡Dios Santo!*, ¡qué frío!

Peter Guillam, sin molestarse en contestar, dio una áspera palmada a Jerry en el hombro, como para que iniciase la carrera, cerró la puerta en seguida, la atrancó arriba y abajo, se embolsó las llaves y le condujo en un trote por un pasillo que los hurones debían haber destrozado en un acceso de cólera. Había trozos de yeso desprendidos que dejaban los listones al aire; las puertas estaban arrancadas de sus goznes; temblequeaban viguetas y dinteles; había capas de polvo, escaleras, y escombros por todas partes.

—¿Vino el irlandés? — gritó Jerry —. ¿O es sólo un baile para la tropa?

Sus preguntas se perdieron en el estruendo. Los dos hombres caminaban de prisa y compitiendo, Guillam delante y Jerry pisándole los talones, riendo sin resuello, golpeando y raspando con los pies los desnudos escalones de madera. Una puerta les detuvo y Jerry esperó a que Guillam se ocupase de abrir. Luego, esperó por el otro lado a que cerrara.

—Bienvenido a bordo — dijo Guillam más quedamente.

Habían llegado a la quinta planta. Avanzaban más despacio, no iban ya al galope, subalternos ingleses llamados al orden. El pasillo giró a la izquierda, luego a la derecha, luego se elevó en unos cuantos y angostos escalones. Un espejo de ojo de pez astillado, escalones de nuevo, dos arriba, tres abajo, hasta que llegaron ante una mesa de conserje, sin él. A la izquierda quedaba la sala de juegos, vacía, con sillones dispuestos en un tosco círculo y un buen fuego ardiendo en la chimenea. Siguieron hasta una estancia alargada de moqueta parda rotulada «Secretariado», pero que en realidad era la antesala, donde tres madres con sus perlas mecanografiaban apacibles a la luz de las lámparas. En el fondo lejano de la estancia, había una puerta más, cerrada, sin pintar y muy mugrienta alrededor de la manilla. No tenía chapa de protección ni escudete para la cerradura. Sólo los agujeros de los tornillos, según advirtió Jerry, y el halo que quedaba donde había habido uno. Abriéndola sin llamar, Guillam se asomó y dijo algo muy quedo hacia el interior. Retrocedió luego y, rápidamente, hizo pasar a Jerry: Jerry Westerby, comparece ante el señor.

—Hombre, George, qué hay, cuánto me alegro.

—No le preguntes por su mujer — le advirtió Guillam en un suave y rápido murmullo que canturreó en el oído de Jerry después durante un buen rato.

¿Padre e hijo? ¿Ese tipo de relación? ¿Músculo y cerebro? Quizás fuera más exacto hijo y padre adoptivo, que se considera en el oficio el lazo más fuerte.

—¿Qué hay? — murmuró Jerry, con una risa áspera.

Los amigos ingleses no tienen ninguna forma clara de saludarse, y menos aun en una lúgubre oficina del Gobierno en la que no hay para inspirarles nada más cordial que una mesa de pino. Durante una fracción de segundo, Jerry dejó su mano de jugador de criquet pegada a la vacilante y blanda palma de Smiley; luego se arrastró tras él un trecho hasta la chimenea, donde les aguardaban dos sillones: vetusto cuero, cuarteado, muy usados. Una vez más, en aquella errática estación, ardía un fuego en la chimenea victoriana, aunque muy pequeño comparado con el fuego de la sala de juegos.

—¿Y qué tal Lucca? — preguntó Smiley, sirviendo dos vasos de una garrafita.

—Lucca ha sido algo grande.

—Vaya, hombre. Supongo entonces que fue una faena tener que dejarlo.

—No, por Dios. Fue super. Salud.

—Salud.

Se sentaron.

—¿Y por qué *super*, Jerry? — preguntó Smiley, como si *super* fuese una palabra con la que no estuviera familiarizado. En la mesa no había papeles y la habitación estaba vacía, resultaba aún más pobre que la suya.

—Creí que ya estaba liquidado — explicó Jerry —. Ya para siempre en la estantería. El telegrama me desanimó por completo. Pensé, bueno, Bill va a acabar conmigo. Acabó con todos los demás, ¿por qué no conmigo?

—Sí — convino Smiley, como si compartiese las dudas de Jerry, n índole de reojo un instante, en una actitud claramente inquisitiva —. Sí, sí, claro. Sin embargo, por otra parte, nunca llegó, al parecer, a hacerlo con los Ocasionales. Le hemos rastreado en todos los demás rincones del archivo, pero los Ocasionales estaban archivados en «Contactos amistosos» en el sector de Territoriales, en un archivo completamente independiente, un archivo al que él no tenía acceso directo. No es que no te considerase lo bastante importante — se apresuró a añadir —. Es sólo que para él tenían prioridad otros asuntos.

—No voy a morirme por eso, descuida — dijo Jerry, con una sonrisa.

—Me alegro — dijo Smiley, sin cazar la ironía. Tras llenar otra vez los vasos, Smiley se acercó al fuego, cogió el atizador de bronce y empezó a mover pensativo las brasas.

—Lucca — dijo —. Sí. Ann y yo fuimos allí. Bueno, hace once, doce años, quizá. Llovía.

Soltó una risilla. En un angosto compartimiento del fondo de la estancia, Jerry vislumbró un lecho de campaña estrecho y de aspecto incómodo, con una hilera de teléfonos a la cabecera.

—Recuerdo que visitamos el *bagno* — continuó Smiley —. Era la cura de moda. Sabe Dios qué queríamos curarnos.

Atacó de nuevo el fuego y esta vez se alzaron las llamas con viveza, coloreando los redondeados contornos de su rostro con chafarrinones anaranjados y formando dorados charcos en los gruesos cristales de las gafas.

—¿Sabías que el poeta Heine tuvo una gran aventura allí, un romance? Creo que debió ser por eso por lo que fuimos, ahora que lo pienso. Pensamos que algo se nos pegaría.

Jerry gruñó algo, no demasiado seguro, en aquel momento, de quién era Heine.

—Fue al *bagno,* tomó las aguas y cuando lo hacía conoció a una dama cuyo solo nombre le impresionó tanto que obligó a su esposa a usarlo a partir de entonces —las llamas le entretuvieron un momento más—. Y tú también tuviste una aventura allí, ¿no?

—Nada del otro mundo. Nada sobre lo que escribir a casa.

Beth Sanders, pensó automáticamente Jerry, mientras su mundo se tambaleaba y volvía de nuevo a asentarse. Era lo más lógico, Beth. Su padre, general retirado, gobernador del condado. La vieja Beth debía tener una tía en cada oficina de los servicios secretos de Whitehall.

Inclinándose de nuevo, Smiley colocó el atizador en un rincón, meticulosamente, como si colocase una corona.

—No es que compitamos inevitablemente por afecto. Simplemente nos gusta saber dónde está.

Él no dijo nada. Smiley le miró por encima del hombro y Jerry forzó una sonrisa para complacerle.

—He de decirte que esa dama de la que Heine se enamoró se llamaba *Irwin Mathilde* —continuó Smiley y la sonrisa de Jerry se convirtió en una torpe risa—. Sí, suena muchísimo mejor en alemán, lo admito. ¿Y la novela?, ¿qué tal la novela? Me fastidia pensar que te hemos espantado la musa. Creo que no podría perdonármelo.

—No te preocupes — dijo Jerry.

—¿Terminada?

—Bueno, ya sabes...

Por un instante, no se oyó más que el mecanografiar de las madres y el estruendo del tráfico abajo, en la calle.

—Entonces, ya arreglaremos eso cuando termine lo de ahora — dijo Smiley —. Insisto. ¿Cómo fue lo de Stubbs?

—Ningún problema — dijo de nuevo Jerry.

—¿No hemos de hacer nada más para facilitarte las cosas?

—Creo que no.

De más allá de la antesala les llegó un rumor de pisadas, todas en una dirección. Una reunión de guerra, pensó Jerry, una asamblea de clanes.

—¿Y te sientes en forma y todo eso? — preguntó Smiley —. ¿Estás, bueno, *preparado*? ¿Te sientes con ánimos?

—No hay problema.

¿Por qué no podré decir algo distinto?, se preguntó. Parezco un disco rayado.

—Hay mucha gente que no lo tiene en estos tiempos. El ánimo. La voluntad. Sobre todo en Inglaterra. Muchos consideran la *duda* una postura filosófica legítima. Se consideran en el centro, mientras que, por supuesto, no están, en realidad, en ninguna parte. Los espectadores jamás ganaron ninguna batalla, ¿no te parece? En este servicio así lo entendemos. Tenemos suerte. Nuestra guerra actual empezó en 1917, con la revolución bolchevique. Aún no ha cambiado.

Smiley había adoptado una nueva posición, al otro lado de la estancia, no lejos de la cama. Tras él, brillaba con el fuego avivado, una fotografía vieja y borrosa. Jerry se había fijado en ella al entrar. De pronto, por un instante, tuvo la sensación de ser objeto de un doble escrutinio. El de Smiley y el de los borrosos ojos de la foto que bailaban a la luz de las llamas detrás de aquel cristal. Los rumores de preparativos se multiplicaban. Se oyeron voces y ráfagas de risas, arrastrar de sillas.

—Leí una vez — dijo Smiley — a un historiador, creo, norteamericano, ¿cómo no?, que decía que las generaciones que nacen en las cárceles de deudores se pasan la vida comprando el camino hacia la libertad. Yo creo que la nuestra es una de esas generaciones. ¿No te parece? Yo aún tengo una fuerte sensación de que debo, ¿tú no? Siempre he agradecido a este servicio el que me diese una posibilidad de pagar. ¿Sientes *tú* lo mismo? No creo que debamos de tener miedo a... consagrarnos a una causa. ¿Soy anticuado por decir eso?

La cara de Jerry adoptó un aire completamente inexpresivo. Siempre olvidaba ese aspecto de Smiley cuando estaba lejos de él, y lo recordaba demasiado tarde cuando estaba con él. En el viejo George había algo de cura fracasado, y cuanto más viejo era, más patente se hacía. Parecía pensar que todo el cochino mundo occidental compartía sus pesares y que había que explicarlo para que la gente pensase como es debido.

—En ese sentido, yo creo que podemos felicitarnos por ser un poquito anticuados...

A Jerry le pareció ya suficiente.

—Amigo — objetó, con una torpe risa, mientras se le subía el color a la cara —. Por amor de Dios. Dime qué he de hacer y lo haré. El sabio eres tú, no yo. Márcame las jugadas, y las haré. El mundo está lleno de intelectuales de tres al cuarto armados con quince argumentos contrapuestos para no limpiarse las malditas narices. No necesitamos más. ¿De acuerdo? Por Dios, hombre...

Un repiqueteo en la puerta anunció la reaparición de Guillam.

—Ya están encendidas todas las pipas de la paz, jefe.

Para su sorpresa, por encima del estruendo de esta interrupción, Jerry creyó captar el término «Don Juan», pero no pudo apreciar, ni le preocupó demasiado, si se refería a él o al poeta Heine. Smiley vaciló, frunció el ceño, luego pareció despertar de nuevo a su nuevo entorno. Miró a Guillam, luego una vez más a Jerry, luego, sus ojos se asentaron en esa distancia media que es coto especial de los académicos ingleses.

—Bueno, está bien, sí, empecemos a dar cuerda al reloj — dijo, con tono remoto.

Al salir, Jerry se detuvo para admirar la fotografía de la pared, y, con las manos en los bolsillos, le hizo una mueca, con la esperanza de que Guillam se quedase también atrás, cosa que hizo.

—Parece que se hubiese tragado su última moneda de diez peniques — dijo Jerry —. ¿Quién es?

—Karla — dijo Guillam —. Reclutó a Bill Haydon. Agente ruso.

—Parece más bien un nombre de mujer. ¿Cómo lo conseguisteis?

—Es el nombre en clave de su primera red. Y hay una escuela filosófica que afirma que es también el nombre de su único amor.

—Al cuerno con él — dijo Jerry despreocupadamente, y, aún sonriendo, pasó ante él, camino de la sala de juegos.

Smiley, quizás deliberadamente, se había adelantado, alejándose lo bastante para no oírles.

—¿Aún sigues con aquella chica medio chiflada, la que toca la flauta? — preguntó Jerry a Guillam.

—Ya no está tan chiflada — dijo Guillam.

Dieron unos cuantos pasos más.

—¿Se largó? — preguntó Jerry, con simpatía.

—Algo así.

—¿Y él está *bien*? — preguntó Jerry sobre la marcha, indicando con un gesto la figura solitaria que iba delante de ellos. ¿Está bien alimentado y abrigado? Esas cosas...

—Nunca ha estado mejor. ¿Por qué?

—No, por nada, sólo preguntaba — dijo Jerry, muy complacido.

Desde el aeropuerto, Jerry llamó a su hija, a Cat, cosa que raras veces hacía, pero esta vez tenía que hacerlo. Sabía que era un error ya antes de meter la moneda, pero persistió aun así; ni siquiera la voz terriblemente familiar de su antigua esposa le disuadió de hacerlo.

—¡Qué hay! Soy yo, yo mismo. Super. Bueno, dime, ¿qué tal Phillie?

Phillie era el nuevo marido de ella, un funcionario del Gobierno a punto ya de jubilarse, aunque más joven que Jerry en por lo menos treinta estúpidas vidas.

—Perfectamente, gracias — replicó ella en el tono gélido con que las ex esposas defienden a su nueva pareja —. ¿Llamabas por eso?

—Bueno, se me ocurrió que podría charlar un poco con la amiga Cat. Me voy una temporada a Oriente; otra vez el trabajo — dijo.

Le pareció obligado disculparse, así que añadió:

—El tebeo necesita un corresponsal allí — dijo, y oyó el resonar del teléfono en el arcón del recibidor. Roble, recordó. Patas de alfeñique. Otra de las sobras del viejo Sambo.

—¿Papi?

—¡Hola! — gritó él, como si estuviera mal la línea, como si ella le hubiera cogido por sorpresa —. ¿Cat? Hola, escucha, cariño, ¿recibiste las postales?

Sabía que las había recibido. Se las había agradecido regularmente en sus cartas semanales.

Al no oír más que *papá* repetido en un tono interrogante, Jerry preguntó jovialmente:

—¿Aún coleccionas sellos, ¿verdad? Es que me voy a Oriente, ¿sabes?

Avisaban la salida de unos aviones, el aterrizaje de otros, mundos enteros cambiaban de lugar, pero Jerry Westerby estaba allí inmóvil en medio de aquella procesión, hablando con su hija.

—Te gustaban muchísimo los sellos — le recordó.

—Tengo diecisiete años.

—Claro, claro, ¿qué coleccionas ahora? No me lo digas. ¡Chicos!

Con el humor más jovial posible, mantuvo la pelota en movimiento mientras bailoteaba, saltando de una bota de cabritilla a otra, haciendo chistes y suministrando él mismo la risa.

—Escucha, te dejo un poco de dinero, Bladd y Rodney se encargarán de eso, algo así como el cumpleaños y Navidad juntos, será mejor que hables con mamá antes de gastarlo. O quizás con Phillie. ¿Eh? Un tipo sólido, ¿verdad? Pídele su opinión, es algo en lo que seguro que le gustará clavar el diente.

Abrió la puerta de la cabina para añadir una algarabía artificial.

—Me parece que anuncian ya mi vuelo, Cat — gritó por encima del estruendo —. Oye, cuidado con lo que haces, ¿me oyes? Cuidado. No te des demasiado fácilmente. ¿Me entiendes?

Hizo cola para el bar un rato, pero en el último momento despertó el viejo oriental que había en él y se dirigió al autoservicio. Quizá tardase mucho en conseguir su próximo vaso de leche fresca de vaca. Mientras hacía cola, tuvo la sensación de que le vigilaban. No tenía nada de particular: en un aeropuerto, todos se vigilan y se observan, así que, ¿por qué preocuparse? Pensó en la huérfana y pensó que ojalá hubiera tenido tiempo de conseguirse una chica antes de partir, aunque sólo fuese para quitarse el mal recuerdo de aquella marcha inevitable.

Smiley caminaba, hombrecillo redondo de impermeable. Periodistas de ecos de sociedad con más clase que Jerry, que observasen astutamente su peregrinaje por los alrededores de Charing Cross Road, habrían identificado el tipo de inmediato: la personificación de la brigada de los del impermeable, carne de cañón de las saunas mixtas y de las librerías pornográficas. Aquellos largos paseos se habían convertido para él en un hábito. Con sus nuevas energías, podía recorrer medio Londres sin darse cuenta. Desde Cambridge Circus, ahora que conocía los atajos, podía tomar cualquiera de las veinte rutas posibles y no cruzar nunca dos veces por el mismo sitio. Una vez elegido el principio, dejaba que la suerte y el instinto le guiasen, mientras la otra parte de su mente recorría las más remotas regiones de su alma. Pero aquella noche su paseo tenía un sentido especial, le arrastraba hacia el sur y hacia el oeste y Smiley cedía a aquella atracción. El aire era fresco y húmedo, y colgaba una áspera niebla que jamás había visto el sol. Caminando, Smiley llevaba consigo su propia isla, y ésta estaba atestada de imágenes, no de personas. Como una capa más, las paredes blancas le encerraban en sus pensamientos. En un portal cuchicheaban dos asesinos de chaquetas de cuero; bajo una farola, un muchacho de pelo oscuro aferraba con fuerza el estuche de un violín. A la salida de un teatro, la gente que esperaba ardía bajo el resplandor de las luces de la marquesina de arriba, y la niebla se rizaba alrededor como el humo de un fuego. Smiley jamás había entrado en combate sabiendo tan poco y esperando tanto. Se sentía como atraído por un señuelo, y se sentía perseguido. Sin embargo, cuando se cansaba, y se detenía por un momento y consideraba las bases lógicas de lo que estaba haciendo, se le escapaban casi. Miraba atrás y veía aguardándole las mandíbulas del fracaso. Miraba hacia delante y, a través de sus húmedas gafas, veía fantasmas de grandes esperanzas bailando en la niebla. Miraba alrededor, y sabía que no había nada para él donde estaba. Avanzaba sin embargo sin plena convicción.

De nada valía volver a ensayar los pasos que le habían llevado hasta aquel punto: la veta de oro rusa, las huellas del ejército privado de Karla, la minuciosidad de los esfuerzos de Haydon para borrar todo rastro. Pasados los límites de estas razones exteriores, percibía Smiley en sí mismo la presencia de un motivo más hondo, infinitamente más confuso, un motivo que su razón seguía rechazando. Le llamaba Karla, y era cierto que en alguna parte de él, como una leyenda sobrante, ardían las ascuas del odio hacia el hombre que se había lanzado a destruir los templos de su fe privada, o lo que pudiera quedar de ellos: el servicio que amaba, sus amigos, su país, su idea de un equilibrio razonable de los asuntos humanos. Era cierto también que hacía una vida o dos, en una asfixiante cárcel india, los dos hombres habían llegado realmente a verse cara a cara, Smiley y Karla, con una mesa de hierro por medio; aunque Smiley no tenía ninguna razón entonces para saber que se hallaba en presencia de su destino: Karla corría peligro en Moscú; Smiley había intentado atraerle a Occidente, y Karla no había contestado, prefiriendo la muerte o un destino peor a una deserción fácil. Y, sí, de vez en cuando, el recuerdo de aquel encuentro, de la cara sin afeitar de Karla y de sus ojos observadores e introspectivos acudía a él como un espectro acusador que surgiese de la oscuridad de su propio cuarto, mientras dormía intermitentemente en su catre.

Pero en realidad el odio no era una emoción que pudiera mantener durante mucho tiempo, salvo que fuera la otra cara del amor.

Se aproximaba ya a King's Road, Chelsea. La niebla era más espesa por la proximidad del río. Los globos de las farolas colgaban sobre él como linternas chinas de las desnudas ramas de los árboles. El tráfico era cauto y escaso. Cruzó y siguió la acera hasta Bywater Street y entró por ella, un callejón sin salida, de limpias casas con galerías de fachada lisa. Avanzó con mayor discreción ahora, manteniéndose en la parte oeste y al amparo de los coches aparcados. Era la hora del cóctel y vio en otras ventanas cabezas que hablaban y gritaban, bocas silenciosas. Reconoció algunas, a algunas hasta les había puesto nombre ella: Félix el Gato, Lady Macbeth, el Fumador de cigarros. Llegó a la altura de su propia casa. A su regreso, ella había hecho pintar las contraventanas de azul y aún estaban de azul. Las cortinas aún no estaban echadas; a ella no le gustaba sentirse encajonada. Estaba sentada, sola, en su escritorio, y parecía que hubiera compuesto la escena deliberadamente para él: la bella y consciente esposa que al final de la jornada atiende las cuestiones de administración doméstica. Estaba escuchan-

do música; captó su eco, portado por la niebla. Sibelius. Él no tenía gran sensibilidad para la música, pero conocía todos los discos
que tenía ella y había alabado varias veces a Sibelius por cortesía.
No podía ver el gramófono, pero sabía que estaba en el suelo, donde estaba también para Bill Haydon, cuando ella arrastraba su
aventura con él. Smiley se preguntó si estaría al lado el diccionario
de alemán, y la antología de poesía alemana que ella tenía. En la
última o las dos últimas décadas, normalmente durante las reconci-
liaciones, ella, teatralmente, había hecho propósito, varias veces, de
aprender alemán, para que Smiley pudiese leerle en voz alta.

Mientras él miraba, ella se levantó, cruzó el cuarto, se detuvo
frente al lindo espejo dorado para arreglarse el pelo. Las notas
que solía escribirse a sí misma estaban encajadas en el marco. ¿Qué
sería esta vez, se preguntó Smiley. *Rapapolvo al garaje. Cancelar
comida Madeleine. Destruir carnicero.* A veces, cuando la situación
era tensa, le había enviado mensajes de ese modo: *Obligar a George
a sonreír, disculparse hipócritamente por lapsus.* En épocas muy
malas, le escribía cartas sinceras, y se las ponía allí para la colección que tenía él.

Smiley advirtió sorprendido que apagaba la luz. Oyó los cerrojos de la puerta de entrada. Echa la cadena, pensó automáticamente. El cierre doble de la Banhams. ¿Cuántas veces he de decirte
que esos cerrojos son tan débiles como los tornillos que los sostienen? Extraño, de todos modos: había supuesto, Dios sabe por qué,
que dejaría el cierre sin echar por si él volvía. Luego se encendió
la luz del dormitorio y Smiley vio perfilarse su cuerpo en la ventana mientras, como un ángel, extendía los brazos hacia las cortinas. Las corrió casi hacia ella, se detuvo, y Smiley temió por un
instante que le hubiera visto, hasta que recordó su miopía y su oposición a llevar gafas. Va a salir, pensó. Ahora va a arreglarse. Vio
su cabeza medio vuelta como si le hubiera hablado alguien. Vio
que sus labios se movían, y que se fruncían en una sonrisa animosa
mientras alzaba los brazos otra vez, hacia la nuca ahora, y empezaba a desabrochar el primer botón de la bata. Y en aquel mismo
instante, llenó bruscamente el vacío que había entre las cortinas
la presencia de otras manos impacientes.

Oh *no*, pensó Smiley desesperado. ¡Por favor! ¡Espera a que
me vaya!

Durante un minuto, puede que más, allí de pie, en la acera, contempló incrédulo la ventana a oscuras, hasta que la cólera, la vergüenza y, por último, el asco, estallaron en él junto con una angustia física y se volvió y caminó de nuevo ciego, apresurado, to-

mando nuevamente King's Road. ¿Quién sería esta vez? ¿Otro bailarín de ballet imberbe que realizaba algún ritual narcisista? ¿Su miserable primo Miles, el político de carrera? ¿O un Adonis de una noche cazado en la taberna más cercana?

Cuando sonó el teléfono exterior, Peter Guillam estaba sentado en la sala de juegos, solo, algo borracho, anhelando por igual el cuerpo de Molly Meakins y el regreso de George Smiley. Descolgó de inmediato y era Fawn, jadeante y furioso.

—¡Le he perdido! — gritó—. ¡Me ha engañado!

—Eres un perfecto imbécil — replicó Guillam muy satisfecho.

—¡Nada de imbécil! Fue hacia su casa, ¿no? El ritual de siempre: yo estoy esperándole allí, él vuelve, me mira. Como si fuese basura. Simple *basura*. Y de pronto me doy cuenta de que estoy solo. ¿Cómo lo hace? ¿A dónde va? ¿Soy amigo suyo, no? ¿Quién coño se cree que es? ¡Enano gordinflón! ¡Le voy a matar!

Guillam siguió riéndose después de colgar.

# 6

# EL ACOSO DE FROST

Era sábado en Hong Kong de nuevo, pero los tifones estaban olvidados y el día ardía cálido, claro y asfixiante. En el Club Hong Kong, un reloj serenamente cristiano dio once campanadas y el repiqueteo resonó en los cristales como cucharas que cayesen al suelo en una cocina lejana. Los mejores asientos estaban ya ocupados por lectores del *Telegraph* del jueves anterior, que ofrecía una imagen completamente decepcionante de las miserias económicas y morales de su patria.

—La libra otra vez en apuros — gruñó una voz áspera a través de una pipa —. Huelga de electricistas. Huelga de ferroviarios. Huelga de pilotos.

—¿Quién trabaja? Habrá que preguntar eso — dijo otro, con la misma aspereza.

—Si yo fuese el Kremlin, diría que estábamos haciendo un *trabajo* de primera — dijo el que primero había hablado, aullando la palabra *trabajo* para darle un tono de indignación militar, y con un suspiro pidió un par de martinis secos. Ninguno tenía más de veinticinco años, pero ser un patriota exiliado a la busca de fortuna rápida puede envejecerte muy de prisa.

El Club de corresponsales extranjeros celebraba uno de sus días eclesiales en que los ciudadanos sobrepasaban en número con mucho a periodistas e informadores. Sin el viejo Craw para integrarlos, los del Club de bolos de Shanghai se habían dispersado y algunos habían abandonado definitivamente la Colonia. Los fotógrafos habían cedido al señuelo de Fnom Penh, con la esperanza de que hubiese nuevos combates importantes en cuanto terminase la estación de las lluvias. El vaquero estaba en Bangkok, donde se esperaba un recrudecimiento de los motines estudiantiles, Luke en el despacho y su jefe el enano espatarrado en el bar, rodeado de sonoros señoritos ingleses de pantalones oscuros y camisas blancas discutiendo la caja de cambios del mil cien.

—Pero esta vez *fría*. ¿Me has oído? ¡*Mucho* fría y tráela *chop chop*!

Hasta el Rocker estaba mudo. Le acompañaba aquella mañana su esposa, antigua profesora de la escuela bíblica de Borneo, una acartonada arpía de pelo casi al rape y calcetines por los tobillos, capaz de localizar un pecado antes incluso de que se cometiese.

Y unos tres kilómetros al este, por Cloudview Road, un trayecto de treinta centavos en el autobús urbano de precio único, en lo que se considera el rincón más poblado de nuestro planeta, en North Point, justo donde la ciudad se ensancha hacia el Pico, en la planta dieciséis de un alto edificio llamado 7A, tendido en un colchón donde había dormido un ratito, aunque sin sueños, estaba Jerry Westerby cantando con letra propia la melodía de *Miami sunrise* y viendo cómo se desvanecía una hermosa muchacha. El colchón tenía dos metros diez de longitud, y estaba proyectado para que lo utilizase en el otro sentido una familia china completa y, por primera vez en su vida, más o menos, a Jerry no le colgaban los pies al fondo. Era más largo que el catre de Pet, un kilómetro por lo menos, más largo aún que la cama de la Toscana, aunque en la Toscana daba igual, porque tenía una chica de verdad en la que enroscarse y con una chica al lado no te estiras tanto en la cama. Mientras se perfilaba la chica a la que estaba mirando en una ventana situada frente a la suya, a diez metros o kilómetros de su alcance, y en cada una de las nueve mañanas que había despertado allí, ella se había desnudado y lavado de aquel modo, con considerable entusiasmo, aplauso incluso, de Jerry. Cuando tenía suerte, seguía toda la ceremonia, desde el momento en que ella echaba la cabeza hacia los lados para dejar caer el pelo negro hasta la cintura, hasta que se envolvía castamente en una tela y volvía a reunirse con su familia de diez miembros en la habitación contigua donde vivían todos. Jerry conocía íntimamente a la familia. Sus hábitos higiénicos, sus gustos musicales, culinarios y amorosos, sus fiestas, sus escandalosas y peligrosas riñas. No estaba seguro únicamente de si ella era dos chicas o una sola.

La muchacha se esfumó, pero él siguió cantando. Estaba anhelante; aquello le ponía siempre así, ya estuviese a punto de adentrarse en un callejón de Praga para dejar unos paquetitos a un tipo aterrorizado en un portal o (su mejor hora, y para un ocasional algo sin precedentes) remar cinco kilómetros en un bote para sacar a un operador de radio de una playa del Caspio. En las horas difíciles, Jerry descubría siempre en sí la misma sorprendente destreza, el mismo ánimo firme, la misma atención despierta. Y el mismo temor aullante, lo que no era necesariamente una contradicción. Es hoy, pensó. Se levantó la veda.

Había tres habitaciones pequeñas y tenían todas suelo de parquet. Era la primera cosa en que se fijaba todas las mañanas, porque no había muebles por ninguna parte, salvo el colchón y la silla de la cocina y la mesa donde tenía la máquina de escribir, el plato de la cena, que hacía también servicio de cenicero, y el calendario con la chica, año de 1960, una pelirroja cuyos encantos habían perdido su fragancia hacía ya mucho. Jerry conocía exactamente el tipo: ojos verdes, mucho temperamento y una piel tan sensible que era como un campo de batalla en cuanto le ponías un dedo encima. Añade un teléfono, un tocadiscos viejo sólo para los de 78 y dos pipas de opio muy reales... suspendidas de prácticos clavos en la pared, y ése era el inventario completo de las riquezas y valores de Ansiademuerte el Huno, ahora en Camboya, al que Jerry había alquilado el apartamento. Y el saco de los libros, propiedad de este último, que estaba junto al colchón.

Se había parado el gramófono. Se levantó muy animoso ajustándose el improvisado sarong al estómago. Mientras lo hacía, empezó a sonar el teléfono, así que se sentó de nuevo, cogió el cable y arrastró hacia sí por el suelo el aparato. Era Luke, como siempre, que quería jugar.

—Lo siento, muchacho. Estoy con un artículo. Prueba a jugar al *whist* tú solo.

Jerry activó el reloj parlante y oyó un graznido en chino, luego otro en inglés y puso su reloj de pulsera al segundo. Luego se acercó al gramófono y puso otra vez *Miami sunrise*, a todo volumen. Era el único disco que tenía, pero ahogaba el gorgoteo del inútil acondicionador de aire. Tarareando aún, abrió el único armario, y de un viejo maletín de piel que había en el suelo sacó una amarillenta raqueta de tenis de su padre, cosecha de mil novecientos treinta y tantos, con S.W. en tinta indeleble en el extremo del mango. Desenroscó el mango y sacó de la cavidad cuatro tubitos de microfilms, una sucia lombriz de guata y una cámara para microfilms con cadena graduada, que el conservador que había en él prefería a los modelos más relumbrantes que habían intentado colocarle los de Sarratt. Cargó la cámara con un rollo, ajustó la velocidad de la película y tomó tres lecturas de luz de muestra del pecho de la pelirroja antes de dirigirse en sandalias a la cocina, donde se arrodilló devotamente ante la nevera y soltó la corbata Free Forresters que sujetaba la puerta de ésta. Pasó la uña del pulgar derecho por las podridas bandas de goma, con un ruido desapacible y quejumbroso, sacó tres huevos, y volvió a colocar la corbata donde antes. Mientras esperaba a que hirvieran, se acercó a la ventana y, con los codos en el alféizar, contempló afectuosamente por la rejilla antirrobos sus amados tejados que descendían como estriberones gigantes hasta el borde del mar.

Los tejados eran de por sí solos una civilización, un pasmoso cuadro de supervivencia frente a la violencia de la ciudad. Dentro de sus recintos alambrados, había míseros talleres que fabricaban anoraks, y en donde se celebraban servicios religiosos, se jugaba al mah-jomg, y los adivinadores del futuro quemaban pebetes perfumados y consultaban inmensos volúmenes pardos. Delante de él, se extendía un jardín de lo más ortodoxo hecho con tierra traída de contrabando. Debajo, tres viejas engordaban cachorrillos de chow para la olla. Había escuelas de baile, de lectura, de ballet, de recreo y de combate, había escuelas culturales y para explicar las maravillas de Mao, y aquella mañana, mientras Jerry esperaba que hirvieran los huevos, un viejo completaba su galimatías calisténico antes de abrir la sillita plegable donde realizaba su lectura diaria de los *Pensamientos* del gran hombre. Los pobres más prósperos, si carecían de techo, se construían ellos mismos tambaleantes nidos de cuervo, de medio metro por dos y medio, sobre voladizos de fabricación casera adosados a la altura de sus salones. Ansiademuerte afirmaba que allí había suicidios continuamente. Eso era lo que le retenía en aquel lugar, decía. Cuando no estaba fornicando, solía asomarse a la ventana con la Nikon con la esperanza de cazar uno, pero nunca lo lograba. Abajo, a la derecha, había un cementerio que Ansiademuerte dijo que traía mala suerte y consiguió un descuento de cinco dólares en el alquiler.

Volvió a sonar el teléfono mientras comía.

—¿Qué reportaje? — dijo Luke.

—Las putas de Wanchai han raptado al Gran Mu — dijo Jerry —. Se lo han llevado a la Isla de los Picapiedra y piden rescate.

Aparte de Luke, solían ser mujeres de Ansiademuerte quienes llamaban, pero no querían a Jerry en su lugar. La ducha no tenía cortina, así que tenía que acuclillarse en un rincón azulejado, como un boxer, para no inundar todo el cuarto de baño. Al volver al dormitorio, se puso el traje, cogió el cuchillo de cocina y contó doce tacos de madera desde el rincón del cuarto. Con la hoja del cuchillo extrajo el treceavo. En un espacio hueco de la superficie inferior alquitranosa había una bolsa de plástico que contenía un fajo de billetes, dólares norteamericanos, pequeños y grandes; un pasaporte de emergencia, un permiso de conducir y una tarjeta de viaje aéreo a nombre de Worrell, contratista; y un arma corta que, desafiando todas las normas imaginables del Circus, Jerry había conseguido a través de Ansiademuerte, que no se molestaba en llevarla en sus viajes. Extrajo de este cofre del tesoro cinco billetes de cien dólares y, dejando el resto intacto, volvió a colocar el taco de madera en su sitio. Metió luego la cámara y dos rollos de reserva en los bolsillos y salió, silbando, al pequeño descansillo. Su puerta estaba protegida por un enrejado pintado de blanco que no entretendría a un ladrón decente más de minuto y medio. Jerry la había tanteado un día que no tenía nada mejor que hacer, y le había llevado ese tiempo. Pulsó el botón del ascensor, y éste llegó lleno de chinos que salieron todos. Pasaba siempre. Jerry era sencillamente demasiado grande para ellos, demasiado feo, demasiado extranjero.

«De lugares como aquél — pensó Jerry con una alegría forzada, mientras se sepultaba en la absoluta oscuridad del autobús que llevaba a la ciudad —, salen a salvar el Imperio los hijos de San Jorge.»

«*El tiempo dedicado a la preparación nunca es tiempo perdido*», dice la diligente máxima de contraespionaje de la Guardería.

Jerry se convertía a veces en un hombre de Sarratt y en sólo eso. Según la lógica normal de las cosas, podría haber ido directamente a su destino: nada se lo impedía, no había, según la lógica normal de las cosas, motivo alguno, sobre todo después de su juerga de la última noche, para que Jerry no hubiera tomado un taxi a la puerta de casa, irrumpido allí alegremente y, tras tirar de la barba a su reciente amigo del alma, resolver el asunto. Pero no era ésta la lógica normal de las cosas, y en la tradición de Sarratt, Jerry se acercaba a la hora de la verdad: al momento en que se cerraba de un portazo para él la salida de atrás, tras lo que no quedaba más salida que seguir adelante; la hora en que sus veinte años de oficio, todos ellos, se alzaban en él y gritaban «cuidado». Si caminaba hacia una trampa, sería entonces cuando la trampa saltara. Aunque conociese de antemano su ruta, habría de todos modos puestos estacionarios por delante de él, en coches y detrás de ventanas, y los equipos de vigilancia le bloquearían en caso de chapuza o de desviación. Si había una última oportunidad de tantear el agua antes de zambullirse, era entonces. La noche anterior, rondando por las guaridas, podrían haberle vigilado un centenar de ángeles locales y él no haberse dado ni cuenta de que era su presa. Pero ahora podía rastrear y numerar las sombras. Ahora, en teoría al menos, tenía una posibilidad de saber.

Miró el reloj. Tenía exactamente veinte minutos para llegar y, aun a ritmo chino, y no europeo, le bastaba con siete. Así que paseó, mas no con indolencia. En otros países, casi cualquier lugar del mundo que no fuese Hong Kong, se habría dado mucho más tiempo. Detrás del Telón, según la tradición de Sarratt, era medio día, a ser posible más. Se había escrito una carta a sí mismo, para así poder llegar a mitad de la calle, parar en seco en el buzón y dar la vuelta y comprobar qué pies vacilaban, qué caras se volvían, buscando las formaciones clásicas: una pareja a un lado, tres individuos al otro, el grupo de cabeza que flota delante de ti.

Pero, paradójicamente, aunque aquella mañana siguiese celosamente las etapas, había otra parte de él que sabía que no hacía más que perder el tiempo. Sabía que un ojirredondo podía vivir en Oriente toda su vida en el mismo edificio y no tener nunca la más remota idea del tic tac secreto de la entrada. En todas las esquinas de cada una de las atestadas calles que tendría que recorrer, habría hombres mirando, haraganeando, dedicados afanosamente a no hacer nada: el mendigo que estira de pronto los brazos y bosteza, el limpiabotas tullido que se lanza a por tus pies en fuga y al perderlos bate con fuerza un cepillo con otro, la vieja buscona que vende pornografía birracial y que abocina la boca con la mano y lanza una palabra hacia el andamiaje de bambú que hay encima; aunque Jerry tuviese registradas todas estas escenas en su mente, le resultaban ahora tan tenebrosas como cuando llegó por vez primera a Oriente. ¿Veinte años? ¡Dios Santo! Veinticinco. ¿Macarras? ¿Vendedores de lotería? ¿Traficantes de droga ofreciendo papelines de «amarilla dos dólar, azul cinco dólar... para cazar dragón, muy rápido»? ¿O estaban pidiendo un cuenco de arroz en los puestos de comida de al lado? En Oriente, compadre, para sobrevivir necesitas saber que no sabes.

Utilizaba a modo de espejos los revestimientos de mármol de las tiendas: estanterías de ámbar, de jade, anuncios de tarjetas de crédito, aparatos eléctricos y pirámides de negras maletas que parecía que nadie llevaba nunca. En Cartier, una linda muchacha colocaba perlas en una bandejita de terciopelo, acostándolas allí para el día. Al percibir su presencia, alzó los ojos y le miró; y el viejo Adán se agitó brevemente en Jerry, pese a sus obsesiones. Pero una ojeada a la indolente sonrisa, al traje astroso y a las botas de cabritilla, dijo a la chica cuanto quería saber: Jerry Westerby no era un posible cliente. Jerry pudo ver noticias de nuevas batallas al pasar por un quiosco de periódicos. La Prensa en lengua china llevaba fotos en portada de niños diezmados, aullantes madres y soldados de casco tipo norteamericano. Jerry no pudo determinar si era Vietnam o Camboya o Corea o Filipinas. Los caracteres rojos de los titulares daban la sensación de salpicaduras de sangre. Quizás Ansiademuerte tuviese suerte al fin.

Sediento por los excesos de la noche anterior, Jerry atravesó el Mandarín y se sumergió en la penumbra de Captain's Bar, pero sólo bebió agua en el lavabo de caballeros. Compró al salir un ejemplar de *Time* pero no le gustó cómo le miraban los trituradores de paisano y se fue. Uniéndose de nuevo a la multitud, se dirigió tranquilamente a Correos, un edificio construido en 1911 y que había ido deteriorándose desde entonces, pero que ahora parecía una exótica y rancia antigüedad a la que habían hermoseado las masas de hormigón de los edificios colindantes. Dobló luego, cruzó bajo los arcos y entró en Pedder Street, pasando bajo un puente verde de material corrugado por donde circulaban las sacas de correos como pavos decapitados. Giró otra vez y cruzó hasta el Connaught Centre, utilizando el puente de peatones para despejar más el campo.

En el resplandeciente vestíbulo de acero, una campesina limpiaba los engranajes de una escalera automática con un cepillo de alambre y en el paseo un grupo de estudiantes chinos contemplaban con respetuoso silencio *Óvalo punteado*, de Henry Moore. Jerry miró atrás y vislumbró la cúpula parda de los Juzgados viejos empequeñecida por las paredes colmenescas del Hilton: *La Reina contra Westerby*, «Y se acusa al detenido de chantaje, corrupción, afecto fingido y algunas cosas más que ya iremos inventándonos antes de que termine el día». El puerto estaba lleno de embarcaciones, la mayoría pequeñas. Tras él, los Nuevos Territorios, con las cicatrices de las excavaciones, pugnaban en vano contra las cenagosas nubes de contaminación. A sus pies, nuevos almacenes y chimeneas de fábricas que eructaban un humo parduzco.

Volviendo sobre sus pasos, pasó ante las grandes firmas comerciales escocesas, Jardines, Swire, y vio que estaban con el cierre echado. Debe ser fiesta, pensó. ¿Nuestra o suya? En Statue Square, había un tranquilo festival con surtidores, sombrillas de playa, vendedores de coca-cola y como medio millón de chinos en grupos o pasando ante él como un ejército descalzo, lanzando ojeadas a su estatura. Altavoces, compresores, música aullante. Al cruzar Jackson Road, el nivel de ruidos bajó un poco. Ante él, en una extensión de césped inglés perfecto, se solazaban quince individuos vestidos de blanco. La partida de criquet de todo el día no había hecho más que empezar. En el extremo receptor, un individuo flaco y desdeñoso que llevaba una gorra pasada de moda jugueteaba con los guantes. Jerry se quedó mirando sonriente, con campechana cordialidad. el *bowler* lanzó la bola. Velocidad media, un poco de efecto, bola segura. El bateador pegó con buen estilo, erró e inició un *legbye* en movimiento lento. Jerry previó una partida larga y tediosa, con aburrimiento general. Se preguntó quién jugaría con quién, y decidió que era la mafia habitual del Pico que jugaba sola. Al otro lado de la calle, se alzaba el Banco de China, un inmenso y acanalado sarcófago festoneado de consignas púrpura alabando a Mao. En su base, leones de granito miraban miopes mientras rebaños de chinos de camisa blanca se fotografiaban unos a otros junto a sus flancos.

Pero el banco en que Jerry tenía puestos los ojos quedaba directamente detrás del brazo del *bowler*. Ondeaba arriba una bandera inglesa y, para mayor seguridad, había abajo una furgoneta blindada. Las puertas estaban abiertas y sus bruñidas superficies brillaban como si fuesen de pirita. Mientras Jerry seguía hacia él en su errabundo arco, brotaron de pronto de la negrura del interior un grupo de guardias de casco, amparados por altos hindúes con rifles de elefante que escoltaron tres cajas de dinero negras por las amplias escaleras abajo, como si contuviesen la Hostia Consagrada. El camión blindado se alejó y durante un instante angustioso Jerry tuvo visiones de las puertas del banco cerrándose.

No visiones lógicas. Ni tampoco visiones nerviosas. Sólo que, durante un momento, Jerry esperó el fracaso con el mismo veterano pesimismo con que prevé el hortelano la sequía o el atleta un estúpido esguince la víspera de la gran competición. El agente de campo con veinte años a cuestas previó una frustración impredecible más. Pero las puertas siguieron abiertas y Jerry se desvió hacia la izquierda. Da tiempo a los guardias a tranquilizarse, pensó. Proteger el dinero les habría puesto nerviosos. Se fijarán mucho, recordarán cosas.

Dio la vuelta, se dirigió lento e indolente hacia el Club Hong Kong: pórticos de Wedgwood, contraventanas a rayas y un olor a comida inglesa rancia en la entrada. La cobertura no es mentira, te dicen. Cobertura es lo que crees. Cobertura es lo que eres. *Una mañana de domingo el señor Gerald Westerby, un periodista no demasiado notable, se dirige a uno de sus abrevaderos favoritos...* En las escaleras del Club, Jerry hizo una pausa, se tanteó los bolsillos, dio luego una vuelta completa y se dirigió decididamente a su destino, recorriendo dos lados largos de la plaza mientras controlaba por última vez pies vacilantes y rostros huidizos. *El señor Gerald Westerby, al descubrir que no anda muy bien de dinero, decide hacer una visita rápida al banco.* Los guardias hindúes, con sus fusiles de elefante despreocupadamente colgados al hombro, le miraron sin interés.

*¡Salvo que el señor Jerry Westerby no deba hacer eso!*

Maldiciéndose por su estupidez, Jerry recordó que pasaba de las doce y que los bancos cerraban sus oficinas al público a las doce en punto. Después de las doce, sólo había servicio interno en los pisos superiores, cosa que había tenido en cuenta para planear la operación.

Tranquilízate, pensó. Maquinas demasiado. No pienses: haz. *En el principio fue la acción.* ¿Quién le había dicho esto? El viejo George, por supuesto, citando a Goethe. ¡Que lo dijese precisamente él!

Cuando iniciaba la entrada, le inundó de pronto el desánimo, y se dio cuenta de que era miedo. Tenía hambre. Estaba cansado. ¿Por qué le había dejado George tan sólo? ¿Por qué tenía que hacerlo todo él? Antes de la caída, habrían mandado niñeras delante de él (habría habido alguien dentro del banco incluso) sólo por ver si se ponía a llover. Habría habido un equipo de recepción para coger la presa antes casi de que él saliera del edificio y un coche dispuesto para la fuga, por si tenía que largarse en calcetines. Y en Londres (pensó dulcemente, contestándose), estaría el bueno de Bill Haydon, verdad, pasándoselo todo a los rusos, bendito sea. Pensando esto, Jerry se provocó una extraordinaria alucinación, rápida como el fogonazo de una cámara fotográfica, y que además se desvaneció con la misma lentitud. Dios había respondido a sus oraciones, pensó. Los viejos tiempos estaban allí otra vez en realidad, y en la calle había un equipo completo de apoyo. Tras él había aparcado un Peugeot azul con dos tipos fornidos, dos ojirredondos, dentro que miraban un programa de las carreras de Happy Valley. Antena de radio, todo completo. A su izquierda, pasaban perezosamente matronas norteamericanas cargadas con cámaras y guías de viaje y la obligación positiva de observar. Y del banco mismo, cuando él avanzaba tranquilamente hacia la entrada, surgieron un par de solemnes y adinerados individuos que lucían exactamente esa mirada torva que los vigilantes utilizan a veces para desalentar al ojo inquisitivo.

Senilidad, se dijo Jerry. Vas para abajo, amigo, no lo dudes. La chochez y el miedo te han puesto de rodillas. Y subió las escaleras, gallardo como un petirrojo en un cálido día de primavera.

El vestíbulo era tan grande como una estación de ferrocarril, la música grabada igual de castrense. La zona de las ventanillas estaba cerrada y no vio a nadie que atisbase, ni siquiera un fantasma escondido. El ascensor era una dorada jaula con una escupidera llena de arena para cigarrillos, pero en la novena planta, la amplitud de abajo había desaparecido por completo. Espacio era dinero. Un estrecho pasillo color crema conducía a una mesa de recepción vacía. Jerry avanzó tranquilamente, fijándose en la salida de emergencia y en el ascensor de servicio, cuyo emplazamiento ya le habían indicado, por si tenía que hacer una zambullida. Extraño que supieran tanto, pensó, con tan pocas fuentes; deben haber sacado un plano del arquitecto de algún sitio. Sobre la mesa de recepción, un letrero de teca decía «Cuentas en administración: información.» Al lado, un mugriento libro de bolsillo sobre la predicción del futuro por las estrellas, abierto y muy anotado. Pero ningún recepcionista, porque los sábados son distintos. Los sábados es cuando tienes más posibilidades, le habían dicho. Miró alegremente a su alrededor, sin nada en la conciencia. Un segundo pasillo recorría a lo ancho el edificio, puertas de oficina a la izquierda, sólidas mamparas forradas de vinilo a la derecha. De detrás de las mamparas llegaba el lento tecleo de una máquina de escribir eléctrica en la que alguien rellenaba un formulario legal, y el lento sonsonete sabatino de secretarias chinas con poco más que hacer que esperar que llegara el almuerzo y la tarde libre. Había cuatro puertas de vidrio esmerilado con mirillas tamaño penique para mirar en ambas direcciones, Jerry bajó por el pasillo, y fue mirando en cada una de las mirillas como si mirar fuese su recreo, manos en los bolsillos, una sonrisa un poco bobalicona arriba. La puerta de la izquierda, le habían dicho, una puerta, una ventana. Se cruzó con él un empleado, luego una secretaria de lindos y tintineantes tacones, pero Jerry, aunque astroso, era europeo y llevaba traje y nadie se metió con él.

—Buenos días, amigos — murmuró.

—Buenos días, señor — le desearon ellos a cambio.

Había rejas de hierro al final del pasillo y rejas de hierro en las ventanas. Y una luz de noche azul en el techo, supuso que por motivos de seguridad, pero cómo saberlo: fuego, protección de espacio, no sabía, no se la habían mencionado los instructores, y la química no era su especialidad precisamente. La primera estancia era una oficina, desocupada, a excepción de unos cuantos polvorientos trofeos deportivos, que había en el alféizar y un escudo de armas bordado del club de atletismo del banco en la pared del tablero. Pasó ante una pila de cajas de manzanas etiquetadas «Cuentas en administración». Debían estar llenas de títulos de propiedad y testamentos. La tradición tacaña de las viejas casas comerciales chinas se resistía a morir, al parecer. Un aviso en la pared decía

«Privado» y otro «Sólo visitas concertadas».

La segunda puerta daba a un pasillo y a un pequeño archivo, igualmente vacío. La tercera era un lavabo, «Sólo Directivos», la cuarta tenía un tablero de anuncios para el personal justo al lado y una luz roja sobre la jamba y un gran rótulo en Letraset que decía «J. Frost cuentas en administración, sólo visitas concertadas, no entren cuando la luz esté encendida». Pero la luz no estaba encendida y la mirilla tamaño penique mostraba a un hombre solo en su escritorio, con la sola compañía de un montón de carpetas y rollos de costoso papel atados con cinta de seda verde a la manera inglesa, y dos televisores de circuito cerrado para las cotizaciones de la Bolsa, apagados, y la vista del puerto, obligatoria para la imagen de alto ejecutivo, cortada con líneas gris lápiz por las obligatorias persianas de librillo. Un hombrecillo lustroso, gordinflón, de aire próspero, con un traje chillón de lino verde Robin-Hood, trabajaba allí, demasiado concienzudamente para ser sábado. Tenía la frente húmeda; negras medias lunas en los sobacos, y (para el informado ojo de Jerry) la plomiza inmovilidad del hombre que se recupera muy despacio del libertinaje.

Una habitación de esquina, pensó Jerry. Sólo una puerta, ésta. Un empujón y listo. Echó un último vistazo al pasillo vacío. Jerry Westerby a escena, pensó. Si no sabes hablar, baila. La puerta cedió sin resistencia. Penetró alegremente, con su mejor sonrisa tímida.

—Vaya, Frostie, qué hay, *super*. ¿Llego tarde o temprano? Ay, amigo mío, ¿sabes?, me ha pasado la cosa más *extraordinaria* del mundo ahí fuera, en el pasillo, casi tropecé con ellas, con un montón de cajas de manzanas llenas de papeluchos legales. Quién será el cliente de Frostic, me pregunté, «¿Semillas de naranja Cox? ¿Belleza para playa?» Belleza de playa, conociéndote. Me pareció divertido, después de las cabriolas de anoche por los salones.

Lo que, por muy insustancial que pudiese parecerle al atónito Frost, permitió a Jerry entrar en el despacho, cerrar la puerta rápido, mientras sus anchas espaldas tapaban la única mirilla y su alma enviaba oraciones de gratitud a Sarratt por un aterrizaje suave y pedía amparo a su Hacedor.

A la entrada de Jerry siguió un momento de teatralidad. Frost alzó la cabeza despacio, manteniendo los ojos semicerrados, como si la luz los dañase, lo cual era probable. Tras fijarlos en Jerry, pestañeó y los desvió, luego le miró otra vez para confirmar que era de carne y hueso. Después, se enjugó el sudor de la frente con el pañuelo.

—Dios santo — dijo —. Es su señoría. ¿Qué demonios haces tú aquí, aristócrata repugnante?

A lo que Jerry, aún junto a la puerta, respondió con otra gran sonrisa y alzando una mano en saludo pielroja, mientras determinaba exactamente los puntos peligrosos: los dos teléfonos, la caja gris de comunicación interna y la caja fuerte del armario con cerradura pero sin combinación.

—¿Cómo te dejaron entrar? Supongo que les deslumbraste con tu condición ilustre. ¿Qué pretendes con esto, con irrumpir aquí así?

No estaba ni la mitad de irritado de lo que sus palabras sugerían, y había abandonado la mesa y se contoneaba por el despacho.

—Esto no es un prostíbulo, sabes — añadió —. Esto es un banco respetable. Bueno, más o menos.

Al llegar a la considerable masa de Jerry, se puso en jarras y le miró, cabeceando asombrado. Luego, le dio unas palmadas en el brazo, un golpecito en el estómago y siguió cabeceando.

—Alcohólico, disoluto, lujurioso, libidinoso...

—Periodista — propuso Jerry.

Frost no tenía más de cuarenta, pero la naturaleza había grabado ya en él las señales más crueles de la pequeñez y la insignificancia, como un remilgo de jefe de sección de grandes almacenes respecto a los puños de la camisa y los dedos y un humedecerse los labios y fruncirlos, todo al mismo tiempo. Le salvaba un transparente sentido de la alegría, que brotaba de sus mejillas húmedas como luz del sol.

—Toma — dijo Jerry —, envenénate — y le ofreció un pitillo.

—Dios santo — dijo otra vez Frost, y con una llave de su llavero abrió un anticuado armario de nogal, con mucho cristal de espejo e hileras de palillos de cóctel con guindas artificiales y jarras de cerveza con chicas ligeritas de ropa y elefantes rosas.

—¿Bloody Mary para ti?

—Bloody Mary entrará bien, sí — confirmó Jerry.

En el llavero, una llave Chubb de bronce. La caja fuerte era Chubb también, buena además, con un gastado medallón dorado marchitándose en la vieja pintura verde.

—He de admitir una cosa respecto a vosotros los golfos de sangre azul — dijo Frost, mientras servía, mezclando los ingredientes como un químico —. Conocéis los sitios. Si te dejase con los ojos vendados en medio de la llanura de Salisbury, estoy seguro de que encontrarías un burdel en treinta segundos. Mi naturaleza sensible y virginal dio anoche otro salto más hacia la tumba. Se vio estremecida hasta en sus frágiles y pequeños puntales (di basta, cuando quieras). En fin... te pediré unas cuantas direcciones, cuando me cure. Si es que llego a curarme alguna vez, que ya lo dudo.

Acercándose despreocupadamente a la mesa de Frost, Jerry echó un vistazo a la correspondencia y empezó luego a jugar con los mandos del intercomunicador, subiéndolos y bajándolos uno a uno con su enorme dedo índice, pero sin obtener respuesta. Un botón independiente decía «Ocupado». Jerry lo pulsó y vio un brillo color rosa por la mirilla al encenderse la luz de aviso en el pasillo.

—Menudo con las chicas — decía Frost, aún dándole la espalda a Jerry mientras agitaba la botella —. Eran terribles. Tremendas.

Riendo satisfecho, Frost cruzó el despacho con los vasos en la mano.

—¿Cómo se llamaban? ¡Ay querido, querido!

—Siete y veinticuatro — dijo Jerry distraídamente.

Dijo esto inclinado, buscando el botón de alarma que sabía que tenía que estar por la mesa, en algún sitio.

—¡Siete y veinticuatro! — repitió extasiado Frost —. ¡Qué sentido poético! ¡Qué memoria!

Al nivel de la rodilla, Jerry había dado con una caja gris atornillada a la pata de los cajones. La llave estaba vertical y en posición de desconectado. La sacó y se la metió en el bolsillo.

—Dije que qué maravillosa memoria — repitió Frost, un poco desconcertado.

—Ya conoces a los periodistas, amigo — dijo Jerry, levantándose —. Los periodistas son peor que las esposas en lo de la memoria.

—Vamos. Sal de ahí. Es terreno sagrado.

Jerry cogió la gran agenda de mesa de Frost y examinó el programa del día.

—Dios, Dios — dijo —. No está mal, ¿eh? Oye, ¿quién es N? N, doce menos ocho... ¿no será tu suegra, eh?

Frost inclicó la boca hacia el vaso y bebió ávidamente, tragó, luego hizo la comedia de que se ahogaba, se agitó, se recobró.

—No la metas en esto, ¿quieres? Casi me da un ataque al corazón por tu culpa. *Bung-ho*.

—¿N de nueces? ¿De Napoleón? ¿Quién es N?

—Natalie. Mi secretaria. Muy guapa. Le llegan las piernas al trasero, según me han dicho. Yo nunca he estado allí, no sé. Mi única regla. Recuérdame que la viole alguna vez. *Bung-ho* — dijo de nuevo.

—¿Está aquí?

—Creo haber oído su dulce taconeo, sí. ¿Quieres que la convide a un trago? Me han dicho que sabe hacer un número muy bonito para aristócratas.

—No, gracias —dijo Jerry, y dejó la agenda para mirar a Frost cara a cara, de hombre a hombre, aunque la lucha era desigual, pues Jerry le sacaba la cabeza y era mucho más corpulento.

—Increíble —declaró reverente Frost, mirando aún a Jerry—. Increíble, eso fue, sí.

Su actitud era devota, obsesionada incluso.

—Chicas increíbles, compañía increíble. En fin, ¿por qué se fijará un tipo como yo en un tipo como tú? Un simple Honorable, en realidad. Los de mi nivel son los duques; duques y tías buenas. Repitamos esta noche. Venga.

Jerry se echó a reír.

—Lo digo en serio. Palabra de boy scout. Morir en la brecha antes de la vejez. Esta vez todo corre de mi cuenta.

Se oyeron en el pasillo pasos retumbantes. Se acercaban.

—¿Sabes lo que voy a hacer? —seguía Frost—. Ponerme a prueba. Volveré al Meteor contigo y llamaré a Madame Whoosit e insistiré en un... ¿qué bicho te ha picado? —dijo, al ver la expresión de Jerry.

Las pisadas aminoraron, pararon luego. Una sombra negra llenó la mirilla y se aposentó allí.

—¿Quién es? —dijo quedamente Jerry.

—La Láctea.

—¿Quién es la Láctea?

—La Vía Láctea. Mi jefe —dijo Frost, mientras las pisadas se alejaban; luego cerró los ojos y se persignó devotamente—. Se va a casa, con su encantadora esposa, la distinguida señora Láctea, alias Moby Dick. Dos metros de altura y bigote de caballería. No él, ella —soltó una risilla.

—¿Por qué no entró?

—Pensó que tenía un cliente, me imagino —dijo, desconcertado de nuevo por la vigilancia de Jerry y por su tiento—. Aparte de eso, Moby Dick le mataría a patadas si llegara a apreciar olor de alcohol en sus malvados labios a estas horas del día. Alégrate, yo cuidaré de ti. Ten la otra mitad. Hoy pareces un poco mojigato. Me pones nervioso.

*En cuanto entres allí, vete al grano,* le habían dicho los instructores. *No tantees demasiado, no dejes que se sienta cómodo contigo.*

—Dime, Frostie —dijo Jerry cuando las pisadas se desvanecieron del todo—. ¿Qué tal tu mujer?

Frost había extendido la mano para coger el vaso de Jerry.

—Tu mujer — repitió —. ¿Qué tal?

—Aún estupendamente enferma, gracias — dijo Frost, incómodo.

—¿Llamaste al hospital?

—¿Esta mañana? Tú estás loco. No empecé a coordinar hasta las once. Y no del todo. Me habría olido el aliento.

—¿Cuándo vas a ir a verla?

—Oye, mira, cállate ya. No me hables de ella, ¿quieres?

Mientras Frost le miraba, Jerry se acercó a la caja fuerte. Probó la manilla grande, pero estaba cerrada. Arriba, cubierta de polvo, había una porra grande antidisturbios. La cogió y, a dos manos, ensayó muy tranquilo un par de golpes de criquet, luego volvió a dejarla donde estaba, mientras los desconcertados ojos de Frost le seguían con recelo.

—Quiero abrir una cuenta, Frostie — dijo Jerry, aún junto a la caja.

—¿Tú?

—Yo.

—Por lo que me dijiste anoche, no tienes dinero ni para una hucha. Salvo que tu distinguido papá guardara un poco en el colchón, cosa que dudo.

A Frost se le escurría su mundo a toda prisa e intentaba desesperadamente sujetarlo.

—Mira — continuó —, echa un buen traguete y deja de jugar a Boris Karloff en miércoles lluvioso, ¿quieres? Vamos a ver a las chicas ésas. A Happy Valley. Iremos allí. Pago la comida.

—Yo no quería decir que fuésemos a «abrir» una cuenta *mía*, amigo. Hablo de una cuenta de otro. Y quiero abrirla y verla — explicó Jerry.

En una comedia triste y lenta, la alegría se escapó de la carucha de Frost.

—Oh no, Jerry, Dios mío — murmuró al fin entre dientes, como si estuviera presenciando un accidente cuya víctima fuera Jerry, no él mismo. Se acercaban pisadas otra vez. Una chica, eran breves y rápidas. Luego, llamaron a la puerta. Luego, silencio.

—¿Natalie? — dijo muy quedo Jerry.

Frost asintió.

—Si fuese un cliente, ¿me presentarías?

Frost negó con un gesto.

—Que pase.

A Frost se le asomó la lengua a los labios como una culebra de piel en carne viva. La lengua echó un vistazo y se escondió otra vez.

—¡Adelante! —dijo, con aspereza, y una chica china, alta, con gafas de gruesos cristales, recogió de la mesa unas cartas.

—Que pase usted un buen fin de semana, señor Frost —dijo.

—Hasta el lunes —dijo Frost.

Volvió a cerrarse la puerta.

Jerry cruzó la habitación y echó a Frost un brazo por los hombros y le condujo, sin que ofreciera resistencia, rápidamente, a la ventana.

—Es una cuenta en administración, Frostie. Puesta en tus incorruptibles manos. Muy hábil eres tú.

En la plaza, la fiesta seguía. En el campo de criquet, alguien había sido eliminado. El jugador flaco de la gorra pasada de moda, acuclillado, reparaba pacientemente el campo. Los demás jugadores estaban tumbados allí cerca, charlando.

—Me has tendido una trampa —dijo Frost simplemente, intentando hacerse a la idea—. Creí que por fin tenía un amigo y ahora quieres joderme. Y tú eres un lord.

—No deberías andar con periodistas, Frostie. Son mala gente. Van siempre a lo suyo. No debiste hablar tanto. ¿Dónde están archivadas?

—Los amigos hablan y comentan —protestó Frost—. ¡Para eso son amigos! ¡Para *contarse* cosas!

—¡Entonces cuenta!

Frost movió la cabeza y dijo bobaliconamente:

—Soy cristiano. Voy todos los domingos, nunca falto. Lo siento, no hay nada que hacer. Preferiría perder mi posición social a violar el secreto bancario. Yo soy así, ¿me entiendes? Ni hablar, lo siento.

Jerry se acercó más, siguiendo el alféizar, hasta que sus brazos casi se tocaron. El cristal grande de la ventana vibraba por el ruido del tráfico. Las contraventanas estaban manchadas de rojo, del polvillo de las obras. En la cara de Frost se apreciaba su lastimosa lucha contra la novedad que le afligía.

—El trato es el siguiente, amigo mío —dijo Jerry, con mucho sosiego—: Escucha con atención. ¿Me oyes? Es un asunto de palo y zanahoria. Si no quieres jugar, mi tebeo levantará la liebre sobre ti. Foto en primera página, grandes titulares, sigue al dorso, col. 6, la intemerata. «¿Confiaría usted una cuenta en administración a un hombre como éste?» Hong Kong. Sentina de corrupción, Frostie ¡el monstruo baboso. Esos titulares. Les contaríamos cómo juegas en las musicales camas ojirredondas del club de jóvenes bancarios, tal como tú me lo explicaste, y que hasta hace poco tenías una malvada amante en Kowloonside, hasta que las cosas se complicaron porque ella quería más pasta. Antes de todo eso, claro, enseñarían el artículo a tu director y puede que también a tu mujer, si es que no está muy mal.

En la cara de Frost había estallado sin previo aviso una tormenta de sudor. Sus rasgos cetrinos adquirieron durante un momento una aceitosa humedad; eso fue todo. Después, aparecieron empapados y el sudor recorrió desbordante la carnosa barbilla y se derramó al traje Robin Hood.

—Es la bebida — dijo estúpidamente, intentando enjugárselo con el pañuelo —. Me pasa siempre que bebo. Este clima de mierda. No debía estar aquí. Nadie. Esto es pudrirse. Es insoportable.

—Éstas son las *malas* noticias — siguió Jerry.

Aún estaban en la ventana, juntos, como si estuvieran disfrutando del panorama.

—Las buenas son quinientos dólares norteamericanos en tu linda manita, saludos de la Prensa, nadie sabe nada y Frostie para director. Así que, ¿por qué no volvemos a sentarnos y lo celebramos? ¿Entiendes lo que quiero decir?

—Y ¿puedo yo *preguntar* — dijo al fin Frost, en una desastrosa tentativa de sarcasmo — con qué fin u objeto queréis examinar esa cuenta, en primer término?

—Crimen y corrupción, querido. La Hong Kong *connection*. La Prensa señala a los culpables. Número de cuenta cuatro cuatro dos. ¿La tienes aquí? — preguntó, indicando la caja fuerte.

—Frost hizo un «No» con los labios, pero no emitió ningún sonido.

—Dos cuatros y luego el dos. ¿Dónde está?

—Oye — murmuró Frost; su expresión era una desesperada mezcla de miedo y desengaño —. ¿Por qué no me haces este favor? Manténme al margen de este asunto. Soborna a uno de mis subalternos chinos, ¿quieres? Eso es lo correcto. Compréndelo, yo tengo aquí una posición.

—Ya conoces el dicho, Frostie. En Hong Kong hablan hasta las margaritas. Te quiero a *ti*. Estás aquí y eres el más cualificado. ¿Está en la bóveda de seguridad?

*Manténle siempre en movimiento,* le dijeron. *Tienes que elevar el umbral sin parar. Si pierdes una vez la iniciativa ya no podrás recuperarla nunca.*

Frost vacilaba y Jerry fingió perder la paciencia. Con una mano enorme agarró a Frost por el hombro, le volvió y le empujó hasta que le quedaron pegados los hombros a la caja fuerte.

—¿Está en la bóveda de seguridad?

—¿Cómo voy a saberlo?

—Yo te diré cómo — prometió Jerry, y cabeceó con viveza hacia él agitando el flequillo. Yo te lo diré, amigo — repitió, dándole unas leves palmaditas en el hombro con la mano libre —. Porque si no, te vas a ver en la calle con una mujer enferma y bambinos que alimentar y facturas de colegios, el desastre. Una cosa o la otra y el momento, ahora. No dentro de cinco minutos, ahora. Me da igual cómo lo hagas, pero ha de parecer normal y Natalie ha de quedar al margen.

Luego, le llevó otra vez al centro del despacho, donde estaban la mesa y el teléfono. Hay papeles en esta vida que es imposible hacer con dignidad. El de Frost aquel día era uno. Descolgó el teléfono, marcó una sola cifra.

—¿Natalie? Vaya, no se ha ido usted. Bien, escuche, yo me voy a quedar una hora más, acabo de quedar por teléfono con un cliente. Dígale a Syd que deje abierta la bóveda de seguridad. Ya la cerraré yo cuando me vaya. ¿Entendido?

Luego, se derrumbó en la silla.

—Arréglate el pelo — dijo Jerry, y volvió a la ventana, mientras esperaba.

—Eso de delito y corrupción es puro cuento — murmuró Frost —. Muy bien, sí, de acuerdo, puede que haya algún pequeño chanchullo. Dime un chino que no los haga. O un inglés. ¿Crees que eso significa algo en esta isla?

—¿Es chino, eh? — dijo Jerry, con viveza.

Y, volviendo a la mesa, él mismo marcó el número de Natalie. No contestó nadie. Ayudó gentilmente a Frost a levantarse y le acompañó a la puerta.

—Y no se te ocurra cerrar luego — le advirtió —. Tenemos que volver a dejarlo en su sitio antes de que me vaya.

Frost había vuelto. Estaba lúgubremente sentado allí a la mesa, con tres carpetas delante. Jerry le sirvió un vodka. Inmóvil a su lado, mientras lo bebía, Jerry explicó cómo funcionaba una colaboración de aquel tipo. Frost nunca vería nada, dijo. Lo único que tenía que hacer era dejarlo todo donde estaba, luego salir al pasillo, cerrando la puerta con cuidado. Junto a la puerta había un tablero de anuncios para el personal: Frostie lo habría leído muchas veces, sin duda. Pues debía colocarse delante de aquel tablero y leer diligentemente las noticias, todas, hasta que Jerry diera dos golpes en la puerta desde dentro. Entonces, podía volver. Mientras leía, debía procurar colocarse de modo que tapase la mirilla, para que Jerry supiese que estaba allí y los que pasasen no pudieran ver lo que pasaba dentro. Frost podía también consolarse con la idea de que no había violado ningún secreto, le explicó Jerry. Lo más grave que las autoridades podían llegar a decir (o el cliente, en realidad) era que al abandonar su despacho dejando a Jerry dentro, había incurrido en una infracción técnica de las normas de seguridad del banco.

—¿Cuántos documentos hay en las carpetas?

—¿Cómo voy a saberlo? — preguntó Frost, algo envalentonado por su inesperada inocencia.

—Cuéntalos, ¿quieres? Sé bueno.

Había cincuenta exactamente, que eran muchos más de los que suponía Jerry. Faltaba un respaldo por si se daba el caso de que Jerry, pese a aquellas precauciones, se viese interrumpido.

—Necesitaré impresos — dijo.

—¡Qué coño de impresos! Yo no tengo impresos — replicó Frost —. Yo tengo *chicas* que me traen los impresos. No, no es verdad, no las tengo, ya se han ido.

—Para abrir mi cuenta en administración con tu honorable banco, Frostie. Colócalos aquí, en la mesa, con tu pluma dorada de la hospitalidad... ¿entendido? Te estás tomando un descanso mien tras yo los relleno. Y ésta es la primera entrega — dijo.

Y sacó un montoncito de dólares norteamericanos del bolsillo del pantalón, y los tiró en la mesa con un agradable palmetazo. Frost miró el dinero pero no lo cogió.

Solo, Jerry trabajó de prisa. Desprendió los papeles de la carpeta y los colocó por parejas, fotografiando dos páginas por toma, los grandes codos próximos al cuerpo para permanecer inmóvil, los grandes pies un poco separados para mantener el equilibrio, como en un *slipcath* de criquet, y la cadena de medición justo rozando los papeles para la distancia. Si no quedaba satisfecho repetía la toma. A veces, marcaba la exposición. Solía volver la cabeza de vez en cuando y mirar al círculo verde Robin Hood de la mirilla para cerciorarse de que Frost estaba en su puesto y no llamando a los guardias del blindado. En una ocasión, se impacientó y llamó al cristal de la puerta y Jerry le gruñó que se callara. De cuando en cuando, oía pisadas que se acercaban y lo dejaba todo en la mesa con el dinero y los impresos, guardaba la máquina en el bolso y se acercaba a la ventana y contemplaba el puerto y se alisaba el pelo, como alguien que afronta las grandes decisiones de la vida. Y en una ocasión (es algo muy difícil si tienes los dedos grandes y estás nervioso) cambió el rollo, pensando que ojalá la vieja cámara fuese algo más silenciosa. Cuando llamó a Frost, los expedientes estaban de nuevo en la mesa, con el dinero al lado, y Jerry se sentía tranquilo, aunque un poco asesino.

—Eres un perfecto imbécil — proclamó Frost, metiendo los quinientos dólares en el bolsillo interior de la chaqueta.

—Claro — dijo Jerry. Repasaba la mesa, limpiando las huellas.

—Has perdido el poco juicio que tenías — le dijo Frost; había en su actitud una seguridad extraña—. ¿Crees que puedes detener a un hombre como él? Sería como intentar tomar Fort Knox con una palanqueta y una caja de petardos.

—El Gran Señor en persona. Eso me gusta.

—No te gustará, no. Te parecerá horrible.

—Así que le conoces.

—Somos como uña y carne — gruñó Frost —. Entro y salgo en su casa a diario. Ya conoces mi pasión por los grandes y poderosos.

—¿Quién abrió esta cuenta suya?

—Mi predecesor.

—¿Estuvo aquí él?

—No desde que estoy yo.

—¿Le viste alguna vez?

—En el canódromo de Macao.

—¿El *qué*?

—En las carreras de galgos de Macao. Perdiendo hasta la camisa. Mezclándose con el pueblo. Estaba yo con mi palomita china, la anterior a la última. Me lo señaló ella: «¿Ése? — dije —. ¿Ése? Sí, bueno, es cliente mío.» Se quedó muy impresionada.

En el alicaído rostro de Frost hubo un aleteo de su antiguo yo.

—Y una cosa más: él tampoco estaba pasándolo mal — continuó —. Llevaba una rubia muy maja. Ojirredonda. Estrella de cine, por la pinta. Sueca. Mucho trabajo concienzudo en el lecho para el reparto de papeles. Mira...

Frost logró una sonrisa fantasmal.

—Venga, hombre. Di, rápido.

—Ven conmigo, muchacho. Vamos a recorrer la ciudad. A fundir estos quinientos pavos. Tú en realidad no eres así, ¿verdad? Lo haces sólo para ganarte la vida...

Jerry hurgó en el bolsillo y sacó la llave de alarma y la depositó en la pasiva mano de Frost.

—Necesitarás esto — dijo.

En la escalinata de la salida había un joven delgado y bien vestido de ceñidos pantalones norteamericanos. Leía un libro de aspecto serio en edición encuadernada; Jerry no pudo ver cuál. No había leído mucho, pero parecía hacerlo muy atentamente, como alguien decidido a cultivar su inteligencia.

Hombre de Sarratt una vez más, el resto suprimido.

Hay que gastar suela, decían los instructores. Nunca vayas directamente. Si no consigues hacerte con la presa, por lo menos debes borrar el rastro. Tomó taxis, pero siempre para ir a un lugar concreto, al muelle de la Reina, donde vio cómo se llenaban los transbordadores y cómo se deslizaban los juncos pardos entre los transatlánticos. A Aberdeen, donde vagó entre los turistas contemplando a los habitantes de las barcas y los restaurantes flotantes. A Stanley Village, siguiendo la playa, donde unos bañistas chinos de pálidos cuerpos, un poco encorvados, como si la ciudad pesase aún sobre sus hombros, chapoteaban castamente con sus hijos. *Los chinos nunca se bañan después del festival de la luna,* se repitió maquinalmente, pero no pudo recordar cuándo era el festival de la luna. Había pensado dejar la cámara en el guardarropa del Hotel Hilton. Había pensado en cajas de seguridad nocturna y en mandarse un paquete postal a sí mismo; en mensajeros especiales bajo cobertura periodística. Ninguno de estos procedimientos resultaba válido, a su juicio... más concretamente, ninguno servía para los instructores. Es *un solo,* le habían dicho; o lo haces tú mismo o nada. Por eso llevó algo para transportarlo: una bolsa de compra de plástico con un par de camisas de algodón para hacer bulto. Cuando estás en peligro, dice la doctrina, procura tener algo con qué distraer. Recurren a ello hasta los vigilantes más viejos. Y si te pillasen y lo soltaras, ¿quién sabe? Quizá puedas contener a los perros lo suficiente para salir pitando en calcetines. De cualquier modo, procuró no mezclarse mucho con la gente. Tenía un pánico mortal al simple carterista. En el garaje de coches de alquiler de Kowloonside le tenían el coche listo ya. Se sentía tranquilo (iba cuesta abajo), pero seguía alerta. Se sentía triunfante y el resto de lo que sintiese no tenía importancia. Hay trabajos terribles.

Ya en el coche, prestó especial atención a las Hondas, que en Hong Kong son la infantería del pobre diablo del gremio de la vigilancia. Antes de dejar Kowloon hizo un par de pasadas por calles secundarias. Nada. En Junction Road se incorporó a la caravana de domingueros y continuó hasta Clear Water Bay durante otra hora, dando gracias porque el tráfico estuviera tan mal, pues nada hay más difícil que seguir discretamente los cambios entre un trío de Hondas atrapado en una caravana de veinticinco kilómetros. El resto fue mirar espejos, conducir, llegar, volar solo. El calor de la tarde seguía siendo feroz. Tenía el acondicionador al máximo, pero no lo sentía. Pasó extensiones de plantas enmacetadas, letreros Seiko, arrozales y parcelas de arbolitos destinados al mercado de Año Nuevo. Vio al fin una faja estrecha de arena a la izquierda y giró bruscamente hacia ella, mirando por el espejo. Paró allí y aparcó un rato con el capó abierto, como si estuviera enfriando el motor. Pasó un Mercedes verde guisante, ventanas ahumadas, un conductor, un pasajero delante. Llevaba detrás de él un rato, pero siguió su ruta.

Cruzó hasta el café. Marcó un número, dejó sonar el teléfono cuatro veces. Colgó. Volvió a marcar el número, sonó seis veces y, cuando contestaron, volvió a colgar. Luego, también él siguió ruta, cruzando entre los restos de pueblos pesqueros hasta la orilla de un lago, donde los juncos entraban en el agua y se duplicaban rectos en su propio reflejo. Atronaban las ranas y ligeros yates de recreo aparecían y se ocultaban en la neblina que producía el calor. El cielo era de un blanco intenso y se perdía en el agua. Salió del coche. En ese momento, una vieja furgoneta Citroën traqueteó carretera adelante, con varios chinos a bordo: gorros de coca-cola, bártulos de pesca, críos; pero dos hombres, ninguna mujer. Los hombres le ignoraron. Se dirigió a una hilera de casas con balcones de madera, muy ruinosas y con paredes de celosía de hormigón delante, como casas de la costa inglesa, pero con la pintura más descolorida debido al sol. Sus nombres estaban escritos sobre fragmentos de madera de barco, un concienzudo trabajo de atizador: Driftwood, Susy May, Dum-romin. Había un embarcadero al final de la carretera, pero estaba cerrado, los yates debían amarrar en otro sitio ya. Al aproximarse a las casas, Jerry iba mirando despreocupadamente a las ventanas altas. En la segunda de la izquierda, había un lívido jarrón de flores secas, los tallos envueltos en papel de plata. Todo correcto, indicaba. Pasa. Abrió la verja y pulsó el timbre. El Citroën se había parado a la orilla del lago. Oyó el estruendo de las puertas y al mismo tiempo la electrónica mal utilizada sobre el altavoz del audífono de la entrada.

—¿Quién coño llama? — exigió una voz áspera, cuyos ricos tonos australianos atronaron por encima de los ruidos parásitos; pero sonaba ya el cierre de la puerta y, cuando la empujó, vio la corpulenta figura del viejo Craw que, con su quimono, se alzaba al fondo de la escalera, y, muy satisfecho, le llamaba «Monseñor» y

«perro ladrón» y le exhortaba a arrastrar su feo trasero aristócrata
hasta allí y echarse un buen trago al coleto.

La casa apestaba a pebeteros aromáticos. Desde las sombras de
la entrada del primer piso, le sonrió un ama desdentada, la misma
extraña criaturilla a la que había interrogado Luke cuando Craw
se hallaba ausente, en Londres. El salón, que estaba en el primer
piso, tenía un mugriento empanelado lleno de arrugadas fotos de
viejos camaradas de Craw, de periodistas con los que había trabajado durante sus cincuenta años de disparatada historia oriental.
En el centro había una mesa con una Remington bastante cascada,
donde se suponía que Craw estaba componiendo sus Memorias. El
resto de la estancia estaba vacío. Craw, como Jerry, tenía críos y
mujeres, restos de media docena de vidas, y tras atender a las necesidades inmediatas, apenas le quedaba para muebles.

El baño no tenía ventana.

Junto al lavabo, un tanque de revelado y pardas botellitas de
fijador y revelador. También una pequeña montadora con una pantalla de vidrio esmerilado para los negativos. Craw apagó la luz y
por espacio de muchísimos años, trabajó en total oscuridad, gruñendo y maldiciendo y apelando al Papa. Jerry sudaba a su lado,
intentando seguir sus actividades basándose en los tacos y las invo-
caciones. Ahora, teorizaba, está pasando la cinta del rollo a la bo
vina. Le imaginó sujetándola con muchísimo tiento, para no dejar
huellas en la emulsión. Llegaría un momento en que empezaría a
dudar de si estaba sujetándola ya o no, pensó Jerry. Tendrá que
obligar a los dedos a seguir moviéndose. Se sintió mal. Las maldi-
ciones del viejo Craw se hicieron más fuertes en la oscuridad, pero
no lo bastante para ahogar los chillidos de las aves acuáticas del
lago. Es muy hábil, pensó Jerry, tranquilizándose. Es capaz de hacerlo dormido. Oyó rechinar de baquelita cuando Craw atornilló la
tapa y un murmurado: «Tú vete a la cama, sacrílego de mierda.»
Luego hubo un repiqueteo extrañamente seco cuando cautamente
expulsó las burbujas de aire del revelador. Después, se encendió la
luz de seguridad con un restallar tan sonoro como un disparo de
pistola, y apareció allí, de nuevo, el viejo Craw en persona, rojo
como un papagayo por la luz, inclinado sobre el tanque cerrado,
vertiendo rápidamente el hiposulfito, luego dando vueltas muy
tranquilo al tanque y volviendo a colocarlo mientras miraba el viejo
cronómetro de cocina que tartajeaba los segundos.

Agobiado de nerviosismo y de calor, Jerry volvió solo al salón,
se sirvió una cerveza y se derrumbó en un sillón de mimbre, mi-

rando al vacío, mientras escuchaba el firme rumor del grifo. Por la ventana entraba un burbujeo de voces en chino. Los dos pescadores habían instalado sus equipos al borde del lago. Los niños les miraban, sentados en el suelo. Del baño llegó de nuevo el rechinar de la tapa, y Jerry se levantó de un salto, pero Craw debió oírle, porque gruñó «espera» y cerró la puerta.

*Pilotos comerciales, periodistas, espías,* rezaba la doctrina de Sarratt. *Es la misma rutina. Una maldita espera intercalada de arrebatos de maldito frenesí.*

Está echándoles un primer vistazo, pensaba Jerry: por si es una chapuza. Según la ley del más fuerte, era Craw, no Jerry, quien tenía que vérselas con Londres. Craw, quien en el peor de los casos, le ordenaría hacer una segunda visita a Frost.

—¿Pero qué haces ahí dentro, por amor de Dios? —gritó Jerry—. ¿Qué pasa?

Quizás esté meando, pensó absurdamente.

La puerta se abrió muy despacio. La seriedad de Craw resultaba sobrecogedora.

—No han salido —dijo Jerry.

Tuvo la sensación de que sus palabras no llegaban a Craw. Iba a repetirlas ya más alto. Iba a ponerse a dar saltos, a montar un número terrible. Pero la respuesta de Craw, cuando llegó al fin, lo hizo a tiempo justo.

—Todo lo contrario, hijo.

El viejo avanzó un paso y Jerry pudo ver entonces las películas, colgando detrás como gusanos húmedos y negros del pequeño tendedero de Craw, sujetas con pinzas rosa.

—Al contrario, caballero —dijo—. Cada toma es una audaz e inquietante obra maestra.

# 7

# MÁS SOBRE CABALLOS

En el Circus, los primeros retazos de noticias de los avances de Jerry llegaron a primera hora de la mañana, cuando había una mortal quietud, y pusieron el fin de semana patas arriba, en consecuencia. Sabiendo lo que podía llegar, Guillam se había acostado a las diez y había dormitado irregularmente entre espasmos de angustia por Jerry y visiones francamente lujuriosas de Molly Meakin con y sin su pudoroso traje de baño. Jerry debía presentarse a Frost justo después de las cuatro, hora de Londres, y a las tres y media Guillam traqueteaba con su viejo Porsche por las neblinosas calles camino de Cambridge Circus. Igual podría ser el amanecer que el oscurecer. Llegó a la sala de juegos, donde encontró a Connie terminando el crucigrama de *The Times* y al doctor di Salis leyendo las meditaciones de Thomas Traherne, tirándose de la oreja y moviendo los pies, todo al mismo tiempo, como un hombre orquesta. Inquieto como siempre, Fawn revoloteaba entre ellos, sacudiendo el polvo y limpiando, como un jefe de camareros impaciente por la próxima sesión. De vez en cuando, se chupaba los dientes y soltaba un sonoro suspiro de frustración apenas controlada. En la habitación, un palio de humo de tabaco como una nube cubría toda la estancia, impregnada del habitual hedor a té rancio del samovar. La puerta de Smiley estaba cerrada y Guillam no vio motivo alguno para molestarle. Abrió un ejemplar de *Country Life*. Es como esperar al dentista, pensó, y se sentó, mirando abstraído fotos de mansiones hasta que Connie dejó suavemente el crucigrama, se incorporó y dijo «escucha». Luego oyó un rápido gruñido del teléfono verde de los primos antes de que Smiley lo descolgara. A través de la entrada abierta de su propia habitación, Guillam miró la hilera de cajas electrónicas. En una, una luz verde de aviso permanecía iluminada mientras durase la conversación. Luego, en la sala de juegos sonó el pax (pax era, en jerga, teléfono interno) y esta vez Guillam lo cogió antes que Fawn.

—Ha entrado en el banco —anunció Smiley crípticamente por el pax.

Guillam transmitió el mensaje a los reunidos.

—Ha entrado en el banco —dijo, pero era como hablar con los muertos. Nadie mostró el menor indicio de haberle oído.

A las cinco, Jerry había salido del banco. Considerando nervioso las opciones, Guillam se sentía físicamente enfermo. El acoso era un juego peligroso y Guillam lo odiaba, como casi todos los profesionales, aunque no por razones de escrúpulos; primero estaba la presa, o peor, los ángeles de seguridad locales. Segundo, el acoso mismo, y no todos reaccionaban de una forma lógica ante el chantaje. Uno encontraba héroes, mentirosos, vírgenes histéricas que echaban la cabeza hacia atrás y soltaban por la boca sapos y culebras, aun cuando les gustase el asunto. Pero el verdadero peligro venía ahora, una vez terminada la operación, cuando Jerry diera la espalda a la bomba de humo y echara a correr. ¿Qué haría Frost? ¿Llamaría a la policía? ¿A su madre? ¿A su jefe? ¿A su mujer? «Querida, te lo confesaré todo, sálvame e iniciaremos una nueva vida.» Guillam ni siquiera desechaba la espectral posibilidad de que Frost pudiera ir directamente a su cliente: «Caballero, he venido a confesarme de una grave violación del secreto bancario.»

En el rancio sobrecogimiento de primera hora de la mañana, Guillam se estremeció y centró resueltamente su pensamiento en Molly.

Cuando volvió a sonar el teléfono verde, Guillam no lo oyó. George debía estar sentado justo encima de él. La lucecita de aviso de la habitación de Guillam brilló de pronto y siguió haciéndolo quince minutos. Se apagó y esperaron, todos los ojos fijos en la puerta de Smiley, deseando que saliera de su encierro. Fawn se había detenido en mitad de un movimiento, sosteniendo un plato de emparedados de mermelada que nadie comería. Luego, la manilla de la puerta se alzó y apareció Smiley con un impreso de solicitud de investigación normal y corriente en la mano, cumplimentado con su clara caligrafía y marcado con «raya», lo que significaba «urgente para el jefe» y era de máxima prioridad. Se lo dio a Guillam y le pidió que lo llevase directamente a la abeja reina de Registro y permaneciese junto a ella mientras miraba el nombre. Guillam, al recibirlo, recordó un momento anterior en que le habían entregado un impreso similar, a nombre de Worthington, Elizabeth, alias Lizzie, y terminaba «buscona selecta». Y cuando salía, oyó que Smiley invitaba quedamente a Connie y a di Salis a que le acompañasen a la sala del trono, mientras Fawn era facturado a la biblioteca en busca de la edición más reciente del *Quién es quién en Hong Kong.*

La abeja reina había sido especialmente citada para el turno del amanecer, y cuando Guillam la abordó, su guarida parecía un cuadro de *La noche que ardió París,* completado con catre metálico e infiernillo portátil, pese a que había una máquina de café en el pasillo. Sólo le faltaba un mono y un retrato de Winston Churchill, pensó Guillam. Los datos del impreso decían: «Ko nombre Drake otros nombres desconocidos, fecha de nacimiento 1925 Shanghai, dirección actual Seven Gates, Heath Land Road, Hong Kong, ocupación presidente y director general de China Airsea, Ltd., Hong Kong.» La abeja reina se lanzó a una impresionante caza de papeles, pero lo único que sacó de ella fue la información de que Ko había sido propuesto para la orden del Imperio Británico, en la lista de Hong Kong, en 1966 por «servicios sociales y de caridad a la Colonia», y que el Circus había respondido «ningún dato en contra» a una investigación de veto de la oficina del gobernador, antes de que se presentase la propuesta para su aprobación. Mientras subía a toda prisa las escaleras con su alegre secreto, Guillam era lo bastante consciente para recordar que Sam Collins había dicho que China Airsea, Ltd., Hong Kong, era el último propietario de aquellas líneas aéreas de chiste de Vientiane que habían sido el beneficiario de la generosidad de Boris Comercial. Esto a Guillam le parecía una conexión de lo más reglamentario. Satisfecho de sí mismo, volvió a la sala del trono, donde le recibió un mortal silencio. En el suelo, estaba esparcida no sólo la edición en curso de *Quién es quién,* sino también varios números atrasados. Fawn se había excedido, como siempre. Smiley estaba sentado a su mesa examinando detenidamente una hoja de notas de su propia mano. Connie y di Salis allí, pendientes de él, pero Fawn estaba otra vez ausente, haciendo otro recado sin duda. Guillam entregó a Smiley el impreso con los datos de la abeja reina anotados con su mejor caligrafía. En ese mismo instante, sonó de nuevo el teléfono verde. Smiley lo descolgó y empezó a tomar notas en la hoja que tenía delante.

—Sí. Gracias, ya lo tengo. Siga, por favor. Sí, también tengo eso.

Y continuó así durante diez minutos, hasta que al fin dijo:

—Bueno. Entonces hasta esta noche — y colgó.

Fuera, en la calle, un lechero irlandés proclamaba con entusiasmo que jamás volvería a ser el Pirata Loco.

—Westerby ha conseguido la ficha completa — dijo por fin Smiley, aunque, como todos los demás, se refiriese a él por su nombre clave —. Todos los datos.

Afirmó en silencio, como diciendo que estaba de acuerdo consigo mismo, sin dejar de estudiar el documento.

—La película — continuó — no estará aquí hasta esta noche, pero el asunto ya está claro. Todo lo que se pagaba, en principio, a través de Vientiane, ha ido a parar a la cuenta de Hong Kong. Hong Kong era el destino final de la veta de oro, desde el principio. De todo. Hasta el último céntimo. Ninguna deducción, ni siquiera la comisión del banco. Al principio, era una cifra reducida, luego se elevó bruscamente; el porqué no lo sabemos con certeza. Todo se ajusta a la descripción de Collins. Hasta que se estabilizó en veinticinco mil al mes y ahí se quedó. Cuando terminó el asunto de Vientiane, Centro no falló ni un solo mes. Pasaron de inmediato a la ruta alternativa. Tienes razón, Con. Karla nunca hace nada sin una vía de escape.

—Es un profesional, querido — murmuró Connie Sachs —. Como tú.

—Como yo, no — continuó él, estudiando sus notas —. Una cuenta en administración — añadió en el mismo tono despreocupado —. Sólo se da un nombre y es el de quien abre la cuenta en administración. Ko. «Beneficiario desconocido», dicen. Quizá sepamos por qué esta noche. No se ha sacado ni un penique — añadió, dirigiéndose en concreto a Connie Sachs.

Luego repitió esto:

—Desde que se iniciaron los pagos hace dos años, no se ha sacado de la cuenta ni un solo penique. El saldo se mantiene en el medio millón de dólares norteamericanos. Con interés compuesto está subiendo muy aprisa, claro.

Para Guillam, este último dato era una locura patente. ¿Qué objeto podía tener una veta de oro de medio millón de dólares si ni siquiera se utilizaba el dinero cuando llegaba al otro extremo? Para Connie Sachs y para di Salis, por otra parte, tenía un significado patente y muy importante. En la cara de Connie se abría una sonrisa de cocodrilo y sus ojos infantiles contemplaban a Smiley con silencioso éxtasis.

—Oh, George — dijo al fin, cuando se produjo la revelación —. Querido. ¡Una cuenta en administración! Bueno, eso es un asunto muy distinto. Tenía que ser así, claro. Todo lo indicaba. Desde el mismísimo principio. Y si la gorda y tonta de Connie no tuviera estas anteojeras y no fuera tan vieja, senil y holgazana, hace mucho que se habría dado cuenta de ello. ¡Suéltame, Peter Guillam! Sapito lujurioso.

Y se puso de pie al mismo tiempo, aferrando con sus manos deformadas los brazos del sillón.

—Pero, ¿quién puede valer tanto? ¿Será una red? No, no, nunca lo harían para una *red*. No hay ningún precedente. No es una cosa en gran escala, esto es insólito. Así que, ¿quién puede ser? ¿Qué puede *entregar* que valga tanto?

Y mientras decía esto, iba arrastrándose hacia la puerta, echándose el chal por los hombros, deslizándose ya del mundo de ellos hacia su mundo propio.

—Karla no paga tanto dinero.

Oyeron sus propios murmullos seguirla. Pasó la zona de máquinas de escribir tapadas de las madres, acolchados centinelas en la oscuridad.

—¡Karla es tan tacaño que considera que sus agentes deben trabajar para él por *nada*! Eso es lo que piensa. Y les paga *miserias*. Calderilla. De acuerdo que hay mucha inflación. ¡Pero medio millón de dólares sólo para un topito! ¡Nunca he oído nada igual!

Di Salis, a su modo peculiar, no estaba menos impresionado que Connie. Seguía allí sentado, con la parte más alta de su cuerpo irregular y retorcido y sin nada hacia adelante, revolviendo febrilmente la cazoleta de su pipa con un cortaplumas, como si fuese una cacerola que se hubiera pegado. Llevaba el pelo plateado de punta, como una cresta sobre el casposo cuello de la arrugada chaqueta negra.

—Bueno, bueno, no me extraña que Karla quisiera enterrar los cadáveres — masculló de pronto, como si le hubiesen arrancado las palabras —. No me extraña. Karla es también un especialista en China, ¿sabéis? Está comprobado. Connie me lo ha dicho.

Se puso en pie torpemente, con demasiadas cosas en sus manitas: la pipa, la lata del tabaco, el cortaplumas y su Thomas Traherne.

—No de primera, por supuesto. En fin, no podríamos esperar eso. Karla no es un erudito, es un soldado. Pero no es tonto, ni mucho menos, según me ha dicho ella. Ko — repitió el nombre en varios tonos distintos —. Ko. *Ko*. Tengo que ver los caracteres. Todo depende de ellos. *Altura...* *Árbol* incluso, sí, ya, claro, árbol... ¿o quizás...? bueno, varios conceptos más. «Drake» es de escuela de misión, desde luego. Chico de misión shanghainesa. Bien, bien, Shanghai es en donde empezó todo, sabes. La primera *de todas* las células del partido fue la de Shanghai. ¿Por qué dije eso?

*Drake Ko*. Me pregunto cuáles serán sus nombres reales. Pero, sin duda, lo descubriremos todo muy pronto. Sí, bueno. Bien, creo que yo también debo volver a mi trabajo. Smiley, ¿crees que podría llevarme un cubo de carbón a mi cuarto? Es que sin el calentador uno se congela. Se lo he dicho a los caseros una docena de veces y no he conseguido más que impertinencias. *Anno Domini* me temo, pero me parece que tenemos el invierno ya casi encima. Supongo que nos enseñarás la materia prima en cuanto llegue, ¿no? No es agradable trabajar demasiado tiempo con versiones reducidas. Redactaré un *curriculum vitae*. Será lo primero que haga. Ko. Bueno, gracias, Guillam.

Se le había caído el Thomas Traherne. Al cogerlo de manos de Guillam, se le cayó la lata de tabaco, y Guillam la recogió y se la dio también.

—Drake Ko. Shanghainés no significa nada, en realidad. Shanghai era el verdadero crisol. La respuesta es Chiu Chow, a juzgar por lo que sabemos. Pero todavía no podemos tirar de pistola. Anabaptista. Bueno, los cristianos chiu chow lo son en su mayoría, ¿no? Swatownés: ¿Dónde teníamos eso? Sí, la empresa intermediaria de Bangkok. Bueno, eso encaja bastante bien. O hakka. Una cosa no excluye a la otra, ni mucho menos.

Salió al pasillo detrás de Connie, dejando solos a Guillam y a Smiley, que se levantó y, dirigiéndose a un sillón, se espatarró en él, mirando al fuego con aire abstraído.

—Extraño —comentó al fin—. Uno ya no tiene capacidad para sorprenderse. ¿Por qué será eso, Peter? Tú me conoces, ¿por qué pasa eso?

Guillam tuvo la prudencia de no abrir la boca.

—Un pez gordo. A sueldo de Karla. Cuentas en administración, la amenaza de espías rusos en el centro mismo de la vida de la Colonia. Así que, ¿por qué no experimento ninguna conmoción?

El teléfono verde aullaba de nuevo. Esta vez lo descolgó Guillam. Al hacerlo, le sorprendió ver una carpeta nueva de los informes de Sam Collins sobre el Lejano Oriente abierta en la mesa.

Eso fue el fin de semana. Connie y di Salis desaparecieron sin dejar rastro; Smiley se puso a trabajar, preparando su informe; Guillam se alisó las plumas, fue a ver a las madres y dispuso que se hiciese el trabajo de mecanografiado por turnos. El lunes, meticulosamente adoctrinado por Smiley, telefoneó al secretario personal de Lacon. Lo hizo muy bien. «Nada de toques de tambor —le había advertido Smiley—. Mucha calma.» Y Guillam lo hizo así exactamente. Habían estado hablando la otra noche en la cena, dijo, de hacer una reunión con el grupo de dirección de los servicios secretos para considerar ciertos datos *prima facie*:

—El caso se ha asentado ya un poco, así que quizá fuese razonable fijar una fecha. Dadnos la orden de salida y haremos circular el documento con tiempo suficiente.

—¿Una *orden de salida*? ¿Asentado? ¿Dónde aprendiste a hablar?

El secretario particular de Lacon era una voz grosera llamado Pym. Guillam no le había visto nunca, pero le odiaba del modo más irracional.

—Yo sólo puedo decírselo — advirtió Pym —. Puedo decírselo y ver lo que dice él y telefonearos otra vez. Anda muy mal de tiempo este mes.

—Sólo es un valsecito, en realidad — dijo Guillam, y colgó furioso.

Espera, imbécil, y verás lo que es bueno, pensó.

Cuando Londres está dando a luz, dice la tradición, lo único que puede hacer el agente de campo es pasear por la sala de espera. Pilotos comerciales, periodistas, espías: Jerry estaba otra vez hundido en la maldita inercia.

—Estamos en naftalina — proclamó Craw —. La consigna es bien hecho y a esperar.

Hablaban cada dos días, como mínimo, conversación en el Limbo por dos teléfonos neutrales, normalmente de un vestíbulo de hotel a otro. Disfrazaban su lenguaje con una mezcla de código de Sarratt y jerga periodística.

—Están viendo tu artículo los jefes — decía Craw —. Cuando lleguen a una conclusión, ya lo comunicarán, a su debido tiempo. Entretanto, tápalo y déjalo como está. Es una orden.

Jerry no tenía ni idea de cómo hablaba Craw con Londres, y le daba igual, siempre que fuese un método seguro. Suponía que habría un funcionario nombrado sumariamente de la inmensa e intocable fraternidad de los servicios secretos oficiales que estaba haciendo de enlace: pero eso a él le daba lo mismo.

—Tu tarea es fabricar material para el tebeo y tener en reserva alguna copia para poder hacerle señas con ella al hermano Stubbs cuando llegue la próxima crisis — le dijo Craw —. Nada más. ¿Entendido?

Basándose en sus correteos con Frost, Jerry fabricó un artículo sobre los efectos de la evacuación militar norteamericana en la vida

nocturna de Wanchai: «¿Qué fue de Susie Wong desde que dejaron de venir infantes de marina norteamericanos cansados de la
guerra, con las carteras llenas, buscando diversión y descanso?» Se
fabricó una «entrevista al amanecer» con una chica de bar ficticia
y desconsolada que se veía obligada a aceptar clientes japoneses;
mandó por vía aérea el trabajo y consiguió enviar por télex desde
el despacho de Luke el número de la hoja de ruta, tal como le había ordenado Stubbs. Jerry no era, en modo alguno, un mal periodista, pero, así como la presión hacía salir lo mejor de él, la inercia
sacaba lo peor. Asombrado por la aceptación inmediata e incluso
cordial de Stubbs (Luke lo calificó de «héroegrama», cuando comunicó por teléfono el texto desde el despacho) miró a su alrededor
buscando otros picos que escalar. Un par de juicios por corrupción
sensacionales estaban atrayendo mucho público, actuando la colección habitual de policías no muy estimados, pero después de echar-
les un vistazo, Jerry sacó la conclusión de que no tenían talla suficiente para viajar. Inglaterra disponía últimamente de casos propios. Recibió orden de perseguir una historia sacada a flote por un
tebeo rival sobre el supuesto embarazo de Miss Hong Kong, pero
se le adelantó una denuncia de calumnia. Asistió a una aburrida
conferencia de Prensa del Gobierno, dada por el propio Shallow
Throat, que era también, por su parte, el insulso desecho de un periódico de Irlanda del Norte; perdió una mañana investigando artículos de éxito en el pasado que pudiesen aguantar un recalenta-
do. E impulsado por el rumor de cortes económicos en el Ejército,
pasó una tarde de gira por una guarnición gurkha conducido por
un comandante de relaciones públicas que aparentaba dieciocho
años. Y no, el comandante no sabía, gracias, en respuesta a la alegre indagación de Jerry, cómo solventarían sus hombres sus necesidades sexuales cuando sus familias fueran enviadas a su tierra
natal, el Nepal. Los soldados podrían visitar sus aldeas natales una
vez cada tres años, aproximadamente, pensaba. Y parecía creer que
eso era más que suficiente para cualquiera. Estirando los datos hasta que parecía como si los gurkhas fuesen ya una comunidad de
viudos militares, «duchas frías en un clima cálido para mercenarios británicos», Jerry consiguió triunfalmente un artículo de interior. Archivó un par de artículos más para un momento de apuro,
se dedicó a pasar las noches en el club y por dentro se devanaba
los sesos esperando que el Circus diese a luz de una vez.

—Por el amor de Dios —protestaba a Craw—. Ese tipo es
prácticamente propiedad pública.

—Da igual —dijo con firmeza Craw.

Así que Jerry dijo «sí, señor». Y un par de días después, por puro aburrimiento, inició su propia investigación, totalmente informal, sobre la vida y amores del señor Drake Ko, Orden del Imperio Británico, directivo del Royal Jockey Club de Hong Kong, millonario y ciudadano por encima de toda sospecha. Nada espectacular, nada, según las normas de Jerry, que fuese desobediencia; pues no hay un agente de campo nato que no sobrepase, una u otra vez, los límites de su misión. Empezó tanteando, como si se tratase de expediciones furtivas a una caja de galletas. Casualmente, había estado pensando en la posibilidad de proponer a Stubbs una serie en tres partes sobre los super-ricos de Hong Kong. Curioseando en las estanterías de referencia del club de corresponsales extranjeros un día, antes de comer, sacó inconscientemente una hoja del libro de Smiley y apareció Ko, Drake, en la edición en curso de *Quién es quién en Hong Kong*: casado, un hijo muerto en 1968; estudiante de Derecho durante un tiempo en Gray's Inn, Londres, pero sin éxito, al parecer, pues no había referencia alguna a su licenciatura. Seguía la enumeración de sus veintitantas presidencias. Aficiones: carreras de caballos, cruceros y jade. En fin, ¿y quién no? Luego, las obras de caridad que financiaba, incluyendo una iglesia anabaptista, un templo chiu-chow de los espíritus y el hospital infantil gratuito Drake Ko. Todas las posibilidades están cubiertas, reflexionó divertido Jerry. La fotografía mostraba la habitual alma bella de veinte años y mirada suave, rico en méritos y en bienes, y que era, por lo demás, irreconocible. El hijo muerto se llamaba Nelson. Jerry advirtió: Drake y Nelson, almirantes británicos. No podía apartar de su pensamiento que el padre se llamase por el nombre del primer marino inglés que entró en el mar de China y el hijo por el del héroe de Trafalgar.

Jerry tuvo muchísimas menos dificultades que Peter Guillam para establecer la conexión entre China Airsea, de Hong Kong e Indocharter, S. A., de Vientiane, y le hizo gracia lo que decía el prospecto de China Airsea, según el cual la empresa se dedicaba a una «amplia gama de actividades de transporte y comercio en el marco del Sudeste asiático», entre las que figuraban arroz, pesca, artículos domésticos, teca, inmobiliarias y comercio marítimo.

Un día que andaba incordiando en el despacho de Luke, dio un paso más audaz: un levísimo accidente le puso delante de la nariz el nombre de Drake Ko. Es cierto que él había buscado Ko en el fichero. Lo mismo que había buscado doce o veinte nombres de otros chinos ricos de la Colonia. Lo mismo que había preguntado a la empleada china quiénes pensaba ella sinceramente que eran los millonarios chinos más exóticos para incluirlos en su artículo. Y aunque Drake pudiera no haber sido uno de los candidatos indiscutibles, le llevó muy poco tiempo sacarle su nombre y, en consecuencia, los documentos. Había algo realmente halagador, como le había dicho ya a Craw, por no decir fantástico, en lo de perseguir por aquellos métodos a un hombre tan públicamente notorio. Los agentes secretos soviéticos, según la limitada experiencia de Jerry con el género, solían aparecer en versiones más modestas. Ko, en comparación, parecía ampliado.

Me recuerda al viejo Sambo, pensó Jerry. Era la primera vez que le asaltaba esta idea.

La exposición más detallada aparecía en una revista de papel satinado llamada *Golden Orient,* actualmente fuera de circulación. En una de sus últimas ediciones, un artículo ilustrado de ocho páginas titulado «Los caballeros rojos de Nanyang» que trataba del creciente número de chinos ultramarinos con provechosas relaciones mercantiles con la China roja, a los que se llamaba comúnmente gatos gordos. Nanyang, como sabía Jerry, significaba los reinos del sur de China, y para los chinos quería decir una especie de Eldorado de paz y riqueza. El artículo dedicaba una página y una fotografía a cada una de las personalidades seleccionadas; la fotografía tenía como fondo, generalmente, las posesiones del personaje. El héroe de la entrevista de Hong Kong (había artículos de Bangkok, Manila y Singapur también) era esa «personalidad del deporte tan estimada, y directivo del Jockey Club», el señor Drake Ko, presidente, director y primer accionista de China Airsea, Ltd., y aparecía con su caballo *Lucky Nelson* al final de una temporada triunfal en Happy Valley. El nombre del caballo retuvo instantáneamente la atención occidental de Jerry. Le pareció macabro que un padre bautizase a un caballo con el nombre de su hijo muerto.

La fotografía revelaba bastante más que la insulsa foto del *Quién es quién.* Parecía alegre, exuberante incluso, y se diría que, pese al sombrero, completamente calvo. El sombrero era en realidad su detalle más interesante, pues Jerry, en su limitada experiencia, jamás había visto un chino que llevara puesta una cosa así. En realidad, no era un sombrero sino una boina, y la llevaba inclinada, lo cual le daba un aire intermedio entre soldado inglés y vendedor de cebollas francés. Pero, sobre todo, tenía una cualidad muy rara en un chino: sabía reírse de sí mismo. Parecía alto, llevaba impermeable y sus largas manos salían de las mangas como ramitas. Parecía que el caballo le gustaba de veras, y tenía un brazo cordialmente apoyado sobre su grupa. A la pregunta de por qué conservaba aún una flota de juncos cuando era criterio general que no resultaban rentables, respondía: «Mi gente son los hakka de chiu-chow. Respiramos agua, cultivamos el agua, dormimos sobre el agua. Las barcas son mi elemento.» Describía también muy complacido su viaje de Shanghai a Hong Kong en 1951. En aquella época, aún estaba abierta la frontera y no había impedimentos prácticos eficaces contra la emigración. Sin embargo, Ko decidió hacer el viaje en un junco de pesca, pese a los piratas y los bloqueos del mal tiempo; esto se consideraba como mínimo algo excéntrico.

«Soy un hombre muy perezoso —había dicho, según el artículo—. Si el viento me lleva gratis, ¿a qué caminar? Ahora tengo un yate de dieciocho metros de eslora, y me sigue gustando el mar.»

Famoso por su sentido del humor, decía el artículo.

Un buen agente debe saber ser ameno, dicen los instructores de Sarratt: eso era algo que Moscú Centro también entendía.

Como no había nadie mirando, Jerry se acercó al fichero y al cabo de unos minutos se había apoderado de una gruesa carpeta de recortes de Prensa, la mayoría de los cuales se referían a un escándalo financiero ocurrido en 1965 en el que Ko y el grupo de swatowneses habían jugado un oscuro papel. Como es lógico, la investigación de las autoridades de la Bolsa no aportó pruebas concluyentes y el caso se archivó. Al año siguiente, Ko obtuvo su Orden del Imperio Británico. «Si compras a alguien —solía decir el viejo Sambo—, cómprale del todo.»

En el despacho de Luke tenían un grupo de investigadores chinos, entre ellos un jovial cantonés llamado Jimmy que aparecía a menudo en el Club y al que se pagaba con salarios chinos por ser un oráculo en asuntos chinos. Jimmy decía que los swatowneses eran una gente aparte. «Como los escoceses o los judíos», duros, muy unidos entre sí y famosos por su frugalidad y su capacidad de ahorro; vivían cerca del mar para poder escapar por él cuando les persiguiesen o hubiese hambre o tuviesen deudas. Decía que sus mujeres eran muy estimadas por bellas, diligentes, frugales y lujuriosas.

—¿Está Su Señoría escribiendo otra novela? —preguntó afanosamente el enano, que salió de su oficina para averiguar qué buscaba Jerry. Jerry habría querido preguntar por qué un swatownés se había educado en Shanghai, pero le pareció más prudente desviar la atención hacia un tema menos delicado.

Al día siguiente, tomó prestado el destartalado coche de Luke. Armado con una cámara de treinta y cinco milímetros de modelo normal, se dirigió a Headland Road, un ghetto de millonarios situado entre Repulse Bay y Stanley, donde se puso a fisgonear ostentosamente desde fuera las villas, como hacen muchos turistas ociosos. Su cobertura seguía siendo aquel artículo para Stubbs, sobre los super-ricos de Hong Kong: ni siquiera entonces, ni aun ante sí mismo, habría admitido sin más que iba allí por causa de Drake.

—Está en Taipé de juerga —le había dicho sobre la marcha Craw en una de sus llamadas desde el Limbo—. No volverá hasta el jueves.

Jerry aceptó una vez más sin discusión las líneas de información de Craw.

No fotografió la casa llamada Seven Gates, pero lanzó hacia ella varias ojeadas prolongadas y bobaliconas. Vio un villa baja con tejado de teja bastante separada de la carretera, con una gran terraza por el lado del mar y una pérgola de columnas pintadas de blanco que se recortaban contra el azul horizonte. Craw le había dicho que Drake debía haber escogido el nombre por Shanghai, donde las antiguas murallas de la ciudad estaban interrumpidas por siete puertas: «Sentimentalismo, hijo mío. Nunca subestimes el poder del sentimentalismo en un ojirrasgado, y nunca confíes en él tampoco. Amén.» Vio pradillos, y entre ellos, lo cual le pareció muy curioso, un campo de croquet. Vio una magnífica colección de azaleas e hibiscos. Vio un junco reproducido de unos tres metros y medio de largo sobre un mar de hormigón, y vio un bar de jardín, redondo como un quiosco de música, con un toldo a rayas azules y blancas encima, y un círculo de sillas blancas vacías presidido por un criado de chaqueta blanca y pantalones y calcetines blancos. Era evidente que los Ko esperaban visita. Vio a otros criados lavando un Rolls Royce Phantom de color tabaco. El amplio garaje estaba abierto, y distinguió una furgoneta Chrysler de tipo indefinido y un Mercedes, negro, sin placas de matrícula, posiblemente retiradas para hacer alguna reparación. Pero procuró meticulosamente conceder igual atención a las otras casas de Headland Road y fotografió tres de ellas.

Continuando hacia la Bahía Deep Water se detuvo en la orilla mirando la pequeña flota de juncos y lanchas de los agentes de Bolsa que cabeceaban anclados en el picado mar, pero no pudo localizar al *Almirante Nelson*, el famoso yate de Ko; la ubicuidad del nombre de Nelson se estaba haciendo obsesiva. A punto ya de ceder, oyó un grito debajo y vio bajando por un rechinante pantalán a una vieja en un sampán que le hacía sonrientes muecas señalándose a sí misma con una amarillenta pata de pollo que había estado chupando con sus desdentadas encías. Jerry subió a bordo e indicó las embarcaciones y la vieja le llevó a hacer una gira por ellas, riendo y canturreando mientras remaba, sin sacar de la boca la pata de pollo. El *Almirante Nelson* era elegante y de línea baja. Tres criados más de pantalones blancos de dril fregaban diligentemente las cubiertas. Jerry intentó calcular el presupuesto mensual de Ko sólo para el servicio.

En el viaje de regreso, se paró a examinar el hospital infantil gratuito para niños Drake Ko y llegó a la conclusión de que se hallaba también en magnífico estado. A la mañana siguiente, temprano, Jerry llegó al vestíbulo de un llamativo edificio de oficinas de Central y leyó las placas de bronce de las casas comerciales que tenían despacho allí. China Airsea y sus filiales ocupaban las tres plantas superiores, pero, como en parte era de suponer, no se hacía mención alguna de Indocharter Vientiane, S. A., antigua beneficiaria de veinticinco mil dólares norteamericanos los últimos viernes de cada mes.

La carpeta de recortes del despacho de Luke incluía una referencia relacionada a los archivos del Consulado norteamericano. Jerry fue allí al día siguiente, en apariencia para comprobar datos sobre su artículo de las tropas norteamericanas en Wanchai. Bajo control de una muchacha sorprendentemente guapa, Jerry vagó por allí, cogió unas cuantas cosas, luego se aposentó con una partida de material del más antiguo que tenían, que databa de principios de los años cincuenta, cuando Truman había decretado un embargo contra China y Corea del Norte. El Consulado de Hong Kong había recibido orden de informar de las infracciones a la orden de bloqueo, y ésta era la carpeta que habían desenterrado. El artículo favorito, después de los medicamentos y los artículos eléctricos, era el petróleo y «las agencias norteamericanas», según la redacción, habían ido a por él a lo grande, montando trampas, sacando cañoneras, interrogando a desertores y prisioneros, y colocando, por último, inmensos dosiers ante los subcomités de Senado y Congreso.

El año en cuestión era 1951, dos después de que los comunistas se apoderasen de China y justamente el mismo que Ko dejó Shanghai para ir a Hong Kong, sin un céntimo a su nombre. La operación a la que la referencia de la oficina le dirigió era shanghainesa, y de principio, ésa era la única relación que tenía con Ko. En aquella época vivían muchos emigrantes shanghaineses amontonados en un hotel de Des Voeux Road en deficientes condiciones higiénicas. La introducción decía que era como una enorme familia, unidos por el sufrimiento y la miseria que compartían. Algunos habían escapado juntos de los japoneses antes de escapar de los comunistas.

«Después de soportar tanto de los comunistas —explicaba un detenido a sus interrogadores—, lo menos que podíamos hacer era ganar algo de dinero a su costa.»

Otro era más agresivo. «Los peces gordos de Hong Kong están haciendo millones con esta guerra. ¿Quién les vende a los rojos el equipo electrónico, la penicilina, el arroz?»

En el cincuenta y uno, disponían de dos métodos, según el informe. Uno, era sobornar a los guardias fronterizos y pasar la gasolina en camiones cruzando los Nuevos Territorios y la frontera. El otro era transportarla por barco, lo cual significaba sobornar a las autoridades portuarias.

De nuevo un informador: «Nosotros los hakkas conocemos el mar. Encontramos barco, trescientas toneladas, alquilamos. Llenamos con tanques de gasolina, hacemos declaración falsa e indicamos destino falso. Llegamos a aguas internacionales, corremos como diablos a Amoy. Rojos dicen hermano, beneficio cien por cien. Después unos cuantos viajes, compramos barco.»

«¿De dónde procede el dinero de la primera compra?», preguntaba el interrogador.

«Sala de baile Ritz», era la desconcertante respuesta. El Ritz era un sitio de chicas selecto situado debajo de King's Road, a la orilla del mar, decía una nota al pie. Casi todas las chicas eran shanghainesas. La misma nota nombraba a miembros del grupo. Drake Ko era uno.

«Drake Ko era un tipo muy duro —decía un testigo cuya declaración se incluía en letra pequeña en el Apéndice—. A Drake Ko no le puedes ir con cuentos. No le gustan nada los políticos. Chiang Kai-chek. Mao. Dice que son iguales. Dice que es partidario de Chiang Mao-chek. El señor Ko dirigirá un día nuestra banda.»

En cuanto a delito organizado, la investigación no ponía nada al descubierto. Era un dato histórico el que Shanghai, en la época en que cayó en manos de Mao en el cuarenta y nueve, hubiese vaciado tres cuartas partes de su hampa en Hong-Kong; que la Banda Roja y la Banda Verde hubiesen librado suficientes combates por la supremacía en Hong Kong como para que los años veinte de Chicago pareciesen un juego de niños. Pero no podía encontrarse ningún testigo que admitiese saber algo sobre sociedades secretas o cualquier otra organización ilegal.

Como es natural, al acercarse el sábado, cuando Jerry iba camino de las carreras de Happy Valley, poseía un retrato bastante detallado de su presa.

El taxista cobró el doble porque eran las carreras de caballos y Jerry pagó porque sabía que era la costumbre. Le había explicado a Craw que iba y Craw no había puesto ningún reparo. Se había llevado consigo a Luke, sabiendo que a veces dos resultan menos conspicuos que uno. Le ponía nervioso pensar que podría tropezarse con Frost, porque el Hong Kong ojirredondo es en realidad un mundo muy pequeño. En la entrada principal, telefoneó a Dirección para utilizar alguna influencia, y al poco apareció un tal capitán Grant, joven oficial, al que Jerry explicó que aquello era trabajo: iba a hacer un artículo sobre el lugar para su periódico. Grant era un hombre elegante e ingenioso que fumaba cigarrillos turcos en boquilla y todo lo que Jerry decía parecía divertirle de un modo afable, aunque un poco distante.

—Así que tú eres el hijo — dijo al fin.

—¿Le conociste? — dijo Jerry sonriendo.

—Sólo de oídas — replicó el capitán Grant, pero se diría que le gustaba lo que había oído.

Les dio distintivos y les ofreció una copa después. Acababa de terminar la segunda carrera. Conversaban, cuando oyeron el estruendo del público iniciarse y elevarse y morir como una avalancha. Mientras esperaba el ascensor, Jerry echó un vistazo al tablón de anuncios para ver quién había ocupado las tribunas particulares. Sus detentadores usuales eran la mafia del Pico. El Banco (como le gustaba que le llamaran al Hong Kong and Shanghai Bank) Jardine Matheson, el gobernador, el comandante, las fuerzas británicas. El señor Drake Ko, Orden del Imperio Británico, aunque directivo del Club, no figuraba entre ellos.

—¡Westerby! ¡Por Dios, hombre! ¿Quién demonios te ha traído aquí? Oye, ¿es verdad que tu padre quebró antes de morir?

Jerry vaciló, sonriendo, y luego, cansinamente, sacó la ficha de la memoria: Clive Algo, picapleitos sin escrúpulos, casa en Repulse Bay, escocés agobiante, todo afabilidad falsa y reconocida fama de estafador. Jerry le había utilizado para respaldar un chanchullo con oro desde Macao, llegando a la conclusión de que Clive se había quedado con un pedazo del pastel.

—Vaya, Clive, super, magnífico.

Intercambiaron banalidades, mientras seguían esperando el ascensor.

—Ven. Trae ese impreso. Vamos. Voy a hacerte rico.

*Porton*, pensó Jerry: Clive Porton. Porton arrancó el papel de la mano de Jerry, humedeció su gran pulgar, pasó a una página central y rodeó con un círculo trazado a bolígrafo el nombre del caballo.

—Número siete en la tercera, no puedes equivocarte — susurró —. Puedes apostar la camisa. No todos los meses regalo dinero, te lo aseguro.

—¿Qué te proponía ese subnormal? — preguntó Luke, cuando se hubieron librado de él.

—Un caballo llamado *Open Space*.

Sus caminos se separaron. Luke fue a hacer apuestas y luego se dirigió hacia el club norteamericano de arriba. Jerry, siguiendo un impulso, apostó cien dólares a *Lucky Nelson* y luego se dirigió rápidamente al comedor del Hong Kong Club. «Si pierdo — decidió — se lo cargaré a George.» Las puertas dobles estaban abiertas y Jerry entró directamente. Había un ambiente de riqueza desaliñada: un club de golf de Surrey un fin de semana lluvioso, salvo que los bastante audaces como para arriesgarse a los carteristas llevaban joyas auténticas. Había un grupo de esposas sentadas aparte, como equipo caro no utilizado, frunciendo el ceño a la televisión de circuito cerrado y quejándose del servicio y de la delincuencia. Olía a humo de puro y a sudor y a comida pasada. Al verle entrar, torpemente, el traje horrible, las botas de cabritilla, «Prensa» escrito en toda su persona, los ceños se ensombrecieron. El problema para ser distinguido y selecto en Hong Kong, decían sus rostros, era que no se echaba de los sitios a bastante gente. Había un grupo de bebedores serios en la barra, agentes de los bancos comerciales de Londres principalmente, prematuros vientres cervecescos y gruesos cuellos. Con ellos, el equipo de segunda división de Jardine Matheson, aún no lo bastante grandes para las cacerías privadas de la empresa: acicalados, desagradables inocentes para quienes Cielo era dinero y ascensos. Miró con recelo a su alrededor por si estaba Frostie, pero, o bien los caballos no lo habían atraído aquel día, o estaba con algún otro grupo. Tras una sonrisa y un vago gesto con la mano para todos ellos, Jerry hizo un guiño al subdirector, le saludó como a un amigo perdido, habló con desenvoltura del capitán Grant, le deslizó veinte pavos, firmó por el día, desafiando todas las normas y penetró agradecido en la tribuna cuando faltaban aún dieciocho minutos para la salida de la carrera siguiente: sol, olor a estiércol, el estruendo feroz de una muchedumbre china y el propio latir acelerado del corazón de Jerry que susurraba «caballos».

Jerry quedó inmóvil allí un momento, sonriendo, asimilando el espectáculo, porque cada vez que lo veía era como la primera vez.

La hierba del hipódromo de Happy Valley ha de ser, sin duda, el cultivo más valioso de la tierra. Había muy poca. Un círculo estrecho rodeaba lo que parecía un parque recreativo de un distrito de Londres que el sol y las pisadas hubiesen reducido a polvo. Ocho raídos terrenos de fútbol, uno de rugby, uno de jockey, daban un aire de abandono municipal. Pero la estrecha cinta verde que rodeaba aquel astroso conjunto era probable que atrajese, sólo en aquel año, sus buenos cien millones de esterlinas de apuestas legales, y la misma cuantía extraoficialmente. Más que un valle el lugar era un cuenco ardiente: estadio blanco resplandeciente a un lado, perros castaños al otro, mientras delante de Jerry, y a su izquierda, acechaba el otro Hong Kong: un Manhattan de castillos de naipes, grises chabolas rascacielescas tan apiñadas que parecían apoyarse unas en otras bajo el calor. De cada pequeño balcón brotaba un palo de bambú como un alfiler clavado allí para unir la estructura. De cada uno de estos palos colgaban innumerables banderas de oscura colada, como si algo inmenso se hubiese restregado contra el edificio, dejando tras de sí aquellos andrajos. Era para todos los que vivían en sitios como aquellos, salvo una reducida minoría, para quienes Happy Valley ofrecía aquel día el sueño de salvación instantánea del jugador.

A la derecha de Jerry brillaban edificios más nuevos y más grandes. Allí, recordó, montaban sus oficinas los corredores de apuestas ilegales y mediante una docena de arcanos métodos (tic-tac, transmisores-receptores, parpadeo de luces, Sarratt se habría quedado extasiado con ello) mantenían su diálogo con los ayudantes que estaban en la pista. Más arriba aún, corrían los lomos de las peladas cimas de los cerros, acuchilladas de terrazas y sembradas de la quincallería de las escuchas electrónicas. Jerry había oído en algún sitio que los primos habían instalado allí aquello para poder seguir los sobrevuelos patrocinados de los U2 taiwaneses. Sobre los cerros, bolas de nubes blancas que ningún cambio meteorológico parecía eliminar. Y sobre las nubes, aquel día, el descolorido cielo de China padeciendo al sol, y un halcón girando despacio. Jerry captó todo esto en una sola y grata ojeada.

Para la multitud era el período sin objeto. El foco de atención, si es que se centraba en algo, era en las cuatro chinas gordas de sombreros hakkas de flecos y trajes negros tipo pijama que recorrían la pista con rastrillos, acicalando la preciosa hierba allí donde los galopantes cascos la habían aplastado. Se movían con la dignidad de la indiferencia absoluta: Era como si se retratase en sus gestos todo el campesinado chino. Por un segundo, como suele pasar con las muchedumbres, se volcó sobre ellas un temblor de colectiva afinidad que se olvidó al instante.

Las apuestas daban a *Open Space* de Clive Porton como tercer favorito. *Lucky Nelson*, de Drake Ko, figuraba como los demás, cuarenta a uno, lo que significaba anonimato. Superando un grupo de joviales australianos, Jerry llegó al extremo de la tribuna y, asomando la cabeza, atisbó sobre las hileras de cabezas hasta la tribuna de propietarios, separada de la gente común por una verja de hierro verde y un guardia de seguridad. Protegiéndose los ojos de la luz y lamentando no haber llevado prismáticos, distinguió a un individuo gordo de aspecto duro que llevaba traje y gafas oscuras, acompañado de una chica joven y muy guapa. Parecía medio chino medio latino, y Jerry le clasificó como filipino. La chica era lo mejor que el dinero podía comprar.

Debe estar con su caballo, pensó Jerry, recordando al viejo Sambo. Lo más probable es que esté en las cuadras, dando instrucciones al preparador y al jockey.

Volviendo por el comedor al vestíbulo principal, se metió por una amplia escalera posterior y bajó dos pisos, cruzó un vestíbulo hasta la galería de espectadores, que estaba ocupada por una inmensa y pensativa muchedumbre de chinos, todos hombres, que miraban con un devoto silencio un recinto cubierto, el *paddock*, atestado de ruidosos gorriones, donde había tres caballos, cada uno conducido por su mozo de establo, el *mafoo*. Los *mafoos* sujetaban a sus encomendados torpemente, como si estuvieran enfermos de los nervios. También estaba el elegante capitán Grant, y un viejo preparador, un ruso blanco llamado Sacha al que Jerry tenía en gran estima. Sacha estaba sentado en una sillita plegable, un poco inclinado hacia delante, como si pescara. Sacha había preparado potros mongoles en la época del tratado de Shanghai y Jerry era capaz de pasarse toda la noche oyéndole: los tres hipódromos que había llegado a tener Shanghai, el inglés, el internacional y el chino; los príncipes mercantiles ingleses que tenían sesenta y hasta cien caballos cada uno y los embarcaban y paseaban costa arriba y costa abajo, compitiendo como locos entre sí de puerto en puerto. Sacha era un individuo delicado y filosófico, con ojos de un azul desvaído y una perfecta quijada de luchador. Era también el preparador de *Lucky Nelson*. Estaba sentado aparte, él solo, mirando lo que Jerry pensó que era, desde su línea de visión, una entrada. **Un súbito griterío en las gradas hizo volverse a Jerry bruscamente** hacia la claridad. Sonó un clamor y luego un chillido agudo y estrangulado, cuando la multitud de una hilera se ladeó para que penetrara en ella una cuña de grises y negros uniformes. Al cabo de un instante, un enjambre de policías arrastraba a algún desdichado ratero, sangrando y tosiendo, a la escalera del túnel para una declaración voluntaria. Jerry, deslumbrado, volvió la mirada hacia la oscuridad interior del *paddock*, y tardó unos instantes en centrar la mirada en el nebuloso perfil del señor Drake Ko.

La identificación no fue inmediata, ni mucho menos. La primera persona en la que Jerry se fijó no fue Ko sino el joven jockey chino que estaba junto al viejo Sacha, un muchacho alto, flaco como un alambre donde la camisa de seda se embutía en los calzones. Se golpeaba la bota con la fusta como si hubiera visto aquel gesto en una estampa deportiva inglesa, y llevaba los colores de Ko (azul marino y gris mar acuartelado, decía el artículo de *Golden Orient*) y miraba, como Sacha, algo que quedaba fuera del campo de visión de Jerry. Luego, de debajo de la plataforma donde se encontraba Jerry, salió un caballo europeo bayo conducido por un *mafoo* gordo y risueño de astroso mono gris. Llevaba el número tapado por una manta, pero Jerry conocía ya el caballo de la fotografía, y le conoció aún mejor entonces: le conoció realmente bien, de hecho. Algunos caballos son sencillamente superiores a su clase, y a Jerry *Lucky Nelson* le pareció uno de ellos. Bocado de calidad, pensó, rienda buena y larga, un ojo audaz. No se trataba del típico caballo castaño debutante con la crin y la cola blancas que se llevaba las apuestas de las mujeres en todas las carreras: considerando el nivel de calidad local, limitado por el clima, *Lucky Nelson* era lo más sólido que Jerry había visto allí. Estaba seguro. Durante un mal momento, sintió recelo por el estado del caballo: sudaba, demasiado brillo en los flancos y en los cuartos traseros. Luego miró otra vez los ojos audaces y aquella transpiración levemente antinatural y cobró ánimos de nuevo: lo había hecho manguear con diabólica astucia para que tuviera aquel aspecto, pensó, recordando gozoso al viejo Sambo.

Sólo después de esta consideración pasó Jerry del caballo a su propietario.

El señor Drake Ko, Orden del Imperio Británico, receptor hasta la fecha de medio millón de dólares norteamericanos de Moscú Centro, partidario declarado de Chiang Mao-chek, estaba separado de todos, a la sombra de una columna blanca de hormigón de tres metros de diámetro: un individuo feo pero inofensivo a primera vista; alto, con un encorvamiento que parecía de origen profesional: dentista, o zapatero remendón. Vestía a la inglesa: pantalón gris de franela muy ancho y chaqueta de lana cruzada negra y demasiado larga, con lo que acentuaba la incoherencia de sus piernas y daba un aire contrahecho a su cuerpo enjuto. La cara y el cuello estaban tan brillantes como cuero viejo e igual de lampiños, y las arrugas parecían tan marcadas como pliegues planchados. Tenía la piel más oscura de lo que Jerry había supuesto: habría sospechado casi sangre árabe o india. Llevaba el mismo sombrero impropio de la fotografía, una boina azul oscuro, de la que sobresalían las orejas como rosas de repostería. Sus ojos muy achinados lo parecían aún más por su tensión. Zapatos italianos de color castaño, camisa blanca, el cuello abierto. Ningún accesorio, ni prismáticos siquiera: pero una maravillosa sonrisa de medio millón de dólares, de oreja a oreja, parcialmente de oro, que parecía gozar con la buena fortuna de todos así como con la propia.

Salvo que había algo en él que sugería (algunos lo tienen, es como una tensión: los *maîtres,* los conserjes y los periodistas lo perciben en seguida; el viejo Sambo *casi* lo tenía) que disponía de recursos asequibles de inmediato. Si hacía falta algo, se lo traerían y por partida doble.

El cuadro cobró vida. Por el altavoz el juez del hipódromo ordenó a los jinetes montar. El *mafoo* risueño retiró la manta y Jerry advirtió complacido que Ko había hecho cepillar a contrapelo al bayo para acentuar su aspecto de no estar en forma. El delgado jockey hizo el largo y torpe viaje hasta la silla, y, con nerviosa cordialidad, llamó a Ko, que estaba al otro lado de él. Ko, que se alejaba ya, se volvió y soltó algo, una sílaba inaudible, sin mirar hacia donde hablaba o quién lo recogía. ¿Un reproche? ¿Un aliento? ¿Una orden a un criado? La sonrisa no había perdido nada de su exuberancia, pero la voz era dura como un trallazo. Caballo y jinete tomaron la salida. Ko tomó la suya. Jerry corrió de nuevo escaleras arriba, cruzó el restaurante hasta la tribuna, se abrió paso hasta el fondo y miró abajo.

Por entonces, Ko no estaba ya solo, sino casado.

Ella era tan pequeña que Jerry no podía saber con seguridad si habían llegado juntos o si le había seguido a poca distancia. Localizó un brillo de seda negra y un movimiento a su alrededor como de gente haciendo sitio (las gradas se estaban llenando), pero al principio miró demasiado arriba y no la localizó. Su cabeza quedaba a nivel del pecho de los otros. La distinguió de nuevo al lado de Ko, una esposa china inmaculada, majestuosa, mayor, pálida, tan acicalada que resultaba inconcebible que hubiese tenido otra edad o vestido otras ropas que aquellas sedas negras confeccionadas en París, con tantos alamares y brocados como el traje de un húsar. *La mujer es de cuidado,* le había dicho Craw de pronto, cuando ambos estaban sentados ante el pequeño proyector. *Roba en las tiendas elegantes. Tienen que ir delante los empleados de Ko y prometer pagar todo lo que ella robe.*

El artículo de *Golden Orient* aludía a ella como «una antigua compañera de negocios». Leyendo entre líneas, Jerry supuso que debía haber sido una de las chicas del salón de baile Ritz.

El griterío de la multitud había adquirido más consistencia.

—¿Lo hiciste, Westerby? ¿Apostaste por él, amigo? — otra vez le incordiaba el escocés Clive Porton, que sudaba copiosamente, a causa de la bebida —. ¡*Open Space*, no lo dudes! ¡A pesar del porcentaje ganarás unos cuantos dólares! ¡Vamos, amigo, es un ganador seguro!

La salida le ahorró contestar. El estruendo se atascó, se elevó y se hinchó. A su alrededor flotaba en las gradas un canturreo de nombres y números, los caballos brotaron de sus trampillas, arrastrados por el estrépito. Se habían iniciado los primeros y perezosos metros. Aguarda: pronto el frenesí seguirá a la inercia. Al amanecer, cuando se entrenan, recordó Jerry, suelen forrarles los cascos para que los vecinos puedan seguir dormitando. A veces, en los viejos tiempos, cuando descansaba entre reportajes de guerra, Jerry se levantaba temprano y bajaba allí sólo por verlos, y, si tenía suerte y encontraba un amigo influyente, volvía con ellos a los establos de varios pisos con aire acondicionado en que vivían, para ver cómo los cuidaban y preparaban. Pero durante el día el estruendo del tráfico ahogaba su tronar por completo, y el resplandeciente racimo que avanzaba tan despacio no hacía el menor ruido, sólo flotaba sobre el delgado río color esmeralda.

—*Open Space*, no lo dudes — proclamó vacilante Clive Porton, mirando por los prismáticos —. El favorito va a ganar. Espléndido. Muy bien, *Open Space*, muy bien, caballito.

Empezaban a enfilar la larga curva antes de la recta final.

—¡Vamos, *Open Space*, a por él, hombre, *corre*! ¡Usa la fusta, cretino!

Porton chillaba, pues ya era evidente, incluso a simple vista, que los colores azul marino y gris mar de *Lucky Nelson* tomaban la delantera, y que sus competidores les dejaban cortésmente paso. Un segundo caballo pareció intentar competir con él, luego aflojó, pero *Open Space* estaba ya a tres cuerpos de distancia, aunque su jockey trabajaba furiosamente con la fusta en el aire alrededor de los cuartos traseros de su montura.

—¡Protesto! — gritaba Porton —. ¿Dónde demonios está el director? ¡Ese caballo fue desplazado! ¡Nunca en mi vida he visto desplazar a un caballo con tanto descaro!

Mientras *Lucky Nelson* continuaba airosamente a medio galope después de la meta, Jerry desvió rápidamente la mirada de nuevo hacia la derecha y hacia abajo. Ko estaba impertérrito. No era inescrutabilidad oriental. Jerry nunca había aceptado ese mito. No era indiferencia, desde luego. Era sólo que estaba contemplando el satisfactorio desarrollo de una ceremonia: el señor Drake Ko presencia el desfile de sus tropas. Su mujercita loca estaba muy tiesa a su lado, como si, después de todos los combates de su vida, por fin estuviesen interpretando el himno suyo. Jerry se acordó por un instante de la vieja Pet en sus mejores tiempos. Era exactamente igual que Pet, pensó, cuando el orgullo de las cuadras de Sambo entraba en decimoctavo lugar. Su forma de estar, de afrontar el fracaso.

La entrega de las copas fue un momento de ensueño.

Aunque a la escena le faltaba un tenderete de pastelillos y bebidas; la claridad del sol era muy superior sin duda a las expectativas del organizador más optimista de una fiesta de pueblo inglesa; y las copas de plata eran bastante más lujosas que la raída jarrita que ofrenda el *squire* al ganador de la carrera a tres piernas. Los sesenta policías uniformados quizá resultasen también un poco ostentosos. Pero la simpática dama de turbante años treinta que presidía la larga mesa blanca era tan empalagosa y arrogante como pudiese haber deseado el patriota más puntilloso. Conocía exactamente las formas. El director le entregó la copa y ella la cogió y la apartó de sí en seguida como si quemase. Drake Ko y su esposa, que sonreían de oreja a oreja (Ko aún con la boina), emergieron de un grupo de satisfechos partidarios y recogieron la copa, pero pasaron tan de prisa, tan alegremente cruzaron en ambas direcciones la extensión de césped cercado con cuerdas, que pillaron descuidado al fotógrafo que hubo de rogar a los dos primeros actores que repitieran el momento cumbre. Esto irritó muchísimo a la distinguida dama, y Jerry captó las palabras «qué fastidio» por encima del parloteo de los mirones. La copa quedó definitivamente en posesión de Ko, la dama distinguida recibió adusta seiscientos dólares en gardenias; Oriente y Occidente volvieron gratamente a sus acuartelamientos respectivos.

—¿Ha habido suerte? — preguntó cordialmente el capitán

Grant. Volvían hacia las gradas.

—Bueno, sí, he apostado por él — confesó Jerry con una sonrisa —. Una sorpresilla, ¿no?

—Bueno, era la carrera de Drake, no hay duda — dijo Grant secamente; caminaron un rato —. Un detalle inteligente de tu parte darte cuenta. Nosotros no nos la dimos. ¿Quieres hablar con él?

—¿Hablar con quién?

—Con Ko. Mientras le dura la emoción por la victoria. Quizá consigas sacarle algo, por una vez — dijo Grant con su cordial sonrisa —. Vamos, te lo presentaré.

Jerry no titubeó. Como periodista, tenía todos los motivos para decir «sí». Como espía... bueno, en Sarratt dicen a veces que no hay nada peligroso, que lo que lo hace peligroso es el pensarlo. Volvieron al grupo. La gente de Ko había formado una especie de círculo alrededor de la copa y se oían risas escandalosas. En el centro, más próximo a Ko, estaba el filipino gordo con su hermosa chica, y Ko hacía el payaso con la chica, besándola en ambas mejillas, besándola después otra vez, mientras todos reían salvo la esposa de Ko, que se retiró deliberadamente y empezó a hablar con una mujer china de su edad.

—Ése es Arpego — le dijo Grant a Jerry al oído, refiriéndose al filipino gordo —. Es propietario de Manila y de casi todas las islas cercanas.

La barriga de Arpego sobresalía del cinturón como una roca embutida dentro de la camisa.

Grant no fue directamente hacia Ko, sino que llamó aparte a un chino corpulento y mofletudo, de unos cuarenta años, traje azul eléctrico, que parecía una especie de ayudante. Jerry se quedó aparte, esperando. El chino gordo se acercó a él, con Grant a su lado.

—Éste es el señor Tiu — dijo Grant quedamente —. Señor Tiu, éste es el señor Westerby, hijo del famoso.

—¿Quiere usted hablar con el señor Ko, señor Wessby?

—Si no hay inconveniente.

—Claro que no — dijo eufóricamente Tiu.

Sus regordetas manos flotaban incansables frente a su vientre. Llevaba un reloj de oro en la muñeca derecha. Tenía los dedos curvados, como para achicar agua. Era pulido y lustroso y tanto podría tener treinta años como sesenta.

—Cuando el señor Ko gana una carrera, no hay inconveniente en nada. Yo le traeré. Espere aquí. ¿Cómo se llamaba su padre?

—Samuel — dijo Jerry.

—*Lord* Samuel — dijo Grant, con firmeza, e inexactitud.

—¿Quién es? —preguntó Jerry, cuando el gordo Tiu volvía al ruidoso grupo de chinos.

—El mayordomo de Ko. Administrador, pateador jefe, criado para todo, intermediario. Lleva con él, desde el principio. Se escaparon los dos juntos de los japoneses cuando la guerra.

Y también su triturador jefe, pensó Jerry, viendo cómo volvía Tiu con su amo.

Grant empezó de nuevo con las presentaciones.

—Señor —dijo—, éste es Westerby, cuyo famoso padre, el Lord, tenía muchos caballos muy lentos. Compró también varios hipódromos por aquello de los apostadores profesionales.

—¿Qué periódico? —dijo Ko.

Tenía la voz áspera, poderosa y profunda, aunque Jerry creyó captar, sorprendido, un rastro de acento inglés North Country, que le recordó a la vieja Pet.

Jerry se lo dijo.

—¡Ese periódico con chicas! —exclamó alegremente Ko—. Yo solía leer ese periódico en Londres, durante mi residencia allí con objeto de estudiar leyes en el famoso Gray's Inn of Court. ¿Y sabe usted por qué leía yo su periódico, señor Westerby? Porque estoy convencido de que cuantos más periódicos publiquen fotografías de chicas guapas en vez de noticias políticas, más posibilidades tendremos de conseguir un mundo mejor.

Ko hablaba con una mezcla de locuciones mal utilizadas e inglés de sala de sesiones.

—Tenga la bondad de comunicárselo de mi parte a su periódico, señor Westerby. Se lo ofrendo como consejo gratuito.

Con una risa, Jerry abrió su cuaderno.

—Aposté por su caballo, señor Ko. ¿Qué tal sienta ganar?

—Mejor que perder, creo yo.

—¿No cansa?

—Me gusta cada vez más.

—¿Eso es también aplicable a los negocios?

—Naturalmente.

—¿Puedo hablar con la señora Ko?

—Está ocupada.

Mientras tomaba notas, Jerry empezó a sentirse desconcertado por un aroma familiar. Era el olor de un jabón francés almizcleño y muy acre, una mezcla de almendras y agua de rosas favorito de una esposa anterior: pero también, al parecer, del lustroso Tiu para aumentar su atractivo.

—¿Cuál es la fórmula para ganar, señor Ko?

—Trabajo duro. Nada de política. Dormir bastante.

—¿Es usted mucho más rico ahora que hace diez minutos?

—Era ya bastante rico hace diez minutos. Puede usted decirle también a su periódico que soy un gran admirador del estilo de vida inglés.

—¿Aunque no trabajemos duro? ¿Aunque hagamos mucha política?

—Diga sencillamente eso —contestó Ko, mirándole a la cara, y en tono imperativo.

—¿Por qué tiene usted tanta suerte, señor Ko?

Ko pareció no haber oído esta pregunta, pero su sonrisa se desvaneció lentamente. Miraba a Jerry a los ojos, midiéndole con sus achinadísimos ojos; su expresión se había endurecido perceptiblemente.

—¿Por qué tiene usted tanta suerte, señor? —repitió Jerry.

Hubo un largo silencio.

—Sin comentarios —dijo Ko, aún mirando a Jerry a la cara.

La tentación de forzar la pregunta resultaba irresistible.

—Juguemos limpio, señor Ko —urgió Jerry, con una amplia sonrisa—. El mundo está lleno de gente que sueña con ser tan rica como usted. Deles una pista, ¿quiere? ¿Por qué tiene usted tanta suerte?

—Métase en sus asuntos —le dijo Ko y, sin la menor ceremonia, le dio la espalda y se alejó.

Al mismo tiempo, Tiu dio un lento paso al frente, bloqueando el avance de Jerry con una mano suave sobre el antebrazo de éste.

—¿Va usted a ganar la próxima vez, señor Ko? —preguntó Jerry por encima del hombro de Tiu a la espalda que se alejaba.

—Será mejor que se lo pregunte usted al caballo, señor Wessby —sugirió Tiu con una sonrisa regordeta, la mano aún sobre el brazo de Jerry.

Muy bien podría haberlo hecho así, pues Ko se había reunido ya con su amigo el señor Arpego el filipino, y estaban riéndose y charlando exactamente igual que antes. *Drake Ko es un tipo de cuidado*, recordó Jerry. *A Drake Ko no puedes contarle cuentos de hadas.* Tiu tampoco lo hacía del todo mal, pensó.

Mientras volvían hacia las gradas, Grant reía quedamente para sí.

—La última vez que Ko ganó ni siquiera acompañó al caballo al *paddock* después de la carrera —recordó—. Lo despidió con un gesto. No quería.

—¿Por qué no?

—Porque no esperaba ganar, por eso. No se lo había dicho a
sus amigos chiu-chows. Era quedar mal. Quizás sintió lo mismo
cuando le preguntaste lo de su suerte.

—¿Cómo llegó a directivo?

—Bueno, mandó a Tiu que se lo arreglara, sin duda. Lo habitual. Salud. No olvides cobrar las ganancias.

Y entonces sucedió: el fortunón imprevisto de As Westerby.

Había terminado la última carrera, Jerry contaba con cuatro
mil dólares a su favor y Luke había desaparecido. Jerry probó en
el American Club, en el Club Lusitano y en otros dos, pero o no
le habían visto o le habían echado. Sólo había una puerta para salir del recinto, así que Jerry se unió al desfile. El tráfico era caótico.
Rolls Royces y Mercedes competían por espacio de aparcamiento y
la multitud empujaba desde atrás. Decidiendo no incorporarse a la
lucha por los taxis, Jerry inició la marcha por la estrecha acera y
vio, sorprendido, a Drake Ko, solo, que surgía de una salida de
enfrente; por primera vez desde que Jerry le pusiera los ojos encima, Ko no sonreía. Al llegar al borde de la acera, pareció dudar
si cruzar o no, luego se quedó donde estaba, mirando el tráfico
que pasaba. Está esperando el Rolls Royce Phantom, pensó Jerry,
recordando la flota del garaje de Headland Road. O el Mercedes, o
el Chrysler. De pronto, Jerry le vio agitar la boina y echarla en broma hacia la carretera como para atraer fuego de rifle. Las arrugas
revolotearon alrededor de sus ojos y de su mandíbula, relumbraron
los dientes de oro en señal de bienvenida y, en vez de un Rolls
Royce o un Mercedes o un Chrysler, paró chirriante a su lado un
largo Haward tipo E rojo con la capota plegada, indiferente a los
demás coches. A Jerry no podría haberle pasado desapercibido aunque hubiera querido. Sólo el ruido de los neumáticos hizo que todo
el mundo se volviera. Sus ojos leyeron la matrícula, su mente la
archivó. Ko subió a bordo con la emoción de quien no ha montado
nunca en un descapotable y antes de que arrancara de nuevo ya
estaba riendo y charlando. Pero no antes de que Jerry hubiera visto
a la conductora, el pañuelo azul flotante, las gafas oscuras, el pelo
rubio y largo y lo suficiente de su cuerpo, cuando se inclinó por
encima de Drake para cerrar la puerta, para saber que era una
mujer impresionante. Drake había apoyado la mano en su espalda
desnuda, los dedos extendidos, y gesticulaba con la otra mientras le
daba sin duda una versión detallada de su victoria, y, cuando
arrancaron, plantó un beso muy poco chino en su mejilla, y luego,
por si acaso, otros dos: pero todo ello, de algún modo, con mucha
más sinceridad de la que había aportado al asunto de besar a la

acompañante del señor Arpego.

Al otro lado de la carretera se alzaba la puerta por la que acababa de salir Ko y la verja de hierro aún estaba abierta. Con el pensamiento girando incesante, Jerry sorteó el tráfico y cruzó la verja. Y se vio en el viejo Cementerio Colonial, un lugar exuberante, lleno del aroma de flores y la sombra de árboles frondosos. Jerry nunca había estado allí y le conmovió entrar en aquel retiro. Se alzaba en una ladera opuesta que rodeaba una vieja capilla que estaba cayendo en gentil abandono. Sus cuarteadas paredes brillaban a la chispeante luz del crepúsculo. Al lado, desde una perrera con tela metálica, un escuálido perro alsaciano le ladró furioso.

Jerry miró a su alrededor, sin saber por qué estaba allí ni lo que buscaba. Las tumbas pertenecían a gente de todas las edades y razas y sectas. Había tumbas de rusos blancos y sus lápidas ortodoxas eran oscuras y estaban adornadas con detalles de *grandeur zarista.* Jerry imaginó una gruesa capa de nieve sobre ellas, y su forma aún seguía apreciándose a través de la nieve. Otra lápida describía el inquieto periplo de una princesa rusa y Jerry se detuvo a leerlo: Tallin a Pekín, con fechas, Pekín a Shanghai, con fechas también, a Hong Kong en el cuarenta y nueve, a morir. «Y fincas en Sverdlovsk», concluía desafiante el informe. ¿Sería Shanghai la conexión?

Regresó con los vivos. Tres viejos con trajes azules tipo pijama estaban sentados en un banco en sombras, sin hablarse. Habían colgado sus jaulas de pájaros en las ramas, arriba, lo bastante cerca para oír cada cual el canto de los otros por encima del ruido del tráfico y de las cigarras. Dos sepultureros de casco de acero llenaban una tumba nueva. No se veía ninguna comitiva fúnebre. Sin saber aún lo que quería, llegó a las escaleras de la capilla. Atisbó por la puerta. En el interior, la oscuridad era absoluta, después de la claridad del sol. Una vieja le miró furiosa. Retrocedió. El perro alsaciano le ladró con más fuerza. Era muy joven. Un cartel decía «Sacristán» y siguió la dirección que indicaba. El estruendo de las cigarras era ensordecedor, ahogaba incluso los ladridos del perro. El aroma de las flores era vaporoso y algo descompuesto. Le había asaltado una idea, era casi una pista. Y estaba decidido a seguirla.

El sacristán era un hombre amable y distante y no hablaba inglés. Los libros eran muy viejos, las anotaciones parecían antiguas cuentas bancarias. Jerry se sentó a la mesa despacio pasando las pesadas páginas, leyendo los nombres, las fechas de nacimiento, muerte y entierro; por último, la referencia al plano: la zona y el número. Cuando encontró lo que buscaba, salió de nuevo al aire y se abrió paso por un sendero distinto, entre una nube de mariposas, cerro arriba, hacia el acantilado. Desde una pasarela, riendo, le miraba un grupo de colegialas. Se quitó la chaqueta y se la echó al hombro. Pasó entre matorrales altos y entró en un soto inclinado de hierba amarilla, donde las lápidas eran muy pequeñas, los montículos sólo de treinta o sesenta centímetros. Jerry pasó entre ellos, leyendo los números, hasta que se vio ante una verja baja de hierro con los números siete dos ocho. La verja formaba parte de un perímetro rectangular y Jerry alzó los ojos y se vio contemplando la estatua a tamaño natural de un muchachito de bombachos victorianos de los ceñidos bajo la rodilla y chaqueta Eton, con desgreñados rizos de piedra y labios de piedra como capullos de rosa, que recitaba o cantaba leyendo de un libro de piedra abierto, mientras mariposas auténticas revoloteaban frívolas alrededor de su cabeza. Era un niño totalmente inglés y la inscripción decía *Nelson Ko. En amoroso recuerdo*. Seguían un montón de fechas y Jerry tardó un segundo en entender su significado: diez años sucesivos sin fallar ni uno; el último, 1968. Entonces comprendió que eran los diez años que había vivido el niño, para saborearlos uno a uno. En el escalón del fondo del plinto había un gran ramo de orquídeas, aún envueltas en el papel.

Ko había ido a dar las gracias a Nelson por su triunfo. Jerry comprendió al fin por qué no le gustaba que le atropellaran con preguntas sobre su suerte.

Existe una especie de fatiga sólo conocida por los agentes de campo: el sujeto siente una atracción por la delicadeza que puede significar el beso de la muerte. Jerry se demoró un momento más contemplando las orquídeas y al niño de piedra, grabándolo todo en su mente, junto con lo que ya había visto y leído de Ko hasta entonces. Y le embargó un abrumador sentimiento (sólo un momento, pero era peligroso en cualquier situación) de consumación, como si hubiera conocido a una familia, y hubiera acabado descubriendo que era la suya. Tenía la sensación de culminación, de llegada.

He ahí un hombre, con una casa como aquélla, con una esposa como la suya, que actuaba y jugaba de un modo que Jerry entendía sin esfuerzo. Un hombre sin convicciones determinadas; pero en aquel momento Jerry le veía más claramente de lo que nunca se hubiera visto a sí mismo. Un pobre muchacho chiu-chow que llega a directivo del Jockey Club, con una Orden del Imperio Británico, y que remoja a su caballo antes de una carrera. Un gitano acuático hakka que da un entierro anabaptista y una efigie inglesa a su

hijo muerto. Un capitalista que odia la política. Un abogado fallido,
jefe de banda, constructor de hospitales, que controla unas líneas
aéreas que trafican con opio, un financiador de templos de los espíritus que juega al croquet y viaja en Rolls Royce. Un bar norteamericano en su jardín chino y oro ruso en su cuenta en administración. Tan complejos y contradictorios descubrimientos no alar-
maron lo más mínimo a Jerry en aquel momento; no presagiaban
incertidumbres ni paradojas. Jerry los veía más bien soldados por
el propio y áspero impulso de Ko en un hombre único pero poli-
facético no muy distinto al viejo Sambo. Aún con más fuerza (durante los pocos segundos que perduró) le asaltó la sensación irresistible de estar en buena compañía, cosa que siempre le había
complacido. Volvió a la salida en un estado de ánimo de plácida
munificencia, como si hubiera ganado la carrera él y no Ko. Hasta
que llegó a la carretera no le devolvió la realidad a su buen juicio.

El tráfico se había despejado y encontró sin dificultad un taxi.
No llevaban recorridos cien metros cuando vio a Luke, solo, haciendo cabriolas por el bordillo. Le metió en el taxi y le dejó a la
puerta del Club de corresponsales extranjeros. Desde el Hotel Fu-
rama marcó el número de la casa de Craw, dejó que sonara dos
veces, volvió a marcar y oyó la voz de Craw preguntando: «¿Quién
cojones es?» Preguntó por un tal señor Savage, recibió una respuesta grosera y la información de que se equivocaba de número,
concedió a Craw media hora para llegar a otro teléfono y luego entró en el Hilton para la respuesta.

Nuestro amigo había aflorado en persona, le dijo Jerry. Se había
exhibido en público con motivo de un gran triunfo. Cuando la cosa
terminó, una linda rubia le recogió en su coche deportivo. Jerry
recitó el número de la matrícula. Estaba claro que eran amigos,
dijo. Muy efusivo y muy poco chino. Amigos *por lo menos*, según él.

—¿Ojirredonda?

—¡Pues claro, hombre! Dónde se ha visto que una...

—Dios, Dios — dijo Craw suavemente, y colgó, antes de que
Jerry tuviera siquiera posibilidad de explicarle lo de la tumba del
pequeño Nelson.

# 8

# LOS BARONES CONFERENCIAN

La sala de espera de la linda casa de conferencias del Ministerio de Asuntos Exteriores de Carlton Garden fue llenándose poco a poco. La gente llegaba en grupos de dos y tres, que se ignoraban mutuamente, como los asistentes a un funeral. Un cartel impreso colgaba de la pared; decía: «Se advierte que no debe tratarse ninguna cuestión confidencial.» Smiley y Guillam se acomodaron muy cariacontecidos bajo él, en un banco de terciopelo salmón. La habitación era oval; el estilo, rococó Ministerio de Obras Públicas. Por el techo pintado, Baco perseguía ninfas mucho más deseosas de ser capturadas que Molly Meakin. Había aparatos contra incendios, vacíos, alineados contra la pared y dos mensajeros oficiales guardaban la puerta que daba al interior. Fuera de las curvadas ventanas de guillotina, la luz otoñal inundaba el parque, haciendo crujir las hojas entre sí. Llegó Saul Enderby, encabezando el contingente de Asuntos Exteriores. Guillam sólo le conocía de nombre. Había sido embajador en Indonesia, y ahora era la máxima autoridad de la sección de asuntos del Sudeste asiático, y se le consideraba un gran partidario de la línea dura norteamericana. Le seguían un obediente subsecretario parlamentario de procedencia sindical y un vistoso individuo vestido ostentosamente que avanzó hacia Smiley de puntillas, las manos en horizontal, como si le hubiesen sorprendido dormitando.

—No puedo creerlo — susurró con exuberancia —. ¿Es posible? ¡Lo es! George Smiley, con todas sus galas. Mi querido amigo, has adelgazado kilos. ¿Quién es ese guapo muchacho que te acompaña? No me lo digas. Peter Guillam. Me han contado muchísimas cosas de él. *Completamente* inmune al fracaso, me han dicho.

—¡Oh *no*! — exclamó involuntariamente Smiley —. Dios mío. *Roddy*.

—¿Qué quieres decir con eso de «Oh no, Dios mío, Roddy»? — dijo Martindale, muy animado, en el mismo vibrante susurro —. «¡Oh *sí*!» deberías decir. «Sí, Roddy. Qué alegría verte.» Dime,

antes de que llegue la chusma. ¿Cómo está la exquisita Ann? Ay
Dios santo. ¿Me dejas que os prepare una cena para los dos? Tú
elegirás los invitados. ¿Qué te parece? Y sí, yo *estoy* en la lista,
si es eso lo que pasa por tu cabecita ratonesca, joven Peter Guillam,
he sido trasladado, soy un niño mimado, nuestros nuevos amos me
adoran. No es para menos, con lo mucho que les he elogiado.

Las puertas interiores se abrieron de golpe. Uno de los mensajeros gritó: «¡Caballeros!» y los que conocían el protocolo se quedaron atrás para dejar pasar delante a las mujeres. Había dos. Los
hombres las siguieron y Guillam cerró la comitiva. Durante unos
cuantos metros, podría haber sido el Circus: un estrechamiento
improvisado en el que los conserjes comprobaban las casas, luego
un pasillo provisional que llevaba a lo que parecía un cobertizo de
obra emplazado en el centro de una escalera destripada: salvo que
no tenía ventanas y estaba colgado de cables y sujeto por sogas.
Guillam había perdido de vista por completo a Smiley y, al subir
las escaleras de madera y entrar en la sala de seguridad, sólo veía
sombras revoloteantes bajo la lamparilla azul.

—Que alguien haga algo —gruñó Enderby con el tono de un
comensal aburrido que se queja del servicio. Que enciendan luces,
por Dios. *Malditos* hombrecillos.

Cuando entró Guillam, se oyó un portazo, giró una llave en la
cerradura, un ronroneo electrónico recorrió la escala y gimió más
allá del umbral auditivo, tres fluorescentes resucitaron tartamudean-
tes, cubriendo a todos con su enfermiza palidez.

—Hurra —dijo Enderby, y se sentó. Más tarde, Guillam se preguntó cómo había estado tan seguro de que era Enderby el que
hablaba en la oscuridad, pero hay voces que se oyen antes de que
hablen.

La mesa de conferencias estaba cubierta por un tapete verde deshilachado como la mesa de billar de un club juvenil. El Ministerio
de Asuntos Exteriores se acomodó a un extremo, el Ministerio de
Colonias al otro. La separación era más visceral que legal. Los dos
departamentos habían estado oficialmente casados durante seis años
bajo el grandioso toldo del Servicio Diplomático, pero nadie en su
sano juicio tomó en serio la unión. Guillam y Smiley se sentaron
en el centro, hombro con hombro, frente a ellos quedaban dos
asientos vacíos. Al examinar el cuadro de actores, Guillam tomó
conciencia, con una meticulosidad absurda, del atuendo. El Ministerio de Asuntos Exteriores había acudido impecablemente vestido
con trajes carbón y el plumaje secreto del privilegio: ambos, Enderby y Martindale, llevaban corbatas de ex alumnos de Eton. El

atuendo de los colonialistas tenía ese aire de confección casera que tiene el de la gente del campo que va a la ciudad, y lo mejor que podían ofrecer en cuanto a corbatas era una de artillero real: el honrado Wilbraham, su jefe, un individuo con aire de maestro de escuela, enjuto y sano, rosadas venas en las atezadas mejillas. Le apoyaban una tranquila mujer vestida de un tono castaño eclesial, y un muchacho de nueva hornada pelirrojo y pecoso. El resto del comité se sentó frente a Smiley y Guillam que parecían padrinos de un duelo que desaprobaban; habían acudido en parejas para protegerse mutuamente: el sombrío Pretorius del servicio de seguridad con una porteadora sin nombre; dos pálidos guerreros del Ministerio de Defensa; dos banqueros de Hacienda, uno de ellos el galés Hammer. Oliver Lacon estaba solo y se había situado aparte de todos, pues era la persona menos comprometida, en realidad. Frente a cada par de manos descansaba el informe de Smiley en una carpeta rosa y roja en la que se leía «Máximo secreto - Retener»; parecía un programa conmemorativo. Lo de «Retener» quería decir no comunicárselo a los primos. Smiley lo había redactado, las madres lo habían mecanografiado, el propio Guillam había visto salir las dieciocho páginas de la copiadora y había supervisado el cosido a mano de los veinticuatro ejemplares. Ahora, su obra artesanal yacía esparcida por aquella gran mesa, entre los vasos de agua y los ceniceros. Enderby alzó un ejemplar unos centímetros de la mesa y luego lo dejó caer con un golpe sonoro.

—¿Lo han leído todos? — preguntó. Todos lo habían leído.

—Entonces, adelante — dijo Enderby y recorrió la mesa con la mirada, con ojos arrogantes e inyectados en sangre —. ¿Quién quiere empezar la partida? ¿Oliver? Tú nos trajiste aquí. Tira tú primero.

A Guillam se le ocurrió de pronto que Martindale, el gran azote del Circus y de su labor, estaba extrañamente alicaído. Miraba sumisamente a Enderby y había en su boca un rictus de desánimo.

Entretanto, Lacon preparaba su defensa.

—Permítanme decir primero que estoy tan sorprendido por esto como el que más — dijo —. Esto es un golpe bajo, George. Lo lógico habría sido disponer de un poco de tiempo para prepararse. He de confesar que a *mí* me resulta un poco incómodo ser el enlace con un servicio que al parecer ha cortado todos sus contactos últimamente.

Wilbraham dijo «eso, eso». Smiley mantuvo un silencio de mandarín. Pretorius, de la competencia, frunció el ceño apoyando aquellas palabras.

—Además llega en un momento embarazoso —añadió engoladamente Lacon—. Me refiero a la tesis, tu tesis en sí es... bueno, grave. Es muy difícil aceptarla. Es muy difícil afrontarla, George.

Tras asegurar así una vía de escape, Lacon hizo la comedia de pretender que quizá no hubiera una bomba debajo de la cama.

—Permitidme que resuma el resumen. ¿Puedo hacerlo? Hablando con franqueza, George. Un destacado ciudadano chino de Hong Kong es sospechoso de actividades de espionaje a favor de los rusos. ¿Ése es el meollo del asunto, no?

—Se sabe que recibe subvenciones rusas muy cuantiosas —le corrigió Smiley, mirándose las manos.

—De un fondo secreto dedicado a financiar agentes de penetración...

—Sí.

—¿*Solamente* para financiarlos? ¿O tiene otros usos ese fondo?

—Que nosotros sepamos, no ha tenido ningún otro uso —dijo Smiley en el mismo tono lapidario de antes.

—Como por ejemplo... propaganda... fomento extraoficial del comercio... comisiones, ese tipo de cosas... ¿no?

—Que nosotros sepamos, no —repitió Smiley.

—Sí, ¿pero hasta qué punto saben ellos? —dijo Wilbraham desde una posición inferior—. No han sabido gran cosa en el pasado, ¿no es cierto?

—¿Te das cuenta de lo que busco yo? —preguntó Lacon.

—Querríamos *muchísima* más confirmación —dijo, con una sonrisa alentadora, la dama colonial vestida de castaño eclesial.

—También nosotros —convino suavemente Smiley.

Una o dos cabezas se alzaron sorprendidas.

—Es para obtener confirmación para lo que pedimos autorizaciones y permisos —continuó Smiley.

Lacon recuperó la iniciativa.

—Se acepta tu tesis de momento. Un fondo encubierto para servicios secretos, todo más o menos como dices.

Smiley dio un asentimiento remoto.

—¿Hay algún indicio de que realice actividades subversivas en la Colonia?

—No.

Lacon miró sus notas. A Guillam se le ocurrió de pronto que había hecho muchos deberes.

—¿No está abogando, por ejemplo, por la retirada de sus reservas de esterlinas de Londres? Eso nos pondría en novecientos millones más de libras en números rojos...

—No, que sepamos.

—No nos dice que nos vayamos de la isla. ¿No está fomentando huelgas ni pidiendo la unión con el Continente ni agitando ante nuestras narices el maldito tratado?

—No, que sepamos.

—No es partidario de la igualdad social. No pide sindicatos eficaces ni voto libre ni salario mínimo ni enseñanza obligatoria ni igualdad racial ni un parlamento independiente para los chinos en vez de sus asambleas domesticadas, o comoquiera que se llamen...

—Legco y Exco — masculló Wilbraham —. Y no están domesticadas.

—No, no pide nada de eso — dijo Smiley.

—¿Qué *es* lo que hace, entonces? — interrumpió nervioso Wilbraham —. Nada. Ésa es la respuesta, lo han interpretado todo mal. Es todo un disparate.

—En realidad — continuó Lacon, como si no hubiera oído —, probablemente esté haciendo tanto por enriquecer la Colonia como cualquier otro hombre de negocios chino, rico y respetable. Tanto o tan poco. Cena con el gobernador, pero supongo que no se tiene noticia de que saquee el contenido de su caja fuerte. De hecho, a todos los efectos exteriores, es una especie de prototipo de Hong Kong: directivo del Jockey Club, realiza obras de caridad, es un pilar de la sociedad integrada, un hombre de éxito, benévolo, con la riqueza de Creso y una moral comercial de prostíbulo.

—¡Eso me parece un poco duro! — objetó Wilbraham —. Calma, Oliver. Recuerda las nuevas urbanizaciones.

De nuevo Lacon prosiguió sin hacer caso de él:

—Aunque le falte la Cruz de la Victoria, una pensión por invalidez de guerra y una baronía, es difícil, pues, imaginar un individuo menos adecuado para el acoso del servicio secreto británico o para que le reclute el servicio secreto ruso.

—En mi mundo, a eso le llamamos una buena cobertura — dijo Smiley.

—*Touché*, Oliver — dijo Enderby muy satisfecho.

—Sí, claro, todo es cobertura en estos tiempos — dijo lúgubremente Wilbraham, pero no liberó a Lacon del arpón.

Primer asalto para Smiley, pensó Guillam encantado, recordando la espantosa cena de Ascot: *Aserrán, aserrán, maderitas de San Juan,* canturreó para sí, con el reconocimiento debido a su anfitriona.

—¿Hammer? — dijo Enderby, y Hacienda tuvo una breve entrada en la que Smiley fue arrastrado sobre las brasas por sus cuentas financieras, pero sólo Hacienda parecía considerar relevante la transgresión de Smiley.

—Ése no es el objetivo por el que se os concedió un salvavidas secreto — seguía insistiendo Hammer con cólera galesa —. Eran sólo fondos postmortem...

—Bueno, bueno, así que George ha sido un chico travieso — interrumpió por fin Enderby, poniendo término al acoso —. ¿Ha tirado el dinero por el desagüe o ha logrado un triunfo barato? Ése es el asunto. Muy bien. Chris, le toca jugar al Imperio.

Estimulado por estas palabras, Wilbraham ocupó formalmente el estrado, respaldado por su dama de castaño eclesial y su ayudante pelirrojo, cuyo joven rostro lucía ya una expresión intrépida de apoyo a su jefe.

Wilbraham era uno de esos hombres que no se dan cuenta de cuánto tiempo dedican a pensar.

—Sí — empezó después de una era —. Sí. Sí, bueno, me gustaría mantenerme firme en lo del dinero, si pudiese, lo mismo que Lacon, para empezar.

Era ya evidente que consideraba la petición como una invasión de su territorio.

—Puesto que el dinero es todo lo que hemos conseguido para seguir — subrayó con intención, volviendo una página de su carpeta —: Sí.

Luego, siguió otra pausa interminable.

—Decís aquí que el dinero llegaba en principio de París a través de Vientiane. — Pausa —. Digamos que los rusos cambian luego de sistema, y que pasan a pagar a través de un canal completamente distinto. Digamos una línea de comunicación Hamburgo-Viena-Hong Kong. Complejidades interminables, subterfugios, todo eso... aceptaremos lo que decís... ¿de acuerdo? Digamos que es la misma cuantía con otro sombrero. De acuerdo. Ahora, veamos ¿por qué pensáis que lo hicieron?

Digamos, registró Guillam, que era muy sensible a los tics verbales.

—Es una práctica lógica variar de vez en cuando la rutina — replicó Smiley, repitiendo la explicación que ya había expuesto en el informe.

—*Cosa del oficio*, Chris — intercaló Enderby, al que complacía su poquito de jerga, y Martindale, aún *piano*, le lanzó una mirada de admiración.

Wilbraham empezó a revivir otra vez lentamente.

—Tenemos que guiarnos por lo que Ko *hace* — proclamó, con desconcertado fervor, golpeando con los nudillos en la mesa entapetada —. No por lo que *recibe*. Ése es mi argumento. Después de todo, en fin, no se trata del dinero del propio Ko, ¿verdad? Legalmente no tiene nada que ver con él.

Esta amonestación provocó un momento de desconcertado silencio.

—Página dos, arriba — continuó —. El dinero está todo en depósito.

Un rumor de hojas general como si todos, salvo Smiley y Guillam, abriesen sus carpetas.

—En fin, no sólo no se ha *gastado* ni un céntimo de ese dinero, lo cual ya resulta bastante raro de por sí (volveré en seguida sobre esto), sino que *no es dinero de Ko*. Es un depósito, y cuando aparezca el depositante, sea quien sea, el dinero será suyo. Hasta entonces, digamos que es dinero en depósito. Así que, bueno, *¿qué mal ha hecho Ko?* ¿Que abrió una cuenta en administración? No hay ninguna ley que lo prohíba. Es algo que se hace todos los días, sobre todo en Hong Kong. El *beneficiario* de la cuenta... bueno, ¡podría estar en cualquier sitio! En Moscú o en Tumbuctú. O...

Pareció incapaz de dar con un tercer lugar, así que se calló, para desazón de su ayudante pelirrojo que miraba ceñudo a Guillam, como desafiándole.

—La cuestión es: ¿Qué hay contra *Ko*?

Enderby tenía el palito de una cerilla en la boca y lo hacía girar entre los dientes. Consciente quizá de que su adversario había lanzado un buen golpe pero lo había lanzado mal (mientras que su especialidad personal solía ser lo contrario) lo sacó y contempló el extremo humedecido.

—¡Qué demonios es todo esto de las *huellas digitales*, George! — preguntó, quizás intentando deshinchar el éxito de Wilbraham —. Parece una cosa de Phillips Oppenheim.

*Cockney de Belgravia,* pensó Guillam: la última etapa del colapso lingüístico.

Las respuestas de Smiley contenían más o menos la misma emoción que un reloj parlante.

—El uso de huellas dactilares es una vieja práctica bancaria en la costa china. Data de la época del analfabetismo generalizado. Muchos chinos de ultramar prefieren utilizar bancos ingleses en vez de los suyos, y las características de esta cuenta no tienen nada de extraordinario. No se nombra al beneficiario, pero éste se identifica por medios visuales, como por ejemplo, la mitad de un billete roto, o en este caso la huella dactilar del pulgar izquierdo, basándose en el supuesto de que está menos gastada por el roce que la del derecho. Es muy improbable que el banco ponga mala cara, siempre que el que abra la cuenta haya asegurado a los depositarios contra cargos por pago accidental o equivocado.

—Gracias — dijo Enderby, e inició más sondeo con el palito de cerilla —. Supongo que podría ser el pulgar del *propio* Ko — sugirió —. Nada le impide hacerlo, ¿verdad? *Entonces* sería dinero suyo sin más. Si él es depositante y beneficiario al mismo tiempo, sin duda se trata de su propio dinero.

Para Guillam, el asunto había tomado ya un giro completamente ridículo y erróneo.

—Eso es pura suposición — dijo Wilbraham, tras el habitual silencio de dos minutos —. Supongamos que Ko está haciéndole un favor a un amigo. Supongámoslo por un momento. Y ese amigo se ha metido en un lío, digamos, o está haciendo negocios con los rusos en varios sectores. A los chinos *les encanta* conspirar. Dominar *todos* los trucos, hasta a los mejores les sucede eso. Ko no es distinto, estoy seguro.

El pelirrojo, hablando por vez primera, aventuró un apoyo directo.

—La petición se basa en una falacia — declaró audazmente, hablando más para Guillam que para Smiley. Puritano de sexto grado, pensó Guillam: Cree que el sexo debilita y que espiar es inmoral.

—*Vosotros* decís que Ko está en la nómina rusa — continuó el pelirrojo —. *Nosotros* decimos que eso no está demostrado. Decimos que el depósito *puede* contener dinero ruso, pero que Ko y el depósito son entidades diferenciadas.

Arrastrado por su indignación, el pelirrojo continuó, extendiéndose demasiado.

—Vosotros habláis de culpa. Mientras que *nosotros* decimos que Ko no ha hecho nada malo, de acuerdo con las leyes de Hong Kong y que debe disfrutar de los derechos que corresponden a un súbdito colonial.

Se elevaron varias voces a la vez. Ganó la de Lacon:

—Aquí nadie habla de culpabilidad — replicó —. La culpabilidad aquí no interviene para nada. De lo que hablamos es de seguridad, únicamente. De seguridad, y de si es deseable o no investigar una aparente amenaza.

El colega de Hacienda del galés Hammer era un sombrío escocés, según se hizo patente, con un estilo tan directo como el del puritano de sexto grado.

—Nadie pretende violar los derechos coloniales de Ko —masculló—. No tiene ninguno. No hay ninguna ley de Hong Kong que diga que el gobernador no puede abrir con vapor la correspondencia del señor Ko, controlar su teléfono, sobornar a su doncella o poner escuchas en su casa hasta el día del Juicio. Nada en absoluto. Hay algunas cosas más que el gobernador puede hacer, si lo considera adecuado.

—Es también especulación —dijo Enderby, con una mirada a Smiley—. El Circus no tiene servicios locales para esas travesuras y, en cualquier caso, dadas las circunstancias, sería peligroso.

—Sería escandaloso —dijo imprudentemente el muchacho pelirrojo, y el ojo de gourmet de Enderby, curtido por toda una vida de banquetes, se alzó hacia él y le anotó para un futuro tratamiento.

Y ésa fue la segunda escaramuza, que tampoco fue decisiva. Continuaron más o menos igual, debatiendo el asunto hasta el descanso del café, sin vencedor ni cadáver. Segundo asalto, empate, decidió Guillam. Se preguntó desanimado cuántos asaltos habría.

—¿Para qué sirve todo esto? —preguntó bajo el murmullo a Smiley—. No van a eliminar el problema hablando.

—Tienen que reducirlo a su propio tamaño —explicó sin reservas Smiley. Y, tras estas palabras, pareció refugiarse en un retraimiento oriental, del que ningún esfuerzo de Guillam le sacaría. Enderby pidió nuevos ceniceros. El subsecretario parlamentario dijo que tenían que intentar avanzar un poco.

—Pensemos lo que cuesta esto a los contribuyentes, el que estemos aquí sentados —urgió muy orgulloso.

Faltaban aún dos horas para la comida.

Enderby, iniciando el tercer asalto, pasó al peliagudo tema de si debía comunicarse al Gobierno de Hong Kong la información secreta relativa a Ko. Esto era pura picardía de Enderby, según Guillam, puesto que la posición de la oficina colonial fantasma (como denominaba Enderby a sus *confrères* de confección casera) aún seguía siendo que no había crisis alguna y, en consecuencia, nada que comunicar a nadie. Pero el honrado Wilbraham, sin ver la trampa, se metió en ella y dijo:

—¡Claro que hay que avisar a Hong Kong! Tienen autogobierno. No queda alternativa.

—¿Oliver? —dijo Enderby, con la calma del hombre que tiene buenas cartas.

Lacon alzó la vista, claramente irritado al ver que le arrastraban a campo abierto.

—¿Oliver? — repitió Enderby.

—Siento la tentación de contestar que es asunto de Smiley y la Colonia de Wilbraham y que deberíamos dejarles a ellos debatir el asunto — dijo, permaneciendo firme en la barrera.

Lo que dio paso a Smiley:

—Bueno, si fuese el gobernador y nadie más, yo no podría oponerme, claro — dijo —. Es decir, si no creéis que es demasiado para él — añadió dubitativamente, y Guillam vio que el pelirrojo se agitaba de nuevo.

—¿Por qué demonios iba a ser demasiado para el gobernador? — exclamó Wilbraham, sinceramente perplejo —. Un administrador experimentado, un hábil negociador. Capaz de salir adelante en cualquier situación. ¿Por qué iba a ser demasiado?

Esta vez fue Smiley quien hizo la pausa.

—Tendría que codificar y descodificar sus propios telegramas, por supuesto — musitó, como si en aquel momento estuviese abriéndose paso a través de las posibles implicaciones —. No podríamos permitirle que comunicase el asunto a su personal, naturalmente. Eso sería pedir demasiado a todos. Libros de clave personales... bueno, eso podemos solucionarlo, sin duda, podemos proporcionárselo. Podría resolver este problema en caso necesario. Está también la cuestión, supongo, de que el gobernador se vea forzado a la posición de *agent provocateur* si continúa recibiendo a Ko a nivel de relaciones sociales, lo cual deberá seguir haciendo, naturalmente. No podemos espantar la caza a estas alturas. ¿Le importaría eso a él? Puede que no. Algunas personas se lo toman con mucha naturalidad.

Miraba a Enderby al decir esto.

Wilbraham estaba ya protestando:

—Pero, por amor de Dios, hombre, si Ko fuese un espía ruso, y nosotros decimos que no lo es en modo alguno, y si el gobernador le convida a cenar, y de un modo perfectamente natural, en confianza, comete alguna pequeña indiscreción... bueno, me parece absolutamente injusto, podría destruir la carrera de ese hombre. ¡Y no digamos ya lo que podría significar para la Colonia. ¡*Hay que* decírselo!

Smiley parecía más soñoliento que nunca.

—Bueno, claro, si es propenso a las indiscreciones — murmuró mansamente — supongo que podríamos decir que no es persona adecuada para recibir esa información, en realidad.

En el gélido silencio, Enderby se sacó una vez más, perezosamente, el palito de cerilla de la boca.

—Sería terrible, verdad, Chris — dijo alegremente desde el fondo de la mesa a Wilbraham —, que Pekín despertase una mañana y recibiese la grata noticia de que el gobernador de Hong Kong, representante de la Reina y demás, jefe de las tropas, etcétera, se dedicaba a agasajar al espía jefe de Moscú en su propia mesa una vez al mes. Y que le daba una medalla por sus méritos. ¿Qué ha conseguido hasta ahora? ¿No es siquiera caballero, verdad?

—Una Orden del Imperio Británico — dijo alguien *sotto voce*.

—Pobre chico. Aun así, puede llegar a conseguirlo, supongo. Logrará subir, lo conseguirá, igual que todos nosotros.

Enderby era ya caballero, en realidad, mientras que Wilbraham estaba atrapado en el fondo del barril, debido a la creciente escasez de Colonias.

—No hay caso — dijo Wilbraham con firmeza, y posó una mano peluda sobre el sensacional informe que tenía ante sí.

Siguió un alboroto general, para el oído de Guillam un *intermezzo*, en el que por entendimiento tácito se permitió a los personajes secundarios intervenir con preguntas intrascendentes para que consiguiesen una mención en los minutos. El galés Hammer quiso dejar sentado *aquí y ahora* lo que pasaría con el medio millón de dólares de dinero reptil de Moscú Centro si por casualidad caía en manos inglesas. Advirtió que no podía ni plantearse siquiera el que fuese simplemente reciclado a través del Circus. Hacienda tendría derechos exclusivos sobre él. ¿Quedaba claro eso?

Quedaba claro, dijo Smiley.

Guillam empezó a divisar un abismo. Algunos daban por supuesto, aunque a regañadientes, que la investigación era un *fait accomplit*; y otros seguían luchando en una acción de retaguardia contra su desarrollo. Hammer, advirtió Guillam para su sorpresa, parecía aceptar la investigación.

Una cadena de preguntas sobre residencias «legales» e «ilegales», aunque tediosa, sirvió para estimular el temor a una amenaza roja. Luff, el parlamentario, quiso que le explicasen la diferencia. Así lo hizo Smiley, pacientemente. Un residente «oficial» o «legal», dijo, era un funcionario del servicio secreto que vivía bajo protección oficial o semioficial. Dado que el Gobierno de Hong Kong, por deferencia a los recelos de Pekín respecto a Rusia, había considerado oportuno eliminar toda forma de representación soviética en la Colonia (Embajada, Consulado, Tass, Radio Moscú, Novosti, Aeroflot, Intourist y las demás banderas de conveniencia bajo las que navegan tradicionalmente los legales), de ello se deducía por definición que cualquier actividad soviética en la Colonia tenía que realizarla un aparato ilegal, o extraoficial.

Era esta presunción la que había encauzado los esfuerzos de los investigadores del Circus hacia el descubrimiento de la vía dineraria sustituta, dijo, evitando el término «vcta dc oro», de la jerga profesional.

—Ah, bueno, entonces en realidad hemos obligado a los rusos a hacerlo — dijo Luff muy satisfecho —. Sólo podemos echarnos la culpa a nosotros mismos. Fastidiamos a los rusos y ellos contestan. En fin, ¿a quién puede sorprenderle? Es el *último* lío del gobierno que arreglamos. No nos corresponde a nosotros en absoluto. Si provocamos a los rusos, recibimos lo que merecemos. Natural. Estamos cosechando tempestades, como siempre.

—¿Qué han hecho los rusos en Hong Kong *antes* de esto? — preguntó un chico inteligente de la trastienda del Ministerio del Interior.

Los colonialistas revivieron de inmediato. Wilbraham empezó a hojear febrilmente una carpeta, pero al ver que su ayudante pelirrojo tiraba de la correa, murmuró:

—Eso ya lo harás luego, John, ¿entendido? Bien — añadió y se retropó, con expresión furiosa. La dama de castaño sonrió nostálgica al deshilachado tapete de la mesa, como si se acordara de cuando estaba nuevo. El puritano de sexto grado hizo su segunda salida desastrosa:

—Consideramos los precedentes de este caso muy iluminadores en realidad — empezó agresivamente —. Las anteriores tentativas de Moscú Centro de lograr un punto de apoyo en la Colonia han sido todas y cada una, sin excepción, fallidas y sumamente torpes.

Enumeró una serie de aburridos ejemplos:

—Hace cinco años — dijo — un falso archimandrita ortodoxo ruso voló de París a Hong Kong con el propósito de establecer lazos con los restos de la comunidad rusa blanca.

»Este caballero, intentó presionar a un anciano restaurador para que se pusiera al servicio de Moscú Centro y fue detenido en seguida. Más recientemente, hemos tenido casos de marineros que desembarcaban de cargueros rusos que habían hecho escala en Hong Kong para reparaciones. Habían hecho torpes tentativas de sobornar a estibadores y trabajadores portuarios a los que consideraban de tendencia izquierdista. Fueron detenidos, interrogados y zarandeados por la Prensa; y se les obligó a permanecer en su barco durante el resto de la estancia de éste en la isla.

Dio otros ejemplos igualmente insustanciales, todos estaban ya adormilados, esperando la última vuelta:

—Nuestra política ha sido exactamente la misma en todas las ocasiones. Nada más capturarlos, los culpables son puestos en la piqueta pública. ¿Fotógrafos de Prensa? Pueden sacar las fotos que gusten, caballeros. ¿Televisión? Preparen sus cámaras. ¿Resultado? Pekín nos da una amable palmadita en la espalda por contener el expansionismo imperialista soviético.

Totalmente dominado por la emoción, halló fuerzas para dirigirse directamente a Smiley:

—Ya puedes ver, respecto a tus redes de ilegales, que en realidad las descartamos todas. Legales, ilegales, oficiales y extraoficiales, nos da igual. Nuestro punto de vista es: ¡El Circus está haciendo una petición especial con objeto de meter la nariz de nuevo en la meta!

Cuando abría la boca para emitir una respuesta adecuada, Guillam sintió un toque moderador en el codo y volvió a cerrarla.

Hubo un largo silencio, durante el cual Wilbraham parecía más embarazado que nadie.

—A mí eso me parece humo, más que nada, Chris — dijo secamente Enderby.

—¿Qué quiere decir? — preguntó nervioso Wilbraham.

—Sólo quiero contestar a lo que ha explicado por ti tu ayudante, Chris. Humo. Engaño. Los rusos esgrimen su sable donde puedas verlos, y mientras tienes la cabeza vuelta hacia donde no pasa nada, ellos realizan el trabajo sucio por el otro lado de la isla. Es decir, el hermano Ko. ¿No es así, George?

—Bueno, sí, ése es nuestro punto de vista — admitió Smiley —. E imagino que *debería* recordar (en realidad está en la petición) que el propio Haydon insistía siempre mucho en que los rusos no tenían nada en marcha en Hong Kong.

—La comida — anunció Martindale sin gran optimismo.

Comieron arriba, sombríamente, en bandejas de plástico traídas en furgoneta. Los compartimentos de las bandejas tenían unas divisiones tan bajas que a Guillam las natillas se le mezclaron con la carne.

Refrescado con esto, Smiley se sirvió del torpor de sobremesa para despertar lo que Lacon había denominado el factor pánico. Buscó, más concretamente, afianzar en los reunidos una sensación de lógica detrás de la presencia soviética en Hong Kong, aun en el caso, dijo, de que Ko no sirviera de ejemplo.

Hong Kong, el mayor puerto de la China continental, manejaba el cuarenta por ciento de su comercio exterior.

Se calculaba que uno de cada cinco residentes de Hong Kong viajaban legalmente a China todos los años: aunque sin duda los viajeros que lo hacían más veces eran los que elevaban este promedio.

La China roja mantenía en Hong Kong, *sub rosa*, pero con la plena connivencia de las autoridades, equipos de negociadores, economistas y técnicos de primera fila para controlar los intereses de Pekín en el comercio, los fletes y el desarrollo; y todos ellos constituían un objetivo lógico de los servicios secretos, para «seducción, u otras formas de persuasión secreta», según sus propias palabras.

Las flotas de juncos y de barcos pesqueros de Hong Kong gozaban de matriculación doble en Hong Kong y en la costa china y cruzaban libremente las aguas chinas en uno y otro sentido...

Enderby interrumpió mascullando una pregunta de apoyo:

—Ko es propietario de una flota de juncos. ¿No dijiste antes que era uno de los últimos bravos?

—Sí, sí la tiene.

—¿Pero él no visita personalmente el Continente?

—No, jamás. Por lo que sabemos, va su ayudante, pero Ko no.

—¿Ayudante?

—Tiene una especie de administrador llamado Tiu. Llevan juntos veinte años. Más. Comparten un pasado común. Hakkas, Shanghai y demás. Tiu es testaferro suyo en varias empresas.

—¿Y Tiu va al Continente con regularidad?

—Por lo menos una vez al año.

—¿A todas partes?

—Tenemos referencia de Cantón, Pekín, Shanghai. Pero puede haber otros lugares de los que no tengamos referencia.

—Pero Ko se queda en casa. Curioso.

No habiendo más preguntas ni comentarios sobre este aspecto, Smiley resumió su recorrido por los encantos de Hong Kong como base de espionaje. Hong Kong era único, afirmó simplemente. No había otro lugar en la tierra que ofreciese una décima parte de las facilidades que ofrecía Hong Kong para poner un pie en China.

—¡*Facilidades!* — repitió Wilbraham —. Tentaciones, mejor.

Smiley se encogió de hombros.

—Si lo prefieres, tentaciones — aceptó —. El servicio secreto soviético no tiene fama de resistirlas.

Y en medio de algunas risas perspicaces, continuó explicando lo que se sabía de las maniobras de Moscú Centro hasta el presente contra el objetivo chino como un todo: un resumen conjunto de Connie y di Salis. Describió los intentos de Moscú de atacar por el norte, mediante la infiltración y el reclutamiento masivos de sus propias etnias chinas. Fallidos, dijo. Describió una inmensa red de puestos de alistamiento a lo largo de los casi siete mil kilómetros de frontera terrestre chino-soviética: improductivos, dijo, puesto que el resultado era militar mientras que la amenaza era política. Explicó los rumores de aproximaciones soviéticas a Formosa, proponiendo hacer causa común contra la amenaza china mediante operaciones conjuntas y de participación en beneficios: rechazadas, dijo, y destinadas, probablemente, a ofender, a irritar a Pekín; por tanto, no debían considerarse en serio. Citó ejemplos de la utilización por parte de los rusos de buscadores de talentos entre las comunidades chinas de Londres, Amsterdam, Vancouver y San Francisco, y mencionó las veladas propuestas de Moscú Centro a los primos unos años atrás para la creación de un «fondo común de informaciones secretas» a disposición de todos los enemigos comunes de China. Infructuosas, dijo. Los primos no aceptaron. Por último, aludió a la larga historia de operaciones de acoso y soborno descarado de Moscú Centro contra funcionarios de Pekín en puestos en el exterior: resultado indefinido, dijo.

Una vez expuesto todo esto, se retrepó en su asiento y reformuló la tesis que estaba provocando todo el problema.

—Tarde o temprano — repitió —, Moscú Centro tiene que llegar a Hong Kong.

Lo que les remitió de nuevo a Ko, y a Roddy Martindale, que bajo la mirada de águila de Enderby, protagonizó el siguiente lance de armas auténtico.

—Bueno, ¿para qué creéis vosotros, George, que es el dinero? En fin, hemos oído todas las cosas para las que no es, y nos hemos enterado de que no se está gastando. Pero no sabemos nada más, ¿verdad? No sabemos nada, según parece. Es la misma pregunta de siempre: ¿Cómo se gana el dinero, cómo se gasta, qué debemos *hacer*?

—Eso son tres preguntas — dijo cruelmente Enderby entre dientes.

—Es precisamente *porque* no sabemos — dijo Smiley impasible — por lo que estamos pidiendo permiso para investigar.

—¿Medio millón es mucho? — preguntó alguien desde los bancos de Hacienda.

—Según mi experiencia — dijo Smiley — es algo sin precedentes. Moscú Centro —evitaba obligadamente *Karla* — se resiste siempre a comprar la lealtad. Y el comprarla a esta escala es algo insólito en ellos.

—Pero, ¿la lealtad de quién están comprando? — se quejó alguien.

Martindale, el gladiador, volvió a la carga:

—No nos lo dices todo, George. Estoy seguro. Sabes más, no me cabe la menor duda. Vamos, infórmanos. No seas evasivo.

—Sí, ¿no puedes explicarnos algunas cosas? — dijo Lacon, quejumbroso también.

—Seguro que puedes bajar la guardia un *poco* — suplicó Hammer.

Ni siquiera este ataque a tres bandas hizo vacilar a Smiley. El factor pánico rendía sus frutos al fin. Lo había disparado el propio Smiley. Apelaban a él como pacientes asustados pidiendo un diagnóstico. Y Smiley se negaba a facilitarlo, basándose en la falta de datos.

—En realidad, lo único que puedo hacer es daros los datos tal como están. En esta etapa, no me sería nada útil especular en voz alta.

Por primera vez desde que empezó la reunión, la dama colonial de castaño abrió la boca para hacer una pregunta:

Tenía una voz inteligente y melodiosa:

—Respecto a la cuestión de precedentes, señor Smiley — Smiley inclinó la cabeza en una extraña reverencia —. ¿Hay precedentes de que los rusos hayan entregado dinero secreto a un depositario? En otros lugares, por ejemplo...

Smiley no contestó de inmediato. Sentado sólo a unos centímetros de él, Guillam juró que percibía una tensión súbita, como un borbotón de energía, recorriendo a su vecino. Pero cuando miró su impasible perfil, sólo vio en su jefe una somnolencia que se intensificaba y una ligera inclinación de los cansados párpados.

—Se han dado algunos casos de los que nosotros llamamos *pensiones de divorcio* — admitió al fin.

—¿*Pensiones de divorcio*, señor Smiley? — repitió la dama colonial, mientras su compañero pelirrojo acentuaba el ceño, como si el divorcio fuese también algo que él desaprobaba.

Smiley avanzaba por este camino con sumo cuidado.

—Hay, claro está, agentes que trabajan en países hostiles, hostiles desde el punto de vista soviético, que por razones de cobertura no pueden disfrutar de su paga mientras desempeñan su misión.

La dama de castaño afirmó con un delicado ademán indicando que entendía.

—La práctica normal en tales casos —continuó Smiley— es depositar el dinero en Moscú y ponerlo a disposición del agente cuando éste tiene libertad para gastarlo. O ponerlo en manos de las personas a su cargo...

—Si él cae en el cepo —dijo Martindale con satisfacción.

—Pero Hong Kong no es Moscú —le recordó con una sonrisa la dama colonial.

Smiley casi había hecho un alto.

—En casos raros en los que el incentivo es monetario, y el agente no desea en realidad un posible reasentamiento en Rusia, se sabe que Moscú Centro, si media una presión externa, hace algo parecido, por ejemplo en Suiza.

—¿Pero no en Hong Kong? —insistió ella.

—No. Nunca. Y resulta inconcebible, por los antecedentes, que Moscú considerase la posibilidad de una pensión de esta escala. Sería sin duda un incentivo para que el agente se retirase del terreno.

Hubo risas, pero cuando se apagaron, la dama de castaño tenía lista la siguiente pregunta.

—Pero los pagos empezaron a una escala modesta —insistió amablemente—. El incentivo es sólo de fecha relativamente reciente...

—Correcto —dijo Smiley.

Demasiado correcto, pensó Guillam, que empezaba a alarmarse.

—Señor Smiley, si el dividendo fuese de bastante valor para ellos, ¿cree usted que los rusos estarían dispuestos a tragarse sus objeciones y a pagar un precio así? Después de todo, en términos absolutos, el dinero es totalmente intrascendente respecto al valor de una ventaja notable en el campo del espionaje.

Smiley sencillamente se había inmovilizado. No hacía ningún gesto concreto. Se mantenía cortés; logró incluso una sonrisilla, pero se limitaba a poner punto final a las conjeturas. Correspondió a Enderby descartar las preguntas.

—Bueno, muchachos, si no nos controlamos, nos pasaremos todo el día teorizando —exclamó, mirando el reloj—. Veamos, ¿vamos a meter en esto a los norteamericanos, Chris? Si no vamos a contárselo al gobernador, ¿se lo decimos a nuestros galantes aliados?

George se salvó por la campanilla, pensó Guillam.

Ante la mención de los primos, Wilbraham se lanzó como un toro furioso. Guillam supuso que había percibido que acechaba la cuestión, y que decidió liquidarla de inmediato en cuanto asomase la cabeza.

—Lo siento, vetado —masculló, prescindiendo de su parsimonia habitual—. Absolutamente. Por una infinidad de razones. Una de ellas, la demarcación. Hong Kong es territorio nuestro. Allí no tienen derecho de pesca los norteamericanos. Ninguno. Además, Ko es súbdito británico, y tiene derecho a que nosotros le protejamos. Supongo que esto es anticuado. No me importa mucho, sinceramente. Los norteamericanos se lanzarían por la borda. Ya lo han hecho antes. Dios sabe dónde acabaría el asunto. Tercero: cuestión de protocolo.

Esto lo decía irónicamente. Intentaba apelar a los instintos de un ex embajador, con la intención de despertar su simpatía.

—Sólo una pequeña cuestión, Enderby. Decírselo a los norteamericanos y no decírselo al gobernador... si yo fuese el gobernador, y se me pusiese en esa situación, devolvería la placa. Eso es todo lo que puedo decir. Tú también lo harías. Sé que lo harías. Tú lo sabes. Yo lo sé.

—Suponiendo que lo descubrieses —le corrigió Enderby.

—No te preocupes. Lo descubriría. Para empezar, los tendría de diez en fondo rastreando su casa con micrófonos. Les dejamos entrar en uno o dos sitios de África. Desastroso. Desastre total.

Apoyó los antebrazos en la mesa, uno sobre el otro, y les miró furioso.

Un carraspeo vehemente como el rumor de un motor fueraborda proclamó un fallo en una de las pantallas acústicas electrónicas. Quedó bloqueada, se normalizó y volvió a bloquearse otra vez.

—Tendría que ser un individuo muy listo el que te engañase en eso, Chris —murmuró Enderby, con una amplia sonrisa admirativa, en el tenso silencio.

—Aprobado —masculló Lacon de pronto.

Ellos saben, pensó sencillamente Guillam. George les ha igualado. Saben que ha hecho un trato con Martello y saben que no lo dirá porque está decidido a mentir. Pero Guillam no veía nada a las claras aquel día. Mientras las camarillas de Hacienda y de Defensa coincidían cautamente en lo que parecía ser un tema claro («mantener a los norteamericanos al margen») el propio Smiley parecía misteriosamente contrario a pisar la línea.

—Pero subsiste el dolor de cabeza de lo que se va a hacer en concreto con los datos secretos — dijo —. Si decidís que el servicio que propongo no procede, quiero decir — añadió dubitativo, a la confusión general.

Guillam sintió alivio al descubrir que Enderby estaba igualmente desconcertado:

—¿Qué demonio quiere decir eso? — exigió, uniéndose por un momento a la jauría.

—Ko tiene intereses financieros en todo el Sudeste de Asia — les recordó Smiley —. Página uno de mi solicitud.

Actividad; rumor de papeles.

—Tenemos información, por ejemplo — continuó — de que controla, a través de intermediarios y testaferros, cosas tan diversas como una red de bares nocturnos en Saigón, una empresa aeronáutica con sede en Vientiane, un sector de una flota de petroleros en Tailandia... podría considerarse que varias de estas empresas tienen aspectos políticos que corresponden *claramente* a la esfera de influencia norteamericana. Y para ignorar nuestras obligaciones para con ellos debería disponer de una orden escrita de ustedes según los acuerdos bilaterales existentes.

—Continúa — ordenó Enderby, y sacó una cerilla nueva de la caja que tenía ante sí.

—Bueno, creo que ya he expuesto mi punto de vista, gracias — dijo cortésmente Smiley —. En realidad es muy simple. Suponiendo que no procedamos, lo cual, según me dice Lacon, es lo más probable hoy, ¿qué debo hacer yo? ¿Tirar estos datos a la papelera? ¿O pasárselos a nuestros aliados según los acuerdos vigentes?

—Aliados — exclamó Wilbraham con amargura —. ¿Aliados? ¡Estás poniéndonos una pistola en la sien, hombre!

La férrea respuesta de Smiley resultó más sorprendente por la pasividad que la había precedido.

—Yo tengo una instrucción vigente de este comité de recomponer nuestro contacto con los norteamericanos. Está escrito en mi célula de nombramiento, por ustedes mismos, que tengo que hacer todo lo posible por fomentar esa relación especial y resucitar el espíritu de mutua confianza que existía antes de... Haydon. «Que volvamos a recuperar el puesto en la *mesa rectora*», dijeron ustedes...

Miraba directamente a Enderby.

—*Mesa rectora* — repitió alguien, una voz absolutamente nueva —. El ara de los sacrificios, diría yo. Ya quemamos el Oriente Medio y la mitad de África en ella, todo por la relación especial.

Pero parecía que Smiley no oyera. Había vuelto a su actitud de renuencia lastimera. A veces su triste rostro expresaba que las cargas de su oficio eran sencillamente excesivas para poder soportarlas.

Se aposentó luego un renovado impulso de enfurruñamiento de sobremesa. Alguien se quejó del humo del tabaco. Se llamó a un ordenanza.

—¿Qué demonios pasa con los extractores? — preguntó Enderby irritado —. Estamos asfixiándonos.

—Son las piezas — dijo el ordenanza —. Las pedimos hace meses, señor. Antes de Navidades las pedimos, señor, casi hace un año, ahora que lo pienso. Aún no se puede protestar por el retraso. ¿Verdad, señor?

—Dios santo — dijo Enderby.

Se pidió té. Llegó en vasos de papel que gotearon sobre el tapete. Guillam entregaba sus pensamientos al talle sin par de Molly Meakin.

Eran casi las cuatro cuando Lacon desfiló desdeñoso ante los ejércitos e invitó a Smiley a exponer «qué es exactamente lo que pides en términos prácticos, George. Pongámoslo todo sobre la mesa e intentemos hallar una respuesta».

El entusiasmo habría sido fatal. Al parecer, Smiley así lo comprendió.

—Primero, necesitamos derechos y permisos para operar en el escenario del Sudeste asiático... eso es indiscutible. Para que el gobernador pueda lavarse las manos respecto a nosotros — una mirada al subsecretario parlamentario — y para que puedan hacerlo también aquí nuestros propios jefes. Segundo, realizar ciertas investigaciones aquí, en este país.

Algunos alzaron la cabeza. El Ministerio del Interior se puso nervioso de inmediato. ¿Por qué? ¿Quién? ¿Cómo? ¿Qué investigaciones? Si se tratase de algo nacional tendría que ir a la competencia. Pretorius, del servicio de seguridad, estaba ya sobre ascuas.

—Ko estudió Derecho en Londres — insistió Smiley —. Tiene contactos aquí, sociales y de negocios. Es lógico que los investiguemos.

Miró a Pretorius y luego continuó:

—Enseñaríamos a la competencia lo que descubriésemos — prometió.

Luego, reanudó su exposición:

—Respecto al dinero, mi solicitud incluye una exposición detallada y completa de lo que necesitamos de inmediato, así como cálculos suplementarios de varias posibles contingencias. Por último, solicitamos permiso, tanto a nivel local como a nivel Whitehall, para abrir de nuevo nuestra residencia de Hong Kong, como base avanzada de la operación.

Un pétreo silencio recibió la última propuesta, y a ello contribuyó el desconcierto del propio Guillam. Que Guillam supiera, en ninguna parte, en ninguna de las discusiones preparatorias en el Circus, o con Lacon, había planteado nadie, ni siquiera el propio Smiley, la cuestión de la reapertura de High Haven o de buscarle sucesor. Se alzó un nuevo clamor.

—Si eso no es posible —concluyó, por encima de las protestas—, si no podemos tener residencia propia, pedimos, como mínimo, aprobación a ciegas para controlar a nuestros agentes extraoficiales en la Colonia. Ningún conocimiento de las autoridades locales, pero aprobación y protección de Londres. Y que se legitimicen retrospectivamente las fuentes que existan. Por escrito —concluyó, con una firme mirada a Lacon, tras lo cual se puso de pie.

Guillam y Smiley se sentaron lúgubremente, en la sala de espera, en el mismo banco salmón donde habían empezado, codo con codo, como pasajeros que viajan en la misma dirección.

—¿Por qué? —murmuró una vez Guillam; pero hacerle preguntas a George Smiley no sólo era de mal gusto aquel día; era un pasatiempo expresamente prohibido por el letrero de aviso que colgaba sobre ellos en la pared.

Es la forma más estúpida de estropear una jugada, pensaba con desánimo Guillam. Lo has tirado todo por la borda, pensaba. Pobre tonto: al final se pasó de la raya. La única operación que podría ponernos de nuevo en juego. Codicia, eso fue. La codicia de un viejo espía que tiene prisa. Seguiré con él, pensaba Guillam. Me hundiré con el barco. Abriremos los dos una granja avícola. Molly podrá llevar las cuentas y Ann podrá tener aventuras bucólicas con los peones.

—¿Cómo te sientes? —preguntó.

—No es cuestión de sentimiento —contestó Smiley.

Muchísimas gracias, pensó Guillam.

Los minutos llegaron a veinte, Smiley no se había movido. Tenía la barbilla caída sobre el pecho, los ojos cerrados y podría parecer que estuviese rezando.

—Quizá debieras tomarte una tarde libre —dijo Guillam.

Smiley se limitó a fruncir el ceño.

Apareció un ordenanza, invitándoles a volver. Lacon presidía ahora la mesa y sus ademanes eran introductorios. Enderby estaba sentado a dos asientos de él, conversando en murmullos con el galés Hammer. Pretorius estaba sombrío como nube tormentosa y su dama sin nombre fruncía los labios en un inconsciente beso reprobatorio. Lacon hizo crujir sus notas pidiendo silencio y, como un juez quisquilloso, empezó a leer las detalladas conclusiones del comité antes de pronunciar el veredicto. Hacienda había expuesto una seria protesta sobre el mal uso de la cuenta administrativa de Smiley. Smiley debía tener en cuenta también que cualquier necesidad de permisos para actuar dentro del ámbito nacional debía solicitarse por anticipado al Servicio de Seguridad y no «saltar sobre ellos como un conejo que brota de un sombrero en una sesión de gala del comité». No había ninguna posibilidad de abrir de nuevo la residencia de Hong Kong. Ese paso era imposible, simplemente por el problema del tiempo. En realidad, era una propuesta sencillamente vergonzosa, vino a decir. Había una cuestión de principios, habrían de realizarse consultas al más alto nivel, y, dado que Smiley se había manifestado específicamente contrario a que se informase al gobernador de sus hallazgos (Lacon se quitó el sombrero aquí para Wilbraham) resultaría durísimo defender la reapertura de la residencia en un futuro previsible, teniendo en cuenta, sobre todo, la desdichada publicidad que había rodeado la evacuación de High Haven.

—Debo aceptar esa propuesta muy a mi pesar —dijo Smiley muy serio.

Por amor de Dios, pensó Guillam: ¡por lo menos caigamos luchando!

—Acéptalo como quieras — dijo Enderby, y Guillam habría jurado que había visto un brillo de triunfo en los ojos de Enderby y del galés Hammer.

Cabrones, pensó simplemente. No tendréis pollos gratis. Mentalmente, se despedía de todos ellos.

—Todo lo demás — dijo Lacon, posando una cuartilla y cogiendo otra —, con ciertas condiciones limitadoras y ciertas salvaguardias respecto a conveniencia, dinero y duración de la licencia, se concede.

*   *   *

El parque estaba vacío. Los viajeros abonados menores habían dejado el campo a los profesionales. Había unos cuantos amantes tendidos en la hierba húmeda, como soldados después del combate. Un puñado de flamencos dormitaban. Al lado de Guillam, mientras éste seguía eufóricamente en la estela de Smiley, Roddy Martindale entonaba alabanzas a Smiley.

—Creo que George es sencillamente maravilloso. Indestructible. Y el *control*. Es algo que me entusiasma. Es mi cualidad humana favorita. George lo tiene a paladas. Uno cambia de punto de vista sobre estas cosas cuando le traducen. Uno se pone al nivel de ellas, lo admito. ¿Tu padre era arabista, verdad?

—Sí — dijo Guillam, pensando de nuevo en Molly, preguntándose si aún sería posible cenar.

—Y terriblemente *Almanach de Gotha*. Pero, ¿era un especialista a.C. o un especialista d.C.?

Cuando Guillam estaba a punto de dar una respuesta absolutamente obscena, se dio cuenta, justo a tiempo, de que Martindale preguntaba por algo tan inofensivo como las preferencias eruditas de su padre.

—¡Oh, a.C.! ... a.C. completo — dijo —. Habría llegado hasta el Edén si hubiese podido.

—Ven a cenar.

—Gracias.

—Fijaremos una fecha. ¿Quién es *divertido*, para variar? ¿Quién te agrada?

Delante de ellos, flotando en el aire impregnado de rocío, oyeron la aspera voz de Enderby que aplaudía la victoria de Smiley.

—Una reunión *bárbara*. Se ha conseguido muchísimo. No se ha cedido en nada. Una mano *bien* jugada. Creo que si se encaja ésta casi podremos hacer una ampliación. Y los primos cooperarán, ¿verdad? — gritaba, como si aún estuviesen en la sala de seguridad —. ¿Has tanteado allí? ¿Te llevarán las maletas y no intentarán apuntarse el tanto? Un asunto difícil ése, me parece a mí, pero supongo que ya estás al tanto de ello. Dile a Martello que lleve los zapatos de *crêpe*, si tiene, o nos meteremos en líos con los coloniales en seguida. Da pena el viejo Wilbraham. Habría gobernado la India bastante bien.

Tras de ellos de nuevo, casi invisible entre los árboles, el pequeño Welsh Hammer hacía enérgicos gestos a Lacon, que se inclinaba para oírle.

Una linda conspiracioncita también, pensó Guillam. Miró hacia atrás y le sorprendió ver a Fawn, la niñera, corriendo hacia ellos. Al principio, parecía muy lejos. Las franjas de niebla borraban totalmente sus piernas. Sólo la parte superior de él se divisaba por encima del mar. Luego súbitamente, estaba mucho más cerca, y Guillam oyó su familiar rebuzno lastimero, «señor, señor», con el que intentaba captar la atención de Smiley. Situando rápidamente a Martindale fuera del ámbito auditivo, Guillam se acercó a zancadas a él.

—¿Qué demonios pasa? ¿Por qué gritas así?

—¡Han encontrado a una chica! La señorita Sachs, señor, ella me envió a decírselo como algo especial — sus ojos brillaban de modo intenso y un tanto alucinado —. «Dígale al jefe que han encontrado a la chica.» Esas fueron sus palabras, personal para el jefe.

—¿Quieres decir que ella te *envió* aquí?

—Personal para el jefe, inmediato — replicó evasivamente Fawn.

—He preguntado si te envió ella aquí — Guillam echaba chispas —. Contesta «no, señor, no fue ella». ¡Condenada diva de opereta, recorriendo Londres a la carrera con esos playeros! Estás chiflado.

Y arrebatándole de la mano la arrugada nota, la leyó por encima.

—Ni siquiera es el mismo nombre. Esto es un disparate histérico. Vuelve inmediatamente a tu cueva, ¿entendido? Ya prestará atención el jefe a esto cuando vuelva. No te atrevas a armar un alboroto así nunca más.

—¿Quién era? — preguntó Martindale, anhelante y emocionado, cuando regresó Guillam —. ¡Qué encantadora criaturilla! ¿Todos los espías son tan majos como ése? Es absolutamente veneciano. Yo me apuntaría voluntario ahora mismo.

Aquella misma noche, se celebró una conferencia informal en la sala de juegos, cuya calidad no mejoró la euforia (alcohólica en el caso de Connie) aportada por el triunfo de Smiley en la conferencia con el comité de dirección. Después de las limitaciones y tensiones de los últimos meses, Connie atacó en todas direcciones. ¡La chica! ¡La chica era la clave! Connie se había desprendido de todas sus ataduras intelectuales. Hay que mandar a Toby a Hong Kong, hay que protegerla, fotografiarla, seguirla, registrar su habitación. ¡Que venga Sam Collins, *ya*! Di Salis jugueteaba, sonreía bobaliconamente, resoplaba en su pipa y zangoloteaba los pies, pero durante aquella velada permaneció por completo bajo el hechizo de Connie. Habló incluso una vez de «una línea natural al corazón de las cosas»... refiriéndose de nuevo a la chica misteriosa. No era extraño que el pequeño Fawn se hubiese visto contagiado por su celo. Guillam se sentía casi obligado a pedir disculpas por su furia del parque. En realidad, sin Smiley y Guillam para echar el freno, muy bien podría haberse producido aquella noche un acto de locura colectiva que Dios sabe adónde podría haberles llevado. El mundo secreto tiene sobrados precedentes de individuos cuerdos que se desmoronan de ese modo, pero era la primera vez que Guillam había visto la enfermedad en plena acción.

Eran pues las diez o más cuando pudo enviarse un informe al viejo Craw; y hasta las diez y media no se tropezó Guillam torpemente con Molly Meakin cuando iba camino del ascensor. A causa de esta feliz coincidencia (¿o lo habría planeado Molly? Nunca lo supo) se encendió un faro en la vida de Peter Guillam que brilló intensamente a partir de entonces. Molly, con su aquiescencia habitual, consintió en que la acompañase a casa, aunque vivía en Highgate, a kilómetros de él, y cuando llegaron a la puerta le invitó, como siempre, a tomar un café rápido. En previsión de las frustraciones habituales («No-Pete-por favor-Peter-*querido*-lo siento»), Guillam estuvo a punto de rechazar la invitación, pero algo que percibió en la mirada de ella (una resolución sosegada y firme, le pareció a él) le movió a cambiar de idea. Una vez en el piso, Molly cerró la puerta y echó la cadena. Luego, le condujo recatadamente a su dormitorio, donde le asombró con una concupiscencia refinada y gozosa.

# 9

# EL BARQUITO DE CRAW

Cuarenta y ocho horas después en Hong Kong, domingo por la noche. Craw caminaba cuidadosamente por la calleja. La oscuridad había surgido pronto con la niebla, pero las casas estaban demasiado próximas unas a otras para dejarla entrar, así que colgaba unas cuantas plantas más arriba, con la colada y los cables, escupiendo gotas de lluvia calientes y contaminadas que alzaban aromas de naranja en los puestos de comida y picoteaban el ala del sombrero de paja de Craw. Allí estaba en China, a nivel del mar, la China que él más amaba, y China velaba para el festival de la noche: cantando, graznando, gimiendo, golpeando gongs, comprando, vendiendo, cocinando, tocando pequeñas melodías con veinte instrumentos distintos o mirando inmóvil desde los portales lo delicadamente que aquel diablo extranjero de extraño aspecto se abría camino entre ellos. A Craw le encantaba todo esto, pero lo que más tiernamente amaba eran sus *barquitos,* como llamaban los chinos a sus soplones y de ellos, la señorita Phoebe Wayfarer, a la que iba a visitar en aquel momento, era un ejemplo clásico, aunque modesto.

Aspiró el aire, saboreando los placeres familiares. El Oriente nunca le había decepcionado. «Nosotros les colonizamos, señorías, nosotros les corrompemos, les explotamos, les bombardeamos, saqueamos sus ciudades, ignoramos su cultura y les confundimos con la infinita variedad de nuestras sectas religiosas. Resultamos abominables no sólo a sus ojos, monseñores, sino también para sus narices: el hedor de los ojirredondos es algo horrible para ellos y nosotros somos aún demasiado torpes para saberlo. Sin embargo, cuando hemos llegado a nuestro peor extremo, y más allá incluso, hijos míos, apenas si hemos rascado la superficie de la sonrisa asiática.»

Otros ojirredondos quizá no hubiesen estado allí tan gustosamente solos. La mafia del Pico no habría admitido que aquello existía. Las fortificadas esposas inglesas en sus barrios ghettos del Gobierno, en Happy Valley, habrían hallado allí todo cuanto más odiaban de su situación. No era una parte mala de la ciudad, pero tampoco era Europa: la Europa de Central y de Pedder Street a menos de un kilómetro de distancia, de puertas eléctricas que suspiraban por ti cuando te admitían al aire acondicionado. Otros ojirredondos, en su recelo, podrían haber lanzado involuntarias miradas curiosas, y eso era peligroso. En Shanghai, Craw había sabido de la muerte de más de un hombre por una mala mirada involuntaria. Pero la mirada y la expresión de Craw siempre eran amables, se mostraba respetuoso, era modesto en su actitud, y cuando se detenía para hacer una compra, saludaba con deferencia al dueño del puesto en malo, pero vigoroso cantonés. Y pagaba sin quejarse de la sobrecarga correspondiente a su raza inferior.

Compraba orquídeas e hígado de cordero. Los compraba todos los domingos, distribuyendo equitativamente el consumo entre puestos rivales y (cuando su cantonés se agotaba) cayendo en su propia versión ampulosa del inglés.

Pulsó el timbre. Phoebe, como el propio Craw, tenía portero automático. En la Oficina Central habían decretado que fuesen del modelo corriente. Ella había deslizado unas ramitas de brezo en el buzón para que le diese buena suerte, y ésta era la señal de que no había problema.

—¿Sí? — dijo una voz femenina, por el altavoz. Podría haber sido norteamericana o cantonesa.

—Larry me llama Pete — dijo Craw.

—Sube, Larry está aquí en este momento.

La escalera estaba completamente a oscuras y apestaba a vómito; los tacones de Craw repiquetearon como lata sobre los escalones de piedra. Apretó él interruptor de la luz, pero ésta no se encendió, así que tuvo que subir a tientas tres pisos. Había habido un intento de encontrarle un sitio mejor, pero se había desvanecido con la marcha de Thesinger y ahora no había ninguna esperanza y, en cierto modo, ninguna Phoebe tampoco.

—Bill — murmuró ella, cerrando la puerta tras él, y besándole en ambas mejillas, como las muchachitas guapas besan a los tíos cariñosos y amables, aunque ella no era guapa. Craw le dio las orquídeas. Su actitud era solícita y galante.

—Querida mía — dijo —. *Querida mía.*

Ella temblaba. Era una especie de dormitorio-estar con un hornillo y un lavabo y había además un retrete independiente con ducha. Eso era todo. Cruzó ante ella hasta el lavabo, desenvolvió el hígado y se lo dio a la gata.

—Oh, Bill, la mimas demasiado — dijo Phoebe, sonriendo a las flores.

Él había dejado un sobre castaño sobre la cama, pero ninguno de los dos lo mencionaba.

—¿Qué tal William? — dijo ella, jugando con el sonido de su nombre.

Craw había colgado el sombrero y el bastón en la puerta y servía whisky: sólo para Phoebe, soda para él.

—¿Qué tal Phoebe? Eso es más adecuado. ¿Qué tal han ido las cosas por ahí fuera en esta semana larga y fría, eh Phoebe?

Ella había deshecho la cama y colocado un frívolo camisón en el suelo porque, para la vecindad, Phoebe era la bastarda semi-*kwailo* que puteaba con el gordo demonio extranjero. Sobre los arrugados almohadones colgaba su postal de los Alpes suizos, el cuadro que al parecer tenían todas las chicas chinas, y en la mesita de noche la fotografía de su padre inglés, la única foto que ella había visto de él en toda su vida: un empleado de Dorking, Surrey, a poco de su llegada a la isla, cuello redondo, bigote y unos ojos de mirada fija y un tanto desquiciada. Craw a veces se preguntaba si se la habrían sacado después de muerto.

—Ahora ya va todo bien — dijo Phoebe —. Va todo bien *ya*, Bill.

Estaba junto al hombro de él, llenando el jarrón, y las manos le temblaban mucho, cosa que solía pasarle los domingos; llevaba un vestido gris tipo túnica en honor a Pekín y el collar de oro que le habían regalado para celebrar su primera década de servicios al Circus. En un ridículo arrebato de galantería, la Oficina Central había decidido encargarlo en Asbrey's, y enviarlo luego por valija, con una carta personal (firmada por Percy Alleline, el infortunado predecesor de George Smiley) que se le había permitido leer, pero no conservar. Tras llenar el jarrón intentó llevarlo a la mesa, pero derramó agua, así que Craw se hizo cargo de él.

—Vamos, vamos, tómatelo con calma, mujer.

Ella se quedó inmóvil un momento, aún sonriéndole; y luego, con un largo y lento sollozo de reacción, se desmoronó en un sillón. A veces, lloraba, a veces estornudaba, o era muy escandalosa y se reía demasiado, pero siempre reservaba el momento culminante para la llegada de él, fuesen cuáles fuesen las circunstancias.

—Bill, me asusto tanto a veces.

—Lo sé, mujer, lo sé — se sentó a su lado, cogiéndole la mano.

—Ese chico nuevo de las miradas. Me *mira fijo*, Bill, observa todo lo que hago. Estoy segura de que trabaja para alguien. ¿Para quién trabaja, Bill?

—Quizás esté algo enamorado — dijo Craw, con su tono más suave, mientras le daba rítmicas palmadas en el hombro —. Tú eres una mujer atractiva, Phoebe. No lo olvides, querida. Puedes ejercer una influencia sin saberlo.

Fingía una firmeza paternal.

—Dime, ¿has estado coqueteando con él? Hay otra cosa, además. Una mujer como tú puede coquetear sin darse cuenta de que lo hace. Un hombre de mundo advierte esas cosas, Phoebe. Sabe diferenciar.

La semana anterior era el conserje de abajo. Phoebe decía que anotaba las horas en que ella entraba y salía. Y la semana antes era un coche que veía constantemente, un Opel verde, siempre el mismo. La solución era calmar sus temores sin desalentar su vigilancia: porque un día (y Craw nunca se permitía olvidarlo), un día, ella tendría razón. Sacando un montón de notas manuscritas de la mesita, Phoebe inició su tarea de descodificación, pero con tal brusquedad que Craw quedó desbordado. Phoebe tenía un rostro pálido y ancho que no llegaba a ser bello en ninguna de las dos razas. Tenía el tronco largo, las piernas cortas, y las manos sajonas, fuertes y feas. Sentada allí al borde de la cama, le pareció de pronto una matrona. Se había puesto unas gruesas gafas para leer. Cantón enviaba un comisario estudiantil para informar en las reuniones de los martes, decía, así que la reunión del jueves quedaba clausurada y Ellen Tuo había perdido una vez más su oportunidad de ser secretaria por una noche...

—Eh, calma, por favor — exclamó Craw, riéndose —. ¡Dónde está el fuego, por amor de Dios!

Abriendo un cuaderno sobre las rodillas, intentó seguirla en su tarea de descodificación. Pero Phoebe no se arredraba, ni siquiera ante Bill Craw, aunque le hubieran dicho que en realidad era un coronel, más aún. La quería detrás de toda la confesión. Uno de sus objetivos habituales era un grupo intelectual izquierdista de estudiantes universitarios y periodistas comunistas que la habían aceptado de un modo un tanto superficial. Había estado informando sobre aquel grupo una vez por semana sin grandes avances. Ahora, por alguna razón desconocida, el grupo había iniciado un período de gran actividad. Billy Chan había sido llamado a Kuala Lumpur para una conferencia especial, dijo Phoebe, y a Johnny y a Belinda Fong les habían pedido que buscasen un almacén seguro para montar una imprenta. La noche se acercaba a toda prisa. Mientras ella continuaba a la carrera, Craw se levantó discretamente y encendió la lámpara para que la luz eléctrica no la afectara excesivamente cuando oscureciese del todo.

Se había hablado de reunirse con los fukieneses en North Point, dijo Phoebe, pero los camaradas universitarios se opusieron, como siempre.

—Se oponen a *todo* —decía furiosa Phoebe—, los muy pretenciosos. Y esa perra estúpida de Belinda lleva meses sin pagar las cuotas y es muy probable que la echemos del partido si no deja de jugar.

—Y con mucha razón, querida —dijo sosegadamente Craw.

—Johnny Fong dice que Belinda está embarazada y que no es suyo. En fin, ojalá lo esté. Así tendría que callarse... —dijo Phoebe, y Craw pensó: «Tuvimos ese problema un par de veces *contigo*, si no recuerdo mal, y no te hizo callar, ¿verdad?»

Craw anotaba obedientemente, sabiendo que ni Londres ni nadie leería jamás una palabra de aquello. En sus tiempos de prosperidad, el Circus se había introducido en docenas de grupos así, con la esperanza de penetrar a su debido tiempo en lo que estúpidamente se denominaba el tren de enlace Pekín-Hong Kong y poner así un pie en el Continente. El plan se había desmoronado y el Circus no tenía orden de actuar como perro guardián de la seguridad de la Colonia, papel que se reservaba celosamente para sí la Rama Especial. Pero los barquitos, como muy bien sabía Craw, no podían cambiar de rumbo tan fácilmente como los vientos que les impulsaban. Craw le daba cuerda a Phoebe, interviniendo con preguntas orientadoras, comprobando fuentes y subfuentes. ¿Era puro rumor, Phoebe? Bueno, ¿dónde consiguió *eso* Billy Lee, Phoebe? ¿No es posible que Billy Lee estuviese bordando un poco la historia... adornándola un poquito, eh Phoebe? Utilizaba este término periodístico porque, como Jerry y el propio Craw, la otra profesión de Phoebe era el periodismo, era cronista de sociedad independiente que alimentaba la Prensa en lengua inglesa de Hong Kong con chismes sobre el estilo de vida de la aristocracia china local.

Escuchando, esperando, improvisando como los actores, Craw se explicaba a sí mismo la historia que contaba Phoebe, lo mismo que la había explicado hacía cinco años en el curso de repaso, en Sarratt, cuando volvió allí para una rectificación en magia negra. El acontecimiento de la quincena, le dijeron después. Lo habían convertido en una sesión plenaria, previendo ya lo que había de ser. Había acudido a oírle hasta el personal directivo. Los que estaban libres de servicio habían pedido una furgoneta especial que les llevase desde su urbanización de Watford. Sólo para oír al viejo Craw, el agente oriental, sentado allí bajo las astas de ciervo en la biblioteca transformada, resumir toda una vida en el oficio. *Agentes que se reclutan a sí mismos,* rezaba el título. En el pódium había un atril, pero no lo utilizó. Se sentó en una simple silla, sin chaqueta y con la barriga colgando sobresaliente y las rodillas separadas y sombras de sudor oscureciéndole la camisa, y se lo explicó como se lo habría explicado a los del Club de Bolos de Shanghai un sábado de tifón en Hong Kong, si las circunstancias lo hubieran permitido.

*Agentes que se reclutan a sí mismos, Señorías.*

Nadie conocía mejor el trabajo, le dijeron... y él les creyó. Si el hogar de Craw era el Oriente, los barquitos eran su familia, y él les prodigaba todo el cariño para el que el mundo no secreto no le había dado nunca un desahogo, Dios sabe por qué. Les educaba y adiestraba con un amor que habría honrado a un padre; y el momento más duro de su vida fue cuando Tufty Thesinger emprendió su fuga a la luz de la luna y le dejó sin previo aviso, temporalmente, sin un objetivo o una línea vital de comunicación.

Algunas personas son agentes natos, Monseñores (les dijo), destinados a la tarea por el momento histórico, el lugar y su propia disposición natural. En tales casos, todo es simplemente cuestión de quién llegaba primero a ellos, Eminencias.

—Si somos nosotros; si es la oposición; o si son los malditos misioneros.

Risas.

Luego, los historiales del caso con nombres y lugares cambiados, y entre ellos precisamente nombre cifrado Susan, un barquito del género femenino, señores, escenario Sudeste asiático, nacida en el año de la confusión, en 1941, de sangre mezclada. Se refería a Phoebe Wayfarer.

—Padre un empleado pobre de Dorking, Eminencias. Llegó a Oriente para incorporarse a una de las firmas escocesas que saqueaban la costa seis días por semana y rezaban a Calvino el séptimo. Demasiado pobre para conseguir una esposa europea, camaradas, toma a una chica china prohibida y la instala por unas cuantas monedas, y el resultado es nombre cifrado Susan. Ese mismo año aparecen en escena los japoneses. Sea Singapur, Hong Kong, o Malasia, la historia es la misma, Monseñores. Aparecen de la noche a la mañana. Para quedarse. En el caos, el padre de nombre cifrado Susan hace algo muy noble: «Al diablo la prudencia», Eminencias, dice: «Es hora de que los hombres buenos y fieles se levanten y se les pueda señalar.» Así que se casa con la dama, Señorías, una conducta que yo normalmente no aconsejaría, pero lo hace, y una vez casado con ella bautiza a su hija nombre cifrado Susan y se incorpora a los voluntarios, que era un magnífico cuerpo de tontos heroicos que formaron una guardia local contra las hordas niponas. Al día siguiente, como no era un soldado nato, Señorías, el invasor japonés le vuela el culo de una andanada y rápidamente expira. Amén. Que el oficinista de Dorking descanse en paz, Señorías.

Mientras el viejo Craw se santigua, ráfagas de risa recorren la sala. Craw no se ríe con ellos, sino que se muestra serio. Hay caras nuevas en las dos primeras filas, rostros en bruto, sin arrugas, rostros de televisión; Craw supone que son los nuevos aspirantes llevados allí para oír al Grande. Su presencia estimula la capacidad del viejo. A partir de entonces, no pierde de vista las primeras filas.

—Nombre cifrado Susan aún está en pañales cuando su buen padre recibe el tiro de gracia, amigos, pero lo recordará toda la vida: cuando la suerte está echada, los ingleses responden a sus compromisos. Cada año que pasa, amará un poco más a aquel héroe muerto. Después de la guerra, la empresa de su padre la recuerda durante un año o dos y luego convenientemente la olvida. Da igual. A los quince años, está enferma de tener que mantener a su madre enferma y trabajar en los salones de baile para financiarse los estudios. Da igual. Un asistente social establece contacto con ella; por fortuna, pertenece a nuestra distinguida estirpe, Reverendos; y la guía en nuestra dirección.

Craw se enjuga el sudor de la frente y continúa:

—La ascensión de nombre cifrado Susan a la riqueza y la santidad ha comenzado, Señorías — proclama —. Bajo la cobertura de periodista, la ponemos en juego, le damos a traducir periódicos chinos, la mandamos a unos cuantos recados de poca monta, la complicamos en nuestra actividad, completamos su educación y la adiestramos en trabajo nocturno. Un poco de dinero, un poco de protección, un poco de amor, un poco de paciencia y, al poco tiempo, nuestra Susan tiene a su cargo siete viajes legales a la China continental, que incluyen ciertas operaciones bastante peligrosas. Diestramente realizadas, Eminencias. Ha hecho de correo y ha conseguido establecer contacto con un tío suyo de Pekín, con buenos resultados. Todo esto, amigos, pese al hecho de que es mestiza y de que los chinos en principio no confían en ella.

—¿Y quién pensaba ella que era el Circus, todo ese tiempo? — gritó Craw a su embelesado público —. ¿Quién creía ella que éramos, amigos?

El viejo mago baja un poco la voz y alza un gordo índice:

—Su padre — dice, en el silencio —. Nosotros somos el difunto oficinista de Dorking. San Jorge, eso es lo que somos. Limpiando las comunidades chinas ultramarinas de *elementos dañinos*, sea eso lo que sea. Acabando con las sociedades secretas y los monopolios del arroz y las bandas del opio y la prostitución infantil. Nos veía incluso, cuando tenía que hacerlo, como los aliados secretos de Pekín, porque en el fondo nosotros, el Circus, perseguíamos los mismos intereses que todo *buen* chino.

Craw paseó una mirada feroz por las hileras de rostros infantiles que anhelaban ser duros.

—¿Veo sonreír a alguien, Eminencias? — preguntó, con voz de trueno. No veía sonreír a nadie.

—Y les diré, caballeros — concluyó —, que una parte de ella sabía perfectamente que todo era mentira y exageración. Ahí es donde intervienes *tú*. Ahí es donde debe estar al quite siempre el agente de campo. ¡Sí! Amigos, nosotros somos mantenedores de la fe. Si se tambalea, la fortalecemos. Cuando se desploma, extendemos los brazos para sujetarla.

Había alcanzado su cenit. En contrapunto, bajó la voz hasta un suave murmullo.

—Aunque la fe siempre sea la chifladura que es, Eminencias, no hay que despreciarla. Tenemos muy poco más que ofrecer en estos tiempos. Amén.

El viejo Craw recordaría durante toda su vida, a su manera desvergonzadamente emotiva, el aplauso.

Terminado el trabajo de descodificación, Phoebe se inclinó hacia adelante, los codos en las rodillas, los nudillos de sus grandes dedos apoyados unos en otros como amantes cansados. Craw se levantó solemnemente, recogió las notas que ella había dejado sobre la mesa y las quemó en el hornillo de gas.

—Bravo, querida — dijo quedamente —. Una semana magnífica, si me permites decirlo. ¿Algo más?

Phoebe negó con un gesto.

—Quiero decir, para quemar — dijo él.

Ella negó de nuevo.

Craw la miró detenidamente.

—Phoebe, querida mía — declaró al fin, como si hubiera llegado a una importante decisión —. Mueve el trasero. Es hora de que te lleve a cenar.

Ella se volvió y le miró confusa. La bebida se le había subido a la cabeza, como siempre.

—Me atrevo a sugerir que una cena amistosa entre camaradas de la pluma de vez en cuando, no contradice la cobertura. ¿Qué te parece?

Le hizo mirar un rato a la pared mientras se ponía un lindo vestido. Antes tenía un colibrí, pero se murió. Él le compró otro, pero también se murió, así que decidieron que el piso traía mala suerte a los colibríes y renunciaron a ellos.

—Tengo que llevarte un día a esquiar —le dijo, mientras ella cerraba la puerta una vez ambos fuera. Era un chiste entre ellos, que se relacionaba con el paisaje nevado de la postal.

—¿Sólo un día? —contestó ella.

Eso también era un chiste, parte de la misma broma habitual.

En aquel año de la confusión, como diría Craw, aún era inteligente comer en un sampán en Causeway Bay. Los elegantes aún no lo habían descubierto, la comida era barata y difícil de encontrar en otro sitio. Craw corrió el riesgo y cuando llegaron a la orilla del mar la niebla había levantado y el cielo nocturno estaba despejado. Eligió el sampán que quedaba más lejos de la orilla, oculto entre un racimo de pequeños juncos. El cocinero estaba acuclillado ante el brasero de carbón y servía su esposa, los cascos de los juncos se alzaban sobre ellos, bloqueando las estrellas, y los niños de las barcas correteaban como cangrejos de una cubierta a otra, mientras sus padres canturreaban lentas y extrañas letanías sobre el agua negra. Craw y Phoebe, acuclillados en taburetes de madera bajo el plegado dosel, a poco más de medio metro del agua, comieron salmonetes a la luz de un farol. Más allá de las barreras antitifón pasaban deslizándose los barcos, edificios iluminados en movimiento, y los juncos cabeceaban en sus estelas. Hacia tierra, la isla gemía y retumbaba y palpitaba, y las inmensas colmenas relumbraban como joyeros abiertos por la belleza engañosa de la noche. Presidiéndolos a todos, vislumbrándose entre los bamboleantes dedos de los mástiles, asentada sobre el negro Pico, la Reina Victoria, su cara tiznada amortajada de vellones iluminados por la luna: la diosa, la libertad, el señuelo de todo aquel salvaje forcejeo y ajetreo del valle.

Hablaban de arte. Phoebe estaba haciendo lo que Craw consideraba su número cultural. Era muy aburrido. Un día, decía Phoebe soñolienta, dirigiría una película, quizás dos, en la China *auténtica*, la *real*. Había visto hacía poco un romance histórico, obra de Run Run Shaw, sobre las intrigas palaciegas. Consideraba la película excelente aunque un poco demasiado... bueno... *heroica*. Teatro, luego. ¿Se había enterado Craw de la buena noticia de que los Cambridge Players tal vez actuaran en la Colonia en diciembre? De momento era sólo un rumor, pero Phoebe tenía la esperanza de que se confirmara a la semana siguiente.

—*Eso* sería divertido, Phoebe — dijo Craw con toda sinceridad.

—*No* sería en absoluto divertido — replicó Phoebe con firmeza —. Los Players están especializados en sátira social feroz.

Craw sonrió en la oscuridad y le sirvió más cerveza. Siempre podéis aprender, se dijo, siempre pueden aprender, Monseñores.

Luego, sin que ella percibiera conscientemente, ninguna incitación, Phoebe empezó a hablar de sus millonarios chinos, que era lo que Craw llevaba esperando toda la velada. En el mundo de Phoebe, los ricos de Hong Kong eran la realeza. Sus flaquezas y excesos circulaban tan pródigamente como en otros lugares las vidas de actrices o futbolistas. Phoebe los conocía de carrerilla.

—Bueno, ¿quién es el cerdo de la semana esta vez, Phoebe? — preguntó cordialmente Craw.

Phoebe estaba indecisa.

—¿A quién debemos elegir? — dijo, afectando una frívola indecisión. Estaba el cerdo PK, desde luego, su sesenta y ocho aniversario era el martes, tenía una tercera mujer a la que doblaba la edad. Y, ¿cómo celebra su cumpleaños PK? Fuera de la ciudad, con una zorra de veinte años.

Repugnante, confirmó Craw.

—PK — repitió luego —. PK era el tipo de los pilares, ¿no? Hong Kong cien por cien, dijo Phoebe. Dragones de casi tres metros de altura, hechos de fibra de vidrio y plástico para poder ser iluminados desde el interior. O tal vez el cerdo YY, reflexionó Phoebe juiciosamente, cambiando de opinión. YY era sin lugar a dudas, un candidato. YY se había casado hacía exactamente un mes, con aquella linda hija JJ Haw, de Haw y Chan, los reyes de los petroleros, mil langostas en el banquete nupcial. Dos noches antes, apareció en una recepción con una nueva amante, comprada con el dinero de su esposa, un ser insignificante al que había engalanado en Saint-Laurent y decorado con un collar de cuatro vueltas de perlas Mikimoto, alquilado, por supuesto, no regalado. A pesar de sí misma, a Phoebe se le quebraba y suavizaba la voz.

—Bill — susurró —, esa chica tenía un aspecto absolutamente fantástico junto a ese viejo sapo. Qué lástima que no lo vieses.

O quizás Harold Tan, consideró soñadoramente. Harold había sido particularmente repugnante. Harold había hecho venir en avión a sus hijos desde sus colegios de Suiza para el festival, viaje de ida y vuelta en primera desde Ginebra. A las cuatro de la mañana estaban todos cabrioleando desnudos alrededor de la piscina, los chicos y sus amigos, borrachos, echando champán al agua, mientras Harold intentaba fotografiar la escena.

Craw esperaba, manteniéndole abierta de par en par la puerta, en su mente, pero ella aún no la cruzaba, y Craw era demasiado perro viejo para empujarla. Los chiu-chow eran mejores, dijo taimadamente.

—Los chiu-chow no harían un disparate así, ¿eh Phoebe? Los chiu-chow tienen los bolsillos muy grandes y los brazos muy cortos — comentó —. Los chiu-chow son capaces de hacer enrojecer de envidia a un escocés, ¿verdad Phoebe?

Phoebe no tenía sensibilidad para la ironía.

—No estoy de acuerdo con eso — replicó ceñuda —. Muchos chiu-chow son generosos e idealistas.

Estaba conjurando en ella al hombre, lo mismo que conjura el mago una carta, pero aun así ella vaciló, se desvió, buscó alternativas. Mencionó a uno, a otro, perdió el hilo, quiso más cerveza, y cuando él ya estaba a punto de renunciar, ella comentó, vagamente:

—Y en cuanto a Drake Ko, es un *cordero* completo. No digas nada contra Drake Ko, por favor.

Ahora le tocaba alejarse a Craw. Qué pensaba Phoebe del divorcio del viejo Andrew Kwok, preguntó. ¡Demonios, *eso* sí debía haber costado dinero! Decían que ella se lo había sacudido de encima hacía mucho, pero que quería esperar hasta que él reuniese un buen montón y mereciese realmente la pena divorciarse. ¿Hay algo de verdad en eso, Phoebe? Y continuó así; tres, cinco nombres. Antes de permitirse coger el anzuelo.

—¿Sabes si es verdad lo de que Drake Ko tiene una amante ojirredonda? Lo comentaron el otro día en el Club Hong Kong. Una rubia, dicen que es un bombón.

A Phoebe le gustaba imaginar a Craw en el Club Hong Kong Satisfacía sus anhelos coloniales.

—Bueno, *todo el mundo* está enterado — dijo cansinamente, como si Craw estuviera como siempre a años luz de la presa —. En tiempos, *todos* las tenían... ¿no lo sabías? PK tuvo dos, ya lo sabes. Harold Tan tuvo una, hasta que se la robó Eustace Chow, y Charlie Wu intentó llevar a la *suya* a cenar a casa del gobernador, pero su *tai-tai* no dejó que el chófer fuera a recogerla.

—¿Y dónde demonios las conseguían? — preguntó Craw, riéndose.

—En las líneas aéreas, dónde va a ser — replicó Phoebe con evidente disgusto —. Las azafatas que hacían horas extras en sus escalas, quinientos dólares norteamericanos por noche por una puta blanca. Y las líneas aéreas inglesas también, no te creas, las inglesas eran las peores. Luego a Harold Tan le gustó tanto la suya que llegó a un acuerdo con ella, y poco después todas tenían pisos y recorrían las tiendas como duquesas cada vez que hacían una escala de cuatro días en Hong Kong. En fin, algo repugnante. Pero bueno lo de Liese es una cosa muy distinta. Liese tiene clase. Es muy aristocrática, sus padres tienen unas fincas fabulosas en el sur de Francia y además son propietarios de un islote en las Bahamas. Ella se niega a aceptar su riqueza sólo por razones de independencia moral. Bueno, no hay más que fijarse en su estructura ósea.

—Liese — repitió Craw —. ¿Liese? Alemana, ¿eh? No soporto a los alemanes. No tengo prejuicios raciales, pero a mí los alemanes no me interesan. Pero, lo que me pregunto es qué hace un buen muchacho chiu-chow como Drake con una odiosa huna de concubina. De todos modos, tú deberías saberlo, tú eres la especialista, es tu jurisdicción, querida. ¿Quién soy yo para criticar?

Se habían trasladado a la parte de atrás del sampán y estaban tendidos en cojines uno junto al otro.

—No seas tan ridículo — replicó Phoebe —. Liese es una chica inglesa de la aristocracia.

—Tralalalá — dijo Craw, y contempló un rato las estrellas.

—Ella ejerce una influencia positiva y educativa sobre él.

—¿Quién? — dijo Craw, como si hubiera perdido el hilo.

Phoebe habló con los dientes apretados.

—Liese ejerce una influencia educativa sobre Drake Ko. Escúchame, Bill. ¿Te has dormido? Bill, creo que deberías llevarme a casa. Llévame a casa, por favor.

Craw lanzó un ronco suspiro. Aquellas riñas de amantes que tenían eran acontecimientos que se producían como mínimo cada seis meses, y ejercían un efecto purificador en sus relaciones.

—Querida mía. Phoebe. Escúchame ¿quieres? Por un momento, ¿eh? Ninguna chica inglesa, de alta cuna, de delicados huesos o patizamba puede llamarse Liese, a menos que haya un huno operando por alguna parte. Eso para empezar. ¿Cómo se apellida?

—Worth.

—¿Worth qué? Está bien, era un chiste. Olvídalo. Esa chica se llama Elizabeth. Cuyo diminutivo es Lizzie. O Liza. Liza de Lambeth. Oíste mal. Ahí puedes hincar el diente si quieres: Señorita Elizabeth Worth. Ahí sí que puedo ver la estructura ósea de que hablas. Liese no, querida. Lizzie.

Phoebe se puso claramente furiosa.

—¡No vengas a decirme cómo tengo que pronunciar las cosas! — replicó —. Se llama *Liese*, pronunciado Lisa y escrito L-I-E-S-E porque yo se lo *pregunté* a ella y lo *anoté* y he impreso ese nombre en... oh Bill — y apoyó la frente en el hombro de él —. Oh, Bill. Llévame a casa.

Y empezó a llorar. Craw la atrajo hacia sí, dándole cariñosas palmadas en el hombro.

—Oh vamos, cariño, anímate. La culpa es mía, no tuya. Debería haberme dado cuenta de que era amiga tuya. Una elegante mujer de sociedad como Liese, una mujer bella y rica, que tiene una relación romántica con uno de los miembros de la nueva nobleza de la isla: ¿Cómo no iba a ser amiga suya una periodista diligente como Phoebe? Estaba ciego. Perdóname.

Se permitió después un intervalo aceptable, tras el cual preguntó con indulgencia:

—¿Qué pasó? La entrevistaste, ¿verdad?

Por segunda vez aquella noche, Phoebe se secó los ojos con el pañuelo de Craw.

—Ella me suplicó. No es amiga mía. Es demasiado importante para ser mi amiga. ¡Cómo iba a serlo! Ella me suplicó que no publicara su nombre. Está aquí de incógnito. Su vida depende de eso. Si sus padres supieran que está aquí, enviarían a buscarla de inmediato. Tienen muchísimas influencias. Cogen aviones particulares, todo. En cuanto supieran que está viviendo con un chino, harían lo indecible para conseguir que volviera con ellos. «Phoebe — me dijo —, de todos los habitantes de Hong Kong puede que tú seas quien mejor comprenda lo que significa vivir bajo la sombra de la intolerancia.» Apeló a mí. Te lo aseguro.

—Muy bien — dijo Craw con firmeza —. No rompas nunca esa promesa, Phoebe. Las promesas hay que cumplirlas.

Lanzó un suspiro de admiración y luego continuó:

—Los atajos de la vida, yo siempre lo digo, son aún más extraños que las autopistas de la vida. Si publicases eso en tu periódico, el director diría que estabas chiflada, estoy seguro, y sin embargo es cierto. Y constituye por sí sólo un ejemplo resplandeciente y asombroso de integridad humana.

Phoebe había cerrado los ojos, así que Craw le dio una sacudida para que los abriera.

—Pero, lo que me pregunto es dónde tuvo su origen un asunto como ése. ¿Qué estrella, qué azar feliz, puede unir a dos almas tan necesitadas? Y además en Hong Kong, Dios mío.

—Fue el destino. Ella ni siquiera vivía aquí. Se había retirado por completo del mundo después de una desdichada relación amorosa y había decidido pasar el resto de la vida haciendo delicadas piezas de joyería con el propósito de dar al mundo algo bello en medio de tanto sufrimiento. Vino en avión por un día o dos, sólo para comprar un poco de oro, y por pura casualidad, en una de esas fabulosas recepciones de Sally Cale, conoció a Drake Ko; y así empezó la cosa.

—Es decir, que a partir de entonces se abrió la vía del verdadero amor, ¿no?

—Claro que no. Le conoció. Se enamoró de él. Pero estaba decidida a no comprometerse y volvió a casa.

—¿A casa? — repitió Craw, desconcertado —. ¿Dónde tenía su casa esa mujer tan íntegra?

Phoebe se echó a reír.

—No en el sur de Francia, tonto. En Vientiane. En una ciudad a la que nadie va. Una ciudad sin vida social, sin ninguno de los lujos a los que ella estaba acostumbrada desde pequeña. Ese fue el lugar que eligió. Su isla. Tenía amigos allí, le interesaba el budismo y el arte y la antigüedad.

—¿Y dónde anda ahora? ¿Aún sigue en su humilde y rústico retiro, aferrada a sus ideas de abstinencia? ¿O el hermano Ko la ha inducido a seguir senderos menos frugales?

—No seas sarcástico. Drake le ha dado un apartamento maravilloso, naturalmente.

Era el límite de Craw: lo percibió de inmediato. Tapó la carta con otras, contó sus historias sobre el viejo Shanghai. Pero no dio ni un paso más hacia la escurridiza Liese Worth, pese a que Phoebe podría haberle ahorrado mucho trabajo de piernas.

«Tras cada pintor — le gustaba decir — y tras cada agente de campo, camaradas, debe haber un colega de pie con un mazo, dispuesto a atizarle en la cabeza cuando ya ha ido lo suficientemente lejos.»

En el taxi, camino ya de casa, Phoebe se tranquilizó de nuevo, aunque temblaba. Él la acompañó hasta la puerta, según las normas. Se había olvidado por completo de ella. En la puerta, fue a besarla, pero ella le contuvo.

—Bill. ¿Soy útil en realidad? Dímelo. Cuando no lo sea, debes prescindir de mí, insisto. Esta noche no sirvió para nada. Tú eres bueno, finges, yo me esfuerzo. Pero, de todos modos, no sirvió para nada. Si hubiera otro trabajo para mí, lo cogería. Si no, tienes que prescindir de mí. Sin contemplaciones.

—Habrá otras noches — le aseguró él, y sólo entonces le permitió ella que la besara.

—Gracias, Bill — dijo.

«Así que vean ustedes, señorías — reflexionaba Craw muy satisfecho, mientras tomaba un taxi camino del Hilton —. Nombre cifrado Susan rodaba y trajinaba y valía un poco menos cada día, porque los agentes son sólo tan buenos como el objetivo al que apuntan, y esa es la verdad sobre ellos. Y cuando ella nos dio oro, oro puro, Monseñores — con sus ojos mentales, alzó el mismo gordo índice, un mensaje para los muchachos bisoños que le contemplaban hechizados desde las primeras filas —, la *única vez* que nos lo dio, ni siquiera llegó a saber que estaba haciéndolo... ¡y *nunca llegaría a saberlo!*

Craw había escrito una vez que los mejores chistes de Hong Kong raras veces hacen reír, porque son demasiado serios. Aquel año, estaba el Bar Tudor en un elevado edificio aún por terminar, por ejemplo, donde auténticas mozas inglesas de agrio semblante en *decolleté* característico de la época, servían auténtica cerveza inglesa a veinte grados por debajo de su temperatura inglesa, mientras fuera, en el vestíbulo, vigorosos *coolies* de cascos amarillos trajinaban sin cesar para terminar los ascensores. O podías visitar la Taberna italiana, donde una escalera en espiral de hierro forjado apuntaba hacia el balcón de Julieta, pero sin llegar a él, pues terminaba en un techo blanquecino enyesado; o la Posada Escocesa con escoceses chinos con faldas que de vez en cuando se sublevaban por el calor, o cuando subían los precios de los viajes en el transbordador. Craw había visitado incluso un fumadero de opio con aire acondicionado e hilo musical chorreando Greensleeves. Pero lo más extraño, lo más opuesto al dinero de Craw, era aquel bar de azotea que dominaba el puerto, con su banda china de cuatro instrumentos tocando cosas de Noel Coward, y sus camareros chinos muy serios con peluca empolvada y levita que atisbaban en la oscuridad y preguntaban en buen americachino, «¿Cuál siendo su bebida placentera?»

—Una cerveza — gruñó el invitado de Craw, sirviéndose un puñado de almendras saladas —. Pero *fría.* ¿Me has oído? *Mucho fría.* Y tráela *chop chop.*

—¿Le sonríe la vida a Su Eminencia? — preguntó Craw.

—Deja todo eso a un lado, ¿quieres? Vamos al asunto.

El rostro adusto del superintendente tenía sólo una expresión y ésta era de un cinismo insondable. Si el hombre podía elegir entre el bien y el mal, decía su maléfico ceño, elegía el mal siempre: Y el mundo estaba dividido por la mitad entre los que sabían esto y lo aceptaban, y aquellos mariquitas melenudos de Whitehall que creían en los Reyes Magos.

—¿Has encontrado ya su ficha?

—No.

—Dice llamarse Worth. Ha acortado el apellido.

—Sé muy bien cómo dice llamarse. Para mí, podría decir que se llama Matahari. Ya no hay ficha suya.

—¿Pero la hubo?

—Sí, camarada, la *hubo* — dijo furioso el Rocker con una sonrisa bobalicona, remedando el acento de Craw —. «La *hubo* y ahora no la hay.» ¿Me expreso con claridad o tendré que escribírtelo, con tinta invisible en el culo de una paloma mensajera, australiano de mierda?

Craw siguió un rato allí sentado en silencio, dando sorbos a su vaso con movimientos firmes y repetitivos.

—¿Habrá sido obra de Ko?

—¿El qué? — el Rocker se mostraba voluntariamente obtuso.

—Lo de la desaparición de la ficha.

—Podría ser obra suya, sí.

—Este mal de la pérdida de fichas parece estar extendiéndose — comentó Craw, tras otra pausa de refresco —. Londres estornuda y Hong Kong coge catarro. Mis simpatías profesionales, Monseñor. Mi fraternal compasión.

Luego bajó la voz hasta un monótono murmullo.

—Dime — dijo —, ¿el nombre de Sally Cale suena a música a los oídos de vuestra gracia?

—Nunca he oído hablar de ella.

—¿A qué se dedica?

—Antigüedades Chichi sociedad limitada, Kowloonside. Se dedican al saqueo de obras de arte, a falsificaciones de calidad, imágenes del señor Buda.

—¿Desde dónde?

—El material auténtico procede de Birmania, viene a través de Vientiane. Las falsificaciones son de producción casera. Una machorra de sesenta años — añadió con acritud, dirigiéndose cautamente a otra cerveza —. Tiene alsacianos y chimpancés. Justo en tu calle, un poco más arriba.

—¿Buena posición?

—¿Bromeas?

—Me dijeron que había sido Cale quien le había presentado la chica a Ko.

—¿Y qué? Cale hace de alcahueta de las zorras ojirredondas. Los chows la estiman por eso y yo también. Una vez le pedí que me proporcionase un apaño. Dijo que no tenía nada lo bastante pequeño. Cerda descarada.

—Nuestra frágil belleza vino aquí supuestamente para una compra de oro. ¿Es correcto eso?

El Rocker miró a Craw con nuevo desprecio y Craw miró al Rocker, y se produjo una colisión de dos objetos inamovibles.

—Claro que sí — dijo el Rocker despectivamente —. Cale tenía montado un asunto de oro desde Macao, ¿no?

—Pero, ¿cómo encaja Ko en todo esto?

—Oh, vamos, no te andes con rodeos. Cale era el hombre de paja. Todo el asunto era un apaño de Ko. Ese perro guardián gordo que tiene figuraba como socio de ella.

—¿Tiu?

El Rocker había caído una vez más en melancolía cervecesca, pero Craw no se arredró y acercó su cara pecosa a la abollada oreja del Rocker.

—Mi tío George agradecerá mucho todas las informaciones disponibles sobre la dicha Cale. ¿Entendido? Recompensará esos servicios espléndidamente. Está en especial interesado en ella desde el momento decisivo en que presentó nuestra querida damita a su protector chow hasta el presente. Nombres, fechas, antecedentes, todo lo que puedas tener en la nevera. ¿Entendido?

—¡Pues dile a tu tío George que me consiga cinco cochinos años en la cárcel de Stanley!

—No necesitará usted compañía allí tampoco, ¿verdad, caballero? — dijo sarcásticamente Craw.

Se trataba de una desabrida referencia a tristes y recientes acontecimientos del mundo del Rocker. Dos de sus colegas veteranos habían sido condenados a varios años de cárcel cada uno, y había otros que estaban esperando para seguir el mismo camino.

—Corrupción — murmuró furioso el Rocker —. Luego nos vendrán con que han descubierto el vapor. Malditos novatos, me dan asco.

Craw había oído todo aquello antes, pero volvió a oírlo porque tenía el valioso don de saber escuchar, cosa que en Sarratt estimaban más, mucho más, que el don de la comunicación.

—Treinta mil cochinos europeos y cuatro millones de ojirrasgados, una moral distinta, algunos de los sindicatos del delito mejor

organizados de este maldito mundo. ¿Qué esperan que haga yo?
No podemos acabar con el delito, así que ¿cómo controlarlo? Lo-
calizamos a los peces gordos y hacemos un trato con ellos, pues
claro, ¿qué podemos hacer? «Bueno, muy bien, chico. Ningún delito accidental, nada de violaciones territoriales, todo limpio y decente y que mi hija pueda andar por la calle a cualquier hora del día y
de la noche. Quiero muchas detenciones para que los jueces estén
contentos y para ganarme mi patética pensión, y Dios ampare al
que viole las normas o no respete a la autoridad.» Muy bien, ellos
pagan un poquillo de dinero de sobornos. Dime una persona de
esta isla tenebrosa que no pague también sus pequeños sobornos.
Si hay gente pagándolos, tiene que haber quien los reciba. Es natural. Y si hay gente que los recibe... además — añadió el Rocker,
aburrido de pronto con su propio tema —, tu tío George ya lo
sabe todo.

La cabeza de león de Craw se alzó despacio, hasta que sus ojos
terribles se fijaron directamente en la cara desviada del Rocker.

—¿Qué sabe George? Si se me permite preguntarlo.

—Lo de esa maldita Sally Cale. Le hicimos un repaso completo
hace unos años para tu gente. Planeaba desestabilizar la libra esterlina o algo parecido. Invadir los mercados de oro de Zurich con
lingotes. Un montón de viejos chapuceros, como siempre, si quieres
saber mi opinión.

Transcurrió otra media hora, tras la cual el australiano se levantó cansinamente y deseó al Rocker larga vida y felicidad.

—Y tú pon el trasero mirando al crepúsculo — gruñó el Rocker.


Craw no se fue a casa aquella noche. Tenía amigos, un abogado de Yale y su esposa, que poseían una de las doscientas y pico
casas particulares de Hong Kong, un lugar vetusto y destartalado en
Pollock's Path, en la cima del Pico, y le habían dado una llave. A
la entrada, había aparcado un coche consular, pero los amigos de
Craw eran famosos por su adicción al mundillo diplomático. Craw
no pareció en absoluto sorprendido al encontrar en su habitación a
un respetuoso joven norteamericano sentado en el sillón de mimbre
leyendo una gruesa novela: Un muchacho rubio y pulido, de im-
pecable traje diplomático. Craw no le saludó, ni reaccionó en absoluto ante su presencia, sino que se acomodó en el escritorio y, en
una sola hoja de papel, siguiendo la mejor tradición de su mentor
papal Smiley, comenzó a redactar un mensaje en mayúsculas, personal para Su Santidad, manos heréticas abstenerse. Después, en
otra hoja, reseñó la clave correspondiente. Una vez terminada su

tarea, entregó ambos papeles al muchacho que, con gran deferencia, los metió en el bolsillo y salió rápidamente sin decir palabra.
Una vez solo, Craw esperó hasta oír el gruñido del coche antes
de abrir y leer el recado que el muchacho le había dejado. Luego
lo quemó y echó la ceniza por el desagüe antes de estirarse satisfecho en la cama.

Un día terrible, pero aún puedo sorprenderles, pensó. Estaba
cansado. Dios, qué cansado estaba. Vio los apiñados rostros de los
chicos de Sarratt. Pero avanzamos, Eminencias. Avanzamos inexorablemente. Aunque sea a ritmo de ciego, tanteando en la oscuridad. Es hora de que fume un poco de opio, pensó. Ya es hora de
que tenga una linda muchachita que me anime un poco. Dios, qué
cansado estaba.

Smiley quizás estuviese igualmente cansado, pero el texto del
mensaje de Craw, que recibió al cabo de una hora, le estimuló
considerablemente: sobre todo porque la ficha de la señorita Cale,
Sally, última dirección conocida Hong Kong, falsificadora de arte,
contrabandista de oro en lingotes y traficante de heroína a ratos,
estaba por una vez sana y salva e intacta en los archivos del Circus. No sólo eso. El nombre cifrado de Sam Collins, en su condición de residente extraoficial del Circus en Vientiane, aparecía
por todas partes como el emblema de un triunfo largo tiempo esperado.

# 10

# TÉ Y SIMPATÍA

Después de haberse puesto punto final al caso Dolphin, más de una vez acusaron a Smiley de que ese era el momento en que debía volver a visitar a Sam Collins y atizarle duro y directo, justo donde podía dolerle. George podría haberse ahorrado mucho trabajo de este modo, dicen los entendidos, podría haber aprovechado un tiempo vital.

Lo que dicen son puros disparates simplistas.

En primer lugar, el tiempo no tiene importancia. La veta de oro rusa, y la operación que financiaba, fuese la que fuese, llevaba funcionando años, y seguiría haciéndolo muchos más si nadie intervenía. Los únicos que exigían acción eran los barones de Whitehall, el propio Circus e, indirectamente, Jerry Westerby, que tuvo que soportar dos semanas más de aburrimiento mientras Smiley preparaba meticulosamente la siguiente jugada. Además, se acercaba Navidad, y eso impacienta a todo el mundo. Ko, y la operación que estaba controlando, fuese la que fuese, no mostraban signo alguno de evolución. «Ko y su dinero ruso se alzaban inmóviles como una montaña ante nosotros», escribió más tarde Smiley, en su documento final sobre el caso Dolphin. «Podíamos contemplar el caso cuanto quisiéramos, pero no podíamos moverlo. El problema no sería cómo movernos nosotros, sino cómo mover a Ko hasta el punto en el que pudiéramos descubrirle.»

La lección era clara: mucho antes que ningún otro, salvo quizás Connie Sachs, Smiley veía ya a la chica como una palanca potencial y, en cuanto tal, el personaje más importante del reparto... mucho más importante, por ejemplo, que Jerry Westerby, que era sustituible en cualquier momento. Ésta era una de las varias y buenas razones de que Smiley se dedicara a acercarse a ella todo lo que permitían las normas de seguridad. Otra razón era que el carácter de la relación entre Sam Collins y la chica aún flotaba en la bruma. Es muy fácil volverse ahora y decir «evidente», pero en aquel momento, las cosas no estaban tan claras. La ficha de Cale proporcionaba un indicio. La percepción intuitiva de Smiley permitía rellenar algunos datos en blanco del trabajo de campo de Sam; precipitadas orientaciones de Registro proporcionaron claves y el lote habitual de casos análogos; la antología de los informes de campo de Sam resultaba iluminadora. Sigue en pie el hecho de que cuanto más a distancia mantenía Smiley a Sam, más se acercaba a una comprensión independiente de las relaciones entre la chica y Ko y entre la chica y Sam, y más tantos acumulaba para cuando él y Sam volvieran a reunirse.

Y, ¿quién demonios podría decir honradamente cómo habría reaccionado Sam si le presionaran? Ciertamente, los inquisidores han logrado sus éxitos, pero también han tenido fracasos. Sam era un hueso duro de roer.

También influyó en Smiley otra consideración, aunque es demasiado caballeroso en su documento informativo final para mencionarlo. En los días que siguieron a la caída, surgieron muchos espectros, y uno de ellos era el temor a que, enterrado en alguna parte del Circus, se hallase el sucesor elegido de Billy Haydon: que Bill le hubiese introducido, reclutado y educado precisamente para el día en que él, de un modo u otro, desapareciese de escena. En principio, Sam había sido nombrado por Haydon. El que éste le hubiese sacrificado después muy bien podría ser puro fingimiento. ¿Quién podía estar seguro, en aquella atmósfera inquietante, de que Sam Collins no estuviera maniobrando para que le readmitiesen por ser el heredero elegido para proseguir la tarea de traición de Haydon?

Por todas estas razones, George Smiley se puso el impermeable y se fue a la calle. Gustosamente, sin duda... porque en el fondo aún seguía siendo un agente. Esto lo admitían incluso sus detractores.

En el distrito del viejo Barnsbury, en el distrito londinense de Islington, el día que Smiley hizo al fin su discreta aparición allí, la lluvia se estaba tomando un descanso de media mañana. Los goteantes sombreretes de las chimeneas de los tejados de losa de las casitas victorianas se apiñaban como pájaros sucios entre las antenas de televisión. Tras ellos, sustentado por un andamiaje, se alzaba el perfil de una urbanización pública abandonada por falta de fondos.

—¿Señor...?

—Standfast —contestó cortésmente Smiley, debajo del paraguas. Los hombres honrados se identifican mutuamente por instinto.

El señor Peter Worthington no tuvo más que abrir la puerta de su casa y echar un vistazo a aquel individuo gordo y empapado de agua que estaba a la puerta (la cartera oficial negra, con EIIR* grabado en la abultada solapa de plástico, el aire apocado y ligeramente astroso) para que su amable rostro alumbrase una expresión de amistosa bienvenida.

—Muy bien. Me parece excelente que haya venido usted. El Ministerio de Asuntos Exteriores está ahora en Downing Street, ¿no es así? ¿Qué hizo usted? Vino en metro desde Charing Cross, supongo... Pase, pase, tomaremos un té.

Era un individuo de la enseñanza privada que se había pasado a la enseñanza pública porque era más rentable. Tenía una voz medida, confortante y leal. Incluso su ropa, advirtió Smiley, mientras le seguía por el estrecho pasillo, parecía desprender una especie de aire de fidelidad. Peter Worthington podría tener sólo treinta y cuatro años, pero su grueso traje de mezclilla permanecería de moda (o pasado de ella) durante tanto tiempo como su propietario precisase. No había jardines. El estudio daba por atrás directamente a un patio de juegos de suelo de cemento. Una sólida reja protegía la ventana, y el patio estaba dividido en dos por una alta valla de alambre. Tras él se alzaba la escuela propiamente dicha, un barroco edificio eduardiano no muy distinto al Circus, salvo por el hecho de que podía verse el interior. En la planta baja, Smiley vio dibujos infantiles colgados de las paredes. Más arriba, tubos de ensayo en estanterías de madera. Era la hora del recreo y, en su mitad correspondiente, corrían tras un balón chicas en traje de gimnasia. Pero al otro lado de la alambrada había grupos silenciosos de muchachos, como piquetes a la puerta de una fábrica, negros y blancos separados. El estudio estaba inundado hasta la altura de la rodilla de cuadernos de ejercicios. Del frente de la chimenea colgaba un gráfico de los reyes y reinas de Inglaterra. Llenaban el cielo oscuros nubarrones que daban a la escuela un aire herrumbroso.

—Espero que no le importe el ruido — dijo Peter Worthington desde la cocina —. Yo ya no lo oigo, la verdad. ¿Azúcar?

—No, no. Nada de azúcar, gracias — dijo Smiley con una sonrisa confidencial.

—¿Controlando las calorías?

—Bueno, sí, un poquito, un poquito.

Smiley se estaba interpretando a sí mismo, pero exagerando un poco, como dicen en Sarratt. Un poco más campechano, un poco

* Elisabeth II Regina. (*Nota de los Traductores.*)

más preocupado: el honrado y amable funcionario que había llegado a su techo tope a la edad de cuarenta y se quedó siempre allí.

—¡Hay limón si quiere! — dijo desde la cocina Peter Worthington, con un inexperto traqueteo de platos.

—¡Oh, no, gracias! Con leche solo.

En el gastado suelo del estudio había pruebas de que existía
otro niño más pequeño: piezas de un juego de arquitectura y un
cuaderno con PA garrapateado interminablemente. De la lámpara
colgaba una estrella de Navidad de cartón. En las paredes pardus-
cas, Reyes Magos y trineos y algodón. Volvió Peter Worthington
con una bandeja de té. Peter era grande y tosco, tenía el pelo castaño de punta y prematuramente cano. Pese a tanto trajín, las tazas
no estaban demasiado limpias.

—Ha sido usted muy inteligente al venir en mi tiempo libre
— dijo, indicando con un gesto los cuadernos de ejercicios —. Si
es que puedo decir eso, con tanto cuaderno por corregir.

—Creo que a ustedes se les menosprecia mucho — dijo Smiley,
moviendo la cabeza suavemente —. Tengo amigos en la profesión.
Se levantan a media noche, sólo para corregir los ejercicios, o eso
me dicen, y no tengo motivo para dudarlo.

—Son los concienzudos.

—Estoy seguro de que usted puede incluirse en esa categoría.

Peter Worthington sonrió, súbitamente complacido.

—Me temo que sí. Puestos a hacer algo, hacerlo bien — añadió,
ayudando a Smiley a quitarse el impermeable.

—Ojalá fueran más los que piensan así, ojalá.

—Debería haber sido usted profesor — dijo Peter Worthington,
y los dos se echaron a reír.

—¿Y qué hace usted con su chico? — dijo Smiley, sentándose.

—¿Ian? Oh, va con su abuela. Mi madre, no la de ella — añadió mientras servía.

Le pasó a Smiley una taza.

—¿Usted es casado? — le preguntó.

—Sí, sí lo soy, y estoy muy satisfecho, si he de serle sincero.

—¿Hijos?

Smiley negó con un gesto, permitiéndose además un pequeño
frunce de desilusión.

—Por desgracia no — dijo.

—Eso es lo malo — dijo Peter Worthington, muy razonablemente.

—Sí, estoy seguro — dijo Smiley —. De todos modos, nos hubiese gustado la experiencia. Se aprecia más a nuestra edad.

—Dijo usted por teléfono que había noticias de Elizabeth — dijo Peter Worthington —. Me he alegrado muchísimo al saberlo, la verdad.

—Bueno, no es nada como para emocionarse — dijo cautamente Smiley.

—Pero esperanzador. Hay que tener esperanza.

Smiley se inclinó hacia la cartera de plástico negra de funcionario y abrió el débil cierre.

—En fin, no sé si podrá usted ayudarme — dijo —. No es que quiera ocultarle nada, la verdad, pero nos gusta estar seguros. Soy un hombre meticuloso, no me importa confesarlo. Hacemos exactamente igual con nuestros fallecidos extranjeros. Nunca nos comprometemos hasta no estar *absolutamente seguros*. Nombres, apellidos, dirección completa, fecha de nacimiento si podemos conseguirla; lo investigamos todo. Sólo para estar seguros. No la *causa*, por supuesto, nosotros no nos ocupamos de la *causa*, eso compete a las autoridades locales.

—Siga, siga — dijo cordialmente Peter Worthington. Advirtiendo la exageración del tono, Smiley alzó la vista, pero el honrado rostro de Peter Worthington estaba vuelto y Peter parecía estudiar un montón de viejos atriles de cuadernos de música que había apilados en un rincón.

Smiley se lamió el pulgar y abrió laboriosamente una carpeta, se la colocó sobre el regazo y pasó varias páginas. Era la ficha del Ministerio de Asuntos Exteriores, rotulada «Persona desaparecida», que Lacon había conseguido sacarle a Enderby con un pretexto.

—¿Sería mucho pedir que repasáramos los datos desde el principio? Sólo los importantes, claro, y sólo lo que usted quiera decirme, eso por descontado, claro. Vea usted, mi mayor quebradero de cabeza es que en realidad no soy la persona que hace normalmente este trabajo. Mi colega Wendower, al que ya conoce usted, está enfermo, desgraciadamente... y, bueno, en fin, no siempre somos partidarios de ponerlo *todo* sobre el papel, ¿comprende? Es un compañero magnífico, pero a mí me parece un poco *escueto* en sus informes. No es que sea perezoso, ni mucho menos, pero siempre le falta el aspecto humano del asunto.

—He sido siempre absolutamente sincero. Siempre — dijo Peter Worthington un tanto impaciente a los atriles de música —. Soy partidario de la sinceridad.

—Y por *nuestra* parte, se lo aseguro, nosotros en el Ministerio sabemos respetar una confidencia.

Cayó sobre ellos una súbita calma. A Smiley no se le había ocurrido hasta aquel momento que los gritos de los niños pudieran ser sedantes; sin embargo, cuando cesaron y el patio quedó vacío, tuvo una sensación de dislocamiento que tardó un momento en superar.

—Ha terminado el recreo — dijo Peter Worthington con una sonrisa.

—¿Cómo dice?

—El recreo. Bollos y leche. Para eso paga usted sus impuestos.

—Bien, en primer lugar, no hay duda de acuerdo con las notas de mi colega Wendower, no es nada contra él, se lo aseguro, de que la señora Worthington se fue sin que la moviese a ello ninguna clase de presión... Espere un momento, déjeme que le explique lo que quiero decir con eso, por favor. Ella se fue voluntariamente. Se fue sola. Nadie la persuadió engañosamente, nadie la tentó, y no fue, en ningún sentido, víctima de ninguna presión anormal. Presión que, por ejemplo, digamos, pudiera en su momento ser objeto de una acción legal ante los tribunales, que iniciase usted o iniciaran otros contra un tercero al que no se ha nombrado hasta ahora...

Como muy bien sabía Smiley, la verbosidad crea en los que deben soportarla una urgencia casi insoportable de hablar. Si no interrumpen directamente, responden, al final, con redoblada energía: y dada su profesión de maestro, Peter Worthington no era, en modo alguno, un oyente nato.

—Se fue sola, absolutamente sola, y mi opinión sincera es, fue y ha sido siempre, que era libre de hacerlo. Si *no* se hubiese ido sola, si hubiesen estado involucradas otras personas, hombres, todos somos humanos, bien lo sabe Dios, no habría habido ninguna diferencia. ¿Responde esto del todo a su pregunta? Los niños tienen derecho a ambos padres — concluyó, estableciendo una máxima.

Smiley escribía diligentemente, pero con mucha lentitud. Peter Worthington se tamborileó la rodilla con los dedos, chasqueó luego los nudillos, uno a uno, en una impaciente y rápida salva.

—¿Podría decirme usted ahora, señor Worthington, si han dictado ya una orden de custodia...?

—Nosotros siempre supimos que ella se iría. Estaba sobrentendido. Yo era su ancla. Ella me llamaba «mi ancla». O eso o «maestro». No me importaba. No lo decía con mala intención. Era simplemente que no podía soportar decir *Peter*. Ella me quería como un *concepto*, no como una imagen, quizás, un cuerpo, una mente, una persona, ni siquiera como a un compañero. Como un concepto, un elemento necesario para su plenitud humana, personal. Sentía una verdadera ansia de complacer, me doy cuenta de ello. Era parte de su inseguridad, anhelaba que la admirasen. Si hacía un cumplido, era porque quería otro a cambio.

—Entiendo —dijo Smiley, y volvió a escribir, como si suscribiese materialmente este punto de vista.

—Quiero decir que nadie podía tener a una chica como Elizabeth por esposa y esperar tenerla toda para sí. No era natural. He llegado a aceptarlo. Hasta el pequeño Ian tenía que llamarla Elizabeth. También lo entiendo. Ella no podía soportar las cadenas de «mami». Un niño corriendo detrás de ella llamándola «mami». No podía soportarlo. Era demasiado. Y, en fin, también lo entiendo. Me imagino que a usted puede resultarle difícil, ya que no tiene hijos, entender que una mujer, sea cual sea su carácter, una madre, bien atendida y amada y cuidada, que no tiene que ganarse la vida, abandone a su propio hijo y no le haya mandado ni una postal siquiera. Eso quizás le extrañe, puede que hasta le disguste. Bueno, mi punto de vista es muy distinto, la verdad. Aunque admito que al principio fue duro.

Miraba hacia el patio alambrado. Hablaba sin pasión, sin sombra alguna de lástima de sí. Como si hablase de un alumno.

—Aquí procuramos enseñar libertad a la gente. Libertad dentro de un espíritu cívico. Les dejamos que desarrollen su personalidad individual. ¿Cómo podía *yo* decirle a *ella quién* era? Yo quería estar allí, nada más. Ser amigo de Elizabeth. Su parada larga; ésa era otra de las cosas que me decía. «Mi parada larga.» El caso es que ella no *necesitaba* irse. Podía haber hecho todo lo que quisiera aquí, a mi lado. Las mujeres necesitan un apoyo, sabe. Si no lo tienen...

—¿Y aún no ha recibido usted ni una noticia directa suya? —preguntó suavemente Smiley—: ¿Ni una carta, ni siquiera esa postal para Ian, nada?

—Ni una letra.

Smiley escribió.

—Señor Worthington, que usted sepa, ¿ha utilizado alguna vez su esposa otro nombre?

Por algún motivo, la pregunta amenazó con enojar muy patentemente a Peter Worthington. Hubo en su mirada un relampagueo furioso, como si reaccionase ante una impertinencia en clase, y su dedo saltó disparado para exigir silencio. Pero Smiley siguió a toda marcha.

—¿Su nombre de *soltera*, por ejemplo? O una abreviatura de su nombre de casada, que en un país que no sea de habla inglesa *podría* crearle problemas con los nativos...

—Nunca. Nunca, *jamás*. Tiene usted que comprender la psicología básica de la conducta humana. Ella era un caso de libro de texto. Estaba deseando librarse del apellido de su padre. Una de las principales razones por las que se casó conmigo fue para tener un *nuevo* padre y un *nuevo* apellido. ¿Por qué habría de dejarlo una vez conseguido? Pasaba igual con sus fabulaciones, las historias disparatadas que contaba; lo que quería era escapar de su medio. En cuanto lo hizo una vez conseguido, después de encontrarme *a mí*, y la estabilidad que yo represento, ya no necesitaba, naturalmente, ser otra persona. *Era* otra persona. Estaba realizada. Así que, ¿por qué irse?

Smiley se tomó de nuevo un ratito. Miró a Peter Worthington como si estuviese indeciso, miró la carpeta, volvió al último apartado, se colocó las gafas y lo leyó, y evidentemente no por primera vez, ni mucho menos.

—Señor Worthington, si nuestra información es correcta, y tenemos buenas razones para creerlo así, yo diría que nuestro cálculo es como mínimo seguro en un ochenta por ciento, respondo hasta *ahí,* en la actualidad su esposa utiliza el apellido *Worth.* Y, curiosamente, está utilizando un nombre alemán, L-I-E-S-E, que, según me han dicho, no se pronuncia Liza, sino Lisa. Yo había pensado que quizás usted pudiera confirmar o negar este punto, y también el de si está o no activamente relacionada con un negocio de relojería en el Extremo Oriente, cuyas ramificaciones se extienden a Hong Kong y a otros centros importantes. Parece ser que vive en la opulencia y que goza de prestigio social y se mueve en círculos muy encumbrados.

Al parecer, Peter Worthington captaba muy poco de todo esto. Se había acomodado en el suelo, pero parecía incapaz de asentar las rodillas. Chasqueó los dedos una vez más, miró impaciente los atriles de partituras musicales hacinados como esqueletos en un rincón del cuarto, e intentaba hablar antes ya de que Smiley hubiera terminado.

—Mire. Lo que yo quiero es esto. Que el que se dirija a ella plantee las cosas tal como debe ser. No quiero ninguna reclamación apasionada, no quiero que se apele a su conciencia. Todo eso debe quedar descartado. Basta una exposición clara de lo que se ofrece; y que se la recibirá bien. Nada más.

Smiley se refugió en el impreso.

—Bueno, señor Worthington, qué le parece si, antes de llegar a *eso,* seguimos repasando los datos...

—*No hay* datos — dijo Peter Worthington, muy irritado de nuevo —. Lo único que hay son dos personas. Bueno, tres con Ian. En un asunto como éste *no hay* datos. En *ningún* matrimonio. Eso es lo que la vida nos enseña. Las relaciones son *totalmente* subjetivas. Yo estoy sentado en el suelo. *Eso* es un dato. Usted está escribiendo. *Eso* es un dato. La madre de Elizabeth estaba detrás del asunto. *Eso* es un dato. ¿Me entiende? Su padre es un chiflado y un criminal. *Eso* es un dato. Elizabeth *no* es hija de la Reina de Saba ni nieta natural de Lloyd George, diga ella lo que diga. Y *no* se ha licenciado en sánscrito, como le explicó a la directora, que aún hoy en día sigue creyéndoselo. «¿Cuánto volveremos a ver otra vez a su encantadora esposa oriental?» Y de joyería sabe tanto como yo. *Eso* es un dato.

—Datos y lugares — murmuró Smiley mirando el impreso —. Si pudiese aunque sólo fuera comprobar eso, para empezar.

—Por supuesto — dijo Worthington caballerosamente, y llenó de nuevo la taza de Smiley con una tetera de metal verde. Había tiza en las yemas de sus largos dedos. Era como el gris de su pelo.

—Creo que fue la madre en realidad la que la estropeó — continuó, en el mismo tono racional y claro —. Aquel afán de que subiera a un escenario, luego el ballet, luego lo de intentar meterla en televisión. Su madre lo único que quería era que admirasen a Elizabeth. Como sustituta de ella misma, claro. Es algo perfectamente natural, desde un punto de vista psicológico. Lea usted a Berne. A cualquiera. No era más que *su* modo de definir *su* personalidad individual. A través de su hija. Hay que tener en cuenta que esas cosas suceden. Yo ahora lo entiendo perfectamente todo, todo eso. Ella estaba bien, el mundo estaba bien, Ian estaba bien, y luego, de pronto, se larga.

—¿Sabe usted, por casualidad, si ella se comunica con su madre? Peter Worthington negó con un gesto.

—En modo alguno, creo yo. La había calado bien. Por la época en que se fue. Había roto con ella del todo. El único lío que puedo decir con seguridad que le ayudé a resolver. Mi única contribución a su felicidad...

—Creo que no tenemos aquí la dirección de su madre — dijo Smiley, repasando minuciosamente las páginas —. Usted no...

Peter Worthington le dio la dirección a velocidad de dictado, un poco alto, quizás.

—Y ahora, fechas y lugares — repitió Smiley —. *Por favor*.

Ella le había abandonado hacía dos años. Peter Worthington dijo no sólo la fecha sino la hora. No había habido ninguna escena; Peter Worthington no aprobaba las escenas; Elizabeth ya había tenido bastantes con su madre. Había sido una velada feliz, en realidad, *particularmente* feliz. La había llevado, para variar, a un restaurante próximo donde hacían *kebab.*

—Quizás lo haya visto usted al venir... se llama Knossos, queda junto al Express Dairy...

Bebieron y festejaron, y, para completar el trío, había ido Andrew Wiltshire, el nuevo profesor de inglés. Elizabeth había introducido a este Andrew en el yoga hacía unas semanas. Habían ido juntos a clase al Sobell Centre y se habían hecho muy buenos amigos.

—A ella le interesaba mucho el yoga — dijo Peter moviendo aprobatoriamente su cabeza cana —. Era algo que le interesaba de veras. Andrew era sólo el tipo de camarada capaz de animarla. Extrovertido, irreflexivo, muy físico... perfecto para ella — añadió taxativamente.

Habían vuelto los tres a casa a las diez, por la canguro, dijo: él, Andrew y Elizabeth. Él había hecho un café, luego escucharon música, y, hacia las once, Elizabeth les dio un beso a cada uno y dijo que iba a casa de su madre a ver cómo estaba.

—Creí entender que había roto con su madre — objetó suavemente Smiley, pero Peter Worthington prefirió no oírle.

Lo de los besos no tiene importancia para ella, por supuesto — explicó Peter Worthington, a título informativo —. Besa a todo el mundo, a los alumnos, a todas sus amistades... sería capaz de besar al basurero, a cualquiera. Es *muy* extrovertida. Repito, tiene que conquistar a todo el mundo. Quiero decir, que *toda* relación ha de ser una conquista. Sea su hijo, el camarero del restaurante, etc. Luego, una vez les ha conquistado, le aburren. Es muy lógico. Subió a ver a Ian, y estoy seguro de que utilizó ese momento para recoger el pasaporte y el dinero de los gastos de la casa, del dormitorio. Dejó una nota que decía «Lo siento» y no he vuelto a verla desde entonces. Ni yo ni Ian — añadió.

—Esto... ¿ha sabido Andrew algo de ella? — inquirió Smiley, colocándose de nuevo las gafas.

—¿Andrew? ¿Por qué Andrew?

—Usted dijo que eran amigos, señor Worthington. En estos asuntos, a veces las terceras personas se convierten en intermediarios.

Al decir la palabra *asunto* alzó la vista y se vio mirando directamente a los abyectos y honrados ojos de Peter Worthington: y, por un momento, cayeron a la vez las dos máscaras. ¿Estaba in-

vestigando Smiley? ¿O siendo investigado? Quizás sólo fuera su
asediada imaginación... ¿O acaso percibía, dentro de sí, y en aquel
muchacho débil que tenía ante sí, el estremecimiento de un parentesco embarazoso? «Debería existir una *liga* de maridos burlados
que se compadecen de sí mismos. ¡Todos tenéis la misma horroro-
sa y aburrida bondad!» le había dicho Ann una vez. Jamás conociste a tu Elizabeth, pensó Smiley, mirando aún fijamente a Peter
Worthington: y yo jamás conocí a mi Ann.

—En fin, eso es cuanto yo puedo recordar —dijo Peter Worthington—. Después de eso, todo está en blanco.

—Sí —dijo Smiley, refugiándose inconscientemente en la re-
petida aserción de Worthington—. Sí, ya comprendo.

Se levantó para irse. A la puerta, había un muchachito. Le miró
receloso y hostil. Una mujer corpulenta y apacible le seguía, le
llevaba además con las manos en alto, cogido por las muñecas,
como columpiándole, aunque en realidad, el niño se sostenía por sí.

—Mira, ahí está papá —dijo la mujer, mirando con afecto a
Worthington.

—Hola Jenny. Este es el señor Standfast, del Ministerio de
Asuntos Exteriores.

—¿Cómo está usted? —dijo cortés Smiley y, tras unos minutos
de charla intrascendente y la promesa de más información a su
debido tiempo, si la había, se apresuró a marcharse.

—Ah, y muy felices Pascuas —dijo desde la puerta Peter Worthington.

—Ah sí. Sí, claro. También a usted. A todos ustedes. Muy felices Pascuas... y muchas.

Si no les indicabas lo contrario, en el bar de la carretera te po-
nían azúcar en el café, y cada vez que la india hacía una taza,
la pequeña cocina se llenaba de vapor. En grupos de dos y de
tres, sin hablar, los hombres desayunaban, comían o cenaban, según la etapa en la que estuviesen de sus diversos días. También
allí se aproximaba Navidad. Sobre el mostrador, para dar navideña
alegría al ambiente, balanceábanse seis grasientas bolas de cristal
de colores, y una hucha pedía ayuda para los niños paralíticos. Smiley miraba el periódico de la tarde, pero no leía. En un rincón, a
menos de cuatro metros de él, el pequeño Fawn había adoptado
su clásica posición de niñera. Los ojos oscuros miraban afables a
los parroquianos y hacia la entrada del local. Sostenía la taza en
el aire con la mano izquierda, mientras la derecha le descansaba
ociosa junto al pecho. ¿Se sentaría así Karla?, se dijo Smiley. ¿Se

ocultaría Karla entre los libres de sospecha? Control lo había hecho. Control se había creado una segunda, tercera o cuarta vida entera para sí en un piso de dos habitaciones, junto a la vía de circunvalación del Western, bajo el modesto apellido Matthews, que no figuraba como alias en los archivos de los caseros. Bueno, lo de vida «entera» era algo exagerado. Pero había tenido ropa allí y una mujer, una señora Matthews; un gato incluso. Y tomado clases de golf en un club de artesanos los jueves de mañana temprano, mientras desde su mesa del Circus se burlaba del populacho y del golf y del amor y de cualquier otro ridículo objetivo humano que en secreto pudiese tentarle. Había alquilado incluso un huertecito, recordó Smiley, allí abajo, junto a un desvío de los ferrocarriles. La señora Matthews había insistido en llevar a Smiley a verlo en su pulcro Morris el día en que él le comunicó la triste nueva. Era el mismo revoltillo de los demás huertos: las rosas de siempre, verduras de invierno que no habían comido, un cobertizo de herramientas lleno de mangueras y cajas de semillas.

La señora Matthews fue una viuda dócil, pero práctica.

—Yo lo único que quiero es saber —le había dicho, tras leer la cifra del cheque—. Lo único que quiero es estar segura, señor Standfast: ¿murió *de verdad* o volvió con su esposa?

—Murió de verdad —ratificó Smiley, y ella le creyó, agradecida.

No añadió que la esposa de Control se había ido a la tumba hacía ya once años, aún convencida de que su marido tenía un cargo en el Consejo del Carbón.

¿Tenía Karla que urdir y planear en comités? ¿Tenía que combatir las camarillas, engañar a los tontos, halagar a los listos, mirar en espejos deformantes como Peter Worthington, para hacer su tarea?

Miró el reloj, miró luego a Fawn. Junto al lavabo había una caja de cambio de moneda. Pero cuando Smiley pidió cambio al propietario, éste se lo negó, alegando que estaba ocupado.

—¡Dáselo, cabrón! —gritó un camionero todo de cuero. El propietario se lo dio de inmediato.

—¿Qué tal? —preguntó Guillam, contestando a la llamada por la línea directa.

—Buen ambiente —contestó Smiley.

—Hurra —dijo Guillam.

Otra de las acusaciones que se esgrimieron después contra Smiley fue la de que perdía el tiempo en tareas serviles, en vez de delegar en sus subordinados.

Hay bloques de pisos cerca del campo de golf Town and Country, en los arrabales norteños de Londres que son como la superestructura de barcos en naufragio perpetuo. Se extienden al final de largos campos de césped, donde las flores no florecen nunca del todo, los maridos se largan en los botes salvavidas, en bloque, hacia las ocho y media de la mañana y donde las mujeres y los niños se pasan el día manteniéndose a flote hasta que los varones regresan demasiado cansados ya de navegar. Estos edificios se construyeron en los años treinta y desde entonces conservan su blanco mugriento. Sus oblongas ventanas de marcos metálicos dan a las verdes y lozanas olas del campo de golf, donde esas mujeres de los días laborables vagan con sus viseras como almas perdidas. Uno de estos bloques se llama Mansiones Arcadia, y los Pelling vivían en el número siete, con una angosta vista del hoyo nueve del campo de golf que se esfumaba cuando las hayas echaban hojas. Cuando Smiley pulsó el timbre, sólo oyó el leve tintineo eléctrico: ni pisadas, ni perros, ni música. Se abrió la puerta y una cascada voz de hombre dijo «Sí» desde la oscuridad; pero la que habló era mujer. Una mujer alta y encorvada. Llevaba en la mano un cigarrillo.

—Me llamo *Oates* — dijo Smiley, ofreciendo una gran tarjeta verde forrada en celofán. A disfraz distinto, nombre distinto.

—Vaya, es usted, pase. Quédese a cenar y ver el espectáculo. Parecía usted más joven por teléfono — atronó con una voz ronca que pugnaba por afinarse —. Está aquí. Cree que es usted un espía — añadió, y miró bizqueando la tarjeta verde —. No lo es, ¿verdad?

—No — dijo Smiley —. Más bien no. Sólo un detective.

El piso era todo pasillo. Abrió marcha ella, dejando una vaporosa estela de ginebra. Arrastraba una pierna al andar, y tenía paralizado el brazo derecho. Smiley lo atribuyó a un ataque apopléjico. Vestía como si nadie se hubiese fijado jamás en su estatura o en su sexo. Y como si no le importara. Llevaba zapatos bajos y un jersey varonil con cinturón, que le hacía los hombros más anchos.

—Dice que nunca ha oído hablar de ustedes. Que ha buscado el nombre en la guía telefónica y que no existe.

—Nos gusta ser discretos — dijo Smiley.

La mujer abrió una puerta.

—Mira, existen — informó sonoramente, hacia el interior de la habitación —. Y no es un espía, es un detective.

En un sillón lejano, un hombre leía el *Daily Telegraph* y lo

sostenía delante de la cara de modo que Smiley no veía más que
la cabeza calva y la bata, y las cortas y cruzadas piernas remata-
das por una chinelas de piel. Pero de algún modo supo de inmediato que el señor Pelling era de esos hombres bajitos que sólo
se casan con mujeres altas. En la habitación había todo lo que
podía necesitar para sobrevivir él solo. Televisor, cama, estufa de
gas, una mesa para comer y un caballete para pintar por zonas
numeradas. De la pared colgaba una foto pintada de una chica
muy guapa con una inscripción garrapateada en diagonal en una
esquina como hacen las estrellas de cine cuando dedican sus fotos
con amor a la gente vulgar. Smiley reconoció a Elizabeth Worthington. Había visto ya muchas fotos.

—Señor Oates, aquí Nunc —dijo la mujer, haciendo casi una
reverencia.

El *Daily Telegraph* descendió con lentitud de bandera de guarnición, y reveló una carita relumbrante y agresiva con tupidas cejas y gafas de directivo.

—Sí. Bueno, dígame quién es usted exactamente —dijo el señor Pelling—. ¿Es usted del servicio secreto o no? No quiero cuentos. Suelte lo que sea y acabemos. No soy partidario de los informes, ¿comprende? ¿Qué es eso? —exigió.

—Su *tarjeta* —dijo la señora Pelling, ofreciéndola—. Es verde.

Vaya, ya estamos intercambiando notas, ¿eh? También yo
necesito una tarjeta, eh, Cess, ¿verdad? Mejor algo impreso, querida mía. Acércate tú a Smith's, ¿quieres?

—¿Quiere usted tomar *té*? —preguntó la señora Pelling, volviendo la cabeza y bajando los ojos hacia Smiley.

—¿Por qué le ofreces té? —gruñó el señor Pelling, viendo que
ponía ya la tetera—. No tiene por qué tomar té. No es un invita-
do. Ni siquiera es del servicio secreto. Yo no pedí que viniera.
Quédese a pasar la semana —dijo luego, dirigiéndose a Smiley—.
Trasládese aquí, si lo desea. Ocupe la cama de ella. *Asesores de
Seguridad Universal... ¡y yo Napoleón!*

—Quiere hablar sobre Lizzie, querido —dijo la señora Pelling,
poniendo una bandeja para su marido—. Sé padre por una vez
en tu vida.

—Le iría muy bien a usted su cama, de veras —dijo en un
aparte el señor Pelling, alzando de nuevo el *Daily Telegraph*.

—Por esas amables palabras —dijo la señora Pelling, y soltó
una carcajada. Consistió en dos notas, como un reclamo de ave, y
no se proponía ser graciosa. Siguió un silencio incómodo.

**La señora Pelling pasó a Smiley su taza de té. Smiley la cogió**

y habló luego a la parte de atrás del periódico del señor Pelling.

—Caballero, una importante empresa extranjera está considerando a su hija Elizabeth para un cargo importante. Y ha pedido confidencialmente a mi empresa (es un trámite normal, pero muy necesarios en estos tiempos) que contacte con amigos y parientes suyos en este país y obtenga referencias sobre su carácter.

—Esos somos *nosotros,* querido —explicó la señora Pelling, por si su marido no había entendido.

El periódico descendió bruscamente.

—¿Sugiere usted acaso que mi hija tiene mal carácter? ¿Es lo que viene usted a decirme a mi casa, mientras bebe mi té?

—No, caballero —dijo Smiley.

—No, caballero —dijo la señora Pelling, sin propósito de ayudar.

Siguió un largo silencio que Smiley no se dio mucha prisa en romper.

—Señor Pelling —dijo al fin, en tono firme y paciente—. Tengo entendido que trabajó usted muchos años en Correos, y que llegó a ocupar un cargo importante.

—Muchos, *muchos* años —confirmó la señora Pelling.

—Trabajé —dijo el señor Pelling, otra vez detrás del periódico—. Se habla demasiado en este mundo. Y no se trabaja bastante.

—¿Admitió usted a delincuentes en su departamento?

El periódico retembló y se inmovilizó luego.

—¿O a comunistas? —dijo Smiley, con el mismo sosiego.

—Cuando lo hicimos nos libramos en seguida de ellos —dijo el señor Pelling, y ésta vez el periódico se quedó abajo.

La señora Pelling chasqueó los dedos.

—*Así* —dijo.

—Señor Pelling —continuó Smiley, en el mismo tono confidencial—, el cargo para el que se está considerando la candidatura de su hija es para una de las empresas más importantes de Oriente. Se especializará en transporte aéreo y por su trabajo conocerá de antemano todos los embarques importantes de oro que entren y salgan de este país, así como el movimiento de correos diplomáticos y correspondencia secreta. La remuneración es muy elevada. Me parece, pues, razonable, y supongo que también se lo parecerá a usted, el que su hija pase por la mismas formalidades que cualquier otro candidato a un puesto de tanta responsabilidad y tan deseable.

—¿Para quién trabaja *usted*? —dijo el señor Pelling—. Eso

es lo que yo quiero saber. ¿Quién me dice a mí que *es usted* de fiar?

—Nunc — rogó la señora Pelling —. ¿Quién dice que lo sea nadie?

—¡No me llames *Nunc*! Dale un poco más de té. Tú eres la anfitriona, ¿no? Pues actúa como una anfitriona. Ya era hora de que recompensaran a Lizzie y he de decir que estoy francamente irritado porque no haya ocurrido esto antes, debiéndole lo que le deben.

El señor Pelling reanudó el examen de la impresionante tarjeta verde de Smiley.

—«Corresponsales en Asia, Estados Unidos y Oriente Medio.» Colegas de pluma, supongo que son. Sede central en South Molton Street. Cualquier aclaración por teléfono bla bla bla. ¿Y con quién hablaré, entonces? Supongo que con su compañero de delito.

—Si es en South Molton Street, *debe* ser una cosa seria — dijo la señora Pelling.

—Autoridad sin responsabilidad — masculló el señor Pelling, marcando el número.

Hablaba como si alguien le estuviese tapándole las narices.

—Lo siento, pero es algo que no va conmigo.

—*Con* responsabilidad — corrigió Smiley —. Nosotros, como empresa, nos comprometemos a indemnizar a nuestros clientes por cualquier deshonestidad del personal que recomendamos. Nos aseguramos convenientemente, además.

El teléfono sonó cinco veces antes de que la centralita del Circus contestara, y Smiley rogó a Dios que no hubiese un lío.

—Póngame con el director administrativo — ordenó el señor Pelling —. ¡Me da igual que esté reunido! ¿No tiene nombre? ¿Bueno, qué pasa? Bien, dígale al señor Andrews Forbes-Lisle, que el señor Humphrey Pelling desea hablar personalmente con él. Ahora.

Larga espera. Bien hecho, pensó Smiley. Buen detalle.

—Le habla Pelling. Tengo aquí sentado frente a mí a un individuo que dice llamarse Oates. Bajo, gordo y preocupado. ¿Qué quiere usted que haga con él?

Smiley oyó en la lejanía el tono sonoro y castrense de Peter Guillam prácticamente ordenando a Pelling ponerse firme para hablar con él. Suavizado, el señor Pelling colgó.

—¿Sabe Lizzie que está usted hablando con nosotros? — preguntó.

—Se le caería la cabeza de risa si lo supiera — dijo su mujer.

—Puede que ni siquiera sepa que están considerando su candidatura para el cargo — dijo Smiley —. En estos tiempos, se tiende cada vez más a hacer la propuesta después de obtenido el visto bueno.

—Es por Lizzie, Nunc — le recordó la señora Pelling —. Ya sabes lo mucho que la quieres, aunque llevemos un año sin noticias suyas.

—¿Y no le escriben nunca ustedes? — preguntó Smiley, comprensivo.

—Ella no quiere — dijo la señora Pelling, mirando de reojo a su marido.

A Smiley se le escapó un levísimo gruñido. Podría haber sido de pesar, pero en realidad era de alivio.

—Dale más té — ordenó el marido —. Ya se lo ha zampado todo.

Luego, miró quisquilloso a Smiley de nuevo.

—Aún no estoy *seguro* de que no sea del servicio secreto, ni siquiera ahora — dijo —. No tiene pinta, desde luego, pero podría ser deliberado.

Smiley llevaba impresos. La imprenta del Circus los había fabricado la noche antes, con papel amarillo... lo que fue una suerte, pues resultó que en el mundo del señor Pelling, los impresos lo legitimaban todo, y el amarillo era el color más respetable. Así pues, los dos hombres trabajaron juntos como dos amigos haciendo un crucigrama, Smiley de pie junto al señor Pelling y éste haciendo el trabajo de pluma, mientras su mujer fumaba allí sentada mirando los descoloridos visillos, dando vueltas y vueltas a su anillo de boda. Anotaron la fecha y lugar de nacimiento: «Carretera arriba, en la Alexandra Nursing Home. La han derribado ya, ¿verdad, Cess? Lo han convertido en uno de esos bloques que son como helados.» Anotaron los datos relativos a estudios, y el señor Pelling expuso sus puntos de vista sobre tal materia:

—Nunca dejé que la tuvieran demasiado tiempo en un colegio, ¿verdad, Cess? Había que mantenerle el entendimiento despierto. Que no cayera en la rutina. Un cambio vale una vacación, le decía. ¿Verdad, Cess?

—Ha leído libros de pedagogía — dijo la señora Pelling.

—Nos casamos tarde — dijo él, como para explicar la presencia de ella.

—Queríamos que fuese actriz — dijo ella —. Él quería ser su representante, además.

El señor Pelling facilitó otros datos. Había habido una escuela de teatro y un curso de secretariado.

—Formación — dijo el señor Pelling —. Preparación, no estudios especializados, en eso creo yo. Aprender un poco de todo. Que sea una persona de mundo. Que tenga prestancia.

—Oh, sí, prestancia sí que tiene, sí — confirmó la señora Pelling, y con un clic de la garganta expulsó una gran bocanada del humo del cigarrillo — y mundo:

—¿Pero no llegó a *acabar* sus estudios de secretariado, ¿verdad? — preguntó Smiley, señalando el apartado —. Ni los de la escuela de teatro...

—No tenía por qué hacerlo — dijo el señor Pelling.

Pasaron a empleos anteriores. El señor Pelling enumeró media docena en la zona de Londres, todos con una diferencia de unos dieciocho meses.

—Asquerosos todos — dijo la señora Pelling muy satisfecha.

—Estaba buscando — dijo animosamente el marido —. Tanteando un poco antes de comprometerse. Yo le ayudé, ¿verdad, Cess? Todos la querían, pero yo no acepté.

Lanzó luego el brazo hacia su mujer, y añadió, gritando:

—¡Y no digas ahora que no valió la pena! ¡Aunque no se nos permita hablar de ello!

—Lo que más le gustaba era el ballet — dijo la señora Pelling —. Enseñar a los niños. Le *encantan* los niños. Le *encantan.*

Esto enojó muchísimo al señor Pelling.

—Ella está haciendo una *carrera,* Cess — gritó, golpeando con el impreso en las rodillas —. Dios del cielo, esta mujer cretina, ¿acaso quieres que vuelva con él?

—Ahora, dígame, ¿qué estaba haciendo ella exactamente en el Oriente Medio? — preguntó Smiley.

—Seguía unos cursos. Unos cursos financieros. Aprendía árabe — dijo el señor Pelling, adoptando de pronto una visión amplia.

Ante la sorpresa de Smiley, se levantó incluso y, gesticulando imperiosamente, se puso a pasear por la habitación.

—Lo que la llevó allí en principio — dijo —, no me importa decírselo, fue un matrimonio desgraciado.

—Dios, Dios — dijo la señora Pelling.

De pie, el señor Pelling tenía una robustez prensil que le hacía formidable.

—Pero la recuperamos. Oh, sí. Su habitación sigue estando ahí dispuesta para cuando la quiera. Queda junto a la mía. Puede recurrir a mí en cualquier momento. Oh, sí. La ayudamos a salir de ese lío, ¿verdad que sí, Cess? Luego un día yo le dije...

—Vino con un profesor de inglés muy majo, de pelo rizado
— interrumpió su esposa —. Andrew.

—Escocés — corrigió maquinalmente el señor Pelling.

—Andrew era un *buen chico,* pero a Nunc no le pareció gran
cosa, ¿verdad, querido?

—No era bastante para ella. Todo aquel asunto del yoga. Co-
lumpiarse colgado del rabo, así lo llamo yo. Luego, un día, voy
yo y le digo: «Lizzie: árabes. Ahí está tu futuro.»

Y chasqueó los dedos señalando a una hija imaginaria. Luego,
añadió:

—«Petróleo. Dinero. Poder. Vas a irte allí. Haz el equipaje.
Saca el billete. Vete.»

—Le pagó el viaje un club nocturno — dijo la señora Pelling —.
Para meterla en un buen lío...

—¡No hubo tal cosa! — replicó el señor Pelling, encogiendo
sus anchos hombros para gritarle, pero la señora Pelling siguió,
como si él no estuviese.

—Contestó a un anuncio, sabe. Una mujer de Bradford con muy
buenas palabras. Una alcahueta. «Se necesitan camareras; no es
lo que usted piensa», decía. Le pagaron el pasaje del avión y en
cuanto aterrizó en Bahrein le hicieron firmar un contrato en el que
entregaba todo el sueldo por el alquiler del piso. Con eso la tenían
cogida, ¿comprende? No podía ir a ninguna parte, ¿sabe? La Embajada no podía ayudarla, no podía ayudarla nadie. Ella es muy
guapa, ¿sabe?

—Esta bruja deslenguada y estúpida. ¡Hablamos de una *carrera*! ¿Es que no la quieres, es que no quieres a tu propia hija?
¡Eres una madre desnaturalizada! ¡Ay Dios mío, Dios mío!

—Ha hecho su carrera — dijo la señora Pelling muy satisfecha —. La mejor del mundo.

El señor Pelling se volvió desesperado a Smiley.

—Ponga «trabajo de recepción y aprendizaje del idioma» y
ponga...

—Quizás pudieran decirme ustedes — interrumpió suavemente
Smiley, mientras se lamía el pulgar y pasaba página —, podría
incluirse aquí... si ella ha tenido experiencia en la industria del
transporte.

—Ponga — el señor Pelling cerró los puños y miró primero a
su mujer, luego a Smiley, como dudando si continuar o no —.
Ponga «Y trabajar para los servicios secretos británicos en una
importante misión.» Confidencial. ¡Vamos! ¡Póngalo! Venga. Ahora
ya está dicho.

Luego, se volvió a su esposa y masculló:

—Trabaja en seguridad, lo ha dicho, tiene derecho a saber, y ella tiene derecho a que se sepa. Una hija mía no será una heroína anónima si yo puedo impedirlo. ¡O no pagada! Conseguirá la medalla George, ya lo verás.

—Oh, vamos, no digas tonterías — dijo cansinamente la señora Pelling —. Eso no fue más que uno de sus *cuentos*. Lo sabes de sobra.

—¿Podríamos quizás abordar los temas uno a uno? — preguntó Smiley, con cortés indulgencia —. Creo que estábamos hablando de experiencia en la industria del transporte.

El señor Pelling se cogió la barbilla con el pulgar y el índice, en actitud de sabio pensativo.

—Su primera experiencia *comercial* — empezó caviloso —. Dirigiendo ella sola su propio negocio, ¿comprende? Cuando se organizó todo y empezó a funcionar y realmente empezó a rendir, aparte de la cuestión del servicio secreto, me refiero, empleando personal y manejando grandes cantidades de dinero en metálico, y desempeñando la responsabilidad de la que ella es capaz... fue en... ¿cómo lo pronuncias?

—Vien-tian — atronó su mujer.

—Capital de Laos — dijo el señor Pelling, pronunciándolo de modo que rimase con caos.

—¿Y cómo se llamaba la empresa, por favor? — preguntó Smiley, la pluma sobre el apartado correspondiente.

—Una empresa destiladora de licores — dijo engoladamente el señor Pelling —. Mi hija Elizabeth poseía y dirigía una de las princiapes destilerías de aquel país destrozado por la guerra.

—¿Y cómo se llamaba?

—Vendía barrilitos de whisky sin marca a los vagabundos norteamericanos — dijo la señora Pelling, mirando a la ventana —. Con una comisión del veinte por ciento. Compraban los barrilitos y los dejaban madurar en Escocia como inversión para venderlos luego.

—Dice usted compra*ban*; ¿se refiere usted...? — preguntó Smiley.

—Luego, su amante fue y se largó con el dinero — dijo la señora Pelling —. Una estafa. Una buena estafa.

—¡Eso es un absoluto disparate! — bramó el señor Pelling —. Esta mujer está chiflada. No le haga caso.

—¿Y podría decirme cuál era su dirección en esa época? —preguntó Smiley.

—Ponga «representante» —dijo el señor Pelling, cabeceando desesperado, como si todo se descontrolase—. Representante de una empresa de licores y agente secreto.

—Vivía con un piloto —dijo la señora Pelling—. Chiquitín, le llamaba ella. De no ser por él, se habría muerto de hambre. Era encantador, pero le transformó la guerra. ¡Pues claro, es lo que pasa! Lo mismo que a *nuestros* muchachos, ¿verdad? Misiones noche tras noche, día tras día.

Y, echando la cabeza hacia atrás, gritó muy alto: «¡Al combate!»

—Está loca —explicó el señor Pelling.

—La mitad de ellos estaban con los nervios destrozados a los dieciocho. Pero aguantaron. Querían a Churchill, sabe. Le querían porque tenía coraje.

—Completamente loca —repetía el señor Pelling—. Loca perdida. Como una cabra.

—Perdone —dijo Smiley, escribiendo diligentemente—. ¿Chiquitín qué? Me refiero al piloto. ¿Cómo se llamaba?

—Ricardo. Ricardo el Chiquitín. Un *cordero*. Murió, sabe —dijo, mirando a su marido—. Lizzie quedó destrozada, ¿verdad, Nunc? Pero en fin, quizá fue lo mejor.

—¡Ella no vivía con *nadie*, mono antropoide! Era todo un amaño. ¡Trabajaba para el servicio secreto británico!

—¡Ay Dios mío! —dijo la señora Pelling, con desespero.

—*Nada* de Dios mío. Mellon *mío*. Apunte eso, Oates. Déjeme ver cómo lo escribe. Mellon. El nombre de su jefe en el servicio secreto británico era M-E-L-L-O-N. Como el fruto, pero con dos eles. Mellon. Fingía ser un simple comerciante. *Y* sacaba unos beneficios muy decentes de ello. Había de ser así, naturalmente, siendo un hombre inteligente como era. Pero en secreto...

Y el señor Pelling golpeó con el puño de una mano la palma abierta de la otra, produciendo un asombroso estruendo.

—... pero en secreto, detrás de la apariencia suave y afable de un hombre de negocios inglés, ese mismo Mellon, con dos eles, libraba una guerra solitaria y secreta contra los enemigos de Su Majestad. Y mi Lizzie le ayudaba en ella. Traficantes de drogas, chinos, homosexuales, todo elemento extranjero que se dedicase a conspirar contra nuestra patria, era combatido por mi gallarda hija Lizzie y su amigo el coronel Mellon, consagrados a impedir sus insidiosos objetivos. Esta es la honrada verdad del caso.

—*Vamos*, pregúnteme a mí en qué trabajaba — dijo la señora Pelling, y, dejando la puerta abierta, se fue pasillo adelante, mascullando entre dientes. Smiley miró, vio que paraba, que parecía ladear la cabeza, llamándole desde la oscuridad. Se oyó luego un portazo lejano.

—Es cierto — dijo con firmeza Pelling, aunque más quedamente —. Es la verdad, lo es. Mi hija era una importante y respetable agente de nuestro servicio secreto inglés.

Smiley no contestó al principio, estaba demasiado concentrado en escribir. Así que durante un rato, no se oyó más que el lento rumor de la pluma sobre el papel y el crujir de éste al pasar página.

—Bueno. Veamos. Tomaré... Creo que tomaré también esos datos. Confidencialmente, claro. En nuestro trabajo, no me importa decírselo, tropezamos a menudo con datos confidenciales de este género.

—Muy bien, muy bien — dijo el señor Pelling, y retrepándose en un sillón tapizado de plástico, sacó una sola hoja de papel de la cartera y se la puso a Smiley en la mano. Era una carta, manuscrita, que ocupaba cuartilla y media. La caligrafía era a un tiempo grandiosa e infantil, y el pronombre en primera persona aparecía con trazos muy prominentes y vistosos, mientras que los otros signos tenían una apariencia más humilde. Empezaba «Mis queridísimos y encantadores papás» y concluía «Vuestra única y verdadera hija Elizabeth», y el mensaje intermedio, cuyos pormenores más sobresalientes Smiley grabó en la memoria, era más o menos el siguiente: «He llegado a Vientiane que es una ciudad bastante sosa, un poco francesa y descontrolada, pero no hay problema, tengo noticias importantes para vosotros que he de comunicaros de inmediato. Es posible que estéis una temporada sin noticias mías, pero no os preocupéis ni aun en el caso de que oigáis cosas desagradables. Estoy perfectamente y cuidada y trabajando por una Buena Causa que os enorgullecería. Nada más llegar entré en contacto con el encargado de negocios inglés, el señor Mackervoor, que me envió a hacer un trabajo para Mellon. No puedo explicaros, así que tendréis que confiar en mí, pero Mellon es un hombre y es un próspero comerciante inglés que trabaja aquí, aunque ésa es sólo la mitad de la historia. Mellon me envía a Hong Kong a una misión en la que he de investigar sobre lingotes de oro y drogas, en secreto, claro, y tiene hombres en todas partes que me protegen y su verdadero nombre no es Mellon. Mackervoor está también en el asunto, pero en secreto. Aunque me sucediese algo, merecería la pena, de todos modos, porque vosotros y yo sabemos que lo que importa es la patria y ¿qué es una vida entre tantas en Asia, donde la vida nada cuenta, en realidad? Es un buen trabajo, papá, como los que tú y yo soñábamos, sobre todo tú, cuando estabas en la guerra luchando por tu familia y por tus seres queridos. Reza por mí y cuida de mamá. Os querré siempre, incluso en la cárcel.»

Smiley le devolvió la carta.

—No tiene fecha — objetó, muy tranquilo —. ¿Podría indicarme la fecha, señor Pelling? Aunque sea aproximada...

Pelling se la dio no aproximada sino exacta. No en vano había dedicado su vida laboral a trabajar para el correo del Reino.

—No ha vuelto a escribirme desde entonces — dijo, con orgullo el señor Pelling, doblando la carta y guardándola otra vez en la cartera —. Ni una palabra, ni una letra he recibido de ella hasta hoy. Totalmente innecesario. Somos uno. Era cosa sabida, yo nunca aludí a ello. Ni ella. Ella me hizo un guiño. Yo supe. Ella sabía y yo sabía también. Nunca se entendieron mejor una hija y un padre. Todo lo que siguió: Ricardo, como fuese el nombre, vivo, muerto, ¿qué más da? Cierto chino con el que tuvo relación, mejor olvidarlo. Amistades masculinas, femeninas, negocios, no haga caso de nada que le digan. Es todo fingimiento, todo. Les pertenece a ellos, del todo. Mi hija trabaja para Mellon y quiere a su padre. Y punto final.

—Es usted muy amable — dijo Smiley, recogiendo sus papeles —. No se preocupe, por favor, ya veré yo mismo de salir.

—Arrégleselas como pueda — dijo el señor Pelling con un destello de su viejo ingenio.

Cuando Smiley cerraba la puerta, el señor Pelling había vuelto al sillón y buscaba ostentosamente su lugar en el *Daily Telegraph.*

En el oscuro pasillo, el olor a bebida era más fuerte. Smiley había contado nueve pasos antes de oír el portazo, así que había de ser la última puerta de la izquierda, y la más alejada del señor Pelling. Podría haber sido el lavabo, pero el lavabo estaba indicado con un letrero que decía «Palacio de Buckingham, entrada posterior». Smiley dijo el nombre de ella muy suave y la oyó gritar «Salga». Él entró y se vio en el dormitorio de la señora Pelling, y vio a ésta espatarrada en la cama con un vaso en la mano, ojeando postales. La habitación, como la del marido, estaba provista para la vida autónoma, con hornillo y fregadero y muchos platos sucios. Por las paredes había fotos de una chica alta, muy guapa, unas con amistades o con novios, otras sola, la mayoría con fondos orientales. En la habitación olía a ginebra y a gas.

—No la dejará sola —dijo la señora Pelling—. Nunc no lo hará. Nunca pudo. Lo intentó, sí, pero no pudo. Es muy guapa, comprende —explicó por segunda vez, y se echó de espaldas alzando una postal para leerla.

—¿Vendrá él aquí?

—Ni a rastras, querido.

Smiley cerró la puerta, se sentó en una silla y sacó otra vez los papeles.

—Ahora tiene un chino que es un encanto —dijo la señora Pelling, mirando aún la postal al revés—. Se entregó a él para salvar a Ricardo y luego se enamoró. Es un verdadero padre para ella, el primero que tiene. Al final, todo salió bien, en realidad. Pese a las cosas malas. Se han terminado. Él la llama Liese. Cree que a ella le va más. Curioso, ¿verdad? A nosotros no nos gustan los alemanes, no crea. Somos patriotas. Y ahora, él le está buscando un buen trabajo, ¿verdad?

—Tengo entendido que ella prefiere el apellido Worth, en vez de Worthington. ¿Hay alguna razón para eso, que usted sepa?

—Yo diría que lo que se propone es reducir a ese insoportable maestro de escuela a su tamaño verdadero.

—Cuando dice usted que ella lo hizo por *salvar* a Ricardo, quiere usted decir, claro, que...

La señora Pelling exhaló un gruñido apesadumbrado y teatral.

—Ay ustedes los hombres. ¿Cuándo? ¿Quién? ¿Por qué? ¿Cómo? Entre los matorrales, guapito. En la cabina telefónica, querido. Ella compró la vida de Ricardo, con la única moneda que tenía. Le salvó con orgullo y le abandonó luego. Qué demonios, él era un haragán.

La señora Pelling cogió otra postal y estudió la foto, palmeras y una playa vacía.

—Mi pequeña Lizzie se fue detrás del seto con la mitad de Asia para encontrar a su Drake. Pero lo encontró.

Se incorporó luego con viveza, como si oyese un ruido, y miró a Smiley más atentamente, arreglándose el pelo.

—Creo que será mejor que se vaya, querido —le dijo, en la misma voz baja, volviéndose al espejo—. Me produce usted unos escalofríos galopantes, se lo confieso. No soporto tener caras honradas cerca. Lo lamento mucho.

Ya en el Circus, Smiley tardó un par de minutos en confirmar lo que ya sabía. Mellon, con dos eles, tal como había insistido *el señor* Pelling, era el nombre de trabajo registrado y el alias de Sam Collins.

# 11

# SHANGHAI EXPRESS

En la relación de lo que pasó por entonces tal como se recuerda ahora interesadamente, hay en este punto una engañosa condensación de acontecimientos. Por estas fechas, llegó Navidad a la vida de Jerry y se sucedieron veladas de trasegar bebida aburrido en el Club de Corresponsales Extranjeros, y de paquetes para Cat a última hora, torpemente envueltos en papel de Navidad a las tantas de la madrugada. Se presentó oficialmente a los primos una petición de pesquisas revisada sobre Ricardo que Smiley llevó personalmente al Anexo, a fin de explicarse mejor con Martello. Pero la petición quedó enredada en el ajetreo navideño (por no mencionar la caída inminente de Vietnam y de Camboya) y no concluyó su recorrido por los departamentos norteamericanos hasta bien entrado el año nuevo, tal como muestran las fechas del expediente Dolphin. En realidad, la reunión *crucial* con Martello y sus amigos del Grupo Antidrogas no se produjo hasta principios de febrero. El desgaste que para los nervios de Jerry significó esta prolongada espera se apreció intelectualmente dentro del Circus, aunque no se sintió ni influyó dada la permanente atmósfera de crisis. Por eso, uno puede acusar también aquí a Smiley, pero es muy difícil ver qué más podría haber hecho él, en su posición a no ser mandar a Jerry volver a casa: sobre todo dado que Craw seguía informando sobre su estado de ánimo en relumbrantes términos. La quinta planta trabajaba sin ánimos y Navidad apenas se advirtió, dejando aparte una fiesta bastante triste con jerez que hubo a mediodía del veinticinco, y un descanso más tarde en el que Connie y las madres pusieron el discurso de la reina muy alto para que se avergonzaran los herejes como Guillam y Molly Meakin, a quienes les pareció muy ridículo e hicieron malas imitaciones de él en los pasillos.

La incorporación oficial de Sam Collins a las diezmadas filas del Circus tuvo lugar en un día totalmente gélido de mediados de enero y tuvo su lado claro y su lado oscuro. El claro fue su detención. Llegó a las diez exactamente una mañana de lunes, no de smo-

king, sino de gallardo abrigo gris con rosa en la solapa, milagrosamente juvenil en aquel frío. Pero Smiley y Guillam estaban fuera,
encerrados con los primos, y ni los porteros ni los caseros tenían
orden de admitirlo, así que le encerraron tres horas en un sótano,
y allí se estuvo tiritando hasta que volvió Smiley a ratificar el nombramiento. Hubo más comedia por lo del despacho. Smiley le había instalado en la planta cuarta, junto a Connie y di Salis, pero
Sam no aguantó allí, quiso la quinta planta. La consideraba más
en consonancia con sus funciones de coordinador. Los pobres porteros subieron y bajaron muebles como *coolies*.

El lado oscuro es más difícil de describir, aunque lo intentaron
varios. Connie dijo que Sam estaba *frígido*, una inquietante elección adjetival. Para Guillam, estaba ávido, para las madres, *evasivo* y para los excavadores *demasiado suave*. Lo más extraño, para
quienes no tenían antecedentes de él, era su autosuficiencia. No pedía ningún expediente, no se esforzaba por conseguir ésta o aquélla
responsabilidad; no usaba apenas el teléfono, salvo para apostar
en las carreras o supervisar la marcha de su club. Pero su sonrisa
le acompañaba a todas partes. Las mecanógrafas afirmaban que
dormía con ella, y que la lavaba los fines de semana. Las entrevistas que Smiley sostenía con él tenían lugar a puerta cerrada, y,
poco a poco, el resultado de las mismas fue llegando al equipo.

Sí, la chica se había largado de Vientiane con un par de *hippies*
que habían superado la ruta de Katmandú. Sí, y cuando se deshicieron de ella, ella le había pedido a Mackelvore que le encontrase
empleo. Y, sí, Mackelvore se la había pasado a Sam, pensando
que sólo por su aspecto ya podía ser utilizable: todo, leyendo entre
líneas, muy parecido a lo que contaba la chica en su carta a casa.
Sam tenía por entonces un par de asuntillos de drogas enmoheciéndose en los libros y por lo demás estaba, gracias a Haydon, sin
nada que hacer, así que pensó que podría enrolarla con los pilotos
y ver qué pasaba. No lo comunicó a Londres porque Londres, por
entonces, se dedicaba a congelarlo todo. Se limitó a enrolarla a
prueba y pagarle de su fondo de administración. El resultado fue
Ricardo. También la dejó seguir una vieja pista hasta el asunto
de los lingotes de oro de Hong Kong, pero todo esto fue antes de
que se diese cuenta de que la chica era un desastre. Sam explicó
que para él fue un verdadero alivio que Ricardo se la quitase de
las manos y le consiguiese trabajo en Indocharter.

—¿Qué más sabe él, pues? — preguntó indignado Guillam —.
No es precisamente una buena recomendación, creo yo, para saltarse el orden natural inmiscuyéndose en nuestras reuniones.

—Él *la* conoce —dijo pacientemente Smiley, y reanudó su estudio del expediente de Jerry Westerby, que últimamente se había convertido en su principal lectura—. Tampoco nosotros renunciamos a un pequeño soborno de vez en cuando —añadió con enloquecedora tolerancia—. Y es perfectamente razonable el que tengamos que pasar por eso de vez en cuando.

Mientras tanto, Connie, con involuntaria aspereza, sorprendió a todo el mundo citando, según parece, al presidente Johnson en el tema de J. Edgar Hoover: «George prefiere tener a Sam Collins dentro de la tienda meando hacia fuera a que esté fuera meando hacia dentro», proclamó, y lanzó luego una risilla de colegial, ante su propia audacia.

Y, más en concreto: hasta mediados de enero, en el curso de sus continuadas excursiones a las minucias de los antecedentes de Ko, no desveló el doctor di Salis su asombroso descubrimiento de la supervivencia de un tal señor Hibbert, misionero en China del gremio anabaptista al que Ko había mencionado como referencia al solicitar el permiso para estudiar derecho en Londres.

Todo mucho más esparcido, en consecuencia, de lo que permite normalmente la memoria contemporánea: y, en consecuencia, la tensión de Jerry era mucho mayor.

—Existe la posibilidad de un título de caballero —dijo Connie Sachs. Lo habían dicho ya por teléfono.

Era una escena muy sobria. Connie se había cortado el pelo. Llevaba un sombrero castaño oscuro y un traje castaño oscuro y un bolso castaño oscuro que contenía el micrófono radiofónico. Fuera, en la calle, en una furgoneta azul con el motor y la calefacción encendidos, Toby Esterhase, el artista de acera húngaro, que llevaba una gorra de pico, fingía dormitar mientras recibía y registraba la conversación en los instrumentos que había debajo de su asiento. La extravagante figura de Connie había adquirido una decorosa disciplina. Llevaba un manejable cuaderno en la mano y un bolígrafo entre sus artríticos dedos. En cuanto al trasnochado di Salis, había costado trabajo modernizarle un poco. Llevaba, pese a sus protestas, una de las camisas a rayas de Guillam, con una corbata oscura a juego. El resultado fue bastante aceptable, para sorpresa de todos.

—Es *sumamente* confidencial —dijo Connie al señor Hibbert, hablando alto y claro. También se lo había dicho ya por teléfono.

—Enormemente —murmuró confirmatorio di Salis, y movió los brazos, hasta que le quedó un codo torpemente asentado en la huesuda rodilla, y una retorcida mano encapsuló el mentón y luego lo frotó.

El gobernador había recomendado a uno, dijo Connie, y ahora dependía del Consejo decidir si pasarían o no a *Palacio* la recomendación. Y con la palabra *Palacio* lanzó una mirada contenida a di Salis, que esbozó de inmediato una sonrisa luminosa aunque modesta, de celebridad entrevistada en la tele. Sus mechones de pelo gris estaban fijados con crema, y parecían (diría Connie más tarde) dispuestos para el horno.

—Así que comprenderá usted —dijo Connie con los tonos precisos de locutora de telediario— que para *proteger* nuestras más nobles instituciones contra un posible error, ha de hacerse una investigación escrupulosa.

—En *Palacio* —repitió el señor Hibbert, con un guiño a di Salis —. En fin, estoy abrumado. *Palacio, ¿*has oído, Doris?

El señor Hibbert era muy viejo. La ficha decía ochenta y uno, pero sus rasgos habían alcanzado la edad en que eran ya de nuevo ajenos al paso del tiempo. Llevaba su alzacuello y un jersey tostado con coderas de cuero y un chal por los hombros. El fondo de mar gris formaba un halo alrededor de su cabello blanco.

—*Sir Drake Ko* —dijo —. Nunca imaginé una cosa así, se lo confieso.

Su acento norteño era tan puro que, como su blanco cabello, parecía falso.

—*Sir Drake* —repitió —. En fin, estoy asombrado. ¿Verdad, Doris?

Estaba allí sentada con ellos su hija, una rubia de treinta a cuarenta y tantos; vestía un traje amarillo y llevaba colorete, pero los labios sin pintar. Nada parecía haberle sucedido a aquella cara desde la mocedad, aparte de un progresivo marchitarse de toda esperanza. Se ruborizaba al hablar, pero hablaba muy poco. Había hecho pastas y emparedados, finos como pañuelos, y había una torta de semillas sobre un tapetito. Para colar el té utilizaba un trozo de muselina con cuentas en los bordes para mantenerlo tenso y fijo. Colgaba del techo una pantalla de lámpara de pergamino agujereada en forma de estrella. Arrimado a una pared había un piano vertical con la partitura de *Lead kindly light* abierta. Sobre la rejilla de la chimenea vacía colgaba un ejemplar del *If* de Kipling, y las cortinas de terciopelo que colgaban a ambos lados de la ventana que daba al mar eran tan gruesas que parecían estar allí para ocultar una parte de vida no usada. No había libros, no había siquiera una Biblia. Había un televisor en color, muy grande, y una hilera larga de tarjetas de Navidad que colgaban de un cordel, las alas hacia abajo, como aves heridas en vuelo a punto de caer a tierra. No había nada que recordase la costa china, salvo que fuese la sombra de un mar invernal. Era un día sin viento ni mal tiempo. En el jardín, aguardaban dóciles en el frío cactos y arbustos. Pasaban por el paseo apresurados caminantes.

Les gustaría tomar notas, añadió Connie: en el Circus existe la tradición de que cuando se roba sonido deben tomarse notas, como reserva y como cobertura.

—Oh, escriban ustedes — dijo cordial el señor Hibbert —. No todos somos elefantes, ¿eh Doris? Doris tiene, bueno, una memoria magnífica; sí, tan buena como la de su madre.

—Bueno, lo que nos gustaría hacer antes que nada — dijo Connie, que procuraba a toda costa adaptarse al ritmo del viejo —, si fuese posible, es lo que hacemos siempre con los testigos de la persona, como le llamamos nosotros: nos gustaría determinar exactamente cuánto hace que conoció al señor Ko y las circunstancias de su relación con él.

Describa su acceso a Dolphin, estaba diciéndole Connie, con un lenguaje algo distinto.

Los viejos, cuando hablan de otro, hablan de sí mismos, estudian su propia imagen en borrosos espejos.

—Nací para la vocación — dijo el señor Hibbert —. Mi abuelo, la siguió. Mi padre, tenía una parroquia grande en Macclesfield. Mi tío murió a los doce años, pero ya había hecho sus votos, ¿verdad, Doris? Yo ingresé en una escuela de misioneros a los veinte. A los veinticuatro, zarpé para Shanghai destinado a la misión Vida del Señor. *Empire Queen* se llamaba el barco. Llevaba más camareros que pasajeros, si no recuerdo mal. Ay, sí, querida.

Se proponía pasar unos años en Saigón dando clases y aprendiendo el idioma, explicó, y luego tener la suerte de que le trasladasen a la misión de la China continental y pasar al interior del país.

—Me hubiese gustado. Me gustaba la causa. Siempre me han gustado los chinos. Nuestra misión no era muy rica, pero hacía una tarea. En fin, esas misiones *católicas*, bueno, eran más parecidas a sus monasterios, y con todas esas vinculaciones — dijo el señor Hibbert.

Di Salis, que había sido jesuita en tiempos, esbozó una leve sonrisa.

—Bueno, nosotros teníamos que conseguir a *nuestros* chicos por

las calles —dijo—. Shanghai era un batiburrillo extraño, se lo
aseguro. Había toda clase de cosas y de gente. Bandas, corrupción,
prostitución a todo pasto, teníamos políticos, dinero y codicia y
miseria. Todas las formas de vida humana estaban allí, ¿verdad,
Doris? Ella no puede acordarse, en realidad. Volvimos después de
la guerra, ¿verdad?, pero pronto nos echaron otra vez. Ella no tenía
más de once, por entonces, ¿verdad? Después de aquello, ya no
había plazas, ya no era Shanghai, así que volvimos aquí. Pero nos
gusta aquello, ¿verdad, Doris? —dijo el señor Hibbert, muy consciente de hablar para ambos—. Nos gusta el *aire*. Eso es lo que
nos gusta.

—Muchísimo —dijo Doris, y carraspeó en un puño muy grande.

—Así que nos las arreglábamos con lo que podíamos conseguir,
esa es la verdad —siguió el viejo—. Teníamos a la buena de la
vieja Fong. ¿Te acuerdas de Daisy Fong, Doris? Cómo no vas a
acordarte... ¿Te acuerdas de Daisy y de su campanilla? Bueno,
quizá no se acuerde. Ay, cómo pasa el tiempo, caramba. Una flau-
tista de Hamelin, eso era Daisy, salvo que ella con una campanilla,
y no era un hombre, y trabajaba para Dios, aunque luego cayese.
La mejor conversa que tuvimos, hasta que llegaron los japoneses.
Se iba por las calles, Daisy, haciendo milagros con aquella campanilla. A veces, se iba con ella el buen Charlie Wan, a veces iba
yo, preferíamos los puertos o las zonas de los clubs nocturnos...
detrás del Bund, por ejemplo, ...Callejón Maldito llamábamos a
aquello, ¿te acuerdas, Doris?... No puede acordarse, en realidad...
y la buena de Daisy tocaba su campanilla, ¡ring ring ring!

Se echó a reír al recordarlo: la estaba viendo ante sí allí con
toda claridad, porque su mano hacía inconsciente los vigorosos movimientos de la campanilla. Di Salis y Connie se unieron corteses
a la risa, pero Doris se limitó a fruncir el ceño.

—La Rue de Jaffe, ese era el peor sitio. En la parte francesa
estaba, claro, que era donde estaban las casas de pecado. Bueno,
en realidad, en Shanghai había en todas partes. Todo Shanghai estaba lleno. Ciudad Pecado, le llamábamos. Y con mucha razón.
En fin, acudían los niños y ella les preguntaba: «¿Alguno de vosotros ha perdido a su madre?» Y cogíamos una pareja. No muchos
a la vez, uno aquí, otro allá. Algunos probaban, en fin, por el
arroz de la cena, luego teníamos que mandarles a casa con una
bofetada. Pero siempre encontrábamos *unos cuantos* buenos, verdad que sí Doris, y poco a poco pusimos en marcha una escuela,
cuarenta y cuatro teníamos al final, ¿verdad?, algunos a pensión,
todos no. La Biblia, las cuatro reglas, algo de geografía y de his-

toria. Tampoco podíamos hacer más.

Di Salis, conteniendo su impaciencia, había fijado la vista en el grisáceo mar y no la apartaba de allí. Pero Connie había inmovilizado su cara en una firme sonrisa de admiración y no apartaba los ojos del viejo ni un instante.

—Así fue como Daisy encontró a los Ko —continuó, sin retomar el errático hilo de la narración—. Fue abajo en los muelles, verdad, Doris, buscaban a su madre. Venían de Swatow, los dos. ¿Cuándo fue eso? 1936, creo. El pequeño Drake tenía diez u once, y su hermano Nelson tenía ocho. Flacos como el alambre, estaban. Llevaban semanas sin una comida decente. ¡Se hicieron cristianos de arroz en un día, se lo aseguro! Y bueno, por entonces ellos no tenían nombre, nombres ingleses, me refiero. Eran chiu-chows, de los que viven en las barcas. Nunca llegamos a encontrar a su madre, ¿verdad Doris? «Muerta de bombas», decían. «Muerta de bombas». Pudieron haber sido los japoneses, o los de la Kuomintang. Nunca llegamos a saberlo, nunca, y para qué, en realidad... se la llevó el Señor, eso fue todo. Pero será mejor que deje eso y que vaya al asunto. En fin, el pequeño Nelson tenía el brazo destrozado. Una cosa espantosa de verdad. El hueso roto le salía por la manga, supongo que había sido de las bombas. Drake tenía cogido a Nelson por la mano buena y no le soltaba ni por amor ni por dinero ni por nada, al principio, ni siquiera para dejarle comer. Nosotros solíamos decir que tenían una mano buena entre los dos, ¿te acuerdas, Doris? Drake se sentaba allí a la mesa sujetándole, y dándole arroz sin parar. Teníamos un médico allí: ni siquiera *él* podía separarles. Teníamos que transigir con aquello. «Tú serás Drake», le dije. «Y tú serás Nelson, porque sois dos valientes marinos, ¿qué os parece?» Fue idea de tu madre ¿eh Doris? no te acuerdas. Ella siempre había querido tener chicos.

Doris miró a su padre y empezó a decir algo, pero cambió de idea.

—Solían acariciarle el pelo, sí —dijo el viejo, en un tono como misterioso—. Le acariciaban el pelo a tu madre, sí, y tocaban la campanilla de la vieja Daisy, era lo que más les gustaba. Hasta entonces, nunca habían visto un pelo rubio. Oye, Doris, ¿qué te parece un poquito más de *saw*? A mí se me ha quedado frío y estoy seguro de que también a ellos. *Saw* es como se dice té en shanghainés —explicó—. En Cantón dicen *cha*. Aún seguimos utilizando algunas palabras de allá, no sé por qué...

Con un cuchicheo irritado, Doris salió del cuarto y Connie aprovechó la oportunidad para hablar.

—Escuche, señor Hibbert, verá, nosotros no teníamos, hasta ahora noticia de un *hermano* — dijo, en tono de leve reproche —. Era
más joven, dice usted... ¿dos años menos? ¿Tres?

—¿Qué no tenían noticia de Nelson? — dijo el viejo asombrado —. ¡Vaya, con lo que él le quería! Era toda su vida, Nelson, sí.
Hacía lo que fuera por él. ¿No tenían noticia de Nelson, Doris?

Pero Doris estaba en la cocina, preparando *saw*.

Al referirse a sus notas, Connie utilizaba una escueta sonrisa.

—Me temo, señor Hibbert, que la culpa sea nuestra. Aquí veo
que los del departamento del gobierno han dejado un espacio en
blanco frente a *hermanos y hermanas*. Alguien lo lamentará en
Hong Kong dentro de poco, se lo aseguro. Supongo que usted no
recordará la fecha de nacimiento de Nelson... sólo por abreviar los
trámites.

—¡No, Dios mío! Daisy Fong seguro que la recordaría, pero
murió hace mucho. Les daba a todos fecha de nacimiento ella,
Daisy, hasta cuando ni ellos la conocían.

Di Salis tiró del lóbulo de una oreja, hacía abajo bajando la
cabeza.

—¿O sus nombres chinos? — masculló, con voz destemplada —.
Podrían ser útiles, para la comprobación...

El señor Hibbert seguía moviendo la cabeza.

—¡No tenían noticia de Nelson! ¡Bendito sea Dios! Si no se
puede pensar siquiera en Drake sin el pequeño Nelson al lado.
Iban tan juntos como el pan y el queso, eso solíamos decir... siendo huérfanos es natural.

Oyeron el teléfono en el recibidor y, con oculta sorpresa de
Connie y de di Salis, un claro «Maldita sea» de Doris en la cocina, al descolgar para contestarlo. Oyeron retazos de belicosa conversación por encima del creciente rumor de la tetera, «Bueno, y
por qué ahora no... si eran los malditos frenos, *por qué* dice ahora
que es el embrague... No, no queremos un coche nuevo. Queremos
que nos reparen el viejo, que demonios.» Con un sonoro «Cristo»,
colgó y volvió a la silbante tetera.

—Los nombres chinos de Nelson — instó Connie, con suavidad, sonriendo, pero el viejo hizo un gesto negativo.

—Eso tendrían que preguntárselo a la vieja Daisy — dijo —. Ya
hace mucho que está en el cielo, Dios la bendiga.

Di Salis parecía a punto de negar la pretensión de ignorancia
del viejo, pero Connie le hizo desistir de ello con una mirada.
*Dale cuerda*, le decía en ella. *Si le fuerzas, lo perderemos todo.*

El viejo se mecía en la silla. Inconscientemente, había dado una vuelta completa y ahora hablaba al mar.

—Eran el día y la noche —decía el señor Hibbert—. Nunca vi hermanos tan distintos, ni tan fieles, ésa es la verdad.

—¿Diferentes en qué sentido? —preguntó invitadoramente Connie.

—Bueno, el pequeño Nelson se asustaba hasta de las cucarachas. Esa fue la primera cosa, sí. Entonces no teníamos instalaciones sanitarias como es debido, naturalmente. Teníamos que mandarles al cobertizo y, ay Dios, aquellas cucarachas, ¡volaban por todas partes en aquel cobertizo, como balas! Nelson no quería ni acercarse allí. Su brazo iba curando bastante bien, comía ya como un gallito de pelea, pero el muchachito prefería contenerse durante días antes que entrar allí. Tu madre le prometía la luna si lo hacía. Daisy Fong le dio un palo y aún puedo ver su mirada, a veces te miraba y cerraba la mano buena y era como si te volviese de piedra, aquel Nelson era rebelde de nacimiento, sí. Luego, un día, nos asomamos a la ventana y allí estaban. Drake cogiendo al pequeño Nelson por el hombro, y conduciéndole hacia el cobertizo para acompañarle mientras hacía sus cosas. ¿Se ha fijado que caminan distinto los niños de las barcas? —preguntó con viveza, como si estuviera viéndoles en aquel momento—. Tienen las piernas arqueadas de vivir en las barcas.

De pronto, se abrió la puerta y apareció Doris con una bandeja de té recién hecho, que ruidosamente posó.

—Y cantando igual —dijo, y volvió a quedarse callado, mirando hacia el mar.

—¿Cantando himnos? —instó animosamente Connie, mirando hacia el bruñido piano con sus candelabros vacíos.

—Drake, canturreaba cualquier cosa siempre que tu madre se ponía al piano. Villancicos. «Hay una verde colina.» Drake era capaz de hacer cualquier cosa por tu madre, lo que fuese. Pero el pequeño Nelson, nunca le oí cantar ni una nota.

—Ya le oíste luego bastante —le recordó acremente Doris, pero él prefirió no oírlo.

—Tomaba la comida, la cena, pero ni decía amén siquiera. Tuvo una verdadera lucha con Dios desde el principio —se echó a reír de pronto muy animado—. Pero, yo siempre lo digo, esos son los verdaderos creyentes. Los otros son sólo corteses. Sin ese enfrentamiento no hay una verdadera conversión.

—Esos condenados del garaje —murmuró Doris, furiosa todavía por la llamada telefónica, mientras cortaba un trozo de torta de semillas.

—Un momento... su chófer es persona decente, supongo — exclamó el señor Hibbert —. ¿Les parece que salga Doris a decirle que entre? ¡Debe estar muriéndose de frío ahí fuera! ¡Tráele, vamos, Doris!

Pero antes de que ninguno de los dos pudiera contestar, el señor Hibbert había empezado a hablar de su guerra. No de la guerra de Drake ni de la de Nelson, sino de la suya, en desconyuntados retazos de gráfica memoria.

—Fue algo muy curioso, muchos pensaban que hacía falta que llegasen los japoneses. Para enseñarles lo que es bueno a esos chinos nacionalistas advenedizos. Y no digamos a los comunistas, claro. Y tardaron en darse cuenta, le advierto. Ni siquiera cuando empezaron los bombardeos se convencieron. Los establecimientos europeos cerraron, los taipans evacuaron a sus familias. El Club de Campo se convirtió en hospital. Pero aún había gente que decía «no hay que asustarse». Luego, un día, *bang*, se nos echaron encima, ¿verdad, Doris? Matando a tu madre de paso. No tenía fuerzas ya, la pobre, después de la tuberculosis. De todos modos, esos hermanos Ko estaban en mejores condiciones que la mayoría...

—¿Ah, sí?... ¿por qué? — preguntó Connie muy interesada.

—Conocían a Jesús y Él podía consolarles y guiarles, ¿no es cierto?

—Desde luego — dijo Connie.

—Qué duda cabe — canturreó di Salis, juntando dos dedos y tirando de ellos —. *Por supuesto* que sí — añadió untuosamente.

Así que con los nipones, como él les llamaba, la misión cerró y Daisy Fong llevó con su campanilla a los niños a unirse a las columnas de refugiados que en carretones, autobuses o trenes, pero a pie sobre todo, tomaron la ruta de Shangjao y por último la de Chungking, donde habían instalado temporalmente su capital los nacionalistas de Chiang.

—No puede hablar mucho tiempo seguido — advirtió Doris en determinado momento, en un aparte a Connie —. Chochea.

—Oh, sí que puedo, querida — corrigió el señor Hibbert con una sonrisa afectuosa —. Ya he tenido mi cuota de vida. Puedo hacer lo que quiera.

Bebieron el té y hablaron del jardín, que había sido un problema desde que se habían instalado allí.

—Nos dijeron, cojan las de hojas plateadas que aguantan la sal, no sé, verdad, Doris, no parecen prender, verdad Doris.

El señor Hibbert vino a decir poco más o menos que desde la

muerte de su esposa también había acabado su propia vida: estaba esperando ya el momento de reunirse con ella. Habían vivido una temporada en el norte. Después había trabajado una temporada en Londres, propagando la Biblia.

—Luego, nos vinimos al sur ¿verdad Doris? No sé bien por qué.

—Por el aire — dijo ella.

—Habrá una fiesta, ¿verdad? En Palacio... — preguntó el señor Hibbert —. Quizás Drake nos incluya como invitados. Te imaginas, Doris. A ti te gustaría. Una fiesta en los jardines reales. Sombreros.

—Pero volvieron ustedes a Shanghai — le recordó por fin Connie, moviendo sus papeles para que atendiese —. Los japoneses fueron derrotados, se liberó Shanghai y volvieron ustedes. Sin su esposa ya, claro, pero de todos modos volvieron.

—Oh sí, allá nos fuimos.

—Y vieron otra vez a los Ko. Volvieron a encontrarse y tuvieron una maravillosa charla, supongo. ¿Fue eso lo que pasó, señor Hibbert?

Pareció, por un momento, no haber captado la pregunta. Pero de pronto, en acción retardada, se echó a reír.

—Dios santo, sí, y por entonces eran, además, unos hombrecitos. ¡Eran ya unos mozos! Y andaban ya detrás de las chicas, excusa el comentario, Doris. Yo siempre dije que Drake se habría casado contigo, querida, si le hubieras dado alguna esperanza.

—Oh vamos, papá — murmuró Doris, hacia el suelo, ceñuda.

—Y Nelson, ay Dios mío. ¡Era el revolucionario! — tomaba el té a cucharadas, meticulosamente, como si estuviera alimentando a un pájaro —. «¿Dónde señora?», ésa fue su primera pregunta, la de Drake. Quería mucho a tu madre. «¿Dónde señora?» Había olvidado el inglés, y Nelson igual. Tuve que darles lecciones luego. Así que le expliqué. Él había visto muchas muertes ya por entonces, desde luego. Y le costó creerlo. «Señora muerta», le dije. No había más que decir. «Ha muerto, Drake, y está con Dios.» No le había visto llorar nunca ni volví a verle nunca después. Pero aquel día lloró. Le quise mucho por aquello. «Perdí dos madres», me dice. «Madre muerta, ahora señora muerta.» Rezamos por ella, ¿qué otra cosa podíamos hacer? El pequeño Nelson no lloraba ya ni rezaba. Él no. Nunca la quiso como Drake. No era nada personal. Pero era su enemiga. Todos lo éramos.

—¿A quién se refiere cuando dice todos, señor Hibbert? — preguntó di Salis, engatusador.

—Los europeos, los capitalistas, los misioneros: todos los que habíamos ido allí a por sus almas, o a por su trabajo o por su plata. Todos nosotros — repitió el señor Hibbert, sin la menor huella de rencor —. Explotadores, así nos veía. Era verdad, en cierto modo, además.

La conversación quedó colgando embarazosamente un instante, hasta que Connie volvió a hilvanarla con mucho cuidado.

—Así que, en fin, volvieron ustedes a abrir la misión y allí estuvieron hasta que llegaron los comunistas en el cuarenta y nueve, y durante esos cuatro años, por lo menos, pudieron velar paternalmente por Drake y Nelson. ¿Fue así, no, señor Hibbert? — preguntó, con la pluma preparada.

—Oh sí, volvimos a colgar la lámpara en la puerta. En el cuarenta y cinco estábamos entusiasmados, como todo el mundo. Había acabado la guerra, los japoneses habían perdido, los refugiados podían volver a sus hogares. Había alegría y abrazos por las calles. En fin, lo habitual en tales casos. Teníamos dinero, indemnización, supongo, una subvención. Volvió Daisy Fong, aunque no por mucho tiempo. Durante el primero o los dos primeros años, se mantuvieron las apariencias, pero ni siquiera eso, en realidad, ni eso siquiera. Estaríamos allí mientras Chiang-Kai-Chek pudiese gobernar... en fin, nunca fue muy capaz de hacerlo, ¿verdad? En el cuarenta y siete, ya teníamos a los comunistas en las calles... y en el cuarenta y nueve estaban instalados allí ya para quedarse. El Acuerdo Internacional había desaparecido hacía mucho, por supuesto, y también las concesiones, y fue una cosa buena. El resto llegó poco a poco. Había gente ciega, como siempre, que decía que el viejo Shanghai no moriría nunca, lo mismo que pasó cuando los japoneses. Shanghai había corrompido a los manchúes, decían; a los señores de la guerra, a la Kuomingtang, a los japoneses, a los ingleses. Ahora corrompería a los comunistas. Se equivocaban, claro. Doris y yo... bueno, nosotros no creíamos en la corrupción, ¿verdad?, no creíamos que fuera una solución para los problemas de China, tu madre tampoco lo creía. Así que nos volvimos a casa.

—¿Y los Ko? — le recordó Connie, mientras Doris sacaba ruidosamente la labor de una bolsa parda de papel.

El viejo vaciló y esta vez quizás no fuera la senilidad lo que frenaba su narración, sino la duda.

—Bueno, sí — concedió, tras un intervalo inquietante —. Sí, aventuras raras sí tuvieron los dos, sí, de eso no cabe duda.

—*Aventuras* — repitió Doris furiosa, sin dejar la labor —. Destrozos y alborotos más bien.

La luz se pegaba ya al mar, pero dentro de la habitación agonizaba y el fuego de gas petardeaba como motor lejano.

Drake y Nelson, al escapar de Shanghai, quedaron separados varias veces, contó el viejo. Y se buscaron desesperados hasta encontrarse. Nelson, el joven, consiguió llegar hasta Chungking sin un rasguño, sobreviviendo al hambre, al agotamiento y a los infernales bombardeos aéreos en que murieron miles de personas. Pero a Drake, como era mayor, le alistaron en el ejército de Chiang, aunque Chiang no hacía más que escapar y correr con la esperanza de que los comunistas y japoneses se matasen entre sí.

—Removió cielo y tierra, Drake, intentando llegar al frente y preocupadísimo por Nelson. Y, por supuesto, Nelson, bueno, estaba en Chungking perdiendo el tiempo, verdad, entregado a sus lecturas ideológicas. Tenían allí hasta el *New China Daily,* me contó más tarde. Y publicado con permiso de Chiang ¡imagínese! Había unos cuantos más de sus mismas ideas allí, y se unieron y se dedicaron a estudiar cómo habría que organizar las cosas cuando terminara la guerra. Y por fin, gracias a Dios, terminó.

En 1945, dijo el señor Hibbert sencillamente, la separación de los dos hermanos concluyó por un milagro:

—Una posibilidad entre miles, eso fue, entre millones. La carretera estaba literalmente llena de ríos de camiones, carretas, soldados, cañones, todo hacia la costa, y allí estaba Drake corriendo arriba y abajo como un loco: «¿Habéis visto a mi hermano?»

El dramatismo del momento afectó de pronto al predicador que había en él y alzó más la voz.

—Y un tipejo sucio le puso a Drake la mano en el brazo. «Oye. Tú. Ko.» Como si estuviese pidiéndole fuego. «Tu hermano está dos camiones más atrás, hablando por los codos con una pandilla de hakkas comunistas.» Al momento estaban abrazados y Drake no perdió de vista a Nelson ya hasta que volvieron a Shanghai y ni siquiera entonces.

—Entonces fueron a verle a usted — sugirió afablemente Connie.

—Cuando Drake volvió a Shanghai, tenía una cosa en la cabeza y sólo una: el hermano Nelson tenía que estudiar. No había otra cosa en esta buena tierra de Dios que le interesase más a Drake que los estudios de Nelson. *Nada:* Nelson tenía que estudiar.

La mano del viejo golpeó el brazo del asiento.

—*Uno* de los dos hermanos al menos tenía que terminar los estudios. ¡Oh, sí, Drake fue inflexible en eso! Y lo consiguió — dijo el viejo —. Drake lo consiguió. Tenía que conseguirlo. Era un muchacho muy listo ya por entonces. Tenía diecinueve años, más o menos, cuando volvió de la guerra. Nelson andaba por los diecisiete. Y trabajaba noche y día también... en sus estudios, claro. Lo mismo que Drake. Pero Drake trabajaba con su cuerpo.

—Era un delincuente — dijo Doris entre dientes —. Se metió en una banda y robaba. Cuando no andaba manoseándome a *mí*.

No quedó claro si el señor Hibbert la había oído o si simplemente respondía a una objeción habitual de ella.

—Vamos, Doris, tienes que juzgar aquellas sociedades secretas con alguna perspectiva — corrigió —. Shanghai era una ciudad-estado. Dirigida por un puñado de príncipes comerciantes, barones ladrones y sujetos de peor calaña aún. No había sindicatos, ni ley ni orden. La vida era barata y dura. Y dudo que Hong Kong sea muy distinto hoy si rascas un poco la superficie. Algunos de aquellos supuestos caballeros ingleses habrían hecho parecer a los fabricantes de Lancashire un resplandeciente ejemplo de caridad cristiana, por comparación.

Una vez administrado el suave correctivo, volvió a Connie y a su narración. Connie le resultaba familiar: la dama arquetípica del primer banco: grande, atenta, de sombrero, escuchando indulgente sin perderse una sola palabra.

—Venían a tomar el té, ¿verdad?, a las cinco, los hermanos. Yo lo tenía todo listo, la comida en la mesa, la limonada que a ellos les gustaba, llamémosle soda. Drake venía de los muelles, Nelson de sus libros, y comían sin hablar apenas, y luego volvían al trabajo, ¿verdad, Doris? Desenterraron de no sé dónde a un héroe legendario, el estudiante Che Yin. Che Yin era tan pobre que tuvo que aprender a leer y a escribir él solo a la luz de las luciérnagas. Y ellos hablaban de que Nelson le emularía. «Vamos, Che Yin — le decía yo —, toma otro bollo para reponer fuerzas.» Se estaban un rato y volvían a marcharse. «Adiós, Che Yin, adiós.» Nelson de vez en cuando, si no tenía la boca demasiado llena, me soltaba un discurso político. ¡Dios santo, qué ideas tenía! Nada que pudiéramos haberle enseñado nosotros, se lo aseguro, no sabíamos tanto. El dinero raíz de todo mal, ¡bueno, *eso* no iba a negárselo! ¡Llevaba años predicándolo yo! Amor fraterno, solidaridad, la religión el opio de las masas, bueno, eso yo no podía aceptarlo. Pero lo del clericalismo, las mentiras del alto clero, el papismo, la idolatría... en fin, en eso no andaba muy descaminado tampoco, en mi opinión. También hablaba mal de nosotros los ingleses, pero, en fin, no es que no lo mereciésemos, desde luego.

—Pero eso no le impedía comerse tu comida, ¿verdad? — dijo

Doris en otro aparte —. O abjurar de sus ideas religiosas. O destrozar la misión.

Pero el viejo se limitó a sonreír pacientemente.

—Doris, querida mía, te lo he dicho antes y te lo diré siempre. El Señor tiene muchas formas de manifestarse. Mientras haya hombres buenos dispuestos a salir a buscar la verdad y la justicia y el amor fraterno, Él no se quedará esperando demasiado tiempo a la puerta.

Doris se refugió ruborosa en la labor.

—Ella tiene razón, desde luego. Nelson *destrozó* la misión. Abjuró además de su religión.

Una nube de pesar amenazó su viejo rostro un instante, hasta que, de pronto, triunfó la risa.

—¡Dios mío!, ¡y cómo le hizo sufrir Drake por eso! ¡Qué riña le soltó! ¡Santo cielo! «¡La política!», decía Drake. «Las ideas políticas no puedes comerlas, ni venderlas y, que me perdone Doris, ni acostarte con ellas! ¡Sólo sirven para destrozar templos y matar inocentes!» Nunca le había visto yo tan furioso. ¡Y qué tunda le dio! ¡Drake había aprendido unas cuantas cosas abajo en los muelles, se lo aseguro!

—Y usted *debe* — silbó di Salis, como una serpiente en la oscuridad —, debe contárnoslo *todo*. Es su deber.

—Una manifestación de estudiantes — continuó el señor Hibbert —. Con antorchas, después del toque de queda, un grupo de comunistas que habían salido a la calle a alborotar. Principios del cuarenta y nueve, debía ser, supongo, primavera, las cosas empezaban ya a calentarse.

El estilo narrativo del señor Hibbert, en contraste con sus divagaciones anteriores, se había vuelto inesperadamente conciso.

—Estábamos sentados junto al fuego, ¿no es verdad Doris? Catorce tenía Doris. ¿O quince? Nos gustaba mucho tener fuego, aunque no hiciese falta, nos recordaba Macclesfield. Y oímos el alboroto y los cánticos fuera. Címbalos, silbatos, gongs, campanillas, tambores, oh, un estrépito horrible. Yo ya sabía que podría pasar algo así. El pequeño Nelson andaba siempre avisándome en la clase de inglés. «Vuelva a su tierra, señor Hibbert. Usted es un hombre bueno», solía decirme, Dios le bendiga. «Usted es una buena persona, pero cuando estallen las compuertas, el agua arrastrará a buenos y malos.» Sabía hablar bien cuando quería, Nelson. Era porque tenía fe, sí. No era una cosa inventada, no, era *sentida*. «Daisy», dije... Daisy Fong, quiero decir, estaba allí sentada con nosotros e iba a tocar la campanilla... Daisy, tú y Doris id al patio de atrás. Creo que vamos a tener visita. Y en seguida, *zas,* alguien había tirado una piedra a la ventana. Oímos voces, en fin, gritos, y reconocí la del joven Nelson, le conocí la voz. Hablaba chiu chow y shanghainés, por supuesto, pero con sus amigos, naturalmente, hablaba shanghainés. «¡Fuera los perros imperialistas!», gritaba. «¡Abajo las hienas religiosas!» ¡Oh, las consignas que inventaba! En chino suena muy bien, pero al pasarlo al inglés suena a basura. Luego, abrieron el portón y entraron.

—Destrozaron la cruz — dijo Doris, mirando furiosa a la labor.

Esta vez le tocó a Hibbert, no a su hija, sorprender a su público por su mundanidad.

—¡Destrozaron bastante más que eso, Doris! — prosiguió animoso. Lo destrozaron todo. Los bancos, la mesa, el piano, las sillas, lámparas, himnarios, biblias. No dejaron títere con cabeza, se lo aseguro. Unos buenos cerditos, eso fueron. «Adelante», les digo. «Haced lo queráis. Lo que ha hecho el hombre perecerá, pero no podréis destruir la palabra de Dios, ni aunque lo destrozaseis todo y lo hicieseis astillas.» Nelson no se atrevía a mirarme siquiera, pobre muchacho, daba pena verle. Cuando se fueron, me volví y vi a la vieja Daisy Fong allí en la puerta y a Doris detrás. Daisy había estado viéndolo todo, sí, y disfrutando. Se le veía en la cara. Era una de ellos en el fondo. Estaba feliz. «Daisy — dije —. Recoge tus cosas y vete. En esta vida uno puede darse o no según su deseo, querida mía, pero no hay que prestarse. Si no, es uno peor que un espía.»

Mientras Connie asentía resplandeciente, di Salis soltó un discordante e irritado gruñido. Pero el viejo estaba disfrutando de veras.

—En fin, Doris y yo nos sentamos allí y estuvimos llorando, no me importa decirlo, ¿verdad que sí, Doris? No me avergüenzan las lágrimas, no me han avergonzado nunca. Ay, cuánto echábamos de menos a tu madre. Nos arrodillamos y rezamos. Luego, nos pusimos a arreglar aquello. Lo malo era que no sabíamos por dónde empezar. Y entonces aparece Drake.

El viejo cabeceó asombrado, luego continuó:

—«Buenas noches, señor Hibbert» — dice, con aquella voz profunda que tenía, con su toque de mi acento norteño que tanta gracia nos hacía siempre. Y, tras él, el pequeño Nelson con una escobilla y un caldero en la mano. Aún tenía el brazo torcido, supongo que aún lo tiene, el brazo que le destrozaron las bombas cuando era pequeño, pero eso no le impidió limpiar, se lo aseguro. ¡Entonces fue cuando Drake se le echó encima, sí, maldiciendo como un jornalero! Nunca le había oído hablar así. En fin, la verdad es que era un jornalero, en cierto modo...

Miró a su hija sonriendo serenamente, y añadió:

—Menos mal que hablaba en chiu chow, ¿eh Doris? Yo sólo le entendí la mitad de lo que dijo, menos aún, pero... Dios mío... echaba por aquella boca sapos y culebras como no sé qué.

Hizo una pausa y cerró los ojos un momento, rezando o por cansancio.

—No era culpa de Nelson, claro está. Eso ya lo sabíamos nosotros muy bien. Pero él era un dirigente, tenía que salvar la cara. Habían iniciado la manifestación sin pensar en ningún sitio en concreto y de pronto alguien dijo: «¡Eh, niño de misión! ¡Demuéstranos ahora de que lado estás!» Y lo hizo. Tenía que hacerlo. Pero claro, eso no evitó que Drake le diera una paliza. En fin, limpiaron aquello, nosotros nos fuimos a la cama y los dos muchachos durmieron en el suelo de la iglesia por si volvía la gente. Cuando bajamos por la mañana, allí estaban todos los himnarios en su sitio, los que habían sobrevivido, y las biblias, habían colocado arriba una cruz, la habían hecho ellos mismos. Habían recompuesto incluso el piano, aunque quedó desafinado, claro, naturalmente.

Retorciéndose en un nuevo nudo, di Salis formuló una pregunta. Tenía el cuaderno abierto, como Connie, pero aún no había escrito nada en él.

—¿Cuál era la disciplina de Nelson por entonces? —exigió en su tono agresivo y nasal, la pluma lista para escribir.

El señor Hibbert frunció el ceño desconcertado.

—Bueno, el partido comunista, naturalmente.

Mientras Doris murmuraba, «oh papá», mirando a su labor, Connie tradujo precipitadamente.

—¿Qué estaba estudiando Nelson, señor Hibbert, y dónde?

—Ah, *disciplina*. ¡*Esa* clase de disciplina! —dijo el señor Hibbert volviendo a su estilo más sencillo.

Conocía exactamente la respuesta. ¿De qué otra cosa iban a hablar Nelson y él en sus lecciones de inglés, aparte del evangelio comunista, preguntó, sino de las ambiciones de Nelson? La pasión de Nelson era la ingeniería. Nelson creía que a China la sacaría del feudalismo la tecnología, no las biblias.

—Astilleros, carreteras, ferrocarriles, fábricas: eso era Nelson. El Arcángel San Gabriel con una regla de cálculo, una chaqueta y un título. Eso era *él*, en su fantasía.

El señor Hibbert no se quedó en Shanghai lo suficiente para ver a Nelson alcanzar este feliz estado, dijo, porque Nelson no se graduó hasta el cincuenta y uno...

La pluma de di Salis rayaba veloz las hojas del cuaderno.

—... pero Drake, que había bregado y trajinado por él aquellos seis años — dijo el señor Hibbert, ahogando las repetidas referencias de Doris a las sociedades secretas —, Drake aguantó y tuvo su recompensa, lo mismo que la tuvo Nelson. Pudo ver aquel importantísimo trozo de papel en la mano de Nelson y supo al fin que había hecho su tarea y que podía irse, exactamente como había planeado.

Di Salis parecía, en su nerviosismo, cada vez más ávido. En su feo rostro habían brotado nuevas manchas rojizas y se agitaba desesperado en su asiento.

—¿Y *después* de graduarse? ¿Qué pasó entonces? — dijo, con urgencia —. ¿Qué fue lo que *hizo*? ¿Qué fue de él? Siga, por favor. *Por favor*. Siga.

Divertido ante tal entusiasmo, el señor Hibbert sonrió. Bueno, según Drake, dijo, Nelson había entrado primero en los astilleros como dibujante, y trabajó allí con planos y proyectos y aprendió como un loco todo lo que pudo de los técnicos rusos que habían venido en masa desde la victoria de Mao. Luego, en el cincuenta y tres, si no le fallaba la memoria al señor Hibbert, Nelson alcanzó el privilegio de que le eligiesen para ampliar su formación en la Universidad de Leningrado, en Rusia, y allí estuvo, en fin, hasta cerca del año 1960.

—¡Oh, era como un perro con dos rabos, Drake, por lo que decía! El señor Hibbert no podría haber parecido más orgulloso si hubiese estado hablando de su propio hijo.

Di Salis se inclinó de pronto hacia adelante, osando incluso, pese a las miradas de aviso de Connie, señalar con la pluma en la dirección del viejo.

—Así que *después* de Leningrado: ¿Qué hicieron con él *después*?

—Bueno, volvió a Shanghai, claro — dijo el señor Hibbert con una carcajada —. Y le ascendieron, naturalmente, después de todos los conocimientos que había adquirido y de su historial: Constructor de barcos, formado en Rusia, tecnólogo, administrador. ¡Oh, cómo quería a aquellos rusos! Sobre todo después de lo de Corea. Tenían máquinas, ideas, poder, filosofía. Para él, Rusia era la tierra prometida. Bueno, le parecían...

Su voz y su celo se apagaron.

—Oh, querido —murmuró, y se detuvo, sin confianza en sí mismo, por segunda vez, en el tiempo que llevaban escuchándole—. Pero eso no podía durar siempre, ¿verdad? Admirar a Rusia: ¿Cuánto tiempo estuvo de moda eso en el nuevo paraíso de Mao? Doris, querida, tráeme un chal.

—Ya lo tienes puesto —dijo Doris.

Sin tacto, estridentemente, di Salis volvió a la carga. Ya no le importaban más que las respuestas: ni siquiera atendía el cuaderno que tenía en el regazo.

—Volvió —chilló con voz aflautada—. Muy bien. Subió en la jerarquía. Se había formado en Rusia, era partidario de Rusia. Muy bien. *¿Y qué viene luego?*

El señor Hibbert miró a di Salis un largo rato. No había ningún sentido de culpa en su expresión ni en su mirada. Le miraba como podría hacerlo un niño listo, sin el obstáculo de la complejidad. Y se hizo patente, de pronto, que el señor Hibbert ya no confiaba en di Salis y que, además, no le agradaba.

—Murió, joven —dijo al fin el señor Hibbert, y giró la silla y se quedó mirando al mar. En la habitación era ya casi semioscuridad y la mayor parte de la luz llegaba del fuego de gas. La playa gris estaba vacía. En la verja de la entrada, había una gaviota posada negra e inmensa contra las últimas hebras de cielo vespertino.

—Usted dijo que aún tenía el brazo torcido —replicó inmediatamente di Salis—. Dijo usted que suponía que lo tendría aún torcido. ¡Hablaba usted de *ahora*! ¡Lo percibí en su voz!

—Bueno, ya está bien, creo que hemos molestado ya bastante al señor Hibbert —dijo animosamente Connie, y con una áspera mirada a di Salis se agachó a por su bolso.

Pero di Salis no quiso saber nada.

—¡No le creo! —gritó con su vocecilla aguda—. ¿Cómo? ¿Cuándo murió Nelson? ¡Denos las fechas!

Pero el viejo se limitó a taparse más con el chal y siguió con los ojos fijos en el mar.

—Estábamos en Durham —dijo Doris, sin dejar de mirar su labor, aunque ya no había luz suficiente para tejer—. Drake apareció un buen día con su gran coche con chófer. Traía con él a su guardaespaldas, ése al que él llama Tiu. Habían sido compinches en Shanghai. Quería presumir. A mí me trajo un encendedor de platino y dejó mil libras en metálico para la iglesia de papá y nos enseñó su Orden del Imperio Británico en su estuche, y me llevó

aparte a un rincón y me pidió que fuese con él a Hong Kong para
ser su amante, allí mismo delante de las narices de papá. Maldita
sea. Quería que papá firmase no sé qué. Una garantía. Dijo que
iba a venir a estudiar Derecho a Grey's Inn. ¡A su edad, digo yo!
¡Cuarenta y dos! ¡Hablan de estudiantes maduros! Él no lo era,
claro, era sólo fachada y charla como siempre. Papá le dijo. «¿Qué
tal Nelson?» Y...

—Un momento, por favor —di Salis había hecho otra interrupción imprudente—. ¿La fecha? ¿*Cuándo* sucedió todo eso, por
favor? Tengo que tener *fechas*.

—El sesenta y siete. Papá estaba casi retirado, ¿verdad, papá?
El viejo no se movió.

—Bien, bien, sesenta y siete. ¿Qué mes? ¡Sea precisa, por
favor!

Estuvo casi a punto de decir «sea precisa, *mujer*». Connie estaba seriamente preocupada. Pero cuando intentó de nuevo conte-
nerle, él la ignoró.

—Abril —dijo Doris, después de pensarlo un poco—. Acabá-
bamos de celebrar el cumpleaños de papá. Por eso él trajo las mil
libras para la iglesia. Sabía que papá no las aceptaría para él porque no le gustaba cómo ganaba Drake su dinero.

—Muy bien. Magnífico. De acuerdo. Abril. Así que Nelson murió antes de abril del sesenta y siete. ¿Qué detalles aportó Drake
sobre las circunstancias? ¿Recuerda eso?

—Ninguno. Ningún detalle. Ya se lo dije. Papá preguntó y él
sólo dijo «muerto», como si Nelson fuese un perro. Vaya amor
fraterno. Papá no sabía dónde mirar. Casi se le destroza el corazón
y allí estaba Drake tan tranquilo, no le importaba un pito. «No
tengo hermano. Nelson ha muerto.» Y papá aún rezaba por Nelson, ¿no es verdad, papá?

Esta vez, el viejo habló. Con la oscuridad, su voz había aumen-
tado considerablemente de potencia.

—Rezaba por Nelson y aún rezo por él —dijo bruscamente—.
Cuando estaba vivo, rezaba para que de un modo u otro hiciese
el trabajo de Dios en este mundo. Estaba convencido de que Nelson haría grandes cosas. Drake, bueno, sabe arreglárselas en cualquier sitio. Es duro. Pero yo solía pensar que la luz de la puerta
de la misión no habría ardido en vano si Nelson Ko lograba ayudar
a echar los cimientos de una sociedad justa en China. Nelson podría decir que era comunismo. Podría definirlo como más le gustase. Pero durante tres largos años, tu madre y yo le dimos nuestro
amor cristiano, y no puedo aceptar, Doris, ni por ti ni por nadie,

que la luz del amor de Dios pueda desaparecer para siempre. Ni por la política ni por la espada.

El viejo lanzó un largo suspiro y continuó:

—Y ahora ha muerto, y yo rezo por su alma lo mismo que rezo por la de tu madre —añadió, pero en un tono extrañamente menos firme—. Si eso es papismo, que lo sea.

Connie se había levantado para irse. Conocía los límites, era perspicaz y estaba asustada por la actitud de di Salis. Pero di Salis, una vez que se lanzaba a la caza, no conocía límites.

—Así que fue una muerte *violenta*, ¿eh? La política y la espada, dijo usted. ¿*Qué* política? ¿Le habló Drake de eso? Porque las *ejecuciones* materiales son relativamente raras, sabe. ¡Creo que está usted ocultándonos algo!

Di Salis también se había puesto de pie, pero al lado del señor Hibbert, y formulaba estas preguntas mirando la blanca cabeza del viejo como si estuviera actuando en un ensayo de interrogatorio de Sarratt.

—Han sido ustedes *muy* amables —dijo efusivamente Connie a Doris—. Tenemos ya todo lo que podríamos necesitar y más. Estoy segura de que le concederán el título de caballero —añadió, en un tono preñado de mensajes para di Salis—. Y ahora, nos vamos, *muchísimas* gracias.

Pero esta vez fue el viejo el que frustró sus propósitos.

—Y al año siguiente, perdió también a su otro Nelson, Dios nos valga, su hijito —dijo—. Será un hombre solitario, Drake. Esa fue la última carta que nos escribió, ¿verdad, Doris? «Rece por mi pequeño Nelson, míster Hibbert», me decía. Y lo hicimos. Quería que yo cogiese el avión y fuese allí a dirigir el funeral. Yo no podía hacerlo. No sé muy bien por qué, pero no podía. Nunca me ha parecido bien que se gaste tanto dinero en funerales, la verdad.

Al oír esto, di Salis, saltó, literalmente: y con un entusiasmo verdaderamente terrible. Se plantó ante el viejo y tan animado estaba que asió en su manecita febril un puñado de chal.

—¡Ah! ¡Vaya! Pero no le pidió a usted que rezase por su *hermano* Nelson, ¿verdad? Respóndame a eso.

—No —dijo sencillamente el viejo—. No me lo pidió, no.

—¿Y por qué no? ¡Quizá porque en realidad no estaba muerto, claro! Hay más de un modo de morir en China, sí, y no todas las muertes son irremediables! *Caer en desgracia*: ¿No es ésa una expresión mejor?

Sus estridentes palabras volaron por la habitación iluminada por el fuego como malos espíritus.

—Tienen que irse, Doris — dijo tranquilamente el viejo, mirando al mar —. Vete a ver a ese chófer, a ver si está bien, querida... Estoy convencido de que deberíamos haberle mandado pasar, pero en fin ya no importa.

Se despidieron en el recibidor. El viejo se quedó sentado junto a la ventana y Doris había cerrado la puerta del cuarto. El sexto sentido de Connie resultaba a veces estremecedor.

—¿No le dice nada el nombre de Liese, señorita Hibbert? — preguntó, mientras se abrochaba su enorme impermeable de plástico —. Tenemos referencia de una tal Liese en la vida del señor Ko.

La cara sin pintar de Doris se frunció en un gesto irritado.

—Era el nombre de mamá. Era luterana alemana. Ese cerdo robó también eso, ¿verdad?

Con Toby Esterhase al volante, Connie Sachs y el doctor di Salis volvieron rápidamente a comunicar a George las asombrosas nuevas. Al principio, en el camino, riñeron por la falta de control de di Salis. Toby Esterhase estaba muy afectado, y Connie tenía serios temores de que el viejo pudiera escribir a Ko. Pero pronto la importancia de sus descubrimientos eclipsó su inquietudes, y llegaron triunfantes a las puertas de su ciudad secreta.

Una vez a salvo tras sus muros, llegó la hora de gloria de di Salis. Convocó una vez más a su familia de peligros amarillos e inició una serie de pesquisas que les hizo dispersarse por todo Londres con un falso pretexto u otro, y llegar incluso hasta Cambridge. Di Salis, en el fondo, era un solitario. Nadie le conocía, salvo quizás Connie, y, si Connie no se cuidaba de él, nadie más lo hacía. Resultaba incongruente en las relaciones sociales, y, con frecuencia, absurdo. Pero nadie dudaba de su voluntad de cazador.

Repasó viejas fichas de la Universidad de comunicaciones de Shanghai, en chino la Chia Tung (la cual tenía fama por la militancia comunista de sus estudiantes, a partir de la guerra del treinta y nueve al cuarenta y cinco). Y concentró su interés en el Departamento de Estudios Marítimos que incluía en su curriculum tanto la administración como la construcción de buques. Hizo listas de miembros de los cuadros del partido de antes y después del cuarenta y nueve y examinó los escasos datos de aquellos a quienes se confió la dirección de las grandes empresas, en las que se exigía conocimiento tecnológico, en especial los astilleros de Kiangnan, grandes instalaciones en las que habían sido purgados repetidas veces elementos del Kuomintang. Después de componer listas de varios miles de nombres, hizo fichas de todos los que se sabía que habían continuado sus estudios en la Universidad de Leningrado y habían reaparecido luego en los astilleros en puestos mejores. Un curso de ingeniería naval en Leningrado duraba tres años. Según los cálculos de di Salis, Nelson debía haber estado allí del cincuenta y tres al cincuenta y seis y debía haber sido destinado luego oficialmente al departamento municipal de Shanghai encargado de ingeniería naval, el cual debía haberle devuelto luego a Kiangnan. Considerando que Nelson no sólo poseía un nombre chino que aún no habían descubierto, y que era muy posible, además, que hubiese elegido un nuevo apellido, di Salis advirtió a sus colaboradores que la biografía de Nelson muy bien podría estar dividida en dos partes, cada una de ellas con un nombre distinto. Tenían que tener en cuenta el posible ensamblaje. Preparó listas de graduados y listas de estudiantes que habían estado en Chiao Tung y en Leningrado y fue comparando. Los especialistas en China son una hermandad aparte, y sus intereses comunes trascienden el protocolo y las diferencias nacionales. Di Salis no sólo tenía relaciones en Cambridge y en todos los archivos orientales, sino también en Roma, en Tokio y en Munich. Escribió a todos ellos, ocultando su objetivo con un revoltillo de otras preguntas. Según trascendió más tarde, hasta los primos le abrieron involuntariamente sus archivos. Y realizó otras investigaciones aún más arcanas. Envió excavadores a los anabaptistas, para revisar fichas de antiguos alumnos de las misiones, por si los nombres chinos de Nelson habían sido por casualidad consignados y archivados. Repasó todos los datos de muertes de funcionarios de nivel medio de Shanghai incorporados a la industria naval.

Esa fue la primera parte de sus trabajos. La segunda empezó con lo que Connie llamaba la gran revolución cultural bestial de mediados de los años sesenta y los nombres de los funcionarios shanghaineses que, por sus aviesas tendencias prorrusas, habían sido oficialmente purgados, humillados o enviados a una escuela del Siete de Mayo a redescubrir las virtudes del trabajo agrícola. Consultó también listas de los enviados a los campos correccionales de trabajo, pero sin ningún resultado. Buscó alguna referencia en las arengas de los guardias rojos a la malvada influencia de una educación anabaptista en éste o aquél funcionario caído en desgracia, y realizó complicadas combinaciones con el nombre de KO. Pensaba en el fondo que Nelson, al cambiar de nombre, podría haber recurrido a un carácter distinto que conservara algún parentesco interno con el original, homosónico o sinfonético. Pero cuando intentó explicarle esto a Connie, la perdió.

Connie Sachs estaba siguiendo una vía completamente distinta. Su interés se centraba en las actividades de localizadores de talentos adiestrados por Karla identificados que hubiesen trabajado entre los estudiantes extranjeros de la Universidad de Leningrado en los años cincuenta; y en comprobar los rumores, nunca confirmados, de que Karla, cuando era un joven agente de la Commintern, había sido prestado a la organización comunista clandestina de Shanghai después de la guerra, para ayudarles a reconstruir su aparato secreto.

Y en medio de todas estas nuevas investigaciones, llegó de Grosvernor Square una auténtica bomba. Los datos proporcionados por el señor Hibbert aún estaban frescos de la imprenta, en realidad, y los investigadores de ambas familias aún estaban trabajando frenéticamente, cuando Peter Guillam entró en el despacho de Smiley con un mensaje urgente. Smiley estaba, como siempre, profundamente enfrascado en su lecturas, y cuando Guillam entró metió una carpeta en el cajón y lo cerró.

—Es de los primos —dijo afablemente Guillam—. Sobre el hermano Ricardo, tu piloto preferido. Quieren verse contigo en el Anexo, tan pronto como sea posible. Tengo que contestarles ayer.

—¿Qué es lo que quieren?

—Verte. Pero lo dijeron así.

—¿De veras? ¿Dijeron eso? Dios santo. Debe ser la influencia alemana. ¿O será inglés antiguo? Verse *contigo*. En fin, qué le vamos a hacer —y se dirigió al baño a afeitarse.

Cuando volvía a su despacho, Guillam se encontró a Sam Collins sentado en el sillón, fumando uno de sus abominables cigarrillos negros y luciendo su sonrisa lavable.

—¿Alguna novedad? —preguntó Sam, muy tranquilo.

—Tú lárgate de aquí ahora mismo —replicó Guillam.

Sam andaba husmeando demasiado por allí, para gusto de Guillam, pero aquel día, éste tenía una razón sólida para desconfiar de él. Al ir a ver a Lacon a la Oficina del Gabinete, para entregar la cuenta del anticipo mensual del Circus para inspección, se había quedado atónito al ver salir a Sam del despacho particular de Lacon, bromeando tranquilamente con él y con Saúl Enderby, de Asuntos Exteriores.

# 12

# LA RESURRECCIÓN DE RICARDO

Antes de la caída, se celebraban una vez al mes reuniones estudiadamente informales entre los asociados de los dos servicios secretos que compartían la «relación especial», que iban seguidas de lo que Alleline, el predecesor de Smiley, se complacía en llamar «un alboroto». Si les tocaba a los norteamericanos hacer de anfitriones, Alleline y sus cohortes, entre ellos el popular Bill Haydon, eran conducidos a un inmenso bar de azotea, al que en el Circus conocían como el Planetario, donde se les obsequiaba con martinis secos y una vista de Londres que nunca podrían haberse permitido de otro modo. Si les correspondía a los ingleses, se instalaba una mesa desmontable en la sala de juegos, se le ponía por encima un mantel de damasco zurcido y se invitaba a los delegados norteamericanos a rendir homenaje al último bastión del espionaje en la patria del club, y al mismo tiempo lugar de nacimiento de su propio servicio, mientras sorbían jerez sudafricano disfrazado en garrafas de cristal tallado basándose en que no sabrían apreciar la diferencia. No había agenda alguna para las discusiones y no se tomaban, por tradición, notas. No tenían, en realidad, necesidad alguna de tales instrumentos, sobre todo considerando que los micrófonos ocultos se mantenían siempre sobrios y hacían el trabajo mejor.

Después de la caída, estas delicadezas desaparecieron durante un tiempo. Por órdenes del cuartel general de Martello en Langley, Virginia, el «contacto británico», que era como ellos llamaban al Circus, quedó emplazado en la lista de los que había que mantener a una distancia prudencial, equiparado a Yugoslavia y al Líbano, y los dos servicios estuvieron, en realidad, paseando por aceras opuestas una temporada sin apenas mirarse. Eran como una pareja separada en trámite de divorcio. Pero en aquella gris mañana de invierno en que Smiley y Guillam, con cierta precipitación, se presentaron ante la puerta de entrada del Anexo de asesoría legal de Grosvenor Square, era ya perceptible un patente deshielo, hasta en los rostros rígidos de los dos infantes de Marina que les cachearon.

Las puertas, por otra parte, eran dobles, con rejas negras sobre hierro negro, y rebordes dorados en las rejas. Sólo su coste habría mantenido en marcha a todo el Circus durante un par de días más, por lo menos. Una vez traspasadas, ambos tuvieron la sensación de pasar de una aldea a una metrópoli:

El despacho de Martello era muy grande. No tenía ventanas y podría haber sido media noche. Sobre un escritorio vacío, una bandera norteamericana, desplegada como por el viento, ocupaba la mitad de la pared del fondo. En el centro del despacho, había arracimado un círculo de sillones de líneas aéreas alrededor de una mesa de palo de rosa, y en uno de ellos estaba sentado el propio Martello, un hombre de Yale, corpulento y animado, con un traje campestre que siempre parecía fuera de temporada. Le flanqueaban dos hombres silenciosos, a cual más cetrino y tosco.

—George, cuánto te agradezco que hayas venido — dijo Martello cordialmente, con su tono cálido y confidencial, mientras se apresuraba a levantarse para saludarle —. No hace falta que te lo diga. *Sé* lo ocupado que estás. Lo *sé*. Sol...

Se volvió a los dos desconocidos que estaban sentados en frente y que hasta el momento habían pasado inadvertidos; el joven era parecido a los hombres silenciosos de Martello, aunque menos suave; el otro era rechoncho y malencarado, y mucho mayor, con cicatrices en la cara y el pelo a cepillo. Veterano de algo.

—Sol — repitió Martello —. Quiero que conozcas a una de las auténticas leyendas de nuestra profesión, Sol: el señor George Smiley. George, éste es Sol Eckland, que ocupa un alto cargo en nuestro departamento antidroga, que antes se llamaba oficina de narcóticos y drogas peligrosas, y que ahora han rebautizado, ¿no, Sol? Sol, saluda a Pete Guillam.

El más viejo de los dos hombres, extendió una mano y Smiley y Guillam se la estrecharon, y era como corteza seca.

—Bueno — dijo Martello, con la satisfacción de un casamentero —. George, bueno, ¿te acuerdas de Ed Ristow, también de narcóticos, George? ¿Recuerdas que te hizo una visita de cortesía hace unos meses? Bueno, pues Sol ha sustituido a Ristow. Tiene la zona del Sudeste asiático. Y aquí Cy está con él.

Nadie recuerda tan bien nombres como los norteamericanos, pensó Guillam.

Cy era el más joven de los dos. Tenía patillas, un reloj de oro, y parecía un misionero mormón: cordial pero a la defensiva. Sonrió como si sonreír formase parte del cursillo, y Guillam sonrió también.

—¿Qué le pasó a Ristow? — preguntó Smiley, sentándose.

—Trombosis coronaria — masculló Sol, el veterano; tenía la voz tan áspera como la mano. Y el pelo como lana de alambre rizada en pequeñas trincheras. Cuando se lo rascaba, lo que hacía con mucha frecuencia, chirriaba y todo.

—Cuanto lo siento — dijo Smiley.

—Podía hacerse crónico — dijo Sol, sin mirarle, y dio una chupada al cigarrillo.

Fue entonces cuando se le ocurrió a Guillam, por primera vez, la idea de que había en el aire algo muy importante. Captó una tensión palpable entre los dos campos norteamericanos. Las sustituciones no pregonadas, con la experiencia que tenía Guillam con los norteamericanos, raras veces se debían a algo tan intrascendente como una enfermedad. Y pasó a preguntarse de qué modo habría emborronado el cuaderno de los deberes el predecesor de Sol.

—Los del Ejecutivo, bueno, como es lógico, tienen mucho interés en nuestro, bueno, en nuestra pequeña aventura conjunta, George — dijo Martello, y con esta fanfarria tan poco prometedora, anunció indirectamente la conexión Ricardo, aunque Guillam captó que había algo más, una misteriosa tensión, del lado norteamericano, la pretensión de fingir que la reunión tenía un motivo distinto... lo indicaban los vacuos comentarios iniciales de Martello.

—George, nuestra gente de Langley es partidaria de trabajar en estrecha relación con sus buenos amigos de narcóticos — declaró, con la calidez de una *note verbale* diplomática.

—La cosa funciona en ambos sentidos — masculló Sol, el veterano, confirmatoriamente, y expulsó más humo de cigarrillo y se rascó aquel pelo gris acero. A Guillam le parecía en realidad un hombre tímido, que no se sentía allí nada cómodo. Cy, su joven ayudante, estaba muchísimo más tranquilo que él:

—Son parámetros, comprende, señor Smiley. En un asunto como éste, hay algunos sectores que se superponen del todo — la voz de Cy era una pizca demasiado alta para su estatura.

—Cy y Sol han cazado ya antes con nosotros, George — dijo Martello, ofreciendo aún más seguridades —. Cy y Sol son de la familia, puedes creerme. Langley da acceso al Ejecutivo y el Ejecutivo de acceso a Langley. Así es cómo funciona la cosa, ¿verdad Sol?

—Verdad, sí — dijo Sol.

Si no se acuestan juntos pronto, pensó Guillam, es muy posible que acaben sacándose los ojos. Miró a Smiley y vio que también él se daba cuenta de la atmósfera tensa. Estaba sentado como una estatua de sí mismo, las manos en las rodillas, los ojos casi cerrados, como siempre, y parecía querer hundirse en la invisibilidad, mientras los otros le daban todas aquellas explicaciones.

—Puede que lo mejor sea que nos pongamos todos al día respecto a los últimos detalles antes de nada — sugirió Martello, como si estuviera invitando a todo el mundo a someterse a examen.

¿Antes de qué?, se preguntó Guillam.

Uno de los hombres silenciosos utilizaba el nombre de trabajo de Murphy. Murphy era tan rubio que casi parecía albino. Cogió de la mesa de palo de rosa una carpeta y empezó a leer de ella en voz alta con un tono de voz muy respetuoso. Cogía cada hoja, una a una, entre sus limpios dedos.

—Señor, el lunes el sujeto voló a Bangkok con Cathay Pacific Airlines, se adjuntan los datos del vuelo, y fue recogido en el aeropuerto por Tan Lee, según la referencia dada, en su coche particular. Se dirigieron luego inmediatamente a la *suite* permanente de Airsea en el Hotel Erawan — miró a Sol y continuó —: Tan es director ejecutivo de Asian Rice and General, señor, que es la subsidiaria que Airsea tiene en Bangkok, se añaden las referencias de archivo. Pasaron en la *suite* tres horas y...

—Oiga, Murphy — dijo Martello, interrumpiéndole.

—¿Señor?

—Todo eso de «se añaden referencias», «según nuestras referencias», etc., déjelo usted, ¿entendido? Ya sabemos todos que hay fichas de esos tipos, ¿de acuerdo?

—Entendido, señor.

—¿Ko sólo? — preguntó Sol.

—No señor, Ko llevó consigo a su ayudante, Tiu. Tiu va con él casi a todas partes.

Aquí Guillam, al mirar por casualidad a Smiley, interceptó una mirada inquisitiva de éste a Martello. A Guillam se le ocurrió la idea de que Smiley pensaba en la chica (¿había ido *ella* también?) pero la sonrisa indulgente de Martello no se alteró y, tras unos instantes, Smiley pareció aceptarlo y volvió su actitud atenta.

Sol se había vuelto, entretanto, a su ayudante y ambos tuvieron un breve coloquio privado:

—¿Por qué demonios no colocó alguien escuchas en la habitación del hotel, Cy? ¿Por qué nadie hizo nada?

—Ya sugerimos eso a Bangkok, Sol, pero tuvieron problemas con los tabiques, no había huecos adecuados, o algo así.

—Esos payasos de Bangkok están atontados de tanto joder. ¿Es el mismo Tan al que intentamos pillar el año pasado por heroína?

—No, ése era Tan *Ha,* Sol. Este es Tan *Lee.* Hay muchos Tans allí. Tan Lee es sólo una pantalla. Hace de contacto para Hong el Gordo de Chiang Mai. El que tiene las relaciones con los productores y los mayoristas es Hong.

—Debería ir alguien hasta allí a pegarle un tiro a ese cabrón — dijo Sol. No estaba claro del todo a qué cabrón se refería.

Martello indicó al pálido Murphy que siguiese.

—Señor, los tres hombres bajaron luego al puerto de Bangkok, es decir Ko y Tan Lee y Tiu, señor, y estuvieron viendo veinte o treinta embarcaciones pequeñas de cabotaje que había en el muelle. Luego, volvieron al aeropuerto de Bangkok y el sujeto voló a Manila, Filipinas, para una conferencia confirmatoria en el Hotel Edén y Bali.

—¿Tiu no fue a Manila? — preguntó Martello, comprando tiempo.

—No, señor. Volvió a casa — contestó Murphy, y Smiley miró una vez más a Martello.

—Qué confirmatoria ni qué ocho cuartos — exclamó Sol —. ¿No son esos los barcos que hacen el transporte a Hong Kong, Murphy?

—Sí, señor.

—Conocemos esos barcos — dijo Sol —. Llevamos años detrás de ellos. ¿Verdad, Cy?

—Verdad, sí.

Sol había atacado a Martello, como si fuese personalmente culpable.

—Dejan el puerto limpios. No suben la mercancía a bordo hasta que están en alta mar. Nadie sabe qué barco va a llevarla. Ni siquiera el capitán del navío elegido, hasta que la lancha se le pone al lado, y pasa la mercancía. Cuando entran en aguas de Hong Kong, la echan por la borda con señales y los juncos salen a buscarla.

Hablaba despacio, como si le hiciese daño hablar. Empujando ásperamente las palabras.

—Llevamos años — continuó — diciéndoles a los ingleses que acaben de una vez con esos juncos, pero los cabrones andan todos al quite.

—Eso es todo lo que tenemos — dijo Murphy, y posó el informe.

Volvieron a las pautas embarazosas. Una linda muchacha, armada con una bandeja de café y pastas, proporcionó un alivio fugaz, pero en cuanto se fue, el silencio se hizo aún peor.

—¿Por qué no se lo dices ya? —masculló al fin Sol—. Si no se lo digo yo.

Y fue entonces cuando, como habría dicho Martello, pasaron por fin al quid del asunto.

La actitud de Martello se hizo al mismo tiempo seria y confidencial: el abogado de la familia que lee el testamento a los herederos.

—Bueno, George, a petición nuestra, aquí los del Ejecutivo echaron una especie de segundo vistazo a los antecedentes y al historial del desaparecido piloto Ricardo y, tal como nosotros medio suponíamos, han descubierto mucho material que hasta ahora no había visto la luz y que debería haberla visto, debido todo ello a varios factores. De nada vale, según mi opinión, señalar con el dedo a nadie y además Ed Ristow es un hombre enfermo. Digamos simplemente que, prescindiendo de lo que haya podido pasar, el asunto Ricardo cayó en un pequeño hueco entre el Ejecutivo y nosotros. Ese hueco ha ido cubriéndose después y nos gustaría facilitarte la nueva información.

—Gracias, Marty —dijo Smiley pacientemente.

—Parece ser que Ricardo está vivo en realidad —declaró Sol—. Parece ser que se trataba de un *snafu* de primera magnitud.

—¿Un *qué*? —preguntó Smiley con viveza, antes quizás de que hubiese podido asimilarse por completo el pleno significado de la declaración de Sol.

Martello se apresuró a traducir:

—Error, George, error humano. Es algo que nos pasa a todos. *Snafu*. Incluso a ti, ¿no?

Guillam estudiaba los zapatos de Cy, que tenían un brillo gomoso y gruesas viras. Smiley tenía la vista alzada hacia la pared lateral, donde los rasgos benevolentes del presidente Nixon contemplaban alentadores la unión triangular. Nixon había dimitido sus buenos seis meses atrás, pero Martello parecía conmovedoramente decidido a mantener la llama encendida. Murphy y su nuevo acompañante seguían sentados e inmóviles como confirmantes ante un obispo. Sólo Sol permanecía en constante movimiento, rascándose la rizada cabellera o dándole al pitillo como una versión atlética de di Salis. Nunca sonríe, pensó de pasada Guillam: ya ni se acuerda de cómo se hace.

Martello continuó:

—La muerte de Ricardo está oficialmente reseñada en nuestros archivos sobre el 21 de agosto, más o menos, ¿no, George?

—Sí, eso es — dijo Smiley.

Martello resopló e inclinó la cabeza hacia el otro lado, sin dejar de leer.

—Sin embargo, en septiembre, bueno, sí, dos... un par de semanas después de su muerte, ¿no?... parece ser, bueno, que Ricardo estableció contacto personal con una de las oficinas de narcóticos del sector de Asia, que se llamaba entonces BNDD. Pero en el fondo la misma casa, ¿entendido? Aquí Sol, bueno, preferiría no mencionar *qué* departamento, y yo lo respeto.

El latiguillo *bueno*, decidió Guillam, era la forma que tenía Martello de seguir hablando mientras pensaba.

—Ricardo ofreció sus servicios al departamento — continuó Martello —, sobre la base de compra e información respecto a una, bueno, un transporte de opio que le habían ofrecido, tenía que pasar la frontera y llevarlo, bueno, a la China roja.

En este momento, una mano fría pareció agarrar a Guillam por el estómago y aposentarse allí. La impresión que le produjo el hecho fue mucho mayor por llegar poco a poco después de tanto detalle inconexo. A Molly le contaría más tarde que fue para él como si «todos los hilos del caso se hubieran enrollado de pronto en una madeja». Pero esto era una consideración retrospectiva y, en realidad, presumía un poco. Sin embargo, la impresión súbita (después de tanto andar de puntillas y tanta especulación y tanto papeleo), la simple impresión de verse casi físicamente proyectado al interior de la China continental: esto fue indudablemente algo real, que no precisaba ninguna exageración.

Martello hacía de nuevo el papel de abogado solícito.

—George, tengo que ponerte en antecedentes, bueno, decirte algo más, sobre las actividades de la familia. Durante el asunto de Laos, la Compañía utilizó a unas cuantas tribus montañesas del norte con objetivos bélicos, puede que ya lo sepas. Justamente allí en Birmania, no sé si conoces esa zona, los Shans. Voluntarios, ¿me entiendes? Muchas de esas tribus eran comunidades de monocultivo, bueno, comunidades dedicadas al cultivo del opio y, en interés de la guerra, la Compañía tuvo que, bueno, tuvo que hacer un poco la vista gorda ante lo que no podíamos cambiar. Esa buena gente tiene que vivir y muchos no sabían hacer otra cosa y no veían nada malo en, bueno, en cultivar ese producto. ¿Me entiendes?

—Dios mío — dijo Sol entre dientes —. ¿Has oído eso, Cy?

—Lo he oído, Sol.

Smiley dijo que sí, que entendía.

—Esta política, seguida, bueno, por la Compañía, dio lugar a desavenencias, muy breves y muy fugaces entre la Compañía por un lado y él, bueno, la gente del Ejecutivo, el antiguo departamento de narcóticos, porque, bueno, en fin, mientras los muchachos de Sol estaban allí para acabar con el abuso de drogas, y con toda la razón del mundo además, y para cortar los suministros, que es su trabajo, George, y su deber, a la Compañía le interesaba, por el bien de la guerra, es decir, en aquel momento concreto, comprendes, George... bueno, interesaba hacer un poco la vista gorda...

—La Compañía hizo de Padrino para los montañeses — masculló Sol —. Los hombres estaban todos luchando en la guerra y los agentes de la Compañía iban a las aldeas, compraban la mercancía, se jodían a las mujeres y sacaban de allí el material.

Martello no se dejaba marginar tan fácilmente.

—Bueno, nosotros consideramos que eso es exagerar un poco las cosas, Sol, pero, en fin, el caso es que había desavenencias y eso es lo único que le importa a nuestro amigo George. Ricardo, en fin, es un tipo muy especial. Hizo muchos vuelos para la Compañía en Laos y cuando terminó la guerra la Compañía le dejo otra vez en tierra, le dio el beso de despedida y recogió la escalerilla. Nadie quiere saber nada de esos tipos cuando ya no hay una guerra para ellos. Así que, bueno, quizá por eso él, bueno, Ricardo el guardabosques se convirtió en, bueno, en Ricardo el furtivo, supongo que me entiendes...

—Bueno, no del todo — confesó suavemente Smiley.

Sol no tenía tantos escrúpulos para decir verdades desagradables.

—Mientras duró la guerra, Ricardo estuvo transportando droga para la Compañía, para mantener encendidos los hogares en las aldeas de los montañeses. Cuando la guerra terminó, se dedicó a transportarla por su cuenta. Tenía los contactos y sabía dónde estaban enterrados los cadáveres. Se estableció por su cuenta, eso es todo.

—Gracias — dijo Smiley, y Sol volvió a rascarse el pelo a cepillo.

Martello retrocedió por segunda vez a la historia de la embarazosa resurrección de Ricardo.

Deben haber hecho un trato entre ellos, pensó Guillam. Martello se encarga de la charla. «Smiley es un contacto nuestro», debía haber dicho Martello. «Le manejamos a nuestro modo.»

El día 2 de septiembre del setenta y tres, dijo Martello, un *agente de narcóticos no especificado del área del Sudeste asiático*, como insistió en describirle, «un joven completamente nuevo en el campo, George», recibió en su casa una llamada telefónica nocturna de un supuesto capitán Ricardo el Chiquitín, hasta entonces dado por muerto, que había sido mercenario en Laos con el capitán Rocky. Ricardo ofreció una cantidad considerable de opio en crudo al precio normal de mercado. Además del opio, ofrecía información secreta: un precio de saldo por una venta rápida según sus palabras. Esto quería decir cincuenta mil dólares norteamericanos en billetes pequeños, y un pasaporte de Alemania Occidental válido para una sola operación. El agente de narcóticos no especificado se entrevistó con Ricardo aquella misma noche en un aparcamiento y cerraron en seguida la operación del opio.

—¿Quieres decir que lo *compró*? — preguntó Smiley, sorprendidísimo.

—Sol me dice que hay una, bueno, tarifa fija para estos tratos... ¿no, Sol?... es algo que todo el mundo que está en el ajo sabe, George, y, bueno, se basa en un porcentaje del valor del cargamento puesto en la calle, ¿no?

Sol emitió un gruñido afirmativo.

—Él, bueno, el agente no especificado tenía autorización permanente para comprar a ese precio y compró. Ningún problema. El agente también, bueno, manifestó deseos, pendientes del visto bueno de sus superiores, de proporcionar a Ricardo la documentación que él pedía, George... que era, según resultó más tarde, un pasaporte de la Alemania Occidental con sólo unos días de vigencia, en el caso, George... en el caso aún no comprobado, ¿comprendes...? de que la información de Ricardo resultase ser un valor aceptable, dado que la política que se sigue es alentar a los informadores a toda costa. Pero dejó claro, el agente, que todo el trato, el pasaporte y el pago por la información, dependía de su ratificación por la autoridad superior... la gente de Sol del cuartel general. Así que compró el opio, pero en lo de la información esperó. ¿No, Sol?

—Sí, eso es — gruñó Sol.

—Oye, Sol, mira, quizá debieses manejar tú esta parte — dijo Martello.

Sol, al hablar, mantuvo inmóvil por una vez el resto de su persona. Sólo movía la boca.

—Nuestro agente le pidió a Ricardo una muestra para que pudieran valorar la información en casa. Lo que nosotros llamamos trasladarla a primera base. Ricardo sale con la historia de que le han mandado pasar la droga a la China roja y volver luego con una carga no especificada como pago. Eso fue lo que dijo. Su muestra. Dijo que sabía quién estaba detrás del asunto. Dijo que conocía al mayor Pez Gordo de todos los peces gordos. Todos lo dicen. Dijo que conocía toda la historia. Pero siempre dicen eso. Dijo que había iniciado el viaje al continente, pero que le había entrado miedo y había vuelto a casa pasando a baja altura sobre Laos para evitar el radar. Dijo que debía un favor a la gente que le envió y que si le encontraban le harían tragarse los dientes a patadas. Eso es lo que está en el informe, palabra por palabra. Tragarse los dientes. Así que tenía prisa y por eso daba aquel precio tan bajo de cincuenta billetes. No dijo quién era la gente, no aportó ni una pizca de información relacionada positiva aparte del opio, pero dijo que aún tenía el avión, escondido, un Beechcraft, y ofreció enseñárselo a nuestro agente la próxima vez que se vieran, lo que dependía de que hubiese verdadero interés en el cuartel general. Eso es todo lo que tenemos —dijo Sol, y pasó a consagrarse al cigarrillo—. El opio eran un par de cientos de kilos. Buena calidad.

Martello recuperó diestramente la pelota:

—Entonces el agente de narcóticos no especificado redactó su informe, George, e hizo lo que haríamos todos. Cogió la información y la envió al cuartel general y le dijo a Ricardo que no se dejase ver hasta que él tuviera noticias de sus superiores. Dijo que le vería en unos diez días, catorce quizás. Aquí está tu dinero del opio, pero el dinero de la información tendrá que esperar un poco. Hay normas, ¿entiendes?

Smiley afirmó comprensivo y Martello afirmó a su vez respondiéndole, mientras seguía hablando.

—Así que en esto estamos. Aquí es donde interviene el error humano, ¿no? Podría haber sido peor, pero no mucho. En nuestro equipo, hay dos visiones del asunto: conspiración y cagada. Aquí es donde tenemos la cagada, de eso no hay duda. El predecesor de Sol, Ed, que ahora está enfermo, valoró el material y, basándose en los datos... bueno, tú le conoces, George, Ed Ristow, un buen chico, sensato... y basándose en los datos de que disponía, Ed decidió, comprensible, pero erróneamente, no proceder. Ricardo quería cincuenta billetes. En fin, por un buen botín, una cosa importante, comprendo que no es nada. Pero comprando Ricardo, quería pago inmediato. Un sólo pago y fuera. Y Ed... bueno, Ed tenía responsabilidades, y muchos problemas de familia, y sencillamente no le

pareció razonable invertir esa suma de dinero del contribuyente
norteamericano en un personaje como Ricardo, cuando no había
ningún botín garantizado, un tipo que se las sabe todas además,
que sabe todas las triquiñuelas, y que podía estar preparándole a
aquel agente de campo de Ed, que es sólo un chaval, un viaje infernal. Así que Ed le dio carpetazo. Asunto cerrado. Archivado y
olvidado. Asunto concluido, compra el opio, pero del resto nada.

Quizá fuese trombosis coronaria de verdad, pensó Guillam,
maravillado. Pero otra parte de él sabía que podría haberle pasado a él también e incluso que le había pasado: el buhonero que ve
ante sí la gran pieza y que la deja escapar de entre los dedos.

En vez de perder el tiempo en recriminaciones, Smiley había
pasado tranquilamente a considerar las restantes posibilidades.

—¿Dónde está ahora Ricardo, Marty? — preguntó.

—No se sabe.

Su siguiente pregunta tardó mucho más en llegar, y no era tanto una pregunta como una meditación en voz alta.

—Para volver con *un cargamento no especificado como pago*
— repitió —. ¿Hay alguna teoría sobre el tipo de cargamento que
podría ser?

—Sospechamos que oro. No somos magos, lo mismo que no lo
eres tú — dijo ásperamente Sol.

Aquí, Smiley dejó simplemente de participar en el proceso durante un rato. Su expresión se inmovilizó, parecía inquieto y, para
cualquiera que le conociese, retraído, y de pronto le tocó a Guillam mantener en juego la pelota. Para hacerlo, como Smiley, se
dirigió a Martello.

—¿No dio Ricardo ninguna pista del sitio dónde tenía que llevar la carga de vuelta?

—Ya te lo dije, Pete. Eso es todo lo que tenemos.

Smiley seguía siendo no combatiente. Estaba quieto, mirando
muy fijo, lúgubremente, sus manos enlazadas. Guillam buscó afanoso otra pregunta:

—¿Y ninguna pista del *peso* que podría tener la carga de vuelta tampoco? — preguntó.

—Dios santo — dijo Sol, e interpretando erróneamente la actitud de Smiley, afirmó despacio asombrado del tipo de gentuza que
se veía obligado a tratar.

—¿Pero vosotros *estáis* convencidos de que fue Ricardo el que
se puso en contacto con vuestro agente? — preguntó Guillam, aún
al ataque, lanzando golpes.

—Al cien por cien — dijo Sol.

—Sol — sugirió Martello, inclinándose hacia él —. Sol, ¿por qué no le das a George una copia en limpio del informe original? Así tendrá lo mismo que nosotros.

Sol vaciló, miro a su ayudante, se encogió de hombros y, por último, a regañadientes, sacó de una carpeta que tenía en la mesa, al lado, una cuartilla de la que arrancó solemnemente la firma.

—Extraoficial — masculló — y en este momento, Smiley revivió de pronto y, recogiendo el informe de manos de Sol, lo estudió por ambos lados un rato atentamente en silencio.

—Y dónde está, por favor, el agente de narcóticos no especificado que redactó este documento — preguntó al fin, mirando primero a Martello y luego a Sol.

Sol se rascó el cuero cabelludo. Cy empezó a mover la cabeza irritado. Los dos hombres silenciosos de Martello no mostraban la menor curiosidad, sin embargo. El pálido Murphy seguía leyendo en sus notas y su colega miraba con los ojos en blanco al ex presidente.

—Se fue a vivir a una comuna *hippy* al norte de Katmandú — gruñó Sol, soltando un chorro de humo de cigarrillo —. Se pasó al enemigo el muy cabrón.

El alegre remate de Martello resultaba maravillosamente intrascendente:

—En fin, bueno, ésa es la razón, George, por la que *nuestra* computadora tenía a Ricardo muerto y enterrado, George, cuando los datos de que se dispone, que han vuelto a estudiar nuestros amigos del Ejecutivo, no dan verdaderos motivos para, bueno, para suponerlo.

A Guillam le había parecido hasta entonces que la bota estaba toda en el pie de Martello. Los muchachos de Sol habían hecho el ridículo, venía a decir, pero los primos eran después de todo magnánimos y estaban deseando dar el beso y hacer las paces. En la calma postcoito que siguió a las revelaciones de Martello, prevaleció un poco más esta falsa impresión.

—En fin, bueno, George, yo diría que a partir de ahora, podemos contar... vosotros, nosotros, aquí Sol... con la cooperación sin reservas de todas nuestras agencias. Yo diría que esto tiene un aspecto muy positivo. ¿No, George? Constructivo.

Pero Smiley, en su renovada distracción, se limitó a enarcar las cejas y a fruncir los labios.

—¿Estás pensando algo especial, George? — preguntó Martello —. Quiero decir, ¿te preocupa algo?

—Oh. Gracias, sí. *Beechcraft* — dijo Smiley —. ¿Es un avión de un solo motor?

—Dios santo — dijo Sol entre dientes.

—De dos, George, de dos — dijo Martello —. Es un aparato pequeño, un modelo de ejecutivo...

—Y según el informe el cargamento de opio pesaba cuatrocientos kilos.

—Casi media tonelada, George — dijo Martello muy solícito —. Tonelada *métrica* — añadió dubitativo, ante la expresión sombría de Smiley —. No vuestras toneladas inglesas, George, naturalmente. Métrica.

—¿Y *dónde* debía llevarse? El opio, quiero decir...

—En la cabina — dijo Sol —. Lo más probable es que fuese debajo de los asientos de reserva. Ese tipo de aviones no tienen todos la misma forma. No sabemos de qué tipo era éste porque no llegamos a verlo.

Smiley examinó una vez más la cuartilla que aún tenía en su mano regordeta.

—Sí — murmuró —. Sí, supongo que harían eso.

Y con un lapicero dorado escribió un pequeño jeroglífico en el margen antes de volver a hundirse en su ensueño privado.

—Bueno — dijo animosamente Martello —. ¿Qué os parece si nosotros, buenas abejitas obreras volvemos a nuestras colmenas y miramos a dónde nos lleva todo esto, ¿eh, Pete?

Guillam estaba ya poniéndose en pie cuando habló Sol. Sol tenía el don raro, y más bien terrible, de la rudeza natural. Nada había cambiado en él. No se había alterado lo más mínimo. Aquél era su modo de hablar, era así como hacía negocios y tratos, y era evidente que los otros métodos le fastidiaban:

—Pero hombre, por Dios, Martello, ¿a qué clase de juego estamos jugando? Esto es el gran golpe, ¿no? Hemos puesto el dedo en lo que puede que sea el objetivo más importante en el campo de narcóticos de todo el sector del Sudeste asiático. Muy bien, de acuerdo, hay una relación, un contacto. La Compañía se ha ido al fin a la cama con el Ejecutivo porque tenía que compensar el asunto de las tribus. No creas que eso me pone caliente a *mí*. En fin, muy bien, tenemos un trato de manos fuera con los ingleses en Hong Kong. Pero Tailandia es nuestra. Y las Filipinas también. Y Taiwan. Y en realidad todo el maldito sector. Y la guerra, y los ingleses no mueven el culo para nada. Vinieron hace cuatro meses

e hicieron su discurso. Muy bien, bárbaro. Metimos a los ingleses
en el ajo. ¿Qué han hecho en todo este tiempo? Enjabonarse la
carita. ¿Cuándo demonios van a empezar a afeitarse, Dios santo?
Tenemos dinero metido en esto, tenemos toda una organización
preparada para desarticular todas las conexiones de Ko, en todo el
hemisferio. Llevamos *años* detrás de un tipo como ése. Y podemos
engancharle. Tenemos legislación suficiente para hacerlo... ¡tenemos legislación hombre! ¡La suficiente para meterle de diez a treinta y más! Tenemos las drogas, tenemos las armas, los bienes em-
bargados, tenemos el mayor cargamento de oro rojo que le haya
pasado Moscú a un solo hombre en la vida, y tenemos la primera
posibilidad de conseguir una prueba, si es verdad lo que está contando ese tal Ricardo, de un programa de subversión con drogas
patrocinado por Moscú, que está deseando llevar la lucha al interior de la China roja, que tiene la esperanza de hacerles a ellos
lo mismo que ya está haciéndonos a nosotros.

La explosión había despertado a Smiley como una ducha de
agua fría. Se había incorporado en el asiento, el informe del agente
de narcóticos arrugado en la mano, y miró asombrado primero a
Sol y luego a Martello.

—Marty —murmuró—. Oh, Dios mío, *no*.

Guillam mostró más presencia de ánimo. Por lo menos lanzó
una objeción:

—Hay que repartir mucho media tonelada para dejar colgados
a ochocientos millones de chinos, ¿no crees, Sol?

Pero a Sol no le hacían mella las ironías ni las objeciones y
menos aún si procedían de un niño bonito inglés.

—¿Y nos lanzamos a su yugular? —preguntó, sin desviarse de
su curso—. Las narices. Andamos con rodeos. Andamos por las
ramas. «Hay que actuar con delicadeza. El campo es de los ingleses. Es territorio suyo. Es una pieza suya, la fiesta es suya. Así
que nos dedicamos a hacer filigranas, a bailar alrededor. Revolo-
teamos como mariposillas y actuamos con la misma energía que
si lo fuéramos. Dios santo, si hubiéramos manejado este asunto
nosotros, ya tendríamos bien agarrado a ese cabrón hace meses.

Tras decir esto, dio un golpe con la palma de la mano abierta
en la mesa y utilizó la artimaña retórica de repetir su argumento
con distinto lenguaje:

—¡Es la primera vez en la vida que le echamos la vista encima
a un tiburón corruptor comunista soviético que está pasando droga
y desestabilizando la zona y recibiendo dinero ruso, y que podemos demostrarlo!

Todo iba dirigido a Martello. Como si Smiley y Guillam no estuviesen allí.

—Y no olvides otra cosa — le advirtió a Martello, como punto final —. Tenemos a mucha gente gorda que está deseando que esto salga a la luz. Gente impaciente. Influyente. Gente que está muy enfadada por el dudoso papel que ha estado jugando vuestra Compañía en el suministro y la distribución de narcóticos entre nuestros chicos en Vietnam, que es el primer motivo por el que nos habéis informado. Así que será mejor que expliques a esos liberales de salón de Langley, Virginia, que ya va siendo hora de que suelten la mierda o dejen el orinal. Lo de mierda lo digo en los *dos sentidos* — remató, con un insulso juego de palabras.

Smiley se había puesto tan pálido que Guillam se asustó de veras. Se preguntaba si no le habría dado un ataque al corazón, si no estaría a punto de desmayarse. Desde donde estaba Guillam, las mejillas y la tez de Smiley se convirtieron de pronto en las de un viejo y en sus ojos, cuando se dirigió sólo a Martello también, había el ardor de un viejo.

—De cualquier modo hay un acuerdo. Y mientras esté vigente, confío en que lo cumpliréis. Tenemos vuestra declaración general de que os abstendréis de operar en territorio británico salvo que se os haya concedido permiso. Tenemos vuestra promesa concreta de que nos dejaréis manejar a nosotros solos este caso, vigilancia y comunicación aparte, *independientemente de adónde nos lleve en su evolución*. Ése fue el acuerdo. Manos fuera por completo a cambio de un examen completo del producto. Para mí, eso quiere decir lo siguiente: que Langley no actuará y que no actuará tampoco ningún otro organismo norteamericano. Considero que eso es vuestra promesa sincera. Y considero que esa promesa aún está en pie y para mí el acuerdo es invariable.

—Explícale — dijo Sol, y salió, seguido por Cy, su cetrino ayudante mormón. En la puerta se volvió y amonestó con un dedo en dirección a Smiley.

—Tú guías el carro, nosotros te decimos dónde hay que apearse y dónde hay que quedarse arriba — dijo.

El mormón asintió: «Eso es», dijo y sonrió a Guillam, como invitándole. A un gesto de Martello, Murphy y su silencioso colega le siguieron, saliendo del despacho.

Martello estaba sirviendo bebidas. También en su oficina eran las paredes de palo de rosa (un contrachapado de imitación, comprobó Guillam, no la cosa auténtica) y cuando Martello pulsó una palanca apareció una máquina de hielo que vomitó un firme chorro de píldoras en forma de balones de rugby. Martello sirvió tres whiskies sin preguntar a los demás qué querían. Smiley lo miraba todo. Aún tenía las manos regordetas apoyadas en los extremos de los brazos del sillón de líneas aéreas, pero estaba retrepado y desmadejado como un boxeador exhausto entre asalto y asalto, mirando fijamente al techo, perforado por luces parpadeantes. Martello puso los vasos en la mesa.

—Gracias, señor — dijo Guillam. A Martello le gustaba un «señor» de vez en cuando.

—De nada — dijo Martello.

—¿A quién más se lo han dicho vuestros jefes? — dijo Smiley, a las estrellas —. ¿A la inspección de Hacienda? ¿Al servicio de aduanas? ¿Al alcalde de Chicago? ¿A sus doce mejores amigos? ¿Os dais cuenta de que ni siquiera mis jefes saben que estamos colaborando con vosotros? ¡Dios santo!

—Vamos, George, hombre. Nosotros tenemos política, lo mismo que vosotros. Tenemos que cumplir promesas. Que comprar bocas. Los del Ejecutivo andan a por nosotros. Ese asunto de la droga armó mucho revuelo en el Congreso. Senadores, subcomités, toda esa basura. El chico vuelve a casa de la guerra yonqui perdido y lo primero que hace el padre es escribir a su representante en el Congreso. A la Compañía no le entusiasman todos esos rumores. Le gusta tener a sus amigos de su parte. Hay que cuidar la imagen, George.

—¿Podrías decirme, por favor, cuál es el trato? — preguntó Smiley —. ¿Podrías explicármelo con palabras claras, de una vez?

—Oh, vamos, George, no hay ningún *trato*. Langley no puede disponer de lo que no le pertenece, y este caso es *vuestro*. Es propiedad vuestra... Iremos por él... lo haréis vosotros, puede que con algo de ayuda nuestra... haremos todo lo posible, pero en fin, bueno, si no obtenemos resultados, pues entonces intervendrán los del Ejecutivo y, de un modo muy fraternal y muy controlable, van a ver qué pueden hacer.

—¿Cuándo debo abrir mi coto? — dijo Smiley —. Qué modo de llevar un caso, Dios mío.

A la hora de la pacificación, Martello era realmente un zorro viejo.

—George. *George*. Supongamos que ellos enganchan a Ko. ¿Y qué? A lo mejor se le echan encima la próxima vez que salga de la Colonia. Si Ko va a tener que morirse de asco en Sing-Sing con una condena de diez a treinta, por ejemplo, ¿qué importa que le cojamos ahora o más tarde? ¿Por qué es eso tan terrible de pronto?

Sí que lo es, y mucho, pensó Guillam. Hasta que cayó en la cuenta, con un gozo de lo más maligno, de que ni siquiera Martello estaba enterado del asunto del hermano Nelson, y que George se había guardado en la manga la carta mejor.

Smiley se había incorporado en su asiento. El hielo de su whisky había puesto una escarcha húmeda por el borde exterior del vaso y se quedó un rato mirando cómo se deslizaban las gotas hasta la mesa de palo de rosa.

—¿Cuánto tiempo nos queda, pues, a nosotros solos? — preguntó Smiley —. ¿Cuánto falta para que los de narcóticos se nos echen encima?

—No es una cosa rígida, George. ¡No es *eso*! Son parámetros, como dijo Cy.

—¿Tres meses?

—Eso es generoso, demasiado.

—¿Menos de tres meses?

—Tres meses, más o menos, diez o doce semanas... una cosa así, George. Pero se trata de algo fluido. Entre amigos. Tres meses máximo, diría yo.

Smiley exhaló un suspiro largo y lento.

Ayer teníamos todo el tiempo del mundo.

Martello dejó caer el velo un centímetro o dos:

—Sol no sabe tanto, George — dijo —. Sol, bueno, tiene zonas en blanco — añadió, en parte como una concesión —. No les echamos toda la osamenta, ¿entiendes?

Luego hizo una pausa y continuó:

—Sol llega hasta el primer escalón. No más. Créeme.

—¿Y qué significa eso del primer escalón?

—Sabe que Ko recibe fondos de Moscú, sabe que trafica con opio. Nada más.

—¿Sabe de la chica?

—Mira, ésa es una cuestión interesante, George, esa chica. La chica fue con él en el viaje a Bangkok. ¿Recuerdas que Murphy habló del viaje a Bangkok? Y se quedó con él en la habitación del hotel. Fue con él a Manila. Ya me di cuenta de que me entendías. Capté tu mirada. Pero le hicimos eliminar a Murphy esa parte del informe. Para que Sol no lo supiera.

Smiley pareció revivir, aunque muy poco.

—El trato sigue en pie, George — aseguró generosamente Martello —. No se añade ni se quita nada. Tú enganchas el pez, nosotros te ayudaremos a comerlo. Y te ayudaremos también en lo que haga falta, no tienes más que coger ese teléfono verde y dar una voz.

Llegó hasta el punto de posar una mano consoladora en el hombro de Smiley, pero al percibir que a éste no le gustaba el gesto la retiró con cierta precipitación.

—Sin embargo, si en algún momento quieres pasarnos los remos, bueno, no tendríamos más que invertir el acuerdo y...

—Si nos estropeáis la operación seréis expulsados de la Colonia de inmediato — dijo Smiley, terminando la frase por él —. Quiero dejar clara otra cosa: lo quiero por escrito. Quiero que sea el tema de un intercambio de cartas entre nosotros.

—La partida es tuya, tú eliges — dijo cordialmente Martello.

—Mi servicio pescará el pez — insistió Smiley, en el mismo tono directo —. Lo sacaremos a tierra también, si es así como dicen los pescadores. No soy un deportista, la verdad.

—A tierra, a playa, a cubierta, claro que sí.

La buena voluntad de Martello, desde la recelosa perspectiva de Guillam, iba gastándose un poco por los bordes.

—Insisto en que sea una operación *nuestra*. Nuestro hombre. Insisto en nuestros derechos prioritarios. Tenerle y retenerle, hasta que consideremos oportuno pasarle.

—No hay problema, no hay ningún problema. Tú lo subes a bordo, es tuyo. En cuanto quieras compartirlo, llamas. Así de simple.

—Ya mandaré una confirmación escrita por la mañana.

—No te molestes en hacerlo, George, hombre. Nosotros tenemos gente. Ya mandaremos a recogerla.

—Os la haré llegar yo — dijo Smiley.

Martello se levantó.

—George, has conseguido un buen trato.

—Ya tenía un trato — dijo Smiley —. Langley no lo ha cumplido.

Se dieron la mano.


El historial del caso no tuvo otro momento como éste. En el ambiente se describe con varias frases elegantes. «El día que George invirtió los controles» es una... aunque le llevó una buena semana, aproximando mucho más el plazo indicado por Martello. Pero para Guillam, hubo en aquel proceso algo mucho más majestuoso, mucho más hermoso que una mera reorganización técnica. A medida que fue entendiendo mejor, poco a poco, la intención de Smiley, a medida que contemplaba fascinado cómo Smiley trazaba meticulosamente cada línea, convocaba a uno u otro colaborador, tiraba de un gancho aquí, metía una cuña allá, Guillam tenía la sensación de contemplar el girar y el maniobrar de un gran trasatlántico cuando se le induce, encamina y persuade a volver a enfilar su propio curso.

Lo que entrañaba, sí, poner patas arriba todo el caso, o invertir los controles.

Regresaron al Circus sin haber cruzado una palabra. Smiley subió el último tramo de escaleras lo bastante despacio para reavivar los temores de Guillam por su salud, de modo que en cuanto pudo, telefoneó al médico del Circus y le hizo una relación completa de los síntomas, tal como él los veía, con el único resultado de que le dijese el médico que Smiley había estado a verle un par de días antes por un asunto sin relación con aquello y que mostraba todos los indicios de ser indestructible. La puerta de la sala del trono se cerró y Fawn, la niñera, tuvo una vez más para él solo a su amado jefe. Las necesidades de Smiley, cuando trascendían, tenían un cierto deje de alquimia. Aviones Beechcraft: Smiley quería planos y catálogos, y también (siempre que pudiesen obtenerse de modo anónimo) cualquier dato sobre propietarios, ventas y compras en la zona del Sudeste asiático. Toby Esterhase se adentró diligente por las sombrías espesuras de la industria de ventas aeronáuticas y poco después Fawn le entregó a Molly Meakin un montón impresionante de números atrasados de un periódico llamado *Transport World*, con instrucciones manuscritas de Smiley, en la tinta verde tradicional que se utilizaba en su oficina, de marcar cualquier anuncio de aviones Beechcraft que pudiese haber atraído la atención de un posible comprador en el período de seis meses que precedió a la fallida expedición del piloto Ricardo con el opio a la China roja.

También por órdenes escritas de Smiley, Guillam visitó discretamente a varios de los excavadores de di Salis y, sin que tuviese de ello conocimiento su temperamental superior, llegó a la conclusión de que aún estaban lejos de poner el dedo sobre Nelson Ko. Un veterano llegó al punto de sugerir que Drake Ko no había dicho más que la verdad en su última entrevista con el viejo Hibbert, y que el hermano Nelson estaba muerto realmente. Pero cuando Guillam llevó la noticia a Smiley, éste movió impaciente la cabeza y le entregó un mensaje para Craw, en que le decía que obtuviese de su fuente policial local, con cualquier pretexto, cuantos datos hubiese en archivo sobre los movimientos viajeros del administrador de Ko, de Tiu, de sus entradas y salidas de la China continental.

La larga respuesta de Craw llegó a la mesa de Smiley cuarenta y ocho horas después, y pareció proporcionarle un raro instante de placer. Mandó avisar al chófer de servicio e hizo que le llevara a Hampstead, donde paseó solo por el Heath una hora, entre la escarcha iluminada por el sol, y, según Fawn, se pasó el rato mirando boquiabierto las rojizas ardillas y luego regresó a la sala del trono.

—¿Pero no te das cuenta? — le dijo a Guillam, en un arrebato de excitación igualmente raro, aquella tarde —. ¿No *comprendes*, Peter?

Y le enseñó los datos de Craw, le puso delante de las narices el papel, señalando concretamente un apartado.

—Tiu fue a Shanghai seis semanas antes de la misión de Ricardo. ¿Qué tiempo estuvo allí? Cuarenta y ocho horas. ¡Eres un animal!

—Nada de eso — replicó Guillam —. Lo que pasa es que no tengo una línea directa de comunicación con Dios.

Smiley, se encerró en los sótanos con Millie McCraig, el escucha jefe, y volvió a oír los monólogos del viejo Hibbert, frunciendo el ceño de vez en cuando (según Millie) por la torpe avidez de di Salis. Por lo demás, leyó y vagó y tuvo con Sam Collins algunas charlas breves y apasionadas. Estos encuentros, advirtió Guillam, le costaban a Smiley muchas energías, y sus explosiones de mal humor (bien sabe Dios que no eran muchas para un hombre que soportaba tantas cargas) ocurrían siempre después de irse Sam. E incluso después de desahogar, Smiley parecía más tenso y solitario que nunca, hasta que daba uno de sus largos paseos nocturnos.

Luego, hacia el cuarto día, que en la vida de Guillam fue un día de crisis, Dios sabe por qué (probablemente la discusión con los de Hacienda, que no querían pagarle un extra a Craw), Toby Esterhase consiguió colarse por la red de Fawn y de Guillam y llegar sin ser visto a la sala del trono, donde ofrendó a Smiley un montón de fotocopias de contratos de venta de un Beechcraft de cuatro asientos, de una nueva marca, a la empresa Aerosuis and Co, de Bangkok, inscrita en Zurich, detalles pendientes. Smiley se alegró sobre todo por el hecho de que el aparato tuviera cuatro asientos. Los dos de atrás eran plegables, pero los del piloto y el copiloto eran fijos. En cuanto a la venta concreta del avión, se había cumplimentado el veinte de julio: un mes escaso antes, por tanto, del loco despegue de Ricardo para violar el espacio aéreo de la China roja, y luego cambiar de propósito.

—Hasta Peter puede establecer *esa* conexión — proclamó Smiley, con una frivolidad notoria—. ¡Explícalo, Peter, hombre!

—El avión se vendió dos semanas después de que Tiu volviese de Shanghai — contestó Guillam a regañadientes.

—¿Y qué? — insistió Smiley—. ¿Y qué? ¿Después qué?

—Nos preguntamos quién es el propietario de la empresa Aerosuis — replicó Guillam, bastante irritado.

—Exactamente. Muchas gracias — dijo Smiley, con burlón alivio—. Restauras mi fe en ti, Peter. Veamos. ¿A quién encontramos al timón de Aerosuis? ¿A quién crees tú? Al representante de Bangkok, ni más ni menos.

Guillam echó una ojeada a las notas que había en la mesa de Smiley, pero Smiley fue demasiado rápido y las tapó con las manos.

—Tiu — dijo Guillam, ruborizándose de veras.

—Hurra. Sí. Tiu. Muy bien.

Pero cuando Smiley mandó avisar otra vez a Sam Collins aquella tarde, las sombras habían vuelto a su rostro oscilante.

Aún estaba el sedal en el agua. Toby Esterhase, después de su éxito en la industria aeronáutica, fue traspasado al gremio del licor y voló hasta las islas Western de Escocia, con la cobertura de inspector de tasas de valor añadido, y allí pasó tres días haciendo una comprobación in situ de los libros de una casa de destilerías de whisky especializada en la venta para entrega futura de barrilitos sin curar. Volvió (según Connie) riendo entre dientes cual bígamo triunfante.

El múltiple apogeo de toda esta actividad fue un mensaje sumamente extenso a Craw, redactado después de una solemne reunión del directorio operativo, los dorados vejestorios, de nuevo según Connie, con el añadido de Sam Collins. A la reunión siguió una sesión ampliada sobre vías y medios con los primos, en la que Smiley se abstuvo de mencionar al escurridizo Nelson Ko, pero solicitó ciertos servicios complementarios de vigilancia y comunicación sobre el terreno. A sus colaboradores, Smiley les explicó sus planes del siguiente modo.

La operación se había limitado hasta entonces, a la obtención de información secreta sobre Ko y las ramificaciones de la veta de oro soviética. Se habían tomado todas las precauciones para que Ko no se diera cuenta de que el Circus andaba tras él.

Smiley resumió luego la información recogida hasta entonces: Nelson, Ricardo, Tiu, el Beechcraft, los datos, las deducciones, la empresa aeronáutica legalizada en Suiza... que no tenía, al parecer, ni más locales ni más aviones. Smiley dijo que habría preferido esperar a una identificación segura de Nelson, pero toda la operación estaba comprometida y el tiempo, gracias a los primos en parte, se estaba agotando.

No hizo la menor mención de la chica, y no miró ni una sola vez a Sam Collins mientras leía su informe.

Luego, llegó a lo que modestamente denominó la *próxima fase*.

—Nuestro problema es romper la situación de tablas. Hay operaciones que van mejor si no se aclaran. Hay otras que no valen nada hasta que se aclaran, y el caso Dolphin es una de éstas.

Y, tras decir esto, frunció el ceño solícito y pestañeó y se quitó las gafas luego y, con secreto gozo de todos, confirmó inconsciente su propia leyenda limpiándolas con la punta más ancha de la corbata.

—Me propongo conseguir esto invirtiendo nuestra táctica. En otras palabras, demostrándole a Ko que estamos interesados en sus asuntos.

Fue Connie, como siempre, quien puso fin al silencio, adecuadamente sobrecogedor, que siguió. Su sonrisa fue también la primera... y la que indicaba más sabiduría.

—Quiere ahumarle para que salga —cuchicheó extasiada—. ¡Lo mismo que le hizo a Bill, el perro listo! Le hace una hoguera a la puerta de casa, verdad, querido, para ver hacia qué lado corre. ¡Oh, *George*, eres un hombre encantador, el mejor de todos mis chicos, te lo aseguro!

Smiley utilizó en su mensaje a Craw una metáfora distinta para describir el plan, más del gusto del agente de campo. Aludió a *sacudir el árbol de Ko*, y era patente, por el resto del texto que, pese a los considerables peligros, se proponía utilizar para ello las anchas espaldas de Jerry Westerby.

Como nota al pie de todo esto, un par de días después, Sam Collins desapareció. Se alegraron todos. Dejó de aparecer y Smiley no volvió a mencionarle. Su despacho, cuando Guillam se coló en él furtivamente a echar un vistazo, no contenía nada personal de Sam, salvo un par de paquetes de naipes sin abrir y unos chillones estuches de cerillas que promocionaban un club nocturno del West End. Cuando sondeó a los caseros, se mostraron por una vez insólitamente afables. El precio de Sam había sido una gratificación de despedida, dijeron, y la promesa de que se reconsideraría su derecho a una pensión. En realidad, Sam no tenía tampoco mucho que vender. Como una llamarada, dijeron, y para no volver.

De todos modos, Guillam no podía librarse de un cierto desasosiego respecto a Sam, que le transmitió a menudo a Molly Meakin en las semanas siguientes. No era sólo por habérselo tropezado en la oficina de Lacon. Le inquietaba el asunto del intercambio epistolar de Smiley con Martello confirmando su acuerdo verbal. En vez de dejar que los primos vinieran a por la carta, con el consiguiente desfile de un coche grande e incluso un motorista de escolta por Cambridge Circus, Smiley había ordenado a Guillam que la llevase él mismo a Grosvenor Square, con Fawn de niñera. Pero Guillam estaba abrumado de trabajo por entonces, como solía pasarle, y Sam estaba, como siempre, libre. Así que cuando se ofreció voluntario para llevar la carta él, Guillam se la dio y luego pensó que ojalá no lo hubiese hecho nunca. Aún seguía pensándolo, encarecidamente.

Porque en vez de entregarle la carta de George a Murphy o a su anónimo compañero Sam, según Fawn, había insistido en entrar a dársela personalmente a Martello. Y se había pasado más de una hora a solas con él.

# SEGUNDA PARTE

# SACUDIENDO EL ÁRBOL

# 13

# LIESE

Star Heights era el bloque más nuevo y más alto de los Midlevels, tenía forma circular, y de noche brillaba como un inmenso
lapicero iluminado en la suave oscuridad del Pico. Conducía hasta
él una tortuosa carretera, pero su única acera era una hilera de
piedras, de unos quince centímetros de ancho, entre la carretera
propiamente dicha y el acantilado. En Star Heights, los peatones
eran de mal gusto. Era ya anochecido y se acercaba a su apogeo
el ajetreo social. Mientras Jerry recorría el camino siguiendo la acera, pasaban rozándole los Mercedes y los Rolls Royce en su prisa
por dejar y recoger. Jerry llevaba un ramo de orquídeas envuelto
en papel de seda: mayor que el que Craw le había regalado a Phoebe Wayfarer, más pequeño que el que le había ofrendado Drake
Ko al niño Nelson muerto. Aquellas orquídeas no eran para nadie.
«Cuando se tiene mi estatura, amigo, hay que tener muy buenas
razones para hacer lo que sea.»

Se sentía tenso, pero también aliviado de que hubiera terminado al fin la larguísima espera.

*Es una operación directa de pie-en-la-puerta, Señoría,* le había
advertido Craw en la prolongada reunión informativa del día antes. *Ábrete camino hasta allí y empieza y no pares hasta el final.*

A la pata coja, pensó Jerry.

Una marquesina a rayas llevaba al vestíbulo de entrada e im-
pregnaba el aire aroma de mujeres, como un anticipo de su tarea.
*Y no se te olvide que Ko es el propietario del edificio,* había añadido con aspereza Craw, como regalo de despedida. La decoración
interior no estaba terminada del todo. Faltaban placas de mármol
alrededor de los buzones. En una fuente de terrazo debería haber
estado escupiendo agua un pez de fibra de vidrio, pero aún no habían conectado las tuberías y había sacos de cemento amontonados
en la pila. Enfiló hacia los ascensores. Había una cabina de cristal
con el letrero «Recepción» y desde allí le miraba el portero chino.
Jerry sólo veía un borrón indefinido. Estaba leyendo al llegar Jerry,

pero ahora le miraba fijo, sin decidirse a pararle, tranquilizado un poco por las orquídeas. Llegaron dos matronas norteamericanas con toda la pintura de guerra y tomaron posiciones junto a él.

—Que flores tan bonitas — dijeron, atisbando en el papel de seda.

—Estupendas, ¿verdad? Tomen, tomen. ¡Un regalo! Vamos, muy adecuadas para una mujer guapa. ¡Las mujeres bellas parecen desnudas sin flores!

Risas. Los ingleses son una raza aparte. El portero volvió a su lectura y Jerry quedó legitimado. Llegó un ascensor. Irrumpieron en el vestíbulo, hoscos y enjoyados, una horda de diplomáticos y hombres de negocios con sus esposas. Jerry cedió el paso a las matronas norteamericanas. Humo de puro mezclado con perfume, música enlatada tarareando melodías olvidadas. Las matronas pulsaron el botón de la planta doce.

—¿Va usted también a visitar a los Hammerstein? — preguntaron, sin dejar de mirar las orquídeas.

Jerry bajó en la planta quince y se dirigió a la escalera de incendios. Apestaba a gato y a basura. Bajando se encontró con una *amah* que llevaba un cubo lleno de pañales. Frunció el ceño al verle, pero cuando él la saludó se echó a reír ruidosamente. Siguió bajando hasta que llegó a la planta ocho, donde entró en la opulencia del rellano de residentes. Estaba al final de un pasillo. Había una pequeña rotonda que daba a dos puertas de ascensor doradas. Había cuatro pisos y cada uno de ellos ocupaba un cuadrante del edificio circular, y todos tenían pasillo propio. Se situó en el pasillo B, sólo con las flores como protección. Vigiló la rotonda, la atención fija en la entrada del pasillo C. El papel de seda que envolvía las orquídeas estaba húmedo donde él lo sujetaba, demasiado fuerte.

«Es una cita fija semanal», le había asegurado Craw. «Todos los lunes, arreglo de flores en el Club Norteamericano. Puntual como el reloj. Se encuentra allí con una amiga, Nellie Tan, trabaja para Airsea. Van a lo de las flores y luego se quedan a cenar.»

«¿Y dónde anda Ko entretanto?»

«En Bangkok, negocios.»

«Bueno, pues esperemos que no le dé por volver.»

«Amén, señor, amén.»

Con un chirrido de goznes nuevos sin engrasar, se abrió una puerta al lado y salió al pasillo un norteamericano joven y delgado, de smoking, que se quedó mirando a Jerry y a las orquídeas. Tenía los ojos firmes y azules y llevaba cartera.

—¿Está usted buscándome a mí con esas cosas? —preguntó, con el acento de la buena sociedad bostoniana. Parecía rico y seguro de sí. Jerry pensó que debía ser un diplomático o un bancario de alto nivel.

—Bueno, no sé, la verdad —contestó Jerry, interpretando el papel del inglés tonto—. *Cavendish* —dijo.

Por encima del hombro del norteamericano, Jerry vio que la puerta se cerraba suavemente, ocultando una estantería llena de libros.

—Es que un amigo mío me pidió que se las llevase a la señorita Cavendish al 9D. Él se fue a Manila y me dejó con las orquídeas... En fin, no sé.

—Se ha equivocado de planta —dijo el norteamericano dirigiéndose al ascensor—. Eso es arriba. Y también se ha equivocado de pasillo. El D queda al otro lado. Por allí.

Jerry se colocó a su lado, fingiendo esperar el ascensor de subida. Llegó primero el de bajada, y el joven norteamericano entró tranquilamente en él y Jerry volvió a su puerta. Se abrió la puerta C, la vio salir y cerrar con llave. Llevaba ropa de diario. Tenía el pelo largo y de un rubio ceniza, pero lo llevaba recogido en la nuca en una cola de caballo. El traje era sencillo, sin espalda, y calzaba sandalias, y aunque Jerry no pudo verle la cara, supo de inmediato que era guapa. Se dirigió al ascensor, sin verla aún, y Jerry tuvo la ilusión de que estaba mirándola por una ventana, desde la calle.

En el mundo de Jerry, había mujeres que llevaban sus cuerpos como si fueran ciudadelas que sólo los más valientes pudieran tomar, y Jerry se había casado con varias. O quizá se hicieran así, por su influencia. Había mujeres que parecían decididas a odiarse, y que encorvaban la espalda y encogían las caderas y había otras que con sólo caminar hacia él ya le ofrendaban un regalo. Éstas eran muy pocas y para Jerry, en aquel momento, ella pasó a la cabeza de todas. Se había parado ante las puertas doradas y miraba los números iluminados. Jerry llegó a su lado cuando llegaba el ascensor y ella no advirtió aún su presencia. El ascensor estaba lleno, tal como Jerry esperaba. Entró de espaldas, por las orquídeas, disculpándose, sonriendo y manteniéndolas aparatosamente en alto. Ella quedó de espaldas a él, y le rozaba con un hombro. Era un hombro fuerte, y quedaba al descubierto por ambos lados de la tira del cuello que sujetaba el vestido sin espalda, y Jerry pudo ver puntitos de pecas y una pelusilla de diminuto vello dorado que se perdía por la espalda abajo. La chica quedaba de perfil, por debajo de él. La miró.

—¿Lizzie? — dijo, titubeante —. Hola, *Lizzie,* soy yo, Jerry.

La chica se volvió con viveza y alzó la vista hacia él. Jerry lamentó no haber podido colocarse más lejos de ella, porque sabía que la primera reacción sería de miedo físico por su estatura. Y así fue. Lo percibió un instante en sus ojos grises, que chispearon antes de abarcarle con la mirada.

—¡Lizzie *Worthington*! — proclamó él, más confidencial —. ¿Qué tal el whisky, nena, te acuerdas de mí? Soy uno de tus orgullosos inversores. Jerry. Amigo de Ricardo el Chiquitín. Un barrilito de cincuenta galones con mi nombre en la etiqueta. Todo pagado, todo legal.

No había alzado mucho la voz, suponiendo que quizá pudiese revelar un pasado que ella quería repudiar. Había hablado tan bajo que los demás oían bien «sigue cayendo la lluvia sobre mi cabeza» por encima del hilo musical, o el gruñido de un viejo griego que se sentía encajonado.

—Claro que sí, por Dios — dijo ella, con animosa sonrisa de azafata —. ¡Jerry!

Se le cortó la voz, como si lo tuviese en la punta de la lengua.

—Jerry... — frunció el ceño y alzó la vista hacia él como una actriz interpretando Olvido. Paró el ascensor en la sexta planta.

—Westerby — dijo él, solícito, sacándola del apuro —. Periodista. Me diste el sablazo en el bar del Constellation. Yo buscaba amoroso sosiego y lo que conseguí fue un barrilito de whisky.

Alguien rió al lado.

—¡Pues *claro*! ¡Mi *querido* Jerry! ¡Cómo iba yo a... ¿pero qué andas haciendo tú en Hong Kong? ¡*Dios* santo!

—Lo de siempre. Fuego y peste y hambre. ¿Y qué tal tú? Retirada, supongo, con tus métodos de venta. Nunca me apretaron tanto las clavijas en toda mi vida.

Ella se echó a reír, encantada. Se abrieron las puertas en la planta tercera. Entró una anciana con muletas.

*Lizzie Worthington vendió en total cincuenta y cinco barrilitos de la rojiza hipocrene, Señoría, había dicho el viejo Craw. Todos ellos a compradores masculinos y una buena cantidad, según mis asesores, con servicio incluido. Lo que da un nuevo significado a la expresión «un generoso whisky», me atrevo a sugerir.*

Llegaron a la planta baja. Salió primero ella y él la siguió y se le puso al lado. Por las cristaleras de la entrada, Jerry vio el coche deportivo, la capota bajada, esperando, embutido entre las resplandecientes limusinas. Debió telefonear abajo, sin duda, para que se lo tuviesen listo, pensó Jerry: Si Ko es el propietario del edificio, procurará, claro, que la traten como es debido.

La chica se dirigió a la ventanilla del portero. Mientras cruzaban el vestíbulo, ella seguía charlando, volviéndose para hablarle, un brazo muy separado del cuerpo, la palma hacia arriba, como una modelo. Le habré preguntado si le gusta Hong Kong, se dijo Jerry, aunque no podía recordar haberlo hecho:

—Me parece adorable, Jerry, sencillamente *adorable*. Vientiane me parece... bueno, a *siglos* de distancia. ¿Sabes que murió Ric?

Lanzó esto heroicamente, como si ella y la muerte no fueran extraños entre sí.

—Después de lo de Ric, creí que no iba a interesarme nunca ningún otro sitio. Estaba equivocada del todo, Jerry. Hong Kong *es* la ciudad más divertida del mundo. Laurence, querido, hoy navego en mi submarino rojo: reunión de señoras en el club.

Laurence era el portero, y la llave del coche colgaba de una gran herradura de plata que a Jerry le recordó el hipódromo de Happy Valley.

—Gracias, Laurence —dijo ella dulcemente, ofrendándole una sonrisa que le duraría toda la noche—. La *gente* aquí es tan maravillosa. Jerry —le confió, en un susurro escénico, camino ya de la salida principal—. ¡Y *pensar* lo que solíamos decir de los chinos allá en Laos! Sin embargo aquí, son siempre la gente más maravillosa y más animada y de más inventiva.

Jerry percibió que había pasado a un acento extranjero apátrida. Debe haberlo tomado de Ricardo y debe mantenerlo porque le parece elegante.

—La gente piensa: «Hong Kong — Compras fabulosas — Cámaras libres de impuestos — Restaurantes», pero, sinceramente, Jerry, cuando profundizas más y conoces el *verdadero* Hong Kong y conoces a la *gente*... es como si consiguieses de pronto todo lo que hubieses podido desear de la vida. ¿No te parece adorable mi nuevo coche?

—Vaya, así que en eso gastaste los beneficios del whisky.

Jerry extendió la palma abierta y ella dejó caer en ella las llaves, para que pudiera abrirle la puerta. En el mismo tono teatral, él le pasó las orquídeas para que las sostuviera. Detrás del negro Pico, brillaba como fuego de bosque una luna llena que aún no se había alzado del todo. La chica subió al coche, él le pasó las llaves y esta vez apreció el contacto de su mano y recordó de nuevo Happy Valley, y el beso de Ko mientras se alejaban.

—¿Te importa que monte en la grupa? —preguntó Jerry.

Ella se echó a reír y le abrió la puerta del asiento de pasajero.

—¿Y a dónde vas con esas espléndidas orquídeas? — le preguntó.

Luego, puso el motor en marcha. Pero Jerry lo apagó de nuevo suavemente. La chica le miró, sorprendida.

—Camarada — dijo quedamente —. Yo no sé mentir. Soy una víbora en tu nido, y antes de que me lleves a ningún sitio, será mejor que te abroches el cinturón y oigas la espantosa verdad.

Había elegido cuidadosamente aquel momento, porque no quería que se sintiese amenazada. Estaba sentada al volante de su propio coche, bajo la marquesina iluminada del edificio donde tenía su apartamento, a unos veinte metros de Laurence, el portero, y él interpretaba el papel de pecador humilde a fin de aumentar la sensación de seguridad.

—Nuestro encuentro casual no fue casual del todo. Esta es la primera cuestión. La segunda, y no te preocupes demasiado por eso, es que mi periódico me mandó localizarte y asediarte con todas las preguntas imaginables respecto a tu difunto camarada Ricardo.

Ella seguía mirándole, esperando aún. En la punta de la barbilla tenía dos pequeñas cicatrices paralelas, como dos arañazos muy profundos. Jerry se preguntó quién se las habría hecho y con qué.

—Pero Ricardo ha muerto — dijo ella, con demasiada rapidez.

—Claro — dijo Jerry consoladoramente —. No hay duda. Pero el tebeo ha recibido lo que ellos se complacen en llamar un «chivatazo», según el cual está en realidad vivo y, bueno, mi trabajo es seguirles la corriente y tenerles contentos.

—¡Pero eso es completamente absurdo!

—De acuerdo. Totalmente. Están chiflados. El premio de consolación son dos docenas de orquídeas bien escogidas y la mejor cena de la ciudad.

La chica apartó la vista de él y miró por el parabrisas, la cara iluminada por la luz de arriba, y Jerry se preguntó cómo sería lo de habitar en un cuerpo tan bello, vivir en él las veinticuatro horas del día. La chica abrió un poco más sus ojos grises y Jerry tuvo la sutil sospecha de que debía percibir lágrimas que afluían y fijarse en cómo apretaba el volante para sostenerse.

—Perdóname — murmuró la chica —. Pero es que... cuando quieres a un hombre... cuando lo das todo por él... y muere... y luego de pronto, así por las buenas...

—Claro, mujer — dijo Jerry —. Perdona.

Ella puso en marcha el motor.

—¿Por qué habías de sentirlo? Si está vivo, tanto mejor. Si muerto, nada ha cambiado. Estamos preocupándonos por nada.

Luego, se echó a reír y añadió:

—Ric siempre decía que él era indestructible.

Es como robarle a un mendigo ciego, pensó Jerry. No deberían dejarla suelta.

La chica conducía bien, pero con poca soltura y Jerry supuso (porque ella inspiraba suposiciones) que debía haber sacado el carnet hacía poco y que el coche era el premio por lograrlo. Era la noche más plácida del mundo. Mientras se hundían en la ciudad, el puerto era como un espejo perfecto en el centro de un estuche de joyas. Hablaron de sitios a donde ir. Jerry propuso el Península, pero ella rechazó la propuesta.

—Vale. Primero vamos a echar un trago — dijo Jerry —. ¡Venga, corrámonos una juerga!

Para su sorpresa, la chica se inclinó hacia él y le apretó la mano. Jerry se acordó entonces de Craw. *Se lo hace a todo el mundo,* le había dicho.

La chica estaba libre por una noche: Jerry tenía esa abrumadora sensación. Se acordó de cuando sacaba a Cat, su hija, del colegio, cuando era pequeña, de cómo tenía que hacer un montón de cosas distintas para que la tarde pareciera más larga. En una oscura discoteca de Kowloonside bebieron Rémy Martin con hielo y soda. Jerry supuso que era la bebida de Ko y que ella había adquirido la costumbre de beber lo mismo que él. Era temprano y no había más de doce personas en la discoteca. La música era muy estridente y tenían que gritar para oírse, pero la chica no mencionó a Ricardo. Prefería oír la música, y la escuchaba echando la cabeza hacia atrás. A veces, le apretaba la mano, y en una ocasión le apoyó la cabeza en el hombro y en otra le estampó un beso distraído y salió a la pista a ejecutar una danza lenta y solitaria, los ojos cerrados, una leve sonrisa. Los hombres ignoraron a sus acompañantes femeninas y se dedicaron a desnudarla con los ojos, y los camareros chinos traían ceniceros nuevos cada tres minutos para poder bajar la vista hacia ella. Después de la segunda ronda y de media hora, la chica proclamó sentir pasión por Duke y la música de orquesta, así que volvieron a toda prisa a la Isla, a un sitio que conocía Jerry donde tocaba un grupo filipino que hacía una versión bastante aceptable de Ellington. Cat Anderson era lo mejor del mundo desde que se habían inventado las tostadas, dijo la chica. ¿Había oído Jerry a Armstrong y a Ellington juntos?

¿Había algo superior a eso? Más Rémy Martin mientras la chica le cantaba *Mood Indigo*.

—¿Bailaba Ricardo? — preguntó Jerry.

—¿Que si bailaba? — contestó suavemente ella, mientras taconeaba y chasqueaba levemente los dedos, siguiendo el ritmo.

—Yo creí que Ricardo cojeaba — objetó Jerry.

—*Eso* nunca le contuvo — dijo ella, absorbida aún por la música —. Nunca volveré con él ¿comprendes? Nunca. Ese capítulo está terminado. Del todo.

—¿Cómo lo consiguió?

—¿Aprender a bailar?

—Lo de la cojera.

Con el dedo curvado alrededor de un gatillo imaginario, ella disparó un tiro al aire.

—Fue en la guerra o un marido furioso — dijo. Jerry se lo hizo repetir, la boca próxima a su oído.

Ella conocía un restaurante japonés nuevo, donde servían una carne de Kobe *fabulosa*.

—Explícame dónde te hiciste eso — le preguntó mientras iban en el coche camino del restaurante; señaló su propia barbilla —. Las dos, la de la izquierda y la de la derecha. ¿Cómo fue?

—Oh, cazando zorros inocentes — dijo ella, con una alegre sonrisa —. A mi querido papá le volvían loco los caballos. Bueno, le vuelven, supongo.

—¿Dónde vive?

—¿Papá? En su destartalado castillo de siempre, en Shropshire. Es inmenso, pero no quieren dejarlo. Sin servicio, sin dinero, helándose tres cuartas partes del año. Mamá no sabe ni siquiera hervir un huevo.

Él estaba dando vueltas aún cuando ella recordó un bar donde daban unos canapés al curry que eran una gloria, así que buscaron hasta encontrarlo y ella le dio un beso al camarero. No había música pero, por Dios sabe qué razón, Jerry se sorprendió de pronto hablándole a la chica de la huérfana, hasta que llegó a los motivos de su separación, que él deliberadamente oscureció.

—Vamos, Jerry, querido — dijo ella muy sagaz —. ¿Qué otra cosa podías esperar con veinticinco años de diferencia entre tú y ella?

¿Y con diecinueve años y una esposa china entre tú y Drake Ko, qué demonios puedes esperar *tú*?, pensó él, un poco irritado.

Salieron de allí (más besos al camarero) y Jerry no estaba tan embriagado por la compañía de la chica ni por los brandis con

soda como para no haberse dado cuenta de que ella había hecho
una llamada telefónica, en teoría para cancelar su cita, que la llamada había sido larga y que al volver de ella la chica parecía un
tanto solemne. Ya de nuevo en el coche, la miró a los ojos y creyó
leer en ellos una sombra de desconfianza.

—¿Jerry?

—Sí...

Ella movió la cabeza, soltó una carcajada, le pasó la palma de
la mano por la cara y luego le besó.

—Es curioso — dijo.

Jerry supuso que se preguntaba cómo podría haberle olvidado
tan por completo si le hubiese vendido realmente aquel barrilito
de whisky sin marca. Supuso que se preguntaba también si, a fin
de venderle el barril, habría incluido además otros pluses adicionales de aquellos a los que tan groseramente había aludido Craw.
Pero Jerry se dijo que aquello era problema de la chica. Lo había
sido desde el principio.

En el restaurante japonés les dieron una mesa de rincón, gracias a la sonrisa y a otros atributos de Lizzie. Esta se sentó mirando hacia el local, y él se sentó mirando hacia ella, lo que estaba
muy bien para Jerry, pero habría causado escalofríos en Sarratt.
A la luz de las velas, le veía claramente la cara y percibió por
primera vez las huellas del desgaste: no sólo las cicatrices de la
barbilla, sino las huellas de los viajes y de la tensión, que para
Jerry tenían una cualidad determinada, como honrosas cicatrices de
las muchas batallas que habría tenido que librar contra su mala suerte y su mal juicio. La chica llevaba un brazalete de oro, nuevo, y un
reloj de latón abollado con esfera Walt Disney y una mano rayada y
enguantada que marcaba las horas. La fidelidad de la chica a aquel
viejo reloj le impresionó y quiso saber quién se lo había dado.

—Papá — dijo ella, sin darle importancia.

Había un espejo empotrado en el techo sobre ellos, y Jerry
pudo ver el pelo dorado de la chica y la turgencia de sus pechos
entre los cueros cabelludos de los otros clientes, y contempló cómo
le caía el manto dorado del cabello sobre la espalda. Cuando intentó atacar con Ricardo, ella se mostró recelosa: Jerry debería haber tenido en cuenta, pero no lo tenía, que la actitud de la chica
había cambiado desde la llamada telefónica.

—¿Qué garantía tengo yo de que no va a salir mi nombre en
el periódico? — preguntó ella.

—Sólo mi promesa.

—¿Pero y si tu director se entera que yo fui la chica de Ricardo? ¿Qué le impedirá incluirlo por su cuenta?

—Ricardo tuvo montones de chicas. Lo sabes muy bien. De todas las formas y tamaños y muchas a la vez.

—Pero sólo hubo una como *yo* — dijo la chica con firmeza, y Jerry se dio cuenta de que miraba hacia la entrada. Pero en fin, la chica tenía aquella costumbre, fuese a donde fuese, siempre andaba mirando como si buscara a alguien que no estuviese allí. La dejó tomar la iniciativa.

—Dijiste que tu periódico había tenido un chivatazo — dijo —. ¿Qué quieres decir con eso?

Jerry había preparado la respuesta con Craw. Lo habían ensayado concienzudamente. Habló, por tanto, si no con convicción, sí por lo menos con firmeza.

—Ric se estrelló hace dieciocho meses en las montañas, cerca de Pailing, en la frontera de Tailandia y Camboya. Esa es la versión oficial. Nadie encontró el cadáver, nadie encontró los restos del avión y corren rumores de que lo que transportaba era opio. La compañía de seguros no pagó un céntimo y la empresa, Indocharter, no les ha demandado siquiera. ¿Por qué? Porque Ricardo tenía un contrato en exclusiva para volar con ellos. En realidad, dime, ¿por qué no demanda nadie a Indocharter? Tú, por ejemplo. Eras su mujer. ¿Por qué no pides una indemnización?

—Es una sugerencia *muy* vulgar — dijo ella, en su tono de duquesa.

—Aparte de esto, corren rumores de que se le ha visto hace poco rondando por aquí. Se ha dejado barba, pero eso no le cura la cojera, según dicen, ni la costumbre de beber una botella de whisky al día ni, con perdón, de andar detrás de todo lo que lleve faldas en un radio de ocho kilómetros de donde pueda estar.

Ella se disponía a replicar, pero Jerry decidió decirlo todo de una vez.

—El jefe de conserjes del Hotel Rincone, Chiang Mai, confirmó la identificación por una foto, a pesar de la barba. De acuerdo, los ojirredondos les parecemos todos iguales. Pero, estaba muy seguro. Luego, el mes pasado sin ir más lejos, una chica de quince años de Bangkok, tengo los datos, fue al Consulado mexicano con su hatillo y dijo que Ricardo era el afortunado padre de la criatura. Yo no creo en embarazos de dieciocho meses, y supongo que tampoco tú. Y no me mires así *a mí*, querida. No fue idea mía, ¿entiendes?

Fue idea de Londres, podría haber añadido, una limpia mezcla de realidad y ficción, ideal para sacudir un árbol. Pero ella no le miraba a él, en realidad, miraba de nuevo hacia la puerta.

—Otra cosa que tengo que preguntarte es lo de la estafa aquella del whisky — le dijo.

—¡No era ninguna estafa, Jerry, era una empresa mercantil perfectamente válida!

—Amiga mía. *Tú* eras muy legal, legal del todo. No hay la menor sospecha de estafa, etc. Pero si *Ric* hizo algunas chapuzas, ese podría *ser* el motivo de que decidiese desaparecer, ¿no?

—Ric no era así — dijo ella al fin, sin convicción —. A él le gustaba que le consideraran un gran hombre en la ciudad. No era de los que escapan.

Jerry lamentaba sinceramente la desazón de la chica. Era algo completamente distinto a los sentimientos que hubiera querido inspirarle, en otras circunstancias. La observaba y se daba cuenta de que aquella chica perdía siempre en una discusión; las discusiones la llenaban de desesperanza; la inundaban de resignación a la derrota.

—Por ejemplo — continuó Jerry, mientras la cabeza de la chica caía hacia adelante en actitud sumisa —, quizás pudiésemos demostrar que tu Ric, al facturar *sus* barrilitos, se quedaba con el dinero en vez de remitirlo a la destilería... es pura hipótesis, no hay ninguna prueba... En cuyo caso...

—Cuando deshicimos nuestra sociedad, *todos* los inversores tenían un contrato certificado con intereses a partir de la fecha de compra. Remitimos absolutamente todo lo que nos prestaron de la forma correcta.

Hasta entonces, todo había sido juego de piernas. Ahora Jerry veía alzarse su objetivo, y se lanzó rápido a por él.

—No del modo *correcto,* amiga mía — replicó él, mientras ella continuaba con la vista baja, fija en su comida intacta aún —, ni mucho menos. Las operaciones se realizaron seis meses *después* de la fecha debida. *In*correctamente. Esto es una cuestión muy interesante en mi opinión. Pregunta: ¿Quién pagó las deudas de Ric? Según nuestra información, todo el mundo andaba a por él. Las destilerías, los acreedores, la policía, la comunidad local. Todos habían afilado el cuchillo para clavárselo. Hasta que un día: ¡bingo! La amenaza se esfuma, la sombra de las rejas de la cárcel se desvanece. ¿Cómo? Ric había doblado la rodilla ya. ¿Quién fue el ángel misterioso? ¿Quién pagó sus deudas?

Ella había alzado la cabeza mientras él hablaba, y, ante el asombro de Jerry, una sonrisa radiante iluminó de pronto su rostro y

Jerry vio que hacía señas a alguien detrás, alguien al que él no
podía ver hasta que alzó la vista hacia el espejo del techo y captó
el brillo de un traje azul eléctrico y una cabeza de negro pelo bien
engrasado, y entre ambos, en escorzo, un rostro chino rechoncho
asentado en un par de poderosos hombros, y dos manos dobladas
y extendidas en un saludo de luchador. Y Lizzie le pedía que subiese a bordo.

—¡Señor Tiu! ¡Qué maravillosa coincidencia! ¡Es el *señor Tiu*!
Acérquese, por favor. Pruebe la carne. Está *espléndida*. Señor Tiu,
éste es Jerry, de la Prensa. Jerry, éste es un gran amigo mío que
ayuda a cuidar de mí. ¡Él está entrevistándome, señor Tiu! ¡A mí!
Es emocionantísimo. Me está preguntando cosas de Vientiane y de
un pobre piloto a quien yo intenté ayudar hace cien años. Jerry
conoce toda mi vida. ¡Es un milagro!

—Nos conocemos — dijo Jerry, con una amplia sonrisa.

—Claro — dijo Tiu, igualmente feliz, y Jerry captó una vez
más el aroma familiar a almendras y agua de rosa mezcladas, el
que tanto le gustaba a su antigua esposa.

—Claro — repitió Tiu —. Tú el escritor de caballos, ¿no?

—Sí — aceptó Jerry, estirando la sonrisa hasta casi quebrarla.

Luego, claro está, su visión del mundo experimentó varios cambios y pasó a tener muchísimas cosas de qué preocuparse: Como,
por ejemplo, parecer tan satisfecho como el que más por la asombrosa buena suerte que había sido aquella súbita aparición de Tiu;
como, por ejemplo, estrecharse las manos, lo cual era como una mutua promesa de ajustar cuentas; como, por ejemplo, acercar un asiento y pedir bebidas, carne y chuletas y todo lo demás. Pero lo que
seguía en su pensamiento, mientras hacía todo esto incluso (el recuerdo que se alojó allí tan permanentemente como lo permitieron
los acontecimientos posteriores) tenía poco que ver con Tiu, o con
su precipitada aparición. Y era la expresión de Lizzie cuando vio
a Tiu por vez primera, una fracción de segundo antes de que las
arrugas del valor hicieran brotar la alegre sonrisa. Aquello explicaba mejor que nada las contradicciones que la oprimían: sus sueños
de prisionera, sus personalidades prestadas que eran como disfraces
con que podía eludir momentáneamente su destino. Ella había llamado a Tiu, por supuesto. No tenía otra elección. A Jerry le sorprendió el que ni él ni el Circus lo hubieran previsto. La historia
de Ricardo, fuese cual fuese la verdad del caso, era algo demasiado serio para que pudiera manejarlo ella sola. Pero cuando Tiu
entró en el restaurante en sus ojos grises no había alivio sino re-

signación: las puertas se habían cerrado de nuevo ante ella, había terminado la alegría. «Somos como esos malditos gusanos de luz», le había susurrado en una ocasión la huérfana, hablando de su niñez, «que arrastramos la maldita luz por ahí a la espalda».

Desde un punto de vista operativo, como Jerry percibió de inmediato, la aparición de Tiu era, desde luego, un don de los dioses. Si lo que interesaba era remitir información a Ko, Tiu era un canal infinitamente más impresionante para tal fin de lo que hubiese podido ser nunca Lizzie Worthington.

Lizzie había terminado el besuqueo de Tiu, así que se lo pasó a Jerry.

—Señor Tiu, es usted mi testigo —declaró Lizzie, en tono de gran conspiración—. Debe usted recordar todo lo que yo diga palabra por palabra. Jerry, continúa, como si no estuviera aquí él. En fin, el señor Tiu es silencioso como una *tumba*, ¿verdad? *Querido* —añadió, y le besó otra vez—. Esto es *tan* emocionante —repitió, y los tres se acomodaron para una charla amistosa.

—¿Qué buscar usted, señor Wessby? —preguntó Tiu muy afable, lanzándose a la carne—. Usted un escritor de caballos, ¿por qué molestar chicas guapas? ¿Eh?

—¡Buena pregunta, amigo! ¡Eso es muy bueno, sí! Los caballos son mucho más seguros, ¿verdad?

Rieron generosamente los tres, procurando no mirarse a los ojos.

El camarero le puso media botella de un whisky etiqueta negra delante. Tiu la descorchó y la olió críticamente antes de servir.

—Está buscando a *Ricardo*, señor Tiu. ¿Comprende usted? El cree que Ricardo está *vivo*. ¡Qué maravilla! ¿verdad? Yo no siento ya absolutamente nada por Ricardo, claro, pero sería estupendo volver a tenerle con nosotros. ¡Menuda fiesta íbamos a hacer!

—¿Liese decir eso a ti? —preguntó Tiu, sirviéndose varios dedos de whisky—. ¿Ella decir a ti Ricardo vivo?

—¿Quién, amigo? No te entiendo. No entendí el primer nombre.

Tiu señaló a Lizzie con una costilla.

—¿Ella decir tú él vivo? ¿Ese tipo piloto? ¿Ese Ricardo? ¿Liese decir tú eso?

—Yo nunca revelo mis fuentes, señor Tiu —dijo Jerry, con la misma afabilidad—. Bueno, eso es lo que decimos los periodistas cuando nos hemos inventado algo —explicó.

—Los escritores de caballos, ¿eh?

—¡Eso, sí! ¡Eso es!

Tiu rió de nuevo, y esta vez Lizzie rió más ruidosamente todavía. Estaba perdiendo el control otra vez. Quizá sea la bebida, pensó Jerry, o puede que a ella le guste algo más fuerte y la bebida haya avivado el fuego. Y si este tipo vuelve a llamarme escritor de caballos, puede que actúe en legítima defensa.

Lizzie, de nuevo en su papel de animadora de la fiesta:

—¡Oh, señor Tiu, Ricardo tuvo tanta *suerte*! Hay que ver todo lo que tenía. Indocharter... yo... todo el mundo. Allí estaba yo, trabajando para esas pequeñas líneas aéreas... de una gente china a la que conocía papá... y Ricardo como todos los pilotos era un financiero desastroso... contrajo unas deudas *aterradoras* —introdujo en el asunto a Jerry con un manoteo—. Dios mío, intentó incluso meterme a mí en uno de sus planes, ¡se imagina!... vender whisky, nada menos... y de pronto, mis tontos y cordiales amigos chinos decidieron que necesitaban otro piloto. Pagaron sus deudas, le pusieron un sueldo, le dieron un viejo trasto para volar...

Jerry dio entonces el primero de varios pasos irrevocables.

—Ricardo no llevaba en su último vuelo un viejo trasto, amiga. Pilotaba un Beechcraft recién comprado —corrigió parsimoniosamente—. Indocharter nunca tuvo a su nombre un aparato de ese tipo. Ni siquiera lo tienen ahora. Mi director comprobó todo eso perfectamente, no me preguntes cómo. Indocharter nunca jamás alquiló un aparato de esos, ni lo prestó ni lo estrelló jamás.

Tiu soltó otro alegre clamoreo de carcajadas.

*Tiu es un obispo de mucho temple, Eminencia,* le había advertido Craw. *Dirigió la diócesis de San Francisco de Monseñor Ko con una eficacia muy eficaz cinco años y lo más grave que pudieron colgarle los artistas de narcóticos fue lavar su Rolls Royce en día de fiesta.*

—¡Eh, señor Wessby, quizá Liese les robó uno! —gritó Tiu, con su acento seminorteamericano—. ¡Puede ella salió noche robar aviones otras compañías!

—¡Es una canallada que diga usted eso, señor Tiu! —exclamó Lizzie.

—¿Qué parecer eso, escritor de caballos? ¿Gustar eso?

La algarabía de la mesa resultaba tan escandalosa para ser tres sólo, que varias personas volvieron la cabeza para mirarles. Jerry lo vio por los espejos, donde medio esperaba localizar al propio Ko, con su andar patizambo de niño de las barcas, avanzando hacia ellos tras cruzar la puerta de mimbre de la entrada. Lizzie continuó, descontroladamente ya.

—¡Oh, fue un completo cuanto de hadas! Llegó un momento

en que Ric no tenía ni para comer... Y nos debía dinero a todos, dinero de los ahorros de Charlie, de la asignación que me envía papá... Ric prácticamente nos arruinó a todos. Por supuesto, era como si el dinero de todos le perteneciese... y de pronto, Ric tenía trabajo, no tenía deudas, y la vida volvía a ser una fiesta. Todos los demás pilotos en tierra y Ric y Charlie volando sin parar como...

—Como mosquitas de culo azul —propuso Jerry, ante lo que Tiu explotó en una hilaridad tal que hubo de sujetarse en el hombro de Jerry para seguir a flote... y Jerry tuvo la incómoda sensación de que estaban midiéndole físicamente para el cuchillo.

—¡Ah, sí, esa sí que es buena! ¡Moscas de culo azul! ¡Mi gustar eso! ¡Tú muy divertido, escritor de caballos!

Fue en ese momento, bajo la presión de los alegres insultos de Tiu, cuando Jerry utilizó un juego de piernas realmente bueno. Craw comentó luego que había sido lo mejor. Ignoró por completo a Tiu y se agarró al otro nombre que Lizzie había dejado escapar.

—¿Qué fue del amigo Charlie, Lizzie? —dijo, sin tener la menor idea de quién era Charlie—. ¿Qué fue de él cuando Ric se montó el número de la desaparición? No me digas que se hundió también con el barco...

Lizzie se alejó flotando una vez más en una nueva ola de explicaciones, y Tiu disfrutaba pacientemente de cuanto oía, riendo entre dientes y asintiendo con la cabeza sin dejar de comer.

Él está aquí para descubrir el motivo, pensó Jerry. Es demasiado listo para echarle el freno. Soy yo el que le preocupa, no ella.

—Oh, Charlie es indestructible, *absolutamente* inmortal —proclamó Lizzie, utilizando una vez más como apoyo a Tiu —: Charlie *Mariscal*, señor Tiu —explicó—. Oh, deberías conocerle, un mestizo chino fantástico, todo piel y huesos y opio, y un magnífico piloto. Su padre un veterano del Kuomingtang, un bandido aterrador que vive por los Shans. Su madre era una pobre chica corsa (ya sabes que los corsos vinieron en rebaño a Indochina), pero es realmente un personaje fantástico. ¿Sabes por qué se hace llamar Mariscal? Su padre no quiso ponerle su propio apellido. ¿Y sabes lo que hizo Charlie? Pues darse la graduación más alta que hay en el ejército. «Mi padre es general, pero yo soy mariscal», dijo. ¿Verdad que tiene gracia? Y es *muchísimo* mejor que *almirante*, creo yo.

—Super —admitió Jerry—. Maravilloso. Charlie es un príncipe.

—Liese también personaje bastante fantástico, señor Wessby

—comentó afablemente Tiu, así que a petición de Jerry brindaron por eso: por la fantástica personalidad de Lizzie.

—¿Pero qué es en realidad todo este asunto de Liese? — preguntó Jerry posando el vaso —. Tú eres *Lizzie*. ¿Quién es esa Liese, señor Tiu? Yo no conozco a esa dama. ¿Por qué no se me permite participar en la broma?

Aquí, Lizzie se volvió claramente a Tiu pidiendo instrucciones, pero Tiu había pedido un poco de pescado crudo y estaba comiéndolo con mucha rapidez y con dedicación total.

—Algún escritor de caballos hacer preguntas condenadas — comentó con la boca llena.

—Otra ciudad, otra página, otro nombre — dijo al fin Lizzie, con una sonrisa nada convincente —. Me apetecía un cambio, así que elegí un nombre nuevo. Algunas chicas cambian de peinado. Yo cambié de nombre.

—¿Conseguiste un hombre nuevo a juego con el nombre? — preguntó Jerry.

Ella negó con la cabeza, los ojos bajos, mientras Tiu soltaba un chorro de carcajadas.

—¿Qué es lo que pasa en esta ciudad, señor Tiu? — preguntó Jerry, ayudando instintivamente a la chica —. ¿Es que los hombres están ciegos? Por Dios, yo cruzaría el continente por ella, ¿usted no? Se llamase como se llamase, ¿verdad que sí?

—¡Mi ir de Kowloon a Hong Kong y no más! — dijo Tiu, muy contento de su chiste —. ¡O quizás quedar en Kowloon y llamarla, decirle venir verme una hora!

Ante lo cual, Lizzie no alzó siquiera los ojos y Jerry pensó que tenía que resultar muy agradable, en otra ocasión en que todos tuviesen más tiempo, romperle a Tiu aquel cuello gordo por tres o cuatro sitios.

Pero, por desgracia, romperle el cuello a Tiu no figuraba de momento en la lista de compras de Craw.

\* \* \*

*El dinero*, había dicho Craw. *Cuando llegue el momento oportuno, abre un extremo de la veta de oro y ése será tu gran final.*

Así que empezó a hablarle de Indocharter. ¿Quiénes eran, qué tal se trabajaba con ellos? Ella se metió en la cosa tan de prisa que Jerry empezó a preguntarse si no le gustaría de verdad lo de vivir al borde del abismo más de lo que él había supuesto.

—¡Oh, fue una aventura fabulosa, Jerry! No puedes ni imagi-

nártelo siquiera, te lo aseguro —de nuevo el acento multinacional
de Ric—: ¡*Líneas aéreas!* Eso resulta absurdo ya. Bueno, mira, no
pienses ni por un instante en aviones nuevos y resplandecientes y
azafatas bellísimas y champán y caviar y todo eso. Aquello era
trabajo. Un trabajo de pioneros, que fue por lo primero que me
atrajo el asunto. Yo podía *perfectamente* bien haber vivido simplemente de papá. O de mis tías, porque, gracias a Dios, soy totalmente independiente. Pero ¿*quién* puede resistir un reto así? Em-
pezamos con un par de DC3 horriblemente viejos... estaban *literalmente* sostenidos con cuerdas y chicle. Tuvimos incluso que *comprar* el certificado de seguridad. Nadie quería dárnoslo. Después de
eso, transportamos literalmente de todo. Motos Honda, verduras,
cerdos... oh, qué historia la de aquellos pobres cerdos. Se soltaron,
Jerry, se metieron en primera, se metieron incluso en la cabina,
¡imagínate!

—Como pasajeros —explicó Tiu, con la boca llena—. Ella volar cerdos primera clase, ¿okey, señor Wessby?

—¿Qué rutas? —preguntó Jerry, una vez repuestos de las risas.

—¿Ve usted como me interroga, señor Tiu? ¡Nunca creí ser tan
interesante! ¡Tan misteriosa! Pues íbamos a todas partes, Jerry.
Bangkok, Camboya a veces. Battambang, Fnom Penh, Kampong
Chan cuando estaba abierto. A todas partes. A sitios horrorosos.

—¿Y qué clientes teníais? ¿Comerciantes? ¿Hacíais servicio de
taxi...? ¿Quiénes eran vuestros clientes habituales?

—Llevábamos lo que podíamos conseguir, cualquier cosa. Cualquiera que pudiera pagarnos, a ser posible por adelantado, claro.

Dejando por un momento su carne de Kobe, a Tiu le apeteció
un poco de chismorreo social.

—¿Tu padre gran Lord, eh, señor Wessby?

—Más o menos, sí —dijo Jerry.

—Un Lord ser tipo muy rico. ¿Por qué acabaste de escritor de
caballos, eh?

Sin hacer ningún caso de Tiu, Jerry jugó su mejor carta y esperó luego a que el espejo del techo se estrellase sobre su mesa.

—Corre el rumor de que vosotros teníais un contacto con la
Embajada rusa —dijo muy tranquilo, directamente a Lizzie—. ¿No
te suena eso a nada, amiga mía? ¿No tenéis ningún rojo debajo
de la cama, si se me permite la expresión?

Tiu estaba dedicado a su arroz, tenía el cuenco bajo la barbilla
y paleaba sin parar. Pero esta vez, significativamente, Lizzie ni le
miró siquiera.

—¿*Rusos*? —repitió, desconcertada—. ¿Por qué demonios iban

a acudir los rusos a *nosotros*? Tenían vuelos regulares de Aeroflot que entraban y salían de Vientiane todas las semanas.

Jerry habría jurado, entonces y más tarde, que la chica decía la verdad. Pero aun así fingió no quedar satisfecho del todo.

—¿Ni siquiera vuelos *locales*? — insistió —. ¿Trayendo y llevando cosas, servicio de correo, o algo así?

—Nunca. ¿Cómo íbamos a hacer eso? Además, los chinos *desprecian* a los rusos, ¿verdad, señor Tiu?

—Rusos muy mala gente, señor Wessby — confirmó Tiu —. Ellos oler muy mal.

*También tú*, pensó Jerry, captando de nuevo aquel perfume de su primera esposa.

Jerry se echó a reír ante su propio disparate:

—Ya sé que los directores de periódico tienen manías como todo el mundo — alegó —. Pero el mío está *convencido* de que podemos tener un lío de rojos debajo de la cama. «Los pagadores soviéticos de Ricardo»... «¿Hizo Ricardo un viaje para el Kremlin?»

—¿*Pagador*? — repitió Lizzie, totalmente desconcertada —. Ric no recibió nunca un céntimo de los rusos. ¿Pero de qué hablan?

Jerry de nuevo:

—Pero Indocharter sí, ¿verdad?... A menos que mis señores y amos hayan comprado un simple bulo, lo que sospecho que es verdad, como siempre. Al parecer, sacaban dinero de la Embajada local y lo pasaban a Hong Kong en dólares norteamericanos. Esa es la información de Londres y ellos insisten en que es cierto.

—Pues están locos — dijo ella confidencialmente —. Nunca oí disparate igual.

A Jerry le pareció que la muchacha se mostraba aliviada incluso al ver que la conversación había tomado aquel giro inesperado. Ricardo vivo... bueno, aquello podía ser para ella cruzar un campo minado. Ko amante suyo... ese secreto correspondía a Ko o a Tiu revelarlo, no a ella. Pero dinero ruso: Jerry estaba tan seguro como podía atreverse a estarlo de que ella no sabía nada de aquello y que tampoco temía nada al respecto.

Se ofreció a volver con ella a Star Heights, pero Tiu vivía por allí, según dijo ella.

—Ver tú muy pronto, señor Wessby — prometió Tiu.

—Ojalá sea así, hombre — dijo Jerry.

—Tú mejor seguir de escritor de caballos, ¿entenderme? Yo pensar que tú ganar más así, señor Wessby, ¿eh?

No había en su voz ninguna amenaza, ni tampoco en la cordial palmada que le dio en el brazo. Tiu ni siquiera hablaba como si esperase que su consejo se tomara como algo más que una confianza entre amigos.

Luego, de pronto, terminó todo. Lizzie le dio el beso al jefe de camareros, pero no a Jerry. Mandó a por su abrigo a Jerry, no a Tiu, para no quedarse a solas con él. Apenas le miró al despedirse.

*Tratar con mujeres hermosas, Señoría, le había advertido Craw, es como tratar con delincuentes conocidos. Y la dama a la que vas a cortejar cae, sin duda, dentro de esa categoría.*

Mientras volvía a casa por las calles iluminadas por la luna (y pese a la larga caminata, los mendigos, los ojos que brillaban en los portales), Jerry sometió a un examen más detenido las palabras de Craw. De lo de *delincuente* no podía decir nada, en realidad: *delincuente* parecía una unidad de medida muy imprecisa en el mejor de los casos, y ni el Circus ni sus agentes estaban en condiciones de apoyar un concepto parroquial de la justicia. Craw le había dicho que en períodos difíciles, Ricardo le había hecho pasar por aduana para él paquetes pequeños. Vaya cosa. Eso era asunto de los sabihondos. Pero delincuente conocido era una cosa muy distinta. Con lo de *conocido* estaba totalmente de acuerdo. Recordando el brillo encarcelado de los ojos de Elizabeth Worthington al ver a Tiu, creía reconocer aquella expresión, aquella mirada y aquella dependencia, que conocía con un disfraz u otro, de toda su vida de vigilia.

Ciertos adversarios superficiales de George Smiley han aducido a veces que George debería haber visto en este punto de algún modo de qué lado soplaba el viento con Jerry, y que debía haberle sacado del terreno. Smiley era el oficial del caso. Era el único que controlaba el expediente de Jerry y se cuidaba de su estado y de informarle. Si George hubiese estado en su mejor momento, decían, en vez de haber iniciado ya la decadencia, habría percibido las señales de aviso que incluían entre líneas los informes de Craw y habría retirado a Jerry a tiempo. Podrían haberse quejado también de que Smiley fuese un adivinador del futuro de segunda fila. Los hechos, tal como llegaron a Smiley, son éstos:

La mañana que siguió a la *pasada* que hizo Jerry a Lizzie Worth o Worthington (la jerga no tiene connotación sexual), Craw estuvo recibiendo información de él más de tres horas en una furgoneta, y describe a Jerry en su informe diciendo que se hallaba en un estado de «decepcionada pesadumbre», cosa muy razonable. Parecía tener miedo, según Craw, de que Tiu, o incluso Ko, pudiesen ensañarse con la chica por su «conocimiento culpable» e incluso ponerle la mano encima. Jerry aludió más de una vez al patente desprecio que sentía Tiu hacia la chica (y hacia él, y sospechaba que hacia todos los europeos) y repitió su comentario de que viajaría por ella de Kowloon a Hong Kong y no más lejos. Craw contestó indicando que Tiu podría haber hecho callar a la chica en cualquier momento; y lo que la chica sabía, según el propio testimonio de Jerry, no llegaba siquiera a la veta rusa, no digamos ya al hermano Nelson.

Jerry mostraba, en suma, las típicas reacciones postoperativas del agente de campo. Sensación de culpabilidad, unida a presagios, una tendencia involuntaria de solidaridad hacia la persona que había sido el objetivo de su actuación: síntomas tan predecibles como el arrebato de llanto en un atleta después de la gran carrera.

En su contacto siguiente (una conversación telefónica desde el Limbo, muy larga, al segundo día, en la que, para animarle, Craw le transmitió las cálidas felicitaciones personales de Smiley un poco antes de recibirlas del Circus), Jerry parecía hallarse mucho mejor, pero estaba preocupado por su hija Cat. Se había olvidado de su cumpleaños (dijo que era al día siguiente) y quería que el Circus le mandase en seguida un magnetofón japonés con cassettes para que iniciara su colección. El telegrama de Craw a Smiley enumera las cassettes, pide acción inmediata de los caseros y solicita que la sección de zapatería (en otras palabras, los falsificadores del Circus) redacten una tarjeta adjunta con letra de Jerry y con este texto: «Querida Cat: le pedí a un amigo que te mandase esto desde Londres. Cuídate, cariño, te quiere y te querrá siempre, Papá.» Smiley autorizó la compra, dando instrucciones a los caseros para que descontasen el coste de la paga de Jerry en origen. Revisó personalmente el paquete antes de que se enviase, y dio el visto bueno a la tarjeta falsificada. Comprobó también lo que él y Craw ya habían sospechado: que no era, ni mucho menos, el cumpleaños de Cat. Jerry sintió sencillamente una necesidad imperiosa de hacer una demostración de afecto: lo que era un síntoma normal más de una pasajera fatiga de campo. George puso un telegrama a Craw indicándole que no se apartase de él, pero la iniciativa correspondía a Jerry y Jerry no volvió a establecer contacto hasta la noche del quinto día, en que pidió (y consiguió) una reunión de emergencia en el plazo de una hora. La reunión tuvo lugar en su punto habitual de encuentros de emergencia de noche, en un café nocturno de carretera de los Nuevos Territorios, bajo el disfraz de un encuentro casual entre viejos colegas. La carta de Craw, en la que se indicaba «Personal, sólo para Smiley», era una contestación a su telegrama. Llegó al Circus de mano del correo de los primos dos días después del episodio que describe, el séptimo día, por tanto. Craw, suponiendo que los primos intentarían leer el texto pese a los sellos y a otros artilugios, lo enmascaró con evasivas, nombres supuestos y seudónimos, que se han eliminado en el texto que damos a continuación:

*Westerby estaba muy enfadado. Exigió que se le dijera qué demonios hace en Hong Kong Sam Collins y en qué medida está envuelto en el caso Ko. Nunca le había visto tan alterado. Le pregunté qué le hacía pensar que Collins estaba aquí. Contestó que le había visto aquella misma noche, a las once y cuarto exactamente, dentro de un coche que estaba aparcado en los Midlevels, en una explanada que hay justo debajo de Star Heights, bajo una farola, leyendo un periódico. La posición que Collins había elegido, dijo Westerby, le permitía ver claramente las ventanas de Lizzie Worthington en la octava planta del edificio, y Westerby supuso que estaba allí en una especie de servicio de vigilancia. Westerby, que iba a pie, insiste en que «estuvo a punto de acercarse a Sam y preguntárselo directamente», pero prevaleció la disciplina de Sarratt y siguió cuesta abajo, por su lado de la calle. Aun así, dice que Collins puso el coche en marcha en cuanto le vio y desapareció cuesta abajo a toda prisa. Tiene el número de la matrícula, y, por supuesto, es el correcto. Collins confirma el resto.*

*De acuerdo con la táctica que acordamos para esta contingencia (tu Mensaje de 15 de febrero) di a Westerby las respuestas siguientes:*

*1) Aunque fuera Collins, el Circus no tiene control alguno sobre sus movimientos. Collins dejó el Circus desacreditado, antes de la caída; era un jugador conocido, una persona sin rumbo, metido en trapicheos, etc., y el Oriente es su terreno natural. Le dije que era un estúpido al suponer que Collins pudiera seguir en nómina o, peor, tener algún papel en el caso Ko.*

*2) Collins es, facialmente, un individuo típico, le dije: rasgos regulares, bigote, etc., tiene el mismo aspecto que la mitad de los macarras de Londres. Puse en duda, además, el que pudiera hacer una identificación segura desde el otro lado de la calle, a las once y cuarto de la noche. Me contestó que tiene una visión A-1 y que Sam tenía el periódico abierto por la página de las carreras.*

*3) Y, de cualquier modo, ¿qué demonios hacía el propio Westerby, pregunté, rondando a la luz de la luna por Star Heights a*

*las once y cuarto de la noche? Respuesta: volvía de tomar unas
copas con la gente de la UPI y andaba buscando un taxi. Ante
esto, fingí explotar y dije que nadie que hubiera estado con la
gentuza de la UPI podría ver un elefante a cinco metros, no digamos ya a Sam Collins a veinticinco, en un coche, en plena noche.
Y asunto concluido... espero.*

Ni que decir tiene que Smiley se quedó muy preocupado por
este incidente. Sólo sabían lo de Collins cuatro personas: Smiley,
Connie Sachs, Craw y el propio Sam. El que Jerry le hubiera
visto añadía un problema a una operación cargada ya de imponderables.
Pero Craw era hábil, y creía haber convencido a Jerry, y Craw
era el hombre que estaba sobre el terreno. Habría sido posible,
claro, en un mundo perfecto, que Craw hubiese considerado oportuno investigar si había habido realmente una fiesta de la UPI
aquella noche en los Midlevels... y al comprobar que no la había
habido, podría haberle pedido a Jerry de nuevo que explicase su
presencia en la zona de Star Heights y, en tal caso, probablemente
a Jerry le hubiese dado una pataleta y hubiese inventado alguna
otra historia no comprobable: que había estado con una mujer,
por ejemplo, y que Craw se metiese en sus asuntos. El resultado
neto de lo cual habría sido mala sangre innecesaria y la misma situación lo-tomas-o-lo-dejas de antes.

También habría sido tentador, aunque no razonable, esperar que
Smiley, con tantas otras presiones encima (la continuada e infruc-
tuosa búsqueda de Nelson, las sesiones diarias con los primos, las
acciones de retaguardia por los pasillos de Whitehall), hubiese sacado la conclusión más próxima a su propia experiencia solitaria:
es decir, que aquella noche Jerry no tenía sueño y deseaba estar solo,
así que había vagado por las calles hasta hallarse de pronto ante el
edificio donde vivía Lizzie y que había rondado por allí, tal como
hacía Smiley en sus vagabundeos nocturnos, sin saber exactamente
qué quería, aparte de la posibilidad de echarle la vista encima por
casualidad a Lizzie.

El alud de acontecimientos que arrastraba a Smiley era demasiado intenso para permitir tan fantásticas abstracciones. El hecho
de que hubiera que esperar a que llegase el octavo día para que el
Circus se pusiera en pie de guerra se debe, además, a la disculpable
vanidad del hombre solitario que tiende a creer que el suyo es un
caso único.

# 14

# EL OCTAVO DÍA

El optimismo que imperaba en la quinta planta era un gran alivio tras la depresión de la reunión anterior. Guillam lo calificó de una luna de miel de los excavadores, y aquella noche fue su punto álgido, el apogeo de su explosión estelar atenuada y, en la cronología que más tarde impondrían los historiadores a las cosas se produjo exactamente ocho días después de que Jerry, Lizzie y Tiu hubiesen tenido su amplio y franco intercambio de puntos de vista sobre el tema de Ricardo el Chiquitín y la veta de oro rusa... para gran satisfacción de los planificadores del Circus. Guillam había tenido especial interés en llevar a Molly. Aquellos sombríos animales nocturnos habían corrido en todas direcciones por senderos viejos y senderos nuevos, y otros olvidados ocultos ya y redescubiertos; y ahora, al fin, tras sus gemelos paladines Connie Sachs alias Madre Rusia y el nebuloso di Salis alias el Doctor se apretujaban todos, los doce, en la sala del trono, bajo el retrato de Karla, rodeando en obediente semicírculo a su jefe, *bolcheviques* y *peligros amarillos* juntos. Una sesión plenaria pues y, para gentes no habituadas a tal espectáculo, sin duda un monumento histórico. Y Molly decorosamente sentada junto a Guillam, el pelo cepillado y suelto para ocultar las marcas de mordiscos en el cuello.

Di Salis es quien lleva la voz cantante. Los demás lo consideran perfectamente lógico. Después de todo, Nelson Ko es terreno del Doctor: chino hasta la punta de las anchas mangas de su túnica. Procurando frenarse, el mojado pelo de punta, las rodillas, los pies y los nerviosos dedos casi inmóviles por una vez, todo a un ritmo mesurado y casi despectivo, cuya inexorable culminación resulta, en consecuencia, más emocionante. Y la culminación tiene incluso un nombre. Y este nombre es Ko Sheng-Hsiu, alias Ko, Nelson, también conocido más tarde por Yao Kai-cheng, nombre bajo el cual caería más tarde en desgracia en la Revolución Cultural.

—Pero dentro de estas cuatro paredes, caballeros —dice con

voz aflautada el Doctor cuya conciencia del sexo femenino es algo incoherente — seguiremos llamándole Nelson.

Nacido en 1928 en Swatow, de humilde origen proletario (y citamos las fuentes oficiales, dice el Doctor), se trasladó poco después a Shanghai. No hay mención, ni en informes oficiales ni en los extraoficiales, de la escuela de la misión del señor Hibbert, salvo una triste referencia a «explotación a manos de imperialistas occidentales en la niñez», que le envenenó con ideas religiosas. Cuando los japoneses llegaron a Shanghai, Nelson se unió a la caravana de refugiados camino de Chungking, tal como había explicado el señor Hibbert. Nelson, desde temprana edad, de nuevo según los informes oficiales, continúa el Doctor, se consagró secretamente a la lectura de los textos revolucionarios fundamentales y tomó parte activa en las tareas de los grupos comunistas clandestinos, pese a la opresión de la despreciable chusma de Chiang Kai-chek. En la caravana de refugiados intentó también, «en varias ocasiones, escapar para unirse a las tropas de Mao, pero se lo impidió su extrema juventud. Al volver a Shanghai se convirtió, ya como estudiante, en cuadro dirigente del ilegal movimiento comunista y realizó misiones especiales en los astilleros de Kiangnang para contrarrestar la perniciosa influencia de los elementos fascistas de la KMT. En la Universidad de Comunicaciones defendió públicamente un frente unido de estudiantes y campesinos. Se graduó con excelentes notas en 1951...»

Di Salis se interrumpe, y una liberación súbita de tensión le obliga a alzar un brazo y tirarse del pelo de la nuca.

—El almibarado retrato habitual, Jefe, de un héroe estudiantil que ve la luz antes que sus contemporáneos — canturrea.

—¿Y de Leningrado qué? — pregunta Smiley desde su mesa mientras toma esporádicas notas.

—De mil novecientos cincuenta y tres a mil novecientos cincuenta y seis.

—¿De acuerdo, Connie?

Connie está de nuevo en la silla de ruedas. Echa la culpa conjuntamente al gélido mes y al sapo de Karla.

—Tenemos un hermano Bretlev, querido. Bretlev, Ivan Ivanovitch, académico, Facultad naval de Leningrado, veterano de China, reclutado en Shanghai por los sabuesos de Centro en China. Activista revolucionario, cazador de talentos entrenado por Karla para rastrear entre los estudiantes extranjeros buscando posibles amigos y amigas.

Para los excavadores del lado chino (los peligros amarillos) esta información es nueva y emocionante, y produce un nervioso rumor de sillas y papeles, hasta que, a una seña de Smiley, di Salis se deja la cabeza y sigue hablando.

—En mil novecientos cincuenta y siete volvió a Shanghai, donde le pusieron al frente de unos talleres ferroviarios...

De nuevo Smiley:

—Pero las fechas de Leningrado eran del cincuenta y tres al cincuenta y seis, ¿no?

—Exactamente — dice di Salis.

—Entonces parece haber un año en blanco.

No hay rumor de papeles ahora, ni de sillas tampoco.

—La explicación oficial es una gira por los astilleros soviéticos — dice di Salis, con una presuntuosa sonrisilla a Connie y una misteriosa y maliciosa contorsión del cuello.

—Gracias — dice Smiley, y toma otra nota —. Cincuenta y siete — repite —. ¿Fue antes o después de que se iniciase el conflicto chino-soviético, Doctor?

—Antes. La escisión empezó a manifestarse claramente en el cincuenta y nueve.

Smiley pregunta aquí si se menciona en algún sitio al hermano de Nelson: ¿O es Drake tan repudiado en la China de Nelson como Nelson en la de Drake?

—En una de las primeras biografías oficiales se alude a Drake, pero no por el nombre. En las posteriores, se habla de un hermano que murió cuando el triunfo comunista del cuarenta y nueve.

Smiley hace entonces un insólito chiste, al que sigue una risa densa de alivio.

—Este caso está lleno de gente que finge estar muerta — se lamenta —. Será un alivio para mí si encontramos un cadáver de verdad en algún sitio.

Unas horas más tarde, se recordaría esta broma con un escalofrío.

—Tenemos también noticia de que Nelson fue un estudiante modelo en Leningrado — continúa di Salis —. Al menos, en opinión de los rusos. Le devolvieron a China con las mejores referencias.

Connie se permite otra intervención desde su silla de ruedas. Ha traído consigo a *Trod*, su escuálido chucho castaño. Yace grotescamente sobre el inmenso regazo de Connie, apestando, y lanzando de vez en cuando un gruñido, pero ni siquiera Guillam, que odia a los perros, se atreve a echarle.

—Claro, querido, ¿cómo no iban a hacerlo? — exclama Connie —. Los rusos tenían que poner a Nelson por las nubes, pues claro, ¡sobre todo si le había metido en la Universidad el hermano Bretlev Ivan Ivanovich, y los amiguitos de Karla le habían llevado en secreto a la escuela de adiestramiento y todo! ¡A un topito inteligente como Nelson había que proporcionarle una posición decente en la vida para cuando llegase a China. Pero luego no le sirvió de mucho, ¿verdad Doctor? ¡No le sirvió de gran cosa cuando la Abominable Revolución Cultural le agarró por el cuello! La generosa admiración de los sicarios del imperialismo soviético no era ni mucho menos lo que se llevaba *entonces* en la gorra, ¿verdad?

Sobre la caída de Nelson, proclama el Doctor, hablando más alto en respuesta al estallido de Connie, se tienen pocos datos.

—Hemos de suponer que fue violenta y, como ha señalado Connie, los que gozaban de mayor prestigio entre los rusos fueron los que llevaron la peor parte.

Echa luego un vistazo a la hoja de papel que sostiene torpemente ante su cara congestionada.

—No enumeraré todos sus cargos en la época en que cayó en desgracia, porque en realidad los perdió todos, jefe. Pero es indudable que tuvo la dirección práctica de casi todas las instalaciones astilleras de Kiangnan y, en consecuencia, la de gran parte del tonelaje naval de China.

—Comprendo — dice quedamente Smiley. Mientras toma notas, frunce los labios como en un gesto desaprobatorio, y enarca mucho las cejas.

—El puesto que ocupaba en Kiangnan le proporcionó también una serie de cargos en los comités de planificación naval y en el campo de las comunicaciones y de la política estratégica. En el sesenta y tres, su nombre empieza a aparecer constantemente en los informes de los especialistas de los primos en Pekín.

—Bien hecho, Karla — dice Guillam quedamente, desde su sitio junto a Smiley y éste, que sigue escribiendo, se hace eco del tal sentimiento con un «Sí».

—¡El único, querido Peter! — grita Connie, súbitamente incapaz de contenerse —. ¡El único de todos aquellos sapos que le vio venir! Una voz en el desierto, ¿verdad, Trod? «Ojo con el peligro amarillo — les dijo —. Un día, se volverán contra nosotros, morderán la mano que les alimenta, no os quepa duda. Y cuando eso suceda, habrá ochocientos millones de nuevos enemigos golpeando en la puerta de atrás. Y todos vuestros cañones estarán apuntando en la otra dirección. No olvidéis mis palabras.» Se lo dijo, sí — repite Connie, tirándole de la oreja al chucho, emocionada —. Lo escribió todo en un documento: «Amenaza de desviacionismo en el nuevo colega socialista.» Circuló entre todos los animalitos del Cuerpo Colegiado de Moscú Centro. Lo estructuró palabra por palabra en su despierta inteligencia mientras estaba haciendo una localización en Siberia para el tío Joe Stalin, bendito sea. «Espía a tus amigos hoy porque sin duda serán tus enemigos mañana», les dijo. El aforismo más viejo del oficio, el favorito de Karla. Cuando le dieron otra vez su puesto, prácticamente lo colgó en la puerta en Plaza Dzerzhinsky. Nadie le hizo caso. Nadie. Cayó en terreno estéril, queridos míos. Cinco años después, se vio que tenía razón, y los del Cuerpo Colegiado no se lo agradecieron no, os lo aseguro... ¡Había tenido razón demasiadas veces para que les gustase, los muy bobos, verdad, Trod! ¡Tú sabes, verdad, querido, tú sabes lo que quiere decir esta vieja tonta!

Y, acto seguido, levanta al perro unos centímetros en el aire cogido por las patas delanteras y lo deja caer otra vez en el regazo.

Connie no puede soportar que el buen doctor acapare los focos. Aunque en el fondo esté de acuerdo. Connie ve perfectamente la racionalidad del hecho, pero la mujer que hay en ella no puede soportar la realidad.

—Bueno, veamos, fue purgado, ¿no, doctor? — dice Smiley quedamente, restaurando la calma —. Volvamos al sesenta y siete, ¿de acuerdo?

Y vuelve a colocar la mano en la mejilla.

El retrato de Karla les mira indiferente desde la sombra, mientras di Salis toma de nuevo la palabra.

—Bueno, la triste historia de siempre, como es de suponer, jefe, — canturrea —. La caperuza de burro, sin duda. Escupitajos en la calle. Puntapiés y golpes a su esposa y sus hijos. Campos de adoctrinamiento, educación por el trabajo «a una escala proporcional al delito». Se le insta a reconsiderar las virtudes campesinas. Según un informe, se le envía a una comuna rural para probarle. Y cuando vuelve a Shanghai, le obligan a empezar de nuevo desde abajo. A colocar traviesas en una vía férrea, o algo parecido. En cuanto a los rusos... si nos referimos a ellos — se apresura a decir antes de que Connie pueda interrumpirle otra vez —, era un fracasado. Ya no tenía acceso ni influencia ni amigos.

—¿Cuánto tiempo tardó en volver a subir? — pregunta Smiley, con una bajada de párpados característica.

—Hace unos tres años, empezó de nuevo a ser útil. En realidad tiene lo que más necesita Pekín: inteligencia, conocimientos técni-

cos, experiencia. Pero su rehabilitación oficial no se produjo realmente hasta principios del setenta y tres.

Mientras di Salis continúa describiendo las etapas de la rehabilitación ritual de Nelson, Smiley le pasa una carpeta y alude a
ciertos datos distintos que, por razones aún no explicadas, le parecen de pronto sumamente importantes.

—Los pagos a Drake se inician a mediados del setenta y dos
— murmura —. Crecen notablemente a mediados del setenta y tres.

—Con la posible entrada de Nelson, querido — murmura tras
él Connie, como un apuntador en el teatro. Cuanto más sabe, más
cuenta y cuanto más cuenta más recibe. Karla sólo paga por cosas
buenas, y aun así le cuesta mucho pagar bien.

En el setenta y tres, dice di Salis, tras hacer todas las confesio-
nes correspondientes, Nelson queda incluido en el comité revolucionario municipal de Shanghai y se le nombra responsable de una
unidad naval del Ejército de Liberación del Pueblo. Seis meses
después...

—¿Fecha? — interrumpe Smiley.

—Julio del setenta y tres.

—¿Cuándo fue rehabilitado oficialmente Nelson, entonces?

—El proceso se inició en enero del setenta y tres.

—Gracias.

Seis meses después, continúa di Salis, se comprueba que Nelson
actúa, con una función no especificada, en el Comité Central del
Partido Comunista Chino.

—Puro humo — dice en voz baja Guillam, y Molly Meakin le
aprieta la mano, disimuladamente.

—Y en un informe de los primos — dice di Salis —, sin fecha,
como siempre, pero bien respaldado, Nelson aparece como asesor
informal del Comité de Municiones y Pertrechos del Ministerio de
Defensa.

En vez de orquestar esta revelación con su serie de muecas y
gestos habituales, di Salis consigue permanecer inmóvil como una
piedra, espectacularmente.

—En términos de *elección,* jefe — continúa tranquilamente —,
desde un punto de vista *operativo,* nosotros, desde el sector chino
de la casa, consideraríamos ésta una posición clave en el conjunto
de la administración china. Si pudiésemos elegir un puesto para
un agente dentro de la China continental, el de Nelson quizás fuese el mejor.

—¿Razones? — inquiere Smiley, aún alternando entre las notas
y la carpeta abierta que tiene delante.

—La Marina china está aún en la edad de piedra. Nosotros tenemos un interés oficial en los secretos técnicos chinos, naturalmente, pero en realidad lo más importante para nosotros, como sin duda para Moscú, son los datos estratégicos y políticos. Aparte de esto, Nelson podría suministrarnos información sobre la capacidad global de los astilleros chinos. Y, por otra parte, podría informarnos del potencial chino en cuanto a submarinos se refiere, que es un tema que lleva años aterrando a los primos. Y añadiría que también a nosotros, un poco.

—¡Pues imaginad lo que sentirá Moscú! —murmura inopinadamente un viejo excavador.

—Teóricamente, los chinos están creando una versión propia del submarino ruso tipo G-2 —explica di Salis—. Nadie sabe gran cosa al respecto. ¿Tienen un modelo propio? ¿Con cuatro cámaras o con dos? ¿Van armados con proyectiles mar-aire o mar-mar? ¿Qué asignación financiera tienen para esto? Se habla de un modelo tipo Han. Nos dijeron que habían proyectado uno en el setenta y uno. Nunca hemos tenido confirmación. Se dice que en Dairen, en el sesenta y cuatro, construyeron un modelo tipo G armado con proyectiles balísticos, pero aún no ha habido confirmación oficial. Y así sucesivamente —dice di Salis despectivamente, pues, como la mayoría de los del Circus, siente una profunda antipatía por las cuestiones militares y preferiría objetivos más artísticos—. Los primos pagarían una fortuna por datos rápidos y seguros sobre estos temas. En un par de años, Langley podría gastar en eso cientos de millones en investigación, vuelos de espionaje, satélites, instrumentos de escucha y sabe Dios qué... y aun así no obtener una respuesta que fuese ni la mitad de buena que una foto. Así que si Nelson...

El doctor deja la frase en el aire, lo cual resulta muchísimo más eficaz que concluirla.

—Bien *hecho*, doctor —mumura Connie, pero aun así, durante un rato, nadie habla.

El que Smiley siga tomando notas, y sus constantes consultas a la carpeta, les frena a todos.

—Tan bueno como Haydon —murmura Guillam—. Mejor. China es la última frontera. El hueso más duro de roer.

Smiley, una vez terminados, al parecer, sus cálculos, se retrepa en su asiento.

—Ricardo hizo su viaje unos meses después de la rehabilitación oficial de Nelson —dice.

Nadie se considera en condiciones de poner esto en duda.

—Tiu va a Shanghai y seis semanas después, Ricardo...

En el lejano fondo, Guillam oye ladrar el teléfono de los primos conectado a su despacho, y, según declararía más tarde con la mayor firmeza (quién sabe si fue verdad o fue percepción retrospectiva), la desagradable imagen de Sam Collins brotó conjurada entonces de su recuerdo subconsciente, como el genio de una lámpara, y una vez más se preguntó cómo habría cometido la imprudencia de dejar que Sam Collins le entregara a Martello aquella carta decisiva.

—Nelson tiene otra alternativa, jefe —continúa di Salis, en el momento en que todos suponían que había terminado ya—. No hay ninguna prueba, pero, dadas las circunstancias, creo que debo mencionarlo. Es un informe intercambiado con los alemanes occidentales, con fecha de hace pocas semanas. Según sus fuentes, Nelson es desde hace poco miembro de lo que, por falta de información, hemos denominado El Club de Té de Pekín, un organismo embrionario que pensamos que ha sido creado para coordinar las tareas de los Servicios Secretos chinos. Se incorporó a él en principio como asesor de vigilancia electrónica, y ha pasado luego a ser miembro de pleno derecho. Funciona, por lo que hemos podido deducir, como nuestro Grupo de Dirección, más o menos. Pero he de subrayar que se trata de un tiro a ciegas. No sabemos absolutamente nada de los servicios chinos, y los primos tampoco.

Falto de palabras por una vez Smiley mira fijamente a di Salis, abre la boca, la cierra, luego se quita las gafas y las limpia.

—¿Y el *motivo* de Nelson? —pregunta, sin advertir aún el terco ladrar del teléfono de los primos—. Un tiro a ciegas, doctor, ¿qué opina de eso?

Di Salis encoge teatralmente los hombros, y su pelo seboso corcovea como un estropajo.

—Oh, cualquiera sabe —dice irritado—. ¿Quién cree en *motivos* en estos tiempos? Quizás sea muy natural que reaccionara favorablemente a las tentativas de reclutamiento de Leningrado, por supuesto, siempre que las hiciesen como es debido. No se trata de una deslealtad, ni nada parecido, al menos doctrinalmente. Rusia era el hermano mayor de China. Bastaba con que le dijesen que le habían elegido como miembro de una vanguardia especial de supervisores. No me parece tan difícil.

Fuera de la sala del trono, el teléfono verde sigue sonando, lo que resulta notable. Martello no suele ser tan insistente. Sólo les está permitido contestar a Guillam y a Smiley. Pero Smiley no lo ha oído y Guillam no está dispuesto a moverse mientras di Salis improvisa sobre los posibles motivos de Nelson para convertirse en topo de Karla.

—Muchas personas que estaban en la misma posición que Nelson creyeron que Mao se había vuelto loco cuando la Revolución Cultural — explica di Salis, aún reacio a teorizar —. Hasta algunos de sus generales llegaron a pensarlo. Las humillaciones que sufrió Nelson le hicieron someterse exteriormente, pero supongo que en su interior debió sentir mucha rabia y muchos deseos de venganza... ¿quién sabe?

—Los pagos a Drake empezaron cuando la rehabilitación de Nelson era ya casi completa — objeta Smiley suavemente —. ¿Qué piensa de esto, doctor?

Pero, sencillamente es ya demasiado para Connie, que estalla una vez más.

—Oh, George, ¿cómo puedes ser tan ingenuo? *Tú* mismo puedes ver el motivo, querido, puedes verlo de sobra. ¡Esos pobres chinos no pueden permitirse colgar a un técnico de primera línea en el armario la mitad de la vida sin utilizarlo! Karla vio lo que iba a pasar, ¿no, doctor? Vio la dirección que llevaba el viento y la siguió. Mantuvo al pobrecillo Nelson sujeto a la cuerda y en cuanto empezó a salir otra vez del anonimato, le echó encima a sus hombres: «Somos *nosotros*, ¿te acuerdas? ¡Tus amigos! ¡*Nosotros* no dejamos que te hundas! ¡*Nosotros* no te escupimos por la calle! ¡Volvamos al trabajo!» ¡Tú harías la misma jugada, lo sabes de sobra!

—¿Y el dinero? — pregunta Smiley —. ¿El medio millón?

—¡Palo y zanahoria! Chantaje implícito, recompensa enorme. Nelson está atrapado por los dos lados.

Pero es di Salis, pese al exabrupto de Connie, quien tiene la última palabra:

—Él es chino. Es pragmático. Es hermano de Drake. No puede salir de China...

—Por ahora — dice Smiley suavemente, mirando de nuevo la carpeta.

—... y sabe muy bien cuál es su valor de mercado para los Servicios Secretos rusos. «Las ideas políticas no pueden comerse, no puedes acostarte con ellas», decía Drake, así que por qué no ganar dinero con ellas...

—Para el día en que puedas dejar China y gastarlo — concluye Smiley y, mientras Guillam sale de puntitas del despacho, cierra la carpeta y toma la hoja de notas —. Drake intentó sacarle una vez y fracasó. Así que Nelson recogió el dinero de los rusos esperando que... ¿esperando qué? Que Drake tenga más suerte, quizás.

Al fondo había cesado al fin el insistente aullar del teléfono verde.

—Nelson es un topo de Karla —subraya por último Smiley, casi para sí una vez más—. Está sentado sobre un tesoro de secretos chinos de valor incalculable. Eso es todo lo que tenemos. Está a las órdenes de Karla. Las órdenes en sí son para nosotros de un valor incalculable. Pueden indicarnos exactamente lo que saben los rusos de su enemigo chino e incluso lo que se proponen respecto a él. Podríamos obtener muchos negativos. ¿Sí, Pete?

No hay una transición en la transmisión de noticias trágicas. Hay una idea en pie y al minuto siguiente yace destruida, y, para los afectados, el mundo ha cambiado irrevocablemente. Guillam había utilizado, sin embargo, a modo de almohadilla, papel timbrado oficial del Circus y la palabra escrita. Escribiendo su mensaje a Smiley en un impreso esperaba que sólo el verlo le preparase por adelantado. Se acercó quedamente a la mesa con el impreso en la mano, lo dejó sobre el cristal de la mesa y esperó.

—*Charlie Mariscal*, el otro piloto, vamos a ver... —dijo Smiley, aún sin darse cuenta. ¿Le han localizado ya los primos. Molly?

—Su historia es muy parecida a la de Ricardo —replicó Molly Meakin, mirando extrañada a Guillam.

Guillam, inmóvil junto a Smiley, se había puesto de pronto pálido y parecía mayor y enfermo.

—Voló igual que Ricardo para los primos en la guerra de Laos, señor Smiley. Fueron condiscípulos en la escuela de aviación secreta de Langley, en Oklahoma. Prescindieron de él cuando terminó lo de Laos y no ha vuelto a saberse nada. Los del Ejecutivo dicen que ha estado transportando opio, pero dicen lo mismo de todos los pilotos de los primos.

—Creo que deberías leer esto —dijo Guillam, señalando con firmeza el mensaje.

—Mariscal debe ser el próximo paso de Westerby. Hay que seguir presionando —dijo Smiley.

Y, cogiendo al fin el impreso, lo puso críticamente a la izquierda, donde la lámpara daba más luz. Leyó, enarcadas las cejas y fruncidos los labios. Leyó dos veces, como siempre. No cambió de expresión, pero los que estaban cerca dijeron que desapareció todo movimiento de su rostro.

—Gracias, Pete —dijo quedamente, posando de nuevo el papel—. Gracias a todos los demás. Me gustaría que se quedasen

Connie y el doctor un momento más. A los demás les deseo una buena noche de descanso.

Entre los más jóvenes se recibió este deseo con alegres risas pues ya pasaba mucho de la media noche.

La chica del piso de arriba, una limpia muñeca de piel tostada, dormía paralela a una de las piernas de Jerry, rolliza e inmaculada frente a la luz nocturna anaranjada del cielo de Hong Kong, empapado de lluvia. Roncaba con la cabeza fuera, y Jerry miraba a la ventana pensando en Lizzie Worthington. Pensaba en aquellas dos cicatrices gemelas que tenía en la barbilla y se preguntó de nuevo quién se las habría hecho. Pensó en Tiu, se lo imaginó como el carcelero de Lizzie, y se repitió lo de *escritor de caballos* hasta sentirse realmente furioso. Se preguntó cuánto tendría que esperar, y si al final podría tener una oportunidad con ella, que era todo lo que pedía: una oportunidad. La chica se movió, pero sólo para rascarse la rabadilla. De la puerta contigua le llegó el tintineo ritual de los de la fiesta acostumbrada de *mah-jong* que lavaban las piezas antes de mezclarlas.

Al principio, la chica no había sido demasiado sensible al galanteo de Jerry (un chorro de notas desapasionadas, introducidas en el buzón de la chica a todas horas en los días anteriores), pero necesitaba pagar la factura del gas. Oficialmente, era propiedad de un hombre de negocios, pero últimamente las visitas de éste se habían ido espaciando más hasta cesar del todo, con el resultado de que la muchacha no podía permitirse ni las consultas a la adivinadora del futuro ni el mah-jong, ni las elegantes ropas en que había puesto el corazón para el día en que de pronto apareciese en las películas de kung fu. Así que sucumbió, pero sobre una base claramente financiera. Su principal temor era que se supiese que hacía de consorte del odioso *kwailo*. Por esta razón, se había puesto todo su equipo de calle para bajar una planta; impermeable castaño con hebillas de trasatlántico de bronce en las hombreras, botas amarillas de plástico y un paraguas de plástico con rosas rojas. Todo este equipo yacía ahora esparcido por el suelo cual armadura después de la batalla, y la chica dormía con el mismo noble agotamiento. Así que cuando sonó el teléfono, su única reacción fue un soñoliento taco en cantonés.

Jerry lo descolgó, albergando la estúpida esperanza de que fuera Lizzie. Pero no era Lizzie.

—Mueve el culo, rápido —le dijo Luke—. Y Stubbsie *te ama-*

*rá.* Ven aquí. Estoy haciéndote el favor más importante de nuestra carrera.

—¿Dónde es aquí? — preguntó Jerry.

—Te estoy esperando abajo, animal.

Hubo de quitarse a la chica de encima para salir, pero la chica ni siquiera despertó.

Brillaban las calles con la lluvia inesperada y la luna tenía un espeso halo. Luke conducía como si fuese en un jeep, en primera, con cambios bruscos en las curvas. El coche estaba empapado del aroma del whisky.

—Pero qué has conseguido, por amor de Dios, dime — preguntaba Jerry —. ¿Qué pasa?

—Buena carne. Tú calla.

—No quiero carne. Estoy servido.

—Esta la querrás. Claro que la querrás.

Iban hacia el túnel del puerto. De un lateral salió bamboleándose un grupo de ciclistas que iban sin luces y Luke tuvo que subirse al arcén central para no atropellarles. Busca un edificio grande, le dijo a Jerry. Les pasó un coche patrulla, con todas las luces parpadeando. Creyendo que iban a pararle, Luke bajó el cristal de la ventanilla.

—Somos de la Prensa, idiotas — chilló —. Somos *estrellas,* ¿me oís?

Dentro del coche patrulla vieron, de pasada, fugazmente, a un sargento chino con su chófer y a un europeo de aire majestuoso que iba atrás retrepado como un juez. Delante de ellos, a la derecha, apareció de pronto el edificio prometido, una jaula de amarillas jácenas y andamiaje de bambú lleno de sudorosos *coolies.* Las grúas, resplandecientes por la lluvia, se balanceaban sobre ellos como látigos. La iluminación partía del suelo y se desparramaba inútil en la niebla.

—Busca un edificio bajo — ordenó Luke, reduciendo a sesenta —. Está muy cerca. Blanco. Busca un sitio blanco.

Jerry lo señaló, un recinto de dos plantas de goteante estuco, ni nuevo ni viejo, con una plataforma de bambú de unos siete metros junto a la entrada y una ambulancia. La ambulancia estaba abierta y los tres enfermeros mataban el tiempo, fumando y mirando a los policías que andaban por el patio de entrada como si se tratase de un motín.

—Está regalándonos una hora de ventaja sobre los demás.

—¿Quién?

—El Rocker. ¿Quién iba a ser?

—¿Por qué?

—Porque *me pegó*, supongo. Y me ama. Y a ti también. Dijo que no me olvidase de traerte.

—¿Por qué?

La lluvia caía inexorable.

—*¿Por qué? ¿Por qué? ¿Por qué?* — remedó Luke furioso —. ¡Date prisa y calla!

La plataforma de bambú era desproporcionada, más alta que la pared de fachada. Había un par de sacerdotes con hábito color naranja cobijados en ella, tocando címbalos. Un tercero sostenía un paraguas. Había puestos de flores, caléndulas sobre todo, y coches fúnebres, y de un lugar no visible llegaban rumores de pausado exorcismo. El vestíbulo de entrada era un selvático pantano que apestaba a formol.

—Enviado especial del Gran Mu — dijo Luke.

—Prensa — dijo Jerry.

El policía les hizo señal de que pasaran, sin mirar los carnets.

—¿Dónde está el Superintendente? — dijo Luke.

El olor a formol era espantoso. Les guió un joven sargento. Cruzaron una puerta de cristal y pasaron a una sala, donde ancianos de ambos sexos, unos treinta, en pijama casi todos, esperaban flemáticos como si se tratara de un tren de madrugada, bajo lámparas de neón sin pantalla y un ventilador eléctrico. Un viejo carraspeó, y escupió en el suelo de mosaico verde. Sólo el yeso lloraba. Al ver a aquellos *kwailos* gigantes, los contemplaron con cortés desconcierto. El consultorio del patólogo era amarillo. Paredes amarillas, postigos amarillos, cerrados. Un aparato de aire acondicionado que no funcionaba. Los mismos mosaicos verdes, fáciles de lavar.

—Un olor maravilloso — dijo Luke.

—Como en casa — subrayó Jerry.

Jerry deseaba que fuese combate. El combate siempre resultaba más fácil. El sargento les dijo que esperasen un momento a que él saliera. Oyeron rechinar de camillas de ruedas, voces apagadas, el golpe de la puerta del refrigerador, pausado siseo de suelas de goma. Junto al teléfono había un volumen de la *Anatomía de Gray*. Jerry se puso a hojearlo, mirando las ilustraciones. Luke se instaló en una silla. Un ayudante de botas de goma cortas y mono trajo té. Tazas blancas, círculos verdes y el monograma de Hong Kong con una corona.

—¿Puede usted decirle al sargento que se dé prisa, por favor?

—dijo Luke—. Dentro de un minuto estará aquí toda la ciudad.

—¿Por qué nosotros? —dijo de nuevo Jerry.

Luke vertió parte del té en el suelo de mosaico y mientras el té corría hacia el desagüe, rellenó la taza con su botellita de whisky. Volvió el sargento al fin, y les hizo una rápida seña con su delgada mano. Volvieron a seguirle por la sala de espera. Por aquel lado no había ninguna puerta, sólo un pasillo y un recodo que parecía un urinario público, y allí estaban. Lo primero que vio Jerry fue una camilla de ruedas toda desportillada. No hay nada que dé tanta sensación de vejez y abandono como el equipo hospitalario en mal estado, pensó. Las paredes estaban cubiertas de un moho verde, colgaban del techo verdes estalactitas y en un rincón había una escupidera desconchada llena de pañuelitos de papel. Jerry recordó que les limpiaban las narices antes de levantar la sábana para enseñarlos. Es una cortesía para que no te impresiones demasiado. Los vahos del formol le irritaban los ojos. Había un patólogo chino sentado junto a la ventana tomando notas en un cuaderno. Había también otros dos ayudantes y más policías. Parecía flotar en el ambiente un deseo general de disculparse. Jerry no podía entenderlo. El Rocker les ignoraba. Estaba en un rincón cuchicheando con el caballero de aire majestuoso que iba en la parte trasera del coche patrulla, pero el rincón no estaba muy lejos y Jerry oyó «una mancha para nuestra reputación» dos veces, en tono nervioso e iracundo. El cadáver estaba tapado con una sábana blanca con una cruz azul en ella de brazos iguales. Así pueden utilizarse en ambos sentidos, pensó Jerry. Era la única camilla que había en la habitación. La única sábana. El resto de la exposición estaba dentro de los dos grandes refrigeradores de puertas de madera, lo bastante grandes para poder entrar sin agacharse, grandes como el almacén de una carnicería. Luke estaba fuera de sí de impaciencia.

—¡Rocker, por Dios! —gritó—. ¿Cuánto tiempo piensas tenernos aquí? Tenemos cosas que hacer.

Nadie le prestó atención y, cansado ya de esperar, levantó la sábana. Jerry miró y apartó la vista. La sala de autopsias estaba en la puerta de al lado, y podía oír el ruido de la sierra como el gruñir de un perro.

*No es extraño que todos estén tan avergonzados,* pensó tontamente Jerry. *Traer un cadáver ojirredondo a un sitio como éste.*

—Dios *santo* —decía Luke—. Válgame *Dios*. ¿Quién pudo hacérselo? ¿Cómo se *hacen* esas marcas? Esto es cosa de una sociedad secreta. *Jesús.*

La goteante ventana daba al patio. Jerry pudo ver cómo se balanceaba el bambú en la lluvia y pudo ver las líquidas sombras de una ambulancia que traía otro cliente, pero dudaba que hubiese otro con el aspecto de aquél. Había llegado un fotógrafo de la policía y estaba tomando fotos. Había un teléfono en la pared. El Rocker hablaba por él. Aún no había mirado siquiera a Luke. Ni a Jerry.

—Quiero que lo saquen de aquí — dijo el augusto caballero.

—En cuanto usted quiera — dijo el Rocker.

Luego, se volvió al teléfono y dijo:

—En la Ciudad Amurallada, señor... Sí, señor... en una calleja, señor. Desnudo. Mucho alcohol... El médico forense le reconoció en seguida, señor. Sí señor, han llegado ya del Banco, señor.

Colgó y gruñó para sí:

—Sí señor, no señor, a sus pies, señor.

Luego marcó un número.

Luke tomaba notas.

—Dios mío — decía sobrecogido —. Dios mío. Deben haber estado *semanas* matándole. Meses.

Le han matado dos veces, en realidad, pensaba Jerry. Una para hacerle hablar y otra para hacerle callar. Las cosas que le habían hecho primero se veían por todo el cuerpo, en señales grandes y pequeñas, era como cuando cae fuego en una alfombra, hace un agujero y luego, de pronto, desaparece. Después, estaba lo del cuello, una muerte distinta, más rápida, diferente por completo. Eso se lo habían hecho al final, cuando ya no le necesitaban.

Luke se dirigió al forense.

—Dele la vuelta, ¿quiere? ¿Le importaría darle la vuelta, *por favor*?

El Superintendente había colgado el teléfono.

—¿Qué historia es ésta? — le dijo directamente a Jerry —. ¿Quién es?

—Se llama Frost — dijo el Rocker, mirando a Jerry con su párpado caído —. Empleado del South Asian and China. Departamento de Cuentas en Administración.

—¿Quién le mató? — preguntó Jerry.

—Sí, ¿quién lo hizo? Ésa es la cuestión — dijo Luke escribiendo afanosamente.

—Los ratones — dijo el Rocker.

—En Hong Kong no hay sociedades secretas, ni comunistas, ni Kuomintang. ¿Eh, Rocker?

—Ni putas — gruñó el Rocker.

El augusto caballero le ahorró al Rocker una respuesta más amplia.

—Un caso cruel de atraco —proclamó, por encima del hombro del policía—. Un atraco despiadado e inhumano que demuestra que hace falta una vigilancia pública constante. Era un empleado leal del Banco.

—Eso no fue un atraco —dijo Luke, mirando de nuevo a Frost—. Eso fue una *fiesta*.

—El hombre tenía algunas amistades muy raras, desde luego —dijo el Rocker, mirando aún a Jerry.

—¿Qué quiere decir con eso? —dijo Jerry.

—¿Qué se sabe hasta el momento? —dijo Luke.

—Estuvo en la ciudad hasta media noche. De fiesta con dos chinos. Un burdel tras otro. Luego le perdimos. Hasta anoche.

—El Banco ofrece una recompensa de cincuenta mil dólares —dijo el hombre augusto.

—¿Hong Kong o USA? —dijo Luke, escribiendo.

El hombre de aire augusto dijo «Hong Kong», en un tono muy agrio.

—Ahora, muchachos, calma —advirtió el Rocker—. Hay una esposa enferma en el Hospital Stanley y hay chicos...

—Y está la reputación del Banco —dijo el hombre augusto.

—Ésa será nuestra principal preocupación —dijo Luke.

Salieron al cabo de media hora, aún con ventaja de sobra sobre sus colegas.

—Gracias —le dijo Luke al Superintendente.

—De nada —dijo el Rocker.

Jerry se dio cuenta de que al Rocker cuando estaba cansado le lagrimeaba el párpado caído.

Hemos sacudido el árbol, pensó, mientras se alejaban. Sí, amigo, lo hemos sacudido a conciencia.

Estaban sentados en las mismas posturas, Smiley en el escritorio, Connie en su silla de ruedas, di Salis mirando la espiral de humo que salía de su pipa. Guillam estaba de pie junto a Smiley, aún con el rechinar de la voz de Martello en los oídos. Smiley limpiaba las gafas con el extremo de la corbata, con un lento movimiento circular del pulgar.

Di Salis, el jesuita, fue quien habló primero. Era quizás el que tenía que defenderse más.

—No hay ninguna razón lógica para relacionarnos con este incidente. Frost era un libertino. Tenía mujeres chinas. Era abiertamente corrupto. Cogió nuestro dinero sin remilgos. Dios sabe cuántas veces habrá cogido propinas parecidas. No me considero responsable.

—Oh, vamos — murmuró Connie.

Estaba sentada, con cara inexpresiva, con el perro durmiendo en su regazo. Las manos agarrotadas apoyadas en los lomos del animal por el calor. Al fondo, el oscuro Fawn servía té.

Smiley habló mirando el impreso. Nadie le había visto la cara desde que la había inclinado para leerlo.

—Connie, quiero los datos — dijo.

—Sí, querido.

—¿Quién sabe, fuera de estas cuatro paredes, que presionamos a Frost?

—Craw. Westerby. El policía de Craw. Y si tienen un poco de inteligencia, los primos lo deducirán.

—No Lacon ni Whitehall.

—Ni Karla, querido — proclamó Connie, mirando de reojo el oscuro retrato.

—No. Karla no. Estoy convencido.

Pero todos percibían en su voz la intensidad del conflicto, el esfuerzo de su intelecto por forzar a la voluntad a sobreponerse a la emoción.

—Para Karla — continuó — sería una reacción demasiado exagerada. Si se descubre una cuenta bancaria secreta, lo único que pasa es que hay que abrir otra en otro sitio. Él no necesita hacer *esto*.

Alzó en las puntas de los dedos el impreso unos centímetros del cristal.

—El plan salió como esperábamos. La reacción fue simplemente... — empezó de nuevo —. La reacción fue más de lo que esperábamos. Desde el punto de vista operativo no hay problema. Operativamente hemos avanzado en el caso.

—Les hemos *arrastrado*, querido — dijo Connie, con firmeza.

Di Salis se descompuso por completo:

—Insisto en que no debes hablar como si todos fuésemos cómplices de esto. No se ha demostrado que exista ninguna relación y considero denigrante que sugieras que la hay.

Smiley se mostró distante en su respuesta.

—Yo consideraría denigrante decir otra cosa. Fui yo quien ordenó tomar esta medida. Me niego a no asumir las consecuencias sólo porque sean desagradables. Asumo la responsabilidad. Lo importante es que no nos engañemos a nosotros mismos.

—El pobre infeliz no sabía bastante, ¿eh? — musitó Connie, aparentemente para sí. Al principio, nadie la entendió. Luego, Guillam dijo: ¿Qué quiso decir con eso?

—Frost no tenía nada que contar, querido — explicó Connie —. Eso es lo peor que puede sucederle a uno. ¿Qué podía decirles él? Un agresivo periodista llamado Westerby. Eso ya lo tenían ellos, querido. Así que, claro, siguieron. Y siguieron.

Se volvió hacia Smiley. Era el único que compartía tanta experiencia como ella.

—Recuerdas, George, lo convertimos en una *norma*, cuando los chicos y las chicas tenían que actuar. Siempre les dábamos algo que pudieran confesar, pobrecillos.

Fawn posó con amoroso cuidado una taza de té de papel en la mesa de Smiley, con una rodaja de limón flotando en el té. Su sonrisa de calavera despertó la furia reprimida de Guillam.

—Cuando hayas acabado con eso, lárgate — le dijo al oído. Aún sonriendo, Fawn se fue.

—¿Qué estará pensando Ko en este momento? — preguntó Smiley, mirando todavía el impreso. Tenía las manos unidas bajo la barbilla, como si estuviera rezando—

—Temor y desconcierto — proclamó Connie, muy segura—. La Prensa al acecho, Frost muerto y aún no ha podido descubrir nada más.

—Sí. Sí, tiene que estar nervioso. «¿Podrá impedir que explote el dique? ¿Podrá tapar las filtraciones? Además, ¿dónde *están* esas filtraciones?...» Esto es lo que queríamos, lo hemos conseguido.

Hizo luego un levísimo movimiento con la cabeza inclinada y señaló hacia Guillam.

—Peter — dijo —, les pedirás por favor a los primos que aumenten su vigilancia de Tiu. Puestos estáticos sólo, diles. Nada de trabajo de calle. No hay que espantar la caza, no quiero disparates de ese tipo. Teléfono, correo, sólo las cosas fáciles. Doctor, ¿cuándo hizo Tiu su última visita al Continente?

Di Salis aportó con acritud el dato.

—Hay que determinar la ruta que siguió y dónde compró el billete, por si vuelve a hacerlo.

—Ya está en archivo — replicó malhumorado di Salis, con un gruñido muy desagradable, mirando al cielo y encogiendo los hombros y los labios.

—Entonces, tenga la bondad de anotármelo en un papel aparte — replicó Smiley, con infatigable entereza.

Luego, continuó en el mismo tono liso:

—Westerby — dijo, y por un segundo, Guillam tuvo la angustiosa sensación de que Smiley sufría algún tipo de alucinación y creía que Jerry estaba allí también en la habitación, dispuesto a recibir sus órdenes, como todos los otros —. Puedo sacarle... puedo hacerlo. Puede llamarle el periódico. ¿Por qué no? ¿Qué pasaría entonces? Ko espera. Escucha. No oye nada. Se relaja.

—Y entran en escena los héroes de narcóticos — dijo Guillam, mirando el calendario —. Sol Eckland cabalga de nuevo.

—O le saco y le sustituyo, y continúa la tarea otro agente de campo. ¿Correría menos riesgo que el que corre ahora Westerby?

—Eso no resulta nunca — murmuró Connie —. Lo de cambiar caballos. Jamás. Lo sabes de sobra. Información, adiestramiento, nuevas relaciones. Jamás.

—¡Yo no veo que corra tanto peligro! — afirmó nervioso di Salis.

Guillam se volvió furioso, dispuesto a hacerle callar, pero Smiley se le adelantó.

—¿Por qué no, doctor?

—Si aceptamos su hipótesis (yo no la acepto), Ko no es un hombre violento. Es un hombre de negocios que ha triunfado y sus máximas son prestigio, sentido de la oportunidad, valía y trabajo duro. Nadie ha dicho que sea un asesino. Desde luego, admito que tiene gente y que quizás esa gente sea menos amable que él en lo tocante a métodos. Es algo muy parecido a nuestra relación con Whitehall. Y yo creo que eso no convierte a los de Whitehall en gorilas.

*Déjalo ya, por amor de Dios,* pensó Guillam.

—Westerby no es un Frost cualquiera — insistió di Salis en el mismo tono nasal y didáctico —. Westerby no es un empleado deshonesto, Westerby no ha traicionado la confianza de Ko ni se ha embolsado el dinero de Ko ni el del hermano de Ko. Para Ko, Westerby representa a un gran periódico. Y Westerby ya lo ha hecho saber (a través de Frost y a través de Tiu, según tengo entendido) que el periódico posee muchos más datos sobre el asunto de los que tiene él. Ko sabe cómo funciona el mundo. Eliminando a un periodista, no eliminará el riesgo. Por el contrario, se echará encima a todo el equipo.

—¿Qué piensa él entonces? —dijo Smiley.

—No está seguro. Más o menos lo que dice Connie. No puede calibrar la amenaza. Los chinos hacen poco caso de las ideas abstractas, y menos aún de las situaciones abstractas. Le gustaría que la amenaza se materializase. Y si no sucede nada concreto, supondrá que ya lo ha hecho. Éste no es un hábito que se limite a Occidente. Amplío su hipótesis —se levantó—. No es que la apoye. Me niego a hacerlo. Me mantengo totalmente al margen de ella.

Y, tras decir esto, salió. A una seña de Smiley, Guillam le siguió. Sólo se quedó Connie.

Smiley había cerrado los ojos y tenía la frente crispada en un rígido nudo en el entrecejo. Connie guardó silencio largo rato, *Trot* yacía como muerto en su regazo, y ella le miraba, acariciándole la tripa.

—A Karla no le importaría nada, ¿verdad, querido? —murmuró—. Ni un Frost muerto, ni diez. Ésa es la diferencia, en realidad. No podemos definirla con más amplitud, eh, en estos momentos... ¿Quién era el que decía «nosotros luchamos por la supervivencia del Hombre Racional?» ¿Steed-Asprey? ¿O era Control? Me gustó esa frase. Lo incluía todo. Hitler, la nueva cosa. Eso es lo que somos nosotros. Racionales. ¿Verdad que sí, *Trot*? No sólo somos ingleses, somos racionales.

Bajó un poco la voz y añadió:

—¿Qué me dices de Sam, querido? ¿Has *pensado* algo?

Smiley tardó aún un buen rato en hablar, y cuando lo hizo su tono era áspero, un tono como para mantener a Connie a distancia.

—Tiene que seguir igual. No debe hacer nada hasta que tenga luz verde. Él lo sabe. Tiene que esperar luz verde.

Luego, hizo una profunda inspiración y expulsó el aire lentamente.

—Quizás no le necesitemos —continuó—. Puede que consigamos arreglarlo todo perfectamente sin él. Depende más que nada de lo que haga Ko.

—George querido, *querido* George.

En un silencio ritual, Connie se acercó a la chimenea, cogió el atizador y, con un inmenso esfuerzo, movió las brasas, sosteniendo al perro con la mano libre.

Jerry estaba de pie en la ventana de la cocina, viendo cómo la amarillenta aurora se abría paso en la niebla del puerto. La noche anterior había habido tormenta, recordó. Debía haber empezado una hora antes de que telefonease Luke. Jerry la había seguido desde el colchón, mientras la chica roncaba a su lado. Primero el olor de la vegetación, luego el viento resollando culpable en las palmeras, como el frotar de dos manos secas. Luego, el silbar de la lluvia, como toneladas de perdigones fundidos echados al mar.

Por último, la lluvia y los relámpagos estremeciendo el puerto en largas y lentas bocanadas, mientras retumbaban sobre los bamboleantes tejados salvas de truenos. Yo le maté, pensó. Se mire como se mire, fui yo quien le dio el empujón. «No son sólo los generales, sino cada hombre que empuña un fusil.» Citar fuente y contexto.

Sonó el teléfono. Que suene, pensó. Probablemente Craw, que se ha meado en los pantalones. Descolgó el aparato. Luke parecía más norteamericano que nunca:

—¡Eh, amigo! ¡La gran función! Stubbsie acaba de cablegrafiar. Personal para Westerby. Prepárate. ¿Quieres que te lo lea?

—No.

—Un paseíto por la zona de guerra. Las líneas aéreas de Camboya y la economía de asedio. ¡Nuestro hombre en medio de las bombas y la metralla! ¡Estás de suerte, marinero! ¡Quieren que te vuelen el culo de un zambombazo!

Y que deje a Lizzie para Tiu, pensó, colgando.

Y, sin duda alguna, también para ese cabrón de Collins, que anda acechándola en la sombra como un tratante de blancas. Jerry había trabajado para Sam un par de veces cuando Sam era sólo el señor Mellon de Vientiane, un astuto y próspero comerciante, cabecilla de los timadores ojirredondos de la localidad. Era el sinvergüenza más desagradable que había visto en su vida.

Volvió a su puesto en la ventana pensando de nuevo en Lizzie, allá arriba, en su frívola azotea. Pensando en el buen Frost, y en su amor a la vida. Pensando en el olor que le había recibido al regresar allí, a su piso.

Estaba en todas partes. Por encima del hedor del desodorante de la muchacha, del olor a cigarrillos rancios y a gas y del olor al aceite con que cocinaban en el piso de al lado los jugadores de *mah-jong*. Al percibirlo, Jerry había trazado en su imaginación la ruta que había seguido Tiu en su incursión: dónde se había entretenido y dónde se había apresurado en su recorrido por las ropas de Jerry, las defensas de Jerry y las escasas posesiones de Jerry. Aquel olor a agua de rosas y almendras, que era el preferido de su antigua esposa.

# 15

## CIUDAD SITIADA

Cuando sales de Hong Kong, ésta deja de existir. Cuando has
dejado atrás al último policía chino con botas y polainas inglesas
y retienes el aliento mientras corres a veinte metros por encima de
los grises y míseros tejados, cuando las islas próximas se han achi-
cado en la niebla azul, sabes que ha caído el telón, que han desaparecido los soportes y que la vida que allí vivías era pura ilusión. Pero esta vez, de pronto, Jerry no pudo experimentar esta sensación. Llevaba consigo el recuerdo del asesinado Frost y el recuerdo de la chica, viva aún, y seguían con él cuando llegó a Bangkok. Le llevó, como siempre, todo el día encontrar lo que andaba
buscando. Como siempre, estuvo a punto de renunciar. Según su
opinión, esto le pasaba en Bangkok a todo el mundo: al turista
que buscaba una *wat*, al periodista que buscaba un reportaje... o
a Jerry, que buscaba al amigo y socio de Ricardo, a Charlie Mariscal. Lo que buscas está sentado al fondo de alguna condenada
calleja, encostado entre un cenagoso *klong* y un montón de escombros, y te cuesta cinco dólares norteamericanos más de lo que es-
perabas. Además, aunque teóricamente estaban en la estación seca
de Bangkok, Jerry no recordaba haber estado allí sin que la lluvia
cayera en súbitas cascadas del cielo contaminado. Luego, la gente
siempre le decía que le había tocado el día de lluvia.

Empezó en el aeropuerto porque estaba ya allí y porque pensó
que en el Sudeste nadie puede volar mucho tiempo sin pasar por
Bangkok. Charlie ya no estaba por allí, le dijeron. Alguien le aseguró que Charlie había dejado de volar después de la muerte de Ric.
Otro dijo que estaba en la cárcel. Otro dijo después que lo más
probable era que estuviese en «uno de los escondrijos». Una encantadora azafata de Air Vietnam dijo con una risilla que Charlie
estaba haciendo viajes de opio a Saigón. Ella sólo le había visto
en Saigón.

—¿Desde dónde? —preguntó Jerry.

—Quizás Fnom Penh, quizás Vientiane —dijo ella... pero el

destino de Charlie, insistió la azafata, era siempre Saigón y nunca paraba en Bangkok. Jerry comprobó en la guía telefónica y no apareció Indocharter. Por probar, buscó también Mariscal, y encontró uno (era incluso Mariscal, C), llamó, pero tuvo que hablar no con el hijo de un señor de la guerra del Kuomintang que se había autobautizado con un título militar de elevado rango, sino con un desconcertado comerciante escocés que le decía «escuche, pásese por aquí». Fue a la cárcel, donde encierran a los *farangs* cuando no pueden pagar o han sido groseros con un general, y comprobó las listas. Recorrió las galerías y miró por las rejas y habló con un par de *hippies* enloquecidos. Pero éstos, aunque tenían mucho que decir sobre su encarcelamiento, no habían visto a Charlie Mariscal y no habían oído hablar de él y, para expresarlo delicadamente, no les preocupaba lo más mínimo. De mal humor, se dirigió al supuesto sanatorio donde los adictos disfrutaban de su «pavo frío»,* y había mucho revuelo porque un hombre que tenía puesta la camisa de fuerza había conseguido sacarse los ojos con los dedos, pero no era Charlie Mariscal, no; y no tenían ningún corso, ningún chico-corso y, *desde luego,* ningún hijo de un general del Kuomintang.

Así que Jerry empezó a revisar los hoteles en los que podían parar pilotos en tránsito. No le gustaba la tarea porque era agotadora y, más concretamente, porque sabía que Ko tenía allí mucha gente a su servicio. Estaba convencido de que Frost lo había contado todo; sabía que los chinos ultramarinos más ricos disponían de varios pasaportes legítimos y los swatowneses más aún. Sabía que Ko tenía un pasaporte tailandés en el bolsillo y probablemente un par de generales tailandeses además. Y sabía que los tailandeses, cuando se enfadaban, mataban bastante más deprisa y más concienzudamente que casi todos los demás, aunque cuando condenasen a un hombre a morir fusilado disparasen a través de una sábana extendida para no contravenir las leyes de Nuestro Señor Buda. Por esta razón, entre unas cuantas más, Jerry se sentía más bien incómodo voceando el nombre de Charlie Mariscal por los grandes hoteles.

Probó en el Erawan, en el Hyatt, en el Miramar y en el Oriental y en unos treinta más. Y en el Erawan entró especialmente animado, recordando que China Airsea tenía una habitación allí, y

---

\* Cura de desintoxicación mediante privación drástica de la droga y los desagradables síntomas que provoca la abstinencia en el adicto. (*Nota de los Traductores.*)

que Craw decía que Ko la utilizaba con frecuencia. Se formó una imagen de Lizzie con su pelo rubio haciendo de anfitriona para él o tendida junto a la piscina bronceando su cuerpo esbelto mientras los ricachos sorbían whiskies y se preguntaban cuánto valdría una hora de tiempo de aquella muchacha. Mientras hacía su recorrido, una súbita tormenta volcó gruesas gotas tan llenas de hollín que ennegrecían el dorado de los templos de las calles. El taxista conducía su vehículo como un hidropatín por las calles inundadas, eludiendo por centímetros a los búfalos; los pintarrajeados autobuses tintineaban y les embestían; carteles de kun fu empapados de sangre les gritaban, pero Mariscal, Charlie Mariscal, *capitán* Mariscal no significaba nada para nadie, pese a que Jerry fue muy liberal con el dinero. Se ha conseguido una chica, pensó. Tiene una chica y utiliza la casa de la chica, lo mismo que haría yo. En el Oriental dio una buena propina al portero y se puso de acuerdo con él para que recogiese cualquier recado y utilizó el teléfono y, sobre todo, obtuvo un recibo por dos noches de estancia para burlar a Stubbs. Pero su recorrido por los hoteles le había asustado, se sentía expuesto y en peligro, así que para dormir cogió una habitación que tuvo que pagar por adelantado, un dólar por noche, en un fonducho sin nombre de una callejuela, donde no tenían en cuenta las formalidades de la inscripción: Un lugar que era como una hilera de casetas de playa, donde todas las puertas de las habitaciones se abrían directamente a la acera, para que la fornicación resultara más fácil, donde había garajes abiertos con cortinas de plástico que tapaban el número de la matrícula del coche. Por la tarde, se vio obligado a recorrer las agencias de transporte aéreo, preguntando por una empresa llamada Indocharter, aunque no lo hacía ya con demasiado entusiasmo, y se preguntaba muy en serio si no debería creer lo que le había dicho la azafata de Air Vietnam y seguir la pista hasta Saigón, cuando una chica china de una de las agencias dijo:

—¿Indocharter? Esa es la línea del capitán Mariscal.

Y le dio la dirección de una librería donde Charlie Mariscal compraba su literatura y recogía la correspondencia cuando estaba en la ciudad. La librería la llevaba también un chino, y cuando Jerry mencionó a Mariscal, el viejo rompió a reír y dijo que hacía meses ya que Charlie no aparecía por allí. El viejo era muy pequeño y tenía unos dientes postizos que parecían moverse solos.

—¿Él debe tú dinero? ¿Charlie Mariscal debe tú dinero? ¿Estrelló avión de ti? — y rompió a reír de nuevo. Jerry rió con él.

—Super. Bárbaro. Super, ¿qué es lo que haces con toda la correspondencia cuando no viene él por aquí? ¿Se la envías?

—Charlie Mariscal no recibir ninguna correspondencia — dijo el viejo.

—Bueno, amigo, sí, pero si mañana llegase una carta, ¿adónde se la mandarías?

—A Fnom Penh — dijo el viejo, guardándose los cinco dólares, y cogiendo un papel de la mesa para que Jerry pudiera anotar la dirección.

—Voy a comprarle un libro — dijo Jerry, echando un vistazo a las estanterías —. ¿Qué es lo que le gusta a él?

—*Flancés* — dijo maquinalmente el viejo, y llevó a Jerry al piso de arriba y le enseñó su santuario de cultura ojirredonda. Para los ingleses, pornografía impresa en Bruselas. Para los franceses, hileras e hileras de clásicos raídos: Voltaire, Montesquieu, Hugo. Jerry compró un ejemplar de *Cándido* y se lo metió en el bolsillo. Los que visitaban aquella sección, eran al parecer celebridades *ex-officio*, pues el viejo sacó un libro de visitantes y Jerry firmó en él, *J. Westerby, periodista*. La columna de comentarios se prestaba a la burla, así que escribió «un elegantísimo establecimiento». Luego repasó las páginas anteriores y preguntó:

—¿Firmó también aquí Charlie Mariscal, amigo?

El viejo le enseñó la firma de Charlie Mariscal, un par de veces: «dirección: aquí», había escrito.

—¿Y su compañero?

—¿Compañelo?

—Capitán Ricardo.

Al oír esto, el viejo se puso muy solemne y le quitó el libro de la mano.

Volvió al Club de Corresponsales Extranjeros, al Oriental, y estaba vacío, a excepción de un grupo de japoneses que acababan de volver de Camboya. Le explicaron la situación allí tal como la habían visto el día anterior, y se emborrachó un poco. Y cuando se iba, ante su súbito horror, apareció el enano, que estaba en la ciudad para evacuar consultas con la oficina local. Llevaba al rabo a un muchacho tailandés, lo que hacía que estuviera especialmente animado y vivaz:

—¡Vaya, *Westerby*! ¿Qué *tal* anda hoy el Servicio Secreto?

Le gastaba esta broma a casi todo el mundo, pero, desde luego, no colaboró con ella a restablecer la paz mental de Jerry. En el fonducho, bebió mucho más whisky, pero los ejercicios de sus colegas de hospedaje le mantuvieron despierto. Por fin, por pura auto-

defensa, salió y se buscó una chica, una criaturilla suave de un
bar que quedaba calle arriba, pero cuando se quedó otra vez sólo,
sus pensamientos volvieron a centrarse en Lizzie. Le gustase o no,
ella era su compañera de lecho. ¿Hasta qué punto tendría conciencia de que estaba colaborando con ellos?, se preguntaba. ¿Sabía lo que hacía en realidad cuando avisó por teléfono a Tiu?
¿Sabía lo que le habían hecho a Frost los muchachos de Drake? ¿Sabía lo que podrían hacerle a Jerry? Se le había ocurrido
incluso la idea de que ella pudiese haber estado allí mientras lo
hacían, y este pensamiento le abrumaba. No había duda, el cadáver
de Frost aún estaba fresco en su memoria. Era uno de sus problemas más graves.

A las dos de la madrugada, decidió que iba a darle un ataque
de fiebre, sudaba y daba continuas vueltas en la cama. En una
ocasión, oyó rumor de leves pisadas dentro de la habitación y se
lanzó rápido a un rincón, arrancando una lámpara de mesa de su
portalámparas. A las cuatro, le despertó la asombrosa algarabía
asiática: carraspeos cerdunos, campanas, gritos de viejos *in extre-
mis,* cacarear de un millar de gallos repiqueteando en los pasillos
de mosaico y cemento. Luchó con las herrumbrosas cañerías e inició la laboriosa tarea de librarse del goteo persistente del agua
fría. A las cinco, sonó a todo volumen una radio que le sacó de la
cama, y un quejido de música asiática anunció que había empezado el día. Por entonces, se había afeitado como si fuera el día de
su boda, y a las ocho, telegrafió sus planes al periódico para que
el Circus lo interceptara. A las once, cogió el avión para Fnom
Penh. Cuando subía a bordo del Caravelle de las Líneas Aéreas
Camboyanas, la azafata de tierra volvió hacia él su rostro encantador y, en su inglés más melodioso, le dijo:

—Que viaje *asusto,* señor.

—Gracias. Sí. Super — dijo él, y eligió un asiento del ala que
es donde uno tiene más posibilidades. Mientras despegaban lentamente, vio a un grupo de gordos tailandeses jugando pésimamente
al golf en un césped perfecto, justo al lado de la pista.

Había ocho nombres en la lista de pasajeros cuando Jerry la
leyó en la ventanilla, pero sólo subió al avión otro viajero, un muchacho norteamericano vestido de negro, con una cartera. El resto
era carga, almacenada atrás en sacos de arpillera y cajas de junco.
Un avión de asedio, pensó automáticamente Jerry. Entras con carga y sales con suerte. La azafata le ofreció un número atrasado del
*Jours de France* y una barrita de caramelo. Leyó el *Jours de Fran-*

*ce* para refrescar un poco su francés y luego recordó el *Candide*
y se puso a leerlo. Había traído un libro de Conrad porque en
Fnom Penh siempre leía a Conrad, le ayudaba a acordarse de que
estaba en el último de los auténticos puertos fluviales conradianos.

Para aterrizar, entraron volando alto y luego bajaron a través
de las nubes, en una incómoda espiral para evitar el posible fuego
de armas cortas que pudiera llegar de la selva. No había ningún
control de tierra, pero Jerry tampoco lo esperaba. La azafata no
sabía lo cerca que podían estar de la ciudad los khmers rojos, pero
los japoneses habían dicho quince kilómetros por todos los frentes, y donde no había carreteras menos. Los japoneses habían dicho que el aeropuerto se hallaba bajo fuego enemigo, pero sólo de
cohetes, y esporádicamente. Nada de cientocincos... aún no, pero
siempre hay un principio, pensó Jerry. Las nubes continuaban y
Jerry pidió a Dios que el altímetro funcionase bien. Luego, saltó
hacia ellos la tierra color aceituna y Jerry vio los cráteres de bombas esparcidos por doquier y las líneas amarillas de las huellas de
las llantas de los convoys. Mientras aterrizaban con gran ligereza
sobre la pista agujereada, los inevitables niños desnudos chapoteaban alegremente en un cráter lleno de barro.

El sol había surgido entre las nubes y, pese al estruendo del
aparato, Jerry tuvo la ilusión de salir a un tranquilo día de verano.
No había estado en su vida en ningún sitio en que la guerra se
desarrollase en una atmósfera tal de paz como en Fnom Penh. Recordó la última vez que había estado allí, antes de que cesaran
los bombardeos. Unos pasajeros de Air France que iban camino de
Tokio habían estado haraganeando curiosos por la explanada, sin
darse cuenta de que habían aterrizado en un campo de batalla. Nadie les dijo que se resguardaran. No había nadie con ellos. Los
proyectiles aullaban sobre el aeropuerto, salían del perímetro, los
helicópteros de Air America posaban a los muertos en redes como
aterradoras capturas de algún rojo mar, y el Boeing 707 tuvo que
arrastrarse por todo el aeropuerto en cámara lenta para despegar.
Jerry contempló hechizado cómo salía brincando del radio de alcance del fuego enemigo, esperando constantemente el zambombazo
que le dijese que había sido alcanzado en la cola. Pero el avión
siguió como si los inocentes fuesen inmunes, y desapareció dulcemente en el plácido horizonte.

Ahora, irónicamente, con el final tan próximo, Jerry se dio
cuenta de que se insistía sobre todo en la carga de supervivencia.
Al fondo del aeropuerto, había inmensos aviones de transporte norteamericanos alquilados, Boeing 707 y cuatrimotores turbopropul-

sados C-130, con la marca *Transworld* o *Bird Airways* o sin marca
alguna. Aterrizaban y despegaban en un torpe y peligroso trasiego,
trayendo municiones y arroz de Tailandia y Saigón y combustible
y municiones de Tailandia. En su recorrido apresurado hacia la
terminal, Jerry vio dos aterrizajes, y en ambas ocasiones contuvo
el aliento esperando el resollar final de los reactores al debatirse
y estremecerse para frenar dentro del *revêtement,* de cajas de municiones rellenas de tierra en el extremo blando de la pista de
aterrizaje. Antes incluso de que se detuvieran, grupos de servicio
provistos de chaquetas antibalas y cascos se habían concentrado
allí como pelotones desarmados para sacar de las cabinas de carga
los preciosos sacos.

Pero ni siquiera los malos presagios pudieron destruir el placer
que sentía al verse allí de vuelta.

—*Vous restez combien de temps, Monsieur?* — preguntó el funcionario de inmigración.

—*Toujours,* amigo — dijo Jerry —. Mientras me admitáis. Más
aún.

Pensó en preguntar allí mismo por Charlie Mariscal, pero el
aeropuerto estaba lleno de policías y espías de todo tipo y mientras no supiera contra lo que tenía que luchar, consideraba que era
más prudente no proclamar lo que perseguía. Había una variopinta
colección de viejos aviones con nuevas insignias, pero no pudo ver
nada que perteneciese a Indocharter, cuyos distintivos registrados,
según le había dicho Craw en la reunión informativa de despedida,
justo antes de salir de Hong Kong, eran, al parecer, los colores de
la cuadra de Ko: gris y azul claro.

Cogió un taxi y subió delante, rechazando cortésmente las amables ofertas de chicas, espectáculos, clubs y muchachos, del taxista. Los *flamboyants* formaban una deliciosa arcada de color naranja contra el pizarroso cielo monzónico. Paró en una tienda de prendas de caballero para cambiar moneda *au cours flexible,* una expresión que le encantaba. Los cambistas de moneda, solían ser chinos, recordó Jerry. Aquel era indio. Los chinos se iban antes, pero
los indios se quedaban a recoger la osamenta. Ciudades de chozas
se extendían a derecha e izquierda de la carretera. Había refugiados
acuclillados por todas partes, cocinando, dormitando en silenciosos
grupos. Vio un círculo de niños sentados que se pasaban un cigarrillo.

—*Nous sommes un village avec une population des millions*
— dijo el taxista, en un francés de escolar.

Avanzó hacia ellos un convoy del ejército, los faros encendidos, pegado al centro de la carretera. El taxista se metió dócilmente en el barro. Cerraba la marcha una ambulancia, ambas puertas abiertas. Los cadáveres estaban apilados con los pies hacia fuera, las piernas parecían patas de cerdo, marmóreas y magulladas. Muertos o vivos, qué más daba. Pasaron ante un grupo de casas construidas sobre pilares destrozadas por los cohetes, y entraron en una plaza francesa de provincias: un restaurante, una *épicerie*, una charcutería, anuncios de Byrrh y de Coca-cola. En la acera, niños acuclillados, guardando botellas de vino de a litro llenas de gasolina robada. Jerry recordó también aquello: lo que había pasado en los bombardeos. Las bombas hacían explotar la gasolina y el resultado era un baño de sangre. Volvería a pasar esta vez. Nadie aprendía nada, nada cambiaba, se barrían los restos por la mañana.

—¡Alto! — dijo Jerry, y le pasó inmediatamente al taxista el trozo de papel en el que había escrito la dirección que le habían dado en la librería de Bangkok. Había pensado aparecer en la plaza de noche, y no a plena luz del día, pero le pareció que daba igual ya.

—*Yaller?* — preguntó el taxista, mirándole sorprendido.

—Eso mismo, amigo.

—*Vous connaissez cette maison?*

—Son amigos míos.

—*A vous? Un ami à vous?*

—Periodista — dijo Jerry, con lo que quedaba explicada cualquier locura.

El taxista se encogió de hombros y enfiló el coche por un largo bulevar, pasó ante la catedral francesa y entró por una calle cenagosa a cuyos lados se alineaban villas con patio que fueron haciéndose más míseras a medida que se aproximaban a las afueras de la ciudad. Jerry le preguntó dos veces al taxista qué tenía de especial aquella dirección, pero el taxista había perdido su simpatía y no quiso contestar a sus preguntas. Cuando se detuvo, insistió en que le pagase y se alejó a toda prisa, con un estruendo de cambios de marcha que parecía de repulsa. Era simplemente una villa más, la mitad inferior oculta tras un muro interrumpido por unas verjas de hierro forjado. Pulsó el timbre y no oyó nada. Intentó forzar la verja, pero no cedía. Oyó abrirse una ventana y creyó ver, al alzar rápidamente la vista, cómo desaparecía tras la rejilla un rostro moreno. Luego, sonó la señal de apertura de la verja y ésta se abrió y Jerry subió unos cuantos escalones, hasta un mirador de mosaico y otra puerta, ésta de sólida teca, con una mirilla para mirar desde el interior, pero no desde fuera. Esperó, luego accionó contundentemente el picaporte, y oyó repicar sus ecos por toda la casa. La puerta era doble, con una juntura en el centro. Apretó la cara contra la juntura y pudo ver una franja de suelo de mosaico y dos escalones, que parecían los últimos de un tramo de escaleras. En el último había dos delicados pies morenos, descalzos, y dos desnudas espinillas, pero no podía ver más arriba de la rodilla.

—¡Hola! — gritó, aún a la juntura —. *Bonjour!* ¡Hola!

Y al ver que las piernas seguían sin moverse, añadió:

—*Je suis un ami de Charlie Mariscal! Madame, Monsieur, je suis un ami anglais de Charlie Mariscal! Je veux lui parler.*

Y sacó un billete de cinco dólares y lo metió por la rendija pero nadie lo cogió, así que lo volvió a sacar y arrancó un trozo de papel de su agenda. Dirigió su mensaje «al capitán C. Mariscal» y se presentó con su nombre como «un periodista inglés con una propuesta de interés mutuo», y añadió la dirección de su hotel. Metió la nota por la rendija, y miró de nuevo las piernas morenas, pero habían desaparecido, así que caminó hasta encontrar un *ciclo* y anduvo en él hasta que encontró un taxi: Y no, gracias, no, gracias, no quería una chica... salvo que, como siempre, la quería.

El hotel se llamaba antes el *Royal.* Pero ahora era el *Phnom.* Ondeaba una bandera en la punta del mástil, pero su *grandeur* parecía ya desesperada. Se inscribió en el hotel y vio carne fresca tomando el sol alrededor de la piscina y pensó una vez más en Lizzie. Para las chicas, aquélla era la escuela dura, y si le había llevado pequeños paquetes a Ricardo, entonces diez a uno a que había pasado por ella. Las más guapas pertenecían a los más ricos y los más ricos eran los comerciantes timadores de Fnom Penh: los contrabandistas del oro y del caucho, los jefes de policía, los duros corsos que hacían tratos con los khmers rojos en plena batalla. Había una carta esperándole, un sobre sin cerrar. El recepcionista, tras leerla él mismo, observó cortésmente a Jerry mientras éste la leía también. Era una invitación de bordes dorados con un emblema de Embajada invitándole a cenar. Su anfitrión era un individuo del que jamás había oído hablar. Desconcertado, dio vuelta a la tarjeta. Detrás había un texto garrapateado que decía: «Conocí a su amigo George del *Guardian*» y, *Guardian* era la palabra clave. Cena y cartas perdidas, pensó; lo que Sarratt llamaba mordazmente la gran desconexión del Ministerio de Asuntos Exteriores.

—*Téléphone?* — preguntó Jerry.

—*Il est foutu, Monsieur.*

—*Electricité?*

—*Aussi foutue, Monsieur, mais nous avons beaucoup de l'eau.*

—¿Keller? — dijo Jerry, con una mueca.

—*Dans la cour, Monsieur.*

Entró en los jardines. Entre la carne había un grupo de corresponsales de guerra, los duros de Fleet Street, bebiendo whisky e intercambiando historias terribles. Eran como los pilotos imberbes de la Batalla de Inglaterra luchando una guerra prestada, y le miraron con colectivo menosprecio por sus aristocráticos orígenes. Uno de ellos llevaba un pañuelo blanco y el pelo lacio garbosamente peinado hacia atrás.

—Dios mío, el Duque — dijo —. ¿Cómo has llegado aquí? ¿Caminando por el Mekong?

Pero Jerry no les quería a ellos, quería a Keller. Keller era un residente. Era norteamericano y Jerry le conocía de otras guerras. Más en concreto, ningún periodista *uitlander* venía a la ciudad sin poner su causa a los pies de Keller y si Jerry quería credibilidad, el sello de Keller se la suministraría y la credibilidad le era cada vez más querida. Encontró a Keller en el aparcamiento: anchos hombros, pelo canoso, una manga de la camisa subida y otra bajada. Estaba allí de pie, con la mano de la manga bajada en el bolsillo, contemplando cómo el chófer de un Mercedes le echaba agua con una manga de riego al interior del coche.

—Max. Super.

—*Estupendo* — dijo Keller, después de mirarle, y luego volvió a su contemplación. A su lado había un par de delgados khmers que parecían fotógrafos de moda, botas altas, pantalones acampanados y cámaras que colgaban sobre resplandecientes camisas desabotonadas. Mientras Jerry miraba, el chófer dejó la manga y empezó a frotar la tapicería con un rollo de gasas del ejército que fueron ennegreciéndose a medida que limpiaba. Otro norteamericano se unió al grupo y Jerry supuso que era el corresponsal local de turno de Keller. Keller consumía bastante aprisa corresponsales.

—¿Qué pasó? — dijo Jerry.

—Un héroe de dos dólares al que alcanzó un proyectil bastante más caro — dijo el corresponsal —. Eso pasó.

Era un pálido sureño que parecía muy divertido con aquello y Jerry se sintió predispuesto a detestarle.

—¿De verdad, Keller? — dijo Jerry.

—Un fotógrafo — dijo Keller.

La agencia de Keller tenía siempre un grupo de fotógrafos. Como todos las agencias grandes. Muchachos camboyanos, como aquellos dos que estaban allí. Les pagaban dos dólares norteamericanos por ir al frente y veinte por cada foto publicada. Jerry había oído que Keller estaba perdiéndolos a un ritmo de uno por semana.

—Le entró por el hombro cuando iba corriendo y agachándose — dijo el corresponsal —. Le salió por la parte baja de la espalda. Le atravesó como si fuera manteca.

El corresponsal parecía impresionado.

—¿Y dónde está? — dijo Jerry, por decir algo, mientras el chófer seguía limpiando y echando agua.

—Muriéndose allá arriba en la carretera. Resulta que hace un par de semanas esos cabrones de la oficina de Nueva York se metieron con lo del servicio médico. Antes los mandábamos a Bangkok. Ahora no. Sí, amigo, ahora no. Allá arriba están tirados en el suelo y tienen que dar propina a los enfermeros para que les lleven agua. ¿Verdad que sí, muchachos?

Los dos camboyanos sonrieron cortésmente.

—¿Quieres algo, Westerby? — preguntó Keller.

Keller tenía una cara grisácea marcada de viruelas. Jerry le conocía sobre todo de los años sesenta, del Congo, donde Keller se había quemado una mano sacando a un chico de un camión. Ahora tenía los dedos pegados como una pata palmeada, pero, por lo demás, parecía el mismo. Jerry recordaba muy bien aquel incidente, porque él sostenía al chico por el otro lado.

—El tebeo quiere que eche un vistazo — dijo Jerry.

—¿Te atreves, todavía?

Jerry se echó a reír y Keller rió también y bebieron whisky en el bar charlando de los viejos tiempos hasta que el coche estuvo listo. En la entrada principal recogieron a una chica que llevaba esperando todo el día, precisamente a Keller, una alta californiana con demasiada cámara y unas piernas largas e inquietas. Como no funcionaban los teléfonos, Jerry insistió en parar en la Embajada británica para poder dar respuesta a la invitación. Keller no fue muy cortés.

—Tú, Westerby, últimamente, eres una especie de espía, o algo así, amañas los reportajes, andas besando el culo a la gente por información confidencial y por una pensión complementaria, ¿eh?

Había quien decía que esa era más o menos la posición de Keller, pero la gente siempre dice cosas.

—Claro — dijo amistosamente Jerry —. Ya llevo años en eso.

Los sacos terreros de la entrada eran nuevos y resplandecían a la desbordante luz del sol nuevas alambradas antigranadas. En el vestíbulo, con esa espeluznante improcedencia que sólo pueden lograr los diplomáticos, habían puesto un cartel doble que recomendaba «Coches Ingleses de Gran Rendimiento» a una ciudad sedienta de gasolina, con alegres fotos de varios modelos inasequibles.

—Le diré al Consejero que ha aceptado usted la invitación — dijo solemnemente el recepcionista.

En el Mercedes, aún había un tibio aroma a sangre, pero el chófer había puesto en marcha el aire acondicionado.

—¿Qué es lo que hacen ahí dentro, Westerby? — preguntó Keller —. ¿Hacen punto, o algo así?

—Algo así — dijo Jerry, sonriendo, para la californiana sobre todo.

Jerry se sentó delante, Keller y la chica atrás.

—Bien. Ahora escucha — dijo Keller.

—De acuerdo — dijo Jerry.

Jerry tenía abierto el cuaderno y escribía mientras Keller hablaba. La chica llevaba falda corta y Jerry y el conductor podían verle los muslos en el espejo. Keller le tenía apoyada la mano buena en la rodilla. La chica se llamaba nada menos que Lorraine y, como Jerry, estaba oficialmente dándose una vuelta por las zonas de guerra para su cadena de diarios del Medio Oeste. Pronto fueron el único coche. Pronto desaparecieron incluso los ciclomotores, quedando campesinos y bicicletas y búfalos y las floridas espesuras del campo que ya se aproximaba.

—Hay mucha lucha en todas las rutas principales — salmodió Keller, casi a velocidad de dictado —. Ataques con cohetes de noche, *plásticos* de día, Lon Nol aún cree que es Dios y la Embajada norteamericana las pasa canutas apoyándole y luego intentando echarle.

Dio estadísticas, datos de pertrechos, bajas, la cuantía de la ayuda norteamericana. Nombró generales de quienes se sabía que estaban vendiendo armas norteamericanas a los khmers rojos y a generales que dirigían ejércitos fantasmas para apropiarse la paga de los soldados, y a otros generales que hacían ambas cosas.

—El lío habitual. Los malos son demasiado débiles para tomar las ciudades, los buenos están demasiado asustados para tomar el campo y sólo quieren luchar los comunistas. Los estudiantes están dispuestos a prender fuego a la ciudad si intentan alistarles para ir al frente, hay motines por la comida todos los días ya, corrupción como si no hubiese futuro, nadie puede vivir con su sueldo. Se hacen fortunas y el país se desangra y muere. Palacio no existe y la Embajada es un manicomio, hay más espías que gente normal y todos pretenden haber descubierto un secreto decisivo. ¿Quieres más?

—¿Qué tiempo le das al asunto?

—Una semana. Diez años.

—¿Y qué me dices de las líneas aéreas?

—Las líneas aéreas son lo único que tenemos. El Mekong no sirve de nada y las carreteras tampoco. Tienen que cubrir todo el campo las líneas aéreas. Hicimos un reportaje sobre eso. ¿Lo viste? Lo hicieron pedazos, Dios mío — le dijo a la chica —. ¿Por qué tengo yo que hacer este resumen para los ingleses?

—Sigue — dijo Jerry, escribiendo.

—Hace seis meses, había en la ciudad cinco líneas aéreas registradas. En los últimos tres meses se han concedido treinta y cuatro nuevas licencias y hay una docena, más o menos, en trámite. El precio vigente es de tres millones de riels para el ministro, personalmente, y dos millones a repartir entre su gente. Menos si pagas en oro, y menos aún si pagas en el extranjero. Vamos por la carretera trece — le dijo a la chica —. Me pareció que te gustaría echarle un vistazo.

—Magnífico — dijo la chica, y apretó las rodillas, atrapando la mano buena de Keller.

Pasaron ante una estatua que tenía los brazos arrancados y, tras ella, la carretera seguía la curva del río.

—Bueno, eso es si aquí Westerby puede aguantarlo — añadió Keller, pensativo.

—Oh, creo que estoy en excelente forma — dijo Jerry y la chica se echó a reír, cambiando de bando por un momento.

—Los khmers rojos han conseguido una nueva posición allí, en aquella orilla, pequeña — explicó Keller, hablando preferentemente para la chica.

Al otro lado de la rápida y sucia corriente, Jerry vio un par de T28, buscando algo que bombardear. Había un fuego, bastante grande, y la columna de humo se elevaba recta al cielo como una piadosa ofrenda.

—¿Y dónde están los chinos ultramarinos? — preguntó Jerry —. En Hong Kong no se oye hablar de esto.

—Los chinos controlan el ochenta por ciento de nuestro comercio, y eso incluye las líneas aéreas, viejas y nuevas. Los camboyanos son perezosos, ¿sabes, pequeña? El camboyano se contenta con sacar provecho de la ayuda norteamericana. Los chinos no son iguales. No, señor, no. A los chinos les gusta trabajar, a los chinos les gusta sacar beneficio de su dinero. Son los que controlan el mercado monetario, tienen el monopolio del transporte, manejan el índice de inflación y manejan nuestra economía de guerra. La guerra se está convirtiendo en una empresa subsidiaria propiedad exclusiva de los chinos de Hong Kong. Oye, Westerby, ¿aún tienes aquella mujer de la que me hablabas, aquella tan guapa, la de los ojos?

—Siguió otro camino — dijo Jerry.

—Qué lástima, parecía cosa buena. Él tenía una mujer estupenda — dijo Keller.

—¿Y qué tal tú? — preguntó Jerry.

Keller afirmó y sonrió mirando a la chica.

—¿Te importa que fume, pequeña? — preguntó, confidencialmente.

En la palmeada extremidad de Keller había un hueco que parecía practicado concretamente para sujetar el cigarrillo, con los bordes ennegrecidos de nicotina. Keller volvió a ponerle a la chica en el muslo la mano buena. La carretera se convirtió en un camino y aparecieron rodadas profundas por donde habían pasado los convoys. Penetraron en un corto túnel de árboles y, al hacerlo, a su derecha empezó a tronar la artillería, y se arquearon los árboles como por un tifón.

—Vaya — gritó la chica—. ¿Podemos ir un poco más despacio?

Y empezó a tirar de las correas de la cámara.

—Como quieras. Artillería de alcance medio — dijo Keller—. Nuestra — añadió, como un chiste.

La chica bajó el cristal de la ventanilla e hizo unas tomas. Seguía el fuego, bailaban los árboles, pero los campesinos del arrozal ni siquiera levantaban la cabeza. Cuando cesó el fuego, siguieron tintineando como un eco los cencerros de los búfalos acuáticos.

El coche continuó. En la cercana orilla del río había dos chicos con una moto vieja, cambalacheando viajes. En el agua, había un montón de chavales entrando y saliendo de un flotador, los cuerpos morenos resplandecientes. La chica los fotografió también.

—¿Aún hablas francés, Westerby? Wester y yo hicimos una cosa juntos en el Congo hace una temporada — le explicó a la chica.

—Lo sé — dijo la chica.

—Los ingleses reciben todos una buena educación, pequeña — explicó Keller.

Jerry no le recordaba tan parlanchín.

—Les educan muy bien, sí — añadió —. ¿Verdad que sí, Westerby? Sobre todo a los lores. ¿eh? Westerby es una especie de lord.

—Sí, tienes razón, muchacho. Somos todos muy cultos. No

como vosotros que sois unos patanes.

—Bueno, entonces habla tú con el chófer. Cuando tengamos que decirle algo, se lo dices tú. Aún no le ha dado tiempo a aprender inglés. Dile que gire a la izquierda.

—*A gauche* — dijo Jerry.

El conductor era un muchacho, pero había ya en él ese aburrimiento típico del guía.

Jerry vio por el espejo que a Keller le temblaba la mano quemada al llevarse el cigarrillo a la boca. Se preguntó si le temblaría siempre. Pasaron por un par de aldeas. Todo estaba muy tranquilo. Jerry pensó en Lizzie y en las cicatrices que tenía en la barbilla. Sintió grandes deseos de hacer algo sencillo con ella, como dar un paseo por los campos ingleses. Craw había dicho que la chica era una suburbanita sin educación. A Jerry le parecía que la chica tenía una fantasía especial con los caballos.

—Westerby.

—¿Sí, amigo?

—Esa cosa que haces con los dedos, lo de tamborilear con ellos. ¿Te importaría dejar de hacerlo? Me saca de quicio. Es algo represivo.

Luego, se volvió a la chica y añadió:

—Llevan años machacando este sitio, pequeña — dijo animadamente —. Años.

Luego, soltó una bocanada de humo.

—Respecto a eso que me decías de las líneas aéreas — sugirió Jerry, disponiéndose a escribir de nuevo —. Dame más datos, anda.

—La mayoría de las empresas operan desde Vientiane, con esos contratos que llaman de ala seca. Incluyen mantenimiento, piloto, desvalorización, pero no combustible. Puede que ya estés enterado de esto. Lo mejor es tener un avión propio. Así tienes las dos cosas. Ordeñas la guerra y puedes largarte cuando llegue el final. Tú fíjate en los chicos, pequeña — le dijo a la californiana, mientras daba otra calada al cigarrillo —. Si hay chicos, no hay problema. Cuando desaparezcan los chicos, mala cosa. Significa que los han escondido. No hay que perder nunca de vista a los críos.

La chica utilizó de nuevo la cámara. Habían llegado a un rudimentario puesto de control. Un par de centinelas se asomaron al pasar ellos, pero el chófer ni siquiera aminoró la marcha. Luego llegaron a una encrucijada, y el chófer paró.

—El río — ordenó Keller —. Dile que siga por el río.

Jerry se lo dijo. El chico pareció sorprenderse: pareció incluso a punto de poner objeciones, pero cambió de idea.

—Chicos en los pueblos — iba diciendo Keller —. Chicos en el frente, no hay ninguna diferencia, sea donde sea los chicos son una especie de veleta. Los khmers rojos llevan a la familia consigo a la guerra como lo más natural del mundo. Si muere el padre, no habrá nada para la familia de todos modos, así que si están allí, pueden quedarse con los militares, y donde están los militares hay comida. Y otra cosa, pequeña, las viudas deben estar cerca para exigir que se certifique la muerte del padre. Es una cosa de interés humano para ti, ¿no, Westerby? Si no el oficial al mando no notifica la muerte y se queda con la paga del fiambre. Apunta, apunta — añadió, viéndola escribir —. Pero no te creas que va a publicarlo nadie. Esta guerra está liquidada. ¿Verdad, Westerby?

—Finito — convino Jerry.

Resultaría divertida aquí también, decidió. Si Lizzie estuviese aquí, sin duda le vería el lado alegre y se reiría. En algún punto, entre tantos personajes falsos, se dijo, tenía que haber un original perdido; se propuso encontrarlo. El chófer paró junto a una vieja y le preguntó algo en khmer, pero la vieja se tapó la cara con las manos y volvió la cabeza a un lado.

—¿Pero por qué demonios hace eso? — gritó furiosa la chica —. ¡No queremos hacerle nada malo!

—Vergüenza — dijo Keller, en un tono liso.

Tras ellos, la artillería disparó otra salva, y fue como un portazo que cerrase el camino de vuelta. Pasaron un *wat* y entraron en una plaza de mercado hecha de casas de madera. Monjes con túnicas de color azafrán les miraron, pero las chicas que atendían los puestos les ignoraron y los niños siguieron jugando con los gallos.

—¿Para qué está entonces el puesto de control? — preguntó la chica mientras fotografiaba —. ¿Estamos ya en lugar peligroso?

—Llegando, pequeña. llegando. Y callate ya.

Delante de ellos, Jerry podía oír el rumor de fuego de armas automáticas. M-16 y AK47 mezclados. De entre los árboles brotó un jeep que enfiló hacia ellos y se desvió en el último segundo, tropezando y saltando en las rodadas. En el mismo momento, se apagó el sol. Hasta entonces, lo habían aceptado como derecho propio, una luz líquida y vívida lavada por las lluvias. Estaban en marzo y era la estación seca, y aquello era Camboya, donde la guerra, como el criquet, sólo se hacía si el tiempo era decente. Pero se amontonaron de pronto nubes negras, se cerraron los árboles a su alrededor como si fuese invierno y las casas de madera se sumergieron en la oscuridad.

—¿Y cómo visten los khmers rojos? —preguntó la chica con voz más apagada—. ¿Tienen *uniformes*?

—Van con plumas y taparrabos —gruñó Keller—. Los hay que van hasta con el culo al aire.

En la risa de Keller, Jerry percibió la misma tensión que en su voz, y vislumbró la mano temblona sosteniendo el pitillo.

—Por Dios, pequeña, visten como los campesinos, sabes. Llevan sólo esos pijamas negros.

—¿Siempre está así de vacío esto?

—Según —dijo Keller.

—Y sandalias Ho Chi Minh —añadió Jerry, distraído.

A un lado del camino, se alzaron en vuelo dos pájaros acuáticos verdes. Sonó como una descarga de la artillería.

—¿Tú tenías una hija, eh Westerby? ¿Qué fue de ella? —dijo Keller.

—Está bien. Perfectamente.

—¿Cómo se llamaba?

—Catherine —dijo Jerry.

—Me parece que estamos alejándonos de donde está la cosa —dijo Lorraine, desilusionada.

Pasaron ante un cadáver viejo sin brazos. Se le habían amontonado las moscas en las heridas de la cara en una lava negra.

—¿Hacen siempre eso? —preguntó la chica intrigada.

—¿El qué, pequeña?

—Quitarles las botas...

—A veces se las quitan, sí, pero otras veces no son de su número —dijo Keller, en otro extraño exabrupto de cólera—. Unas vacas tienen cuernos, otras no, y algunas vacas son caballos. Y ahora cállate, ¿quieres? ¿De dónde eres tú?

—De Santa Bárbara —dijo la chica.

Bruscamente, terminaron los árboles. Doblando una curva, salieron de nuevo a campo abierto, con el río rojizo justo al lado. El chófer paró espontáneamente y luego retrocedió poco a poco hacia los árboles.

—¿Pero dónde va? —preguntó la chica—. ¿Le hemos dicho nosotros que haga esto?

—Creo que le preocupan sus neumáticos, pequeña —dijo Jerry convirtiéndolo en chiste.

—A treinta pavos diarios no me extraña —dijo Keller, haciendo su chiste también.

Habían encontrado una pequeña batalla. Ante ellos, dominando la curva del río, se alzaba una aldea destruida en una calcinada elevación sin un árbol vivo alrededor. Las paredes derruidas eran blancas y sus desmoronados bordes amarillos. Con tan poca vegetación, parecían los restos de un fuerte de la Legión Extranjera y quizás no fueran sino eso. Dentro de las murallas se apiñaban camiones como ante una obra. Oyeron unos cuantos disparos, un leve matraqueo. Parecían cazadores disparando a una bandada de pájaros al atardecer. Parpadearon trazadoras, cayeron tres bombas de mortero, se estremeció el suelo, vibró el coche y el chófer bajó silenciosamente el cristal de la ventanilla de su lado, mientras Jerry bajaba la del suyo. Pero la chica había abierto la puerta de su lado y salía, una pierna clásica tras la otra. Hurgando en una bolsa negra, sacó unas lentes de telefoto, las atornilló en la cámara y estudió la imagen ampliada.

—¿No hay más que eso? — dijo, titubeante —. ¿No vamos a ver también al enemigo? Yo veo sólo a los nuestros y mucho humo sucio.

—Bueno, pero ellos están allí, al otro lado, pequeña — empezó Keller.

—¿Y no podemos verlos? — hubo una breve silencio mientras los dos hombres conferenciaban sin palabras.

—Mira — dijo Keller —. Sólo estamos echando un vistazo general ¿vale, pequeña? Verlo en detalle es muy distinto. ¿Entendido?

—Pues yo creo que estaría muy bien ir a ver al enemigo. Quiero comparar, Max, de veras. Me gusta.

Empezaron a caminar.

A veces, lo haces por no quedar mal, pensaba Jerry. Otras sólo porque es como si no hubieras cumplido tu tarea si no te obligas a pasar un miedo mortal. Otras, vas para recordarte a ti mismo que el sobrevivir es pura suerte. Pero sobre todo vas porque van los demás, por machismo, y porque para pertenecer tienes que compartir. En los viejos tiempos, Jerry quizás lo hubiese hecho por razones más sublimes. Para conocerse: el juego de Hemingway. Para elevar el umbral del miedo ya que en la guerra, como en el amor, el deseo se intensifica. Cuando te han ametrallado, los tiros de fusil parecen una broma. Cuando te han machacado a bombazos, son un juego de niños las ametralladoras, aunque sólo sea porque el impacto de las balas te deja los sesos en su sitio, mientras que con un bombazo estallan y te salen por las orejas. Y la paz: también recordaba eso. En los tragos amargos de la vida (dinero, hijos, mujeres, todo a la deriva) había retenido la sensación de paz que procedía de saber apreciar que su única responsabilidad era la de seguir vivo. Pero esta vez (pensaba), esta vez lo hago por la razón

más estúpida y absurda de todas, por localizar a un piloto droga-
dicto que conoce a un hombre que fue amante de Lizzie Worthington. Iban despacio porque la chica, con su falda corta, no podía
andar muy bien por las resbaladizas rodadas.

—Gran chica — murmuró Keller.

—Tiene madera —convino Jerry, obediente.

Jerry recordó con embarazo que en el Congo solían hacerse con-
fidencias, confesándose sus amores y debilidades. Para no caer, por
lo accidentado del terreno, la chica extendió los brazos, equilibrán-
dose con ellos.

*No apuntes*, pensó Jerry, *no apuntes, por amor de Dios. Por eso
les disparan a los fotógrafos.*

—Sigue andando, pequeña — chilló Keller —. Tú no pienses en
nada. Tú camina. ¿Tú quieres dar la vuelta, Westerby?

Pasaron junto a un muchachito que jugaba solo con unas piedras en la tierra. Jerry se preguntó si sería sordo a las bombas.
Miró atrás. El Mercedes aún seguía aparcado allí junto a los árboles. Delante, distinguió hombres en posiciones de fuego bajas entre
los escombros, más de los que había supuesto. El estruendo aumentó de pronto. En la otra orilla explotaron dos bombas en medio
del fuego. Los T28 intentaban extender las llamas. Una andanada
de rebote cortó la ribera debajo de ellos, levantando polvo y barro.
Un campesino les pasó delante, muy tranquilo, en su bicicleta. Entró en la aldea, la atravesó y salió de ella, dejando atrás lentamente las ruinas y perdiéndose de nuevo entre los árboles. Nadie le
disparó, nadie le detuvo. Podía ser nuestro o ser suyo, pensó Jerry.
A lo mejor estuvo anoche en la ciudad, y tiró un *plástico* en un
cine y ahora se vuelve a casa.

—Dios santo — dijo la chica, con una carcajada —. ¿Por qué no
pensamos *nosotros* en las bicicletas?

Con estruendo de ladrillos que caen retumbó cerca una ráfaga
de ametralladora. Debajo, en la orilla del río, por gracia de Dios,
se alineaba una hilera de manchas de leopardo vacías. Las manchas
de leopardo son pozos de tirador de poca profundidad excavadas
en el barro. Jerry las había localizado ya. Cogió a la chica y la
echó a tierra. Keller ya estaba tumbado. Tendido junto a ella, Jerry
sintió una profunda indiferencia. Mejor una o dos balas allí que lo
de Frost. Los proyectiles alzaban cortinas de barro y saltaban aullando en el camino. Quedaron allí tumbados, esperando que el
fuego cesase. La chica miraba muy entusiasmada a la otra orilla,
sonriendo. Tenía los ojos azules y era rubia y aria. Tras ellos, al
borde del camino, cayó una bomba de mortero y Jerry hubo de

echarla al suelo, por segunda vez. La explosión barrió sobre ellos y cuando pasó, cayeron plumas de tierra como en sacrificio propiciatorio. Pero ella se levantó con la misma sonrisa. Cuando el Pentágono piensa en civilización, pensó Jerry, piensa en ti. En el fuerte, se había recrudecido de pronto el combate. Habían desaparecido los camiones y se había formado una densa nube, los fogonazos y el estruendo de los morteros no cesaban, el fuego ligero de ametralladora lanzaba retos y se les respondía con rapidez creciente. La cara picada de viruelas de Keller salió blanca como la muerte por el borde del pozo de tirador.

—Los khmers rojos los tienen bien cogidos — gritó —. Están en la otra orilla, allí delante, y ahora aparecen por el otro flanco. ¡Deberíamos haber seguido la otra ruta!

Díos mío, pensó Jerry, al volver a él los demás recuerdos. Keller y yo, se dijo, luchamos en una ocasión también por una chica. Intentó acordarse de quién era la chica y quién había ganado.

Esperaron, cesó el fuego. Volvieron al coche y retrocedieron hasta la encrucijada a tiempo de encontrarse con la columna en retirada. A los lados del camino había muchos muertos y heridos, y entre ellos mujeres acuclilladas, abanicando con ramas de palma los inmóviles rostros. Salieron otra vez del coche. Los refugiados tiraban de búfalos y carretillas y unos de otros, chillando a sus cerdos y a sus niños. Una vieja lanzó un grito al ver que la enfocaba la chica con su cámara, creyendo que era un arma. Había sonidos que Jerry no podía situar, como el ring ring de los timbres de las bicis, y algunos gemidos y sonidos que sí podía situar, como el húmedo llanto de los moribundos y el estruendo del fuego de mortero, cada vez más próximo. Keller corrió junto a un camión, intentando dar con un oficial que hablase inglés. Jerry corrió a su lado, gritando las mismas preguntas en francés.

—Al carajo — dijo Keller, aburrido de pronto —. Volvamos a casa.

Luego, en su versión de inglés señoril:

—Esta gente, este ruido.

Volvieron al Mercedes.

Siguieron con la columna un rato; los camiones les echaban del camino y los refugiados golpeaban cortésmente en los cristales de las ventanillas para que les llevaran. Jerry en una ocasión creyó ver a Ansiademuerte el Huno en el asiento de atrás de una moto del ejército. En la bifurcación siguiente, Keller ordenó al chófer girar a la izquierda.

—Más íntimo — dijo, y volvió a ponerle la mano buena en la

rodilla a la chica. Pero Jerry pensaba en Frost en el depósito de cadáveres, en la blancura de sus desencajadas mandíbulas.

—Mi buena madre *siempre* me lo decía — proclamó Keller, con acento rústico —. Hijo, nunca salgas de la selva por el mismo camino que entraste. ¿Pequeña?

—¿Sí?

—Pequeña, acabas de perder el virgo. Mis humildes felicitaciones — y metió la mano un poco más arriba.

A su alrededor, surgió, por todas partes, el estruendo del agua cayendo como si hubiesen estallado muchas cañerías. Cayó un torrente súbito de agua. Pasaron un poblado lleno de gallinas que corrían aturdidas. Había un sillón de barbero vacío allí en medio, bajo la lluvia. Jerry se volvió a Keller.

—Oye, lo de la economía de guerra — dijo, retomando el hilo, mientras los dos se apaciguaban otra vez —; lo de las fuerzas del mercado y demás. ¿Recuerdas la historia?

—Podría hacerse ese reportaje, sí — dijo animoso Keller —. Ya se ha hecho unas cuantas veces. Pero sigue mereciendo la pena hacerlo.

—¿Cuáles son las principales compañías?

Keller nombró unas cuantas.

—¿Indocharter?

—Indocharter es una — dijo Keller.

Jerry lanzó un tiro largo.

—Hay un payaso, un tal Charlie Mariscal, que vuela para ellos. Es medio chino. Me dijeron que hablaría. ¿Le conoces?

—Ca.

Se dio cuenta que no podía ir más lejos.

—¿Qué aparatos usan, en general?

—Lo que consiguen. Dececuatros, lo que sea. No basta con uno, claro. Necesitas dos por lo menos, uno para volar y el otro para repuestos. Es más barato dejar un aparato en tierra e ir despiezándolo que sobornar a los aduaneros para que te den las piezas de repuesto.

—¿Y los beneficios?

—Impublicables.

—¿Corre mucho opio?

—Hay una refinería completa en el Bassac, nada menos. Es como en tiempos de la Prohibición. Puedo prepararte un viaje allí, si andas detrás de eso.

La chica miraba por la ventanilla, contemplaba la lluvia.

—Ya no veo niños, Max — dijo —. Dijiste que había que tener

cuidado cuando no hay niños, ¿no? Bueno, pues llevo un rato mirando y han desaparecido.

El chófer paró.

—Está lloviendo —siguió la chica— y a mí me dijeron que a los niños asiáticos les gusta salir a jugar cuando llueve. Así que, dime, ¿dónde están los niños?

Pero Jerry no atendía a la chica. Agachándose y mirando por el parabrisas, todo al mismo tiempo, vio lo que el chófer había visto, y sintió que se le secaba la garganta.

—Tú eres el jefe, amigo —le dijo muy quedo a Keller—. Es tu coche, tu guerra y tu chica.

Jerry vio angustiado por el espejo que en el rostro de piedra pómez de Keller luchaban la realidad y la incapacidad.

—Hay que seguir hacia ellos despacio —dijo Jerry, cuando ya no pudo esperar más—. *Lentement.*

—Eso es —dijo Keller—. Que haga eso.

A unos cincuenta metros por delante de ellos, envuelto por la lluvia torrencial, había un camión gris atravesado que bloqueaba el camino. Y por el espejo retrovisor, se vio aparecer un segundo camión por detrás, cortándoles la retirada.

—Será mejor que enseñemos las manos —dijo Keller en áspero susurro.

Con su mano buena, bajó el cristal de la ventanilla. La chica y Jerry hicieron lo mismo. Jerry limpió de vaho el parabrisas y puso las manos sobre la guantera. El conductor conducía cogiendo el volante por la parte de arriba.

—No hay que sonreírles ni que hablarles —ordenó Jerry.

—¡Dios santo! —dijo Keller—. ¡Dios santo!

Todos los periodistas de Asia, pensó Jerry, tenían su historia favorita sobre lo que te hacían los khmers rojos y casi todas eran ciertas. Hasta Frost se habría sentido agradecido en aquel momento de su final comparativamente apacible. Jerry conocía periodistas que llevaban veneno, que llevaban hasta un arma oculta, para salvarse precisamente de aquel momento. Si te cogían, sólo podías escapar la primera noche, recordó. Antes de que te quitasen los zapatos y la salud y Dios sabe qué otras partes de ti. Tu única oportunidad, según el folklore, era la primera noche. Se preguntó si debería explicárselo a la chica, pero no quiso herir los sentimientos de Keller. Seguían avanzando en primera, el motor gimiendo. La lluvia caía a chorros sobre el coche, atronaba en la capota, repiqueteaba en el capó, entraba por las ventanillas abiertas. Si nos atascamos estamos perdidos, pensó. El camión que estaba atravesado delante aún no se había movido y no había hasta él más de quince metros. Era un monstruo resplandeciente bajo el chaparrón. Desde la oscuridad de la cabina les observaban flacos rostros. En el último minuto, el camión dio marcha atrás y se metió en el follaje, dejando espacio suficiente para que pasaran. El Mercedes se inclinó. Jerry hubo de agarrarse a la puerta para no caer encima del chófer. Dos ruedas de un lado patinaron, gimieron, se balanceó el capó y estuvieron a punto de chocar con la defensa del camión.

—No tiene matrícula — murmuró Keller —. Dios santo.

—No corra — le dijo Jerry al chófer —. *Toujours lentement*. No encienda los faros.

Jerry seguía mirando por el espejo.

—¿Y ésos eran los pijamas negros? — dijo la chica muy emocionada —. ¿Ni siquiera me habéis dejado que les haga una foto?

Nadie contestó.

—¿Qué querían? ¿A quién querían tender una emboscada? — insistió.

—A otros — dijo Jerry —. A nosotros no.

—A algún vagabundo que viene siguiéndonos — dijo Keller —. Qué más da...

—¿Y no deberíamos avisar a alguien?

—No disponemos de teléfono — dijo Keller.

Oyeron disparos detrás, pero siguieron su camino.

—Esta lluvia de mierda — masculló Keller, medio para sí —. ¿Por qué coño se pone a llover tan de repente?

La lluvia había cesado casi del todo.

—Por amor de Dios, Max — protestó la chica —, dime, si nos tenían tan atrapados, ¿por qué no nos liquidaron?

Antes de que Keller pudiera contestarle, lo hizo por él el chófer en francés, con suavidad y cortesía, aunque sólo Jerry le entendió.

—Cuando quieran venir, vendrán — dijo, sonriéndole a la chica por el espejo —. Cuando llegue el mal tiempo. Cuando los norteamericanos añadan otros cinco metros de hormigón al tejado de su Embajada y los soldados estén acuclillados bajo los capotes debajo de los árboles y los periodistas bebiendo whisky y los generales en la *fumerie*, los khmers rojos saldrán de la selva y nos cortarán el cuello a todos.

—¿Qué dijo? — preguntó Keller —. Traduce, Westerby.

—Sí, ¿qué *fue* lo que dijo? — dijo la chica —. Parecía algo muy bueno, como una proposición, o algo así.

—No pude cubrirme a tiempo — bromeó Jerry —. Disparó demasiado rápido.

Se echaron todos a reír, demasiado ruidosamente, el chófer también.

Y Jerry cayó en la cuenta de que en medio de todo aquello sólo había pensado en Lizzie. Sin olvidar por ello el peligro... más bien al contrario. Como la nueva y gloriosa claridad que ahora les envolvía, Lizzie era el premio de la supervivencia.

En Fnom Penh doraba alegre la piscina el mismo sol. En la ciudad, no había llovido, pero un fatídico cohete había matado a ocho o nueve niñas junto a la escuela femenina. El corresponsal sureño acababa de volver de contarlas.

—¿Qué tal se portó Maxie en el jaleo? — le preguntó a Jerry cuando se encontraron en el vestíbulo —. Parece que tiene un poco flojos los nervios últimamente.

—Quita esa cara de mi vista — le dijo Jerry —. Si no, voy a tener que partírtela.

El sureño se fue, sin dejar de sonreír.

—Podríamos vernos mañana — le dijo la chica a Jerry —. Mañana tengo todo el día libre.

Keller subía tras ella lentamente las escaleras, una figura encorvada, la camisa con una sola manga remangada, apoyándose en la barandilla.

—Podríamos vernos de noche incluso, si tú quieres — dijo Lorraine.

Jerry estuvo un rato sentado en la habitación escribiéndole postales a Cat. Luego fue a la oficina de Max. Tenía que hacerle algunas preguntas más sobre Charlie Mariscal. Además, tenía la impresión de que el buen Max agradecería su compañía. Después de cumplir con su deber, cogió un ciclomotor y se acercó otra vez a la casa de Charlie Mariscal, pero aunque aporreó la puerta y gritó, sólo pudo ver las mismas piernas morenas desnudas e inmóviles al fondo de las escaleras, esta vez a la luz de una vela. Pero la página que había arrancado de su agenda había desaparecido. Volvió a la ciudad y, como le quedaba una hora en blanco, se sentó en la terraza de un café, en una de las cien sillas vacías, y bebió un pernaud largo, recordando otros tiempos en que las chicas de la ciudad pasaban por allí delante en sus carritos de mimbre, murmurando tópicos amorosos en melodioso francés. Aquella noche, la oscuridad sólo se estremecía por algo tan poco amoroso como el esporádico estruendo de la artillería, mientras la ciudad se agachaba esperando el golpe.

Pero lo que mayor temor causaba no eran las bombas, sino el

silencio. Como la propia jungla, aquel silencio, y no la artillería, era el elemento natural de aquel enemigo cada vez más próximo.

Cuando un diplomático quiere hablar, en lo primero que piensa es en comidas, y en los círculos diplomáticos se cenaba pronto por el toque de queda. No era que los diplomáticos estuvieran sometidos a tales horrores, pero todos los diplomáticos del mundo caen en la encantadora presunción de suponer que constituyen un ejemplo... para quién o de qué es algo que ni el propio diablo debe saberlo.

La casa del Consejero estaba situada en una zona llana y frondosa próxima al palacio de Lon Nol. Cuando Jerry llegó, había en la entrada un coche oficial grande descargando a sus ocupantes, vigilado por un jeep lleno de milicianos. O realeza o religión, pensó Jerry mientras salía; pero no eran más que un diplomático norteamericano y su mujer que llegaban para el banquete.

—Vaya, usted debe ser el señor Westerby — dijo su anfitriona.

Era alta y elegante y parecía divertirle la idea de un *periodista,* lo mismo que le divertía cualquiera que no fuese un diplomático, con el rango de Consejero además.

—John se estaba *muriendo* de ganas de conocerle a usted — proclamó alegremente, y Jerry supuso que era para hacerle sentirse cómodo. Continuó escaleras arriba. Su anfitrión estaba al final de las escaleras y era un hombre enjuto de bigote, un poco encorvado y con un aire juvenil que Jerry solía asociar al clero.

—¡Oh, qué bien! Magnífico. Usted es el jugador de criquet, ¿eh? Muy bien. Amigos comunes, ¿verdad? Esta noche no nos permiten utilizar la terraza, lo siento — dijo lanzando una mirada malévola hacia el rincón norteamericano —. Al parecer, la buena gente escasea. Tendremos que cenar bajo techo. ¿Quiere usted comprobar cuál es su sitio?

Y señaló con dedo imperativo un plano de *placement* con marco de piel que indicaba los sitios asignados a los comensales.

—Pase y conocerá a algunas personas. Pero espere un momento.

Y le desvió ligeramente a un lado, pero sólo ligeramente.

—Todo pasa a través de mí, ¿entendido? He dejado eso absolutamente claro. No permita que le arrinconen, ¿entendido? Parece que hay un pequeño *alboroto,* no sé si me entiende. Una cosa local. No es problema suyo.

El norteamericano parecía bajo a primera vista, y era moreno y pulcro, pero cuando se levantó para darle la mano a Jerry, tenía casi su misma estatura. Vestía una chaqueta de tartan de seda cruda y llevaba en la otra mano un radiotransmisor manual en un estuche negro de plástico. Sus ojos castaños reflejaban inteligencia, pero también un respeto excesivo, y cuando se dieron la mano, una voz interior le dijo a Jerry: «Primo».

— Me alegro de conocerle, señor Westerby. Tengo entendido que viene usted de Hong Kong. El gobernador que tienen ustedes allí es muy buen amigo mío. Beckie, éste es el señor Westerby, un amigo del gobernador de Hong Kong y un buen amigo de John, nuestro anfitrión — e indicó a una mujer grande, embridada en plata opaca del mercado local labrada a mano. Sus ropas claras flotaban en una mezcolanza muy asiática.

—Oh, el señor *Westerby* — dijo —. De Hong Kong. *Qué tal.*

Los demás invitados eran un batiburrillo de comerciantes locales. Sus mujeres eran eurasiáticas, francesas y corsas. Un criado hizo sonar un gong de plata. El techo del comedor era de hormigón, pero Jerry percibió que varios ojos se alzaban al entrar para asegurarse. Un tarjetero de plata le indicó que era El «Honorable G. Westerby»; la carta, también enmarcada en plata, le prometió *le roast beef à l'anglaise;* los candelabros de plata sostenían largas velas de aire eclesial; sirvientes camboyanos revoloteaban y desaparecían medio agachados, con bandejas de comida preparada por la mañana, cuando había electricidad. Una beldad francesa muy viajada se sentó a la derecha de Jerry con un pañuelo de encaje entre los pechos. Llevaba otro en la mano y cada vez que comía o bebía se limpiaba con él la boquita. Su tarjeta la declaraba condesa Sylvia.

—*Je suis très, très diplomèe* — le susurró a Jerry, mientras mordisqueaba y se limpiaba —. *J'ai fait la science politique, mécanique et l'éléctricité générale.* En enero me puse mal del corazón. Ahora estoy curada.

—Oh, bueno, yo, yo no estoy cualificado en *nada* — insistió Jerry, exagerando excesivamente la nota irónica —. Sabelotodos que no sabemos nada, eso somos.

Poner esto en francés le llevó un buen rato y aún estaba trabajándolo cuando de algún lugar bastante próximo llegó el estruendo de una ráfaga de ametralladora, demasiado prolongada para la seguridad del ametrallador. No hubo disparos de respuesta. La conversación quedó colgando en el aire.

—Algún imbécil que dispara contra los pecos, seguro — dijo el Consejero y su esposa se echó a reír cordialmente, desde el otro lado de la mesa, como si la guerra fuese un pequeño espectáculo que hubieran organizado ellos para divertir a sus invitados.

Volvió el silencio, más profundo y más preñado de presagios que antes. La pequeña condesa posó el tenedor en el plato y resonó como un tranvía en la noche.

—*Dieu* — dijo.

Todos empezaron a hablar de inmediato. La americana le preguntó a Jerry dónde se había *educado* y una vez aclarado esto, dónde tenía su *casa*, y Jerry dio la dirección de Thurloe Square, la casa de la buena de Pet, porque no le apetecía hablar de la Toscana.

—Nosotros tenemos un terreno en Vermont — dijo ella con firmeza —. Pero aún no hemos construido.

Cayeron dos cohetes a la vez. Jerry calculó que habían caído hacia el este, a menos de un kilómetro. Al echar un vistazo para ver si estaban cerradas las ventanas, notó que los ojos castaños del marido norteamericano se centraban en él con misteriosa urgencia.

—¿Tiene usted planes para mañana, señor Westerby?

—Nada en especial.

—Si podemos hacer algo por usted dígamelo.

—Gracias — dijo Jerry, pero tenía la sensación de que ése no era el asunto concreto.

Un comerciante suizo de inteligente rostro tenía una historia curiosa que contar. Aprovechó la presencia de Jerry para repetirla.

—No hace mucho, toda la ciudad entera se llenó de explosiones, señor Westerby — dijo —. Íbamos a morir todos. Oh, sí, *no había duda*: ¡Esta noche morimos! No faltaba nada: bombas, proyectiles trazadores, todo resplandecía en el cielo, un millón de dólares en municiones, según se supo más tarde. Horas y horas sin parar. Algunos amigos míos se dedicaron a ver a todas sus amistades para despedirse de ellas.

De debajo de la mesa surgió un ejército de hormigas que empezó a desfilar cruzando el mantel de damasco perfectamente lavado, haciendo un cuidadoso giro alrededor de los candelabros de plata y del florero lleno de malvaviscos.

—Los norteamericanos utilizaban incesantemente la radio, saltaban de un lado a otro, todos comprobamos con mucho interés nuestro puesto en la lista de evacuación, pero sucedía una cosa curiosa, ¿sabes?: que funcionaban los teléfonos y que teníamos incluso electricidad. ¿Cuál era en realidad el objetivo? — Todos reían ya histéricamente —. ¡*Ranas!* ¡Ciertas ranas glotonas!

—Sapos — corrigió alguien, pero esto no interrumpió las risas. El diplomático norteamericano, un modelo de cortés autocrítica, aportó el simpático epílogo.

—Los camboyanos tienen una superstición antigua, ¿sabe usted, señor Westerby? Cuando hay eclipse de luna hay que hacer mucho ruido. La gente dispara cohetes y petardos, aporrea cubos y latas o, mejor aún, quema un millón de dólares en municiones. Porque si no se hace esto, en fin, resulta que las ranas se comen la luna. Tendríamos que haberlo sabido, pero no lo sabíamos, y, en consecuencia, hicimos el ridículo, un ridículo horrible — dijo orgullosamente.

—Sí, me temo que cometieron ustedes un grave error, amigos — dijo muy satisfecho el Consejero.

Pero aunque la sonrisa del norteamericano seguía siendo franca y abierta, sus ojos seguían impartiendo algo mucho más agobiante: era como un mensaje entre profesionales.

Alguien habló de los criados, de su asombroso fatalismo. La representación terminó con una deformación aislada, ruidosa y aparentemente muy próxima. La condesa Sylvia buscó la mano de Jerry y la anfitriona sonrió interrogativamente a su marido.

—John, querido — preguntó, en su tono más hospitalario —. ¿Ese proyectil entraba o salía?

—Salía — contestó él con una carcajada —. Oh sí, salía, no hay duda. Si no me crees, pregúntale a tu amigo el periodista. Él ha pasado por unas cuantas guerras, ¿no es así, Westerby?

Y, con esto, volvió el silencio a ellos como un tema prohibido. La dama norteamericana se aferró a aquel terreno suyo de Vermont. Quizás, después de todo, *deberían construir*. Quizás era, en realidad, el momento.

—Quizás debiésemos *escribir* en seguida a aquel arquitecto — dijo.

—Quizás debiéramos hacerlo, sí — convino su marido, y en ese mismo instante, se vieron sumergidos en una auténtica batalla. Sonó muy cerca un prolongado estruendo de artillería ligera que iluminó la colada del patio y ráfagas de un grupo de ametralladoras, veinte por lo menos, atronaron con su fuego sostenido y desesperado. Con los fogonazos, vieron cómo corrían a refugiarse en la casa los criados y por encima del estruendo oyeron órdenes dadas y contestadas, grito por grito, y el enloquecido tintineo de los gongs manuales. Dentro de la estancia, sólo se movió el diplomático norteamericano, que se llevó el transmisor-receptor a los labios, y sacó una antena y murmuró algo antes de llevárselo al oído. Jerry bajó la vista y vio la mano de la condesa confiadamente apoyada en la suya. Sintió luego en el hombro el roce de la mejilla de la condesa. El fuego disminuyó en intensidad. Se oyó retumbar cerca una bomba pequeña. Ninguna vibración, pero las llamas de las velas se inclinaron en un saludo y de la repisa de la chimenea cayeron un par de voluminosas invitaciones que, con un golpe sordo, quedaron inmóviles en el suelo, únicas víctimas identificables. Luego, como un ruido independiente y final, se oyó el estruendo de un avión de un solo motor que despegaba y fue como el llanto lejano de un niño. Le sucedió, como coronación, la tranquila risa del Consejero que le decía a su esposa:

—En fin, esto *no fue* el eclipse, me temo, ¿verdad, Hills? No es ninguna ventaja tener a Lon Nol como vecino. De vez en cuando, uno de sus pilotos se harta de que no le paguen y coge un avión y se lanza a ametrallar Palacio. Querida, ¿por qué no acompañas a las señoras a empolvarse la nariz o a lo que hagáis las señoras?

Está enfadado, concluyó Jerry, percibiendo de nuevo la mirada del norteamericano. Es como un hombre que tiene una misión entre los pobres y tiene que perder el tiempo con los ricos.

* * *

Jerry, el Consejero y el norteamericano estaban ya abajo, en el estudio. El Consejero mostraba ahora una cautela lobuna.

—Bueno, en fin — dijo —. Ahora que les he puesto a los dos en contacto, creo que lo más oportuno es que les deje solos. Hay whisky en el aparador, ¿entendido, Westerby?

—De acuerdo, John — dijo el norteamericano, pero el Consejero pareció no oír.

—Y no olvide, Westerby, que el mandato nos corresponde a *nosotros*, ¿entendido? Nosotros somos los que mantenemos la cama caliente, ¿de acuerdo? — y, con un ademán, desapareció.

El estudio estaba iluminado por velas, y era una habitación masculina y pequeña sin espejos ni cuadros, sólo un techo de teca acanalado y un escritorio verde metálico, y de nuevo la sensación mortecina y quieta de la negrura exterior, aunque los gecos y las ranas toro habrían desbaratado hasta el micrófono más sutil y perfecto.

—Déjeme eso a mí — dijo el norteamericano, interrumpiendo el avance de Jerry hacia el aparador.

Luego, pareció querer demostrar mucho interés en preparar la bebida exactamente al gusto de Jerry:

—Agua o soda, no vaya a estropeárselo — dijo, y añadió, en un tono nervioso y parlanchín, desde el aparador, mientras servía —:

Es dar muchos rodeos para poner en contacto a dos amigos, ¿no le parece?

—Sí, más bien.

—John es un gran tipo, pero es demasiado estricto con el protocolo. Su gente no tiene recursos aquí en este momento, pero tienen ciertos derechos, así que a John le gusta cerciorarse de que no se le escapa la pelota del campo definitivamente. Entiendo perfectamente su punto de vista. Pero las cosas, a veces, se retrasan un poco.

Y, tras decir esto, sacó de la chaqueta de tartán un sobre grande y, con la misma significativa atención de antes, observó cómo Jerry lo abría. El papel tenía una textura aceitosa y fotográfica.

Se oyó gemir a un niño cerca, pero le hicieron callar en seguida. El garaje, pensó Jerry: los criados han llenado el garaje de refugiados y no quieren que lo sepa el Consejero.

EJECUTIVO SAIGÓN *informa Charlie* MARISCAL *rpt MARISCAL tiene previsto volar a Battambang ETA 1930 mañana vía Pailin... DC4 Carvair modificado, insignias Indocharter declaración menciona carga diversa... seguirá ruta a Fnom Penh.*

Luego leyó hora y fecha de transmisión y le azotó una sorda cólera.

Recordó sus paseos del día anterior por Bangkok y su excursión de aquel mismo día con Keller y la chica y, con un «Dios santo», arrojó el papel de nuevo sobre la mesa.

—¿Cuánto tiempo hace que saben esto? Eso no es mañana. ¡Es esta noche!

—Por desgracia, nuestro anfitrión no pudo preparar antes la boda. Tenía un programa social muy apretado. Buena suerte.

Y cogió de nuevo el mensaje, tan furioso como Jerry, se lo guardó en el bolsillo de la chaqueta y desapareció escaleras arriba a reunirse con su mujer, que por entonces admiraba afanosa la insulsa colección de budas robados de la anfitriona.

Jerry se quedó allí sentado, solo. Cayó un cohete, y esta vez era cerca. Se apagaron las velas y el cielo de la noche pareció estallar al fin con la tensión de aquella guerra ilusoria y gilbertiana. Las ametralladoras se incorporaron indiferentes al estruendo. El cuartito vacío con su suelo de mosaico, retumbó y resonó como una caja de resonancia.

Pero cesó el estruendo de nuevo con la misma brusquedad, dejando la ciudad en silencio.

—¿Algún problema, muchacho? —preguntó cordialmente el

Consejero desde la puerta —. Le ha irritado, ¿verdad? Últimamente quieren dirigir el mundo ellos solos, por lo que parece.

—Necesitaré opciones de seis horas — dijo Jerry.

El Consejero no entendía del todo. Después de explicarle de qué se trataba, Jerry se lanzó rápidamente a la noche.

—Consígase un medio de transporte, muchacho, ¿no lo tiene? Es la forma. Si no, dispararán contra usted. Mire por dónde va.

Jerry caminaba de prisa, impulsado por el disgusto y por la rabia. Pasaba ya mucho del toque de queda. No había farolas en las calles ni estrellas. Había desaparecido la luna y el rechinar de las suelas de crepé iba con él como un compañero invisible y molesto. La única luz era la que salía del recinto del Palacio, que quedaba al otro lado de la calle, pero que no llegaba hasta la acera de Jerry. Bloqueaban el interior del recinto altos muros, coronados de altas alambradas, y los cañones antiaéreos brillaban con resplandor de bronce frente al cielo negro y silencioso. Jóvenes soldados dormitaban en grupo y al pasar Jerry junto a ellos resonó un nuevo redoble de gong: el jefe de la guardia mantenía así despiertos a los centinelas. No había tráfico pero los refugiados habían instalado sus propias aldeas nocturnas entre los puestos de vigilancia, en una larga columna que iba siguiendo la acera. Algunos se habían envuelto en tiras de lona oscura, otros tenían catres de tablas y algunos cocinaban con llamitas, aunque sólo Dios sabe qué podrían haber encontrado para comer. Algunos se sentaban en ordenados grupos, unos frente a otros. En un carro de bueyes había una chica tumbada con un muchacho, niños de la edad de Cat la última vez que la había visto en carne y hueso. Pero de cientos de ellos no surgía ni un sonido y, después de haber recorrido un buen trecho, se volvió y miró para asegurarse de que estaban allí. Si estaban, les ocultaban la oscuridad y el silencio. Pensó en la cena. Había tenido lugar en otro país, en otro universo completamente distinto. Él era allí intrascendente, y, sin embargo, de algún modo, había contribuido al desastre.

*Y no olvide que el territorio nos corresponde a nosotros, ¿entendido? Nosotros somos los que mantenemos la cama caliente.*

Empezó a sudar a mares, sin razón aparente, el aire de la noche no le refrescaba en absoluto. La noche era igual de cálida que el día. Delante de él, en la ciudad, estalló despreocupadamente un cohete perdido, luego otros dos. Vienen por los arrozales hasta que nos tienen a tiro, pensó. Se tumban, con sus trozos de tubería y sus pequeñas bombas, luego disparan y corren como diablos hacia la selva. El Palacio quedaba a su espalda. Una batería disparó una salva y por unos segundos pudo ver el camino gracias a los fogonazos. La calle era ancha, un bulevar, y él procuraba seguir por la parte de arriba. De vez en cuando, aparecían los vacíos de las calles laterales que se reproducían con regularidad geométrica. Si se agachaba, podía ver incluso las copas de los árboles retrocediendo en el pálido cielo. Pasó traqueteando un ciclomotor, que se inclinó tambaleante en la curva y tropezando con el bordillo, estabilizándose luego. Pensó en gritarle para que parara, pero prefirió seguir caminando. Una voz masculina le habló dubitativa desde la oscuridad: ... un susurro, nada indiscreto.

—*Bon soir? Monsieur? Bon soir?*

Había centinelas cada cien metros en parejas o aislados, las carabinas sujetas con ambas manos. Sus murmullos llegaban hasta él como invitaciones, pero Jerry era siempre cuidadoso y mantenía las manos bien separadas de los bolsillos, donde pudieran verlas. Algunos, al ver a aquel ojirredondo enorme y sudoroso, se reían y le saludaban con gestos. Otros le paraban a punta de pistola y le miraban concienzudamente a la luz de los faros de las bicis, mientras le hacían preguntas a fin de practicar un poco su francés. Algunos le pedían cigarrillos, y Jerry se los daba. Se quitó la empapada chaqueta y se abrió la camisa hasta la cintura, pero, aún así, el aire no le refrescaba y se volvió a preguntar si no tendría fiebre y si, como la noche anterior en Bangkok, no despertaría en su habitación acuclillado en la oscuridad dispuesto a abrirle la cabeza a alguien con una lámpara de mesa.

Apareció la luna, envuelta en la espuma de las nubes. A su luz, el hotel parecía una fortaleza cerrada. Llegó por fin al muro del jardín y lo siguió por la izquierda, por donde los árboles, hasta que el muro giró otra vez. Tiró la chaqueta por encima y, con dificultad, lo escaló y saltó tras ella. Cruzó el césped hasta las escaleras, abrió la puerta del vestíbulo y retrocedió con una exclamación de disgusto. El vestíbulo estaba absolutamente a oscuras, salvo por un rayo de luna que iluminaba como un foco una inmensa crisálida tejida alrededor de la morena larva desnuda de un cuerpo humano.

—*Vous désirez, Monsieur?* — preguntó suavemente una voz.

Era el vigilante nocturno en su hamaca, dormido bajo un mosquitero.

El muchacho le entregó una llave y una nota y aceptó silencioso la propina. Jerry encendió el mechero y leyó la nota.

*«Querido, estoy en la habitación 28, en soledad completa. Ven a verme. L.»*

Qué demonios, pensó: puede que eso me tranquilice y me se-
rene otra vez. Subió las escaleras hasta la segunda planta, olvidando la terrible banalidad de la chica, pensando sólo en sus largas piernas y en su balanceante trasero cuando caminaba entre las
rodadas por la orilla del río; recordó sus ojos claros y su seriedad
vulgar tan norteamericana, cuando estaba tendida en el pozo de
tirador; pensó sólo en su propio anhelo de contacto humano. ¿Qué
le importaba a él Keller? Abrazar a alguien es existir. Quizás ella
esté asustada también. Llamó a la puerta, esperó, la empujó.

—¿Lorraine? Soy yo. Westerby.

Nada. Avanzó hacia la cama, percibiendo la ausencia de aroma
femenino, no olía siquiera a colorete o a desodorante. Mientras
avanzaba, vio, a la misma luz de la luna, el cuadro aterradoramen-
te familiar de unos vaqueros, unas pesadas botas y una destartalada Olivetti portátil, no muy distinta de la suya.

—Da un paso más y será un delito de violación — dijo Luke,
descorchando la botella que tenía en la mesita.

# 16

# AMIGOS DE CHARLIE MARISCAL

Se fue antes de que amaneciese, tras haber dormido en el suelo de la habitación de Luke. Se llevó la máquina de escribir y una bolsa, aunque esperaba no utilizar ninguna de las dos. Le dejó una nota a Keller, pidiéndole que comunicase a Stubbs por cable que se proponía seguir la historia del asedio en las provincias. Le dolía la espalda de dormir en el suelo y la cabeza de lo que había bebido.

Luke había ido a cubrir la guerra: le habían dado un descanso del Gran Mu en el despacho. Además, Jake Chiu, su iracundo casero, le había echado al fin del apartamento.

—¡Estoy en la indigencia, Westerby! —le había dicho, y se había puesto a dar vueltas por la habitación, gimiendo «en la indigencia», hasta que Jerry, para poder dormir un poco y para que los vecinos no aporreasen las paredes, sacó de la arandela la otra llave de la habitación y se la entregó.

—Hasta que yo vuelva —le advirtió—. Entonces *te largas*. ¿Entendido?

Le preguntó por el asunto de Frost. A Luke se le había olvidado del todo y tuvo que recordárselo. Ah, *aquél*, dijo. *Aquél*. Sí, bueno, decían que había intentado engañar a las sociedades secretas, quizás en unos cien años se aclarase el asunto, aunque, en realidad, ¿qué demonios importaba?

Pero el sueño no había abrazado a Jerry tan fácilmente, ni siquiera entonces. Discutieron el plan del día. Luke se había propuesto hacer lo que Jerry estuviese haciendo. Morir solo era muy aburrido, había insistido. Lo mejor era que se emborrachasen y se buscasen unas putas. Jerry le contestó que tendría que esperar un rato para que los dos pudieran salir juntos, porque él pensaba pasarse el día de pesca, y tenía que ir solo.

—¿Y qué demonios andas pescando? Si hay un reportaje, tenemos que compartirlo. ¿No te di yo lo de Frost gratis? ¿Adónde puedes ir tú que no se admita la presencia del hermano Lukie?

Está bien, había dicho Jerry con acritud. Luego consiguió salir sin despertarle.

Fue primero al mercado, y tomó una *soupe chinoise*, examinando los puestos y los escaparates de las tiendas. Eligió a un joven indio que sólo ofrecía cubos de plástico, botellas de agua y escobas, pero que parecía un comerciante próspero.

—¿Qué más vende usted, amigo?

—Yo, señor, vendo todas las cosas a todos los caballeros.

Estuvieron un rato tanteándose. No, dijo Jerry, no era nada para fumar lo que quería, ni para tragar, nada para esnifar ni para las muñecas tampoco. Y no, gracias, con todos los respetos a las muchas bellas hermanas y primas, y a los jóvenes de su círculo, las otras necesidades de Jerry también estaban cubiertas.

—Entonces, señor, es usted un hombre muy feliz, de lo que me alegro.

—Ando buscando *en realidad* una cosa para un amigo — dijo Jerry.

El muchacho indio miró detenidamente arriba y abajo de la calle y dejó de tantear.

—¿Un amigo *amistoso*, señor?

—No mucho.

Compartieron un ciclomotor. El indio tenía un tío que vendía budas en el mercado de la plata, y el tío una habitación trasera con cerrojos y candados en la puerta. Por treinta dólares norteamericanos, Jerry compró una Walther automática con munición suficiente. La gente de Sarratt, se dijo mientras subía de nuevo en el ciclomotor, caería en colapso profundo si se enterara. Primero, por lo que ellos llamaban atuendo impropio, el más grave de todos los delitos. Segundo, porque ellos sostenían la absurda tesis de que las armas cortas daban más problemas que beneficios. Pero habrían sufrido un colapso aún mayor si Jerry hubiese pasado su Webley de Hong Kong por aduana a Bangkok y de allí a Fnom Penh, así que creía que podían considerarse afortunados, porque él no estaba dispuesto a meterse en aquello desnudo, fuese cual fuese su doctrina favorita de la semana. En el aeropuerto no había ningún avión para Battambang, pero no había nunca avión para ningún sitio. Allí estaban los reactores del arroz todos plateados, que entraban y salían aullando por la pista, y estaban construyendo nuevos *revetêments* tras la lluvia de cohetes de la noche. Jerry vio cómo llegaba la tierra en camiones y vio a los *coolies* que llenaban afanosamente con ella unas cajas de municiones. En otra vida, decidió, me meteré

en el negocio de la arena y me dedicaré a vendérsela a las ciudades
sitiadas.

En la sala de espera, había un grupo de azafatas tomando café
entre risas, y se unió jovialmente a ellas. Una chica alta que hablaba inglés hizo un gesto de duda y desapareció con cinco dólares
y el pasaporte de Jerry.

—*C'est impossible* — le aseguraron todos, mientras esperaban a
su compañera—. *C'est tout occupé.*

La chica volvió sonriendo.

—El piloto es *muy* quisquilloso — dijo—. Si usted no le hubiese gustado, no le llevaría. Pero le enseñé su foto y ha aceptado
*sobrecargar.* Sólo le permiten llevar treinta y una *personas,* pero,
de todos modos, le llevará a usted. Lo hará por amistad si usted
le da mil quinientos riels.

El avión estaba vacío en dos tercios. Y los agujeros de balas
de las alas lloraban rocío como si fuesen heridas sin vendar.

Battambang era, por entonces, la ciudad más segura que quedaba en el menguante archipiélago de Lon Nol, y la última granja
de Fnom Penh. Volaron durante una hora sobre territorio supuestamente infestado de khmers rojos sin ver un alma. Mientras daban vueltas sobre el aeropuerto, alguien disparó perezosamente desde los arrozales y el piloto hizo un par de protocolarias maniobras
para evitar los proyectiles, pero a Jerry le interesaba más observar
la disposición del terreno antes del aterrizaje: los aparcamientos,
las pistas civiles y las militares, el recinto alambrado donde estaban
los cobertizos de carga. Aterrizaron en una atmósfera de bucólica
prosperidad. Crecían las flores alrededor de los puestos artilleros, corrían entre los agujeros de las bombas gordas gallinas, abundaban
el agua y la electricidad, aunque un telegrama a Fnom Penh tardase
ya una semana.

Jerry actuó muy cautelosamente. Su tendencia instintiva al di-
simulo era más fuerte que nunca. *El honorable Gerald Westerby,
el distinguido plumífero, informa sobre la economía de guerra.*
Cuando se tiene mi estatura, amigo, hay que tener muy buenas razones para hacer lo que uno haga. Así que, como se dice en la
jerga, soltó humo. En la sección de información, observado por
varios hombres silenciosos, preguntó los nombres de los hoteles mejores de la ciudad y anotó un par de ellos mientras seguía examinando la distribución de aviones y edificios. En su recorrido de una
oficina a otra fue preguntando qué servicios había para enviar partes de prensa por vía aérea a Fnom Penh y nadie tenía la menor

idea. Prosiguiendo con su discreto reconocimiento del terreno, esgrimió generosamente su tarjeta cablegráfica e inquirió cómo se iba al palacio del gobernador, indicando implícitamente que quizás tuviese negocios que tratar con el gran hombre en persona. Era ya por entonces el periodista más distinguido que había aparecido por Battambang. Al mismo tiempo, fue fijándose en las puertas que tenían el letrero de «personal» y las que tenían el de «privado», y la situación de los servicios de caballeros, para poder luego, una vez fuera de allí, trazar un plano esquemático de toda la zona, determinando en especial las salidas que daban a la parte alambrada del aeropuerto. Preguntó, por último, qué pilotos estaban en aquel momento en la ciudad. Tenía amistad con varios, dijo, así que el plan más simple (en caso de que resultase necesario) probablemente fuera pedirle a uno de ellos que llevase su artículo en la valija de vuelo. Una azafata dio nombres de una lista y mientras lo hacía, Jerry giró un poco la lista y leyó el resto. Estaba incluido el vuelo de Indocharter, pero no se mencionaba ningún piloto.

—¿El capitán Andreas sigue volando aún para Indocharter? — preguntó.

—*Le capitaine qui? Monsieur?*

—Andreas. Le llamábamos André. Un tipo bajo, llevaba siempre gafas oscuras. Hacía la ruta de Kampong Cham.

La azafata negó con un gesto. Los únicos que volaban para Indocharter eran el capitán Mariscal y el capitán Ricardo, dijo, pero el capitán Ric había muerto en un accidente. Jerry fingió una absoluta indiferencia, pero se cercioró, de pasada, de que el Carvair del capitán Mariscal debía despegar por la tarde, tal como se indicaba en el mensaje de la noche anterior, pero no había espacio de carga disponible, estaba todo ocupado, como pasaba siempre con Indocharter.

—¿Sabe dónde puedo localizarle?

—El capitán Mariscal no vuela nunca por la mañana, Monsieur.

Cogió un taxi para ir a la ciudad. El mejor hotel era una especie de cobertizo infestado de pulgas, situado en la calle principal. La calle, por su parte, era estrecha, hedionda y ensordecedora, una arteria principal de ciudad asiática en crecimiento, machacada por la algarabía de las Hondas y atestada de frustrados Mercedes de los nuevos ricos. Siguiendo con su cobertura, cogió una habitación y la pagó por adelantado, incluyendo el «servicio especial», que era algo tan poco exótico como sábanas limpias y no las que llevaban aún las señales de otros cuerpos. Al taxista le dijo que volviese al

cabo de una hora. Por puro hábito, se procuró una factura hincha-
da. Se duchó, se cambió y escuchó cortésmente al botones que le
explicó por dónde habría de subir para entrar después del toque
de queda, luego salió a desayunar, porque aún eran sólo las nueve
de la mañana.

Llevó consigo la máquina de escribir y la bolsa. No veía a ningún ojirredondo. Vio cesteros, vendedores de pieles y vendedores
de fruta y, una vez más, las inevitables botellas de gasolina robada
alineadas en la acera esperando que un ataque las hiciera estallar.
En un espejo que colgaba de un árbol, vio a un dentista extraer
dientes a un paciente atado a una silla alta, y vio que el dentista
añadía un diente de rojiza punta, con la mayor solemnidad, al hilo
en que se exhibía la pesca del día. Jerry anotó ostentosamente todas
estas cosas en su cuaderno, como un celoso cronista del panorama
social de la ciudad. Y desde un café de acera, mientras tomaba cerveza fría y pescado fresco, vigiló las sucias oficinas semiencristala-
das que había al otro lado de la calle, y que lucían el letrero «Indocharter», esperando que llegara alguien y abriera la puerta. Nadie
lo hizo. *El capitán Mariscal nunca vuela por la mañana, Monsieur.*
En una botica especializada en bicis para niños, compró un rollo
de esparadrapo y volvió a la habitación del hotel, donde se sujetó
con el esparadrapo la pistola a las costillas para no llevarla balanceándose en el cinturón. Equipado así, el intrépido periodista
se lanzó a ampliar su cobertura... lo cual a veces, en la psicología
de un agente de campo, no es más que un acto gratuito de autole-
gitimación, cuando empieza a acechar el peligro.

El gobernador vivía en las afueras de la ciudad, tras un mirador y pórticos coloniales franceses, y disponía de un secretariado
de setenta individuos, por lo menos. El inmenso vestíbulo de hormigón daba a una sala de espera aún no terminada, y a unas oficinas mucho más pequeñas que había detrás, a una de las cuales
le llevaron, tras una espera de cincuenta minutos, a la diminuta
presencia de un camboyano chiquitín vestido de negro enviado por
Fnom Penh para tratar con los apestosos corresponsales. Se decía
que era hijo de un general y que manejaba la sucursal de Battambang del negocio de opio de la familia. El escritorio era demasiado
grande para él. Había por allí varios ayudantes, todos muy serios.
Uno llevaba un uniforme con muchas medallas. Jerry pidió información y escuchó una retahíla de sueños encantadores: que el enemigo comunista estaba casi derrotado; que se estaba hablando muy
en serio de abrir otra vez toda la red viaria nacional; que el turis-
mo era la industria más floreciente de la provincia. El hijo del ge-

neral hablaba despacio, en un hermoso francés y era evidente que
le proporcionaba gran placer oírse a sí mismo pues mantenía los
ojos semicerrados y sonreía mientras hablaba, como si escuchase
una música muy querida.

—Y debo terminar, Monsieur, con unas palabras de advertencia a su país. ¿Es usted norteamericano?

—Inglés.

—Es lo mismo. Dígale usted a su Gobierno, señor, que si no
nos ayudan a seguir la lucha contra los comunistas, recurriremos a
los rusos y les pediremos que les sustituyan a ustedes en nuestra
lucha.

Ay madre, pensó Jerry. Ay, muchacho. Ay Dios.

—Transmitiré ese mensaje — prometió, y se dispuso a irse.

—*Un instant, Monsieur* — dijo el alto funcionario con viveza,
y hubo un pequeño revuelo entre sus adormilados cortesanos. Abrió
un cajón y sacó una voluminosa carpeta. El testamento de Frost,
pensó Jerry. Mi sentencia de muerte. Sellos para Cat.

—¿Es usted escritor?

—Sí.

Ko me está echando el guante. Esta noche el calabozo, y mañana despertaré con el cuello rebanado.

—¿Fue usted a la Sorbona, Monsieur? — inquirió el oficial.

—A Oxford.

—¿Oxford está en Londres?

—Sí.

—Entonces habrá leído usted a los grandes poetas franceses,
Monsieur.

—Con profundo placer — replicó fervorosamente Jerry.

Los cortesanos tenían un aire sumamente grave.

—Entonces quizás quiera usted favorecerme con su opinión sobre los siguientes versos, *Monsieur.*

Y el diminuto oficial empezó a leer en voz alta, en su majestuoso francés, dirigiendo lentamente con la mano.

> *Deux amants assis sur la terre*
> *Regardaient la mer,*

empezó, y continuó con unos veinte penosísimos versos más que
Jerry escuchó perplejo.

—*Voilà* — dijo al fin el oficial, dejando a un lado la carpeta —.
*Vous l'aimez?* — preguntó, fijando la mirada severamente en una
zona neutral de la estancia.

—*Superbe* — dijo Jerry en un arrebato de entusiasmo —. *Merveilleux*. Una gran sensibilidad.

—¿De quién diría usted que son?

Jerry asió un nombre al azar.

—¿De Lamartine?

El funcionario negó con un cabeceo. Los cortesanos miraban a Jerry aún más atentamente.

—¿Victor Hugo? — aventuró Jerry.

—Son míos — dijo el oficial, y con un suspiro volvió a colocar los poemas en el cajón.

Los cortesanos se relajaron.

—Procuren que este literato disponga de todas las facilidades en su tarea — ordenó.


Jerry volvió al aeropuerto y se encontró con un caos peligroso y desconcertante. Los Mercedes corrían arriba y abajo por la vía de acceso como si alguien hubiera invadido su nido, la parte frontal del recinto era un remolino de faros, motos y sirenas; y el vestíbulo, cuando consiguió que le dejaran pasar los del puesto de control, estaba atestado de individuos asustados que pugnaban por leer los tableros de avisos, se gritaban unos a otros y escuchaban los atronantes altavoces, todo al mismo tiempo. Jerry logró abrirse paso hasta la oficina de información y la encontró cerrada. Saltó al mostrador y vio las pistas a través de un agujero que había en el tablero protector. Por la pista vacía corría un pelotón de soldados armados hacia un grupo de mástiles blancos de los que colgaban banderas nacionales, inmóviles en el aire quieto. Bajaron dos a media asta y, dentro del vestíbulo, los altavoces se interrumpieron a sí mismos para lanzar unos cuantos compases atronadores del himno nacional. Jerry buscó entre las inquietas cabezas alguien con quien poder hablar. Eligió al fin a un flaco misionero de amarillento pelo a cepillo y gafas que llevaba una cruz de plata de unos quince centímetros prendida al bolsillo de su camisa oscura. Tenía al lado a un par de camboyanos de aire triste y cuello clerical.

—*Vous parlez français?*

—¡Sí, pero también inglés!

Un tono correctivo y melodioso. Jerry pensó que debía ser danés.

—Soy periodista. ¿Qué es lo que pasa? — tuvo que decirlo a voz en grito.

—Han cerrado el aeropuerto de Fnom Penh — aulló en respuesta el misionero —. No pueden salir ni entrar aviones.

—¿Por qué?

—Los khmers rojos han volado el depósito de municiones del aeropuerto. La ciudad quedará incomunicada hasta mañana por lo menos.

El altavoz empezó a parlotear de nuevo. Los dos sacerdotes escucharon. El misionero se inclinó casi hasta doblarse por la mitad para captar su cuchicheada traducción.

—Han causado grandes daños y ya han destrozado media docena de aviones. ¡Oh sí! Los han destruido por completo. Las autoridades sospechan también sabotaje. Puede que hayan cogido además algunos prisioneros. Pero bueno, ¿por qué han instalado un depósito de municiones en el aeropuerto? Era algo peligrosísimo. ¿Cuál es el motivo?

—Buena pregunta —convino Jerry.

Cruzó el vestíbulo. Su plan maestro quedaba abortado, como solía pasar con todos sus planes maestros. La puerta de «sólo personal», estaba guardada por un par de trituradores muy serios y, dada la tensión, no vio posibilidades de abrirse camino por allí. La multitud empujaba hacia la salida de pasajeros, donde el acosado personal de tierra se negaba a aceptar las tarjetas de embarque y la acosada policía se veía asediada con cartas de *Laissez passer* destinadas a poner a las personas importantes fuera de su alcance. Jerry se dejó arrastrar. A un lado, chillaba un grupo de comerciantes franceses pidiendo el reembolso del dinero de los billetes, y los más veteranos empezaban a acomodarse para pasar allí la noche. Pero el centro empujaba y vigilaba e intercambiaba nuevos rumores, y el impulso fue llevándole con firmeza hacia adelante. Al llegar al fondo, Jerry sacó discretamente su tarjeta cablegráfica y saltó la improvisada barrera. El policía jefe era delgado y estaba a cubierto y miró desdeñoso a Jerry mientras sus subordinados trabajaban. Jerry se fue recto hacia él, balanceando la bolsa en una mano y le puso la tarjeta cablegráfica en las narices.

—*Securité americaine* —gritó en un francés horrible, y con un bufido a los dos hombres de las puertas de batientes, se lanzó hacia la pista y siguió caminando, mientras su espalda esperaba continuamente una orden de alto o un tiro de aviso o, en la atmósfera despreocupada de la guerra, un tiro que no fuese siquiera de aviso.

Caminaba con denuedo, con agria autoridad, balanceando la bolsa, estilo Sarratt, para distraer. Delante de él (sesenta metros, pronto cincuenta) había una hilera de aviones militares de entrenamiento, de un solo motor, sin insignias. Más allá, estaba el recinto enrejado y los cobertizos de carga, numerados del nueve al dieciocho, y, más allá de los cobertizos de carga, Jerry vio un grupo de

hangares y de zonas de aparcamiento, con el letrero de prohibido
el paso prácticamente en todos los idiomas salvo el chino. Cuando
llegó donde estaban los aparatos de entrenamiento, siguió caminando ante ellos con paso imperioso, como si estuviera haciendo una
inspección. Estaban inmovilizados con ladrillos sobre cables. Reduciendo el paso, pero sin detenerse, tanteó malhumorado un ladrillo
con la bota de cabritilla, tiró de un alerón y movió la cabeza. Un
grupo de artilleros antiaéreos le miraban indolentes desde su puesto, rodeado de sacos terreros, a la izquierda.

—Qu'est ce que vous faîtes?

Jerry se volvió a medias y haciendo bocina con las manos gritó:
«¡Mirad al cielo, por amor de Dios!», en buen norteamericano, señalando malhumoradamente el cielo y siguió andando hasta llegar
a la zona enrejada. Estaba abierta y vio ante sí los cobertizos. En
cuanto los pasara, quedaría fuera del campo de visión de la terminal y de la torre de control. Caminaba sobre un suelo de hormigón
desmigajado con hierba en las fisuras. No se veía a nadie. Los
cobertizos eran de tablas, unos diez metros de largo por tres de
alto, con techos de palma. Llegó al primero. Sobre las ventanas
había un letrero que decía «Bombas de fragmentación sin espole-
ta». Un camino de tierra apisonada llevaba a los hangares que
había al otro lado. A través del hueco, Jerry atisbó los colores
chillones de los aviones de carga que estaban aparcados allí.

—Te cacé —murmuró Jerry, cuando ya llegaba al lado seguro
de los cobertizos, porque allí, ante él, claro como el día, como una
visión del enemigo tras meses de marcha en solitario, vio un destartalado Carvair DC4 gris y azul, gordo como una rana, aposen-
tado sobre el desmigajado asfalto con el cono del morro abierto.
Goteaba el aceite en una lluvia negra y rápida de ambos motores
de estribor y había un chino larguirucho de gorra de marinero
llena de insignias militares fumando debajo del compartimiento de
carga mientras hacía inventario. Dos *coolies* iban y venían con
sacos y un tercero manejaba el viejo montacargas. A sus pies, escar-
baban malhumoradas las gallinas. Y en el fuselaje, en un rojo llameante sobre los desvaídos colores hípicos de Drake Ko, se veían
las letras OCHART. Las demás habían desaparecido en un trabajo
de reparación.

*¡Oh, Charlie es indestructible, absolutamente inmortal! Charlie
Mariscal, señor Tiu, un individuo fantástico, medio chino, todo piel
huesos y opio, y un piloto de primera...*

Mejor que lo sea, amigo, pensó Jerry con un escalofrío, mientras los *coolies* cargaban saco tras saco, por el morro abierto, en

la abollada panza del avión.

*El Sancho Panza de toda la vida del reverendo Ricardo, Señoría,* había dicho Craw, ampliando la descripción de Lizzie. *Es medio chow como ya os ha dicho esa buena señora, y un orgulloso veterano de varias guerras inútiles.*

Jerry se quedó quieto, sin hacer tentativa alguna de ocultarse, balanceando la bolsa y con la mueca de disculpa de pobre inglés perdido. Los *coolies* parecían converger ahora en el avión desde varios puntos distintos a la vez: había bastante más de dos. Dándoles la espalda, Jerry repitió su rutina de caminar siguiendo la hilera de cobertizos, lo mismo que había caminado antes ante la hilera de aviones de adiestramiento, o por el pasillo camino del despacho de Frost, atisbando por las rendijas de las tablas y no viendo más que alguna caja rota de cuando en cuando. *El permiso para operar desde Battambang cuesta medio millón de dólares norteamericanos, renovables,* había dicho Keller. ¿Quién puede pagarse una nueva decoración tras esos precios? La hilera de cobertizos se interrumpió y Jerry se encontró con cuatro camiones del ejército cargados hasta arriba de fruta, verdura y sacos de arpillera sin etiquetar. Había dos soldados en cada camión que les pasaban los sacos de arpillera a los *coolies.* Lo razonable habría sido arrimar la parte trasera de los camiones al aparato, pero prevalecía una atmósfera de discreción. *Al ejército de tierra le gusta participar en las cosas,* había dicho Keller. *La marina puede sacar millones de un convoy del Mekong, las fuerzas aéreas están bastante bien surtidas; los bombarderos transportan fruta y los helicópteros pueden sacar por vía aérea a los chinos ricos de las ciudades cercadas en vez de sacar a los heridos. Los chicos que combaten andan con un poco de hambre porque tienen que aterrizar donde despegan. Pero los del ejército de tierra han de arañar lo que pueden para poder vivir.*

Jerry estaba ya más cerca del avión y podía oír los chillidos de Charlie Mariscal dando órdenes a los *coolies.*

Empezaron otra vez los cobertizos. El número dieciocho tenía puertas dobles y el nombre *Indocharter* escrito con pintura verde en vertical, de modo que, a cierta distancia, las letras parecían caracteres chinos. En el sombrío interior, había una pareja de campesinos chinos acuclillados en el suelo de tierra. Sobre el tranquilo pie del viejo se apoyaba la cabeza de un cerdo atado. Sus otras posesiones eran un largo paquete de juncos meticulosamente atados con cuerdas. Parecía un cadáver. En un rincón había una jarra de agua con dos cuencos de arroz al lado. No había más cosas en el cobertizo. «Bienvenido a la sala de espera de Indocharter», pensó Jerry. Con las costillas empapadas de sudor, fue siguiendo la hilera de *coolies* hasta que llegó adonde estaba Charlie Mariscal, que seguía gritando en khmer, mientras con temblorosa pluma reseñaba cada paquete de carga en el inventario.

Llevaba una camisa de manga corta de un blanco aceitoso con suficientes tiras doradas en las hombreras como para hacerle general de cualquier fuerza aérea. Llevaba prendidas en el peto de la camisa dos insignias de combate norteamericanas, en medio de una asombrosa colección de medallas y estrellas rojas comunistas. Una de las insignias decía: «Mata a un comunista por Cristo» y la otra: «Cristo era, en el fondo, un capitalista.» Tenía la cabeza vuelta hacia abajo y la cara oscurecida por la sombra de su inmensa gorra marinera, que le caía libremente sobre las orejas. Jerry esperó a que alzara la vista. Los *coolies* estaban ya gritándole que continuase, pero Charlie Mariscal mantenía la cabeza tercamente baja, mientras cotejaba y escribía en el inventario y les chillaba furioso.

—Capitán Mariscal, estoy haciendo un reportaje sobre Ricardo para un periódico de Londres — dijo tranquilamente Jerry —. Quiero ir con usted hasta Fnom Penh y hacerle algunas preguntas.

Y, mientras le decía esto, posó suavemente el volumen de *Candide* encima del inventario, con tres billetes de cien dólares saliendo del libro en un discreto abanico. Cuando quieras que un hombre mire hacia un lado, dicen en la escuela de ilusionistas de Sarratt, has de señalarle siempre al otro.

—Me dijeron que le gustaba a usted Voltaire — añadió.

—A mí no me gusta nadie — replicó Charlie Mariscal en un áspero falsete, mirando el inventario, mientras la gorra se le bajaba aún más sobre la cara —. Odio a todo el género humano, ¿me ha entendido?

Su vituperio, pese a su cadencia china, era inconfundiblemente franco-norteamericano.

—¡Dios mío, odio tanto a la humanidad que si ella no se da prisa en hacerse pedazos sola me compraré personalmente unas cuantas bombas e iré a por ella yo mismo!

Había perdido su público. Jerry iba ya por la mitad de la escalerilla de acero antes de que Charlie Mariscal hubiese terminado de exponer su tesis.

—¡Voltaire no sabía nada de nada! — gritó, dirigiéndose al coolie siguiente —. Combatió en una guerra equivocada, ¿me oyes?

¡Ponlo allí, idiota perezoso, y coge otro puñado! *Dépêche-toi, crétin, oui?*

Pero, de todos modos, se metió a Voltaire en el bolsillo de atrás de sus anchos pantalones.

El interior del avión era oscuro y espacioso y fresco como una catedral. Habían quitado los asientos y habían adosado a las paredes estanterías verdes perforadas como de mecano. Colgaban del techo cerdos en canal y gallinas de Guinea. El resto de la carga estaba almacenado en el pasillo, desde el extremo de la cola, lo que produjo cierta aprensión a Jerry pensando en el despegue, y consistía en frutas y verduras y los sacos de arpillera que Jerry había visto en los camiones del ejército, etiquetados como «grano», «arroz» y «harina», en letras lo bastante grandes para que pudiese leerlo hasta el agente de narcóticos más iletrado. Pero el pegajoso olor a levadura y melazas que llenaba ya la cabina de carga no necesitaba ninguna etiqueta. Algunos de los sacos habían sido colocados en círculo para dejar una zona donde los compañeros de viaje de Jerry pudieran sentarse. Los principales eran dos chinos austeros, vestidos de gris, muy pobremente, y, por su similitud y su tímida superioridad, Jerry dedujo de inmediato que eran especialistas de algún tipo. Recordó los especialistas en explosivos y los pianistas a los que había transbordado algunas veces, ingratamente, introduciéndolos en terreno peligroso o sacándolos de él. Junto a ellos, pero respetuosamente aparte, fumaban sentados, y comían de sus cuencos de arroz, cuatro montañeses armados hasta los dientes. Jerry los supuso meos o de alguna de las tribus shanes de las fronteras norte, donde tenía su ejército el padre de Charlie Mariscal, y, por su aire despreocupado, dedujo también que debían formar parte del servicio de guardia permanente. En una clase completamente independiente, se sentaba gente de más calidad: el propio coronel de artillería que había suministrado atentamente el medio de transporte y la escolta, y su compañero, un alto funcionario de aduanas, sin los cuales, no habría podido hacerse nada. Estaban majestuosamente acomodados en el pasillo, en sillas especiales, observando orgullosos cómo se desarrollaba la operación de carga, y vestían sus mejores uniformes, tal como la ceremonia exigía.

Había un miembro más del grupo y estaba solo, acechando encima de las cajas de cola, la cabeza casi pegándole en el techo, y resultaba imposible distinguirle con detalle. Estaba sentado allí con una botella de whisky para él solo, y un vaso incluso. Llevaba una gorra tipo Fidel Castro y barba cerrada. En los brazos oscuros le brillaban cadenillas de oro, de las que por entonces llamaban (todos, salvo los que las usaban) brazaletes de la CIA, en base al feliz supuesto de que un hombre aislado en un país hostil podía comprar el camino hacia la seguridad dando una cadenilla cada vez. Pero había en sus ojos, mientras observaban a Jerry a lo largo del cañón bien aceitado de un rifle automático AK47, un brillo fijo. «Estaba cubriéndome por el cono del morro», pensó Jerry. «Me tenía encañonado desde el momento en que salí del cobertizo.»

Los dos chinos eran cocineros, decidió en un momento de inspiración: *cocineros* era el equivalente en jerga a químico. Keller había dicho que las líneas aéreas del opio habían pasado a introducir el material en crudo para refinarlo en Fnom Penh, pero que les había costado muchísimo trabajo convencer a los cocineros para que fuesen a trabajar allí en condiciones de asedio.

—¡Eh tú! ¡Voltaire!

Jerry se apresuró a acercarse al borde de la cabina de carga. Miró hacia abajo y vio a la pareja de viejos campesinos de pie al fondo de la escalerilla y a Charlie Mariscal intentando sujetarles el cerdo mientras empujaba a la vieja escalerilla arriba.

—Cuando llegue arriba, échale una mano, ¿me oyes? — dijo, sosteniendo el cerdo en los brazos —. Si cae y se rompe el culo, tendremos muchos más problemas con esos cabrones. ¿Eres uno de esos héroes chiflados de narcóticos, Voltaire?

—No.

—Bueno, cógela bien, ¿me has oído?

La vieja empezó a subir la escalerilla. Cuando llevaba subidos unos cuantos escalones, empezó a croar y Charlie Mariscal consiguió meterse el cerdo debajo del brazo y darle un buen empujón en el trasero mientras le chillaba en chino. El marido subió tras ella y Jerry ayudó a ambos a alcanzar la seguridad de la cabina. Por último, apareció la cabeza de payaso del propio Charlie Mariscal y, aunque estaba anegada por la gorra, Jerry tuvo la primera visión de la cara que iba debajo: esquelética y oscura, con soñolientos ojos chinos y un gran boca francesa que se retorcía en todas direcciones cuando gritaba. Empujó adentro el cerdo, Jerry lo cogió y se lo llevó, chillando y debatiéndose, a los viejos campesinos. Luego Charlie aupó a bordo su enjuta figura, como una araña que saliera de un desagüe. Inmediatamente, el funcionario de aduanas y el coronel de artillería se levantaron, se limpiaron los traseros del uniforme y avanzaron con viveza por el pasillo hacia el individuo de la gorra estilo Fidel Castro que estaba acuclillado en las sombras sobre las cajas de la carga. Llegaron hasta donde estaba y esperaron respetuosos como acólitos que llevasen la ofrenda al altar.

Relumbraron los brazaletes, un brazo descendió, una vez, dos, y cayó un devoto silencio mientras los dos hombres contaban cuidadosamente un montón de billetes de Banco y todo el mundo observaba. Casi al unísono, volvieron a la escalerilla, donde les esperaba Charlie Mariscal con la declaración de carga. El funcionario de aduanas la firmó, el coronel de artillería echó un vistazo aprobatorio y luego ambos saludaron y desaparecieron escalerilla abajo. El cono del morro giró vibrante hasta una posición de casi cierre, Charlie Mariscal le dio una patada, echó una esterilla por encima de la rendija y se dirigió luego rápidamente, pasando sobre las cajas hasta una escalerilla interior que llevaba a la cabina. Jerry escaló tras él y después de acomodarse en el asiento del copiloto, resumió silenciosamente sus bendiciones. «Llevamos una sobrecarga de unas quinientas toneladas. Perdemos aceite. Llevamos un cuerpo de guardia armado. Tenemos prohibido despegar. Tenemos prohibido aterrizar, el aeropuerto de Fnom Penh probablemente tenga un agujero del tamaño de Buckinghamshire. Tenemos hora y media de khmers rojos entre nosotros y la salvación. Y si alguien se enfada con nosotros en el otro lado, habrán pillado al super agente Westerby con las bragas en los tobillos y con unos doscientos sacos de opio en crudo en las manos.»

—¿Sabes pilotar esto? —gritó Charlie Mariscal, mientras golpeaba una hilera de mohosos conmutadores—. ¿Eres por casualidad un gran héroe del aire, Voltaire?

—No me gusta nada volar.

—Tampoco a mí.

Charlie Mariscal acertó a una inmensa mosca que zumbaba alrededor del parabrisas, luego encendió uno a uno los motores, hasta que todo el aparato empezó a traquetear y temblequear como un autobús de Londres en su último viaje de vuelta Clapham Hill arriba. Gorjeó la radio y Charlie Mariscal se tomó un minuto para dar una orden obscena a la torre de control, primero en khmer y luego, según la mejor tradición aeronáutica, en inglés. Se dirigieron luego hacia el lejano final de la pista, pasaron ante un par de instalaciones artilleras y, por un momento, Jerry esperó que alguien abriese fuego contra el fuselaje hasta que recordó, con gratitud, al coronel del ejército y sus camiones y su pago. Apareció otra mosca y esta vez Jerry se encargó de liquidarla. El avión no parecía adquirir velocidad alguna, pero la mitad de los instrumentos marcaban cero, así que no podía estar seguro. El estruendo de las rue-

das sobre la pista parecía más escandaloso que los motores. Jerry
recordó al chófer del viejo Sambo cuando le llevaba al colegio: el
avance lento e inevitable por la vía de circunvalación hacia Slugh
y finalmente Eton.

Dos de los montañeses habían acudido a ver la diversión y se
morían de risa. Avanzó hacia ellos saltando un grupo de palmeras
pero el avión mantuvo firmemente asentados los pies en el suelo.
Charlie Mariscal echó hacia atrás la palanca con aire ausente y
retiró el tren de aterrizaje. Dudando si se había alzado realmente
el morro, Jerry pensó de nuevo en el colegio, y en cuando com-
petía en el salto de longitud, y recordó la misma sensación de no
elevarse y, sin embargo, de dejar de estar sobre la tierra. Sintió el
impacto y oyó el chasquido de hojas cuando la parte inferior del
aparato rebanó las puntas de los árboles. Charlie Mariscal insul-
taba al avión chillándole que se elevase de una vez en el aire, y
durante siglos no tomaron altura alguna, sino que siguieron colgando y retumbando a unos metros por encima de una serpenteante
carretera que subía inexorable hacia una cordillera. Charlie Mariscal estaba encendiendo un cigarrillo, así que Jerry se encargó del
volante que tenía frente a sí y sintió el impacto vivo del timón.
Charlie Mariscal recuperó los controles y enfiló el aparato hacia un
suave talud que ascendía por el punto más bajo de la cordillera.
Mantuvo el giro, coronó la cordillera y continuó hasta hacer un
círculo completo. Cuando miraron hacia abajo, hacia los oscuros
tejados y hacia el río y el aeropuerto, Jerry calculó que se hallaban
a una altura de unos trescientos metros. Para Charlie Mariscal era
una cómoda altitud de crucero, pues se quitó por fin la gorra y, con
el aire del hombre que ha hecho bien un buen trabajo, se premió con
un gran vaso de whisky de la botella que tenía a sus pies. Bajo
ellos, se agolpaba la oscuridad, y la tierra parda se desvanecía suavemente en tonos malva.

—Gracias —dijo Jerry, aceptando la botella—. Sí, creo que
me apetece.

Jerry empezó con una pequeña charla... si es posible tal cosa
cuando uno tiene que hablar a gritos.

—Los khmers rojos acaban de volar el depósito de municiones
del aeropuerto —aulló—. No se puede aterrizar ni despegar.

—¿Han hecho eso? —por primera vez desde que Jerry le conocía, Charlie Mariscal parecía a la vez impresionado y complacido.

—Dicen que Ricardo y tú fuisteis grandes camaradas.

—Lo bombardeamos todo. Matamos ya a la mitad del género

humano. Vemos más gente muerta que gente viva: La llanura de los Jarros, Da Nang, somos unos héroes tan magníficos que cuando nos muramos bajará Jesucristo personalmente con un helicóptero para sacarnos de la selva.

—¡Me dijeron que Ricardo era muy bueno para los negocios!

—¡Cómo no! ¡No hay nadie mejor que él! ¿Sabes cuántas compañías llegamos a tener, Ricardo y yo? Seis. Teníamos fundaciones en Liechtenstein, empresas en Ginebra, conseguimos un director de Banco en las Antillas holandesas, abogados, Jesús. ¿Sabes cuánto dinero gané? — se dio una palmada en el bolsillo de atrás —. Trescientos dólares norteamericanos, exactamente. Charlie Mariscal y Ricardo mataron los dos solos a la mitad del género humano. Nadie nos da un céntimo. Mi padre mató a la otra mitad y consiguió hacer mucho dinero, *muchísimo*. Ricardo siempre andaba con planes locos, siempre. Casquillos de bala. Dios mío. ¡Vamos a pagarle a la gente para que recoja todos los casquillos y a venderlos para la guerra siguiente!

El morro se inclinó hacia abajo y Charlie volvió a elevarlo con un obsceno taco en francés.

—¡Látex! ¡Íbamos a robar todo el látex de Kampong Cham! Vamos a Kampong Cham. En grandes helicópteros, con cruces rojas. ¿Y qué hacemos? Sacamos a los condenados heridos. Estate quieto, cabrón de mierda, ¿me has oído?

Hablaba de nuevo para el aparato. Jerry vio de pronto en el cono del morro una larga hilera de agujeros de bala no demasiado bien tapada. *Rasgue por aquí*, pensó absurdamente.

—Cabello humano. Íbamos a hacernos millonarios vendiendo pelo. Todas las chicas tontas de las aldeas y pueblos se dejaban el pelo muy largo y nosotros se lo cortaríamos y lo llevaríamos a Bangkok para hacer pelucas.

—¿Quién pagó las deudas de Ricardo para que pudiera volar con Indocharter?

—¡Nadie!

—A mí me dijeron que había sido Drake Ko.

—Jamás he oído hablar de Drake Ko. En mi lecho de muerte se lo digo a mi madre, a mi padre: «Charlie el bastardo, el chico del general, no ha oído hablar de Drake Ko en toda su vida.»

—¿Qué hizo Ricardo por Ko tan especial para que Ko pagara todas sus deudas?

Charlie Mariscal bebió un trago de whisky directamente de la botella y luego se la pasó a Jerry. Sus manos descarnadas temblaban escandalosamente siempre que las separaba de la palanca, y le manaba la nariz constantemente. Jerry se preguntó por cuántas pipas al día andaría. En Luang Prabang había conocido a un hotelero corso *pied-noir* que necesitaba sesenta para hacer una buena jornada de trabajo. *El capitán Mariscal nunca vuela por las mañanas,* pensó.

—Los norteamericanos siempre tienen prisa — se quejó Charlie Mariscal con un cabeceo —. ¿Sabes por qué tenemos que llevar este material ahora a Fnom Penh? Porque todo el mundo anda impaciente. En estos tiempos, todo el mundo quiere un efecto rápido. Nadie pierde el tiempo fumando. Todos quieren conectarse en seguida. Si uno quiere matar al género humano, tiene que tomarse su tiempo, ¿me oyes?

Jerry probó otra vez. Uno de los cuatro motores se había parado, pero otro había iniciado un aullido como de un silenciador roto, así que tuvo que chillar aún más fuerte que antes.

—¿Qué hizo Ricardo para que pagasen por él todo aquel dinero? — repitió.

—Oye, Voltaire, mira, a mí no me gusta la política, soy sólo un simple traficante de opio, ¿me entiendes? Si te gusta la política, vuelve allá abajo y habla con esos shanes locos. «Las ideas políticas no se pueden comer. No puedes acostarte con ellas. No puedes fumártelas.» Él se lo dijo a mi padre.

—¿Quién?

—Drake Ko se lo dijo a mi padre, mi padre me lo dijo a mí ¡y yo se lo digo a todo el maldito género humano! Drake Ko es un filósofo, ¿me oyes?

El avión había empezado a descender de modo constante por razones propias, hasta llegar a menos de cien metros de los arrozales. Vieron una aldea y fuegos de cocinas y aldeanos corriendo precipitadamente hacia los árboles, y Jerry se preguntó muy en serio si Charlie Mariscal se habría dado cuenta. Pero en el último minuto, como un paciente *jockey,* tiró y se encorvó y logró al fin que el caballo alzase la cabeza y los dos tomaron más whisky.

—¿Tú le conoces bien?

—¿A quién?

—A Ko.

—No le he visto en mi vida, Voltaire. Si quieres hablar de Drake Ko, vete a preguntarle a mi padre. Te corta el cuello.

—¿Y qué me dices de Tiu? Dime, ¿quiénes son esa pareja del cerdo? — gritó Jerry, para mantener viva la conversación mientras Charlie volvía a coger la botella para echar otro trago.

—Son haws, de allá, de Chiang Mai. Estaban muy preocupados por el piojoso de su hijo que está en Fnom Penh. Creen que está muriéndose de hambre y por eso le llevan el cerdo.

—¿Y qué me dices de Tiu?

—No he oído hablar en mi vida del señor Tiu, ¿entendido?

—A Ricardo le vieron en Chiang Mai hace tres meses — gritó Jerry.

—Sí, bueno, Ric es un imbécil rematado — dijo Charlie Mariscal con cierto apasionamiento —. Ric tiene que largarse de Chiang Mai porque si no le sacarán a tiros de allí. Si alguien está muerto, tiene que mantener la boca cerrada, ¿me entiendes? Siempre se lo digo: Ric, tú eres mi socio. Mantén la boca cerrada y no alces el culo, porque si no, cierta gente va a enfadarse mucho contigo.

El avión penetró en una nube e inmediatamente empezaron a perder altura muy de prisa. La lluvia corría sobre el techo de hierro y bajaba por el interior de las ventanillas. Charlie Mariscal accionó arriba y abajo algunas palancas. Brotó un pitido del cuadro de mandos y se encendieron un par de lucecitas, que los tacos que soltó el piloto no pudieron apagar. Para asombro de Jerry, empezaron a subir de nuevo, aunque, como estaban metidos en aquella nube en movimiento, no podía determinar con exactitud el ángulo. Miró hacia atrás para comprobar a tiempo de vislumbrar la barbuda figura del moreno pagador de la gorra a lo Fidel Castro que bajaba por la escalerilla de la cabina, sujetando su AK47 por el cañón. Siguieron subiendo, cesó la lluvia y les rodeó la noche como otro país. Brotaron de pronto las estrellas arriba, traquetearon por encima de las hendiduras de las cimas de las nubes iluminadas por la luna, se elevaron de nuevo, la nube desapareció definitivamente y Charlie Mariscal se puso la gorra y comunicó que los dos motores de estribor habían dejado ya de jugar papel alguno en las festividades. En ese momento de respiro, Jerry formuló su pregunta más disparatada:

—¿Y dónde está ahora Ricardo, amigo? Tengo que encontrarle, ¿sabes? Prometí a mi periódico que hablaría con él. No puedo desilusionarles, ¿comprendes?

Charlie Mariscal tenía casi cerrados los soñolientos ojos. Estaba sentado en un semitrance, la cabeza apoyada en el asiento y la gorra sobre la nariz.

—¿Cómo, Voltaire? ¿Has dicho algo?

—¿Dónde está ahora Ricardo?

—¿Ric? — repitió Charlie Mariscal, mirando a Jerry con expresión de asombro —. ¿Dónde está Ricardo, Voltaire?

—Eso es, amigo. ¿Dónde está? Me gustaría tener una charla

con él. Para eso eran los trescientos billetes. Hay otros quinientos
si puedes encontrar tiempo para presentármelo.

Reviviendo bruscamente, Charlie Mariscal sacó el *Candide* y lo
posó con fuerza en el regazo de Jerry mientras se entregaba a un
furioso arrebato.

—Yo no sé *nunca* dónde está Ricardo, ¿me has oído? No quiero tener un amigo en toda mi vida. Si viese a ese chiflado de Ricardo, le metería un par de balas en los huevos en la misma calle.
¿Me has entendido? Él, muerto. Así que puede seguir muerto hasta
que se muera. Le explicó a todo el mundo que le habían matado.
¡Así que me parece que por una vez en mi vida, voy a creer lo
que dice ese cabrón!

Enfilando furioso el avión hacia la nube, lo dejó descender hacia
los lentos fogonazos de las baterías artilleras de Fnom Penh para
hacer un perfecto aterrizaje de tres puntos en lo que para Jerry
era total oscuridad. Esperó el estruendo del fuego de ametralladora
de las defensas de tierra, esperó la desagradable caída libre al meterse de morro en un cráter gigantesco, pero todo lo que pudo ver,
súbitamente, fue un *revêtement* recién colocado de las cajas de municiones rellenas de barro habituales, brazos abiertos pálidamente
iluminados, esperando para recibirles. Mientras avanzaban hacia
él, un jeep pardo se plantó ante ellos con una luz verde parpadeando en la parte trasera, como una luz intermitente que se apagase
y encendiese a mano. El avión saltaba ya sobre la hierba. Junto al
*revêtement*, Jerry distinguió un par de camiones verdes y un prieto
círculo de individuos que esperaban, y que miraban ávidos hacia
ellos, y detrás, la oscura sombra de un bimotor deportivo. Pararon
y Jerry oyó a la vez el chasquido del cono de morro al abrirse, que
llegaba de la cabina de carga, debajo de su ático, seguido del repiqueteo de pies en la escalerilla de hierro y rápidas voces llamando
y contestando. La rapidez de su desembarco le cogió por sorpresa.
Pero oyó algo más que le hizo estremecerse y bajar a toda prisa
las escaleras hacia la panza del avión.

—¡Ricardo! —gritó—. ¡Para! ¡Ricardo!

Pero los únicos pasajeros que quedaban era la pareja de viejos
campesinos aferrados a su cerdo y a su paquete. Se lanzó por la
escalerilla, se dejó caer y sintió un estremecimiento en la columna
al llegar al asfalto. El jeep había salido ya con los cocineros chinos
y su cuerpo de guardia montañés. Mientras corría Jerry pudo ver
cómo el jeep salía hacia una de las salidas del recinto del aeropuerto. La cruzó, dos centinelas cerraron las verjas y volvieron a
situarse en la misma posición que antes. Tras él, el personal de

tierra de casco se acercaba ya al Carvair. Aparecieron un par de camiones con policías y, por un instante, el occidental tonto que había en Jerry se sintió tentado por la idea de que podrían estar jugando algún papel represor, hasta que se dio cuenta de que eran la guardia de honor que se utilizaba en Fnom Penh para recibir un cargamento de opio de tres toneladas. Pero su vista se centraba en un solo individuo, y éste era el hombre alto y barbudo de la gorra Fidel Castro y el AK47 y la marcada cojera que resonó como un redoble de tambor irregular cuando la suela de goma de sus botas de vuelo repiqueteó escalerilla abajo. Jerry le vio justo unos instantes. La puerta del pequeño Beechcraft le esperaba abierta y había dos miembros del personal de tierra preparados para ayudarle a entrar. Cuando llegó junto a ellos, extendieron las manos para sostenerle el rifle, pero Ricardo les apartó. Se había vuelto y estaba buscando a Jerry. Por un segundo, se miraron. Jerry estaba cayendo y Ricardo alzaba el rifle, y durante unos veinte segundos, Jerry revivió su vida desde el nacimiento hasta aquel mismo instante mientras unos cuantos proyectiles más rasgaban y gemían por el aeropuerto asolado por la guerra. Cuando Jerry alzó de nuevo la vista, el fuego había cesado. Ricardo estaba dentro del avión y sus auxiliares retiraban ya las cuñas. Mientras el pequeño aparato se elevaba entre los fogonazos, Jerry corrió como un diablo hacia la parte más oscura del recinto antes de que algún otro decidiese que su presencia obstaculizaba el buen comercio.

*Sólo una riña de amantes,* se dijo, sentándose en el taxi, mientras sostenía las manos sobre la cabeza e intentaba eliminar el desacompasado temblor del pecho. Eso es lo que sacas en limpio por intentar andar jugando con un viejo amante de Lizzie Worthington.

Cayó un cohete cerca, pero Jerry no hizo el menor caso.

Le concedió a Charlie Mariscal dos horas, aunque se daba cuenta de que una era ya un plazo generoso. Aunque pasaba ya del toque de queda, la crisis del día no había concluido con la oscuridad, había controles de tráfico en toda la ruta hasta Fnom Penh y los centinelas empuñaban las metralletas dispuestos a disparar en en cualquier momento. En la plaza, dos hombres se gritaban uno al otro a la luz de unas antorchas ante una multitud. Por el bulevar, un poco más abajo, unos soldados rodeaban una casa iluminada con reflectores, y estaban apoyados contra la pared de la misma casa, con las armas dispuestas. El taxista dijo que la policía secreta había hecho una detención allí. Un coronel y sus ayudantes estaban aún dentro con un supuesto agitador. Había tanques en el patio del hotel y Jerry se encontró en su dormitorio a Luke tumbado en la cama, bebiendo tranquilamente.

—¿Hay agua? — preguntó Jerry.

—Sí.

Abrió los grifos del baño y empezó a desvestirse hasta que recordó la pistola.

—¿Cablegrafiaste? — preguntó.

—Sí — dijo Luke —. Y tú también.

—Ja, ja.

—Yo le envié un cable a Stubbie a tu nombre, a través de Keller.

—¿El reportaje del aeropuerto?

Luke le entregó una hoja suelta.

—Añadí un poco de auténtico colorido Westerby. Cómo florecen los capullos en el cementerio, cosas así. Eso a Stubbie le encanta.

—Gracias, hombre.

En el baño, Jerry se quitó la pistola y la guardó en el bolsillo de la chaqueta para tenerla más a mano en caso de que tuviera que utilizarla.

—¿A dónde vamos esta noche? — dijo Luke, a través de la puerta cerrada.

—A ningún sitio.

—¿Qué coño quieres decir con eso?

—Tengo una cita.

—¿Una mujer?

—Sí.

—Llévate a Lukie. Tres en una cama.

Jerry se sumergió gratamente en el agua tibia.

—No.

—Llámala. Dile que busque una puta para Lukie. Oye, tenemos a esa zorra de abajo, la de Santa Bárbara. Yo no soy orgulloso. La llevaré.

—No.

—Por amor de Dios — gritó Luke, ya en serio —. ¿Por qué coño no quieres que vaya?

Se había acercado a la puerta cerrada para manifestar su protesta.

—Amigo, tienes que dejarme en paz — le aconsejó Jerry —. De veras, te quiero mucho, pero no lo eres todo para mí, ¿entendido? Así que déjame en paz.

—Tienes una espina en el trasero, ¿eh? — largo silencio —.

Bueno, está bien, procura que no te vuelen el culo de un zambombazo, socio, está la noche muy terrible fuera.

Cuando Jerry volvió al dormitorio, Luke estaba en la cama en
posición fetal mirando a la pared y bebiendo metódicamente.

—Sabes que eres peor que una maldita mujer — le dijo Jerry,
parándose a la puerta para mirarle.

Toda aquella conversación pueril habría quedado por completo
olvidada de no ser por el giro que tomarían luego los acontecimientos.


Esta vez, Jerry no se molestó en utilizar el timbre de las verjas. Trepó por la pared y se arañó las manos en los trozos de cristal de arriba. Tampoco se dirigió a la puerta de entrada de la
casa, ni cumplió con el rito de contemplar las piernas morenas en
el fondo de la escalera. Se quedó, por el contrario, en el jardín, y
esperó a que se desvaneciese el ruido de su pesado aterrizaje y a
que sus ojos y oídos captasen algún signo de vida en la gran villa
que se perfilaba sombría sobre él con la luna detrás.

El coche llegó sin luces y salieron dos individuos de él, camboyanos por su estatura y su calma. Pulsaron el timbre de las verjas y, en la puerta de entrada de la casa, murmuraron la consigna
mágica por la rendija y fueron instantánea y silenciosamente admi-
tidos. Jerry intentó determinar la distribución. Le desconcertaba el
que no le llegase ningún aroma delator ni de la parte frontal de la
casa ni por la parte del jardín, donde estaba. No había viento. Jer-
rry sabía que el secreto era algo vital para un gran *divan*, no porque la ley fuese punitiva, sino porque lo eran los sobornos. La villa
poseía una chimenea y un patio y dos plantas: Una casa para vivir cómodamente como *colon* francés, con una pequeña familia de
concubinas y de niños mestizos. La cocina, calculó, debía desti-
narse a la preparación. El lugar más seguro para fumar sin duda
sería el piso de arriba, en las habitaciones que daban al patio.
Y dado que no llegaba olor alguno de la puerta de entrada, Jerry
llegó a la conclusión de que utilizaban la parte trasera del patio
en vez de las alas o la fachada principal.

Caminó silenciosamente hasta llegar a la valla que marcaba el
límite posterior. Estaba muy frondosa, llena de flores y enredade-
ras. Una ventana enrejada le proporcionó un primer apoyo para
su bota de cabritilla, una cañería que sobresalía el segundo, y el
ventilador de un extractor el tercero, y cuando escaló por encima
de él hasta la galería superior, captó el olor que esperaba: cálido
y dulce y tentador. En la galería, no había luz alguna aún, aunque

las dos chicas camboyanas que estaban acuclilladas allí se veían claramente a la luz de la luna, y Jerry pudo ver sus ojos asustados clavarse en él cuando apareció como caído del cielo. Les hizo señas de que se levantaran, las hizo caminar delante de él, guiado por el olor. Había cesado el bombardeo, dejando la noche para los gecos. Jerry recordó que a los camboyanos les gustaba jugar y hacer cálculos y pronósticos basándose en el número de veces que piaban: mañana será un día de suerte; mañana no; mañana me echaré novia; no, pasado mañana. Las chicas eran muy jóvenes y debían estar esperando allí a que los clientes mandaran a por ellas. En la puerta de juncos vacilaron y volvieron la vista hacia él, acongojadas. Jerry les hizo una seña y empezaron a apartar capas de esterillas hasta que brilló en la galería una luz no más fuerte que la de una vela. Jerry entró, con las chicas delante.

La estancia debía haber servido antes como dormitorio del amo, con una segunda habitación, más pequeña, que se comunicaba con ella. Le echó la mano por el hombro a una chica. La otra les siguió sumisa. En la primera habitación había doce clientes, todos hombres. Entre ellos habían algunas chicas cuchicheando. *Coolies* descalzos servían, moviéndose con mucha parsimonia, yendo de un cuerpo reclinado al siguiente, formando una bolita en la aguja, encendiéndola y sosteniéndola sobre la cazoleta de la pipa mientras el cliente aspiraba firme y prolongadamente y la bolita se consumía. La conversación era lenta y en murmullos, muy íntima, quebrada por suaves rizos de gratas risas. Jerry reconoció al suizo de cara inteligente que estaba en la cena del Consejero. Charlaba con un camboyano gordo. Nadie se interesó por Jerry. Las chicas le legitimaban, lo mismo que lo habían hecho las orquídeas en el bloque de apartamentos de Lizie Worthington.

—Charlie Mariscal —dijo quedamente Jerry.

Uno de los *coolies* señaló la habitación contigua. Jerry pidió a las dos chicas que se fueran. La segunda habitación era más pequeña y Mariscal estaba tumbado en el rincón, con una chica china de complicado *cheongsan*, acuclillada sobre él, preparándole la pipa. Jerry supuso que era la hija del dueño del establecimiento y que Charlie Mariscal recibía un tratamiento especial debido a que era a la vez un *habitué* y un suministrador. Se arrodilló al otro lado de él. Un viejo miraba desde la puerta. La chica también miraba, con la pipa aún en la mano.

—¿Qué quieres, Voltaire? ¿Por qué no me dejas en paz?

—Sólo un paseíto, amigo. Luego puedes volver.

Jerry le alzó con suavidad, cogiéndole del brazo, ayudado por la chica.

—¿Cuánto ha tomado? — le preguntó a la chica.

La chica alzó tres dedos.

—¿Y cuántas suele fumar? — preguntó Jerry.

La chica bajó la cabeza, sonriendo. Muchísimo más, quería decir.

Charlie Mariscal caminaba temblequeante al principio, pero cuando llegaron a la galería, ya estaba en condiciones de discutir, así que Jerry le cogió en brazos, llevándole como si fuera la víctima de un incendio por las escaleras de madera abajo y cruzando el patio con él. El viejo les hizo una diligente reverencia desde la puerta principal, un sonriente *coolie* les abrió las verjas que daban a la calle y era evidente que los dos estaban muy agradecidos de que Jerry mostrase tanto tacto. Habían recorrido unos cincuenta metros cuando de pronto aparecieron un par de muchachos chinos que se echaron sobre ellos gritando y esgrimiendo palos como pequeños remos. Jerry puso de pie a Charlie Mariscal, sujetándole con la mano izquierda con fuerza, y dejó al primer chico que golpeara, desvió el palo y luego le pegó no muy fuerte justo debajo de un ojo. El chico escapó corriendo y su amigo tras él. Sin soltar a Charlie Mariscal, Jerry siguió caminando hasta que llegaron al río, y en una zona bastante oscura, hizo que se sentase como una muñeca en la orilla, sobre la hierba seca y cenagosa.

—¿Vas a volarme los sesos, Voltaire?

—Eso se lo dejaremos al opio, amigo — dijo Jerry.

A Jerry le agradaba Charlie Mariscal y en un mundo perfecto le habría gustado pasar la velada con él en la *fumerie* y oír la historia de su desdichada pero extraordinaria vida. Pero ahora su puño asía implacable el delgado brazo de Charlie Mariscal por si se le pasaba por la hueca cabeza la loca idea de salir por piernas. Pues Jerry tenía la sensación de que Charlie podía correr muy deprisa si se veía en una situación desesperada. Se medio tumbó, por tanto, de modo muy parecido a como lo había hecho entre la montaña mágica de posesiones en la casa de la vieja Pet, sobre la cadera izquierda y el codo izquierdo, inmovilizando en el barro la muñeca de Charlie Mariscal, que estaba tumbado de espaldas. Les llegaba del río, a sólo unos diez metros por debajo de ellos, el cuchicheante rumor de los sampanes que se deslizaban como largas hojas sobre el dorado sendero lunar del agua. Del cielo llegaban (por detrás unas veces y otras por delante) los fogonazos esporádicos que

lanzaba la artillería de defensa cuando algún comandante aburrido
decidía justificar su existencia. De vez en cuando, de mucho más
cerca, llegaba el zambombazo más agudo y brillante de la respuesta de los khmers rojos, pero eran de nuevo únicamente pequeños
intermedios a la algarabía de los gecos y al silencio más profundo
de después. A la luz de la luna, Jerry miró el reloj y luego el rostro enloquecido de Charlie Mariscal, intentando calcular la intensidad de su angustia. Es como la hora de comer de un bebé, pensó.
Si Charlie fumaba de noche y dormía de mañana, sus necesidades
tendrían que hacerse patentes en seguida. La humedad de su rostro resultaba ya ultraterrena. Fluía de los gruesos poros, de los ojos
rasgados, de la manante y gimiente nariz. Se canalizaba meticulosamente siguiendo los marcados surcos, estableciendo netas reservas
en las cavernas.

—Dios santo, Voltaire. Ricardo es amigo mío. Un gran filósofo,
ese tipo, sí. Tú quieres oírle hablar, Voltaire. Quieres conocer sus
ideas.

—Sí — confirmó Jerry —. Quiero.

Charlie Mariscal asió la mano de Jerry.

—Voltaire, son buena gente, ¿me oyes? El señor Tiu... Drake
Ko. No quieren hacer daño a nadie. Quieren hacer un negocio.
¡Tienen algo que vender y consiguen gente que lo compre! ¡Es un
servicio! No le rompen a nadie el cuenco del arroz. ¿Por qué quieres fastidiarles? Tú eres también un buen muchacho. Me di cuenta. Cogiste el cerdo del viejo, ¿no? ¿Quién ha visto que un ojirredondo coja el cerdo de un ojirrasgado? Dios mío, si me sacas eso,
ellos te matarán concienzudamente, porque ese señor Tiu, es un
caballero muy práctico y muy filosófico, ¿me oyes? ¡Ellos me matan a *mí*, matan a *Ricardo,* te matan a *ti,* ellos matan a todo el
maldito género humano!

La artillería disparó una andanada y esta vez la selva contestó
con una pequeña salva de proyectiles, unos seis o así, que silba-
ron sobre sus cabezas como los silbantes pedruscos de una catapulta.
Momentos después, oyeron las detonaciones hacia el centro de la
ciudad. Después, nada. Ni el gemir de un coche de bomberos, ni
la sirena de una ambulancia.

—¿Por qué iban a matar a *Ricardo?* — preguntó Jerry —. ¿Qué
es lo que ha hecho Ricardo?

—¡Voltaire! ¡Ricardo es amigo mío! ¡Drake Ko es amigo de mi
padre! Los viejos son hermanos del alma, combatieron en una sucia guerra los dos juntos allá en Shanghai hace unos doscientos
cincuenta años, ¿comprendes? Yo voy a ver a mi padre. Le digo:

«Padre, tienes que creerme alguna vez. Tienes que dejar de llamarme araña bastarda, y tienes que decirle a tu buen amigo Drake Ko que deje en paz a Ricardo. Tienes que decir «Drake Ko, ese Ricardo y mi Charlie son igual que tú y yo. Son hermanos, como nosotros. Aprendieron a volar los dos juntos en Oklahoma, matan juntos al género humano. Y son unos amigos excelentes. Y no hay más que hablar». Mi padre me odia profundamente, ¿entiendes?

—Vale.

—Pero envía a Drake Ko un largo mensaje personal, de todos modos.

Charlie Mariscal inspiró aire, inspiró e inspiró como si su pecho apenas pudiese contener lo suficiente para alimentarle.

—Esa Lizzie. Una mujer notable, sí. Lizzie va personalmente a ver a Drake Ko. También de un modo muy personal. Y le dice: «Señor Ko, tiene que dejar en paz a Ric.» Es una situación muy delicada, Voltaire. Tenemos que apoyarnos mucho unos a otros o nos caeremos de la cima de la montaña, ¿entiendes? Voltaire, déjame marchar. ¡Te lo suplico! Te lo suplico, por amor de Dios, *je m'abîme*, ¿me oyes? ¡Eso es todo lo que sé!

Jerry, observándole, oyendo aquellos atormentados arranques, cómo se desplomaba y se reanimaba y se derrumbaba de nuevo y volvía a reanimarse, pero menos, tenía la sensación de estar presenciando el último espasmo torturado de un amigo. Su instinto le decía que debía guiar a Charlie poco a poco, dejarle divagar. Su dilema era que no sabía cuánto tiempo faltaba para que pasara lo que le pasa al adicto. Formulaba preguntas pero muchas veces Charlie parecía no oírlas. Otras, parecía responder a preguntas que Jerry no había hecho. Y, a veces, un mecanismo de acción retardada lanzaba una respuesta a una pregunta que Jerry había abandonado ya hacía mucho. Los inquisidores de Sarratt decían que un hombre hundido era peligroso porque te pagaba dinero que no tenía para comprar tu amor. Pero durante preciosos minutos enteros, Charlie no pudo pagar nada.

—¡Drake Ko no ha ido a Vientiane en toda su vida! —gritó de pronto—. ¡Estás chiflado, Voltaire! ¿Crees que un pez gordo como Ko se va a interesar por un sucio pueblucho asiático? ¡Drake Ko es un filósofo, Voltaire! ¡Tienes que andarte con mucho cuidado con ese tipo, con muchísimo!

Todos eran filósofos, al parecer... o todos salvo Charlie Mariscal.

—¡Nadie ha oído el nombre de Ko en Vientiane! ¿Me oyes, Voltaire?

En otro momento, Charlie rompió a llorar y le cogió las manos a Jerry preguntándole entre sollozos si también él había tenido padre.

—Sí, amigo, lo tuve —dijo pacientemente Jerry—. Y a su modo, también él era un general.

Dos blancos fogonazos iluminaron el río con una claridad asombrosa, inspirándole a Charlie recuerdos de las aflicciones de su primera época en Vientiane. Se incorporó de pronto y dibujó esquemáticamente una casa en el barro. Allí era donde vivían Lizzie, Ric y Charlie Mariscal, dijo orgulloso: en una apestosa choza de pulgas de las afueras de la ciudad, un sitio tan inmundo que hasta a los gecos les daba asco. Ric y Lizzie ocupaban la *suite* regia, que era la única habitación que aquella choza de pulgas poseía, y Charlie tenía la misión de no estorbar y de pagar la renta y de llevar bebida. Pero el recuerdo de su terrible penuria económica desencadenó en Charlie bruscamente una nueva tormenta de lágrimas.

—¿Y de qué vivíais, amigo? —preguntó Jerry, sin esperar respuesta—. Vamos, ahora ya pasó. ¿De qué vivíais?

Entre más lágrimas, Charlie confesó una asignación mensual de su padre, a quien él amaba y respetaba.

—Esa chiflada de Lizzie —dijo, en medio de su aflicción—. La muy chiflada va y se pone a hacer viajes a Hong Kong para Mellon.

Jerry logró a duras penas contenerse y no desviar a Charlie de su camino.

—Mellon. ¿Quién es ese Mellon? —preguntó.

Pero el tono suave adormiló a Charlie, que se puso a jugar con la casa de barro, añadiéndole una chimenea y humo.

—¡Vamos, maldito! Mellon. ¡Mellon! —le gritó en la cara, para asustarle y que contestara—: ¡Mellon, ruina miserable! ¡Viajes a Hong Kong!

Y, poniéndole de pie, le zarandeó como a una muñeca de trapo, pero hizo falta mucho más zarandeo para conseguir respuesta, y, durante él, Charlie Mariscal imploró a Jerry que intentase entender lo que era estar enamorado, enamorado de veras, de una puta ojirredonda chiflada y saber que nunca ibas a poder tenerla, ni por una noche siquiera.

Mellon era un misterioso comerciante inglés, nadie sabía qué hacía. Un poco de esto, otro poco de aquello, dijo Charlie. La gente le temía. Mellon dijo que podía meter a Lizzie en el tráfico de heroína a alto nivel. «Con tu pasaporte y tu cuerpo — le había dicho —, puedes entrar y salir de Hong Kong como una princesa.»

Agotado ya, Charlie se echó al suelo y se acuclilló delante de su casa de barro. Sentándose a su lado, Jerry le encajó la mano en el cogote, procurando no hacerle mucho daño.

—Así que hizo eso para él, ¿eh, Charlie? ¿Lizzie transportó para Mellon?

Y con la palma giró suavemente la cabeza de Charlie hasta que los ojos extraviados de éste quedaron frente a los suyos.

—Lizzie no transporta para *Mellon*, Voltaire — le corrigió Charlie —. Lizzie transporta para *Ricardo*. No quiere a Mellon. Quiere a *Ric*. Y me quiere a mí.

Y mirando lúgubremente la casa de barro, rompió de pronto en unas ásperas risotadas, que se desvanecieron luego sin la menor explicación.

—¡Tú lo estropeaste, Lizzie! — dijo retadoramente Charlie, hundiendo un dedo en la puerta de barro —. ¡Tú lo estropeaste todo como siempre, querida! Hablas demasiado. ¿Por qué tienes que explicarle a todo el mundo que eres la reina de Inglaterra? ¿Por qué les dices a todos que eres una espía de primera? Mellon se ha enfadado muchísimo contigo, muchísimo, Lizzie. Mellon te echa, con cajas destempladas. Ric se enfadó también muchísimo, ¿te acuerdas? Ric te pegó una buena zurra y Charlie tuvo que llevarte al médico en plena noche, ¿recuerdas? Eres una bocazas, Lizzie. ¿Entiendes? ¡Eres mi hermana pero no sabes mantener la boca cerrada!

Hasta que se la cerró Ricardo, pensó Jerry, recordando las cicatrices de la barbilla. Cuando estropeó el negocio que tenían con Mellon.

Agachado aún al lado de Charlie, y aún sujetándole por el cogote, Jerry vio que se desvanecía el mundo que le rodeaba y en su lugar veía a Sam Collins sentado en su coche en Star Heigths, con una clara visión de la planta octava, leyendo las páginas de las carreras en el periódico, a las once de la noche. Ni siquiera el estruendo de un cohete que cayó muy cerca pudo distraerle de aquella visión congelante. Oyó también la voz de Craw por encima del fuego de mortero, hablando del tema de la criminalidad de Lizzie. Cuando andaban bajos de fondos, había dicho Craw, Ricardo le hacía pasar por aduana paquetitos.

¿Y cómo llegó a saber Londres eso, Señoría, habría querido preguntarle al viejo Craw, si no a través del propio Sam Collins, alias Mellon?

Un chaparrón de tres segundos había barrido la casa de barro de Charlie, que se puso furioso. Chapoteaba a cuatro patas buscándola, llorando y maldiciendo frenéticamente. Pero cuando pasó el arrebato se puso a hablar otra vez de su padre y de cómo el viejo había encontrado empleo para su hijo natural en unas determinadas líneas aéreas de Vientiane de lo más distinguido... aunque Charlie estaba deseando dejar de volar definitivamente por entonces por creer que había perdido el valor.

Al parecer, el general perdió la paciencia con Charlie un buen día. Convocó a su guardia personal y bajó de su montaña de los Shans a un pequeño pueblo de la ruta del opio llamado Fang, pasada la frontera tailandesa, pero no muy lejos. Allí, a la manera de los patriarcas de todo el mundo, el general reprochó a Charlie su vida disipada.

Charlie tenía un chillido especial para imitar a su padre y una forma especial de hinchar las chupadas mejillas en un gesto de desaprobación militar.

—«Así que es mejor que pienses en trabajar como es debido, para variar, ¿entiendes, *kwailo*, araña bastarda»? Es mejor que dejes de jugar a los caballos, me oyes, y que dejes la bebida fuerte y el opio. Y será mejor también que te quites esas estrellas comunistas de encima de las tetas y eches a ese apestoso amigo tuyo, ese Ricardo. Y que dejes de mantener a su mujer, ¿me has oído? ¡Porque yo no estoy dispuesto a mantenerte a ti ni un día más, ni una *hora*, araña bastarda, y te odio tanto que te mataré un día por recordarme a la puta corsa de tu madre!

Luego, el trabajo en sí y el padre de Charlie, el general, que seguía hablando:

—«Ciertos caballeros chiu-chows muy distinguidos, muy buenos amigos de muy buenos amigos míos, ¿me oyes?, tienen casualmente el control de una compañía aérea. Yo también tengo algunas acciones en esa compañía. Y esa compañía lleva el distinguido nombre de Indocharter. ¿De qué te ríes tú, mono *kwailo*? ¡No te rías de mí! Y esos buenos amigos me hacen el favor de ayudarme en mi desgracia por este hijo, esta araña bastarda de tres patas, y yo rezaré sinceramente porque caigas del cielo y te rompas ese cuello de *kwailo*.»

Y así Charlie transportó el opio de su padre en Indocharter: Uno, dos vuelos por semana, en un principio, pero un trabajo honrado y regular. Y le gustó. Recuperó el temple, se tranquilizó y se sintió verdaderamente agradecido a su padre. Intentó, por supuesto, conseguir que los chiu-chows aceptaran también a Ricardo, pero no quisieron. Al cabo de unos meses, aceptaron pagarle a Lizzie tres pavos por semana por sentarse allí en la oficina y endulzarles la boca a los clientes. Aquellos habían sido los buenos tiempos, venía a decir Charlie. Él y Lizzie ganaban el dinero, Ricardo lo gastaba en negocios absurdos, todos estaban contentos, todos tenían trabajo. Hasta que apareció una noche Tiu como un emisario del destino y lo desbarató todo. Apareció justo cuando cerraban las oficinas de la empresa, y entró directamente de la calle sin cita previa, y preguntó por Charlie Mariscal y dijo ser un miembro de la dirección de la empresa en Bangkok. Los chiu-chows salieron de la oficina de atrás, le echaron un vistazo, certificaron su autenticidad y desaparecieron.

Charlie se interrumpió para llorar en el hombro de Jerry.

—Ahora escúchame con atención, amigo mío —le urgió Jerry—: Escucha. Ésta es la parte que quiero, ¿entiendes? Me explicas esta parte con cuidado y yo te llevo a casa. Prometido. *Por favor.*

Pero Jerry no entendía el asunto. No era ya cuestión de hacer hablar a Charlie. La droga de la que Charlie Mariscal dependía ahora era el propio Jerry. No hacía ya falta sujetarle, tampoco. Charlie Mariscal se aferraba al pecho de Jerry como si fuese un salvavidas, el único madero de su mar solitario, y la conversación se había convertido en un desesperado monólogo del que Jerry robaba sus datos mientras Charlie Mariscal se humillaba y suplicaba y aullaba para conseguir la atención de su torturador, haciendo chistes y riéndolos él mismo entre lágrimas. Río abajo, una ametralladora de Lon Nol que aún no había sido vendida a los khmers rojos, disparaba trazadoras hacia la selva a la luz de otro fogonazo. Corrieron por el agua, arriba y abajo, largos relámpagos dorados, que iluminaron la pequeña cueva en que desaparecieron, entre los árboles.

A Jerry le molestaba en la barbilla el pelo de Charlie empapado de sudor, de Charlie que graznaba y babeaba al mismo tiempo.

—El señor Tiu no quiere hablar en ninguna oficina, Voltaire. ¡Oh, no, que va! El señor Tiu no viste demasiado bien, tampoco. Tiu es muy chiu-chow. Utiliza pasaporte tailandés como Drake Ko, usa un nombre falso y procura pasar desapercibido cuando viene a Vientiane. «Capitán Mariscal», me dice, «¿Quería ganarse usted un buen extra en efectivo por un trabajo interesante y divertido fuera de las horas en que trabaja para la empresa, dígame? ¿Le gustaría hacer un vuelo para mí? Me han dicho que es usted un piloto mag-

nífico, muy seguro. ¿Le gustaría ganarse cuatro o cinco mil billetes, por lo menos, por un día de trabajo, ni siquiera completo?
¿Le parece una proposición interesante, capitán Mariscal?» «Señor
Tiu», le digo — Charlie grita ahora histéricamente —, «sin perjudi-
car por ello en modo alguno mi posición negociadora, señor Tiu,
yo por cinco mil dólares norteamericanos, sereno como estoy en
este momento soy capaz de bajar al infierno por usted y traerle los
huevos del propio diablo». El señor Tiu dice entonces que ya volverá otro día y que mantenga la boca cerrada.

De pronto, Charlie pasó sorprendentemente a la voz de su padre
y empezó a llamarse araña bastardo e hijo de una puta corsa: y
Jerry fue dándose cuenta, poco a poco, de que estaba describiendo
el episodio siguiente de la historia.

Y, sorprendentemente, resultó que Charlie había guardado para
sí el secreto de la oferta de Tiu hasta la vez siguiente que vio a
su padre, que fue en Tiang Mai, en la fiesta china de Año Nuevo.
No se lo había dicho a Ric, no se lo había contado a Lizzie siquiera, quizás porque por entonces ya no se llevaban demasiado bien,
y Ric tenía muchas mujeres además de ella.

El consejo del general no fue alentador.

—«¡Apártate de ese caballo! Ese Tiu tiene contactos a muy
alto nivel, y son todos demasiado especiales para una arañita bastarda como tú, ¿me oyes? Dios del cielo, ¿dónde se ha visto que
un swatownés le dé cinco mil dólares a un piojoso mestizo *kwailo*
para que se ilustre viajando?

—Así que tú le pasaste el asunto a Ric, ¿no? — dijo rápidamente Jerry —. ¿Verdad, Charlie? Tú le dijiste a Tiu: «Lo siento,
pero prueba con Ricardo.» ¿Fue así como pasó?

Pero Charlie Mariscal se había quedado como muerto. Había
caído como un saco del pecho de Jerry y estaba tendido en el barro
con los ojos cerrados y sólo jadeos esporádicos (unas inspiraciones
roncas y ávidas) y el latir desacompasado de su pulso en la muñeca
que le sujetaba Jerry, testificaban que había vida dentro de aquel
organismo.

—Voltaire — murmuró Charlie —. Sobre la Biblia, Voltaire. Tú
eres un buen hombre, llévame a casa. Llévame a casa, Voltaire,
por Dios.

Jerry contempló sobrecogido aquel cuerpo postrado y desmadejado y se dio cuenta de que tenía que hacer una pregunta más, aunque fuese la última de la vida de ambos. Se agachó, levantó a Charlie por última vez. Y debatiéndose allí, durante una hora, en la
carretera, a oscuras, sujeto por Jerry, mientras más andanadas sin

objetivo taladraban la oscuridad, Charlie Mariscal gritó y suplicó y juró que amaría siempre a Jerry si no le obligaba a revelar el acuerdo que había hecho su amigo Ricardo para seguir vivo. Pero Jerry explicó que si no lo hacía el misterio no se desvelaría ni siquiera a medias. Y quizás Charlie Mariscal comprendiese, en su ruina y en su desesperación, mientras contaba entre sollozos los secretos prohibidos, el razonamiento de Jerry: en una ciudad a punto de ser devuelta a la selva, no había destrucción a menos que fuese completa.

Jerry transportó lo mejor que pudo a Charlie Mariscal carretera abajo, volvió con él a la villa y subió, con él las escaleras; le recibieron afablemente los mismos rostros silenciosos. Debería haberle sacado más, pensó. Debería haberle contado más también: no establecí el tráfico en ambas direcciones, tal como me ordenaron. Me entretuve demasiado en el asunto de Lizzie y de Sam Collins. Lo hice al revés, desbaraté la lista de compras, lo estropeé todo, como Lizzie. Intentó lamentarlo, pero no podía, y las cosas que mejor recordaba eran las que no figuraban en la lista, y eran las mismas que se alzaban en su pensamiento como monumentos mientras mecanografiaba su mensaje al buen George.

Lo hacía con la puerta cerrada y la pistola en el cinturón. No había rastro de Luke, así que Jerry supuso que se había ido a un prostíbulo en su murria beoda. Fue un mensaje largo, el más largo de su carrera: «Enteraos de todo esto por si no volvéis a tener noticias mías.» Informó de su contacto con el consejero, comunicó su siguiente escala y dio la dirección de Ricardo, e hizo una descripción de Charlie Mariscal y del hogar de los tres de la choza de pulgas, pero sólo en los términos más protocolarios, y dejó completamente al margen el dato recién descubierto del papel que había jugado el detestable Sam Collins. Después de todo, si ellos ya lo sabían, ¿qué objeto tenía decírselo? Dejó fuera los nombres de lugares y los nombres propios e hizo para ellos una clave independiente. Luego le llevó una hora pasar los mensajes a un código de primera base que no engañaría a un criptógrafo más de cinco minutos, pero que superaba los conocimientos de los mortales ordinarios y de mortales como su anfitrión el Consejero británico. Terminaba recordándoles a los caseros que debían comprobar si Blatt and Rodney habían hecho la última entrega de dinero a Cat. Quemó luego los textos *en clair* y enrolló las versiones codificadas en un periódico; luego se tumbó sobre el periódico y dormitó, con la pistola al lado. A las seis, se afeitó, trasladó los mensajes a un

libro de bolsillo que se sentía capaz de llevar en la mano, y salió
a dar un paseo matutino. El coche del Consejero estaba aparcado,
ostentosamente en la *place*. El Consejero mismo estaba también ostentosamente aparcado en la terraza de un lindo bar, luciendo un
sombrero de paja Riviera que recordaba a Craw, y deleitándose
con un *croissant* caliente y *café au lait*. Al ver a Jerry, le dirigió
un ceremonioso saludo. Jerry se acercó a él.

—Buenos días — le dijo.

—¡Ah, lo ha conseguido! ¡Que bien! — exclamó el Consejero,
levantándose de un salto —. ¡No se imagina las *ganas* que tenía
de leerlo desde que salió!

Al separarse del mensaje, consciente sólo de sus omisiones, Jerry
tenía una sensación de fin de curso. Podía volver, o no, pero las
cosas jamás volverían a ser exactamente igual.

Las circunstancias exactas de la salida de Jerry de Fnom Penh
son importantes por. lo de Luke, lo de después.

Durante la primera parte de lo que quedaba de mañana, Jerry
prosiguió su obsesiva búsqueda de cobertura, que quizás fuera el
antídoto natural a su creciente sensación de desnudez. Acudió diligente a buscar noticias de refugiados y huérfanos que envió a través de Keller al mediodía, junto con un reportaje ambiental muy
decente sobre su visita a Battambang, que, aunque nunca fue utilizado, ocupa al menos un lugar en su dosier. Por entonces, había dos
campos de refugiados, florecientes los dos. Uno en un enorme hotel
del Bassac, el sueño personal e inconcluso de paraíso de Sijanuk.
Otro en los campos de maniobras próximos al aeropuerto, dos o
tres familias embutidas en cada barracón. Los visitó ambos y eran
lo mismo: jóvenes héroes australianos luchando con lo imposible,
sólo agua sucia, una entrega de arroz dos veces por semana y los
niños gorjeando tras él, mientras seguía al intérprete camboyano
arriba y abajo, acosando a todo el mundo con preguntas, procurando hacerse ver y buscando ese algo extra que enterneciese el
corazón de Stubbsie.

En una agencia de viajes encargó ostentosamente un pasaje para
Bangkok en una insulsa tentativa de borrar sus huellas. De camino
hacia el aeropuerto, tuvo una súbita sensación de *déjà vu*. La última vez que estuve aquí hice esquí acuático, pensó. Los comerciantes ojirredondos tenían casas flotantes ancladas a lo largo del
Mekong. Y, por un instante, se vio a sí mismo (y vio la ciudad)
en los tiempos en que la guerra cambovana aún tenía una cierta
inocencia espectral: el valeroso agente Westerby, arriesgándose al

monopatín por vez primera, saltando juvenilmente sobre el agua parda del Mekong, arrastrado por un jovial holandés en una lancha rápida que consumía gasolina suficiente para alimentar una semana a una familia entera. El mayor peligro era la ola de medio metro, recordó, que bajaba río abajo cada vez que los guardias del puente soltaban una carga de profundidad para impedir que los buceadores khmers lo volasen. Pero ahora el río era suyo, y también la selva. Y mañana o pasado mañana lo sería también la ciudad.

En el aeropuerto, tiró la pistola a una papelera y en el último minuto consiguió, con sobornos, subir a un avión que iba a Saigón, su destino. Al despegar, se preguntó quién tendría mejores perspectivas de supervivencia, si la ciudad o él.

Luke, por otra parte, probablemente con la llave del piso de Jerry de Hong Kong en el bolsillo (o, más concretamente, el piso de Ansiademuerte el Huno) voló a Bangkok, y quiso el azar que lo hiciese involuntariamente con el nombre de Jerry, que estaba incluido en la lista de embarque, mientras que Luke no, y los demás asientos estaban ocupados. En Bangkok, asistió a una precipitada conferencia en la oficina, en la que se distribuyó al personal de la revista en los diversos sectores del disperso frente vietnamita. A Luke le tocaron Hue y Da Nang, y salió para Saigón, en consecuencia, al día siguiente y luego hacia el norte, tomando el avión del medio día.

En contra de lo que afirmaron rumores posteriores, los dos hombres no se vieron en Saigón.

Ni se encontraron tampoco durante la retirada del ejército en el norte.

La última vez que Jerry y Luke se vieron, en un sentido verdaderamente recíproco, fue aquella última noche de Fnom Penh en que Jerry se había sacado a Luke de encima sin contemplaciones y Luke se había enfurruñado; es un hecho cierto, artículo que posteriormente sería muy difícil conseguir.

# 17

# RICARDO

En ninguna de las etapas del caso mantuvo George Smiley el tipo con tal tenacidad como en ésta. Los nervios estaban muy tensos en el Circus, a punto de estallar. La endemoniada inercia y los arrebatos de frenesí contra los que habitualmente advertía Sarratt, se convirtieron en una y la misma cosa. Cada día que pasaba sin recibir noticias concretas de Hong Kong era un día más de desastre. El largo mensaje de Jerry se analizó al microscopio y se consideró ambiguo, neurótico incluso. ¿Por qué no había presionado más a Mariscal? ¿Por qué no había esgrimido de nuevo el espectro ruso? Debería haberle dicho a Charlie lo de la veta de oro, debería haber continuado el asunto donde lo había dejado con Tiu. ¿Había olvidado acaso que su tarea principal era sembrar la alarma y sólo secundariamente obtener información? En cuanto a su obsesión con aquella condenada hija suya... ¿es que no *sabía* lo que costaban los mensajes, Dios santo? (Parecían olvidar que eran los primos quienes pagaban la factura.) ¿Y qué era todo aquello de que no quería saber nada más de los funcionarios de la Embajada británica que sustituían al inexistente residente del Circus? De acuerdo, había habido un retraso en la línea de comunicación al transmitir el mensaje de los primos. De todos modos, Jerry había conseguido localizar a Charlie Mariscal, ¿no? No correspondía en absoluto a un agente de campo dictar a Londres lo que había que hacer y lo que no. Los caseros, que habían organizado el asunto, querían que se le censurase por ello.

El Circus recibía una presión exterior aún más feroz. La facción del colonial Wilbraham no había permanecido inactiva, y el Grupo de Dirección, en un sorprendente viraje, decidió que el gobernador de Hong Kong debía estar informado de todos los detalles del caso y en seguida, además. Se habló incluso a alto nivel de llamarle a Londres con cualquier pretexto. Se había desencadenado el pánico porque Ko había sido recibido una vez más en casa del gobernador, esta vez en una de las cenas íntimas de éste a la que asistieron chinos influyentes para exponer sus opiniones de modo confidencial.

Saul Enderby y sus camaradas de la línea dura, por el contrario, tiraban por el lado opuesto: «Al diablo el gobernador. ¡Lo que queremos es asociación plena con los primos inmediatamente!» George debería ir a ver a Martello *hoy*, decía Enderby, y exponer claramente todo el caso e invitarles a hacerse cargo de la última etapa del asunto. Tenía que dejar de jugar al escondite con lo de Nelson, tenía que admitir que no disponía de recursos, debía dejar que los primos calculasen el posible dividendo en información secreta que les correspondía, y si ellos remataban el caso, tanto mejor: que se atribuyesen luego la gloria en la colina del Capitolio, para confusión de sus enemigos. El resultado de este gesto generoso y oportuno, argumentaba Enderby (al producirse en medio del desastre de Vietnam) sería una asociación indisoluble de los servicios secretos para años futuros, punto de vista que Lacon parecía apoyar, pese a su actitud vacilante. Cogido entre dos fuegos, Smiley se vio de pronto encorsetado con una reputación doble. El equipo de Wilbraham le calificaba de anticolonial y pronorteamericano, mientras que los hombres de Enderby le acusaban de ultraconservador en el manejo de la relación especial. Pero era mucho más grave, de cualquier modo, la impresión que tenía Smiley de que, por otros caminos, Martello había recibido información del asunto, y que sería capaz de explotarla. Las fuentes de Molly Meakin, por ejemplo, hablaban de una creciente relación entre Enderby y Martello a nivel personal y no sólo porque todos sus hijos estudiasen en el Lycée de South Kensington. Al parecer, últimamente iban a pescar los fines de semana los dos juntos a Escocia, donde Enderby tenía un poco de agua. Martello ponía el avión, según los rumores, y Enderby suministraba la pesca. Smiley se enteró también por entonces, a su manera fantasmal, de lo que todos los demás sabían desde el principio y suponían que él también sabía. La tercera y última esposa de Enderby era norteamericana. Y rica. Antes de casarse, había sido anfitriona conocida de la buena sociedad de Washington, papel que estaba reproduciendo ahora en Londres con cierto éxito.

Pero la causa fundamental de la agitación general era, en el fondo, la misma. En el frente Ko, no había sucedido nada de particular últimamente. Peor aún, había una angustiosa escasez de información operativa. Smiley y Guillam se presentaban en el Anexo cada día, a las diez en punto, y salían cada día menos satisfechos. La línea telefónica particular de Tiu estaba controlada, y la de Lizzie Worthington también. Las grabaciones se supervisaban *in situ* y luego se enviaban a Londres para un estudio detallado. Jerry había ordeñado a Charlie Mariscal un miércoles. El viernes, Charlie estaba lo bastante recuperado del mal trago como para telefonear a Tiu desde Bangkok y abrirle su corazón. Pero, después de escuchar durante menos de treinta segundos, Tiu le cortó ordenándole que se pusiera «en contacto con Harry inmediatamente», lo que dejó desconcertado a todo el mundo: nadie tenía ningún Harry por ningún sitio. El sábado, hubo drama porque los que controlaban el teléfono personal de Ko le oyeron cancelar su partida de golf habitual de los domingos por la mañana con el señor Arpego. Ko pretextó un importante compromiso de negocios. ¡Ya estaba! ¡Había llegado el momento! Al día siguiente, con consentimiento de Smiley, los primos de Hong Kong situaron una furgoneta de vigilancia, dos coches y una Honda detrás del Rolls Royce de Ko en cuanto entró en la ciudad. ¿Qué misión secreta, a las cinco y media de una mañana de domingo, era tan importante para que Ko abandonase su partida semanal de golf? La respuesta resultó ser su adivinador del futuro, un venerable anciano swatownés que operaba en un mísero templo de los espíritus en una callejuela lateral de Hollywood Road. Ko pasó más de una hora con él y luego volvió a casa, y aunque un muchacho concienzudo de una de las furgonetas de los primos colocó un micrófono dirigido oculto en la ventana del templo y lo dejó allí toda la sesión, los únicos sonidos que registró, aparte de los del tráfico, fueron los cacareos del gallinero del viejo. Cuando volvieron al Circus, convocaron a di Salis. ¿A qué demonios podía ir alguien a un adivinador del futuro a las seis de la mañana, y menos aún un millonario?

Muy satisfecho de su perplejidad, di Salis se rascó la cabeza, encantado. Un individuo de la posición de Ko era lógico que desease ser el primer cliente del día del adivinador, explicó, cuando la mente del gran hombre estaba aún despejada y clara para recibir los mensajes de los espíritus.

Luego, no pasó nada en cinco semanas. Nada. Los controles del teléfono y del correo proporcionaron gran cantidad de materia prima indigerible que una vez cribada no proporcionó ni un solo dato interesante. Entretanto, se aproximaba cada vez más el plazo artificial impuesto por los del Ejecutivo, y pronto se abriría la veda de Ko para cualquiera que pudiese echarle algo encima.

Sin embargo, Smiley se mantuvo firme. Soportó todas las recriminaciones, tanto por su manejo del caso como por la actuación de Jerry. Habían sacudido el árbol, sostenía. Ko estaba asustado, el tiempo demostraría que tenían razón. No se dejó empujar a un gesto dramático con Martello, y permaneció resueltamente fiel a los términos del acuerdo que había esbozado en su carta, y del que había una copia en poder de Lacon. Se negó también, tal como le permitía su acuerdo, a cualquier discusión de detalles operativos, ni sobre Dios ni sobre las fuerzas de la lógica, ni menos aún sobre las de Ko, salvo en lo relativo a temas de protocolo o de jurisdicción local. Ceder en esto, lo sabía muy bien, no habría significado más que proporcionar a los que dudaban nuevas municiones con que liquidarle.

Mantuvo esta actitud cinco semanas y el día trigesimosexto Dios o las fuerzas de la lógica o, mejor, las fuerzas de la química humana de Ko, ofrendaron a Smiley un consuelo notable, aunque misterioso. Ko se hizo a la mar. Acompañado de Tiu y de un chino desconocido, identificado más tarde como el capitán de su flota de juncos, Ko se pasó la mayor parte de los tres días siguientes recorriendo las islas próximas a Hong Kong, regresando todos los días al oscurecer. No se supo en principio adónde iba. Martello propuso una serie de vuelos de helicóptero para rastrear su ruta, pero Smiley rechazó de plano tal propuesta. La vigilancia estática desde el muelle confirmó que parecían salir y volver por una ruta distinta cada día, nada más. Y el último, el cuarto, el barco no volvió.

Pánico. ¿Dónde estaba el barco? Los jefes de Martello de Langley, Virginia, perdieron el control por completo y decidieron que Ko y el *Almirante Nelson* se habían extraviado deliberadamente, penetrando en aguas chinas. Incluso que habían sido secuestrados. No volverían a ver a Ko, y Enderby, que se desmoronaba a toda prisa, llegó incluso a telefonear a Smiley y a decirle que sería «culpa tuya si Ko aparece en Pekín gritando que estaban acosándole los Servicios Secretos». Hasta Smiley, durante un día torturante, se preguntaba en secreto si, contra toda lógica, Ko habría decidido realmente ir a reunirse con su hermano.

Luego, claro, a la mañana siguiente temprano, apareció de nuevo la lancha tranquilamente en el puerto principal, con aspecto de regresar de una regata, y Ko bajó la pasarela muy contento seguido de su hermosa Liese, cuyo pelo de oro brillaba a la luz del sol como un anuncio de jabón.

Fue esta información la que, tras mucho pensar y tras una nueva y detallada lectura de la ficha de Ko (por no mencionar el tenso y prolongado debate con Connie y di Salis) impulsó a Smiley a tomar dos decisiones a la vez, o, en jerga de jugador, a jugar las dos únicas cartas que le quedaban.

Uno: Jerry debía pasar a la «última etapa» con lo que se refería a Ricardo. Esperaba que este paso mantuviese la presión sobre Ko, y proporcionase a éste, si es que la necesitaba en realidad, la prueba definitiva de que debía actuar.

Dos: Sam Collins debía «entrar».

A esta segunda decisión llegó tras consultar únicamente con Connie Sachs. No se menciona esto en el expediente principal de Jerry, sino sólo en un apéndice secreto entregado más tarde, con supresiones, para un examen más amplio.

Los efectos negativos que en Jerry tuvieron estas dilaciones y dudas son algo que ni el mejor jefe de servicios secretos del mundo podría haber incluido en sus cálculos. El tener conciencia del asunto es algo muy distinto... y Smiley la tenía, sin duda, y hasta tomó ciertas medidas preventivas. Pero guiarse por él, situarlo en el mismo plano que los factores de alta política con que le asediaban día tras día, habría sido totalmente irresponsable. Sin prioridades, un general no es nada.

Sigue en pie el hecho de que Saigón era el peor lugar del mundo para que se pasease Jerry. Periódicamente, a medida que las dilaciones se prolongaban, se hablaba en el Circus de enviarle a otro sitio menos insalubre, a Singapur, por ejemplo, o a Kuala Lumpur, pero los argumentos de conveniencia y cobertura siempre le dejaban donde estaba: además, todo podía cambiar del día siguiente. Estaba, por otra parte, la cuestión de su seguridad personal. En Hong Kong no podía ni pensarse, y tanto en Singapur como en Bangkok era seguro, que la influencia sería fuerte. Luego, de nuevo la cobertura: con el derrumbe próximo, ¿qué sitio más lógico que Saigón? Sin embargo, Jerry vivía una semi vida en una semi ciudad. Durante cuarenta años, más o menos, la guerra había sido la principal industria de Saigón, pero la retirada norteamericana del setenta y tres había provocado una depresión económica de la que, al final, nunca llegó a recuperarse del todo, de modo que incluso este acto final tan esperado, con su reparto de millones de actores, estaba representándose para un público muy escaso. Incluso cuando hacía sus excursiones obligatorias al extremo activo de la lucha, Jerry tenía la sensación de contemplar un partido de criquet estropeado por la lluvia cuyos participantes sólo querían volver al pabellón. El Circus le prohibió salir de Saigón basándose en que podría necesitársele en otro sitio en cualquier momento,

pero la orden, si la hubiese cumplido literalmente, le habría hecho
parecer ridículo, y se la saltó. Xuan Loc era un aburrido pueblo
del caucho francés situado a unos setenta y cinco kilómetros, en lo
que era ya el perímetro táctico de la ciudad. Pero aquélla era una
guerra completamente distinta de la de Fnom Penh, más técnica y
más europea en la inspiración. Los khmers rojos no tenían ejército, pero los norvietnamitas tenían tanques rusos y artillería de
ciento treinta milímetros que manejaban siguiendo la pauta rusa
clásica, rueda con rueda, como si estuviesen a punto de lanzarse
sobre Berlín a las órdenes del mariscal Zhukov, y nada hubiese
de moverse hasta que estuviese montado y cargado el último cañón. Encontró el pueblo semidesierto y la iglesia católica vacía,
salvo por un sacerdote francés.

—*C'est terminé* —le explicó, con sencillez el sacerdote. Los
sudvietnamitas harían lo que siempre habían hecho, dijo. Deten-
drían el avance y luego darían vuelta y echarían a correr.

Tomaron vino juntos, contemplando la plaza vacía.

Jerry hizo un artículo explicando que la descomposición era
irreversible esta vez y Stubbie lo colgó del clavo con un lacónico:
«Prefiero gente a profecías. Stubbs.»

De vuelta a Saigón, en las escaleras del Hotel Caravelle, niños mendigos vendían inútiles guirnaldas de flores. Jerry les dio
dinero y aceptó las flores para no ofenderles, luego las tiró en la
papelera de su habitación. Se sentó abajo y picaron en el cristal
de la ventana y le vendieron *Stars and Stripes*. En los bares vacíos
donde bebía, las chicas se amontonaban a su alrededor desesperadas como si él fuese la última oportunidad antes del fin. Sólo la
policía estaba en su elemento. Aparecían por todas las esquinas,
con sus cascos blancos y sus flamantes guantes blancos, como si
esperasen ya dirigir el tráfico del enemigo victorioso cuando llegase. Iban en jeeps blancos como monarcas entre los refugiados
de las aceras, con sus jaulas de gallinas. Jerry volvió a la habitación del hotel y llamó Hercule, el vietnamita favorito de Jerry, al
que había procurado evitar por todos los medios. Hercule, como
se hacía llamar, era contrario al conservadurismo del orden establecido y anti-Thieu y había estado ganándose bastante bien la
vida suministrando información a los periodistas británicos sobre
el Vietcong, basándose en el dudoso argumento de que los británicos no estaban implicados en la guerra.

—¡Los británicos son amigos míos! ¡Sácame de aquí! Necesito documentos. ¡Necesito dinero! —suplicó por teléfono.

—Prueba con los norteamericanos — dijo Jerry, y colgó, desesperado.

La oficina de la Reuter, a la que Jerry fue a facturar su pobre artículo, nacido muerto, era un monumento a los héroes olvidados y al romanticismo del fracaso. Bajo los cristales de las mesas yacían las cabezas fotografiadas de muchachos desgreñados, en las paredes había comunicados de rechazo de artículos y muestras de la cólera de los directores; en el aire, un hedor a papel de periódico viejo y la sensación Algún-lugar-de-Inglaterra de habitación provisional que encierra la nostalgia secreta de todo corresponsal exiliado. Había una agencia de viajes justo a la vuelta de la esquina, y luego resultó que Jerry había encargado dos veces en aquel período billetes para Hong Kong allí y que no había aparecido después por el aeropuerto. Atendía a Jerry un afanoso y joven primo llamado Pike que tenía cobertura de Información y que iba de vez en cuando al hotel con mensajes en sobres amarillos, en los que decía Prensa Urgente para autenticidad. Pero el mensaje que iba dentro era siempre el mismo: Ninguna decisión, esperar, ninguna decisión. Leyó a Ford Madox Ford y una novela verdaderamente horrible sobre el viejo Hong Kong. Leyó a Green y a Conrad y a T. E. Lawrence, y seguía sin llegar ninguna noticia. Los bombardeos eran más desagradables de noche, se respiraba el pánico por todas partes, como una plaga en expansión.

Atendiendo al «gente sí, profecías no» de Stubbie, bajó hasta la Embajada norteamericana, donde había más de diez mil vietnamitas aporreando las puertas e intentando demostrar su ciudadanía norteamericana. Mientras él estaba allí mirando, apareció en un jeep un oficial sudvietnamita que se bajó de un salto y empezó a gritar a las mujeres, llamándolas putas y traidoras... eligiendo, en realidad, a un grupo de auténticas esposas norteamericanas que hubieron de soportar la peor parte.

Jerry envió otro artículo y de nuevo Stubbs lo rechazó, lo cual aumentó, sin duda, la depresión de Jerry.

Unos cuantos días después, los planificadores del Circus perdieron la serenidad. Al ver que el derrumbe continuaba y empeoraba, dieron orden a Jerry de coger de inmediato un avión para Vientiane y permanecer allí sin dejarse ver hasta que el cartero de los primos le dijese otra cosa. Y allá se fue y cogió una habitación en el Constellation, donde tanto le había gustado alternar a Lizzie y bebió en el bar donde tanto le había gustado beber a Lizzie, y charló con Maurice, el propietario, y esperó. El bar era de hormigón, de sesenta centímetros de espesor, de modo que en caso de necesidad podría servir como refugio antiaéreo o posición de tiro. Todas las noches, en el lúgubre comedor contiguo, comía y bebía melindrosamente un viejo *colon*, la servilleta al cuello. Jerry se sentaba en otra mesa y leía. Eran siempre los únicos comensales y no hablaban jamás. En las calles, los pathet laos (que habían bajado hacía poco de las montañas) caminaban muy disciplinados en parejas, con gorras y guerreras maoístas, evitando las miradas de las chicas. Les habían cedido el control de las villas de la carretera y las de las esquinas, hasta el aeropuerto. Acampaban en tiendas inmaculadas que sobresalían por los muros de los descuidados jardines.

—¿Resultará la coalición? — preguntó Jerry a Maurice en una ocasión.

Maurice no era un político.

—Las cosas son como son — contestó, con un acento francés teatral, y entregó en silencio a Jerry un bolígrafo como consuelo. Tenía escrito en él una palabra: *Lowenbräu*. Maurice tenía la exclusiva de la marca para todo Laos, y vendía, al parecer, varias botellas al año. Jerry procuró por todos los medios no pasar por la calle donde estaban las oficinas de Indocharter, lo mismo que no se permitía echar un vistazo, siquiera por curiosidad, a la choza de pulgas de las afueras de la ciudad, que, según testimonio de Charlie Mariscal, había albergado su *ménage à trois*. Maurice dijo, cuando Jerry se lo preguntó, que quedaban ya muy pocos chinos en la ciudad. «A los chinos no les gusta», dijo, con otra sonrisa, indicando con la cabeza al pathet lao que había fuera, en la acera.

Sigue en pie el misterio de las transcripciones telefónicas. ¿Llamó Jerry a Lizzie desde el Constellation o no? Y si la llamó, ¿se proponía hablar con ella o sólo oír su voz? Y si se proponía hablar con ella, ¿qué pensaba decirle? ¿O era el acto de llamar en sí, como el de encargar pasajes de avión en Saigón, catarsis suficiente para sacarle de la realidad?

Lo que es seguro es que a nadie, ni a Smiley ni a Connie ni a ningún otro de los que leyeron las importantes transcripciones puede considerársele en serio responsable de no cumplir con su deber, pues el comunicado era, como mínimo, ambiguo:

«*0055hrs tiempo HK. Conferencia ultramarina, personal para el sujeto. Telefonista en la línea. Sujeto acepta llamada. Dice ¿Diga? varias veces.*

Telefonista: ¡Hable usted, por favor!

Sujeto: ¿Diga? ¿Diga?

Telefonista: ¿Me oye usted? ¡Hable, por favor!

Sujeto: ¿Diga? Aquí Liese Worth. ¿Quién llama, por favor?
*Llamada desconectada en origen.»*

La transcripción no menciona en ninguna parte Vientiane como
lugar de origen y es dudoso incluso el que Smiley la viera, porque
no aparece su criptónimo entre las firmas.

De cualquier modo, fuese Jerry quien hizo la llamada o fuese
otro, al día siguiente, un par de primos, no uno solo, le llevaron
la orden de salida y, por fin, el tan esperado alivio de la acción.
La maldita inercia, tras tantas semanas interminables, había terminado al fin... y tal como rodaron las cosas, para siempre.

Pasó la tarde preparándose los visados y el pasaporte y a la
mañana siguiente al amanecer, cruzó el Mekong hacia el nordeste
de Tailandia, con la bolsa y la máquina de escribir. El gran tras-
bordador de madera estaba atestado de campesinos y cerdos escan-
dalosos. En la cabaña que controlaba el punto de cruce, prometió
volver a Laos por la misma ruta. En caso contrario, le advirtieron
severamente los funcionarios, no podrían darle documentación. Si
vuelvo, pensó Jerry. Mirando cómo se alejaban las costas de Laos,
vio un coche norteamericano parado en el camino y a su lado dos
individuos delgados e inmóviles observando. Los primos que siempre llevamos con nosotros.

En la ribera tailandesa, todo parecía imposible al principio. El
visado no bastaba, no se parecía a la fotografía, toda la zona estaba prohibida a los *farangs*. Diez dólares permitieron una rectificación. Después del visado, el coche. Jerry había insistido en un
chófer que hablara inglés, y el precio se ajustó teniendo esto en
cuenta, pero el viejo que le esperaba hablaba sólo tailandés y poco.
Gritando frases en inglés en un almacén de arroz cercano, Jerry
logró localizar al fin a un muchacho gordo e indolente que sabía
algo de inglés y decía saber conducir. Le redactó un laborioso contrato. El seguro del viejo no cubría a otro chófer y, de cualquier
modo, estaba caducado. Un agente de viajes exhausto extendió una
nueva póliza mientras el muchacho se iba a casa a por sus cosas.
El coche era un Ford rojo destartalado con los neumáticos gastados.
Una de las formas de muerte que Jerry no estaba dispuesto a sufrir en los próximos días era precisamente ésta. Regatearon, Jerry
añadió otros veinte dólares. En un garaje lleno de gallinas siguió
detenidamente todas las operaciones de los mecánicos hasta que
estuvieron colocados los neumáticos nuevos.

Tras perder una hora en esto, salieron a una velocidad aterradora en dirección sudeste por un territorio agrícola llano. El mu-

chacho interpretó *The lights are always out in Massachussetts* cinco veces y Jerry tuvo que decirle que se callara.

La carretera estaba asfaltada pero desierta. De vez en cuando, aparecía bamboleante cuesta abajo un autobús que enfilaba hacia ellos y el chófer aceleraba de inmediato y se mantenía sin desviarse hasta que el autobús cedía medio metro y pasaba atronando. En una ocasión en que Jerry estaba dormitando, le despertó de pronto el estruendo de una valla de bambú y pudo ver un surtidor de astillas alzarse en la claridad del día justo delante de él, y una furgoneta rodando en movimiento lento hacia la zanja. Vio flotar hacia arriba la puerta como una hoja y vio al braceante conductor seguirla a través de la valla hacia la hierba. El muchacho no había aminorado siquiera la marcha, aunque su risa les hizo dar un brusco viraje en la carretera. «¡Para!», gritó Jerry, pero el muchacho no quiso saber nada.

—¿Quieres manchar traje de sangre? Déjales eso a los médicos — aconsejó, con dureza —. Yo velar por ti, ¿no? Es muy mala tierra. Muchos comunistas.

—¿Cómo te llamas? — preguntó Jerry, resignado.

Era impronunciable, así que quedaron en Mickey.

Tardaron dos horas más aún en llegar al primer control. Jerry se adormiló de nuevo, repasando su papel. Siempre hay una puerta más en la que tienes que meter el pie, pensó. Se preguntaba si llegaría un día (en el Circus, en el tebeo) en que el viejo animador no fuese ya capaz de poner en práctica los trucos, en que la simple energía necesaria para andar así con el culo al aire por encima del umbral de resistencia fuese demasiado para él, y se quedase allí plácido, con su amistosa sonrisa de comerciante, mientras las palabras se le morían en la garganta. Esta vez no, pensó rápidamente. Dios mío, por favor, esta vez no.

Pararon y un joven monje se descolgó de los árboles con un cuenco de *wat* en la mano y Jerry le echó unos *baht* en él. Mickey abrió el maletero. Un centinela de la policía atisbó dentro y luego ordenó a Jerry que le siguiera a ver al capitán, que estaba sentado en una sombreada cabaña, toda para él solo. El capitán tardó un buen rato en advertir su presencia.

—Él preguntar tú norteamericano — dijo Mickey.

Jerry enseñó los documentos.

Al otro lado de la valla corría la carretera perfectamente alquitranada, recta como un lápiz por un terreno liso de matojos.

—Dice qué buscar tú aquí — dijo Mickey.

—Asuntos con el coronel.

Siguieron ruta, pasaron una aldea, un cine. Aquí arriba son mudas hasta las películas más recientes, recordó Jerry. Había hecho un reportaje sobre el tema una vez. Hacían las voces los actores locales, e inventaban el argumento que se les ocurría. Recordó a John Wayne con una chillona voz tailandesa, y al público extasiado, y al intérprete explicándole que estaban oyendo una imitación del alcalde del pueblo que era un marica famoso. Pasaban por una zona boscosa, pero a ambos lados de la carretera quedaba una zona despejada de unos cincuenta metros, para reducir el riesgo de emboscada. De vez en cuando, encontraban unas líneas blancas muy marcadas que nada tenían que ver con el tráfico terrestre. Los norteamericanos habían hecho aquella carretera teniendo muy en cuenta pistas de aterrizaje auxiliares.

—¿Tú conoces ese coronel? — preguntó Mickey.

—No — dijo Jerry.

Mickey se echó a reír, encantado.

—¿Por qué tú querer él?

Jerry no se molestó en contestar.

El segundo control quedaba unos treinta kilómetros después, en el centro de un pueblecito entregado a la policía. Había un grupo de camiones grises en el patio del *wap*, y cuatro jeeps aparcados junto al puesto de control. El pueblo quedaba en un cruce de caminos. Haciendo ángulo recto con la carretera, cruzaban la llanura y culebreaban hacia los cerros, por ambos lados, amarillentos senderos. Esta vez, Jerry tomó la iniciativa y se bajó del coche inmediatamente con un alegre grito de «¡Llévenme a ver a su jefe!». Su jefe resultó ser un joven y nervioso capitán con el angustiado ceño del hombre que intenta mantenerse a nivel en cuestiones que están por encima de sus conocimientos. Estaba sentado allí en la comisaría con la pistola sobre la mesa. La comisaría era provisional, según pudo advertir Jerry. Por la ventana, vio las ruinas bombardeadas de lo que supuso que había sido la última comisaría.

—Mi coronel es un hombre ocupado — dijo el capitán, por mediación de Mickey, el chófer.

—Es también un hombre muy valeroso — dijo Jerry.

Hubo signos y gestos hasta que quedó claro lo de «valeroso».

—Ha matado a muchos comunistas — dijo Jerry —. Mi periódico quiere escribir sobre este valeroso coronel tailandés.

El capitán habló un buen rato y Mickey empezó de pronto a reírse a carcajadas.

—¡El capitán decir nosotros no tener comunistas! ¡Nosotros sólo tener Bangkok! Aquí gente pobre no sabe nada, porque Bangkok no les da escuelas, así que comunistas vienen a hablarles de noche y les dicen todos sus hijos ir Moscú. Aprender, ser grandes doctores, y ellos volar comisaría policía.

—¿Dónde puedo encontrar al coronel?

—Capitán decir esperemos aquí.

—¿Le pedirá al coronel que venga a vernos?

—Coronel hombre muy ocupado.

—¿Dónde está el coronel?

—En próximo pueblo.

—¿Cómo se llama el próximo pueblo?

El chófer se echó a reír de nuevo.

—No tener ningún nombre. Pueblo muerto, todo muerto.

—¿Cómo se llamaba el pueblo antes de morir?

Mickey dijo el nombre.

—¿Está abierta la carretera hasta ese pueblo muerto?

—Capitán decir secreto militar. Eso significar no sabe.

—¿Nos dejará pasar el capitán a echar un vistazo?

Siguió un largo diálogo.

—Sí — dijo al fin Mickey —. Él decir nosotros ir.

—¿Hablará el capitán por radio con el coronel y le dirá que vamos?

—Coronel hombre muy ocupado.

—¿Le hablará por radio?

—Claro — dijo el chófer, como si sólo un repugnante *farang* pudiese insistir en un detalle tan claramente obvio.

Subieron de nuevo al coche. Alzaron la barrera y ellos siguieron por la carretera perfectamente asfaltada con los lados despejados y señales de aterrizaje de cuando en cuando. Continuaron durante veinte minutos sin ver un ser vivo, pero a Jerry no le consolaba aquel vacío. Había oído que por cada guerrillero comunista que combatía con un arma en la mano en las montañas, había cinco para producir el arroz, las municiones y la infraestructura, y ésos estaban en los llanos. Llegaron a un sendero que se desviaba a la derecha y el asfalto de la carretera estaba manchado de tierra junto a él por uso reciente. Mickey entró en él, siguiendo las anchas rodadas, e interpretando, a pesar de Jerry, *The lights are always out in Massachussetts*, muy alto, además.

—Así los comunistas pensar que nosotros muchos — explicó entre más risas, haciéndole imposible a Jerry cualquier objeción. Y luego, para sorpresa de Jerry, sacó una pistola del cuarenta y cinco de cañón largo de la bolsa que tenía debajo del asiento. Jerry le ordenó con aspereza que la guardara otra vez. Minutos después olieron a quemado y luego pasaron por humo de madera y luego llegaron a lo que quedaba del pueblo: grupos de individuos aterrorizados, un par de acres de árboles de teca quemados que parecían un bosque petrificado, tres jeeps, veintitantos policías y en su centro un fornido coronel. Tanto los aldeanos como los policías contemplaban un sector de humeante ceniza situado a unos sesenta metros en el que unas cuantas vigas chamuscadas perfilaban la silueta de las casas quemadas. El coronel les miró mientras aparcaban y siguió mirándoles mientras caminaban hacia él. Era un luchador. Jerry se dio cuenta en seguida. Era achaparrado y fornido y ni sonreía ni fruncía el ceño. Era moreno, tenía el pelo canoso y podría haber sido malayo, salvo por la corpulencia del tronco. Llevaba insignias de paracaidista y de la aviación y un par de hileras de cintas de medallas. Llevaba el uniforme de campaña y una automática reglamentaria en una pistolera de cuero sobre el muslo derecho, y llevaba las tiras de sujeción sueltas.

—¿Tú eres el periodista? — le preguntó a Jerry en un norteamericano liso y militar.

—El mismo.

El coronel miró entonces al chófer. Dijo algo y Mickey volvió rápidamente al coche, se metió dentro y allí se quedó.

—¿Qué quiere?

—¿Murió alguien aquí?

—Tres personas. Acabo de matarlas. Tenemos treinta y ocho millones. — Su inglés norteamericano funcional, casi perfecto, era una creciente sorpresa.

—¿Por qué los mató?

—De noche dan clases aquí los CT. La gente viene de toda la zona de alrededor a oír a los CT.

*Comunistas Terroristas*, pensó Jerry. Tenía la sensación de que la frase era de origen inglés. Aparecieron por el sendero varios camiones. Los aldeanos, al verlos, empezaron a recoger sus camas portátiles y sus niños. El coronel dio una orden y sus hombres colocaron a la gente en una fila irregular mientras los camiones daban la vuelta.

—Les encontraremos un sitio mejor — dijo el coronel —. Empiezan de nuevo.

—¿Y a quién mató usted?

—La semana pasada bombardearon a dos de mis hombres. Y los CT operaban desde este pueblo.

Eligió a una mujer ceñuda que subía en aquel momento al camión y la llamó para que Jerry pudiese echarle un vistazo. La mujer se quedó allí con la cabeza baja.

—Ellos van a su casa — dijo —. Esta vez maté a su marido. La próxima vez la mato a ella.

—¿Y los otros dos? — preguntó Jerry.

Preguntó, porque seguir preguntando es seguir golpeando, pero era Jerry, no el coronel, el sometido a interrogatorio. Los ojos castaños del coronel tenían un brillo duro y calculador y revelaban mucho recelo. Miraban a Jerry inquisitivos, pero sin ansiedad.

—Uno de los CT duerme aquí con una chica — dijo, sencillamente —. Nosotros no somos sólo la policía. Somos también el juez y los tribunales. Aquí no hay nadie más. A Bangkok no le preocupa demasiado que haya juicios públicos aquí arriba.

Los aldeanos habían subido a los camiones. Se alejaron sin mirar hacia atrás. Sólo los niños decían adiós con gestos desde las casas. Los jeeps les siguieron, dejándoles a los tres, a los dos coches, y a un muchacho de unos quince años.

—¿Y él quién es? — dijo Jerry.

—Él viene con nosotros. Al año que viene le mataré a él también, o quizás al siguiente.

Jerry subió al jeep al lado del coronel, que conducía. El muchacho iba sentado atrás, impasible, murmurando sí y no, mientras el coronel le adoctrinaba en tono firme y mecánico. Mickey les seguía en el taxi. En el suelo del jeep, entre el asiento y los pedales, el coronel llevaba cuatro granadas en una caja de cartón. En el asiento trasero había una ametralladora pequeña, y el coronel no se molestó en quitarla de allí por el muchacho. Sobre el espejo retrovisor junto a los cuadros votivos colgaba un retrato de postal de John Kennedy con la leyenda «No preguntes lo que tu país puede hacer por ti. Pregunta más bien qué puedes hacer tú por él». Jerry había sacado el cuaderno. El adoctrinamiento del muchacho proseguía.

—¿Qué está usted diciéndole?

—Le explico los principios de la democracia.

—¿Y cuáles son?

—Ni comunismo ni generales — contestó, con una carcajada.

Giraron a la derecha en la carretera principal y siguieron más hacia el interior; Mickey les seguía en el Ford rojo.

—Tratar con Bangkok es como gatear a ese árbol grande — le dijo el coronel a Jerry, interrumpiéndose para señalar el bosque —.

Gateas hasta una rama, subes un poco, vas cambiando de rama, la rama se rompe, subes otra vez... un día puede que llegues hasta el general en jefe. O puede que no llegues nunca.

Dos niños pequeños les hicieron señas para que pararan y el coronel paró y les dejó subir atrás, al lado del muchacho.

—No lo hago muchas veces — dijo, con otra súbita sonrisa —. Lo hago para demostrarle a usted que soy buena persona. Si los CT saben que paras para llevar a los chicos, ponen chicos para pararte. Tienes que variar. Así puedes seguir vivo.

Había girado de nuevo hacia el bosque. Recorrieron unos kilómetros y dejaron a los críos, pero no al ceñudo muchacho. Cesaron los árboles y empezó un terreno desolado de matojos. El cielo se hizo blanco y las sombras de los cerros asomaban entre la niebla.

—¿Qué ha hecho? — preguntó Jerry.

—¿Él? Es un CT — dijo el coronel —. Le capturamos.

Jerry vio un relampagueo dorado en el bosque, pero era sólo un *wat*.

—La semana pasada — continuó el coronel —, uno de mis policías se hizo confidente de los CT. Le mandé de patrulla, le liquidé y le convertí en un gran héroe. A su mujer le asigno una pensión, compro una bandera grande para el cadáver, hago un gran funeral y el pueblo se hace un poco más rico. Ese individuo ya no es un confidente. Es un héroe popular. Hay que conseguir ganar el corazón y el pensamiento de la gente.

—Sin duda — confirmó Jerry.

Habían llegado a un campo seco y amplio; dos mujeres cavaban en el centro y no había nadie más a la vista, salvo un seto lejano y un rocoso territorio de dunas que se desvanecía en el cielo blanco. Dejando a Mickey en el Ford, Jerry y el coronel empezaron a cruzar el campo, con el muchacho ceñudo tras ellos.

—¿Usted es inglés?

—Sí.

—Yo estuve en la academia internacional de policía de Washington — dijo el coronel —. Un sitio bárbaro. Estudié procedimiento ejecutivo en la Universidad estatal de Michigan. Fue un curso magnífico. ¿Quiere usted separarse un poco de mí? — pidió cortésmente, mientras seguían con mucho cuidado por un surco —. Me disparan a mí, no a usted. Si le tiran a un *farang*, se echan encima demasiados problemas. Y ellos no quieren eso. En mi territorio, nadie le tira a un *farang*.

Había llegado adonde estaban las mujeres. El coronel les habló, caminó un trecho, se detuvo, volvió la vista hacia el muchacho ceñudo y volvió a las mujeres y les habló por segunda vez.

—¿Qué pasa? — dijo Jerry.

—Les pregunto si hay por aquí algún CT. Me dicen que no. Luego yo pienso: quizás los CT quieran rescatar a este muchacho. Así que doy vuelta y les digo: «Si hay algún problema, matamos primero a las mujeres, a vosotras.»

Habían llegado al seto. Delante de ellos se extendían las dunas, salpicadas de grandes matorrales y palmas como hojas de espada. El coronel abocinó la boca con las manos y gritó hasta que llegó la respuesta.

—Aprendí esto en la selva — explicó, con otra sonrisa —. Cuando estás en la selva, hay que llamar primero siempre.

—¿Qué selva fue ésa? — preguntó Jerry.

—No se separe de mí ahora, por favor. Cuando me hable, sonría. Les gusta ver que uno está tranquilo.

Llegaron a un riachuelo. A su alrededor cien hombres y muchachos, o quizás más, picaban piedra indiferentes con picos y azadas, o transportaban sacos de cemento de un gran montón a otro. Un puñado de policías armados les vigilaban perezosamente. El coronel llamó al muchacho y le habló y el muchacho bajó la cabeza y el coronel le pegó un buen cachete. El muchacho murmuró algo y el coronel volvió a pegarle. Luego, le dio una palmada en el hombro, tras lo cual se escabulló, como un pájaro liberado, pero tullido, y fue a reunirse con los demás trabajadores.

—Tú escribes sobre los CT. Escribe también sobre mi presa — ordenó el coronel, mientras iniciaban el paseo de vuelta —. Vamos a convertir todo esto en pastos excelentes. Le pondrán mi nombre.

—¿En qué selva luchó usted? — repitió Jerry mientras regresaban.

—Laos. Una guerra muy dura.

—¿Voluntario?

—Claro. Tenía hijos, necesitaba dinero. Fui PARU. ¿Sabe lo que es? Lo llevaban los norteamericanos. Lo hacían ellos. Yo escribo una carta dimitiendo de la policía tailandesa. Ellos la meten en un cajón. Si me matan, sacan la carta y demuestran que dimití antes de ir de PARU.

—¿Fue allí donde conoció a Ricardo?

—Claro. Ricardo amigo mío. Combatimos juntos, matamos a mucha mala gente.

—Yo quiero verle — dijo Jerry —. Conocí a una chica suya en

Saigón. Ella me dijo que él vivía por aquí. Quiero proponerle un negocio.

Pasaron de nuevo delante de las mujeres. El coronel les dijo adiós, pero ellas le ignoraron. Jerry estaba mirándole a la cara, pero era como si mirase una de las piedras de las dunas. El coronel subió al jeep. Jerry subió tras él.

—Pensé que quizás usted pudiera llevarme hasta él. Podría incluso hacerle rico por una temporada.

—¿Esto es para el periódico?

—Es particular.

—¿Un asunto particular? — preguntó el coronel.

—Eso mismo.

Cuando volvían por la carretera, aparecieron dos camiones amarillos con hormigoneras y el coronel tuvo que dar marcha atrás para dejarles paso. Jerry se fijó, automáticamente, en la inscripción que llevaban en los laterales amarillos. Y, al hacerlo, advirtió que el coronel le observaba. Siguieron hacia el interior, a todo lo que daba el jeep, para frustrar las malas intenciones de cualquiera a lo largo del camino. Mickey les seguía fielmente.

—Ricardo es amigo mío y éste es mi territorio — repitió el coronel en su excelente norteamericano.

Aunque familiar, la frase esta vez era una advertencia clara y explícita.

—Vive aquí bajo mi protección — continuó el coronel —. Por un acuerdo que tenemos. Aquí eso lo sabe todo el mundo. Lo saben los aldeanos, y lo saben los CT. Si alguien se metiese con Ricardo, yo liquidaría a todos los CT que trabajan en la presa.

Al desviarse de la carretera principal y entrar en el camino de tierra, Jerry vio en el asfalto las huellas de las ruedas de un avión pequeño.

—¿Es aquí dónde aterriza?

—Sólo en la temporada de las lluvias.

El coronel siguió bosquejando su posición ética en aquel asunto.

—Si Ricardo le mata a usted, es asunto suyo. Un *farang* mata a otro en mi territorio. Eso es natural.

Era como si estuviera explicando aritmética elemental a un niño.

—Ricardo es amigo mío — repitió, sin embarazo —. Camarada mío.

—¿Le espera?

—Préstele atención, por favor. El capitán Ricardo a veces es un hombre enfermo.

*Tiu le proporcionó un sitio especial*, había dicho Charlie Mariscal. *Un sitio a donde sólo pueden ir los locos. Tiu va y le dice: «Tú sigues vivo, tienes el avión, haces de vigilante para Charlie Mariscal siempre que quieras. Llevas dinero para él, le cubres las espaldas, si eso es lo que quiere Charlie. Ese es el trato y Drake Ko nunca rompe un trato», le dice. Pero si Ric causa problemas, o si estropea el asunto, o si se va de la lengua sobre ciertos asuntos, Tiu y su gente matan a ese chiflado cabrón tan concienzudamente que jamás volverá a saber quién es.*

«¿Y por qué no coge Ric el avión y escapa?», había preguntado Jerry.

*Tiu le quitó el pasaporte, Voltaire. Tiu paga las deudas de Ric y le compra sus empresas y su ficha policial. Tiu le cuelga unas cincuenta toneladas de opio y tiene las pruebas listas para los de narcóticos por si las necesita alguna vez. Ric puede irse cuando quiera. Tienen cárceles esperando por él en todo el mundo.*

La casa se alzaba sobre pilares en el centro de un camino de tierra ancho y estaba rodeada de una galería y tenía al lado un arroyuelo; abajo había dos muchachas tailandesas, una alimentaba a su bebé mientras la otra revolvía una olla. Detrás de la casa, había un campo liso y pardo, con un cobertizo en un extremo lo bastante grande para albergar un avión pequeño (un Beechcraft, por ejemplo) y al fondo del campo había un rastro plateado de hierba aplastada, donde podría haber aterrizado uno hacía poco. No había árboles cerca de la casa, que se alzaba sobre una pequeña elevación del terreno. Tenía vistas a todo alrededor y anchas ventanas, no muy altas, que Jerry sospechó modificadas para que hubiese buen ángulo de tiro desde el interior. Cerca de la casa, el coronel le dijo a Jerry que se fuera y volvió con él hasta el coche de Mickey. Habló con éste y Mickey salió rápidamente del coche y abrió el maletero. El coronel buscó debajo del asiento y sacó la pistola de Mickey y la tiró despectivamente al interior del jeep. Hizo una seña a Jerry, luego a Mickey y luego revisó el coche. Luego les dijo a los dos que esperasen y subió las escaleras hasta la primera planta. Las chicas le ignoraron.

—El buen coronel —dijo Mickey.

Esperaron.

—Inglaterra país rico —dijo Mickey.

—Inglaterra es un país muy *pobre* —replicó Jerry, mientras seguían observando la casa.

—País pobre, gente rica — dijo Mickey.

Aún seguía estremeciéndose de risa por tan excelente chiste, cuando el coronel salió de la casa, subió al jeep y se alejó.

—Espera aquí — dijo Jerry.

Y caminó despacio hasta el pie de las escaleras, hizo bocina con las manos en la boca y dijo, hacia arriba:

—Me llamo Westerby. Quizás recuerdes que disparaste contra mí en Fnom Penh hace una semana. Soy un periodista pobre con ideas caras.

—¿Qué quieres, Voltaire? Me dijeron que ya estabas muerto.

Una voz latinoamericana, profunda y vivaz, desde la oscuridad de arriba.

—Quiero chantajear a Drake Ko. Estoy seguro de que entre los dos podríamos sacarle un par de millones y tú podrías comprar tu libertad.

Jerry vio en la oscuridad de la trampilla que había sobre él, un cañón de fusil, como el ojo de un cíclope, que pestañeó y luego asentó su mirada en él de nuevo.

—*Cada uno* — dijo Jerry —. Dos para ti, dos para mí. Lo tengo todo preparado. Con mi inteligencia, tu información y la figura de Lizzie Worthington, estoy seguro de que no habrá problema.

Empezó a subir las escaleras despacio. Voltaire, pensó. Charlie Mariscal no se dormía a la hora de correr la voz. En cuanto a lo de estar ya muerto... démosle un poco de tiempo, pensó.

Mientras subía por la trampilla, Jerry pasó de la oscuridad a la luz, y la voz latinoamericana dijo: «Quieto ahí.» Jerry hizo lo que le decían y pudo echar un vistazo a la habitación, que era una mezcla de pequeño museo militar y un PX norteamericano. En la mesa central, sobre un trípode, había un AK47 similar al que había utilizado ya Ricardo para disparar contra él, y tal como había sospechado Jerry, cubría los cuatro ángulos a través de las ventanas. Por si acaso no los cubría, había un par de reserva, y junto a cada arma, una aceptable reserva de municiones. Por allí había granadas como fruta, en grupos de tres y cuatro, y en el espantoso mueble bar de nogal, bajo una efigie en plástico de la Virgen, había una colección de pistolas y automáticas suficiente para cubrir cualquier eventualidad. Sólo había una habitación, pero era grande, con una cama baja que tenía los extremos lacados y Jerry perdió tontamente unos instantes preguntándose cómo demonios habría podido meter Ricardo todo aquello en su Beechcraft. Había dos neveras y una máquina de hacer hielo y cuadros al óleo laboriosamente pintados de tailandesas desnudas, trazados con ese tipo de inexactitud erótica que normalmente proviene de un escasísimo conocimiento del tema. Había un archivador con una Luger encima y una estantería con libros sobre derecho mercantil, tasas internacionales y técnica sexual. De las paredes colgaban varios iconos, de santos, de la Virgen y del Niño Jesús, sin duda tallados en la localidad. En el suelo, había un artilugio de acero que sostenía una barca de remos, con asiento móvil para mantenerse en forma.

En el centro de todo esto, en una actitud muy parecida a aquella con que Jerry le había visto por primera vez, se sentaba Ricardo en un sillón giratorio de alto ejecutivo, con sus brazaletes de la CIA y un *sharong* y una cruz de oro sobre el hermoso pecho desnudo. No tenía la barba tan tupida como cuando le había visto Jerry y sospechó que las chicas se la habían recortado. Iba descubierto y llevaba recogido con un anillito dorado en la nuca el pelo, negro y rizado. Era ancho de hombros y musculoso, de piel tostada y aceitosa y pecho velludo.

Tenía también una botella de whisky al lado y una jarra de agua, pero no tenía hielo, porque no había electricidad para las neveras.

—Quítate la chaqueta, Voltaire, por favor —ordenó Ricardo.

Jerry lo hizo y Ricardo se levantó con un suspiro y cogió una automática de la mesa y dio una vuelta despacio alrededor de Jerry, examinando su cuerpo mientras le tanteaba suavemente buscando armas.

—¿Juegas al tenis, eh? —comentó, pasándole una mano muy levemente por la espalda—. Charlie dijo que tenías músculos de gorila.

Pero en realidad Ricardo sólo hablaba para sí mismo.

—A mí me gusta muchísimo el tenis. Soy un jugador buenísimo. Siempre gano. Por desgracia, aquí tengo pocas ocasiones de jugar.

Y, tras decir esto, volvió a sentarse.

—A veces —continuó—, uno tiene que esconderse con el enemigo para librarse de los amigos. Yo monto a caballo, boxeo, tiro. Tengo títulos universitarios, piloto un avión, sé un montón de cosas de la vida, soy muy inteligente; pero, a causa de circunstancias imprevistas, vivo en la selva igual que un mono.

Tenía la automática despreocupadamente asida con la mano izquierda.

—¿Eso es lo que tú llamas un paranoico, Voltaire? ¿Llamas

paranoico al que cree que todos son enemigos suyos?

—Hombre, yo creo que es eso, en realidad.

Para pronunciar la frase trillada que siguió, Ricardo puso un dedo sobre su aceitoso y bronceado pecho.

—Pues este paranoico tiene enemigos reales — dijo.

—Con dos millones de billetes — dijo Jerry, aún sin moverse de donde le había dejado Ricardo — estoy seguro de que podrían desaparecer la mayoría.

—Voltaire, debo decirte honradamente que considero tu proposición puro cuento.

Y a continuación soltó una carcajada. Es decir, hizo un magnífico despliegue de sus blancos dientes que contrastaban con la barba recién recortada, y flexionó un poco los músculos del estómago y mantuvo fijos los ojos, inmóviles, sobre la cara de Jerry, mientras daba un sorbo a su vaso de whisky. Le han dicho lo que tenía que hacer, pensó Jerry, igual que a mí.

*Si aparece, déjale hablar,* le había dicho Tiu, sin duda. Y en cuanto Ricardo oyese lo que tenía que decir... ¿qué pasaría entonces?

—Tenía entendido que habías tenido un accidente, Voltaire — dijo Ricardo con tristeza, y cabeceó como si se quejase de la escasa calidad de su información —. ¿Quieres un trago?

Me lo serviré yo mismo — dijo Jerry.

Los vasos estaban en un armario y todos eran de colores y tamaños distintos. Jerry se acercó muy tranquilo al armario y eligió un vaso largo de color rosa que tenía una chica vestida por fuera y otra desnuda por dentro. Se sirvió dos dedos de whisky, añadió un poco de agua y se sentó a la mesa frente a Ricardo, mientras éste le estudiaba, muy interesado.

—¿Haces ejercicio, levantamiento de pesos, o algo? — preguntó, confidencialmente.

—Sólo le doy a la botella — dijo Jerry.

Ricardo se rió exageradamente, sin dejar de examinarle con mucho detenimiento con sus grandes ojos chispeantes.

—Estuvo muy mal lo que le hiciste al pequeño Charlie, ¿sabes? No me gusta que te sientes en la cabeza de mi amigo en la oscuridad mientras él está con el pavo frío. Charlie tardará una buena temporada en recuperarse. Ésa no es forma de hacer amistad con los amigos de Charlie, Voltaire. Dicen que has sido grosero hasta con el señor Ko. Que sacaste a cenar a mi Lizzie. ¿Es verdad eso?

—La saqué a cenar.

—¿Jodiste con ella?

Jerry no contestó. Ricardo soltó otra carcajada que se cortó con la misma brusquedad con que había empezado. Bebió un buen trago de whisky y suspiró.

—Bueno, ojalá ella esté agradecida, no puedo decir más.

Jerry le interpretó mal, claro está.

—La perdono — dijo —. ¿De acuerdo? Si ves otra vez a Lizzie dile que yo, Ricardo, la perdono. Yo la enseñé. Yo la puse en el buen camino. Le expliqué muchísimas cosas, de arte, de cultura, de política, de negocios, de religión, le enseñé a hacer el amor y luego la mandé al mundo. ¿Dónde estaría ella sin mis relaciones? ¿Dónde? Viviendo en la selva con Ricardo, como un mono. Me lo debe todo. *Pigmalión*: ¿Conoces esa película? Pues bien, yo soy el profesor. Yo le explico las cosas, ¿me entiendes? Le explico cosas que no puede explicarle ningún otro hombre más que Ricardo. Siete años en Vietnam. Dos años en Laos. Cuatro mil dólares al mes de la CIA y soy católico. ¿Crees que no puedo explicarle algunas cosas a una chica así, una chica sin raíces, una fregona inglesa? Ella tiene un niño, ¿lo sabías? Tiene un chico pequeño en Londres. Lo abandonó, ¿te imaginas? Menuda madre, eh. Peor que una puta.

Jerry no encontraba nada útil que decir. Contemplaba los dos grandes anillos de los dedos medios de la gruesa mano derecha de Ricardo, y los comparaba en el recuerdo con las cicatrices gemelas de la barbilla de Lizzie. Fue un golpe hacia abajo, decidió, un golpe cruzado de derecha cuando ella estaba debajo de él. Era raro que no le hubiese roto la mandíbula. A lo mejor se la había roto y se la habían curado bien.

—¿Te has quedado sordo, Voltaire? Te dije que me explicaras tu proposición. Sin prejuicios, comprendes. Aunque no me creo una palabra de ella.

Jerry se sirvió un poco más de whisky.

—Pensé que quizá si me explicaras lo que Drake Ko quería que hicieses aquella vez que volaste para él, y si Lizzie pudiera ponerme en contacto con Ko y los tres actuásemos de acuerdo y sin engaños, tendríamos una buena oportunidad de sacarle jugo.

Ahora que lo había dicho, sonaba aún peor que cuando lo había ensayado, pero no le importaba demasiado.

—Tú estás loco, Voltaire. Loco. Estás haciendo castillos en el aire.

—No si Ko te pidió que volases para él a la China continental. En ese caso no. No importa que Ko sea el amo de Hong Kong; si el gobernador se enterase de esa pequeña aventura, estoy seguro de que él y Ko dejarían inmediatamente de besarse. Eso para empezar. Hay más.

—¿Pero de qué me hablas, Voltaire? ¿China? ¿Qué disparate es ése? ¿La China *continental*?

Y encogió sus relumbrantes hombros y bebió, sonriendo al vaso.

—No te entiendo, Voltaire — añadió —. Hablas por el culo. ¿Cómo puede ocurrírsete que haga yo un vuelo a China para Ko? Ridículo. Cómico.

Ricardo, como mentiroso, pensó Jerry, quedaba muy por debajo de Lizzie, y era decir mucho.

—El director de mi periódico así me lo hace pensar. amigo. Ese director es un tipo muy listo. Tiene muchísimos amigos influyentes y conocidos. Le cuentan cosas. Ahora, por ejemplo, mi editor tiene la bien fundada sospecha de que poco después de que murieses tan trágicamente en aquel accidente aéreo, vendiste un buen cargamento de opio en crudo a un amistoso comprador norteamericano dedicado a la represión de las drogas peligrosas. Mi director también me dijo que ese opio era de Ko, que tú no podías venderlo y que estaba destinado a la China continental. Sólo que tú decidiste operar por tu cuenta.

Y continuó directamente, mientras Ricardo le miraba por encima del borde de su vaso de whisky.

—Si eso es cierto, y si lo que se proponía Ko — continuó Jerry — era, digamos, reintroducir el hábito del opio en el Continente, despacio, pero creando poco a poco nuevos mercados, no sé si me entiendes, en fin, estoy seguro de que haría muchas cosas por impedir que esa información saliera en las primeras páginas de la Prensa mundial. Y eso no es todo, además. Hay otro asunto aún más lucrativo.

—¿De qué se trata, Voltaire? — preguntó Ricardo, y continuó mirándole con la misma fijeza que si le tuviese encañonado con el rifle —. ¿A qué otros aspectos te refieres? Sé amable y explícamelo, por favor.

—Bueno, creo que eso me lo guardaré — dijo Jerry con una franca sonrisa —. Creo que será mejor que lo tenga en reserva hasta que me des algo a cambio.

En ese momento, una chica subió las escaleras con cuencos de arroz y pollo hervido. Era esbelta y muy hermosa. Se oían voces debajo de la casa, entre ellas la de Mickey, y las risas del bebé.

—¿A quién tienes ahí, Voltaire? — preguntó perezosamente Ricardo, medio despertando de su ensueño —. ¿Te has traído algún chino guardaespaldas?

—No es más que el chófer.

—¿Trajo armas?

Al no recibir respuesta, Ricardo cabeceó asombrado.

—Estás completamente chiflado, amigo — comentó, mientras indicaba a la chica que se fuera —. Estás loco, sí, no hay duda.

Luego, le pasó un cuenco y palillos.

—Virgen santa — añadió —. Ese Tiu es un tipo muy peligroso. Y yo también lo soy. Pero esos chinos pueden llegar a ser muy jodidos, Voltaire. Si andas con bromas con un tipo como Tiu, puedes tener problemas muy graves.

—Les derrotaremos en su propio campo — dijo Jerry —. Utilizaremos abogados ingleses. Llevaremos la cosa tan arriba que no podrá echarla abajo ni un consejo de obispos. Reuniremos testigos. Tú, Charlie Mariscal, todos los demás que conozcas. Daremos datos y fechas de lo que hizo y dijo. Le enseñaremos a él una copia y meteremos las otras en un Banco y haremos un contrato con él. Firmado, sellado y entregado. Absolutamente legal. Eso es lo que a él le gusta. Ko es muy legalista. He estado repasando sus negocios. He visto sus declaraciones bancarias, sus cuentas. La historia está muy bien así. Pero con los otros aspectos de que te hablo, estoy seguro de que cinco millones es muy poco dinero. Dos para ti, dos para mí. Uno para Lizzie.

—Para ella nada.

Ricardo estaba inclinado sobre el archivo. Abrió un cajón y empezó a buscar, examinando folletos y correspondencia.

—¿Has estado alguna vez en Bali, Voltaire?

Ricardo sacó solemnemente unas gafas y se sentó otra vez a la mesa y empezó a examinar los papeles del archivo.

—Compré un poco de tierra hace unos años. Un trato que hice. Yo hago muchos tratos. Anduve por allí, monté a caballo, tenía una Honda 750, una chica. En Laos matamos a todo el mundo. En Vietnam incendiamos todo el país, así que me compré aquel terreno en Bali, un poco de tierra que por una vez no achicharramos y una chica que no matamos, ¿me entiendes? Cincuenta acres. Ven, ven aquí.

Mirando por encima del hombro de Ricardo, Jerry vio la copia del plano de un istmo dividido en solares numerados, y en el ángulo izquierdo, abajo, las palabras «Ricardo y Worthington LTD., Antillas Holandesas».

—Tú entras conmigo en el negocio, Voltaire. Vamos a hacer esto juntos, ¿de acuerdo? Construir cincuenta casas, una para cada uno, buena gente, Charlie Mariscal como encargado, se consiguen unas cuantas chicas, puede hacerse una colonia, artistas, algún concierto, ¿te gusta la música, Voltaire?

—Yo necesito datos concretos — insistió Jerry con firmeza —. Datos, fechas, lugares, declaraciones de testigos. Cuando me lo hayas dicho todo, trataremos eso. Te explicaré esos otros aspectos..., los lucrativos. Te explicaré todo el negocio.

—Sí, claro — dijo Ricardo distraído, estudiando aún el plano —. Vamos a joderle. Como está mandado.

Así es cómo vivían, pensó Jerry: con un pie en el país de las hadas y el otro en la cárcel, estimulándose unos a otros las fantasías. Una ópera de mendigos con tres actores.

Ricardo se enamoró entonces, durante un rato, de sus pecados y Jerry no pudo hacer nada para detenerle. En el mundo simple de Ricardo, hablar de uno mismo era llegar a conocer mejor a la otra persona. Así que habló de su gran corazón, de su gran potencia sexual y de lo que le preocupaba su mantenimiento, pero, sobre todo, habló de los horrores de la guerra, tema en el que se consideraba excepcionalmente bien informado.

—En Vietnam me enamoré de una chica, Voltaire. Yo, Ricardo, me enamoré. Es una cosa muy rara y para mí es sagrada. Pelo negro, esbelta, cara de virgen, las tetitas pequeñas. Por la mañana, yo paro el jeep cuando la veo camino de la escuela y ella me dice siempre «no». «Escucha — le digo  , Ricardo no es norteamericano, es mexicano.» Ella no ha oído hablar siquiera de México. Yo me vuelvo loco, Voltaire. Durante semanas, yo, Ricardo, vivo como un mono. A las otras chicas ya no las toco. Todas las mañanas. Luego, un día, voy ya en primera y ella alza la mano... ¡alto! Se pone a mi lado. Deja la escuela, va a vivir a un kampong, no recuerdo el nombre. Llegan los B52 y destrozan el pueblo. Un héroe que no leyó bien el plano. Las ciudades pequeñas, las aldeas, son como piedras en la playa, todas son iguales. Yo estoy en el helicóptero detrás. Nada me detiene. Charlie Mariscal está conmigo y me grita que estoy loco. Me da igual. Bajo, aterrizo, la busco. Toda la aldea ha muerto. La encuentro. También ella está muerta, pero la encuentro. Vuelvo a la base, la policía militar me pega, siete días de reclusión en solitario, me degradan. A mí. A Ricardo.

—Eres un pobrecillo — dijo Jerry, que había jugado antes aquel juego y lo odiaba... podías creer o no creer en él, pero lo odiabas siempre.

—Tienes razón — dijo Ricardo, agradeciendo con una inclinación el homenaje de Jerry —. Pobre es la palabra correcta. Nos tratan como a los aldeanos. Charlie y yo hacemos cualquier porte. Nunca nos pagaron lo que merecíamos. Heridos, muertos, fragmentos de cadáveres, droga. Por nada. Dios mío, aquello sí que era serio, aquella guerra. Entré dos veces en la provincia de Yunnan. Yo no tengo miedo. Ninguno. Ni siquiera mi buena planta me hace temer por mí.

—Contando el viaje de Drake Ko — le recordó Jerry —, habrías estado allí tres veces, ¿no?

—Instruyo pilotos para las fuerzas aéreas camboyanas. Por nada. ¡Las fuerzas aéreas camboyanas, Voltaire! Dieciocho generales, cincuenta y cuatro aviones... y Ricardo. Si terminas el período acordado, te consigues un seguro de vida, ése es el trato. Cien mil dólares norteamericanos. Sólo para ti. Si Ricardo muere, sus parientes no reciben nada. Ése es el acuerdo. Ricardo lo hace, lo acepta todo. Hablo con unos amigos de la legión extranjera francesa y resulta que ellos conocen el truco, me avisan. «Cuidado, Ricardo. Pronto empezarán a mandarte a los peores sitios para que no puedas volver. Y así no tendrán que pagarte.» Los camboyanos quieren que vuele con la mitad del combustible que necesito. Yo consigo depósitos de ala y me niego. Otra vez me estropean los frenos hidráulicos. Cuido yo mismo el aparato. Así no te matan. Escucha, si le hago una seña, Lizzie vuelve conmigo, ¿entiendes?

Había terminado la comida.

—¿Y cómo te fue luego con Tiu y Drake? — interrumpió Jerry.

En una confesión, decían en Sarratt, lo único que tienes que hacer es desviar un poco la corriente.

A Jerry le parecía, por primera vez, que Ricardo le miraba con toda la intensidad de su estupidez animal.

—Me desconciertas, Voltaire. Si te digo demasiado, tengo que matarte. Yo soy muy hablador, ¿me entiendes? Aquí estoy muy solo, parece que estoy condenado a estar siempre solo. Me gusta tener a alguien, hablar, y luego me arrepiento. Recuerdo mis compromisos, ¿entiendes?

Entonces se apoderó de Jerry una gran calma interior; el hombre de Sarratt se convirtió en el ángel memorizador de Sarratt, sin más papel a jugar que recibir y recordar. Operativamente, sabía que estaba cerca del final de la ruta: aunque el camino de vuelta fuese, en el mejor de los casos, indeterminable. Operativamente, por todos los precedentes de que disponía deberían haber sonado en sus oídos sobrecogidos mudas campanadas de triunfo. Pero no había sido así. Y este hecho era una temprana advertencia de que su investigación ya no coincidía, en ningún aspecto, con la de los planificadores de Sarratt.

Al principio, la historia (con concesiones a la desmesurada vanidad de Ricardo) se ajustaba bastante a lo que había contado Charlie Mariscal. Tiu llegó a Vietnam vestido como un *coolie* y oliendo a gato y preguntó por el mejor piloto de la ciudad y, naturalmente, lc remitieron de inmediato a Ricardo que, casualmente, se hallaba descansando entre dos compromisos de trabajo y disponible para determinadas tareas especializadas y muy bien pagadas del campo de la aviación.

Ricardo, a diferencia de Charlie Mariscal, contaba su historia con una franqueza estudiada, como si creyese estar tratando con intelectos inferiores al suyo. Tiu se presentó como un individuo con amplias relaciones en la industria aeronáutica, mencionó su imprecisa relación con Indocharter y pasó al terreno que ya había cubierto con Charlie Mariscal. Aludió por último al proyecto concreto que tenía entre manos... lo que significaba, según el estilo sutil de Sarratt, proveer a Ricardo de una historia de cobertura. Cierta importante empresa mercantil de Bangkok, con la que tenía el orgullo de estar relacionado, explicó Tiu, estaba a punto de llegar a un acuerdo, absolutamente legítimo, con ciertos funcionarios de un país vecino y amigo.

—Yo le pregunté, Voltaire, muy en serio: «Señor Tiu, me parece que ha descubierto usted la luna. Jamás supe que hubiese un país asiático con un vecino amigo.» A Tiu le hizo mucha gracia el chistc. Lógicamente, le pareció una aportación ingeniosa — dijo Ricardo muy serio, en uno de sus arranques de inglés de escuela de comercio.

Pero antes de consumar su provechoso y legítimo trato, explicó Tiu, en palabras de Ricardo, sus socios se enfrentaban con el problema de tener que pagar a determinados funcionarios y a otras partes interesadas dentro de aquel país amigo, que tenían que eliminar ciertos obstáculos burocráticos molestos.

«¿Y por qué era eso un problema?», había preguntado Ricardo, con bastante lógica.

Supongamos, dijo Tiu, que el país fuese Birmania. Es un suponer. En la Birmania actual no se permitía enriquecerse a los funcionarios, y éstos no podían ingresar directamente el dinero en un banco. Debido a ello, había que encontrar otros medios de pago.

Ricardo propuso pagar con oro. Tiu, dijo Ricardo, lo lamentaba mucho, pero en el país al que él se refería resultaba difícil negociar incluso el oro. La moneda elegida en este caso había de ser,

por tanto, opio; dijo: cuatrocientos kilos. La distancia no era grande. En un día, podía ir y volver; el precio eran cinco mil dólares,
y los demás detalles se le comunicarían antes de despegar, para evitar «un desgaste innecesario de la memoria», como dijo Ricardo, en
otro de los extraños floreos lingüísticos que debían haber sido, sin
duda, parte esencial de la educación de Lizzie. Cuando Ricardo
volviese de lo que Tiu estaba seguro que sería un vuelo cómodo
e instructivo, tendría a su disposición cinco mil dólares norteamericanos en billetes de un valor adecuado... siempre, claro está, que
Ricardo presentase, del modo que se juzgase conveniente, una confirmación de que el cargamento había llegado a su destino. Un recibo, por ejemplo.

Mientras describía su propio juego de piernas, Ricardo mostró
una gran astucia en sus tratos con Tiu. Le dijo que se pensaría la
oferta. Habló de otros compromisos urgentes y de su propósito de
formar unas líneas aéreas propias. Luego, se puso a trabajar para
descubrir quién demonios era Tiu. Y descubrió en seguida que, después de la entrevista, Tiu no había vuelto a Bangkok sino a Hong
Kong en un vuelo directo. Hizo que Lizzie sonsacara a los chiu-
chows de Indocharter, y a uno de ellos se le escapó que Tiu era
un pez gordo de China Airsea, porque cuando estaba en Bangkok
paraba en la *suite* que tenía China Airsea en el Hotel Erawan.
Cuando Tiu volvió a Vientiàne para saber la respuesta de Ricardo,
éste ya sabía mucho más de él... sabía incluso, aunque sirvió de
poco, que Tiu era el brazo derecho de Drake Ko.

Cinco mil dólares norteamericanos por un viaje de un día, le
dijo a Tiu en esta segunda entrevista, era o muy poco o demasiado. Si el trabajo era tan fácil como decía Tiu, era demasiado.
Si era la locura que Ricardo sospechaba, muy poco. Ricardo propuso
un acuerdo distinto: «Un compromiso mercantil», dijo. Explicó
(con una frase que sin duda debía utilizar a menudo) que estaba
pasando por «un problema temporal de liquidez». En otras palabras (interpretación de Jerry), estaba sin un céntimo, como siempre, y los acreedores le andaban persiguiendo. Lo que necesitaba
de inmediato era un ingreso regular, y el mejor modo de obtenerlo era que Tiu consiguiese que le contrataran en Indocharter
como asesor piloto durante un año, con un sueldo de veinticinco
mil dólares norteamericanos.

A Tiu no pareció sorprenderle demasiado la idea, dijo Ricardo.
Allá arriba en la casa, sobre los pilares, la habitación iba llenándose de quietud y calma.

En segundo lugar, en vez de pagarle cinco mil dólares al entre-

gar la mercancía, quería que le pagasen un adelanto de veinte mil
dólares norteamericanos inmediatamente para liquidar sus compromisos más urgentes. Diez mil se considerarían ganados en cuanto
hubiese entregado el opio y los otros diez mil serían descontables
«en origen» (otro *nom de guerre* de Ricardo) de su sueldo en Indocharter durante los meses restantes de su contrato. Si Tiu y sus
socios no podían aceptar esto, explicó Ricardo, desgraciadamente
tendría que abandonar la ciudad antes de poder hacer la entrega
del opio.

Tiu aceptó las condiciones al día siguiente, con ciertas varian-
tes. En vez de adelantarle los veinte mil dólares, él y sus socios
proponían la compra de las deudas de Ricardo directamente a sus
acreedores. De este modo, explicó, se sentirían mucho más cómo-
dos. Aquel mismo día se «santificó» (las convicciones religiosas
de Ricardo se hacían patentes a cada paso) el acuerdo, mediante
un contrato impresionante, redactado en inglés y firmado por ambas partes. Ricardo (grabó silenciosamente Jerry) acababa de vender su alma.

—¿Y qué pensaba Lizzie del trato? — preguntó.

Ricardo encogió sus relumbrantes hombros.

—Mujeres — dijo.

—Claro — dijo Jerry, devolviéndole su sonrisa sabedora.

Asegurado así el futuro de Ricardo, éste reanudó, según sus
propias palabras, «un estilo de vida profesional adecuado». Recla-
maba por entonces su atención el proyecto de crear una federación de fútbol para toda Asia, así como una chica de catorce años
de Bangkok llamada Rosie, a la que, respaldado por su sueldo de
Indocharter, visitaba periódicamente con el propósito de educarla
para el gran teatro del mundo. De vez en cuando, pero no muy a
menudo, hacía algún vuelo para Indocharter, aunque sin agobios.

—Chiang Mai un par de veces. Saigón. Dos veces a los Shans
a visitar al padre de Charlie Mariscal, coger un poco de mierda,*
llevarle rifles nuevos, arroz, oro. A Battambang, también.

—¿Y dónde estaba Lizzie entretanto? — preguntó Jerry en el
mismo tono directo de antes, de hombre a hombre.

El mismo gesto despectivo.

—Pues en Vientiane. Haciendo punto. Puteando un poco en el
**Constellation**. Es una mujer muy vieja ya, Voltaire. Yo necesito
juventud. Optimismo. Energía. Gente que me respete. Yo, por mi
carácter, tengo que dar. ¿Qué puedo darle a una mujer vieja?

* **Droga.**

—¿Hasta? — preguntó Jerry.

—¿Eh?

—¿Que cuando se acabaron los besos?

Ricardo interpretó mal la pregunta, y de pronto parecía muy peligroso; bajó la voz en una sorda advertencia.

—¿Qué coño quieres decir?

Jerry le suavizó con la más cordial de las sonrisas.

—¿Cuánto tiempo estuviste cobrando y paseando sin que Tiu te pidiese que cumplieras el contrato?

Seis semanas, dijo Ricardo, recuperando la compostura. Ocho, quizás. El viaje se programó dos veces y luego se canceló. En una ocasión, al parecer, le mandaron a Chiang Mai y allí estuvo un par de días hasta que Tiu llamó para decir que la gente del otro lado no estaba preparada. Progresivamente, Ricardo iba teniendo la sensación de que estaba metido en algo muy serio, dijo, pero la historia, insinuó, siempre le adjudicaba los grandes papeles de la vida y al fin se había librado de los acreedores.

Sin embargo, interrumpió de pronto su narración y examinó una vez más atentamente a Jerry, rascándose la barba. Suspiró al fin y, tras servir un whisky para cada uno, empujó el vaso en la mesa hacia Jerry. Debajo de ellos, aquel día perfecto se preparaba para su lenta muerte. Los verdes árboles parecían más frondosos y sólidos. El humo del fuego donde cocinaban las chicas tenía un olor pegajoso.

—¿A dónde vas a ir cuando salgas de aquí, Voltaire?

—A casa — dijo Jerry.

Ricardo soltó una nueva carcajada.

—Tú te quedas aquí a pasar la noche. Ya te mandaré una de mis chicas.

—Yo haré lo que me parezca, amigo — dijo Jerry.

Los dos hombres se estudiaron, como animales en lucha, y durante un instante, la chispa del combate estuvo a punto de saltar.

—Eres un loco, Voltaire — murmuró Ricardo.

Pero prevaleció el hombre de Sarratt.

—Luego, un día hubo viaje, ¿verdad? — dijo Jerry —. Nadie lo canceló. ¿Qué pasó entonces? Vamos, hombre, cuenta la historia.

—Sí — dijo Ricardo —. Claro que sí, Voltaire — y bebió, sin dejar de mirarle —. Bueno... escucha, te contaré lo que pasó, Voltaire.

Y luego te mataré, decían sus ojos.

Ricardo estaba en Bangkok. Rosie estaba poniéndose muy exigente. Tiu había insistido en que Ricardo estuviese siempre donde se le pudiera localizar y una mañana temprano, sobre las cinco, a su nido de amor llegó un mensajero que le citó inmediatamente en el Erawan. A Ricardo le impresionó muchísimo la *suite*. Le habría gustado para él.

—¿Has estado alguna vez en Versalles, Voltaire? La mesa era tan grande como un B52. Tiu era un individuo muy distinto al *coolie* que olía a gato de Vientiane, comprendes. Tiu es una persona muy influyente. «Ricardo —me dice—, esta vez es seguro. Esta vez entregamos.»

Las instrucciones eran muy simples. En cuestión de unas horas, había un vuelo comercial a Chiang Mai. Ricardo debía cogerlo. Ya tenía habitación reservada en el Hotel Rincome. Debía pasar la noche allí. Solo. Nada de beber ni de mujeres ni de relaciones sociales.

—«Será mejor que lleve cosas para leer, señor Ricardo», me dice. «Señor Tiu —le digo yo—. Usted dígame adónde tengo que volar, pero no me diga dónde tengo que leer. ¿Entendido?» El tipo estaba muy engreído detrás de aquella mesa tan grande, ¿comprendes, Voltaire? Yo estaba obligado a enseñarle educación.

A la mañana siguiente, alguien iría a buscar a Ricardo a las seis al hotel, presentándose como amigo del señor Johnny. Ricardo debía acompañarle.

Las cosas salieron según lo planeado. Ricardo voló a Chiang Mai, pasó una noche abstemia en el Rincome y a las seis en punto de la madrugada fueron a buscarle dos chinos, no uno, y le condujeron en dirección norte varias horas hasta que llegaron a una aldea haka. Allí dejaron el coche y caminaron media hora hasta llegar a un campo vacío con una cabaña en un extremo. En ella había «un pequeño Beechcraft precioso», nuevo flamante, y dentro estaba Tiu con un montón de mapas y documentos, en el asiento contiguo al del piloto. Los asientos de atrás habían sido eliminados para dejar espacio donde colocar los sacos de arpillera. Había además dos trituradores chinos de vigilancia y, por lo que indicó, a Ricardo no le gustó gran cosa el ambiente que imperaba allí.

—Primero tuve que vaciar los bolsillos. Mis bolsillos son algo muy personal para mí, Voltaire. Son como el bolso de una dama. Recuerdos. Cartas. Fotografías. Mi virgen. Me lo retienen todo. El pasaporte, la licencia de vuelo, el dinero... hasta los brazaletes —dijo, y alzó los brazos morenos, de modo que los eslabones de oro tintinearon.

Tras esto, dijo, con un agrio ceño, aún tuvo que firmar más documentos. Tuvo que firmar un poder, cediendo los pocos fragmentos de vida que le quedaban después de su contrato con Indocharter. Tuvo que hacer varias concesiones de «tareas anteriores técnicamente ilegales», varias de ellas (afirmó Ricardo muy irritado) realizadas al servicio de Indocharter. Uno de los trituradores chinos resultó ser incluso abogado. A Ricardo esto le pareció especialmente impropio.

Sólo entonces desveló Tiu los mapas y las instrucciones, que Ricardo pasó a describir en una mezcla de su propio estilo y del de Tiu:

—«Va usted hacia el norte, señor Ricardo, sin desviarse. Puede atajar por Laos, puede seguir los Shans, a mí me da igual. El que tiene que volar es usted, no yo. Setenta y cinco kilómetros en el interior de la China roja, debe usted coger el Mekong y seguirlo. Luego sigue hacia el norte hasta encontrar un pueblecito montañés que se llama Tienpao, situado en un afluente de ese famoso río. Entonces debe seguir hacia el este treinta kilómetros y encontrará una pista de aterrizaje, una bengala blanca, una verde, hágame un favor: aterrice allí. Habrá un hombre esperándole. Habla muy mal inglés, pero lo habla. Aquí tiene medio billete de dólar. Ese hombre tendrá la otra mitad. Usted descarga el opio. Ese hombre le dará un paquete y ciertas instrucciones determinadas. El paquete es su recibo, señor Ricardo. Tráigalo de vuelta y obedezca exactamente todas las instrucciones, sobre todo en lo que se refiere a su lugar de aterrizaje. ¿Me entiende usted bien, señor Ricardo?»

—¿Qué clase de paquete? — preguntó Jerry.

—No me lo dice y a mí me da igual. «Haga usted eso — me dice —, y no abra la boca, señor Ricardo, y mis socios velarán por usted toda la vida como si fuera un hijo. Cuidarán de sus hijos, de sus chicas, de su chica de Bali. Le estarán agradecidos toda la vida. Pero si les engaña, o si anda dándole por ahí a la lengua, le matarán, no le quepa duda, señor Ricardo. Créame. Quizás no mañana, ni pasado mañana, pero no le quepa duda de que le matarán. Tenemos un contrato, señor Ricardo. Mis socios cumplen siempre sus contratos. Son gente muy legal.» Yo empecé a sudar, Voltaire. Estaba en magnífica forma, soy un excelente atleta, pero sudaba. «No se preocupe usted, señor Tiu — le digo —. Señor Tiu, siempre que quiera introducir opio en la China roja, Ricardo es su hombre.» Estaba muy preocupado, Voltaire, puedes creerme.

Se frotó la nariz como si le hubiera entrado en ella agua de mar y le escociese.

—Escucha esto, Voltaire. Escucha con la mayor atención. Cuando yo era joven y estaba loco, volé dos veces a la provincia de Yunnan para los norteamericanos. Para ser un héroe, uno tiene que hacer algunas locuras. Y si te estrellas, puede que un día te saquen de allí. Pero siempre que vuelo, miro esa piojosa tierra parda y veo a Ricardo en una jaula de madera. Sin mujeres, una comida asquerosa, sin un sitio donde sentarse, sin poder ponerme de pie ni dormir, cadenas en los brazos, sin que se me conceda ningún estatus, ninguna posición. «Ved al sicario y espía imperialista.» Voltaire, esa visión no me gusta. Verme encerrado toda la vida en China por introducir opio... no me entusiasma la idea, no. «¡Muy bien, señor Tiu! ¡Adiós! ¡Esta tarde le veré! Tengo que considerarlo muy en serio.»

La parda niebla del sol poniente llenó de pronto la estancia. En el pecho de Ricardo, pese a su perfecta condición, había brotado el mismo sudor. Yacía en gotas sobre el negro vello y sobre sus brillantes hombros.

—¿Y dónde estaba Lizzie durante todo ese tiempo? — volvió a preguntar Jerry.

La respuesta de Ricardo reflejaba nerviosismo e irritación ya.

—¡En Vientiane! ¡En la luna! ¡En la cama con Charlie! ¡Qué coño me importa a mí?

—¿Estaba enterada del trato con Tiu?

Ricardo frunció el ceño despectivo.

Hora de irse, pensó Jerry. Hora de encender la última mecha y correr. Abajo, Mickey tenía gran éxito con las mujeres de Ricardo. Jerry oía su charla cantarina, quebrada por agudas risas, como las de toda una clase de una escuela femenina.

—Así que allá te fuiste — dijo.

Esperó, pero Ricardo seguía perdido en sus pensamientos.

—Despegaste y te dirigiste hacia el norte — dijo Jerry.

Ricardo alzó la vista un poco, dirigió una mirada hostil y furiosa a Jerry y siguió mirándole hasta que la invitación a describir su propia hazaña heroica despertó por fin lo mejor de él.

—En toda mi vida volé tan bien. Nunca. Fue algo magnífico. Aquel pequeño Beechcraft negro. Ciento cincuenta kilómetros al norte porque yo no confío en nadie. ¿Y si aquellos payasos me tenían localizado en una pantalla de radar en algún sitio? No me gusta correr riesgos. Luego hacia el este, pero muy despacio. Muy bajo, pegado a las montañas, Voltaire. Soy capaz de pasar volando entre las patas de una vaca, ¿entiendes? En la guerra tenemos po-

cas pistas de aterrizaje allá arriba, absurdos puestos de escucha en
medio de territorio hostil. Yo volé hasta esos sitios, Voltaire. Los
conozco. Encuentro uno justo en la cima de una montaña, donde
sólo se puede llegar por aire. Echo un vistazo, veo el depósito de
combustible, aterrizo, reposto, echo un sueño; es una locura. Pero,
demonios, Voltaire, no es la provincia de Yunnan, ¿entiendes? No
es China, y Ricardo, el criminal norteamericano de guerra y contrabandista de opio, no va a pasarse el resto de su vida colgado
en un gancho de gallinas en Pekín, ¿no? En fin, volví otra vez al
sur con el avión. Conozco sitios, conozco sitios en los que podía
perder toda una fuerza aérea, créeme.

Ricardo pasó a mostrarse de pronto muy impreciso respecto
a los meses siguientes de su vida. Había oído hablar del holandés
errante y explicó que en eso se había convertido. Volaba, se escondía otra vez, volaba. Repintó el Beechcraft, cambiaba una vez
al mes la matrícula, vendió el opio en partidas pequeñas para que
no se notase, un kilo aquí, cincuenta allá; le compró un pasaporte
español a un indio, pero no tenía ninguna fe en él; se apartó de
toda la gente que conocía incluyendo a Rosie de Bangkok, y a
Charlie Mariscal. Jerry recordó, de la sesión informativa del viejo
Craw, que aquélla era también la época en que Ricardo había vendido el opio de Ko a los héroes del Ejecutivo norteamericano, pero
no había logrado colocarles la historia. Por órdenes de Tiu, explicó Ricardo, los muchachos de Indocharter le declararon rápidamente muerto, y cambiaron su ruta de vuelo hacia el sur, para
desviar la atención. Ricardo oyó esto y no puso objeción alguna
a lo de estar muerto.

—¿Y qué hiciste respecto a Lizzie? — preguntó Jerry.

Ricardo se puso furioso otra vez.

—¡Lizzie, Lizzie! Estás obsesionado con esa zorra, Voltaire. ¿Por
qué demonios me lanzas Lizzie a la cara a cada instante? Jamás conocí a una mujer más insignificante que ella. Escucha, se la
di a Drake Ko, ¿entendido? Yo labré su fortuna.

Y cogió el vaso de whisky y bebió de él, furioso aún.

Lizzie estaba presionando en favor de él, pensó Jerry. Ella y
Charlie Mariscal. Intentando por todos los medios comprar la cabeza de Ricardo.

—Aludiste rimbombantemente a otros aspectos lucrativos del
caso — dijo Ricardo, retomando imperativamente su inglés de escuela de comercio —. ¿Tendrías la bondad de indicarme cuáles
son, Voltaire?

El hombre de Sarratt recibió la palmada en el hombro.

—Número uno: Ko está recibiendo grandes sumas de la Embajada rusa de Vientiane. El dinero se canalizó a través de Indocharter y acabó en una cuenta bancaria muy especial de Hong
Kong. Tenemos pruebas. Tenemos copias de las declaraciones bancarias.

Ricardo hizo un mohín de disgusto, como si el whisky supiera
mal, y luego siguió bebiendo.

—Aún no sabemos si el dinero era para reavivar el hábito del
opio en la China roja o por algún otro servicio — dijo Jerry—.
Pero lo sabremos. Segunda cuestión: ¿Quieres oírlo o no te dejo
dormir?

Ricardo había bostezado.

—Segunda cuestión — continuó Jerry—. Ko tiene un hermano
más pequeño que él en la China roja. Antes se llamaba Nelson.
Ko dice que ha muerto, pero en estos momentos es un pez gordo
del Gobierno de Pekín. Ko lleva años intentando sacarle. Tu trabajo consistía en llevar el opio y sacar un paquete. El paquete era
el hermano Nelson. Por eso Ko te querría como a su propio hijo
si cumplías la misión. Y te mataría si no lo hacías. ¿No crees que
todo esto muy bien vale cinco millones de dólares?

La reacción de Ricardo no era muy notable; Jerry le observaba a la vacilante luz, esperando que el animal dormido que
había en él despertase visiblemente. Se inclinó hacia adelante despacio para posar el vaso, pero no podía ocultar la tensión de los
hombros ni la crispación de los músculos del estómago. Para lan-
zarle a Jerry una sonrisa de buena voluntad excepcional, se volvió
muy sosegadamente, pero en sus ojos había un brillo que era como
una señal de ataque; así que cuando se inclinó más y le dio a
Jerry una afectuosa palmada en la mejilla con la mano izquierda, Jerry estaba preparado para lanzarse hacia atrás cogiendo aquella mano, en caso necesario, e intentar voltearle.

—¡Cinco millones de billetes, Voltaire! — exclamó Ricardo con
un acerado relampagueo de emoción—. ¡Cinco millones! Oye...,
tenemos que hacer algo por el pobre Charlie Mariscal, ¿entendido?
Por cariño. Charlie siempre está sin blanca. Podíamos ponerle al
cargo de la federación de fútbol. Un momento: Voy a por más
whisky para celebrarlo.

Se levantó, ladeando la cabeza, y abriendo los desnudos brazos.

—Voltaire — dijo suavemente—. ¡Voltaire!

Y, muy cariñosamente, cogió a Jerry por las mejillas y le besó.

—¡Oye, vaya investigación que hicisteis! Tu director hizo un
trabajo estupendo. Eres mi socio. Como dijiste. ¿De acuerdo? Ne-

cesito tener un inglés en mi vida. Voy a hacer lo que hizo Lizzie
una vez, casarse con un maestro. ¿Harás eso por Ricardo, Voltaire? ¿Podrás esperar un momento?

—No te preocupes — dijo Jerry, sonriendo también.

—Puedes jugar un poco con las armas, ¿quieres?

—Bueno.

—Tengo que decirle unas cosillas a las chicas.

—Claro, hombre.

—Una cosa personal, familiar.

—Aquí estaré.

Desde lo alto de la trampilla, Jerry miró con ansiedad hacia
abajo en cuanto Ricardo salió. Mickey, el chófer, mecía en brazos
al niño y le acariciaba el cuello. En un mundo loco, hay que mantener la ficción en movimiento, pensó. Hay que aferrarse a ella
hasta el amargo final y dejarle a él el primer mordisco. Jerry volvió a la mesa y cogió la pluma de Ricardo y cogió papel y anotó
una dirección inexistente de Hong Kong donde podrían localizarle
en cualquier momento. Ricardo aún no había vuelto, pero cuando
Jerry se levantó le vio salir de entre los árboles, de detrás del coche. Le gustan los contratos, pensó. Hay que darle algo para que
lo firme. Cogió otra hoja. *Yo, Jerry Westerby, juro solemnemente
compartir con mi amigo el capitán Ricardo Chiquitín, todos los
beneficios procedentes de la explotación conjunta de la historia
de su vida,* escribió, y firmó con su nombre. Ricardo subía ya las
escaleras. Jerry pensó si proveerse de un arma del arsenal privado,
pero sospechó que Ricardo esperaba que hiciera exactamente eso.
Mientras Ricardo servía más whisky, Jerry le entregó las dos hojas
de papel:

—Redacté una declaración legal — dijo, mirando directamente
a los relampagueantes ojos de Ricardo —. Tengo un abogado inglés
en Bangkok, del que me fío mucho. Le diré que compruebe esto
y lo repase y que te lo mande para que lo firmes. Después planea-
remos la ruta a seguir y yo hablaré con Lizzie. ¿De acuerdo?

—Claro, hombre. Escucha. Ya ha anochecido. Ese bosque está
lleno de gente peligrosa. Quédate a pasar la noche. Ya hablé con
las chicas. Les gustas. Dicen que eres un hombre muy fuerte. No
tanto como yo, pero fuerte.

Jerry dijo que no quería perder tiempo. Dijo que le gustaría
estar en Bangkok al día siguiente. Sus palabras le parecieron tan
inconsistentes a él mismo como una mula de tres patas. Válidas
para entrar, quizá, pero nunca para salir. Aun así, Ricardo parecía satisfecho hasta el punto de la serenidad. Quizá sea una em-

boscada, pensó Jerry. Quizás el coronel la esté preparando.

—Que te vaya bien, entonces, escritor de caballos. Que te vaya bien, amigo mío.

Y puso ambas manos en el cogote de Jerry y asentó los pulgares en las mandíbulas de éste y acercó la cabeza para otro beso y Jerry se resignó. Aunque le galopaba el corazón y sentía un escalofrío en la columna vertebral, Jerry se resignó. Fuera era ya casi de noche. Ricardo no les acompañó hasta el coche, pero se quedó mirándoles indulgente desde los pilotes. Las chicas estaban sentadas a sus pies, mientras él agitaba ambos brazos desnudos. Jerry se volvió desde el coche y le dijo adiós también con un gesto. El sol agonizaba entre las tecas. Hasta nunca, pensó.

—No pongas el motor en marcha — le dijo quedamente a Mickey —. Quiero comprobar el aceite.

Quizás esté loco sólo yo. Tal vez hayamos hecho de verdad un trato, pensó.

Mickey se sentó tras el volante, tiró de la palanca del capó y Jerry lo abrió; no había ningún *plástico,* ningún regalo de despedida de su nuevo amigo y socio.

Sacó la varilla del aceite y fingió examinarla.

—¿Quieres aceite, escritor de caballos? — gritó Ricardo al fondo del sendero.

—No, estamos bien de aceite. ¡Adiós!

—Adiós.

No tenía linterna, pero cuando se acuclilló y tanteó debajo del chasis en la oscuridad, tampoco encontró nada.

—¿Has perdido algo, escritor de caballos? — dijo Ricardo de nuevo, abocinando la boca con las manos.

—Arranca — dijo Jerry, y subió al coche.

—¿Enciendo los faros, señor?

—Sí, Mickey. Enciéndelos.

—¿Por qué llamarte escritor de caballos?

—Amigos comunes.

Si Ricardo hubiese sobornado a los CT, pensó Jerry, daría igual de todos modos. Mickey encendió los faros y en el interior del coche el cuadro de mandos norteamericano se iluminó como una pequeña ciudad.

—Vamos, en marcha — dijo Jerry.

—¿Rápido-rápido?

—Sí, rápido-rápido.

Recorrieron unos ocho kilómetros, nueve, diez. Jerry iba siguiendo la distancia que recorrían en el indicador, recordando los treinta que había hasta el primer puesto de control y los setenta hasta el segundo. Mickey iba ya a cien y Jerry no estaba de humor para quejarse. Iban por el centro de la carretera y la carretera era recta y tras las zonas despejadas para evitar emboscadas se deslizaban las altas tecas como anaranjados espectros.

—Hombre estupendo — dijo Mickey —. Muy bueno amante. Las chicas decir muy bueno amante.

—Cuidado con los alambres — dijo Jerry.

Desaparecieron los árboles a la derecha y apareció un camino de tierra rojizo que se perdía a lo lejos.

—Él pasa muy bien ahí — dijo Mickey —. Chicas, niños, whisky. Muy buena vida.

—Para, Mickey. Aparca ahí. Ahí en medio de la carretera, donde está llano. Para en seguida, Mickey.

Mickey se echó a reír.

—Chicas pasar estupendo también — dijo Mickey —. ¡Chicas tener dulces, niños tener dulces, todo el mundo tener dulces!

—¡Para de una vez!

Mickey detuvo el coche sin darse demasiada prisa, riéndose aún por las chicas.

—¿Va bien eso? — preguntó Jerry, señalando el indicador de gasolina.

—¿Que si va bien? — repitió Mickey, desconcertado por el inglés.

—La gasolina. ¿Lleno? ¿O a medias? ¿O tres cuartas partes? ¿Ha ido bien todo el viaje?

—Sí. Bien.

—Mickey, cuando llegamos a la aldea quemada estaba a la mitad. Aún sigue a la mitad.

—Sí.

—¿Echaste más? ¿De una lata? ¿Echaste?

—No.

—Fuera.

Mickey empezó a protestar, pero Jerry le empujó, abrió la puerta de su lado, le echó fuera, tirándole sobre el asfalto, y le siguió. Luego le agarró por un brazo y se lo echó a la espalda y corrió al galope, cruzando la carretera hacia la parte despejada de árboles y, a unos veinte metros, le arrojó entre los matorrales y cayó a su lado, casi sobre él, de modo que Mickey se quedó sin resuello en un hípido asombrado, y tardó por lo menos medio minuto en poder formular un indignado «¿por qué?»; pero entonces Jerry estaba ya aplastándole la cabeza contra el suelo de nuevo para pro-

tegerle del impacto. Dio la impresión de que el viejo Ford ardía
primero y explotaba después, alzándose por último en el aire en
una afirmación final de vida, antes de desplomarse llameante y
muerto de costado. Mientras Mickey abría la boca asombrado, Jerry miró su reloj. Habían transcurrido dieciocho minutos desde que
salieron de la casa de pilotos, quizá veinte. Debería haber sucedido
antes, pensó. Ahora entendía por qué tenía Ricardo tantas ganas
de que se fuera. En Sarratt no lo habrían imaginado siquiera. Era
algo típico de Oriente y el alma natural de Sarratt era europea y
estaba unida a los buenos tiempos ya pasados de la guerra fría:
Checoslovaquia, Berlín y los viejos frentes. Jerry se preguntó de
qué marca sería la granada. El Vietcong prefería el tipo norteamericano. Les encantaba lo de la doble acción. Bastaba que el depósito de gasolina del vehículo tuviese un tubo de entrada ancho. Se
saca la clavija, se coloca una goma sobre el muelle, se desliza la
granada en el depósito de gasolina y no hay más que esperar pacientemente que la gasolina se vaya abriendo paso a través de la
goma. El resultado era una de las invenciones occidentales que le
tocó descubrir al Vietcong. Ricardo debe haber utilizado cintas de
goma gruesa, decidió.

Tardaron cuatro horas en llegar al primer puesto de control,
siguiendo a pie por la carretera. Mickey estaba muy contento pensando en el seguro, suponiendo que, como Jerry había pagado la
póliza, podría disponer automáticamente del dinero. Jerry no logró
quitarle esta idea de la cabeza. Pero Mickey también estaba asustado, primero los CT, luego los fantasmas, luego el coronel. Así
que Jerry le explicó que ni los fantasmas ni los CT se aventurarían
cerca de la carretera después de aquel pequeño episodio. En cuanto
al coronel, aunque Jerry no se lo mencionó a Mickey, en fin, era
padre además de soldado y tenía que construir una presa: por algo
estaba haciéndola con cemento de Drake Ko y utilizando los medios
de transporte de China Airsea.

En el puesto de control, encontraron por fin un camión que
llevara a Mickey a casa. Jerry fue un trecho con él, prometió que
el tebeo le apoyaría en cualquier problema que tuviera con el seguro, pero éste, en su euforia, se mantenía sordo a cualquier duda.
Entre muchas risas, intercambiaron direcciones y cordiales apreto-
nes de manos; luego, Jerry se quedó en un café de carretera donde
hubo de esperar medio día el autobús que le llevaría hacia el este,
hacia un nuevo campo de batalla.

En primer lugar, ¿había sido necesario que Jerry fuera a ver a Ricardo? ¿Habría sido distinto el resultado para él de no haberlo hecho? ¿O aportó Jerry, tal como aún hoy afirman los defensores de Smiley, al ir a ver a Ricardo, el último impulso decisivo que sacudió el árbol e hizo caer el fruto anhelado? Para el Club de Partidarios de Smiley está clarísimo: La visita a Ricardo fue la gota que colmó el vaso e hizo que Ko se desmoronase. Sin ella, podría haber seguido a cubierto hasta que se levantase la veda y el propio Ko, y la información secreta con él relacionada, quedase a disposición de cualquiera. Y nada más. Y en vista de esto, los hechos demuestran una maravillosa relación de causa-efecto. Porque esto fue lo que pasó. Sólo seis horas después de que Jerry y Mickey, su chófer, hubiesen salido del polvo de aquella carretera del nordeste de Tailandia, toda la quinta planta del Circus estalló en una llamarada de extasiado júbilo que sin duda habría eclipsado la pira del Ford prestado de Mickey. En la sala de juegos, donde Smiley comunicó la noticia, el doctor di Salis llegó incluso a iniciar un torpe baile, y sin duda Connie se le habría unido si la artritis no la hubiera tenido atada a aquella maldita silla de ruedas. *Trot* aullaba, Guillam y Molly se abrazaron y entre tanto júbilo sólo Smiley conservaba su aire habitual de leve desconcierto, aunque Molly juró que le había visto ruborizarse mientras contemplaba con los ojos entornados a la concurrencia.

Acababa de llegar la noticia, dijo. Un mensaje rápido de los primos. Aquella mañana a las siete, hora de Hong Kong, Tiu había telefoneado a Ko a Star Heights, donde éste había pasado la noche relajándose con Lizzie Worth. Atendió el teléfono en principio la propia Lizzie. Pero Ko descolgó el otro aparato y ordenó a Lizzie que colgara inmediatamente, cosa que hizo. Tiu le había propuesto desayunar juntos en la ciudad en seguida: «En casa de George», dijo Tiu, para diversión de los transcriptores. Tres horas después, Tiu hablaba con su agente de viajes y hacía rápidos preparativos para un viaje de negocios a la China roja. Su primera parada sería en Canton, donde China Airsea tenía un representante, pero su destino sería Shanghai.

¿Cómo se había puesto en contacto Ricardo con Tiu tan deprisa sin teléfono? La teoría más probable era que había utilizado el contacto de la policía del coronel con Bangkok. ¿Y desde Bangkok? Dios sabe. Telex, la red de cotizaciones, cualquier cosa. Los chinos tienen medios propios para hacer esas cosas.

Por otra parte, podía ser simplemente que la paciencia de Ko hubiera elegido aquel momento para hundirse por decisión propia...

y aquel desayuno «en casa de George» podía tener como fin algo completamente distinto. De cualquier modo, era el acontecimiento que llevaban esperando mucho tiempo, la triunfal justificación de toda la tarea de Smiley. A la hora de comer, Lacon había llamado personalmente para dar la enhorabuena, y al atardecer Saul Enderby había tenido un gesto que jamás había mostrado ningún componente del grupo malo de Trafalgar Square. Había enviado una caja de champán de *Berry Brothers and Rudd*, de excelente cosecha, una auténtica joya. La acompañaba una nota dirigida a George que decía: «Para el primer día de verano.» Y realmente, pese a ser finales de abril, lo parecía exactamente. Los plátanos estaban ya con hojas tras las gruesas cortinas de las plantas bajas. Más arriba, en la jardinera de la ventana de Connie, habían florecido los jacintos. «Rojos — dijo Connie, mientras bebía a la salud de Saul Enderby —. El color favorito de Karla, bendito sea.»

# 18

# EL RECODO DEL RÍO

La base aérea no era ni bella ni victoriosa. Teóricamente estaba bajo mando tailandés. Pero, en la práctica, a los tailandeses les dejaban recoger la basura y ocupar los barracones que había cerca del perímetro. El puesto de control era una ciudad aparte. En medio de olores de carbón, orina, pescado en salmuera y gas butano, hileras de destartalados cobertizos metálicos realizaban las funciones históricas de la ocupación militar. Los burdeles estaban regidos por rufianes lisiados, las sastrerías ofrecían smokings de boda, las librerías, pornografía y libros de viaje, los bares se llamaban Sunset Strip, Hawaii y Lucky Time. En el barracón de la policía militar, Jerry preguntó por el capitán Urquhart, de relaciones públicas, y el sargento negro se dispuso a echarle en cuanto dijo que era periodista. En el teléfono de la base, Jerry oyó mucho repiqueteo antes de que una voz lenta con acento sureño dijese:

—Urquhart no está aquí en este momento. Me llamo Master. ¿Quién habla?

—Nos conocimos el verano pasado en la conferencia del general Crosse — dijo Jerry.

—Vaya, hombre, así que nos conocimos allí — dijo la misma voz, asombrosamente lenta, que le recordó a Ansiademuerte —. Pague el taxi y despídalo. Y espere ahí fuera. Llegará un jeep azul. Aguárdelo.

Siguió un largo silencio; debían estar comprobando a qué claves correspondían Urquhart y Crosse en el libro.

Entraba y salía de la base un flujo continuo de personal de las fuerzas aéreas, blancos y negros, en grupos ceñudos y separados. Pasó un oficial blanco. Los negros le hicieron el saludo del poder negro. El oficial lo devolvió cautamente. Los soldados llevaban insignias como las de Charlie Mariscal en el uniforme, la mayoría de ellas alabando las drogas. El ambiente era hosco, de derrota y absurdamente violento. Los soldados tailandeses no saludaban a nadie. Nadie les saludaba a ellos tampoco.

Apareció un jeep azul con luces intermitentes y la sirena en marcha, que derrapó con estrépito al otro lado del barracón. El sargento hizo una seña a Jerry. Instantes después, recorrían la pista a toda velocidad, camino de una larga hilera de cobertizos blancos y bajos que había en el centro del campo. El chófer era un muchacho larguirucho que mostraba todos los indicios de ser un novato.

—¿Eres tú Masters? — preguntó Jerry.

—No señor. Yo sólo le llevo los bultos al comandante — dijo.

Pasaron ante un astroso campo de béisbol, la sirena aullando, las luces intermitentes parpadeando aún.

—Estupenda cobertura — dijo Jerry.

—¿Cómo dice, señor? — gritó el muchacho, por encima del estruendo.

—Nada, nada.

No era la base más grande que Jerry había visto. Había visto otras mayores.

Pasaron ante hileras de Phantoms y de helicópteros y cuando ya se acercaban a los cobertizos blancos Jerry se dio cuenta de que constituían un complejo independiente con antenas de radio propias y un grupo independiente de aviones pequeños pintados de negro (fantasmas, solían llamarles) que antes de la retirada habían soltado y recogido a Dios sabe quién en Dios sabe dónde.

Entraron por una puerta lateral que abrió el muchacho. El corto pasillo estaba vacío y silencioso. Al fondo, había una puerta entornada, del tradicional palo de rosa falso. Masters llevaba uniforme de las fuerzas aéreas, de manga corta, con pocas insignias. Llevaba medallas y los galones de comandante y Jerry dedujo que era el tipo paramilitar de primo, quizás ni siquiera de carrera. Era cetrino y flaco, con un rictus de resentimiento en los finos labios y las mejillas chupadas. Estaba de pie ante una falsa chimenea, bajo una reproducción de Andrew Wyeth y tenía un aire extraño, como de desconexión. Era como si fuese deliberadamente lento porque todo el mundo tenía prisa. El muchacho hizo las presentaciones y se quedó allí indeciso. Masters le miró fijamente hasta que se fue y luego volvió su mirada incolora hacia la mesa de palo de rosa, donde estaba el café.

—Parece que necesita desayunar — dijo Masters.

Sirvió el café y le pasó un platito con donuts, todo en movimiento lento.

—Instrumentos — dijo.

—Instrumentos — repitió Jerry.

En la mesa, había una máquina de escribir eléctrica y papel normal al lado. Masters se dirigió torpemente a un sillón y se aposentó en el brazo. Luego, cogió un ejemplar de *Stars and Stripes* y se puso a leerlo ostentosamente mientras Jerry se acomodaba en la mesa.

—Tengo entendido que va a recuperarlo todo usted solito — dijo Masters, mirando la revista —. Está bien, adelante.

Jerry prefirió su máquina portátil a la eléctrica. Se lanzó a teclear su informe en una serie de arrebatos rápidos que a él mismo le sonaban cada vez más fuerte a medida que avanzaba. Quizás le pasase igual a Masters pues alzaba la vista con frecuencia, aunque sólo hasta las manos de Jerry y hasta la destartalada máquina portátil.

Jerry le pasó su copia.

—Las órdenes son que permanezca aquí — dijo Masters, articulando las palabras concienzudamente —. Las órdenes son que permanezca aquí mientras transmitimos su mensaje. Sí, amigo, nosotros transmitiremos su mensaje. Sus órdenes son permanecer aquí esperando confirmación y más instrucciones. ¿Entendido? ¿Está entendido, *Sir*?

—Entendido — dijo Jerry.

—¿Se ha enterado de las buenas noticias, por casualidad? — inquirió Masters.

Estaban frente a frente. A menos de un metro de distancia. Masters miraba el mensaje de Jerry, pero sus ojos no parecían recorrer las líneas.

—¿Qué noticias son ésas, amigo?

—Acabamos de perder la guerra, señor Westerby. Sí, *Sir*. Los últimos valientes han escapado por el tejado de la Embajada de Saigón en helicóptero como un puñado de reclutas cogidos con el culo al aire en una casa de putas. Puede que a usted eso no le afecte. El perro del embajador sobrevivió, supongo que le alegrará saberlo. Los periodistas se lo llevaron en su lindo regazo. Quizás eso no le afecte a usted tampoco. Tal vez no le gusten los perros. Puede que sienta por los perros lo mismo que siento yo personalmente por los periodistas, señor Westerby, *Sir*.

Jerry ya había percibido por entonces el olor a brandy del aliento de Masters, olor que ninguna cantidad de café podía ocultar; y supuso que llevaba bebiendo mucho tiempo sin conseguir emborracharse.

—¿Señor Westerby, *Sir*?

—Sí, amigo.

Masters extendió la mano.

—*Amigo*, quiero que me dé la mano.

La mano quedó en el aire entre ambos, el pulgar hacia arriba.

—¿Por qué? — dijo Jerry.

—Quiero que me dé un apretón de manos de bienvenida, *Sir*. Los Estados Unidos de Norteamérica acaban de solicitar el ingreso en el club de potencias de segunda fila, del que, según tengo entendido, su propia y magnífica patria es presidente, director y miembro más antiguo. ¡*Chóquela*!

—Es un orgullo tenerles a bordo — dijo Jerry y estrechó dócilmente la mano del comandante.

Le recompensó de inmediato una luminosa sonrisa de falsa gratitud.

—Vaya, *Sir*, es un magnífico detalle de su parte, señor Westerby. Cualquier cosa que podamos hacer para que esté más cómodo con nosotros, no tiene más que decirlo. Si quiere alquilar esto, no se rechaza ninguna oferta razonable, en serio.

—Podría pasarme un poco de whisky a través de las rejas — dijo Jerry, con una mueca mortecina.

—Con sumo placer — dijo Masters, arrastrando tanto las palabras que fue como un puñetazo lento —. Con muchísimo gusto, cómo no, *Sir*.

Masters le dejó con media botella de J & B, que sacó del mueble bar, y unos números atrasados de *Playboy*.

—Siempre los tenemos a mano para los caballeros ingleses que no consideraron oportuno alzar ni un dedo para ayudarnos — explicó, confidencialmente.

—Muy considerado por su parte — dijo Jerry.

—Ahora enviaré su carta a casa, a mamá. Por cierto, ¿qué tal *está* la reina?

Masters no cerró con llave, pero cuando Jerry tanteó el pomo de la puerta, comprobó que estaba cerrado. Las ventanas que daban al campo de aterrizaje eran de vidrios dobles ahumados. En la pista, aterrizaban y despegaban los aparatos sin un sonido. Así es como intentaban ganar, pensó Jerry: desde despachos insonorizados, a través de cristal ahumado, utilizando máquinas a distancia. Así es como perdieron. Bebió, sin sentir nada. Así que ya terminó todo, pensó, se acabó. ¿Cuál sería su siguiente etapa? ¿El padre de Charlie Mariscal? ¿Un paseíto por los Shans, y una charla íntima con el cuerpo de guardia del general? Esperó, los pensamientos acumulándose informes. Se sentó, luego se tumbó en el sofá y durmió un rato, nunca supo cuánto. Despertó bruscamente al oír músi-

ca grabada interrumpida de vez en cuando por un anuncio de ho-
gareña seguridad. ¿Haría el capitán Fulano esto y esto? En una
ocasión, el locutor ofreció educación superior, luego, lavadoras re-
bajadas. Luego, oraciones. Jerry paseó por la habitación, nervioso
por la calma de crematorio y por la música.

Se acercó a la otra ventana y vio que la cara de Lizzie se po-
saba, mentalmente, en su hombro, tal como se había posado una
vez la de la huérfana, pero nada más. Bebió más whisky. Debería
haber dormido en el camión, pensó. Tengo que dormir más. Así
que al fin han perdido la guerra. El sueño no le había hecho ningún
bien. Tenía la sensación de que hacía mucho tiempo que no dormía
como a él le gustaba dormir. El buen Frostie había puesto punto
final a aquello. Le temblaba la mano, Dios santo, te das cuenta.
Pensó en Luke. Una vez estuvimos juntos en un lugar como éste.
Debe estar ya de vuelta, si no le han volado el trasero de un zambombazo. Tengo que parar la máquina de pensar un poco, se dijo.
Pero últimamente la vieja máquina a veces operaba por su cuenta.
Demasiado, en realidad. Tengo que controlarla, se dijo con firmeza.
*Amigo.* Pensó en las granadas de Ricardo. De prisa, pensó. Vamos,
tomemos una decisión. ¿*Adónde* tendré que ir ahora? ¿A ver a
*quién*? Sin porqués. Tenía la cara seca y le ardía. Notaba las manos
húmedas. Sentía un dolor sordo justo sobre los ojos. Maldita música,
pensó. Maldita, maldita música de fin del mundo. Se puso a buscar
angustiado un sitio donde desconectarla, pero de pronto vio a Masters plantado en la puerta con un sobre en la mano y nada en los
ojos.

Jerry leyó el mensaje. Masters se acomodó de nuevo en el brazo
del sillón.

—«Ven a casa, hijo» —canturreó Masters, remedando su propio acento sureño—. «Ven directamente a casa. No te entretengas.
No te preocupes por el dinero.» Los primos te llevarán en avión
hasta Bangkok. De Bangkok seguirás inmediatamente a Londres, Inglaterra, *no*, repito *no* Londres Ontario, en el vuelo que *tú* elijas.
No debes volver por ningún motivo a Hong Kong. ¡No lo hagas!
¡No, *Sir*! Misión cumplida, *hijito*. Gracias y bien hecho. Su Majestad está *emocionadísima*. Así que date prisa y ven a cenar a casa,
tenemos pavo con maíz y pastel de arándanos. Oiga, amigo, da la
sensación de que trabaja para una pandilla de maricas.

Jerry volvió a leer el mensaje.

—El avión sale para Bangkok a la una —dijo Masters.

Masters llevaba la esfera del reloj en la parte interna de la
muñeca, de modo que su información era sólo para sí.

—¿Me oye? — añadió.

Jerry esbozó otra mueca.

—Perdone, amigo. Soy muy lento leyendo. Gracias. Demasiadas palabras rimbombantes. Tengo muchas cosas que hacer. ¿Puede encargarse de que lleven mis cosas al hotel?

—Mis criados están a sus reales órdenes.

—Gracias, pero si no le importa preferiría evitar la conexión oficial.

—Como guste, *Sir,* como guste.

—Cogeré un taxi a la salida. Vuelvo dentro de una hora. Gracias — repitió.

—Gracias *a usted.*

El hombre de Sarratt tuvo un detalle final de despedida.

—¿Le importa si dejo esto aquí? — preguntó, señalando la destartalada máquina portátil de escribir, colocada junto a la IBM de bola de golf de Masters.

—Será nuestra posesión más preciada, *Sir.*

Si Masters se hubiera molestado en mirar a Jerry en aquel momento, puede que hubiese vacilado al percibir el relampagueo decidido de sus ojos. Si hubiese conocido mejor la voz de Jerry, quizás también hubiera vacilado; o si hubiera advertido su aspereza particularmente cordial. O si hubiese visto cómo se alisaba el pelo Jerry, extendiendo el brazo en actitud de ocultamiento instintivo, o si hubiese respondido a la mueca bovina de Jerry dando las gracias cuando el recluta volvió para llevarle hasta la salida en el jeep azul; también, si se hubiese fijado en esto, habría tenido sus dudas. Pero el comandante Masters era sólo un profesional amargado, con muchas desilusiones encima. Era un caballero sureño que estaba sufriendo el aguijón de la derrota a manos de salvajes ininteligibles; y no tenía demasiado tiempo, en aquel momento, para fijarse en los gestos y actitudes de un inglés agotado e insoportable que utilizaba su agonizante casa de fantasmas como oficina postal.

La salida del grupo de operaciones de Hong Kong del Circus fue acompañada de una atmósfera festiva que el secreto de los preparativos no hizo sino enriquecer. La desencadenó la noticia de la reaparición de Jerry. La intensificó el contenido de su mensaje, y coincidió con la noticia transmitida por los primos de que Drake Ko había cancelado todos sus compromisos sociales y de negocios y se había recluido en su casa de Seven Gates, en Headland Road. Una foto de Ko, tomada desde lejos, desde la furgoneta de vigilancia de los primos, le mostraba de perfil, de pie en su gran jardín, al fondo de una glorieta de rosales, mirando hacia el mar. No se veía el junco de hormigón, pero Ko llevaba su enorme boina.

—¡Como un Jay Gatsby moderno, querido! —exclamó Connie Sachs encantada, cuando todos se precipitaron sobre la foto—. ¡Contemplando la maldita luz al final del puerto o lo que hiciera el muy papanatas!

Cuando la furgoneta volvió a pasar por allí dos horas más tarde, seguía en la misma postura, así que no se molestaron en hacer otra toma. Era aún más significativo el hecho de que Ko hubiera dejado de utilizar el teléfono... o, por lo menos, las líneas que los primos tenían controladas.

También Sam Collins envió un informe, el tercero de una serie, pero con mucho el más extenso hasta la fecha. Llegó, como siempre con una cobertura especial, dirigido personalmente a Smiley, y éste, como siempre, sólo analizó su contenido con Connie Sachs. Y en el mismo instante en que el grupo salía hacia el aeropuerto de Londres, un mensaje de Martello, de última hora, les indicó que Tiu había regresado de China y estaba en aquel momento encerrado con Ko en Headland Road.

Pero la ceremonia más importante en el recuerdo de Guillam, entonces y después, y la más inquietante, fue una pequeña asamblea celebrada en el despacho de Martello, en el Anexo, a la que, excepcionalmente, no sólo asistió el quinteto habitual de Martello, sus dos hombres silenciosos, Smiley y Guillam, sino también Lacon y Saul Enderby, que llegaron, significativamente, en el mismo coche oficial. El objetivo de aquella ceremonia (convocada por Smiley) era la entrega oficial de las claves. Martello debía recibir un cuadro completo del caso Dolphin, incluyendo el importantísimo enlace con Nelson. Debía informársele, con ciertas omisiones secundarias que sólo se revelarían más tarde, como socio de pleno derecho en la empresa. Guillam nunca llegó a saber del todo cómo habían conseguido Lacon y Enderby que les incluyesen en el asunto, y, comprensiblemente, Smiley se mostró después reticente al respecto. Enderby declaró lisamente que había acudido allí en «pro del buen orden y de la disciplina militar». Lacon parecía más pálido y desdeñoso que nunca. Guillam, tuvo la clara impresión de que perseguían algo y lo fortaleció el hecho de la compenetración que pudo observar entre Enderby y Martello. En resumen, aquellos flamantes camaradas se compenetraban hasta tal punto que a Guillam le recordaron dos amantes secretos en desayuno comunal en una casa de campo, situación en la que él mismo se había encontrado muchas veces.

Enderby explicó en determinado momento que lo básico era el *volumen* del asunto. El caso estaba creciendo tanto que creía que tenía que haber unas cuantas moscas oficiales en la pared: Era el grupo de presión colonial, explicó en otro momento. Wilbraham estaba armando un verdadero escándalo con Hacienda.

—Está bien, ya hemos oído el asunto —dijo Enderby, en cuanto Smiley concluyó su extenso sumario, y las alabanzas de Martello estuvieron casi a punto de hacer que el techo cayera sobre ellos; luego exigió—: Primera cuestión, George: ¿De quién es el dedo que está en el gatillo ahora?

Tras esta pregunta, la reunión se convirtió en gran medida en asunto de Enderby, como solía suceder en todas las reuniones con Enderby.

—¿Quién dirigirá los tiros cuando la cosa se caliente? ¿Tú, George? ¿Todavía? En fin, creo que has hecho un trabajo de planificación excelente, te lo concedo, pero ha sido aquí el amigo Marty quien ha proporcionado la artillería, ¿no?

Ante lo cual, Martello tuvo otro ataque de sordera, mientras contemplaba embelesado a los ingleses importantes y encantadores con los que tenía el privilegio de relacionarse, y dejó que Enderby siguiera haciendo por él la tarea de abrir trocha.

—¿Cómo ves *tú* este asunto, Marty? —presionó Enderby, como si en realidad no tuviera ni idea; como si jamás hubiese ido a pescar con Martello ni le hubiera invitado a opíparos banquetes, ni discutido extraoficialmente con él cuestiones secretas.

En ese momento, Guillam tuvo una extraña intuición, aunque después se tiró de los pelos por haber sacado tan poco provecho de ella: *Martello sabía.* Las revelaciones sobre el asunto de Nelson, ante las que Martello había fingido asombrarse, no eran revelaciones, ni mucho menos, sino confirmaciones de una información que él y sus silenciosos ayudantes ya tenían. Guillam lo vio claramente en sus rostros cetrinos e inexpresivos y en sus vigilantes ojos. Lo percibió en la actitud hipócrita de Martello. *Martello sabía.*

—Bueno, Saul, técnicamente es un asunto de George —recordó lealmente Martello a Enderby, en respuesta a su pregunta, pero subrayando *técnicamente* lo bastante como para poner en duda el resto—. George es el que está en el puente de mando, Saul. Nosotros estamos sólo para alimentar los motores.

Enderby exhibió un mohín triste y se metió una cerilla entre los dientes.

—¿Qué piensas *tú* de esto, George? Te sentirías aliviado, ¿no? ¿No prefieres dejar que Marty se encargue de la cobertura, la organización allí, las comunicaciones, todo el asunto de capa y espada, la vigilancia, el control de Hong Kong y demás, mientras tú diriges la jugada? ¿Qué te parece? Es un poco como llevar puesto el smoking de otro, en mi opinión.

Smiley fue bastante firme, pero, en opinión de Guillam, se preocupó quizás demasiado del asunto y no lo suficiente de la casi palpable connivencia.

—Nada de eso —dijo Smiley—. Martello y yo tenemos un acuerdo muy claro. La punta de lanza de la operación la manejaremos nosotros. Si hace falta tarea de apoyo, Martello la suministrará. Luego, compartiremos el producto. La responsabilidad de obtenerlo sigue siendo nuestra —concluyó con firmeza—. La carta del compromiso que establece todo esto está en archivo hace mucho.

Enderby miró a Lacon.

—Oliver, tú dijiste que me la mandarías, ¿dónde está?

Lacon ladeó la cabeza y esbozó una sonrisa deprimente sin dirigirse a nadie en concreto.

—Debe andar por tu tercer despacho, imagino, Saul.

Enderby probó de nuevo.

—Y vosotros dos consideráis que el acuerdo sigue en pie en cualquier circunstancia, ¿no? Quiero decir, ¿quién está manejando las casas francas y todo eso? ¿Quién está enterrando el cadáver, como si dijésemos?

Smiley de nuevo:

—Los caseros han alquilado ya una casa de campo, y están preparándolo todo para la ocupación —dijo sin titubear.

Enderby sacó la cerilla húmeda de la boca y la rompió en el cenicero.

—Podríais haber ido a mi casa si me lo hubieseis dicho —murmuró con aire ausente—. Hay sitio de sobra. Nunca hay nadie allí. Hay equipo. Todo —pero seguía preocupado por su tema—. Veamos, un momento. Contéstame a esto. Imagina que tu agente pierde el control. Va a Hong Kong y se dedica a andar por allí. ¿Quién juega a policías y ladrones para traerle otra vez a casa?

¡*No* contestes!, suplicó Guillam. ¡No tiene el menor sentido aceptar tales conjeturas! ¡Mándale a paseo!

La respuesta de Smiley, aunque eficaz, careció del vigor que Guillam deseaba.

—Bueno, creo que siempre podemos inventarnos hipótesis —objetó suavemente—. Creo que lo mejor que puede decirse es que en tal caso, Martello y yo combinaríamos ideas y acciones lo mejor que pudiéramos.

—George y yo tenemos una excelente relación de trabajo, Saul — proclamó Martello gallardamente —. Excelente.

—Sería mucho más *limpio*, George, comprendes — resumió Enderby, provisto ya de una nueva cerilla —. Muchísimo más *seguro*, si lo hicieran todo ellos. Si la gente de Marty mete la pata, lo único que tienen que hacer es disculparse ante el gobernador, facturar a un par de tipos para Walla-Walla y prometer no volver a hacerlo. Nada más. De cualquier modo, es lo que todo el mundo espera de ellos. Es la ventaja de tener una reputación tan mala, ¿verdad, Marty? A nadie le sorprende que os tiréis a la criada.

—Por Dios, *Saul* — dijo Martello y rió generosamente ante el gran sentido del humor británico.

—Sería mucho más peliagudo si los chicos traviesos *fuésemos nosotros* — continuó Enderby —. O si fueseis vosotros, más bien. Tal como están las cosas en este momento, el gobernador podría echarte todo el tinglado abajo de un plumazo. Wilbraham no para de dar voces.

Pero ante la despreocupada obstinación de Smiley fue imposible cualquier progreso, así que, durante un rato, Enderby bajó la cabeza y volvieron a discutir «la carne y las patatas» que era la curiosa frase que utilizaba Martello para referirse a métodos. Pero antes de que terminasen, Enderby lanzó un último tiro para desalojar a Smiley de su primacía, eligiendo de nuevo el tema del eficiente manejo y el control posterior de la presa.

—George, ¿quién va a encargarse de interrogatorios y demás? ¿Vas a utilizar a ese extraño jesuita tuyo, ese que tiene un apellido tan elegante?

—Di Salis será el encargado de los aspectos chinos de la descodificación: y del lado ruso, nuestra sección de investigación soviética.

—¿Te refieres a esa catedrática lisiada, no, George? A la que el maldito Billy Haydon echó por beber?

—Ellos dos, sí, ellos son los que han conseguido aclarar hasta ahora el caso — dijo Smiley.

Martello se lanzó inevitable a la brecha.

—¡Oh, vamos, George, eso no lo admito! ¡No, señor! Saul, Oliver, quiero que sepáis todos que considero el caso Dolphin, en todos sus aspectos, Saul, como un triunfo personal de George, y *sólo* de George.

Tras un apretón de manos de todos al buen amigo George, regresaron a Cambridge Circus.

—¡Pólvora, traición y conjura! — exclamó Guillam —. ¿Por qué está vendiéndote Enderby? ¿Qué asunto es ése de que ha perdido la carta?

—Sí — dijo Smiley al fin, pero en un tono muy remoto —. Sí, es un descuido muy grave. Yo creí que les había enviado realmente una copia. Cerrada, a entregar en mano, sólo como información. Enderby se mostró muy *impreciso*, ¿verdad? ¿Quieres encargarte de ese asunto, Peter? Y díselo a las madres.

La mención de la carta (bases de acuerdo, como había dicho Lacon) reavivó los peores recelos de Guillam. Recordó que había permitido tontamente que Sam Collins fuera su portador y que, según Fawn, éste había pasado más de una hora encerrado con Martello con el pretexto de entregársela. Recordó también a Sam Collins cuando le había visto en la antesala de Lacon, el misterioso confidente de Lacon y de Enderby, haraganeando por Whitehall como un maldito gato de Cheshire. Recordó la afición de Enderby al chaquete, en el que apostaba sumas altísimas, y se le pasó por la cabeza incluso, mientras intentaba olisquear la conspiración, que Enderby pudiese ser cliente del club de Sam Collins. Pronto abandonó la idea, desechándola por demasiado absurda. Pero, irónicamente, más tarde resultaría verdad. Y Guillam recordó su fugaz certeza (basada sólo en la fisonomía de los tres norteamericanos y desechada en seguida, en consecuencia) de que ya sabían lo que Smiley les había ido a decir.

Pero Guillam no abandonó la idea de que Sam Collins era el fantasma de aquella fiesta matutina, y cuando subió a bordo del avión en el aeropuerto de Londres, exhausto por la larga y agotadora despedida de Molly, el mismo espectro le miró sonriente a través del humo de los infernales pitillos negros de Sam.

Fue un vuelo sin incidencias, salvo en un aspecto. Eran un equipo de tres y en la distribución de asientos Guillam había ganado una pequeña batalla en la guerra que sostenía con Fawn. Guillam y Smiley, tras pasar por encima del cadáver de los caseros, lograron ir en primera clase, mientras que Fawn, la niñera, cogió un asiento de pasillo en la parte delantera de la sección turística, al lado mismo de los guardias de seguridad de la empresa, que se pasaron la mayor parte del viaje durmiendo inocentemente mientras Fawn iba allí mohíno y ceñudo. No había habido ninguna propuesta, afortunadamente, de que Martello y sus silenciosos ayudantes volasen con ellos, pues Smiley estaba decidido a que eso no sucediese de ningún modo. En realidad, Martello voló hacia el oeste, deteniéndose en Langley para recibir instrucciones, y continuó luego haciendo escala en Honolulú y en Tokio, para estar a mano en Hong Kong cuando ellos llegasen.

Como pie de página involuntariamente irónico de su partida, Smiley dejó una larga nota manuscrita dirigida a Jerry, para que se la entregasen cuando llegara al Circus, felicitándole por su magnífica labor. La copia de esta carta aún figura en el expediente de Jerry. A nadie se le ha ocurrido citarla. Smiley habla de la «firme lealtad» de Jerry y de «la coronación de más de treinta años de servicios». Incluye un mensaje apócrifo de Ann «que también quiere desearte una carrera igual de brillante como novelista». Y acaba, con cierta torpeza, con el sentimiento de que «uno de los privilegios de nuestro trabajo es el que nos proporcione compañeros tan magníficos. Debo decirte que todos pensamos de ti en estos términos».

Algunas personas se preguntan aún por qué nadie se había mostrado inquieto por las andanzas de Jerry anteriores a la salida de la expedición. Después de todo, llevaba varios días de retraso. Estas personas buscan, también en este caso, echarle la culpa a Smiley, pero no hay prueba alguna de negligencia por parte del Circus. Para transmitir el informe de Jerry desde la base aérea del nordeste de Tailandia (su último mensaje) los primos habían montado una línea a través de Bangkok directamente al Anexo de Londres. Pero esta línea sólo era válida para un mensaje y una respuesta, no estaba prevista una continuación del contacto. En consecuencia, cuando llegó el aviso se encauzó primero hacia Bangkok por la red militar, luego a los primos de Hong Kong en *su* red (dado que Hong Kong tenía derecho absoluto sobre cualquier material relacionado con el caso Dolphin) y sólo entonces, y con el comentario de «Rutinario» fue enviado desde Hong Kong a Londres, donde anduvo por varias bandejitas de correspondencia con contrachapado de palo de rosa, hasta que alguien advirtió su importancia. Y hemos de admitir que el lánguido comandante Masters había prestado muy poca atención a la no aparición, como diría más tarde, de cierto marica inglés en tránsito. «SUPONEMOS TENDRÉIS EXPLICACIÓN AHÍ», termina su mensaje. El comandante Masters vive ahora en Norman, Oklahoma, donde dirige un pequeño negocio de reparación de automóviles.

Y tampoco los caseros tenían motivo alguno para asustarse... o al menos eso es lo que siguen alegando. Las instrucciones de Jerry, al llegar a Bangkok, eran buscarse un vuelo, cualquiera, utilizando su tarjeta de viajes aéreos, y plantarse en Londres. No se mencionaba ninguna fecha, ni ningunas líneas aéreas. El objetivo era dejar que las cosas fluyesen. Lo más probable era que se hubiera quedado en algún sitio a divertirse un poco. Son muchos los agentes de campo que lo hacen cuando vuelven a casa, y en el expediente de Jerry figuraba el comentario de que era muy voraz sexualmente. Así que siguieron con su revisión habitual de las listas de vuelo e hicieron una inscripción provisional en Sarratt para la ceremonia de reciclaje y secado de dos semanas, y luego centraron su atención en el asunto mucho más urgente de organizar la casa franca del asunto Dolphin. Era una casa de campo encantadora, bastante aislada, aunque dentro de un pueblo ferroviario de Maresfield, en Sussex, y casi todos los días hallaban una razón para bajar hasta allí. Había que acomodar en ella no sólo a di Salis y a una buena parte de su archivo chino sino a un pequeño ejército de intérpretes y transcriptores, además de los técnicos, las niñeras y un doctor que hablaba chino. Los habitantes del lugar empezaron a quejarse en seguida ruidosamente a la policía de la afluencia de japoneses. El periódico local publicó un reportaje explicando que eran una compañía de baile de visita en el país. La filtración había sido obra de los caseros.

Jerry no tenía nada que recoger en el hotel, y en realidad ni siquiera hotel, pero sabía que tenía una hora para largarse, quizá dos. Estaba seguro de que los norteamericanos tenían controlada toda la ciudad y sabía que si Londres lo pedía, el comandante Masters no tendría problema para radiar el nombre y la descripción de Jerry como desertor norteamericano que viajaba con pasaporte de otra nacionalidad. En cuanto el taxi salió de las verjas, por tanto, le ordenó dirigirse al extremo sur de la ciudad, esperó y luego cogió otro taxi y se encaminó en dirección norte. Sobre los arrozales había una niebla húmeda y la carretera corría recta e interminable entre ella. La radio emitía voces tailandesas femeninas como un poema infantil inacabable en cámara lenta. Pasaron por delante de una base de material electrónico norteamericano, una alambrada circular de medio kilómetro de ancho flotando en la niebla, a la que en la ciudad llamaban la Jaula del Elefante. Punzones gigantescos delimitaban el perímetro y, en medio, rodeada de redes de alambre nudosa, ardía, como la promesa de una guerra futura, una sola luz infernal. Había oído que había allí mil doscientos estudiantes de idiomas, pero no se veía un alma.

Necesitaba tiempo; en realidad, necesitaba más de una semana. Ahora incluso, necesitaba todo ese tiempo para llegar al punto de destino, porque Jerry en el fondo era un soldado y votaba con los pies. *En el principio era la acción,* solía decirle Smiley, en su actitud de sacerdote fracasado, citando a uno de sus poetas alemanes. Jerry había convertido esta simple máxima en pilar de su sencilla filosofía. Lo que un hombre piensa es asunto suyo. Lo importante es lo que hace.

Llegó al Mekong al atardecer, eligió una aldea y paseó perezosamente un par de días por la orilla del río, con la bolsa al hombro y dando patadas a una lata vacía de coca-cola con la puntera de su bota de cabritilla. En la otra orilla, tras pardos montes como hormigueros, corría la ruta Ho Chi-Minh. Jerry había visto en una ocasión caer un B52 desde aquel mismo punto, a tres millas de Laos Central. Recordaba cómo se había estremecido la tierra a sus pies, cómo se había vaciado el cielo y se había incendiado, y había sabido lo que era estar en medio del asunto; lo supo realmente por un instante.

La misma noche, utilizando su animosa frase, Jerry Westerby se corrió la gran juerga, muy en la línea de lo que los caseros esperaban de él, aunque no en las mismas circunstancias exactas. En un bar de la ribera donde tocaban viejas melodías en un gramófono automático, bebió whisky del mercado negro y se sepultó noche tras noche en el olvido, conduciendo a una risueña chica tras otra por las escaleras a oscuras a una mísera habitación, hasta que por fin se quedó allí durmiendo y no volvió a bajar. Despertó sobresaltado, con la cabeza despejada, al amanecer, al cantar de los gallos y al traqueteo del tráfico fluvial. Se obligó a pensar larga y generosamente en su camarada y mentor George Smiley. Fue un acto de la voluntad lo que le empujó a hacerlo, casi un acto de obediencia. Sencillamente, quería repasar los artículos de su credo y hasta entonces su credo había sido el buen George. En Sarratt, tienen una actitud muy mundana y tranquila respecto a las motivaciones de un agente de campo, y no tienen la menor paciencia con el fanático de ojos relampagueantes que rechina los dientes y dice «odio el comunismo». Si tanto lo odia, dicen ellos, lo más probable es que ya esté enamorado de él. Lo que en realidad les gusta (y lo que poseía Jerry, lo que Jerry *era,* en realidad) es el tipo que no tiene demasiado tiempo para palabras y lisonjas, pero al que le gusta el servicio y sabe (aunque no haga ostentación de ello) que *nosotros* tenemos razón. *Nosotros* era, necesariamente, una idea flexible, pero para Jerry significaba George y eso era todo.

El buen George. Super. Buenos días.

Le vio tal como más le gustaba recordarle: la primera vez que se vieron, en Sarratt, poco después de la guerra. Jerry era aún un subalterno del ejército, estaba terminando ya su período de servicio y Oxford se alzaba frente a él, y le resultaba todo terriblemente aburrido. El curso era para Ocasionales de Londres: gente que había hecho alguna cosilla sin pertenecer oficialmente a la nómina del Circus, a la que se preparaba como reserva auxiliar. Jerry se había ofrecido ya como voluntario para un empleo fijo allí, pero el personal del Circus le había rechazado, con lo que no mejoró precisamente su estado de ánimo. Así que cuando apareció Smiley en el local de conferencias, calentado con keroseno, con su grueso abrigo y sus gafas, Jerry gruñó para sí y se dispuso a soportar otros chirriantes cincuenta minutos de aburrimiento (sobre sitios buenos para buscar buzones seguros, lo más probable), seguidos de una especie de paseo clandestino por el campo a la busca de árboles huecos en cementerios. Hubo comedia mientras el personal de dirección forcejeó para bajar el podio de modo que George pudiera ver por encima de él. Al final, se colocó un poco melindrosamente a un lado y anunció que el tema de aquella tarde era «Problemas que se plantean para mantener líneas de correo dentro de territorio enemigo». Jerry advirtió en seguida que no hablaba basándose en el libro de texto sino en la experiencia: que aquel pedantuelo sabihondo de tímida voz y ademanes apocados se había pasado tres años trabajando en un remoto pueblo alemán, sosteniendo los hilos de una red muy respetable, mientras esperaba la bota que atravesara el panel de la puerta o la culata de una pistola en la cara que le introducirían a los placeres del interrogatorio.

Terminada la reunión, Smiley quiso verle. Se entrevistaron en un rincón de un bar vacío, bajo las astas de ciervo, donde colgaba el tablero de los dardos.

—Siento mucho que no pudiésemos incluirte — dijo —. Creo que todos pensamos que primero necesitas un poco de tiempo *fuera*.

Era su forma de decir que aún estaba verde. Jerry recordó, demasiado tarde, que Smiley era uno de los miembros sin voz del comité de selección que le había rechazado.

· —Tal vez si te licencias y te introduces en alguna actividad distinta, cambien de modo de pensar. No pierdas contacto, ¿quieres?

Y después de aquello, de un modo u otro, el amigo George había estado siempre presente. El buen George, que nunca se sorprendía ni perdía la calma, había encauzado con suavidad pero con firmeza la vida de Jerry hasta que ésta pasó a ser propiedad del Circus. El imperio de su padre se desmoronó: George estaba allí esperando con las manos abiertas para coger a Jerry. Sus matrimonios se desmoronaron: George se pasaba la noche con él, sosteniéndole.

—Siempre he agradecido a este servicio el que me diese una oportunidad de pagar — había dicho Smiley —. Estoy seguro de que uno debe sentir eso. No creo que debamos tener miedo a... consagrarnos a una causa. ¿Soy anticuado por decir esto?

—Tú dime lo que tengo que hacer y lo haré — había contestado Jerry —. Dime cuál es la jugada y la haré.

Aún tenía tiempo. Lo sabía. Un tren hasta Bangkok, luego un avión y a casa, y lo más que podía pasarle era una pequeña bronca por retrasarse unos días. *A casa,* repitió para sí. Todo un problema. ¿Era su casa la Toscana y el terrible vacío de la cima de aquella colina sin la huérfana? ¿O la vieja Pet, tras pedirle disculpas por lo de la taza? ¿O el amigo Stubbsie, y el nombramiento como plumífero de mesa, con responsabilidad especial de rechazar artículos? ¿O era su casa el Circus?: «Pensamos que lo que más te gustaría sería la Sección de Banca.» Incluso (gran idea) podía ser Sarratt, tarea de adiestramiento, ganar el corazón y el pensamiento de nuevos aspirantes mientras hacía su peligroso recorrido diario desde su dúplex de Watford.

La tercera o cuarta mañana despertó muy temprano. Estaba amaneciendo sobre el río, que se volvió primero rojo, luego anaranjado, color castaño luego. Un grupo de búfalos de agua se revolcaba en el barro, tintineaban sus cencerros. En medio del río había tres sampanes unidos por una red barredera larga y complicada. Oyó un silbido y vio una red curvarse y caer luego como granizo en el agua.

Sin embargo, no es por falta de un futuro por lo que estoy aquí, pensó. Es por falta de un presente.

Tu casa es donde vas cuando escapas de otras casas, pensó. Lo cual me lleva a Lizzie. Terrible problema. Al desván con él. Hay que desayunar.

Sentado en la galería de teca, comiendo huevos y arroz, Jerry recordó cómo le había comunicado George la noticia de lo de Haydon. Bar El Vino, Fleet Street, un mediodía lluvioso. A Jerry nunca le había sido posible odiar a alguien mucho tiempo y, tras la sorpresa inicial, en realidad no había habido mucho más que decir.

—Bueno, no tiene objeto llorar por algo que ya ha pasado, ¿verdad, amigo? No podemos dejar el barco a las ratas. Hay que seguir con el servicio, ése es el asunto.

Smiley estaba de acuerdo con esto. Sí, el asunto era ése, el servicio, agradecer la oportunidad de pagar. Jerry había experimentado una especie de alivio extraño por el hecho de que Bill fuera miembro del clan. Él nunca había dudado en serio, a su modo impreciso, de que su país se hallaba en un estado de decadencia irreversible, ni de que su propia clase fuese la responsable. «Nosotros *hicimos* a Bill — rezaba su argumento —, así que es razonable que tengamos que cargar con las consecuencias.» Pagar, en realidad. Pagar. Lo que pretendía el amigo George.

Paseando por la orilla del río de nuevo, respirando el aire cálido y libre, Jerry se dedicó a tirar piedras cortando el agua.

Lizzie, pensó. Lizzie Worthington, suburbanita renegada. Pupila y saco de golpes de Ricardo. Hermana mayor y madre tierra y puta inalcanzable de Charlie Mariscal. Pájaro enjaulado de Drake Ko. Mi compañera de cena durante cuatro horas completas. Y, para Sam Collins (por repetir la pregunta), ¿qué había sido ella para él? Para el señor Mellon, el «sospechoso comerciante inglés» de Charlie dieciocho meses atrás, Lizzie había sido un correo que trabajaba en la ruta de la heroína de Hong Kong. Pero era más que eso. En determinado momento, Sam le había enseñado un poco de tobillo y le había contado que estaba trabajando en realidad por la reina y la patria. Estupenda noticia que Lizzie se apresuró a comunicar a su admirado círculo de amistades. Para cólera de Sam, que se deshizo de ella soltándola como si quemara. Asentándola como una especie de tonta a quien utilizar. Una confidente en período de prueba. De algún modo, esta idea le resultó muy divertida a Jerry, pues Sam tenía fama de agente de primera, mientras que Lizzie Worthington podría muy bien servir en Sarratt como el arquetipo de Mujer A Quien Jamás Debe Reclutarse Mientras Pueda Hablar o Respirar.

Era menos divertida la cuestión de lo que Lizzie significaba *ahora* para Sam. ¿Qué era lo que mantenía a éste acechándola en la sombra como paciente asesino, con su agria y acerada sonrisa? Esta cuestión preocupaba muchísimo a Jerry. A decir verdad, le obsesionaba. No deseaba en modo alguno que Lizzie desapareciera otra vez. Si decidía abandonar la cama de Ko, sería para meterse en la de Jerry. Había pensado varias veces (desde que la había conocido, en realidad) lo bien que le vendría a Lizzie el tonificante aire de la Toscana. Y aunque ignoraba el cómo y el porqué de la presencia de Sam Collins en Hong Kong, y hasta lo que tenía previsto el Circus a la larga para Drake Ko, tenía la más firme impresión (y aquí estaba el meollo del asunto) de que si salía para Londres en aquel momento, lejos de sacar a Lizzie en su caballo blanco, Jerry la dejaba sentada sobre una inmensa bomba.

Y esto le parecía inadmisible. En otros tiempos, podría haber aceptado dejar ese problema a los sabihondos, tal como había dejado muchos otros problemas. Pero ya no eran otros tiempos. Ahora era una cuestión de los primos, en realidad, y aunque Jerry no tenía ningún pleito personal con los primos, su presencia convertía el juego en algo mucho más duro. En consecuencia, no podían aplicarse las vagas ideas que él tuviese sobre el humanitarismo de George.

Además, le preocupaba Lizzie. Urgentemente. No había nada impreciso en sus sentimientos. La deseaba profundamente, con aceituna y todo. Lizzies era su tipo de fracasada, y la amaba. Había estado dándole vueltas y, tras varios días de cavilaciones, aquélla era su conclusión clara e inalterable. Le había sobrecogido un poco, pero estaba muy satisfecho de ella.

Gerald Westerby, se decía. Estuviste presente en tu nacimiento. Estuviste presente en tus diversos matrimonios y en algunos de tus divorcios, y sin duda estarás presente en tu entierro. Ya iba siendo hora, según tu meditado punto de vista, de que estuvieses presente en otros determinados momentos cruciales de tu historia.

Cogió un autobús que le llevó río arriba unos cuantos kilómetros, caminó de nuevo, utilizó ciclomotores, se sentó en bares, hizo el amor a las chicas pensando sólo en Lizzie. La posada en que paraba estaba llena de niños y una mañana despertó y se encontró a dos sentados en su cama maravillados de la enorme longitud de las piernas del *farang* y de cómo colgaban sus pies desnudos al final de la cama. Tal vez lo mejor fuera quedarme aquí, pensó. Pero era una broma sólo, porque sabía que tenía que volver y preguntárselo; aunque la respuesta de ella resultara un fiasco. Desde la galería lanzó aviones de papel para los niños, que bailaban y aplaudían viéndoles planear.

Encontró a un barquero y, al anochecer, cruzó el río hasta Vientiane, evitando las formalidades burocráticas de inmigración. A la mañana siguiente, también sin formalidad alguna, logró subir a bordo de un Royal Air Lao DC8 no programado, y por la tarde estaba volando y en posesión de un delicioso y cálido whisky y charlando alegremente con un par de cordiales traficantes de opio. Cuando aterrizaron, caía una lluvia negra y las ventanillas del autobús del aeropuerto estaban llenas de polvo. A Jerry no le importó lo más mínimo. Por primera vez en su vida, en realidad el volver a Hong Kong era exactamente como volver a casa.

Pero en la zona de recepción del aeropuerto, Jerry jugó sus

cartas con toda cautela. Nada de trompetas, se dijo: evidentemente, unos días de descanso habían hecho maravillas en lo relativo a su presencia de ánimo. Tras echar un vistazo al panorama, se dirigió al servicio de caballeros en vez de dirigirse a las ventanillas de inmigración y allí se quedó hasta que llegó un grupo de turistas japoneses y entonces se lanzó sobre ellos y empezó a preguntar quién hablaba inglés. Logró segregar a cuatro, les enseñó el carnet de Prensa de Hong Kong y mientras hacían cola esperando que les sellaran el pasaporte les asedió a preguntas de por qué estaban allí y qué se proponían hacer y con quién, anotando diligentemente en su cuaderno; eligió luego a otros cuatro y repitió la operación. Esperaba a que los policías de servicio terminasen el turno. Lo hicieron a las cuatro e inmediatamente Jerry se dirigió a una puerta con un letrero de «Prohibida la entrada» en la que se había fijado antes. Llamó hasta que le abrieron y se lanzó por ella hacia la salida.

—¿Adónde demonios va usted? — preguntó un ofendido inspector de policía escocés.

—Al periódico, hombre. Tengo que entregarles esta mierda sobre nuestros queridos visitantes japoneses.

Enseñó el carnet de Prensa.

—Pues vaya usted por la puerta como todo el mundo.

—¿Estás loco? No he traído el pasaporte. Por eso tu distinguido colega me dejó entrar por aquí cuando vine.

Su envergadura, la voz ronca, la apariencia claramente británica, su conmovedora sonrisa, le proporcionaron espacio en un autobús que iba a la ciudad cinco minutos después. Enfrente de su edificio de apartamentos dio unas cuantas vueltas sin ver nada sospechoso; pero como aquello era China, ¿quién podría asegurarlo? El ascensor estaba vacío para él, como siempre. Subiendo tarareó el único disco de Ansiademuerte el Huno anticipando un baño caliente y un cambio de ropa. En la puerta de entrada, tuvo un momento de angustia al advertir que las pequeñas cuñas que había dejado colocadas estaban en el suelo, hasta que al fin recordó a Luke, y sonrió ante la perspectiva de verle. Abrió la puerta antirrobo y al hacerlo oyó un rumor dentro, un ruido monótono, que podía ser de un acondicionador de aire, pero no del de Ansiademuerte, que era demasiado inútil e ineficaz. El imbécil de Luke se había dejado puesto el gramófono, pensó. Y debe estar a punto de estallar. Luego pensó: soy injusto con él, es la nevera. Luego abrió la puerta y vio el cadáver de Luke tendido en el suelo, con la mitad de la cabeza destrozada y la mitad de las moscas de Hong

Kong amontonadas en ella y a su alrededor; y lo único que se le ocurrió hacer, mientras cerraba a toda prisa la puerta y se llevaba el pañuelo a la boca, fue correr a la cocina, por si aún había alguien allí. Volvió al salón, empujó a un lado los pies de Luke y alzó el trozo de parquet donde tenía escondida la pistola prohibida y el equipo de emergencia y se lo guardó todo en el bolsillo antes de vomitar.

Claro, pensó. Por eso Ricardo estaba tan seguro de que el escritor de caballos había muerto.

Ya estás en el club, pensó, mientras salía de nuevo a la calle, con la rabia y la aflicción palpitando en sus ojos y en sus oídos. Nelson Ko está muerto, pero está dirigiendo China. Ricardo está muerto, pero Drake Ko dice que puede seguir vivo siempre que no salga del lado oscuro de la calle. Jerry Westerby el escritor de caballos también está completamente muerto, salvo que ese cabrón pagano imbécil que está al servicio de Ko, el maldito señor Tiu, fue tan torpe que liquidó al ojirredondo que no era.

# 19

# PREPARANDO LA PESCA

El interior del Consulado norteamericano de Hong Kong parecía copiado del interior del Anexo, desde el omnipresente palo de rosa falso a la insípida cortesía y a los sillones de aeropuerto y al confortante retrato del presidente, aunque esta vez fuese Ford. Bienvenidos a vuestra casa de fantasmas de Howard Johnson, pensó Guillam. La sección en la que ellos trabajaban se denominaba pabellón de aislamiento, y tenía entrada propia por la calle, vigilada por dos infantes de marina. Tenían pases con nombres falsos (el de Guillam era Gordon) y durante su estancia allí, salvo por teléfono, no hablaban con nadie del interior del edificio, salvo entre sí. «No sólo somos negables, caballeros — les había dicho muy satisfecho Martello en la reunión informativa —. También somos invisibles.» Así se iban a jugar las cartas, dijo. El Consulado general norteamericano podía poner la mano en la Biblia y jurar ante el gobernador que ellos no estaban allí y que su personal nada tenía que ver con aquello, dijo Martello. «No lo sabe nadie.» Después de esto, entregó el mando a George porque: «Este asunto es tuyo, George, de cabo a rabo.»

Tenían que dar un paseo cuesta abajo de cinco minutos para llegar al Hilton, donde Martello les había reservado habitaciones. Cuesta arriba, aunque les habría resultado duro subir, había diez minutos andando hasta el bloque de apartamentos de Lizzie Worth. Llevaban allí cinco días y, en aquel momento, atardecía, pero ellos no tenían medio de saberlo porque en la sala de operaciones no había ventanas. En su lugar había mapas y cartas marinas. Y un par de teléfonos controlados por los hombres silenciosos de Martello, Murphy y su amigo. Martello y Smiley tenían una mesa-escritorio grande cada uno. Guillam, Murphy y su amigo compartían la mesa de los teléfonos y Fawn se sentaba ceñudo en el centro de una hilera de butacas de cine vacías, de la pared del fondo, como un crítico aburrido en el avance de una película, hurgándose los dientes unas veces y bostezando otras, pero negándose a salir

de allí, como repetidamente le aconsejaba Guillam. Habían hablado
con Craw y le habían dado orden de ocultarse por completo. Una
zambullida total. Smiley temía por él desde la muerte de Frost, y
hubiese preferido evacuarle, pero el amigo Craw no lo habría aceptado.

Era también, por una vez, el momento de los hombres silenciosos: «Nuestra última sesión informativa detallada —había dicho
Martello—. Bueno, si *tú* estás de acuerdo, George.» El pálido Murphy, con camisa blanca y pantalones azules, estaba de pie sobre una
tarima y ante una carta marina colocada en la pared, entregado
a un soliloquio con sus notas. Los demás, incluidos Smiley y Martello, estaban sentados frente a él y escuchando casi siempre en
silencio. Era como si Murphy estuviese describiendo una aspiradora,
y para Guillam este hecho hacía que su monólogo resultase aún
más hipnótico. En la carta se veía sobre todo mar, pero en la
parte de arriba y a la izquierda, colgaba un perfil como de encaje
de la costa sur de China. Detrás de Hong Kong, los salpicados bordes de Cantón se veían apenas por debajo del listón que sujetaba
la carta, y al sur de Hong Kong, en el punto medio mismo de la
carta, se extendía el verde perfil de lo que parecía una nube, dividida en cuatro partes denominadas A, B, C y D respectivamente.
Murphy dijo reverente que eran los bancos pesqueros y la cruz del
centro Centre Point, *señor*. Murphy hablaba sólo para Martello,
aunque fuese un asunto de George de cabo a rabo.

—Señor, basándonos en la última vez que Drake salió de la
China roja y poniendo al día nuestra valoración de la situación tal
como está ahora, nosotros y los servicios secretos de la Marina,
ambos, señor...

—Murphy, Murphy —cortó Martello con mucha amabilidad—.
Abrevia un poco, ¿quieres? No estamos ya en la escuela de adiestramiento, ¿entendido? Afloja un poco el cinturón, hijo.

—Señor. Uno. Tiempo —dijo Murphy, a quien no había afectado en lo más mínimo la interrupción—. Abril y mayo son los
meses de transición, señor, entre los monzones del nordeste y el
inicio de los monzones del sudoeste. Las condiciones climatológicas
son impredecibles en un día concreto, señor, pero no se prevén condiciones extremas para el viaje en general.

Utilizaba el puntero para indicar la línea desde la parte sur
de Swatow hasta los bancos pesqueros, luego desde los bancos pesqueros hacia el noroeste, pasando Hong Kong y subiendo por el
Ría de las Perlas hasta Cantón.

—¿Niebla? —dijo Martello.

—La niebla es tradicional en la estación y se prevén nubes entre seis y siete oktas, señor.

—¿Qué demonios es una *okta*, Murphy?

—Una okta es un octavo de área de cielo cubierta, señor; las oktas han sustituido a los antiguos décimos. Hace cincuenta años que no se produce un tifón en abril, y los servicios secretos de la Marina comunican que es muy improbable que haya tifones. El viento es de dirección este, de nueve a diez nudos, pero cualquier flota que lo siga debe contar con períodos de calma y también de vientos contrarios, señor. La humedad es de un ochenta por ciento aproximadamente, y la temperatura de quince a veinticuatro grados centígrados. La condición del mar tranquilo, con escaso oleaje. Las corrientes suelen seguir en Swatow la dirección nordeste cruzando el estrecho de Taiwan, unas tres millas marinas por día, aproximadamente. Pero más al oeste... por *este* lado, señor...

—Eso ya lo sé, Murphy — interrumpió Martello con viveza —. Sé donde está el oeste, demonios.

Luego miró a Smiley con una sonrisa, como diciendo «estos jóvenzuelos mequetrefes».

Tampoco esta vez la interrupción afectó a Murphy lo más mínimo.

—Tenemos que estar en condiciones de calcular el factor velocidad, y, en consecuencia, el avance de la flota en cualquier punto de su ruta, señor.

—Claro, claro.

—La luna, señor — continuó Murphy —. Suponiendo que la flota haya salido de Swatow la noche del veinticinco de abril, viernes, habrán pasado tres noches desde la luna llena...

—¿Por qué supones eso, Murphy?

—Porque fue entonces cuando salió de Swatow la flota, señor. Hace una hora que el servicio secreto de la Marina nos confirmó ese dato. Se localizaron columnas de juncos en el extremo este del banco pesquero C, que se dirigieron hacia el este, siguiendo el viento, señor. Hay identificación positiva del junco que dirige la flota.

Hubo una espinosa pausa. Martello se ruborizó.

—Eres un chico listo, Murphy — dijo, en tono de advertencia —. Pero debías haberme dado esa información un poco antes.

—Sí, señor. Suponiendo también que la intención del junco de Nelson Ko es entrar en aguas de Hong Kong la noche del cuatro de mayo, la luna estará en cuarto menguante, señor. Si tenemos en cuenta los precedentes...

—Los tenemos — dijo con firmeza Smiley —. La fuga debe ser

una repetición exacta del viaje del propio Drake en el cincuenta y
uno.

Guillam percibió que, una vez más, nadie dudaba de él. ¿Por
qué no? Resultaba absolutamente desconcertante.

—... entonces, nuestro junco llegaría a la isla situada más al
sur, la isla de Po Toi a las veinte horas mañana, y se reincorporaría
a la flota por el Río de las Perlas arriba, a tiempo para llegar al
puerto de Cantón entre diez treinta y doce horas del día siguiente,
cinco de mayo, señor.

Mientras Murphy continuaba, Guillam mantenía la mirada furtivamente fija en Smiley, pensando, como pensaba muchas veces,
que no le conocía mejor ahora que cuando se vieron por vez primera allá por los oscuros días de la guerra fría en Europa. ¿Dónde
andaba durante todas aquellas horas intempestivas? ¿Pensando en
Ann? ¿En Karla? ¿En compañía de quién estaba que volvía a traerle al hotel a las cuatro de la madrugada? No me digas que George
anda con la segunda primavera, pensó. La noche anterior a las
once había llegado una noticia importante de Londres, así que Guillam había subido hasta allí para descifrarla. Westerby ha desaparecido, decían. Estaban aterrados pensando que quizás Ko le hubiese asesinado o, peor aún, raptado y torturado y que la operación
quedase abortada por ello. Guillam pensó que lo más probable era
que Jerry estuviera entretenido con un par de azafatas en algún
lugar de su ruta a Londres, pero dado que el mensaje tenía carácter
prioritario no tenía más remedio que despertar a Smiley para decírselo. Llamó por teléfono a su habitación y no contestaba nadie,
así que se vistió y estuvo aporreando la puerta hasta que al fin se
vio obligado a utilizar la ganzúa, pues el asustado ahora era él:
pensaba que Smiley podría estar enfermo.

Pero la habitación estaba vacía y la cama hecha, y cuando Guillam examinó sus cosas comprobó fascinado que el viejo agente
había llegado hasta a bordarse el nombre falso en las camisas. Pero
eso fue todo lo que descubrió. Así que se acomodó en el sillón de
Smiley y allí estuvo dormitando hasta las cuatro, en que oyó un
leve rumor y abrió los ojos y vio a Smiley inclinado ante él a unos
quince centímetros de distancia, mirándole. Sólo Dios sabe cómo
pudo entrar tan silenciosamente en la habitación.

—¿Gordon? — dijo suavemente Smiley—. ¿Qué puedo hacer
por ti? — pues estaban en situación operativa y, claro, daban por
supuesto que las habitaciones estaban controladas. Por la misma
razón, Guillam guardó silencio, limitándose a entregarle el sobre

que contenía el mensaje de Connie; Smiley lo leyó y lo releyó y luego lo quemó. A Guillam le impresionó lo en serio que se tomaba la noticia. Pese a ser la hora que era, insistió en ir directamente al Consulado a atender aquel asunto, así que Guillam le acompañó para llevarle las maletas.

—¿Una noche instructiva? — preguntó alegremente, mientras hacían el breve paseo cuesta arriba.

—¿Lo dices por mí? Bueno, sí, gracias, hasta cierto punto — contestó Smiley, y pasó luego a su número de desaparición, y eso fue todo lo que pudieron sacarle Guillam o cualquier otro sobre sus merodeos nocturnos y no nocturnos. Al mismo tiempo, sin la menor explicación de cuál era su fuente, George aportaba firmes datos operativos de un modo que no permitía preguntas de nadie.

—Oye George, podemos contar con eso, ¿no? — preguntó Martello desconcertado, la primera vez que pasó esto.

—¿Cómo? Ah sí, sí, claro que podéis.

—Estupendo. Un buen trabajo, George. Te admiro — dijo cordialmente Martello, tras otro desconcertado silencio, y, a partir de entonces, tuvieron que acostumbrarse a ello, no tenían elección, pues nadie, ni Martello siquiera, llegó a atreverse a desafiar su autoridad.

—¿Cuántos días de pesca significa eso, Murphy? — preguntaba Martello.

—La flota tendrá siete días de pesca, y ojalá lleguen a Cantón con las bodegas llenas, señor.

—¿Esa cifra, George?

—Oh sí, sí. Nada que añadir, gracias.

Martello preguntó a qué hora tendría que salir la flota de los caladeros para que el junco de Nelson pudiese llegar a tiempo al encuentro del día siguiente por la tarde.

—Yo he calculado las once de mañana por la mañana — dijo Smiley, sin levantar la vista de sus notas.

—Yo también — dijo Murphy.

—Me refiero a ese junco concreto, Murphy — dijo Martello, con otra mirada respetuosa a Smiley.

—Sí señor — dijo Murphy.

—¿Puede separarse de los demás tan fácilmente? ¿Cuál sería su cobertura para entrar en aguas de Hong Kong, Murphy?

—Es algo que sucede continuamente, señor. Las flotas de juncos de la China roja operan con un sistema de capturas colectivas, sin motivación de beneficios económicos, señor. En consecuencia, hay juncos aislados que salen de noche y entran sin luces y venden la pesca por dinero a los isleños de los alrededores.

—¡Hacen horas extra! — exclamó Martello, muy divertido por su ingenioso comentario.

Smiley se había vuelto a mirar el mapa de la isla de Po Toi, que estaba en la otra pared y tenía la cabeza inclinada para potenciar la capacidad de aumento de sus gafas.

—¿Podéis decirme de qué tamaño es el junco del que hablamos? — preguntó Martello.

—Es uno de los de larga travesía, de veintiocho hombres, para la pesca del tiburón y el congrio.

—¿Utilizó también Drake uno de ese tipo?

—Sí — dijo Smiley, sin dejar de mirar el mapa —. Sí, del mismo tipo.

—¿Y pueden acercarse tanto? Siempre que el tiempo lo permita, claro...

Fue de nuevo Smiley quien contestó. Guillam jamás le había oído hasta entonces hablar tanto de un barco.

—El calado de un junco de esos de larga travesía es de menos de cinco brazas — subrayó —. Puede acercarse tanto como quiera, siempre que el mar no esté muy agitado.

Fawn soltó una irrespetuosa carcajada desde el banco de atrás. Guillam se volvió en su asiento y le lanzó una mirada furiosa. Fawn soltó una risilla bobalicona y movió la cabeza, maravillándose de la omnisciencia de su amo.

—¿De cuántos juncos se compone una flota? — preguntó Martello.

—De veinte a treinta — dijo Smiley.

—Correcto — dijo mansamente Murphy.

—¿Qué tiene que hacer entonces Nelson, George? ¿Situarse en las inmediaciones del grupo y esperar un poco?

—Se quedará rezagado — dijo Smiley —. Las flotas suelen ir en columna. Nelson le dirá al capitán que ocupe la posición de retaguardia.

—Eso hará, claro — murmuró Martello entre dientes —. ¿Qué identificaciones son las tradicionales, Murphy?

—Se sabe muy poco en ese campo, señor. La gente de las barcas es muy reservada. No tienen ningún respeto por las normas navales. Cuando salen al mar no encienden ninguna luz, principalmente por miedo a los piratas.

Smiley se había perdido de nuevo. Estaba sumido en una pétrea inmovilidad y, aunque mantenía la mirada fija en la gran carta marina, Guillam sabía que su pensamiento estaba en otra parte

y no en la aburrida enumeración de estadísticas de Murphy. No
así Martello.

—¿Qué cuantía de comercio costero tenemos en conjunto, Murphy?

—No hay controles ni datos, señor.

—¿No hay revisiones de cuarentena para los juncos que entran
en aguas de Hong Kong, Murphy? —preguntó Martello.

—En teoría, todas las embarcaciones deben parar y someterse
a revisión, señor.

—¿Y en la práctica, Murphy?

—Los juncos tienen normas propias, señor. En teoría, a los juncos chinos les está prohibido navegar entre Isla Victoria y Punta
Kowloon, señor, pero los ingleses no quieren de ninguna manera
discutir con los chinos continentales sobre derechos de paso. Disculpe, señor.

—No hay de qué —dijo cortésmente Smiley, sin dejar de mirar
la carta marina—. Ingleses somos e ingleses seguiremos siendo.

Es su expresión con Karla, decidió Guillam: la que se le pone
siempre que mira la foto. La mira, le sorprende y, durante un rato
parece estudiarla, sus contornos, con su mirada opaca y sin vista:
Luego, poco a poco, se apaga la luz en sus ojos y, de algún modo,
también la esperanza, y te das cuenta de que está mirando hacia
el interior, alarmado.

—Murphy, ¿ha hablado usted de luces de navegación? —inquirió Smiley, volviendo la cabeza, pero aún con la mirada fija en la
carta marina.

—Sí, señor.

—Espero que el junco de Nelson lleve tres —dijo Smiley—.
Dos luces verdes en vertical en el mástil de popa y una luz roja
a estribor.

—Sí, señor.

Martello intentó captar la mirada de Guillam, pero Guillam no
quiso jugar.

—Pero quizás no —advirtió Smiley, pensándoselo mejor, al parecer—. Quizás no lleve ninguna luz y se limite a hacer una señal
cuando esté cerca.

Murphy prosiguió. Un nuevo capítulo: Comunicaciones.

—Señor, en la zona de las comunicaciones, señor, pocos juncos
tienen transmisores propios, pero casi todos tienen receptores. De
vez en cuando, hay un capitán que compra un transmisor-receptor
de una milla de alcance más o menos, para facilitar el trabajo con
las redes, pero llevan tanto tiempo haciéndolo que no tienen que

decirse gran cosa, supongo. En cuanto a lo de orientarse en el mar, en fin, los servicios secretos de la Marina dicen que eso es casi un misterio. Hay información fidedigna de que muchas de las embarcaciones de larga travesía operan con una brújula primitiva, a base de cuerda y plomada, e incluso con un despertador mohoso, para determinar el norte auténtico.

—¿Y cómo demonios pueden trabajar con eso, Murphy, por amor de Dios? — exclamó Martello.

—Una cuerda con un plomo encerado, señor. Sondean el fondo y saben dónde están por las cosas que quedan adheridas a la cera.

—Pues sí que se complican la vida — declaró Martello.

Sonó un teléfono. El otro hombre silencioso de Martello atendió la llamada; escuchó, tapó el teléfono con la mano y dijo a Smiley:

—La presa Worth acaba de volver, señor. El grupo ha paseado en coche una hora y ahora ella ha vuelto al apartamento en su coche. Mac dice que parece como si fuera a darse un baño y que puede que piense salir otra vez.

—Y está sola — dijo Smiley impasible. Era una pregunta.

—¿Está sola allí, Mac? — soltó una áspera carcajada —. Estoy seguro de que lo harías, sucio cabrón. Sí, señor. La señora está completamente sola bañándose, y aquí Mac dice que cuándo vamos a utilizar video también. ¿La señora está cantando en el baño, Mac? — colgó —. No está cantando.

—Murphy, sigamos con la guerra — masculló Martello.

Smiley dijo que le gustaría repasar una vez más los planes de intercepción.

—¡Vamos, George! ¡Por favor! ¿No recuerdas que el asunto es tuyo?

—Quizás pudiésemos echarle otro vistazo al mapa grande de la isla de Po Toi, ¿no crees? Y luego Murphy podría desmenuzar la cosa para todos, ¿te importa?

—¡En absoluto, George! — exclamó Martello, así que Murphy empezó otra vez, utilizando ahora el puntero.

Los puertos de observación de los servicios secretos de la Marina están aquí, señor... comunicación constante en ambos sentidos con base, señor... ninguna presencia en un radio de dos millas marinas de la zona de aterrizaje... Los servicios secretos de la Marina avisarán a base en el momento en que la lancha de Ko inicia el regreso hacia Hong Kong, señor... la intercepción la realizará una embarcación normal de la policía inglesa, cuando la lancha de Ko entre en el puerto... los servicios norteamericanos sólo suministrarán información y se mantendrán al margen y a la espera por si la situación exige apoyo...

Smiley confirmaba cada detalle con un escrupuloso gesto de asentimiento.

—Después de todo, Marty —intervino, en determinado momento—, en cuanto Ko tenga a Nelson a bordo, al único sitio al que puede llevarle es ahí, ¿no? Po Toi está justo en el límite de las aguas jurisdiccionales chinas. Somos nosotros o nadie.

Un día, pensó Guillam, mientras seguía escuchando, le sucederá a Smiley una de dos cosas. O dejará de preocuparse o la paradoja le matará. Si deja de preocuparse, será la mitad del agente que es. Si no lo hace, ese pequeño pecho estallará en la lucha por intentar hallar la explicación para lo que hacemos. El propio Smiley, en una desastrosa charla extraoficial para oficiales de alto nivel, había puesto nombres a su dilema, y Guillam, con cierto embarazo, aún seguía recordándolos. Ser *inhumanos en defensa de nuestra humanidad*, había dicho, *implacables en defensa de la compasión*, ser *unilaterales en defensa de nuestra disparidad*. Habían salido de allí en un auténtico fermento de protesta. ¿Por qué no se limitaba George a hacer el trabajo y a callarse en vez de exhibir su fe y limpiarla en público hasta que sus fallos se hacían patentes? Connie había murmurado incluso un aforismo ruso en el oído de Guillam que insistió en atribuir a Karla.

—No habrá ninguna guerra, ¿verdad, Peter, querido? —había dicho Connie tranquilizadoramente, apretándole la mano mientras le conducía por el pasillo—. Pero en la lucha por la paz no quedará piedra sobre piedra, Dios bendiga al viejo zorro. Apuesto a que tampoco le agradecerán *eso* los del Cuerpo Colegial.

Guillam se volvió sobresaltado por un ruido. Fawn estaba cambiando de nuevo de asiento. Al ver a Guillam, hinchó las narices en una risilla insolente.

«Está chiflado», pensó Guillam con un escalofrío.

También Fawn, por distintas razones, provocaba ahora la angustia de Guillam. Dos días atrás, en compañía de éste, había sido autor de un incidente muy desagradable. Smiley había salido solo, como siempre. Para matar el rato, Guillam había alquilado un coche y había llevado a Fawn hasta la frontera china, donde éste se había dedicado a reír bobaliconamente contemplando los misteriosos cerros. Cuando volvían, estaban esperando ante un semáforo cuando un muchacho chino se puso a su lado en una Honda. Conducía Guillam. Fawn ocupaba el asiento de pasajero a su lado. Tenía el cristal bajado, se había quitado la chaqueta y tenía el brazo izquierdo en la ventanilla para poder admirar de vez en cuando el reloj de oro nuevo que se había comprado en el centro comercial del Circus. Cuando arrancaron, el muchacho chino tuvo la desdichada idea de intentar robarle el reloj, pero Fawn fue demasiado rápido para él. Le agarró por la muñeca y no le soltó, arrastrándole al lado del coche, pese a los esfuerzos del muchacho por liberarse, y Guillam no advirtió lo que pasaba hasta que llevaban recorridos unos cincuenta metros o así. Paró entonces el coche de inmediato, que era lo que Fawn estaba esperando. Antes de que Guillam pudiese impedirlo, se bajó de un salto, desmontó al muchacho de su Honda, le llevó a un lado de la carretera, le rompió los dos brazos y regresó sonriendo al coche. Aterrado por la posibilidad de un escándalo, Guillam se alejó a toda prisa del lugar, dejando al muchacho dando gritos y mirando sus balanceantes brazos. Llegó a Hong Kong decidido a informar inmediatamente a George del asunto, pero, por fortuna para Fawn, Smiley no apareció hasta ocho horas después y para entonces Guillam hubo de admitir que George ya tenía bastantes preocupaciones.

Sonaba otro teléfono, el rojo. Atendió la llamada el propio Martello. Escuchó un momento y luego soltó una sonora carcajada.

—Le encontraron — le dijo a Smiley, pasándole el teléfono.

—¿Encontraron a quién?

El teléfono quedó en el aire entre los dos.

—A tu *hombre*, George. Tu Weatherby...

—Westerby — le corrigió Murphy, y Martello le lanzó una mirada venenosa.

—Le encontraron — dijo Martello.

—¿Dónde está?

—¡Dónde *estaba*! querrás decir. George, ha estado corriéndose la gran juerga en dos prostíbulos en el Mekong. ¡Si nuestra gente no exagera, es el tipo más caliente que se ha visto desde que la cría de elefante de Barnum dejó el pueblo en el cuarenta y nueve!

—¿Dónde está ahora, por favor?

Martello le pasó el teléfono.

—¿Por qué no escuchas tú mismo el mensaje? Tienen información de que ha cruzado el río.

Luego, se volvió a Guillam y le hizo un guiño.

—Me dijeron que hay un par de sitios en Vientiane donde podría divertirse un poco también — dijo, y siguió riéndose mientras Smiley se sentaba pacientemente con el teléfono en el oído.

Jerry eligió un taxi con dos espejos retrovisores y se sentó delante; en Kowloon alquiló un coche del modelo mayor que pudo encontrar, utilizando el pasaporte y el permiso de conducir de emergencia, porque pensó que el nombre falso era más seguro, aunque sólo fuese por poco tiempo. Cuando se dirigió hacia los Midlevels estaba oscureciendo y aún llovía. De las luces de neón que iluminaban la ladera colgaban halos inmensos. Pasó ante el Consulado norteamericano y por delante de Star Heights dos veces, medio esperando ver a Sam Collins, y la segunda vez tuvo la seguridad de haber localizado el piso de Lizzie y de que el piso tenía la luz encendida: una artística lámpara italiana al parecer, que colgaba en medio de la ventana panorámica en un gracioso ángulo, trescientos dólares de presunción. También había luz tras el cristal esmerilado del baño. Cuando pasó por tercera vez, la vio echándose algo por los hombros y el instinto o algo en la formalidad de su gesto, le indicó que se disponía a salir de nuevo pero que esta vez estaba vistiéndose para matar.

Cada vez que se permitía recordar a Luke, le cubría los ojos como una oscuridad y se imaginaba haciendo cosas nobles e inútiles, como telefonear a California, a la familia de Luke, o telefonear al enano a la oficina, o incluso al Rocker, sin saber muy bien con qué propósito. Más tarde, pensó. Más tarde, se prometió, lloraré a Luke como es debido.

Se desvió despacio por el camino de coches que llevaba a la entrada, hasta que llegó a la rampa que conducía al aparcamiento. El aparcamiento ocupaba tres sótanos y anduvo dando vueltas por él hasta localizar el jáguar rojo de Lizzie emplazado en un rincón seguro, tras una cadena, para que los vecinos descuidados no se atreviesen a aproximarse a su pintura sin par. Lizzie había puesto un forro de piel de leopardo de imitación en el volante. No sabía qué hacer ya con aquel maldito coche. Quédate embarazada, pensó, en un ataque de rabia. Cómprate un perro. Ten ratones. Poco le faltó para destrozarle el morro al coche, pero pocos como aquél habían contenido a Jerry más veces de las que le gustaba contar. Si no lo utiliza es que él manda una limousine a buscarla, pensó. Quizás con Tiu al volante, incluso. O puede que venga él mismo. O quizás esté engalanándose para el sacrificio de la noche y no piense salir. Ojalá fuese domingo, pensó. Recordaba que Craw le había dicho que Ko pasaba los domingos con su familia, y que entonces Lizzie tenía que arreglárselas por su cuenta. Pero no era domingo y tampoco tenía al lado al buen amigo Craw para explicarle (y Jerry adivinaba cómo lo había averiguado) que Ko estaba fuera, en Bangkok, o en Tombuctú, controlando sus negocios.

Agradeciendo que la lluvia se estuviera convirtiendo en niebla, enfiló de nuevo por la rampa hacia el camino de coches y en el punto de unión encontró un pequeño ensanchamiento donde, si aparcaba bien pegado a la barrera, el otro tráfico podía protestar pero pasar. Rozó la barrera pero no se preocupó por ello. Desde donde estaba ahora, podía ver entrar y salir a los peatones bajo la marquesina a rayas del edificio de apartamentos, y los coches que salían a la vía principal o la abandonaban. No tenía la menor sensación de peligro. Encendió un cigarrillo y las limousines pasaban junto a él en ambas direcciones, pero ninguna pertenecía a Ko. De vez en cuando, al pasar un coche a su lado, el conductor paraba y tocaba la bocina o le gritaba, pero Jerry no hacía caso. Sus ojos se posaban cada pocos minutos en los espejos y en una ocasión en que un individuo grueso que le recordó a Tiu se situó culpablemente detrás de él, llegó incluso a accionar el seguro de la pistola que llevaba en el bolsillo de la chaqueta hasta que hubo de admitir que aquel hombre carecía de la envergadura de Tiu. Probablemente estuviera cobrando deudas de juego a los conductores de pak-pai, pensó, cuando el individuo pasó a su lado.

Se acordó de cuando estaba con Luke en Happy Valley. Recordó cuando estaba con Luke.

Aún seguía mirando por el espejo cuando el jaguar rojo apareció en la rampa tras él, sólo con el conductor y con la capota cerrada, sin pasajero, y lo único que no se le había ocurrido había sido que ella pudiera bajar en el ascensor hasta el aparcamiento y recoger el coche ella misma en vez de decirle al portero que se lo subiese a la calle, como hacía antes. Enfiló tras ella y alzó la vista y vio que aún había luces en la ventana del apartamento. ¿Habría quedado alguien allí? ¿O quizás ella se propusiese volver en seguida? Luego pensó: No seas tan listo. Lo que pasa es que a ella le da igual dejar las luces encendidas.

La última vez que hablé con Luke, fue para decirle que me dejara en paz, pensó, y la última vez que él habló conmigo fue para decirme que me había cubierto las espaldas con Stubbsie.

Ella había girado cuesta abajo hacia la ciudad. Jerry enfiló tras ella y, durante un rato, nada le seguía; parecía extraño, pero eran horas extrañas, y el hombre de Sarratt moría en él más de prisa de lo que podía controlar. Lizzie se dirigía hacia la parte más alegre de la ciudad. Él suponía que aún la amaba, aunque en aquel momento estaba dispuesto a sospecharlo todo de todos. La seguía de cerca recordando que ella raras veces miraba por el espejo re-

trovisor. Además, con aquella niebla oscura sólo vería los faros.
La niebla colgaba en parches y el puerto parecía incendiado, con
los haces de las luces de las grúas jugando como casas flotantes
sobre el lento humo. En Central, ella se metió en otro garaje subterráneo, y él siguió derecho tras ella y aparcó a seis lugares de
distancia, sin que ella lo advirtiera. Se quedó en el coche arreglándose el maquillaje y Jerry la vio concretamente frotarse la barbilla,
empolvándose las cicatrices. Luego, salió y pasó por el ritual del
cierre del coche, aunque un niño con una hoja de afeitar podría
cortar la blanda capota sin problema. Lizzie llevaba una capa y un
vestido largo de seda, y mientras se dirigía a la escalera de piedra
en espiral, alzó ambos brazos y se levantó cuidadosamente el pelo,
que estaba recogido en el cuello, y colocó la cola de caballo por la
parte de fuera de la capa. Jerry salió tras ella y la siguió hasta el
vestíbulo del hotel y se desvió a tiempo de evitar que le fotogra-
fiase un rebaño bise~ual de parloteantes periodistas del mundo de
la moda, con pajaritas y trajes de satén.

Demorándose en la relativa seguridad del pasillo, Jerry recom-
puso la escena. Era una gran fiesta privada y Lizzie entraba en
ella por la puerta de atrás. Los otros invitados estaban llegando
por la entrada principal, donde había tantos Rolls Royces que nadie resultaba especial. Presidía una mujer de pelo grisazulado, que
andaba tambaleante por allí, hablando un francés empapado en
ginebra. Formaban el grupo de recepción una relaciones públicas
china, con un par de ayudantes, y cuando los invitados llegaban, la
chica y sus cohortes se adelantaban aterradora y cordialmente y preguntaban los nombres y a veces pedían las invitaciones antes de
consultar una lista y decir: «Oh, sí, por supuesto.» La mujer del
pelo grisazulado sonreía y refunfuñaba. Las ayudantes entregaban
alfileres de solapa a los hombres y orquídeas a las mujeres, luego
pasaban a los siguientes invitados.

Lizzie Worthington pasó impasible por este escrutinio, Jerry le
dio un minuto para orientarse, la vio cruzar las puertas dobles en
que decía soirée con un arco de cupido, luego se colocó él también
en la cola. La relaciones públicas se mostró molesta por sus botas
de cabritilla. El traje era bastante astroso pero lo que a ella le molestaba eran las botas. En su curso de formación profesional, decidió Jerry mientras la chica las miraba, le habían enseñado a dar
mucha importancia al calzado. Los millonarios pueden ser vagabundos de los calcetines para arriba, pero unos buenos Gucchis de
doscientos dólares son un pasaporte que no debe olvidarse. La chica frunció el ceño mirando su carnet de Prensa, luego comprobó

en la lista de invitados, luego volvió a mirar el carnet y una vez más sus botas y lanzó una mirada perdida a la beoda del pelo grisazulado, que seguía sonriendo y gruñendo. Jerry sospechó que estaba absolutamente drogada. Por fin, la chica esbozó su sonrisa especial para el consumidor marginal y le entregó un disco del tamaño de un platito de café pintado de un rosa fluorescente con PRENSA en blanco y en letras de unos dos centímetros y medio de altura.

—Esta noche estamos embelleciendo a *todo el mundo,* señor Westerby — dijo la chica.

—Pues conmigo tendréis buen trabajo, amiga.

—¿Le gusta a usted mi *parfum,* señor Westerby?

—Sensacional — dijo Jerry.

—Se llama «Zumo de la vid», señor Westerby, cien dólares de Hong Kong por un frasquito, pero esta noche la casa Flaubert da muestras gratis a todos nuestros invitados. Madame Montifiori... oh, *claro,* bienvenida a la casa Flaubert. ¿Le gusta mi *parfum,* madame Montefiori?

Una chica euroasiática de *cheongsam* acercó una bandeja y murmuró:

—Flaubert le desea una noche exótica.

—¡Dios santo! — exclamó Jerry.

Pasadas las puertas dobles, había un segundo grupo de recepción controlado por tres lindos muchachos traídos en avión desde París por su encanto, y un grupo de agentes de seguridad que habría enorgullecido a un presidente. Por un instante, Jerry pensó que le cachearían y se dio cuenta de que si lo intentaban echaría el templo abajo. Miraron a Jerry sin cordialidad, considerándole parte del servicio, pero tenía el pelo claro y le dejaron pasar.

—La Prensa está en la tercera fila detrás de la pasarela — dijo un hermafrodita rubio de traje vaquero de cuero, entregándole la tarjeta de Prensa —. ¿No lleva usted cámara, Monsieur?

Yo sólo hago los pies — dijo Jerry, señalando con el pulgar por encima del hombro —. Las fotos las hace aquí Spike — y entró en una sala de recepción mirando a su alrededor, sonriendo extravagantemente, saludando con gestos a los que veía.

La pirámide de copas de champán tenía uno ochenta de altura con escalones de satén negro para que los camareros pudiesen cogerlas de la cúspide. En profundos ataúdes de hielo yacían botellas de dos litros esperando el entierro. Había un carrito lleno de langostas hervidas y un pastel de boda de *paté de foie gras* con *Maison Flaubert* en gelatina encima. Se oía música de ambiente que permitía incluso hablar, y se oían conversaciones, aunque era el aburrido sonsonete de los sumamente ricos. La pasarela se extendía desde el pie del largo ventanal al centro de la habitación. El ventanal daba al puerto, pero la niebla quebraba la vista en parches y retazos. Estaba puesto el aire acondicionado para que las mujeres pudiesen llevar los visones sin sudar. Casi todos los hombres iban de smoking, pero los jóvenes playboys chinos lucían pantalones y camisas negras estilo Nueva York y cadenas de oro. Los *taipans* ingleses permanecían aparte en lánguido círculo, con sus mujeres, como aburridos oficiales en una fiesta de guarnición.

Jerry sintió una mano en el hombro y se volvió rápido, pero sólo encontró frente a sí a un mariquita chino llamado Graham que trabajaba para uno de los papeluchos de chismorreo social locales. Jerry le había ayudado en una ocasión con un artículo que intentaba vender al tebeo. Hileras de butacas miraban a la pasarela en tosca herradura y Lizzie estaba sentada en la primera fila entre el señor Arpego y su esposa o amante. Jerry recordó que les había visto en Happy Valley. Daba la sensación de que estuviesen oficiando de carabinas para Lizzie en la fiesta. Le hablaban, pero Lizzie parecía no oírles. Estaba muy erguida, y muy guapa; y se había quitado la capa y, desde donde estaba Jerry, podría haber estado absolutamente desnuda salvo por el collar y los pendientes de perlas. Al menos, aún está intacta, pensó. No se ha descompuesto ni ha contraído el cólera ni le han volado la cabeza. Recordó la hilera de vello dorado que corría por su columna vertebral abajo y que había contemplado cuando la vio aquel primer día en el ascensor. Graham, el mariquita, se sentó junto a Jerry y Phoebe Wayfarer se sentó dos asientos más allá. Sólo la conocía vagamente, pero la saludó.

—Vaya. Super. Phoebe. Estás tremenda. Deberías salir tú a la pasarela, amiga, a enseñar un poco de pierna.

Le pareció que estaba un poco borracha y quizás ella pensase que lo estaba él, aunque Jerry no había bebido nada desde el avión. Sacó un cuaderno y escribió en él, haciéndose el profesional, intentando controlarse. Calma. No espantes la caza. Cuando leyó lo que había escrito, vio las palabras «Lizzie Worthington» y nada más. Graham el chino lo leyó también y se echó a reír.

—Es mi nueva firma — dijo Jerry, y ambos se rieron, demasiado alto, de modo que los de delante se volvieron mientras las luces empezaban a apagarse. Pero Lizzie no se volvió, aunque Jerry pensó que podría haber reconocido su voz.

Estaban cerrando las puertas tras ellos y cuando bajaron las luces, Jerry tuvo miedo de quedarse dormido en aquella butaca suave y cómoda. La música de ambiente dio paso a un ritmo selvático producido por un címbalo, hasta que sólo parpadeó un candelabro sobre la negra pasarela, contestando a las luces del puerto que en la ventana del fondo giraban y se mezclaban. El ritmo se elevó en un lento crescendo desde amplificadores situado por todas partes. Continuó largo rato, sólo tambores, muy bien tocados, muy insistentes, hasta que poco a poco se hicieron visibles frente al ventanal que daba al puerto grotescas sombras humanas. Pararon los tambores. En el áspero silencio, descendieron por la pasarela dos muchachas negras flanco con flanco, que no llevaban más que joyas. Ambas tenían la cabeza afeitada y llevaban pendientes redondos de marfil y collares de diamantes que eran como las argollas de las esclavas. Sus lustrosas extremidades brillaban cubiertas de racimos de diamantes, perlas y rubíes. Eran altas y hermosas y ágiles y absolutamente inesperadas y, por un instante, arrojaron sobre todo el público el hechizo de la sexualidad absoluta. Los tambores volvieron y se recobraron y ascendieron, los focos brillaron sobre joyas y miembros. Las muchachas salieron del humeante puerto y avanzaron hacia los espectadores con la furia del esclavizamiento sensual. Se giraron y se alejaron despacio, desafiando y desdeñando con sus caderas. Se encendieron las luces, hubo un estruendo de nerviosos aplausos seguidos de risas y tragos. Todo el mundo hablaba a un tiempo y Jerry era quien hablaba más fuerte: para la señorita Lizzie Worthington, la famosa beldad aristocrática cuya madre no sabía siquiera cocer un huevo, y para los Arpego, que eran propietarios de Manila y de una o dos islas próximas, según le había asegurado en una ocasión el capitán Grant, del Jockey Club. Jerry sostenía el cuaderno como un camarero.

—Lizzie Worthington, caramba, todo Hong Kong está a sus pies, Madame, disculpe mi atrevimiento. Mi periódico está haciendo un reportaje en exclusiva sobre este acontecimiento. Miss Worth, o Worthington, y esperamos poder incluirla a usted, incluir su vestido, su fascinante estilo de vida. Y a sus amigos, aún más fascinantes. Tengo a los fotógrafos cubriendo la retaguardia — hizo una reverencia a los Arpego —. Buenas noches, señora. Caballero. Es un orgullo tenerles con nosotros, no me cabe duda. ¿Es ésta su primera visita a Hong Kong?

Estaba haciendo su número de gran pisaverde, el alma juvenil de la fiesta. Un camarero trajo champán y Jerry insistió en pasarles las copas en vez de dejar que las cogieran ellos mismos. A los Arpego parecía divertirles aquello. Craw había dicho que eran estafadores. Lizzie le miraba fijamente y en sus ojos había algo que Jerry no podía descifrar, algo real y sobregedor, como si ella, no Jerry, acabase de abrir la puerta y ver a Luke.

—El señor Westerby ha hecho ya un reportaje sobre mí, según tengo entendido — dijo ella —. Creo que no se ha publicado, ¿verdad, señor Westerby?

—¿Para quién escribe usted? — preguntó de pronto el señor Arpego. Ya no sonreía. Parecía peligroso y desagradable, y era evidente que Lizzie le había hecho recordar algo que había oído al respecto y que no le gustaba. Algo de lo que Tiu le había advertido, por ejemplo.

Jerry se lo dijo.

—Entonces vaya a escribir para ellos. Deje en paz a esta señora. No concede entrevistas. Tiene usted trabajo que hacer, vaya a hacerlo a otra parte. Usted no ha venido aquí a jugar. Gánese su dinero.

—Un par de preguntas para usted, *entonces,* señor Arpego, antes de irme. ¿Cómo quiere que le describa, señor? ¿Como un tosco millonario filipino? ¿O sólo como un medio millonario?

—Dios santo — murmuró Lizzie, y por suerte, las luces volvieron a apagarse, volvió el tamborileo, todos regresaron a sus puestos y una voz de mujer con acento francés dirigió un suave comentario por el altavoz. Al fondo de la pasarela, las dos muchachas negras ejecutaban largas e insinuantes danzas de sombras. Cuando apareció la primera modelo, Jerry vio que Lizzie se levantaba en la oscuridad, se echaba la capa por los hombros y enfilaba por el pasillo, pasaba ante él y se dirigía hacia las puertas, con la cabeza baja. Jerry la siguió. En el vestíbulo, ella medio se volvió, como para ver si él venía y cruzó el pensamiento de Jerry la idea de que le esperaba. La expresión de Lizzie era la misma que reflejaba el estado de ánimo del propio Jerry. Parecía acosada y cansada y absolutamente desconcertada.

—¡Lizzie! — gritó Jerry, como si acabase de ver a una vieja amiga, y corrió a su lado antes de que ella llegara a la puerta del tocador —. ¡Lizzie! ¡Dios mío! ¡Cuántos años! ¡Toda una vida! ¡Super!

Un par de agentes de seguridad miraron mansamente como Jerry abrazaba a la chica para el beso de viejos amigos. Jerry deslizó al mismo tiempo la mano izquierda por debajo de la capa y al inclinar su rostro sonriente hacia el de ella, apoyó el pequeño revólver en la piel desnuda de su espalda, el cañón justo debajo de la nuca, y de este modo, ligado a ella por lazos de viejo afecto, la condujo a la calle, charlando alegremente todo el rato; llamó a un taxi. Habría preferido no tener que sacar el revólver, pero no podía arriesgarse a tener que maltratarla. Así son las cosas, pensó. Vienes para decirle que la amas, y acabas llevándotela a punta de pistola. Lizzie temblaba de cólera, pero Jerry no creyó que estuviera asustada, y no se le ocurrió siquiera pensar que pudiese afligirle tener que abandonar aquella espantosa fiesta.

—Esto es precisamente lo que yo necesito — dijo Lizzie, mientras subían otra vez entre la niebla —. Perfecto. Absolutamente perfecto.

Llevaba un perfume que a Jerry le resultaba extraño, pero de todos modos, le pareció que olía muchísimo mejor que el Zumo de la vid.

Guillam no estaba exactamente aburrido, pero su capacidad de concentración no era tampoco infinita, como parecía ser la de George. Cuando no se preguntaba qué demonios andaría haciendo Jerry Westerby, se sorprendía recreándose en la privación erótica de Molly Meakin o bien recordando a aquel muchacho chino con los brazos descoyuntados gritando y gimiendo como una liebre herida al coche que se alejaba. El tema de Murphy era ahora la isla de Po Toi y estaba extendiéndose en él despiadadamente.

Volcánica, señor, decía.

La roca más dura de todo el grupo de islas de Hong Kong, señor, decía.

Y la isla situada más al sur, decía, y justo allí en el límite de las aguas chinas.

Doscientos cuarenta metros de altura, señor, los pescadores la utilizan como punto de referencia cuando navegan en altar mar, señor, decía.

Desde el punto de vista técnico, no es una isla sino un grupo de seis islas, aunque las otras son estériles, sin árboles, y están deshabitadas.

Un templo magnífico, señor. De mucha antigüedad. Unas tallas en madera excelentes, pero poca agua natural.

—Por Dios, Murphy, que no vamos a comprarlas — exclamó Martello.

En opinión de Guillam, con la acción próxima y Londres lejos, Martello había perdido gran parte de su lustre y todo su aire inglés. Los trajes tropicales que utilizaba eran norteamericanos hasta los tuétanos, y necesitaba hablar con gente, a ser posible de la suya. Guillam sospechaba que hasta Londres era una aventura para él y Hong Kong era ya territorio enemigo. Smiley, por su parte, reaccionaba de forma totalmente opuesta ante la tensión: se volvía reservado y de una cortesía rígida.

Po Toi tenía una población decreciente de ciento ocho campesinos y pescadores, la mayoría comunistas, tres aldeas habitadas y tres muertas, señor, decía Murphy. Seguía con su cantinela. Smiley seguía escuchando atentamente, pero Martello garrapateaba impaciente en su cuaderno.

—Y mañana, señor — decía Murphy —, *mañana* por la noche se celebra el festival anual de Po Toi, en el que se rinde homenaje a Tin Hau, la diosa del mar, señor.

Martello dejó de escribir.

—¿Esa gente cree realmente tales tonterías?

—Todo el mundo tiene derecho a su religión, señor.

—¿Te enseñaron eso en la academia de instrucción, Murphy? — dijo Martello, volviendo a su cuaderno.

Hubo un incómodo silencio hasta que Murphy asió valerosamente el puntero y posó su extremo en el borde sur de la costa de la isla.

—Este festival de Tin Hau, señor, se concentra en el puerto principal, señor, justo aquí, en la punta sudoeste que es donde está situado el antiguo templo. Según la informada predicción del señor Smiley, la operación de desembarco de Ko se producirá *aquí*, lejos de la bahía principal, en una pequeña cala de la parte este de la isla. Desembarcando en esta zona de la isla, que no está habitada, y que no tiene un acceso directo fácil por el mar, en un momento en que la distracción del festival de la isla en la bahía *principal*...

Guillam no llegó a oír el teléfono. Sólo oyó la voz del otro hombre silencioso de Martello contestar la llamada:

—*Sí, Mac.*

Luego, el chirrido de su sillón al incorporarse mirando a Smiley.

—Bien, *Mac.* Claro, *Mac.* Ahora mismo. Sí. Espera. A mi lado. Un momento.

Smiley estaba ya junto a él, con la mano extendida para coger el teléfono. Martello observaba a Smiley. Murphy, en el podium, había vuelto la espalda y señalaba otras interesantes características de Po Toi, sin advertir del todo la interrupción.

—Los marinos también llaman a esta isla Roca Fantasma, señor — explicó, con la misma voz monótona —. Pero parece que nadie sabe por qué.

**Smiley escuchó un momento y colgó.**

—Gracias, Murphy — dijo cortés —. Ha sido muy interesante.
Se quedó quieto un momento, los dedos en el labio de arriba,
en un gesto pickwickiano de reflexión.

—Sí — repitió —. Sí, mucho.

Caminó luego hasta la puerta, pero se detuvo otra vez.

—Perdóname, Marty, tengo que dejaros un rato. No más de
una o dos horas, espero. En cualquier caso, ya telefonearé.

Estiró la mano hacia el pomo de la puerta. Se volvió luego
y se dirigió a Guillam.

—Peter, creo que será mejor que vengas tú también, si no te
importa. Quizá necesitemos un coche y a ti parece que no te afec-
ta gran cosa el tráfico de Hong Kong. Vi hace un momento a
Fawn por algún sitio... ah, estás ahí.

En Headland Road, las flores tenían un brillo velludo, como
helechos pintados para Navidad. La acera era estrecha y se utilizaba raras veces, sólo la usaban las *amahs* para pasear a los niños,
cosa que hacían sin hablarles, como si paseasen perros. La furgoneta de vigilancia de los primos era una furgoneta Mercedes deliberadamente gris e insignificante, bastante destartalada, con manchas de polvo y barro en los lados y las letras H. K. ESTUDIOS
DE PROM. Y CONSTR. a un lado. Una vieja antena de la que
colgaban banderolas chinas se inclinaba sobre la cabina, y cuando pasaba lúgubremente ante la residencia de Ko por segunda vez,
(¿o era por cuarta?) aquella mañana, nadie se fijó en ella. En
Headland Road, como en todo Hong Kong, siempre hay alguien
construyendo.

Estirados dentro de la furgoneta sobre bancos de cuero de imitación dispuestos para tal fin, dos hombres observaban atentamente
entre un bosque de lentes, cámaras y radioteléfonos. También para
ellos se estaba convirtiendo en una especie de rutina pasar por delante de Seven Gates.

—¿Ningún cambio? — dijo el primero.

—Ninguno — confirmó el segundo.

—Ningún cambio — repitió el primero, por el radioteléfono,
y oyó la voz tranquilizadora de Murphy al otro extremo, certifi-
cando la llegada del mensaje.

—Quizá sean figuras de cera — dijo el primero, aún observando —. Quizá debiésemos darles un tiento y ver si gritan.

—Quizá debiéramos hacerlo — dijo el segundo.

Los dos estaban de acuerdo en que en toda su carrera profesional nunca habían controlado algo que estuviese tan quieto. Ko

estaba donde siempre, al fondo de la enramada de rosas, dándoles la espalda, y mirando hacia el mar. Su pequeña esposa, que vestía como siempre de negro, estaba sentada separada de él, en una butaca blanca de jardín; parecía mirar fijamente a su marido. Sólo Tiu hacía algún movimiento. También estaba sentado, pero al otro lado de Ko, y masticaba lo que parecía un buñuelo.

Tras llegar a la carretera principal, la furgoneta enfiló hacia Stanley, prosiguiendo por razones de cobertura su ficticio reconocimiento de la zona.

# 20

# EL AMANTE DE LIESE

Su piso resultaba grande e incongruente: una mezcla de sala de espera de aeropuerto, *suite* de ejecutivo y *boudoir* de buscona. El techo del salón estaba inclinado hasta el punto de la asimetría, como la nave de una iglesia que se estuviese hundiendo. El suelo cambiaba de niveles incesantemente, la alfombra tenía el espesor de la hierba y al pasar por ella fueron dejando pequeñas huellas. Las enormes ventanas proporcionaban vistas ilimitadas pero solitarias, y cuando cerró los postigos y corrió las cortinas, los dos se vieron de pronto en un chalet suburbano sin jardín. La *amah* se había ido a su habitación detrás de la cocina y cuando apareció, Lizzie le mandó que volviera allí. Salió refunfuñando ceñuda. Espera que se lo cuente al amo, iba diciendo.

Jerry echó los cierres de la puerta de entrada y tras ello la llevó consigo, conduciéndola de habitación en habitación, haciéndola caminar unos pasos por delante y a su izquierda, y abrirle las puertas e incluso los armarios. El dormitorio era un montaje televisero de *femme fatale* con una cama redonda cubierta de edredones y un baño hundido y redondo tras un enrejado español. Jerry revisó los armarios que había junto a la cama buscando un arma corta, porque aunque en Hong Kong no suelen abundar las armas, la gente que ha vivido en Indochina suele tener armas. El vestidor daba la impresión de que Lizize había vaciado en Central una de las elegantes tiendas de decoración estilo escandinavo por teléfono. El comedor era de cristal ahumado, cromo pulido y cuero, con falsos antepasados gainsboroughnianos que miraban pastosamente los vacíos sillones: todas las momias que no sabían cocer un huevo, pensó Jerry. Negros escalones de piel de tigre conducían al cubil de Ko y allí Jerry se demoró, examinándolo todo, fascinado a su pesar, viendo en todo a su rival, y comprobando su parentesco con el viejo Sambo. El escritorio tamaño regio con las patas *bombé* y los extremos de bola y garra, la cuchillería presidencial. Los tinteros, el abrelibros envainado y las tijeras, las obras jurídicas de referencia

intactas, las mismas que el viejo Sambo llevaba de un lado a
otro: el Simons de impuestos, el Charles Worth de derecho mercantil. Los testimonios enmarcados en la pared. La citación para su
Orden del Imperio Británico que empezaba «Isabel Segunda por
la gracia de Dios...» La medalla misma, embalsamada en satén,
como los brazos de un caballero muerto. Fotografías de grupos de
chinos ancianos en las escaleras de un templo de los espíritus. Caballos de carreras victoriosos. Lizzie riendo para él. Lizzie en traje
de baño, sensacional. Lizzie en París. Suavemente, abrió los cajones
de la mesa y descubrió el papel con membrete en relieve de una
docena de empresas distintas. En los armarios, carpetas vacías, una
máquina de escribir eléctrica IBM sin enchufe, una agenda de direcciones sin ninguna dirección escrita. Lizzie desnuda de la cintura para arriba, vuelta mirándole sobre su larga espalda. Lizzie,
Dios nos asista, con un traje de novia, y un ramo de gardenias
en la mano. Ko debió mandarla a un estudio de fotos de boda
para aquello.

No había ninguna foto de sacos de arpillera con opio.

El santuario del ejecutivo, pensó Jerry, allí quieto, de pie. El
viejo Sambo tenía varios: chicas que tenían pisos de él, una tenía
incluso una casa, y sin embargo sólo le veían unas cuantas veces
al año. Pero siempre esta habitación especial y secreta, con el escritorio y los teléfonos sin utilizar y los recuerdos de un instante,
un rincón material tallado en la vida de otro, un refugio de los
otros refugios.

—¿Dónde está él? —preguntó Jerry, acordándose otra vez de
Luke.

—¿Drake?

—No, Papá Noel.

—Dímelo tú.

La siguió hasta el dormitorio.

—¿Es frecuente que no sepas dónde está? —preguntó.

Ella se estaba quitando los pendientes, metiéndolos en un jo-
yero. Luego el broche, el collar y las pulseras.

—Él me llama desde donde esté, sea de noche o de día, nos da
igual. Esta es la primera vez que no llama.

—¿Puedes llamarle tú a él?

—Siempre que quiera —replicó ella con fiero sarcasmo—. Por
supuesto. La esposa número uno y yo lo pasamos *en grande*. ¿No
lo sabías?

—¿Y en la oficina?

—Él no va a la oficina.

—¿Y qué me dices de Tiu?

—Maldito Tiu.

—¿Por qué?

—Porque es un cerdo —masculló ella, abriendo un armario.

—Él podría transmitirle tus mensajes.

—Si le apeteciese, pero no le apetece.

—¿Por qué no?

—¿Cómo demonios voy a saberlo yo? —sacó del armario un jersey y unos vaqueros y los echó en la cama—. Porque me odia. Porque no confía en mí. Porque no le gusta que los ojirredondos se relacionen con el Gran Señor. Ahora sal que voy a cambiarme.

Jerry pasó de nuevo al vestidor, dándole la espalda, oyendo el rumor de seda y piel.

—Vi a Ricardo —dijo—. Tuvimos un sincero y completo intercambio de puntos de vista.

Necesitaba saber si se lo habían dicho a ella. Desesperadamente. Necesitaba absolverla de lo de Luke. Escuchó; luego continuó:

—Charlie Mariscal me dio su dirección, así que fui hasta allí y tuve una charla con él.

—Bárbaro —dijo ella—. Así que ya eres de la familia.

—Me hablaron de Mellon. Me dijeron que pasaste droga para él.

Ella no hablaba, así que Jerry se volvió para mirarla y estaba sentada en la cama, con la cabeza entre las manos. Con vaqueros y jersey aparentaba unos quince años, y ser mucho más baja.

—¿Qué demonios quieres tú? —murmuró al fin, tan quedo que muy bien podría estar formulándose a sí misma la pregunta.

—A ti —dijo él—. De verdad.

Jerry no sabía si le había oído, porque lo único que hizo ella fue lanzar un largo suspiro y murmurar luego «ay, Dios mío».

—¿Mellon es amigo tuyo? —preguntó al fin.

—No.

—Lástima. Necesita un amigo como tú.

—¿Sabe Arpego dónde está Ko?

Ella se encogió de hombros.

—¿Entonces cuánto hace que no sabes nada de él?

—Una semana.

—¿Qué te dijo?

—Que tenía cosas que hacer.

—¿Qué cosas?

—¡Deja de hacer preguntas, por amor de Dios! Todo el mundo anda haciendo preguntas, así que no te pongas tú también a la cola, ¿entendido?

Jerry la miró y vio que en sus ojos brillaban la cólera y la desesperación. Abrió la puerta de la terraza y salió fuera.

Necesito una sesión informativa, pensó con amargura. ¿Dónde estáis ahora que os necesito, planificadores de Sarratt? Hasta entonces no había caído en la cuenta de que al cortar el cable también se desprendía el piloto.

La terraza daba a tres fachadas. La niebla había levantado de momento. Tras él, se alzaba el Pico, sus hombros festoneados de luces doradas. Bancos de móviles nubes formaban cambiantes cavernas alrededor de la luna. El puerto había desenterrado todas sus galas. En su centro, dormitaba como una mujer mimada un portaviones norteamericano, inundado de luz y engalanado, en medio de un grupo de lanchas auxiliares. En la cubierta del portaviones una hilera de helicópteros y de cazas pequeños le recordaron la base aérea de Tailandia. Una columna de juncos pasaba junto a él camino de Cantón.

—¿Jerry?

Ella estaba en la puerta abierta de la terraza, observándole al fondo de una hilera de árboles enmacetados.

—Pasa dentro. Tengo hambre — le dijo.

Era una cocina en la que nadie cocinaba ni comía, pero tenía un rincón bávaro, con bancos de pino, fotos alpinas y ceniceros que decían *Carlsberg*. Le sirvió café de una cafetera eléctrica, y él percibió que ella, cuando estaba en guardia, echaba los hombros hacia adelante y cruzaba los brazos tal como solía hacer la huérfana. También advirtió que temblaba. Pensó que debía estar temblando desde que le había puesto la pistola en la espalda y pensó que ojalá no lo hubiera hecho, porque empezaba a darse cuenta de que ella estaba tan mal como él, y tal vez mucho peor incluso, y que la atmósfera que predominaba entre ellos era la de dos personas después de un desastre, cada una de ellas en su propio infierno.

Le sirvió un brandy con soda y se sirvió lo mismo, e hizo que se sentara en el salón, que estaba más caliente, y la observó mientras ella se encogía y bebía el brandy, con la vista en la alfombra.

—¿Música? — le preguntó.

Ella dijo que no con un gesto.

—Yo me represento a mí mismo — dijo Jerry —. No tengo relación con ninguna otra empresa.

Quizá no le hubiese oído.

—Estoy libre y dispuesto — dijo —. Lo único que pasa es que ha muerto un amigo mío.

Vio que ella asentía, pero sólo por simpatía; estaba seguro de que aquello no le recordaba nada.

—Lo de Ko está poniéndose muy sucio — dijo Jerry —. No va a resultar bien. Estás mezclada con gente muy desagradable, incluido Ko. Fríamente considerado, es un enemigo público número uno. Pensé que quizá te gustase salir de todo esto. Por eso volví. Mi número de Galahad. Es que no sé qué está ocurriendo exactamente a tu alrededor. Mellon, todo eso. Quizá debiéramos examinarlo juntos y ver de qué se trata.

Y tras esta explicación, nada coherente, sonó el teléfono. Tenía uno de esos graznidos estrangulados destinados a no irritar los nervios.

El teléfono quedaba al otro lado de la habitación en una especie de carrito dorado. A cada sorda nota, pestañeaba en él una lucecita y las estanterías de cristal ondulado captaban el reflejo. Ella miró el teléfono, luego a Jerry y se pintó en su cara de inmediato una expresión viva de esperanza. Jerry se levantó con presteza y le acercó el carrito, cuyas ruedas temblequeaban sobre la gruesa alfombra. El cable fue desenroscándose tras él mientras caminaba, hasta ser como el garrapateo de un niño a lo largo de la habitación. Ella descolgó rápidamente y dijo «Worth», con ese tono un poco áspero que adoptan las mujeres cuando viven solas. Él pensó en decirle que la línea estaba controlada pero no sabía contra qué estaba previniéndola: ya no tenía posición, no estaba de éste ni de aquel lado. No sabía qué significaba cada lado, pero de pronto su cabeza volvió a llenarse de Luke y el cazador que había en él despertó del todo. Ella tenía el teléfono pegado al oído, pero no había vuelto a hablar. Dijo «sí» una vez, como si estuviera recibiendo instrucciones, dijo «no» otra vez, con firmeza. Su cara resultaba inexpresiva y a Jerry su voz no le decía nada. Pero éste percibía obediencia, y percibía ocultamiento y, al percibirlo, se encendió en él por completo la cólera y nada más le importó.

—No — dijo ella al teléfono —. Me fui de la fiesta pronto.

Jerry se arrodilló a su lado, intentando escuchar, pero ella mantuvo el teléfono bien pegado a la oreja.

¿Por qué no le preguntaba dónde estaba? ¿Por qué no le preguntaba cuándo le vería? ¿Si estaba bien? Por qué no había telefoneado. Por qué miraba así a Jerry, sin mostrar alivio alguno.

Jerry la cogió por la mejilla y la obligó a volver la cabeza y le susurró al otro oído.

—¡Dile que *debes* verle! Irás a verle tú, *adonde sea.*

—Sí — dijo ella, de nuevo al teléfono —. Está bien. Sí.

—¡Díselo! ¡Dile que debes verle!

—Debo verte — dijo ella al fin —. Iré yo misma adonde estés.

Aún tenía el receptor en la mano. Se encogió de hombros, pidiendo instrucciones y aún tenía los ojos vueltos hacia Jerry... no como su Sir Galahad, sólo como una parte más del mundo hostil que la rodeaba.

—¡Te quiero! — cuchicheó él —. ¡Di lo que suelas decirle!

—Te quiero — dijo ella brevemente, con los ojos cerrados, y colgó, antes de que él pudiera impedírselo.

—Viene hacia aquí — dijo —. Maldito seas.

Jerry estaba aún arrodillado a su lado. Ella se levantó para librarse de él.

—¿Lo sabe? — preguntó Jerry.

—¿Si sabe qué?

—Que estoy aquí.

—Puede — dijo ella, y encendió un cigarrillo.

—¿Y dónde está ahora?

—No lo sé.

—¿Cuándo llegará aquí?

—Dijo que pronto.

—¿Está solo?

—No lo dijo.

—¿Lleva un arma?

Ella estaba al otro lado de la habitación. Sus tensos ojos grises aún le miraban furiosos y asustados. Pero a Jerry no le afectaba ya su estado de ánimo. La febril urgencia de acción había desbordado los demás sentimientos.

—Drake Ko. El amable individuo que te instaló aquí. ¿Lleva un arma? ¿Disparará sobre mí? ¿Está Tiu con él? Sólo son preguntas, nada más.

—En la cama no la lleva, la verdad.

—¿A dónde vas tú?

—Me parece que los dos preferiréis que os deje solos.

Llevándola de nuevo al sofá, la obligó a sentarse frente a las puertas dobles, al fondo de la habitación. Las puertas eran de cristal esmerilado y tras ellas estaba el vestíbulo y la puerta de entrada. Jerry las abrió, para ver sin obstáculos a cualquiera que entrara.

—¿Tenéis normas sobre la gente que puede venir aquí? — ella no atendió a su pregunta —. Hay una mirilla, ¿te obliga él a comprobar cuando llaman, antes de abrir?

—Él llama desde abajo por el teléfono interior. Luego utiliza su propia llave.

La puerta de entrada era de madera dura laminada, no demasiado sólida, pero sí lo suficiente. Según la tradición de Sarratt, si quieres coger por sorpresa a un intruso solitario, no te pongas detrás de la puerta porque no podrás volver a salir. Jerry se sintió inclinado por una vez a aceptarlo. Sin embargo, mantenerse en el lado abierto era ser un blanco fácil para todo aquel que llegara con intenciones agresivas, y Jerry no estaba seguro, ni mucho menos, de que Ko no sospechase que él estaba allí, ni lo estaba tampoco de que fuera a llegar solo. Consideró la posibilidad de esconderse detrás del sofá, pero no quería que la chica quedara en la línea de fuego si había tiroteo. No podía admitir tal cosa. La copa de brandy de él estaba junto a la de ella en la mesa, así que la retiró silenciosamente, colocándola detrás de un jarrón de orquídeas de plástico. Vació el cenicero y colocó un ejemplar abierto de Vogue en la mesa, delante de Lizzie.

—¿Pones música cuando estás sola?

—A veces.

Jerry eligió a Ellington.

—¿Demasiado alto?

—Más alto — dijo ella.

Receloso, Jerry bajó el sonido, mirándola. Al hacerlo, sonó dos veces en el vestíbulo el teléfono interior.

—Ten cuidado — le advirtió, y, revólver en mano, se encaminó hacia el lado de la puerta de entrada que se abría, en posición de tiro, a un metro del arco, lo bastante cerca para saltar hacia adelante, lo suficientemente lejos para disparar y tirarse, que era lo que tenía pensado al colocarse medio acuclillado allí. Sostenía el revólver en la izquierda y nada en la derecha, porque a aquella distancia no podía errar con ninguna mano, mientras que si quería golpear prefería tener libre la derecha. Recordaba cómo llevaba las manos Tiu y se dijo que no podía dejar que se le acercara. Hiciese lo que hiciese, tenía que hacerlo a distancia. Una patada en la entrepierna y luego fuera. Mantenerse lejos de aquellas manos.

—Tú di «adelante» — le dijo.

—Adelante — repitió Lizzie por teléfono. Colgó y quitó el cierre de la puerta.

—Cuando entre, sonríe para la cámara. No grites.

—Vete al infierno.

Del hueco del ascensor llegó hasta su oído sensibilizado el rumor de un ascensor subiendo y el monótono «ping» del timbre.

Oyó pasos acercándose a la puerta, sólo de una persona, firmes, y recordó el paso cómico y un poco simiesco de Drake Ko en Happy Valley, cómo se le marcaban las rodillas en los pantalones de franela. Una llave se deslizó en la cerradura, giró, y el resto siguió sin visible premeditación'. Por entonces, Jerry había saltado con todo su peso, aplastando contra la pared el cuerpo indefenso. Cayó un cuadro de Venecia. El cristal se rompió, Jerry cerró la puerta de golpe, todo ello en el mismo instante en que encontraba una garganta y hundía el cañón de la pistola en la carne. Luego, la puerta se abrió por segunda vez desde fuera, muy deprisa, Jerry perdió el resuello, sus pies volaron hacia arriba, un dolor inmovilizante brotó de sus riñones, se expandió y le lanzó sobre la gruesa alfombra; un segundo golpe le alcanzó en la entrepierna y le hizo jadear y alzar las rodillas hasta el mentón. Sus ojos extraviados vieron ante sí de pie al pequeño y furioso Fawn, la niñera, disponiéndose a asestar un tercer golpe, y vieron la rígida sonrisa de Sam Collins que atisbaba tranquilo por encima del hombro de Fawn evaluando los daños. Y quieto en el umbral, con expresión muy preocupada, mientras se ajustaba el cuello de la camisa tras aquel asalto inesperado de Jerry, el señor George Smiley, el que en tiempos había sido su guía y mentor, contenía jadeante y muy aturdido a sus ayudantes.

Jerry podía sentarse, pero sólo si permanecía inclinado hacia adelante. Tenía las manos inmóviles delante, los codos sobre los muslos, le dolía todo el cuerpo; era como un veneno que se extendiese desde una fuente central. La chica le miraba desde la puerta del vestíbulo. Fawn estaba al acecho, deseoso de tener otra excusa para atizarle. Al otro extremo de la estancia, estaba Sam Collins, sentado en un sillón de orejas, con las piernas cruzadas. Smiley le había servido a Jerry un brandy solo y estaba inclinado sobre él, poniéndole la copa en la mano.

—¿Qué estás haciendo aquí, Jerry? —dijo Smiley—. No entiendo.

—Cortejando —dijo Jerry, y cerró los ojos, mientras le asolaba una nueva oleada de lúgubre dolor—. Le cogí un afecto imprevisto aquí a nuestra anfitriona. Lo siento.

—Hiciste algo muy peligroso, Jerry —objetó Smiley—. Pudiste haber estropeado toda la operación. Supón que yo hubiese sido Ko. Las consecuencias habrían sido desastrosas.

—Te aseguro que lo habrían sido, sí —dijo, y tomó otro trago—. Luke ha muerto. Está tirado en mi piso con la cabeza rota.

—¿Quién es Luke? —preguntó Smiley, olvidando que se habían visto en casa de Craw.

—Nadie. Sólo un amigo —bebió de nuevo—. Un periodista norteamericano. Un borracho. Nadie ha perdido nada.

Smiley miró a Sam Collins, pero Sam se encogió de hombros.

—Nadie que conozcamos *nosotros* —dijo.

—Llámales de todos modos —dijo Smiley.

Sam cogió el teléfono móvil y salió con él de la habitación, porque conocía la distribución del piso.

—¿Le habéis apretado las clavijas, eh? —dijo Jerry, indicando con un gesto a Lizzie—. Creo que no queda nada en el libro que no le hayáis hecho.

Luego, dirigiéndose a ella, añadió:

—¿Qué tal te va, amiga? Perdona el jaleo. No rompimos nada, ¿verdad?

—No —dijo ella.

—Te han apretado las clavijas utilizando tu pasado culpable, ¿verdad? El palo y la zanahoria. ¿Te prometieron dejar limpia la pizarra? Eres una tonta, Lizzie. En este juego no se permite tener un pasado. Y tampoco se puede tener un futuro. *Verboten.*

Se volvió de nuevo a Smiley:

—No pasó más que eso, George. No hay ninguna filosofía especial en el asunto. Sólo que la amiga Lizzie entró muy dentro de mí.

Y echó la cabeza hacia atrás y miró fijamente a Smiley con los ojos semicerrados. Con la claridad que a veces proporciona el dolor, se dio cuenta de que con su acción había puesto en peligro hasta la existencia misma de Smiley.

—No te preocupes —dijo suavemente—. *A ti* no te pasará, puedes estar seguro.

—Jerry —dijo Smiley.

—Señor —dijo Jerry, adoptando una postura teatral de atención.

—Jerry, no entiendes lo que pasa. Hasta qué punto pudiste estropearlo todo. Miles de millones de dólares y miles de hombres que no habrían obtenido nada de lo que nos proponemos conseguir con esta operación. Un general en guerra se moriría de risa pensando en un sacrificio tan pequeño por un dividendo tan enorme.

—No me pidas *a mí* que te saque del apuro, amigo —dijo Jerry mirándole de nuevo a la cara—. El sabihondo eres tú, ¿recuerdas? No yo.

Volvió Sam Collins. Smiley le miró interrogante.

—No es uno de los suyos tampoco — dijo Sam.

—Iban a por mí — dijo Jerry —. Pero cogieron a Lukie. Es un gran tipo. O lo era.

—¿Y está en tu piso? — preguntó Smiley —. Muerto. De un tiro. ¿Y en tu piso?

—Lleva allí tiempo.

Smiley se dirigió a Collins:

—Tenemos que limpiar todas las huellas, Sam. No podemos arriesgarnos a un escándalo.

—Volveré a llamarles ahora — dijo Collins.

—Y entérate de los vuelos — dijo Smiley cuando el otro ya salía —. Dos. De primera.

Collins asintió.

—No me gusta ni pizca ese tipo — confesó Jerry —. Nunca me gustó. Debe ser el bigote.

Luego, señaló a Lizzie.

—¿Qué tiene ella para ser tan importante para todos vosotros, George? Ko no le cuchichea sus más íntimos secretos. Ella es una ojirredonda — se volvió a Lizzie —. ¿Verdad que no?

Ella movió la cabeza.

—Si lo hiciese, ella no se acordaría — continuó Jerry —. Es muy torpe para esas cosas. Probablemente nunca haya oído hablar de Nelson.

Volvió a dirigirse a ella:

—Tú. ¿Quién es Nelson? Vamos, ¿quién es? El hijito muerto de Ko, ¿verdad? Eso es. Le puso su nombre al barco, ¿verdad? Y a su caballo.

Luego, se volvió a Smiley:

—¿Ves? Es muy torpe. Te aconsejo que la dejes fuera del asunto.

Collins había vuelto con una nota de horarios de vuelos. Smiley la leyó ceñudo.

—Tenemos que enviarte a casa inmediatamente, Jerry — dijo —. Guillam está esperando abajo con un coche. Fawn también irá.

—Tengo ganas de vomitar otra vez, si no te importa.

Jerry se incorporó, se apoyó en el brazo de Smiley e inmediatamente Fawn se adelantó, pero Jerry esgrimió hacia él un dedo amenazador, mientras Smiley le ordenaba retroceder.

—No te acerques a mí, gnomo venenoso — le advirtió Jerry —. Tuviste una ocasión y se acabó. La próxima vez, no será tan fácil.

Avanzaba encogido, despacio, arrastrando los pies, con las manos en el vientre. Al llegar junto a la chica, se detuvo.

—¿Tenían sus reuniones aquí Ko y sus amiguitos, querida? Ko subía aquí a sus muchachos para charlar con ellos, ¿verdad?

—A veces.

—Y tú ayudabas con los micros, ¿eh? Como una buena ama de casa. Dejabas entrar a los chicos de sonido, sostenías la lámpara... Claro que lo hacías, sí...

Ella asintió.

—Aún no es suficiente —objetó Jerry, mientras continuaba renqueante hacia el baño—. Aún no contesta eso a mi pregunta. Debe haber más cosas, *muchas* más.

En el baño, puso la cara bajo el agua fría, bebió un poco e inmediatamente vomitó. Al volver, miró de nuevo a la chica. Ella estaba en el salón y, al igual que la gente que cuando está tensa se pone a hacer cosas triviales se había puesto a ordenar los discos y colocarlos en su funda correspondiente. En un rincón distante, Smiley y Collins conferenciaban en voz baja. Cerca y alerta, esperando junto a la puerta, estaba Fawn.

—Adiós, amiga —le dijo a la chica. Y poniéndole la mano en el hombro, la hizo volverse hasta que sus ojos grises le miraron de frente.

—Adiós —dijo ella, y le besó, no exactamente con pasión, pero al menos más concienzudamente que a los camareros.

—Yo fui una especie de accesorio antes de la acción —explicó—. Lo siento. Pero no lamento ninguna otra cosa. Será mejor que tengas cuidado también con ese maldito Ko. Porque si ellos no consiguen matarle, puede que lo haga yo.

Y le acarició las cicatrices de la barbilla y luego se arrastró hacia la puerta, donde esperaba Fawn, y se volvió para despedirse de Smiley, que estaba solo de nuevo. Collins había sido enviado al teléfono. Smiley estaba como mejor le recordaba Jerry: los brazos cortos ligeramente alzados de los costados, la cabeza un poco hacia atrás, la expresión como de disculpa y de interrogación al mismo tiempo, como quien acaba de dejarse el paraguas en el metro. La chica se había apartado de ambos y aún seguía ordenando los discos.

—Recuerdos a Ann —dijo Jerry.

—Gracias.

—Estás equivocado, amigo. No sé cómo, no sé por qué, pero estás equivocado. Aunque, de todos modos, imagino que es demasiado tarde para eso.

Se sintió mal otra vez y le aullaba la cabeza por los dolores que sentía en el cuerpo.

498 EL HONORABLE COLEGIAL

—Si te acercas más a mí —le dijo a Fawn— te romperé ese cochino cuello, ¿entendido?

Se volvió de nuevo a Smiley, que seguía en la misma postura y no mostraba indicio alguno de haberle oído.

—Así que os queda el campo libre —dijo Jerry.

Con un último gesto de despedida para Smiley, pero ninguno para la chica, Jerry salió cojeando al descansillo, seguido de Fawn. Cuando esperaba el ascensor, vio al elegante norteamericano de pie a la entrada de otro piso abierto, observándole.

—Hombre, me había olvidado de ti —dijo ruidosamente—. Tú eres el que controla los aparatos de su piso, ¿eh? Los ingleses la chantajean y los primos le ponen escuchas en casa, es una chica con suerte, recibe de todas partes.

El norteamericano desapareció, cerrando rápidamente la puerta. Llegó el ascensor y Fawn le empujó al interior.

—No hagas eso —le advirtió Jerry—. Este caballero se llama Fawn —dijo, dirigiéndose a los otros ocupantes del ascensor en voz muy alta.

La mayoría de los ocupantes del ascensor llevaban smoking y trajes de lentejuelas.

—Pertenece al Servicio Secreto británico y acaba de darme una patada en los huevos. Vienen los rusos —añadió, a sus rostros inexpresivos e indiferentes—. Se van a llevar todo vuestro dinero.

—Está borracho —dijo Fawn irritado.

En el vestíbulo, Laurence, el portero, les observó con gran interés. Delante del edificio esperaba un sedán Peugeot azul. Sentado al volante estaba Peter Guillam.

—Adentro —masculló.

La puerta delantera estaba cerrada. Jerry subió atrás, seguido de Fawn.

—¿Qué demonios te has creído tú? —exigió Guillam furioso—. ¿Desde cuándo los ocasionales de Londres pueden tomar una iniciativa así en plena operación?

—No te acerques —advirtió Jerry a Fawn—. Al más mínimo movimiento, te atizo. Te lo digo en serio. Te aviso. Oficial.

Había vuelto la niebla baja, rodaba sobre el capó. La ciudad parecía al pasar como una serie de vistas enmarcadas de un depósito de chatarra: un letrero pintado, el escaparate de una tienda, ramales de cables siguiendo las luces de neón, una masa de asfixiado follaje; el inevitable edificio en construcción inundado de luz. En el espejo, Jerry vio que le seguía un Mercedes negro. Pasajero varón, chófer varón.

—Los primos vienen siguiéndonos la retirada —anunció.

Un espasmo de dolor en el abdomen estuvo a punto de hacerle perder el conocimiento y por un instante pensó que Fawn había vuelto a pegarle, pero fue sólo un recuerdo de la primera vez. En Central, hizo parar a Guillam y vomitó en la calle a la vista de todo el mundo, sacando la cabeza por la ventanilla, mientras Fawn acechaba tenso. El Mercedes paró también, tras ellos.

—No hay nada como un buen dolor —exclamó, acomodándose de nuevo en el coche—, para despejar la sesera de polillas por una temporada. ¿Eh, Peter?

Guillam, que estaba furioso, contestó con un taco.

*No entiendes lo que pasa,* había dicho Smiley. *Hasta qué punto pudiste estropearlo todo. Miles de millones de dólares y miles de hombres que no habrían obtenido nada de lo que nos proponemos conseguir...*

*¿Cómo?* se preguntaba insistente. Conseguir *¿qué?* Tenía una idea muy esquemática de la posición de Nelson dentro del gobierno chino. Craw sólo le había dicho lo imprescindible. *Nelson tiene acceso a las joyas de la Corona de Pekín, Señoría. El que le eche el guante a Nelson, ganará honra y fama para toda la vida para sí mismo y para su noble casa.*

Iban bordeando el puerto, camino del túnel. Desde el nivel del mar, el portaviones norteamericano parecía extrañamente pequeño contra el alegre telón de fondo de Kowloon.

—¿Y cómo le va a sacar Drake? —preguntó tranquilamente a Guillam—. No intentará sacarle volando otra vez, claro. Ricardo acabó con esa posibilidad para siempre, ¿no?

—Succión —masculló Guillam... lo cual fue una estupidez de su parte, pensó jubiloso Jerry. Debería haber mantenido la boca cerrada.

—¿Nadando? —preguntó Jerry—. Nelson cruzando la bahía Mirs. Drake no puede hacer *eso.* Nelson es demasiado viejo. Moriría de frío, si es que no le cogían antes los tiburones. ¿Qué te parece el tren de los cerdos, sacarle con los puercos? Lamento que te pierdas el gran momento, amigo, por culpa mía.

—Yo también lo lamento, puedes estar seguro. Me gustaría atizarte una patada en la boca.

La dulce música del regocijo resonaba en el cerebro de Jerry. *¡Es cierto!* se decía. *¡Eso es lo que pasa! Drake va a sacar a Nelson y ellos están haciendo cola esperando su llegada.*

Tras el lapsus de Guillam (sólo una palabra, pero para Sarratt un error clara y totalmente imperdonable) había una revelación tan desconcertante como todas las que Jerry soportaba entonces, y, en algunos aspectos, muchísimo más amarga. Si algo podía mitigar el delito de indiscreción (y para Sarratt nada lo mitiga) no hay duda de que podrían alegarse justificadamente las experiencias de Guillam en la última hora: media hora conduciendo frenéticamente para Smiley en la hora punta y la otra media esperando en el coche, en desesperada indecisión, frente a Star Heights. Todo lo que había temido en Londres, sus más lúgubres recelos respecto a la conexión Enderby-Martello, y los papeles de apoyo de Lacon y de Sam exactos por encima de cualquier duda razonable, y ciertos y justificados, y si podía poner alguna objeción a sus previsiones era la de que en ellas había subestimado el asunto.

Habían ido primero a Bowen Road en los Midlevels, a un edificio de apartamentos tan neutro y anodino y grande que hasta los que vivían allí debían de tener que mirar dos veces el número para asegurarse de que entraban en el debido. Smiley pulsó un botón que decía Mellon y Guillam fue tan idiota que preguntó: «¿Quién es Mellon?» en el justo instante en que recordaba que era el nombre de trabajo de Sam Collins. Luego hizo una toma doble y se preguntó (a sí mismo, no a Smiley, estaban ya en el ascensor por entonces) a qué chiflado podría ocurrírsele, tras los estragos de Haydon, utilizar el mismo nombre de trabajo que había usado antes de la caída. Luego, Collins les abrió la puerta, ataviado con su bata de seda tailandesa, un pitillo negro en la boquilla, y su sonrisa lavable e inarrugable; y acto seguido estaban ya todos en un salón de parquet con sillones de bambú y Sam había conectado dos transistores en distintas emisoras (en una se oía a un locutor y música en la otra), como rudimentario sistema de seguridad antiescuchas mientras hablaban. Sam escuchaba, ignorando por completo a Guillam; luego se apresuró a telefonear a Martello directamente (Sam tenía una *línea directa* con él, date cuenta, no tenía que marcar ni nada, comunicación inmediata, al parecer) para preguntarle veladamente «cómo andan las cosas con el amiguito». Lo de «amiguito» (Guillam se enteró más tarde) era, en la jerga del juego, un sinvergüenza. Martello contestó que la furgoneta de vigilancia acababa de informar. El amiguito y Tiu estaba en aquel momento sentados en la bahía de Causeway, a bordo del *Almirante Nelson*, según los vigilantes, y los micros de dirección (como siempre) estaban recogiendo tantos ruidos producidos por el agua que los transcriptores necesitarían días, quizás semanas, para eliminar los sonidos ex-

traños y descubrir si los dos hombres se habían dicho algo interesante. Entretanto, habían destacado un vigilante fijo junto al muelle, con órdenes de avisar inmediatamente a Martello si la embarcación levaba anclas o alguna de las dos presas desembarcaba.

—Entonces debemos ir allí de inmediato —dijo Smiley, así que
volvieron al coche y mientras Guillam conducía el breve trayecto
que les separaba de Star Heights, furioso y escuchando impotente
la tensa conversación de los otros, fue convenciéndose cada vez
más de que estaba contemplando una tela de araña y que sólo
George Smiley, obsesionado por lo que prometía el caso y por la
imagen de Karla, era lo bastante miope y lo bastante confiado, y
a su modo paradójico lo bastante inocente, para meterse de cabeza
y enredarse en ella.

La edad de George, pensó Guillam, las ambiciones políticas de
Enderby, su proclividad a la postura belicista y pronorteamerica-
na... por no mencionar la caja de botellas de champán y sus des-
carados galanteos a la planta quinta. El tibio apoyo de Lacon a
Smiley, mientras por detrás buscaba en secreto un sucesor. La parada de Martello en Langley. La tentativa de Enderby, *hacía sólo
días,* de sacar a Smiley del caso y entregárselo a Martello en bandeja. Y ahora, lo más elocuente y amenazador de todo, la reaparición de Sam Collins como comodín del caso con una línea privada
de comunicación con Martello... Y Martello, Dios nos asista, haciéndose el tonto como si no supiese de dónde sacaba George la
información, a pesar de la línea directa.

Para Guillam todo esto se resumía en una sola cosa, y estaba
impaciente por coger a Smiley a solas y, por cualquier medio posible, apartarle lo suficiente de la operación, sólo por un momento,
para que pudiera ver a dónde se encaminaba. Para explicarle lo de
la carta: Lo de la visita de Sam a Lacon y Enderby en Whitehall.

¿Pero qué hacía en lugar de eso? Tenía que volver a Inglaterra.
¿Por qué tenía que volver a Inglaterra? Porque un necio escritor-
zuelo llamado Westerby había tenido el descaro de soltarse de la
traílla.

Guillam apenas habría podido soportar la decepción ni aun en
el caso de no tener tan clara conciencia de un desastre inminente.
Había soportado mucho hasta aquel momento. El ostracismo y el
exilio en Brixton cuando Haydon, el andar al rabo del viejo George en vez de volver al campo, soportando la obsesión de George
por el misterio y el secreto que Guillam consideraba, en privado,
humillante y contraproducente... y, cuando al fin había emprendido
un viaje con un destino, el maldito Westerby, precisamente, le arre-

bataba incluso eso. Pero volver a Londres sabiendo que por lo menos durante las veintidós horas siguientes dejaba a Smiley y al Circus en poder de una manada de lobos, sin tener siquiera posibilidad de advertirle... era para Guillam la crueldad que coronaba una frustrada carrera, y si acusar a Jerry de todo le ayudaba, qué demonios, acusaría de todo a Jerry o a quién fuese.

—¡Que vaya Fawn!

Fawn no es un caballero, habría contestado Smiley... o cualquier otra cosa que vendría a significar lo mismo.

Y que lo digas, pensó Guillam, recordando los brazos rotos.

También Jerry tenía conciencia de abandonar a alguien a los lobos, aunque ese alguien fuese Lizzie Worthington y no George Smiley. Mientras miraba por la ventanilla trasera del coche, le parecía que el mundo mismo que estaba recorriendo también había sido abandonado. Los mercados callejeros estaban desiertos, las aceras, los portales incluso. El Pico se alzaba sobre ellos con su cima cocodrilesca pintarrajeada por una luna astrosa. Es el último día de la Colonia, decidió. Pekín ha hecho su llamada proverbial telefónica. «Fuera, se acabó la fiesta.» El último hotel estaba cerrando. Vio los Rolls Royces vacíos abandonados como desechos alrededor del puerto, y la última matrona ojirredonda cargada con sus pieles y joyas libres de impuestos, subiendo la pasarela del último trasatlántico. Vio al último especialista en asuntos chinos echando frenéticamente sus últimos cálculos erróneos en la trituradora, las tiendas saqueadas, la ciudad vacía esperando como una res muerta a que llegaran las hordas. Por un instante, todo pasó a ser un mundo que se desvanecía... aquí, en Fnom Penh, en Saigón, en Londres, un mundo en precario, con los acreedores esperando a la puerta; y hasta el mismo Jerry, de algún modo indefinible, era parte de la deuda que había que pagar.

*Siempre he agradecido a este servicio el que me diese la oportunidad de pagar. ¿Es eso lo que sientes tú? ¿Lo que te sientes ahora? ¿Una especie de superviviente?*

Sí, George, pensó. Pon las palabras en mi boca, amigo. Eso es lo que siento. Pero quizás no exactamente en el sentido en que lo dices *tú*, amigo. Vio la carita cordial y alegre de Frost cuando bebía y bromeaba. Le vio la segunda vez, vio la espantosa mandíbula desencajada, sintió la mano afectuosa de Luke en el hombro, y vio la misma mano abierta en el suelo, sobre la cabeza, para coger una pelota que nunca llegaría, y pensó: El problema, amigo, es que quienes en realidad pagan son los otros pobres infelices.

Como Lizzie, por ejemplo.

Un día se lo diría a George, si volvían a encontrarse alguna vez, tomando una copa, y volvían a mencionar aquel espinoso tema de por qué santa razón escalaban la montaña. E insistía entonces (sin agresividad, no con el propósito de hundir el barco, amigo) en la forma egoísta y ferviente con que sacrificamos a otras personas, como Luke y Frost y Lizzie. George le daría una respuesta perfectamente válida, por supuesto. Razonable. Medida. Exculpatoria. George tenía una visión general del cuadro. Comprendía los imperativos. Por supuesto que sí. Él era un sabihondo.

Se acercaban al túnel del puerto y Jerry recordó el último beso tembloroso de Lizzie, y recordó al mismo tiempo su peregrinación al depósito de cadáveres, porque ante ellos se alzaba de entre la niebla el andamiaje de un nuevo edificio iluminado por los focos como el andamiaje que vieron yendo al depósito de cadáveres; resplandecientes *coolies* se apiñaban en él con sus cascos amarillos.

A Tiu tampoco le gusta ella, pensó. No le gusta que los ojirredondos revelen los secretos del Gran Señor.

Forzando el pensamiento en otras direcciones, intentó imaginar lo que harían con Nelson: sin patria, sin hogar; un pez al que devorar o arrojar de nuevo al mar, según conviniese. Jerry había visto antes algunos de estos peces: había estado presente en su captura, on su rápido interrogatorio; y había conducido de nuevo a más de uno a la frontera para que retomase el camino que había cruzado hacía poco en dirección contraria, para rápido *reciclaje,* como tan deliciosamente se decía en la jerga de Sarratt: «Rápido, antes de que se den cuenta de que ha salido.» Y ¿si no le hacían regresar? ¿Si le retenían y conservaban, si conservaban aquella gran presa anhelada por todos? Entonces, tras los años de interrogatorio (dos, tres incluso, él había oído de algunos casos en que habían sido cinco), Nelson se convertiría en un judío errante más del mundo del espionaje al que habría que ocultar y trasladar de nuevo y ocultar, al que no querrían ni aquellos a los que había revelado sus secretos.

*¿Y qué hará Drake con Lizzie, se preguntó, mientras se desarrolla este pequeño drama? ¿Qué basurero le espera esta vez?*

Llegaba a la boca del túnel y habían aminorado la velocidad hasta casi detenerse del todo: El Mercedes seguía detrás de ellos. Jerry echó la cabeza hacia adelante. Se sujetó la entrepierna con ambas manos y se balanceó, gruñendo de dolor. Desde una improvisada caseta de policía que era como el puesto de un centinela, observaba curioso un policía chino.

—Si se acerca, dile que se trata de un borracho —masculló Guillam—. Enséñale la vomitada del suelo.

Entraron lentamente en el túnel. Dos carriles de dirección norte estaban llenos de coches que iban a pasos de tortuga, defensa con defensa, debido al mal tiempo. Guillam había tomado el carril de la derecha. El Mercedes se colocó junto a ellos a la izquierda. En el espejo, con los ojos semicerrados, Jerry vio un camión gris que bajaba tras ellos rechinante.

—Dame cambio —dijo Guillam—. Lo necesitaré a la salida.

Fawn hurgó en los bolsillos, pero utilizando sólo una mano.

El túnel vibraba por el estruendo de los motores. Se inició un desafío de bocinazos. Se incorporaron a él más vehículos. A la niebla se añadía el hedor de los tubos de escape. Fawn cerró la ventanilla. El estruendo aumentó y resonó hasta que el coche empezó a estremecerse. Jerry se tapó los oídos.

—Lo siento, amigo. Me parece que tengo que vomitar otra vez.

Pero esta vez se inclinó hacia Fawn, que murmurando «sucio cabrón» se apresuró a bajar el cristal de la ventanilla de nuevo, hasta que Jerry le golpeó con la cabeza en la parte interior de la cara y le hundió el codo en la entrepierna. Para Guillam, cazado en el dilema de seguir conduciendo o defenderse, Jerry tenía reservado un golpe en el punto en que el hombro se encuentra con la clavícula. Jerry inició el golpe con el brazo completamente relajado, convirtiendo la velocidad en potencia en el último instante posible. El golpe hizo a Guillam gritar «Dios» y saltar en el asiento mientras el coche viraba hacia la derecha. Fawn tenía un brazo alrededor del cuello de Jerry y con la otra mano intentaba echarle la cabeza hacia atrás, con lo que sin duda le habría desnucado. Pero en Sarratt enseñan un golpe para cuando hay poco espacio donde maniobrar que se llama el zarpazo del tigre y que consiste en lanzar la palma de la mano hacia arriba y hundirla en la tráquea del adversario, manteniendo doblado el brazo y los dedos arqueados hacia atrás, para aumentar la tensión. Jerry hizo exactamente eso y la cabeza de Fawn chocó con la ventanilla de atrás con tal fuerza que el vidrio de seguridad se astilló. Los dos norteamericanos seguían en el Mercedes, mirando hacia adelante, como si se dirigieran a unas exequias nacionales. Pensó en apretar la tráquea de Fawn con el índice y el pulgar, pero no lo creyó necesario. Tras recuperar su revólver, que Fawn llevaba en la cintura, Jerry abrió la puerta de la derecha. Guillam hizo una tentativa desesperada de detenerle, y le rasgó hasta el codo la manga de la chaqueta del traje azul, fiel pero muy viejo. Jerry le golpeó con el revólver en el brazo y vio que se le crispaba la cara de dolor. Fawn logró sacar una pierna, pero Jerry cerró la puerta con fuerza cogiéndosela con ella y le oyó gritar «¡cabrón!» de nuevo, tras lo cual, echó a correr hacia la ciudad, en dirección contraria al tráfico. Saltando y zigzagueando entre los vehículos casi inmóviles, logró salir del túnel y subir ladera arriba hasta una pequeña cabaña de vigilancia. Creyó oír gritar a Guillam. Creyó oír un disparo, pero muy bien podría haber sido el tubo de escape de un coche. Le dolía muchísimo el vientre, pero parecía correr más deprisa empujado precisamente por el dolor. Un policía le gritó desde la acera, otro alzó los brazos, pero Jerry les ignoró y le concedieron la indulgencia final del ojirredondo. Corrió hasta encontrar un taxi. El conductor no hablaba inglés, así que tuvo que indicarle la ruta hasta que llegaron al edificio del apartamento de Lizzie.

—Por ahí, amigo. Subiendo. A la izquierda, animal, eso es.

Jerry no sabía si Smiley y Collins seguirían allí o si Ko habría vuelto, quizás con Tiu, pero tenía muy poco tiempo para intentar averiguarlo. No llamó al timbre porque sabía que los micros lo registrarían. En vez de eso, sacó una tarjeta de la cartera, garrapateó en ella un mensaje, la metió por la ranura del buzón de la puerta y esperó acuclillado, temblando y sudando y resollando como un caballo de tiro, mientras oía los pasos de ella y se frotaba el vientre. Esperó un siglo y al fin la puerta se abrió y allí estaba ella mirándole mientras él intentaba incorporarse.

—Dios santo, pero si es Galahad —murmuró Lizzie.

No llevaba maquillaje y las cicatrices del golpe de Ricardo destacaban en su barbilla, rojas y profundas. No lloraba. Jerry no había pensado que pudiera hacerlo, pero, de todos modos, su cara parecía más vieja que el resto de su persona. La sacó al descansillo para hablar y ella no opuso resistencia. La llevó hasta la puerta que daba a la escalera de incendios.

—Reúnete conmigo al otro lado de esta puerta dentro de cinco segundos, ¿entendido? *No* telefonees a nadie. *No* metas ruido al salir y *no* hagas ninguna pregunta tonta. Trae ropa de abrigo. De prisa. No pierdas tiempo. *Por favor.*

Ella le miró, miró su manga rasgada, su chaqueta empapada de sudor; miró el mechón de pelo que le caía sobre los ojos.

—O yo o nada —dijo Jerry—. Y créeme, se trata de una nada grandísima.

Ella volvió sola al piso, dejando la puerta entornada. Pero salió muy deprisa y por si acaso ni siquiera cerró la puerta. Él bajó delante, por la escalera de incendios. Lizzie llevaba un bolso y un chaquetón de cuero. Había cogido también un jersey para que él pudiera deshacerse de la chaqueta rota; Jerry supuso que sería de Drake, porque le quedaba pequeñísimo, pero logró encajárselo. Vació los bolsillos de la chaqueta en el bolso de ella y tiró la chaqueta al conducto de la basura. Lizzie le seguía tan silenciosa que él tuvo que volverse dos veces para asegurarse de que aún estaba allí. Cuando llegaron abajo, Jerry atisbó por la ventana reticulada y retrocedió al ver al Rocker en persona acompañado de un corpulento subordinado, que se encaminaba hacia el compartimiento del portero y le mostraba su carnet de policía. Siguieron por la escalera hasta el aparcamiento y ella dijo:

—Cojamos la canoa roja.

—No seas tonta, la dejamos en la ciudad.

La condujo por entre los coches hasta un escuálido solar lleno de desperdicios y material de desecho, como el patio trasero del Circus. De allí, entre muros de goteante hormigón, bajaba vertiginosamente una escalera hacia la ciudad, sombreada de negras ramas y cortada en secciones por la serpeante carretera. La bajada por aquella escalera tan pendiente le resultaba muy penosa, le dolía mucho el vientre. La primera vez que llegaron a la carretera, Jerry la cruzó sin detenerse. La segunda, alertado por el parpadeo rojo sangre de una luz de alarma que se veía a lo lejos, metió a Lizzie entre los árboles para evitar las luces de un coche de la policía que bajaba aullando cuesta abajo a toda velocidad. En el paso subterráneo encontraron un *pak-pai* y Jerry dio la dirección.

—¿Qué demonios es eso? — dijo ella.

—Un sitio donde no tendremos que inscribirnos — dijo Jerry —. Pero calla y déjame dirigir, ¿quieres? ¿Cuánto dinero tienes?

Ella abrió el bolso y contó lo que llevaba en una gruesa cartera.

—Se lo gané a Tiu jugando al *mah-jong* — dijo, y Jerry percibió que estaba fantaseando.

El taxista les dejó al fondo de la calleja y recorrieron a pie la corta distancia que había hasta la puerta. La casa no tenía luces, pero al aproximarse a la puerta de entrada, ésta se abrió y otra pareja se cruzó con ellos y se perdió en la oscuridad. Entraron en el vestíbulo y la puerta se cerró tras ellos; siguieron la luz de una linterna a través de un corto laberinto de paredes de ladrillo hasta llegar a un elegante recibidor en el que se oía música grabada. En el sinuoso sofá que había en el centro estaba sentada una flaca dama china con un lápiz y un cuaderno en el regazo; tenía el aire de una castellana modelo. Sonrió al ver a Jerry, y al ver a Lizzie su sonrisa se amplió.

—Para toda la noche — dijo Jerry.

—Por supuesto — contestó ella.

La siguieron escaleras arriba hasta un pequeño pasillo. Las puertas abiertas aportaban fugaces visiones de cobertores de seda, luces bajas, espejos. Jerry eligió la menos sugestiva, rechazó la oferta de una segunda chica para completar la sesión, dio dinero a la mujer y pidió una botella de Rémy Martin. Lizzie le siguió al interior, dejó en la cama el bolso y, con la puerta aún abierta, soltó una nerviosa carcajada de alivio.

—Lizzie Worthington — exclamó —. Aquí es donde te dijeron que acabarías, zorra desvergonzada; y ya ves que tenían razón.

Había un diván con cabecera y Jerry se tendió en él, mirando al techo, los pies cruzados, la copa de brandy en la mano. Lizzie ocupó la cama y, durante un rato, ambos guardaron silencio. El lugar era silencioso y tranquilo. De vez en cuando, les llegaba del piso de arriba un grito de placer o una risa apagada, y en una ocasión, un grito de protesta. Lizzie se acercó a la ventana y miró afuera.

—¿Qué se ve por ahí? — preguntó él.

—Una pared de ladrillo, unos treinta gatos y cajas y envases amontonados.

—¿Hay niebla?

—Mucha.

Luego, se dirigió al baño, estuvo allí un rato, salió.

—Amiga — dijo quedamente Jerry.

Lizzie se detuvo, súbitamente cautelosa.

—¿Estás sobria y en tu sano juicio?

—¿Por qué?

—Quiero que me cuentes todo lo que les contaste a ellos. Una vez que lo hayas hecho, quiero que me cuentes todo lo que ellos te preguntaron, aunque tú no pudieras contestarles. Y una vez hecho esto, intentaremos extraer una cosilla que se llama un negativo y descubrir dónde están todos esos cabrones dentro del esquema del universo.

—Es una repetición — dijo ella al fin.

—¿De qué?

—No lo sé. Todo tiene que ser exactamente del mismo modo que la vez anterior.

—¿Y qué paso la vez anterior?

—Pasase lo que pasase — dijo ella cansinamente —, va a repetirse.

# 21

# NELSON

Era la una de la madrugada. Ella se había bañado. Salió del baño con una bata blanca y descalza, el pelo envuelto en una toalla, de modo que sus proporciones pasaron a ser de pronto completamente distintas.

—Tienen incluso esos trozos de papel cruzados encima del water — dijo —. Y equipo para lavarse los dientes envuelto en celofán.

Ella se echó a dormitar en la cama y él en el sofá, y ella en una ocasión dijo: «Me gustaría hacerlo, pero no es posible», y él contestó que cuando a uno le pegaban una patada donde Fawn se la había pegado a él, la libido solía inmovilizarse un poco. Ella le habló de su maestro (el señor Maldito Worthington, le llamaba) y «su intento de vida respetable», y del niño que le había dado por cortesía. Habló de sus terribles padres y de Ricardo y de lo miserable que era y de lo que le había amado, y de que una chica del bar del Constellation la había aconsejado que le envenenase con codeso y que al día siguiente de haber estado a punto de matarle de una paliza, le echó una «dosis enorme» en el café. Pero quizás no le hubieran dado el material exacto, dijo, porque todo lo que pasó fue que Ricardo estuvo varios días malo y «sólo habría algo peor que Ricardo sano, y era Ricardo al borde de la muerte». Explicó que otra vez había llegado a clavarle realmente un cuchillo cuando él estaba en el baño, pero que Ricardo se había limitado a ponerse una venda y a darle otra paliza.

Explicó que cuando Ricardo desapareció, ella y Charlie Mariscal se negaron a aceptar que estuviera muerto y montaron una campaña Ricardo Vive, según su propia expresión, y Charlie fue e importunó a su padre, todo exactamente como él se lo había contado a Jerry. Le explicó que había cogido su mochila y había bajado hasta Bangkok, y se había encaminado allí directamente a la *suite* que tenía China Airsea en el Erawan, con el propósito de tirarle de las barbas a Tiu, y se había encontrado cara a cara con Ko, al que sólo había visto antes en una ocasión, muy brevemente, en una fiesta de Hong Kong que daba una tal Sally Cale, una machorra que llevaba el pelo teñido de azul y estaba metida en el comercio de antigüedades y en el tráfico de heroína al mismo tiempo. Y describió también la escena que siguió, después de que Ko le ordenase salir inmediatamente de allí, y que concluyó «siguiendo todo su curso natural», tal como ella lo expresó alegremente: «Un paso más en la ruta inevitable de Lizzie Worthington hacia la perdición.» Y así, lenta y tortuosamente, bajo la presión del padre de Charlie Mariscal y «también bajo la de Lizzie, podríamos decir», elaboraron un contrato muy chino, cuyos principales signatarios fueron Ko y el padre de Charlie, y las mercancías a intercambiar fueron, por una parte Ricardo y por otra su compañera, recientemente retirada, Lizzie.

En cuyo mencionado contrato, pudo saber Jerry sin demasiada sorpresa, tanto ella como Ricardo convinieron de buen grado.

—Deberías haber dejado que se pudriera —dijo Jerry, recordando los dos anillos de la mano derecha de Ricardo y el Ford hecho pedazos.

Pero Lizzie no veía las cosas de ese modo por entonces; ni ahora.

—Era uno de los nuestros —dijo—. Aunque fuese un cerdo.

Y tras comprar su vida, Lizzie se sintió liberada de Ricardo.

—Los chinos no se plantean ningún problema para casarse. ¿Por qué no iban a hacerlo entonces Drake y *Liese*?

¿Qué era aquel asunto de *Liese*?, se preguntó Jerry. ¿Por qué *Liese* en lugar de *Lizzie*?

No lo sabía. Algo de lo que Drake no hablaba, dijo. Había habido, según le explicó, una Liese en su vida. Y su adivino le había prometido que un día tendría otra, y había pensado que Lizzie se parecía bastante, así que hicieron un pequeño cambio y ella pasó a llamarse Liese; y, metidos en faena, redujo también su apellido a un simple Worth.

El cambio de nombre tenía además un objetivo práctico, explicó. Tras escogerle un nuevo nombre, Ko se tomó la molestia de hacer que desapareciera la ficha policial de la anterior.

—Hasta que aparece ese cerdo de Mellon y dice que volverán a ficharme, mencionando en especial los pases de heroína que hice para él —dijo Lizzie.

Lo que les llevó de nuevo a donde estaban. Y por qué.

Para Jerry, sus soñolientas divagaciones tenían a veces la calma del postcoito. Estaba tendido en el diván, medio despierto, pero Lizzie hablaba entre sueño y sueño, reanudando cansinamente la

historia donde la había dejado al quedarse dormida, y Jerry sabía
hasta qué punto ella le estaba diciendo la verdad porque no había
ya nada de ella que él no conociese y entendiese. Se daba cuenta
también de que, con el tiempo, Ko se había convertido en un ancla
para ella. Le proporcionaba la autoridad desde la cual podía examinar su odisea, de forma parecida al maestro.

—Drake no ha roto una promesa en su vida — dijo una vez,
mientras se volvía y se hundía de nuevo en un inquieto sueño.
Jerry recordó a la huérfana: no me engañes nunca.

Horas, vidas después, Lizzie despertó sobresaltada por un gemido extasiado de la habitación contigua.

—¡Dios santo! — exclamó apreciativamente —. ¡Qué barbaridad!
Se repitió el grito. «¡Vaya! Está fingiendo.» Silencio.

—¿Estás despierto? — preguntó.

—Sí.

—¿Qué vas a hacer?

—¿Mañana?

—Sí.

—No sé — dijo él.

—Incorpórate al club — murmuró ella, y pareció caer dormida
otra vez.

Necesito una nueva sesión informativa de Sarratt, pensó Jerry.
Me hace mucha falta. Podría hacer una llamada al limbo a Craw,
pensó. Pedirle al buen amigo George un poco de esa filosofía que
se dedica a repartir últimamente. Debe andar por ahí. En algún
sitio.

Smiley estaba por allí, pero en aquel momento, no podría haber
ayudado en nada a Jerry. Habría cambiado toda su sabiduría por
un poco de comprensión. En el pabellón de aislamiento no había
horas de noche y se tumbaban u holgazaneaban bajo las luces del
techo, los tres primos y Sam a un lado de la habitación, Smiley y
Guillam al otro, y Fawn paseaba de arriba abajo ante la hilera de
butacas de cine, como un animal enjaulado y furioso, apretando lo
que parecía una pelota de frontón en cada pequeño puño. Tenía
los labios amoratados e hinchados y un ojo cerrado. Tenía también
debajo de la nariz un coágulo de sangre que se negaba a desaparecer. Guillam tenía el brazo derecho vendado y sujeto al hombro
y no apartaba la vista de Smiley. Pero nadie la apartaba de Smiley, o mejor dicho todos miraban a Smiley salvo Fawn. Sonó un
teléfono, pero era la sala de comunicaciones de arriba; comunicaron que Bangkok había informado que se había rastreado la ruta

de Jerry con seguridad hasta Vientiane.

—Diles que eso se acabó, Murphy — ordenó Martello, sin dejar de mirar a Smiley —. Diles cualquier cosa. Pero quítatelos de encima. ¿No, George?

Smiley asintió.

—Sí — dijo Guillam, con firmeza, hablando por Smiley.

—Eso ya está resuelto, querido — dijo Murphy al teléfono.

Lo de *querido* resultaba una sorpresa. Murphy no había mostrado hasta entonces en ningún momento tales indicios de ternura humana.

—¿Quieres transmitir el mensaje o quieres que lo haga yo por ti? No nos interesa ya, ¿entendido? Olvídalo.

Y colgó.

—Rockhurst ha encontrado el coche de la chica — dijo Guillam por segunda vez, mientras Smiley seguía mirando fijamente al frente —. En un aparcamiento subterráneo de Central. Hay un coche de alquiler también allí. Lo alquiló Westerby. Con su nombre de trabajo. ¿George?

Smiley asintió tan levemente que se diría era sólo un gesto para sacudirse el sueño.

—Al menos él está haciendo algo, George — dijo Martello con aspereza, desde el fondo de la habitación, donde formaba un pequeño grupo con Collins y sus silenciosos ayudantes —. Algunos piensan que con un elefante salvaje lo mejor es liquidarlo.

—Primero hay que encontrarlo — masculló Guillam, que tenía los nervios a flor de piel.

—Ni siquiera estoy convencido de que George quiera hacer eso, Peter — dijo Martello, tomando de nuevo su estilo paternal —. Creo que George no quiere considerar esto detenidamente, con grave peligro para nuestra común empresa.

—¿Pero qué quieres que haga George? — dijo Guillam con aspereza —. ¿Salir a la calle y ponerse a pasear hasta que lo encuentre? ¿Hacer que Rockhurst facilite su nombre y una descripción y lo haga circular para que todos los periodistas de la ciudad sepan que estamos de cacería?

Smiley seguía encogido e inerte como un viejo junto a Guillam.

—Westerby es un profesional — insistió Guillam —. No es un agente nato, pero es bueno. Puede estar escondido meses en una ciudad como ésta sin que Rockhurst logre dar con él.

—¿Ni siquiera con la chica detrás? — dijo Murphy.

Pese a su brazo en cabestrillo, Guillam se inclinó hacia Smiley.

—La operación es nuestra — murmuró con ansiedad —. Si tú

dices que tenemos que esperar, esperaremos. Basta con que des la orden. Todo lo que quiere esta gente es una excusa para tomar el mando. Cualquier cosa es preferible a un vacío. Cualquier cosa.

Fawn, que seguía paseando ante las butacas de cine, emitió un sarcástico murmullo.

—Hablar, hablar, hablar. Eso es lo único que saben hacer.

Martello lo intentó de nuevo.

—George. ¿Esta isla es inglesa o no lo es? Vosotros podéis poner la ciudad patas arriba cuando queráis — señaló una pared sin ventanas —. Hay ahí un hombre, un agente vuestro, que parece dispuesto a armarla. Nelson Ko es la mejor presa, la más importante que tú y yo podemos conseguir. Es lo más importante de mi carrera, y por eso, soy capaz de arriesgar a mi mujer, a mi abuela, y los títulos de propiedad de mi plantación; éste también es el caso más importante de tu carrera.

—No se acepta la puesta — dijo Sam Collins, el jugador, con una sonrisa.

Martello siguió atacando.

—¿Vamos a permitir que nos roben esto, George, quedándonos aquí de brazos cruzados preguntándonos unos a otros cómo fue que Jesucristo nació el día de Navidad y no el veintiséis o veintisiete de diciembre?

Smiley miró al fin a Martello, luego miró a Guillam, que seguía a su lado, los hombros hacia atrás por el cabestrillo; por último, bajó la vista y contempló sus propias manos unidas y durante un rato, temporalmente sin contenido, se estudió a sí mismo mentalmente y repasó su persecución de Karla, a quien Ann llamaba *su grial negro*. Pensó en Ann y en sus repetidas traiciones en nombre de su propio grial, al que ella llamaba amor. Recordó cómo había intentado, contradiciendo su propio criterio, compartir el credo de Ann, y renovarlo días tras día como un verdadero amante, pese a las anárquicas interpretaciones que Ann hacía de su significado. Pensó en Haydon, al que Karla empujó hacia Ann. Pensó en Jerry y en la chica y pensó en el marido de la chica, en Peter Worthington, y en el aire perruno de parentesco que Worthington le había transmitido, cuando le fue a ver a la casa de Islington: «Tú y yo somos los que ellas dejan atrás», era el mensaje.

Pensó en los otros inciertos amores de Jerry a lo largo de su desordenada vida, pensó en las facturas medio pagadas que el Circus había tenido que cubrir por él, y en que habría sido fácil incluir a Lizzie con ellas como una más; pero no podía hacerlo. Él no era Sam Collins, y no le cabía la menor duda de que lo que

Jerry sentía por la chica en aquel momento era una causa que Ann habría abrazado ardientemente. Pero no era Ann tampoco. Durante un cruel instante, sin embargo, allí sentado, inmovilizado aún por la indecisión, se preguntó sinceramente si Ann tendría razón, y su lucha se habría convertido tan solo en un viaje personal más entre las bestias y los villanos de su propia incapacidad, en la que implacablemente envolvía a mentalidades simplistas como la de Jerry.

*Estás equivocado, amigo. No sé cómo, no sé por qué, pero estás equivocado.*

*El que yo esté equivocado*, le había contestado en una ocasión a Ann, en medio de una de sus interminables discusiones, *no significa que tú tengas razón.*

Oyó de nuevo a Martello, hablando en tiempo presente.

—George, hay gente que espera con los *brazos abiertos* lo que podemos entregarles. Lo que Nelson puede entregarles.

Sonó el teléfono. Contestó Murphy y transmitió el mensaje a la silenciosa estancia.

—Línea directa desde el portaviones, señor. El servicio secreto de la Marina dice que los juncos siguen el curso previsto, señor. Viento sur favorable y buena pesca en ruta. Señor, ni siquiera creo que Nelson vaya con ellos. No veo por qué habría de hacerlo.

El foco de atención se centró bruscamente en Murphy, a quién jamás se le había oído expresar una opinión.

—¿Qué demonios quieres decir con eso, Murphy? — dijo Martello, completamente atónito —. ¿Te has vuelto adivino, hijo?

Señor, estuve esta mañana en el barco y esa gente tiene un montón dc datos. No pueden entender que alguien que vive en Shanghai quiera salir por Swatow. Ellos lo harían de otra forma, señor. Irían en avión o en tren a Cantón y luego cogerían el autobús hasta Waichow, por ejemplo. Dicen que es muchísimo más seguro, señor.

—Ese es el pueblo de Nelson — dijo Smiley, y todas las cabezas se volvieron con viveza hacia él de nuevo —. Son su clan. Él prefiere estar con ellos en el mar, aunque sea más arriesgado. Confía en ellos.

Luego, se volvió a Guillam, y añadió:

—Haremos lo siguiente: dile a Rockhurst que distribuya una descripción de Westerby y de la chica. ¿Dices que alquiló un coche con su nombre de trabajo? ¿Utilizó su documentación de emergencia?

—Sí.

—¿Worrell?

—Sí.

—Entonces la policía anda buscando al señor y la señora Worrell, ingleses. No hay fotografías, y cerciórate de que las descripciones son lo bastante imprecisas para que nadie sospeche. Marty.

Martello era todo oídos.

—¿Sigue Ko en su barco? — preguntó Smiley.

—Allí está con Tiu, George.

—Existe la posibilidad de que Westerby quiera llegar hasta él. Vosotros tenéis un puesto de vigilancia fijo junto al muelle. Poned más hombres allí. Y que estén atentos a lo que pueda venir por atrás.

—¿Y qué tienen que vigilar?

—Por si hay problemas. Lo mismo digo en cuanto a la vigilancia de la casa de él. Dime... — se hundió un momento en sus pensamientos, pero Guillam no tenía por qué preocuparse —. Dime... ¿podéis simular algún fallo en la línea telefónica de casa de Ko?

Martello miró a Murphy.

—Señor, no tenemos el aparato a mano — dijo Murphy —. Pero supongo que podríamos...

—Entonces hay que cortarla — dijo sencillamente Smiley —. Hay que cortar todo el cable si es necesario. Investigad y hacedlo cerca de alguna obra.

Dadas las órdenes, Martello cruzó la habitación y se sentó junto a Smiley.

—Oye, George, de lo de mañana, vamos a ver. ¿Tú crees que podríamos, bueno, llevar un poquito de chatarra por si acaso, también?

Guillam observaba muy atentamente el diálogo desde la mesa donde estaba telefoneando a Rockhurst. También Sam Collins observaba, desde el otro lado de la habitación.

—Al parecer — continuó Martello —, no hay modo de saber lo que puede hacer tu agente Westerby, George. Tenemos que estar preparados para cualquier emergencia, ¿no?

—Por supuesto, se puede tener a mano cualquier cosa. Pero cuando llegue el momento, si no te importa, dejaremos los planes de intercepción tal como están. Y la decisión me corresponderá a mí.

—Claro, George. Por supuesto — dijo hipócritamente Martello, y, con el mismo recato eclesial volvió de puntitas a su propio campo.

—¿Qué quería? — preguntó Guillam en voz baja, acuclillándose junto a Smiley —. ¿De qué intenta convencerte?

—No estoy dispuesto a aguantar esto, Peter —le advirtió Smiley, también en voz baja.

De pronto, parecía muy furioso.

—No quiero volver a oír comentarios de ese tipo —añadió—. No voy a tolerar tus ideas bizantinas de una conjura palaciega. Estas personas son huéspedes y aliados nuestros. Tengo un acuerdo escrito con ellos. Ya tenemos bastantes preocupaciones sin necesidad de esas fantasías grotescas y, te lo digo sinceramente, paranoicas. Ahora, por favor...

—¡*Te* aseguro! —empezó Guillam, pero Smiley le hizo callar.

—Quiero que localices a Craw. Vete a verle si hace falta. Quizás te venga bien el viaje. Cuéntale lo de Westerby. Él nos dirá inmediatamente si sabe algo de él. Sabrá qué hacer.

Fawn, que aún seguía paseando delante de la hilera de butacas, vio marcharse a Guillam mientras seguía apretando incansable lo que tenía dentro de los puños.

También en el mundo de Jerry eran las tres de la mañana, y la Madame le había encontrado una navaja de afeitar, pero no camisa nueva. Se había lavado y se había afeitado lo mejor posible, pero aún le dolía todo el cuerpo, de la cabeza a los pies. Se plantó ante Lizzie, que seguía en la cama, y prometió estar de vuelta en un par de horas, pero dudaba incluso de que le hubiera oído. *Si hubiese más periódicos que publicasen fotos de chicas en vez de noticias,* recordó, *el mundo sería mucho mejor de lo que es, señor Westerby.*

Tomó *pak-pais,* sabiendo que estaban menos controlados por la policía. Y caminó también, y el caminar ayudó a su cuerpo y a su proceso místico de toma de decisiones, pues allá en el diván se le había hecho súbitamente imposible decidir. Necesitaba moverse para encontrar la dirección. Se dirigía a la bahía Deep Water, y sabía que era terreno peligroso. Ahora que andaba suelto él, estarían pegados a aquella lancha como sanguijuelas. Se preguntó a quién tendrían, qué estarían utilizando. Si se trataba de los primos, tendría que ver dónde había demasiada chatarra y demasiada gente. Llovía y temía que la lluvia despejase la niebla. Sobre él, la luna ya estaba parcialmente despejada, y mientras bajaba silencioso la ladera podía distinguir, a su pálida luz, los juncos más próximos que crujían y se balanceaban en el amarradero. Hay viento del sudeste y arrecia, pensó. Si es un puesto de observación fijo, habrán buscado un sitio alto y lo suficientemente seguro. En el promontorio que quedaba a su derecha, vio una furgoneta Mercedes bastante destartalada entre los árboles y la antena con las banderolas chinas. Esperó, viendo rodar la niebla, hasta que bajó un coche con las luces encendidas, y, en cuanto pasó, se lanzó a cruzar la carretera, sabiendo que ni con toda la chatarra del mundo podrían verle detrás de los faros. Al nivel del agua, la visibilidad se reducía a cero, y tuvo que ir tanteando para localizar la rechinante pasarela de madera que recordaba de su reconocimiento previo. Entonces descubrió lo que estaba buscando. La misma vieja desdentada sentada en su sampán, sonriéndole entre la niebla.

—Ko —murmuró—. *Almirante Nelson. ¿Ko?*

El eco de su cacareo llegó por encima del agua.

—¡Po Toi! —chilló—. ¡Tin Hau! ¡Po Toi!

—¿Hoy?

—¡Hoy!

—¿Mañana?

—¡Mañana!

Le echó un par de dólares y la risa de la vieja le siguió mientras se alejaba.

Yo tengo razón, Lizzie tiene razón, *nosotros tenemos* razón, pensó. Él irá al festival. Pensó que ojalá Lizzie no se moviese. Si despertaba, la creía capaz de salir.

Caminaba intentando borrar el dolor de la entrepierna y de la espalda. Hay que hacerlo poco a poco, pensaba. No a lo grande. Abordar las cosas según vienen. La niebla era como un pasillo que conducía a habitaciones distintas. En una ocasión, se encontró con un coche de inválido que subía por la acera mientras su propietario paseaba a su perro alsaciano. Luego, dos hombres en ropa deportiva realizando sus ejercicios matutinos. En un jardín público, unos niños le miraron desde un parterre de rododendros que parecían haber convertido en su hogar, pues tenían la ropa colgada de las ramas y ellos estaban tan desnudos como los muchachos refugiados de Fnom Penh.

Cuando regresó Lizzie estaba sentada, esperándole y tenía un aspecto horrible.

—No vuelvas a hacerme esto —le advirtió, cogiéndole del brazo cuando salían a buscar algo que desayunar y una embarcación—. No te vayas nunca sin avisarme.

Al principio, parecía no haber ni una embarcación disponible en Hong Kong para aquel día. Jerry no podía considerar siquiera los transbordadores grandes que iban a las islas próximas y que eran los que cogían los turistas. Sabía que el Rocker los tendría controlados. Se negó también a bajar a los muelles y a realizar investigaciones que pudiesen levantar sospechas.

Telefoneó a las empresas de taxis acuáticos que estaban en la guía y todo lo que tenían estaba alquilado o era demasiado pequeño para el viaje. Luego se acordó de Luigi Tan, que era una especie de mito en el Club de Corresponsales Extranjeros: Luigi podía conseguir cualquier cosa, desde un grupo coreano de baile a un billete de avión a precio rebajado, más de prisa que cualquier otro agente de la ciudad. Cogieron un taxi hasta el otro extremo de Wanchai, donde Luigi tenía su guarida; luego caminaron. Eran las ocho de la mañana, pero la cálida niebla aún no se había levantado. Los letreros apagados se alzaban en los estrechos jardincillos como amantes agotados: Happy Boy, Lucky Place, Americana. Los concurridos puestos de comida añadían sus cálidos aromas al hedor de los humos de la gasolina y al hollín. A través de fisuras de la pared, vislumbraban a veces un canal. «Cualquiera puede decirte donde encontrarme —le gustaba decir a Luigi Tan—. Pregunta por el grandullón de una sola pierna.»

Le encontraron en su tienda, detrás del mostrador y alcanzaba justo a poder mirar por encima de él, un mestizo portugués vivaz y chiquitín, que en otros tiempos se había ganado la vida boxeando al estilo chino en los mugrientos barracones de Macao. La fachada de la tienda tenía unos dos metros de anchura. Los artículos eran motos nuevas y reliquias del antiguo China Service, que él llamaba antigüedades; daguerrotipos de damas con sombrero en marcos de carey, una astrosa caja de viaje, una bitácora de un *clipper del opio*. Luigi ya conocía a Jerry, pero le gustó muchísimo más Lizzie e insistió en que pasase delante para poder estudiar sus cuartos traseros mientras les hacía cruzar por debajo de un tendedero de ropa, hasta otro edificio pequeño con el letrero de «Privado» y en el que había tres sillas y un teléfono en el suelo. Luigi se acuclilló y se encogió hasta convertirse en una bola y se puso a hablar en chino por teléfono y en inglés para Lizzie. Era ya abuelo, dijo, pero muy viril, y tenía cuatro hijos, todos buenos. Hasta el número cuatro estaba ya fuera de casa. Todos buenos conductores, buenos trabajadores y buenos maridos. Además, le dijo también a Lizzie, tenía un Mercedes completo con estéreo.

—Puede que algún día te lleve en él —dijo.

Jerry se preguntó si ella se daba cuenta de que el viejo le estaba proponiendo matrimonio, o quizás un poco menos.

Y sí, Luigi creía que también tenía una embarcación.

Después de dos llamadas telefónicas, supo que tenía una embarcación, que él no prestaba más que a los amigos, a un coste nominal. Le pasó a Lizzie su caja de tarjetas de crédito para que contase el número de tarjetas que tenía y luego su cartera para que admirase las fotos de la familia, en una de las cuales se veía una langosta capturada por el hijo número cuatro el día de su reciente boda, aunque al hijo no se le veía en la foto.

—Po Toi mal sitio —dijo Luigi Tan a Lizzie, aún con el teléfono—. Sitio muy sucio. Mala mar, mal festival, mala comida. ¿Por qué quieres ir allí?

—Tin Hau, por supuesto —dijo Jerry pacientemente, contestando por ella—. Por el templo famoso y el festival.

Luigi Tan prefirió seguir hablando para Lizzie.

—Tú ir Lantau —aconsejó—. Lantau buena isla. Buena comida, buen pescado, buena gente. Yo les digo que tú vas Lantau, comer en casa de Charlie, Charlie amigo mío.

—Po Toi —dijo Jerry con firmeza.

—Po Toi muchísimo dinero.

—Tenemos muchísimo dinero —dijo Lizzie con una cordial sonrisa, y Luigi volvió a mirarla, contemplativamente, de arriba abajo.

—Puede yo vaya contigo —le dijo.

—No —dijo Jerry.

Luigi les llevó hasta la bahía Causeway y les acompañó hasta el sampán. La embarcación era una barca de motor de catorce pies, de lo más corriente, pero Jerry comprobó que era sólida y Luigi dijo que tenía una quilla profunda. Había un muchacho haraganeando a popa, metiendo los pies en el agua.

—Mi sobrino —dijo Luigi, acariciando el pelo al muchacho, muy orgulloso—. El tener madre en Lantau. Él llevaros Lantau, comer casa Charlie, pasarlo bien. Pagarme luego.

—Vamos, amigo —dijo Jerry pacientemente—. Por favor. No queremos ir a Lantau. Queremos ir a Po Toi. Sólo Po Toi. Po Toi o nada. Déjanos allí y vete.

—Po Toi mal tiempo. Mal festival. Mal sitio. Demasiado cerca aguas chinas. Mucho comunista.

—Po Toi o nada —dijo Jerry.

—Barca demasiado pequeña —dijo Luigi, e hizo falta todo el encanto de Lizzie para convencerle.

La tripulación se pasó otra hora preparando la embarcación y Jerry y Lizzie estuvieron sentados en el semicamarote, procurando mantenerse invisibles y bebiendo juiciosos tragos de Rémy Martin. Periódicamente, uno de los dos se hundía en un ensueño privado. Cuando lo hacía Lizzie, cruzaba los brazos y se balanceaba lentamente sobre el trasero, con la cabeza baja. Jerry, por su parte, se tiraba del mechón que le caía sobre la frente, y en una ocasión se tiró con tal fuerza que ella le tocó en el brazo para que lo dejara, y él se echó a reír.

Salieron del puerto casi sin darse cuenta.

—Procura que no nos vean —ordenó Jerry, y por razones de seguridad la rodeó con un brazo para mantenerla en el magro cobijo del camarote abierto.

El portaviones norteamericano se había desprendido de sus galas ornamentales y yacía gris y amenazador sobre el agua, como un cuchillo desenvainado. Al principio, siguieron con la misma calma pegajosa. En la costa, capas de niebla apelotonadas sobre los grises promontorios y columnas de pardo humo se deslizaban en un cielo blanco e inexpresivo. En el agua lisa, su embarcación parecía elevarse como un globo. Pero cuando salieron a mar abierto y se dirigieron hacia el este, las olas empezaron a chocar en los costados con fuerza suficiente para mover la embarcación; la proa crujía y se inclinaba, y tuvieron que sujetarse para mantenerse erguidos. Con la pequeña proa alzándose y arrastrándose como un caballo malo, pasaron ante grúas y almacenes y fábricas y ante los muñones de arrasadas laderas. Navegaban contra el viento y el agua les salpicaba por todas partes. El timonel iba riéndose y hablando a gritos con su compañero, y Jerry imaginó que se reían de aquellos ojirredondos chiflados que habían elegido para sus amores una bañera alquitranada como aquélla. Les pasó un gigantesco petrolero que ni siquiera parecía moverse; pardos juncos corrían en su estela. En los astilleros, donde estaba reparando un carguero, les hacían señas los blancos relampagueos de las pistolas de los soldadores por encima del agua. La risa de los marineros se disipó y empezaron a hablar razonablemente, porque estaban en el mar. Mirando hacia atrás entre las balanceantes masas de barcos de transporte, Jerry vio dibujarse lentamente la isla a lo lejos, cortada como en una meseta por una nube. Hong Kong dejaba de existir una vez más.

Pasaron otro cabo. Al embravecerse el mar, el crujir se hizo continuo y la nube que había sobre ellos descendió hasta que su base quedó sólo a unos metros por encima del mástil, y durante un rato permanecieron en este mundo más bajo e irreal, avanzando bajo la cobertura de su capa protectora. La niebla levantó de pronto y les dejó bailando en la claridad del sol. Hacia el sur, sobre colinas de violenta frondosidad, pestañeaba un faro color naranja en el aire claro.

—¿Qué hacemos ahora? —preguntó ella suavemente, mirando

por la portilla.

—Sonreír y rezar — dijo Jerry.

—Yo sonreiré y tú rezarás — dijo ella.

La lancha del práctico del puerto se acercó a ellos y, por un momento, Jerry esperó ver el rostro odioso del Rocker contemplándole, pero la tripulación les ignoró por completo.

—¿Quiénes son? — cuchicheó ella —. ¿Qué se proponen?

—Es pura rutina — dijo Jerry —. No tiene importancia.

La lancha se alejó. Ya está, pensó Jerry, sin preocuparse demasiado, nos han localizado.

—¿Estás seguro de que era pura rutina? — preguntó ella.

—Al festival van cientos de embarcaciones — dijo él.

La embarcación corcoveó violentamente, y siguió corcoveando. Es muy marinera, pensó él, apoyándose en Lizzie. Una buena quilla. Si esto sigue, no tendremos que decidir nada. Decidirá el mar por nosotros. Era uno de esos viajes que si los hacías con éxito nadie se daba cuenta, y si no lo lograbas, decían que habías muerto estúpidamente. El viento del este podía girar sobre sí mismo en cualquier momento, pensó. Nada era seguro en aquella estación, entre monzones occidentales. Iba muy pendiente del errático galopar del motor. Si falla, acabaremos contra las rocas.

De pronto, sus pesadillas se multiplicaron irracionalmente. *El butano*, pensó. *¡El butano, Dios santo!* Mientras los marineros preparaban la embarcación, él había visto dos cilindros colocados en la bodega delantera, junto a los depósitos de agua, probablemente para hervir las langostas de Luigi. Y había sido tan tonto que no había pensado en ello hasta ahora. Se lo imaginó todo en seguida. El butano es más pesado que el aire. Esas bombonas pierden todas. Es sólo cuestión de grados. Con este mar, perderán más de prisa, y el gas que ha escapado debe estar ahora acumulado en la sentina a medio metro de la chispa del motor, con una buena mezcla de oxígeno para facilitar la combustión. Lizzie se había separado de él y estaba de pie a popa. El mar se llenó de repente. Como de la nada, brotó una flota de juncos pesqueros y todos les miraban ávidamente. Jerry la cogió del brazo y la volvió a poner a cubierto.

—¿Dónde te crees que estamos? — gritó —. ¿En Cowes?

Ella le miró un momento y luego le besó suavemente, luego le volvió a besar.

—Cálmate — le advirtió.

Luego, le besó por tercera vez y murmuró «sí», como si sus deseos se hubiesen cumplido, luego se quedó un rato sentada en silencio, mirando a cubierta, pero sujetándole la mano.

Jerry calculó que iban a cinco nudos contra el viento. Pasó sobre ellos un avión pequeño. Manteniendo a Lizzie a cubierto, miró con viveza, pero ya era demasiado tarde para identificar las letras. «Y buenos días a *vosotros*», pensó.

Rodeaban el último promontorio, crujiendo y arrastrándose entre la espuma. En una ocasión, las hélices salieron del agua con un rugido. Cuando volvieron a tocarla, el motor falló, resolló, y decidió luego seguir vivo. Jerry tocó a Lizzie en el codo y señaló delante, donde aparecía la isla pelada de Po Toi recortándose contra el cielo salpicado de nubes: dos picos, brotando del agua, el mayor hacia el sur y una depresión en medio. El mar se había vuelto de un azul acero y el viento lo ondulaba, cortante, ahogándoles el aliento y rociándoles de duchas de agua que eran como granito. En la portilla de proa se alzaba la isla de Beaufort: un faro, un muelle y ningún habitante. El viento cesó como si nunca hubiese soplado. Ni una brisa les saludó cuando entraron en el agua lisa ya de la entrada de la isla. El sol caía directo y áspero. Ante ellos, a kilómetro y medio quizás, yacía la boca de la bahía principal de Po Toi, y tras ella, los pardos y achatados espectros de las islas de China. Pronto pudieron distinguir toda una desordenada flota de juncos y cruceros apiñados en la bahía, mientras el primer estruendo de tambores y címbalos y cánticos desacompasados llegó flotando hacia ellos por encima del agua. En el cerro de atrás se extendía la aldea de casuchas, con sus techos metálicos centelleantes, y en su pequeño promontorio se alzaba un sólido edificio, el templo de Tin Hau, con un andamiaje de bambú alrededor formando una rudimentaria tribuna y una gran multitud con una capa de humo encima y brochazos de oro en medio.

—¿En qué lado era? — preguntó Jerry.

—No sé. Subimos hasta una casa y luego caminamos desde allí.

Siempre que hablaba con ella la miraba, pero ahora ella evitó su mirada. Tocó al timonel en el hombro y le indicó el curso que quería que siguiese. El muchacho empezó a protestar. Jerry se plantó delante de él y le enseñó un fajo de billetes, casi todo lo que le quedaba. Con torpe gracia, el muchacho cruzó la boca del puerto, zigzagueando entre las otras embarcaciones hacia un pequeño promontorio de granito donde un muelle destartalado ofrecía un arriesgado desembarco. El estruendo del festival era mucho más escandaloso ahora. Les llegaba el olor del carbón y del cochinillo asado, y oían concertadas explosiones de risas, pero de momento no podían ver a la gente ni eran vistos por ella.

—¡Aquí! — gritó —. Desembarca ahí. ¡Venga! *¡Ya!*

El muelle se balanceó beodamente cuando entraron en él. Apenas pisaron tierra, la embarcación se alejó. Nadie dijo adiós. Fueron subiendo, cogidos de la mano, y se encontraron con un juego que presenciaba una multitud grande y jubilosa. En el centro, había un viejo con aire de payaso que llevaba una bolsa de monedas e iba tirándolas una a una, mientras muchachos descalzos corrían tras ellas empujándose en su avidez unos a otros casi hasta el borde del acantilado.

—Cogieron una embarcación — dijo Guillam —. Rockhurst ha hablado con el propietario. El propietario es muy amigo de Westerby y, sí, era Westerby y una chica muy guapa y querían ir a Po Toi, al festival.

—¿Y qué hizo Rockhurst? — preguntó Smiley.

—Dijo que en ese caso no era la pareja que él buscaba. Decepción. Desilusión. La policía del puerto ha comunicado también con retraso que les han visto camino del festival.

—¿Quieres que mandemos un avión de localización, George? — preguntó nervioso Martello —. Los servicios secretos de la Marina los tienen de todas clases allí mismo.

Murphy aportó una inteligente sugerencia.

—¿Por qué no vamos allí de una vez con helicópteros y sacamos a Nelson de ese junco? — exigió.

—Cállate, Murphy — dijo Martello.

—Van hacia la isla — dijo Smiley con firmeza —. Lo sabemos seguro. No creo que necesitemos que nos lo confirmen desde un avión.

Martello no se daba por satisfecho.

—¿Por qué no enviamos entonces a un par de individuos a esa isla, George? Quizás tengamos que interferir un poco por fin.

Fawn estaba allí al lado, quieto y silencioso. Hasta sus puños habían dejado de moverse.

—No — dijo Smiley.

La sonrisa de Sam Collins, que estaba al lado de Martello, se hizo un poco más sutil.

—¿Alguna razón? — preguntó Martello.

—Ko tiene posibilidad de cortar el asunto hasta el último minuto. Puede hacer señas a su hermano de que no desembarque — dijo Smiley —. Estoy seguro de que lo hará si ocurre lo más mínimo en la isla.

Martello lanzó un suspiro irritado y nervioso. Había dejado la pipa que fumaba a veces y se proveía cada vez más liberalmente

de la reserva de cigarrillos negros de Sam, que parecía interminable.

—George, ¿qué *quiere* este hombre? —exigió exasperado—.
¿Es cuestión de dinero o es un sabotaje? No entiendo lo que pasa.

De pronto, le asaltó un pensamiento aterrador. Bajó la voz y
señaló con todo el brazo extendido al otro lado de la habitación.

—¡Por favor, no me digas que tenemos que vérnoslas con uno
de *los nuevos*! No me digas que es uno de aquellos conversos de la
guerra fría que deciden de pronto limpiar su alma de pecados en
público. Porque si es eso y vamos a leer la historia sincera de la
vida de este tipo en el *Washington Post* la semana que viene, George, yo personalmente voy a meter a toda la Quinta Flota en esa isla
si no hay otra forma de detenerle.

Se volvió a Murphy y añadió:

—Los imprevistos me corresponden a mí, ¿no?

—Exactamente.

—George, quiero que esté a punto un grupo de desembarco.
Vosotros podéis subir a bordo o quedaros aquí. Lo que queráis.

Smiley miró fijamente a Martello. Luego, miró a Guillam, con
su brazo inútil en cabestrillo. Luego a Fawn, que se había colocado
como si fuese a tirarse de un trampolín, los ojos semicerrados y
los talones juntos, y alzó los brazos lentamente, y los bajó hasta
tocarse la punta de los pies.

—Fawn y Collins —dijo Smiley al fin.

—Vosotros dos, muchachos, bajad con ellos hasta el portaviones
y entregádselos a la gente de allí. Tú vuelve, Murphy.

Una nube de humo indicaba el lugar donde había estado sentado Collins. Donde había estado Fawn, dos pelotas rodaron lentamente un trecho antes de detenerse.

—Dios nos ayude a todos —murmuró fervientemente alguien.
Era Guillam, pero Smiley no le hizo caso.

El león tenía tres metros de longitud y la gente se reía mucho
porque se les echaba encima y porque picadores espontáneos le
azuzaban con palos mientras retozaba en paso de danza por el
estrecho sendero abajo entre el repiqueteo de tambores y címbalos.
Cuando llegó al promontorio, la procesión dio vuelta despacio y
empezó a volver sobre sus pasos, y, en ese momento, Jerry metió
a Lizzie rápidamente entre el gentío, agachándose un poco para
pasar más desapercibido. El sendero estaba todo embarrado y lleno
de charcos. Pronto la danza les fue llevando más allá del templo
y por unas escaleras de cemento abajo hacia una playa donde es-

taban asando lechones.

—¿Por qué lado? — preguntó Jerry.

Ella le guió rápidamente hacia la izquierda, fuera del baile, siguiendo la parte de atrás de la aldea de chozas y cruzando luego un puente de madera sobre una cala. Subieron a continuación siguiendo una hilera de cipreses, Lizzie delante, hasta verse solos de nuevo, dominando la bahía que era una herradura perfecta y contemplando el *Almirante Nelson* de Ko, anclado en el mismo centro, como una gran dama entre los cientos de embarcaciones de recreo y juncos que lo rodeaban. No se veía a nadie en cubierta, ni siquiera a los miembros de la tripulación. Más lejos, hacia mar abierta ya, estaba anclado un grupo de embarcaciones grises de la policía, unas cinco o seis.

¿Y por qué no?, pensó Jerry. Aquello era un festival.

Ella le había soltado la mano y cuando Jerry se volvió, la vio mirando el barco de Ko y advirtió la sombra de la confusión en su rostro.

—¿Fue por aquí de verdad por donde te trajo? — le preguntó.

Aquél era el camino, dijo ella, y se volvió a mirarle, para confirmar o sopesar las cosas que pensaba. Luego, con el dedo índice le acarició muy seria en los labios, en el centro de ellos, donde le había besado.

—Dios mío — dijo, y con la misma seriedad, movió la cabeza.

Empezaron a subir de nuevo. Jerry miró hacia arriba y vio engañosamente próximo el pardo pico de la isla, y en la ladera grupos de bancales de arroz abandonados. Entraron en una pequeña aldea sólo poblada de hoscos perros, y perdieron de vista la bahía. La escuela estaba abierta y vacía. Desde la puerta vieron láminas de aviones en pleno combate. En los escalones había cántaros. Ahuecando las manos, Lizzie se enjuagó la cara. Las cabañas estaban sujetas con alambre y ladrillo para anclarlas contra los tifones. El camino se hizo de arena y la subida más empinada.

—¿Seguimos yendo bien? — preguntó Jerry.

—Hay que *subir* — dijo ella, como si estuviese ya harta de decírselo —. Hay que seguir subiendo y nada más, y luego la casa y ya está. Qué demonios, ¿te crees que soy tonta?

—Yo no digo nada — dijo Jerry.

Le echó un brazo por el hombro y ella se apretó contra él, entregándose exactamente como lo había hecho en la pista de baile.

Oyeron una algarabía de música que llegaba del templo, donde probaban los altavoces, y tras ella el plañido de una lenta melodía. La bahía volvió a aparecer debajo de ellos. Había una multitud a la orilla del mar. Jerry vio humaredas y, en el calor sin viento de aquella parte de la isla, les llegaron los olores de los pebeteros. El agua era azul y clara y quieta. Alrededor, brillaban luces blancas en postes. La embarcación de Ko no se había movido ni tampoco las de la policía.

—¿Lo ves? — preguntó Jerry.

Ella miraba a la gente. Negó con un gesto.

—Probablemente se haya echado a dormir un poco después de comer — dijo tranquilamente.

El sol caía implacable. Cuando llegaron a la sombra de la ladera fue como un súbito oscurecer, y cuando llegaron a la claridad les picaba en la cara como el calor de un fuego próximo. El aire estaba lleno de libélulas, la ladera salpicada de grandes morrillos, pero, donde crecían, los matorrales se enredaban y extendían por todas partes, y brotaban frondosos jazmines, rojos y blancos y amarillos. Por todas partes había latas tiradas por excursionistas.

—¿Y ésa es la casa a la que te referías?

—Ya te lo dije — contestó ella.

Estaba en ruinas: una destartalada villa enyesada en un color pardo con las paredes medio derrumbadas y una vista panorámica. Había sido construida con cierta pretenciosidad sobre un arroyo seco y se llegaba a ella por un puentecillo de cemento. El barro hedía y zumbaban en él los insectos. Entre palmas y helechos, los restos de un mirador proporcionaban una amplia vista del mar y de la bahía. Cuando cruzaban el puentecillo, Jerry cogió a Lizzie del brazo.

—Vamos a repetirlo desde aquí — dijo —. Sin interrogatorios. Sólo contarlo.

—Subimos andando hasta aquí, como dije. Yo, Drake y el maldito Tiu. Los criados traían un cesto y la bebida. Yo dije «¿Adónde vamos?» y él dijo «De excursión». Tiu no quería que yo fuese, pero Drake dijo que podía ir. «A ti no te gusta nada andar — dije —. ¡No te he visto nunca cruzar siquiera una *calle*!» «Hoy andaremos», dijo él, montándose su número de capitán de la industria. Así que les seguí y no abrí la boca.

Una espesa nube oscurecía ya la cima sobre ellos y rodaba lentamente ladera abajo. El sol había desaparecido. En unos instantes, se vieron solos en el fin del mundo, incapaces de distinguir siquiera lo que había a sus pies. Llegaron a tientas hasta la casa y entraron. Ella se sentó separada de él, en una viga rota. Había frases chinas escritas con pintura roja en las columnas de la puerta. El suelo estaba lleno de desechos de los excursionistas y rollos largos de papel aislante.

—Él les dice entonces a los criados que se larguen y ellos se largan; él y Tiu sostienen una charla larga y animada sobre el tema del que llevaban hablando toda la semana, y a mitad de la comida, él se pone a hablar en inglés y me explica que Po Toi es *su* isla. Es la primera tierra en que desembarcó cuando dejó China. La gente de los barcos le dejó aquí. «Mi gente», les llamó. Por eso viene al festival todos los años y por eso da dinero para el templo, y por eso tuvimos que subir a aquel maldito cerro de excursión. Luego vuelven al chino y yo tengo la sensación de que Tiu está riñéndole por hablar demasiado, pero Drake está muy emocionado, como un niño, y no le hace caso. Luego, ellos siguen subiendo.

—¿Subiendo?

—Hasta la cima. «Las costumbres antiguas son las mejores — me dice —. Hemos de atenernos a lo que está demostrado.» Luego, su rollo anabaptista: «Hay que aferrarse a lo que es bueno, Liese. Eso es lo que quiere Dios.»

Jerry miró hacia el banco de niebla que había sobre ellos, y habría jurado que oía el rumor de un pequeño avión, pero en aquel momento no le importaba demasiado si había o no un avión allí, porque tenía las dos cosas que más necesitaba. Tenía consigo a la chica y tenía la información. Ahora comprendía exactamente lo que había valido ella para Smiley y Sam Collins; les había revelado inconscientemente la clave vital de las intenciones de Ko.

—Así que siguieron hasta la cima. ¿Fuiste tú con ellos?

—No.

—¿Viste adónde fueron?

—Hasta la cima. Ya te lo dije.

—¿Y luego qué?

—Miraron hacia abajo, hacia el otro lado. Hablaban. Señalaban. Más charla, señalaron más, luego, bajaron otra vez y Drake estaba aún más excitado, tal como se pone cuando logra concertar una gran operación y no está el Número Uno para cerrar el trato. Tiu tenía un aire muy solemne. Siempre se pone así cuando Drake se muestra cariñoso conmigo. Drake quiere quedarse y tomar unas copas, así que Tiu vuelve a Hong Kong furioso. Drake se pone amoroso y decide que pasaremos la noche en el barco y regresaremos a casa por ia mañana. Así que eso es lo que hacemos.

—¿Dónde está amarrado el barco? ¿Aquí? ¿En la bahía?

—No.

—¿Dónde?

—Junto a Lantau.

—Fuisteis directamente allí, ¿no?

Ella negó con un gesto.

—Dimos una vuelta a la isla.

—¿A *esta* isla?

—Había un sitio que él quería examinar de noche. Un trocito de costa que quedaba al otro lado. Los criados tuvieron que encender lámparas para iluminarlo. «Allí fue donde desembarqué en el cincuenta y uno — dijo —. La gente de los barcos estaba asustada y no quería entrar en el muelle principal de la isla. Tenían miedo a la policía y a los fantasmas y a los piratas y a los aduaneros. Decían que los isleños les cortarían el cuello.»

—¿Y de noche? — dijo suavemente Jerry —. ¿Mientras estabais anclados junto a Lantau?

—Él me explicó que tenía un hermano y que le quería mucho.

—¿Era la primera vez que te lo explicaba?

Ella afirmó con la cabeza.

—¿Te dijo dónde estaba su hermano?

—No.

—¿Pero tú lo sabías?

Esta vez, ni siquiera contestó.

De abajo, se elevó informe a través de la niebla la algarabía del festival. Jerry la hizo levantarse.

—Malditas preguntas — murmuró ella.

—Ya estamos terminando — le prometió él.

La besó y ella le dejó hacer, pero sin participar.

—Vamos hasta arriba a echar un vistazo — dijo él.

Al cabo de diez minutos, la luz del sol volvió y se abrió sobre ellos un cielo azul. Escalaron rápidamente, Lizzie delante, varias falsas cimas hacia la depresión que había entre los dos picos. Los rumores de la bahía cesaron y el aire, más frío, se llenó de los chillidos de las gaviotas. Se acercaban a la cima, el sendero se ensanchó, caminaban hombro con hombro. Unos cuantos pasos más y el viento les golpeó con una fuerza tal que les hizo jadear y retroceder. Estaban en el mismo borde que daba al abismo. A sus pies, el acantilado caía vertical a un mar rugiente, y la espuma cubría los promontorios. Por el este avanzaban las nubes y tras ellas el cielo era negro. Unos doscientos metros más abajo había una cala que no cubría el oleaje. A unos cincuenta metros de ella, se veía un bajío pardusco de roca que contenía la fuerza del mar, y la espuma lo lavaba formando anillos blancos.

—¿Es ahí? — gritó él por encima del viento —. ¿Desembarcó

ahí? ¿En ese trocito de costa?

—Sí.

—¿Enfocó las luces hacia ahí?

—Sí.

La dejó donde estaba y subió despacio hasta el borde del acantilado, agachándose todo lo posible mientras el viento aullaba sobre sus oídos y le cubría la cara de un sudor pegajoso y salino y su estómago gritaba por lo que Jerry suponía una víscera dañada o una hemorragia interna, o ambas cosas. Desde otro punto más resguardado, miró otra vez abajo y creyó distinguir un sendero casi imperceptible, que semejaba a veces una rugosidad de la roca, o un reborde de áspera yerba, que se abría paso cautamente hacia la cala. En la cala no había arena, pero algunas rocas parecían secas. Volvió junto a ella y la apartó del precipicio. Cesó el viento y de nuevo oyeron la algarabía del festival, mucho más escandalosa que antes. Los fuegos artificiales parecían una guerra de juguete.

—Es su hermano Nelson — explicó Jerry —. Por si no lo sabes, Ko le quiere sacar de China. Esta noche precisamente. El problema es que hay mucha gente que le quiere agarrar. Mucha gente que quiere charlar con él. Ahí es donde entra Mellon.

Jerry tomó aliento y prosiguió:

—Mi opinión es que tú debías largarte de aquí, ¿qué te parece? Drake no te quiere por aquí, de eso no hay duda.

—¿Y acaso te quiere a ti por aquí? — preguntó ella.

—Creo que deberías volver al puerto — dijo Jerry —. ¿Me oyes?

—Claro que te oigo — logró decir ella.

—Te buscas una buena familia ojirredonda que parezca simpática. Por una vez, dedícate a la mujer y no al tipo. Dile que te has peleado con tu novio y que si pueden llevarte a casa en su embarcación. Si aceptan, pasa la noche con ellos, si no, vete a un hotel. Cuéntales una de tus historias, eso no es problema, ¿verdad?

Pasó sobre ellos en un largo arco un helicóptero de la policía, posiblemente para controlar el festival. Instintivamente, Jerry la cogió por los hombros e hizo que se arrimase a la roca.

—¿Recuerdas el segundo sitio al que fuimos, donde había la orquesta grande? — aún la sujetaba.

—Sí — dijo ella.

—Te recogeré allí mañana por la noche.

—No sé — dijo ella.

—De todos modos, estate allí a las siete. A las siete, ¿entendido?

Ella le apartó suavemente, como decidida a quedarse sola.

—Dile que cumplí mi palabra —dijo—. Es lo que más le preocupa a él. Cumplí el trato. Si le ves, díselo. «Liese cumplió el trato.»

—Seguro.

—Nada de *seguro*. *Sí*. Díselo. Él hizo todo lo que prometió. Dijo que se cuidaría de mí. Lo hizo. Dijo que dejaría en paz a Ric. También lo hizo. Siempre cumple lo que promete.

Jerry le alzó la cabeza con ambas manos, pero ella insistía en seguir.

—Y dile... dile... dile que ellos hicieron que fuese imposible. Ellos me obligaron.

—Estate allí a las siete —dijo él—. Espérame aunque tarde un poco. Ahora vamos, vete, no tendrás problemas, ¿verdad? No necesitas un título universitario para conseguir que te lleven.

Intentaba amansarla, luchaba por una sonrisa, pugnaba por una complicidad final antes de separarse.

Ella asintió con un gesto.

Quiso decir algo más, pero no lo consiguió. Dio unos cuantos pasos, se volvió y le miró, y él hizo un gesto de despedida... alzó torpemente el brazo. Ella dio unos pasos más y siguió caminando hasta perderse más allá de la línea del cerro, pero él la oyó gritar «a las siete entonces». O creyó oírlo. Tras verla perderse de vista, Jerry volvió al borde del acantilado, donde se sentó a descansar un rato antes del número Tarzán. Le vino a la memoria un fragmento de John Donne, una de las pocas cosas que le quedaban de la escuela, aunque nunca recordaba las citas literalmente, o así lo creía:

> *En un inmenso cerro*
> *fragoso y escarpado, se alza la Verdad, y el que quiera*
> *alcanzarla, hasta allí, hasta allí ha de llegar.*

O algo parecido. Una hora estuvo ensimismado en sus pensamientos, dos horas allí al abrigo de la roca, viendo cómo iba declinando la luz del día sobre las islas chinas que quedaban a unas cuantas millas en el mar. Luego, se quitó las botas de cabritilla y ató los cordones en punto de espina, tal como solía hacerlo en las botas de criquet. Luego se las puso otra vez y las ató lo más fuerte que pudo. Aquello podía ser de nuevo la Toscana, pensó, y los cinco cerros que solía contemplar desde el campo de los avispones. Salvo que esta vez no se proponía abandonar a nadie. Ni a la chica. Ni a Luke. Ni a sí mismo siquiera. Aunque exigiese mucho juego de piernas.

—El servicio secreto de la Marina ha localizado a la flota de juncos navegando a unos seis nudos y en el curso previsto — anunció Murphy —. Dejaron los caladeros justo a la una, exactamente como si estuviesen siguiendo el esquema que hicimos.

Había sacado de algún sitio una serie de barquitos de juguete de baquelita que podía fijar en el mapa. De pie, los señalaba orgulloso en una sola columna junto a la isla de Po Toi.

Murphy había vuelto, pero su colega se había quedado con Sam Collins y Fawn, así que eran cuatro.

—Y Rockhurst ha encontrado a la chica — dijo quedamente Guillam, colgando el otro teléfono. Tenía el hombro encogido y estaba sumamente pálido.

—¿Dónde? — dijo Smiley.

Aún junto al mapa, Murphy se volvió. Martello, que estaba en su escritorio redactando un diario de los acontecimientos, posó la pluma.

—La localizó en el puerto de Aberdeen cuando desembarcó — continuó Guillam —. Consiguió que la trajesen de Po Toi un empleado del Banco de Hong Kong y Shanghai y su mujer.

—¿Y cuál es la historia? — exigió Martello antes de que Smiley pudiera hablar —. ¿Dónde está Westerby?

—Ella no lo sabe — dijo Guillam.

—¡Por Dios, hombre! — protestó Martello.

—Dice que discutieron y que se fueron de allí en distintas embarcaciones. Rockhurst dice que le dejemos otra hora con ella.

Entonces habló Smiley:

—¿Y Ko? — preguntó —. ¿Dónde está Ko?

—Su embarcación está todavía en el puerto de Po Toi — contestó Guillam —. Casi todos los otros barcos se han ido ya. Pero el de Ko sigue donde estaba esta mañana. En el mismo sitio y nadie en cubierta, según Rockhurst.

Smiley examinó la carta marina, luego miró a Guillam y luego pasó al mapa de Po Toi.

—Si la chica le dijo a Westerby lo mismo que le contó a Collins — explicó —, entonces Westerby se ha quedado en la isla.

—¿Con qué intención? — exigió Martello, en voz muy alta —. Dime, George, ¿con qué intención se ha quedado *ese* hombre en *esa* isla?

Transcurrió un siglo para todos ellos.

—Está esperando — dijo Smiley.

—¿*Qué* está esperando, puedes decírmelo? — exigió Martello en el mismo tono imperativo.

Nadie podía verle la cara a Smiley. Ésta parecía haber encontrado una sombra propia. Veían sus hombros encogidos. Vieron que alzaba una mano hacia las gafas, como para quitárselas, y que la bajaba luego, vacío y derrotada, posándola sobre la mesa de palo de rosa.

—Hagamos lo que hagamos, tenemos que dejar desembarcar a Nelson — dijo, con firmeza.

—¿Y qué vamos *a hacer*? — exigió Martello, levantándose y dando una vuelta a la mesa —. Weatherby no está *aquí*, George. No entró nunca en la Colonia. ¡Puede irse por la misma ruta!

—No me grites, por favor — dijo Smiley.

Martello no le hizo caso.

—¿Qué va a ser esto, pues? ¿Una conspiración o un desastre?

Guillam se había plantado en medio, cortándole el paso, y durante un momento terrible pareció que se proponía, pese al hombro roto, contener materialmente a Martello e impedirle acercarse más a Smiley.

—Peter — dijo Smiley muy quedo —, veo que hay un teléfono detrás de ti, ¿tienes la bondad de pasármelo?

Con la luna llena, había cesado el viento y el mar se había calmado. Jerry no había bajado hasta la misma cala, sino que había hecho una última acampada unos diez metros más arriba, al resguardo de unos matorrales, que le servían de protección. Tenía las manos y las rodillas destrozadas y una rama le había arañado la mejilla, pero se sentía bien: hambriento y alerta. Con el sudor y el peligro del descenso se había olvidado del dolor. La cala era mayor de lo que le había parecido desde arriba, y los acantilados de granito estaban taladrados de cuevas al nivel del mar. Intentaba imaginar el plan de Drake... pues desde que Lizzie le había contado todo aquello pensaba en él como Drake. Llevaba todo el día pensando aquello. Lo que Drake se propusiese hacer, tendría que hacerlo desde el mar porque era incapaz de realizar aquel descenso de pesadilla por el acantilado. Jerry se había preguntado al principio si Drake no se propondría interceptar a Nelson antes de que desembarcase, pero no conseguía ver cómo podría Nelson separarse de la flota y encontrarse con su hermano sin riesgos.

Se oscureció el cielo, salieron las estrellas y la luz de la luna se hizo más brillante. ¿Y Westerby?, pensó, ¿qué hace ahora *A*? *A* estaba a una distancia infernal de las soluciones en serie de Sarratt, de *eso* no había duda.

Drake sería también un imbécil si intentaba llevar su lancha hasta aquel lado de la isla, decidió. La lancha era de difícil manejo y de excesivo calado para desembarcar allí, a barlovento. Era preferible una embarcación pequeña, y mejor un sampán o una lancha de goma. Jerry siguió bajando por el acantilado hasta que sus botas empezaron a pisar guijarros y entoces se agazapó detrás de la roca, observando cómo rompía el oleaje allá abajo y cómo brillaban entre la espuma las chispas de fósforo.

«A estas horas ella ya estará de vuelta —pensó—. Con un poco de suerte habrá conseguido meterse en casa de alguien y debe estar contándoles cosas a los niños y tomándose una taza de caldo.» *Dile que cumplí mi palabra,* había dicho.

Se elevó la luna y Jerry siguió al acecho, procurando adiestrar la vista mirando hacia las zonas más oscuras. Luego, por encima del estruendo del mar creyó oír el torpe lamer de agua sobre un casco de madera y el breve ronroneo de un motor que se encendía y se apagaba. No vio ninguna luz. Siguiendo la roca en sombra, se acercó lo más posible a la orilla del agua y una vez más se acuclilló, esperando. Mientras una ola le empapaba los muslos, vio lo que estaba esperando. Iluminadas por la luna, a menos de veinte metros de él, distinguió la cabina y la curvada proa de un sampán que se balanceaba anclado. Oyó un chapoteo y una orden apagada, y mientras se agachaba todo lo que le permitía el declive, distinguió, contra el cielo salpicado de estrellas, la inconfundible figura de Drake Ko con su boina anglofrancesa, chapoteando cautamente hacia tierra, seguido de Tiu, que llevaba una metralleta M16 sujeta con ambas manos. Así que estáis ahí, pensó Jerry, hablando para sí mismo más que para Drake Ko. Era el final de un largo camino. El asesino de Luke, el asesino de Frostie (fuese por delegación o fuese con sus propias manos, lo mismo daba), el amante de Lizzie, el padre de Nelson, el hermano de Nelson. Bienvenido sea el hombre que nunca en su vida incumplió una promesa.

Drake llevaba también algo en la mano, pero menos feroz, y mucho antes de verlo Jerry supo que se trataba de una linterna y de una batería, muy parecidas a las que él había utilizado en los juegos acuáticos del Circus en el estuario de Helford, salvo que el Circus prefería la luz ultravioleta y las gafas de montura de alambre y de mala calidad, que resultaban inútiles con la lluvia o las salpicaduras del agua.

En cuanto llegaron a la playa, los dos hombres se abrieron camino jadeantes entre los guijarros hasta llegar al punto más alto, y luego, como él mismo, se fundieron en la negra roca. Jerry sabía

que estaban a unos veinte metros. Oyó un gruñido y vio la llama
de un encendedor y luego el brillo rojo de dos cigarrillos seguido
del murmullo de voces que hablaban en chino. No me importaría
fumarme uno, pensó Jerry. Alargó un brazo y empezó a coger guijarros; luego avanzó lo más furtivamente que pudo, siguiendo la
base de la roca hacia las ascuas rojas. Según sus cálculos, estaba a unos ocho pasos de ellos. Tenía la pistola en la mano izquierda y los guijarros en la derecha, y escuchaba el retumbar de
las olas, cómo se henchían, se tambaleaban y rompían; decidió que
sería muchísimo más fácil tener una charla con Drake quitando a
Tiu de en medio.

Muy despacio, en la postura clásica del lanzador en el béisbol,
se echó hacia atrás, alzó el codo izquierdo frente a sí y dobló el
brazo derecho a la espalda, preparándose para lanzar. Rompió una
ola, Jerry escuchó el rumor de la resaca, el gruñir de otra ola que
se hinchaba. Esperó aún más, el brazo derecho atrás, la palma de
la mano en que sujetaba los guijarros sudorosa. Luego, cuando la
ola alcanzó su cima, lanzó los guijarros hacia el acantilado con todas sus fuerzas y después se encogió y se agazapó, con la mirada
fija en las brasas de los dos cigarrillos. Esperó, oyó cómo repiqueteaban los guijarros en la roca y cómo caían después como una
granizada. Al instante siguiente, oyó la breve maldición de Tiu y
vio que una de las brasas volaba en el aire y Tiu saltaba con la metralleta en la mano, el cañón apuntando hacia el acantilado y dándole la espalda a Jerry. Drake intentaba ponerse a cubierto.

Jerry golpeó primero a Tiu muy fuerte con la pistola, procurando que los dedos quedaran protegidos. Luego volvió a pegarle
con la mano derecha cerrada, un golpe de dos nudillos con la máxima potencia, el puño hacia abajo y girando, como decían en Sarratt. Tiu se agachó y Jerry le alcanzó en el pómulo con toda la
fuerza de la bota derecha y oyó el crujir de la mandíbula al cerrarse. Y mientras se agachaba a recoger la M16, golpeó con la culata
de ésta a Tiu en los riñones, pensando muy furioso en Luke y en
Frost, pero también en aquel chiste barato que había hecho sobre
Lizzie, lo que había dicho de que no merecía más que el viaje
de Kowloon a Hong Kong. Saludos del escritor de caballos, pensó.

Luego miró a Drake, que, como se había alejado hacia el mar,
no era más que una oscura silueta recortada contra éste: una silueta
encorvada con las orejas brotando como costra de pastel bajo la
extraña boina. Se había alzado de nuevo un fuerte viento, o quizás
sólo fuese que Jerry lo percibía ahora. Retumbaba tras ellos en las
rocas y hacía que se hinchasen los anchos pantalones de Drake.

—¿Es usted el señor Westerby, el periodista inglés? — preguntó, en el mismo tono áspero y profundo que había utilizado en Happy Valley.

—El mismo — dijo Jerry.

—Es usted un hombre muy político, señor Westerby. ¿Qué demonios quiere?

Jerry estaba recuperando el aliento y, por un instante, no se sintió en condiciones de contestar.

—El señor Ricardo le dijo a mi gente que usted se proponía chantajearme, ¿es dinero lo que busca, señor Westerby?

—Un recado de su chica — dijo Jerry, sintiendo que debía cumplir primero aquella promesa —. Dice que cumple su palabra, que está de su parte.

—Yo no tengo ninguna parte, señor Westerby. Soy un ejército de un solo hombre. ¿Qué quiere usted? El señor Mariscal le explicó a mi gente que era usted una especie de héroe. Los héroes son personas muy políticas, señor Westerby. No me interesan los héroes.

—Vine a prevenirle. Quieren a Nelson. No debe usted llevarle a Hong Kong. Lo tienen todo previsto. Tienen planes para mantenerle ocupado durante el resto de su vida. Y también a usted. Están haciendo cola para cogerles a los dos.

—¿Qué quiere usted, señor Westerby?

—Hacer un trato.

—Nadie quiere un trato. Ellos quieren una mercancía. El trato les proporciona la mercancía. ¿Usted qué es lo que quiere? — repitió Drake, alzando la voz imperativamente —. Dígamelo, por favor.

—Usted compró la chica con la vida de Ricardo — dijo Jerry —. Pensé que yo podría comprársela a usted con la de Nelson. Hablaré con ellos por usted. Sé lo que quieren. Aceptarán el trato.

Es el último pie en la última puerta, para mí, pensó.

—¿Un acuerdo político, señor Westerby? ¿Con su gente? Hice varios acuerdos políticos con ellos. Me dijeron que Dios amaba a los niños. ¿Ha visto usted alguna vez que Dios ame a un niño asiático, señor Westerby? Me dijeron que Dios era un kwailo y que su madre tenía el pelo amarillo. Me dijeron que Dios era un hombre pacífico, pero una vez leí que nunca ha habido tantas guerras civiles como en el Reino de Cristo. Me dijeron...

—Su hermano está justo detrás de usted, señor Ko.

Drake se volvió. A su izquierda, llegando del este, una docena de juncos o más iban con las velas desplegadas en dirección sur cruzando en una columna irregular las aguas iluminadas por la luna, punzando el agua con sus luces. Drake cayó de rodillas y empezó a tantear frenéticamente, buscando la linterna de señales. Jerry encontró el trípode, lo abrió, Drake colocó encima la linterna, pero le temblaban mucho las manos y Jerry tuvo que ayudarle. Jerry cogió los cordones eléctricos, encendió una cerilla y fijó los cables en los extremos. Miraban hacia el mar, hombro con hombro. Drake hizo parpadear la linterna una vez, luego repitió el parpadeo, primero rojo, verde después.

—Espere —dijo suavemente Jerry—. Lo hace demasiado aprisa. Tranquilícese o lo estropeará todo.

Apartándole, Jerry se inclinó y, por el ocular examinó la hilera de embarcaciones.

—¿Cuál es? —preguntó.

—El último —dijo Ko.

Jerry enfocó entonces el último junco que se veía, aunque era tan sólo una sombra todavía, e hizo de nuevo las señales, una roja, una verde, y, al cabo de unos instantes, oyó que Drake lanzaba un grito de alegría cuando cruzaba sobre el agua hacia ellos un parpadeo de respuesta.

—¿Le bastará con esto? —dijo Jerry.

—Claro —dijo Ko, aún mirando al mar—. Por supuesto. Le bastará con esto.

—Entonces no hagamos más señales, dejémoslo así.

Ko se volvió hacia Jerry y Jerry vio la emoción en su rostro y comprendió que ahora Drake dependía de él.

—Señor Westerby. Le hablo con toda sinceridad. Si me ha engañado usted para apoderarse de mi hermano Nelson, su infierno cristiano anabaptista será un lugar muy cómodo en comparación con lo que le hará mi gente. Pero si me ayuda usted, se lo daré todo. Ése es mi contrato y yo he cumplido siempre mis contratos. Mi hermano también cumple todos sus acuerdos.

Y, dicho esto, volvió a mirar al mar.

Los juncos que iban en cabeza se habían perdido ya de vista. Sólo seguían viendo a los últimos. Jerry creyó oír a lo lejos el ronroneo irregular de un motor, pero pensó que estaba excitado y que el ruido bien podría ser el rumor de las olas. La luna se ocultó tras la cima y la sombra de la montaña cayó como una negra punta de cuchillo sobre el mar, plateando los campos lejanos. Drake, inclinado sobre la linterna de señales, lanzó otro grito de alegría.

—¡Mire! ¡Mire! Eche un vistazo, señor Westerby.

Jerry divisó por el ocular un solo junco fantasma que avanzaba

hacia ellos sin luces, salvo tres pálidas lámparas, dos verdes en el
mástil, una roja a estribor. Pasó del plata a la negrura y Jerry lo
perdió. Oyó un gruñido de Tiu. Sin prestarle atención, Drake siguió
mirando por el ocular, un brazo extendido como un fotógrafo antiguo, mientras empezaba a llamar suavemente en chino. Jerry corrió
por entre los guijarros y sacó la pistola del cinturón de Tiu, cogió
la M16 y se acercó con ambas a la orilla del agua y las tiró al mar.
Drake se disponía a repetir la señal otra vez, pero, por fortuna, no
podía dar con el botón y Jerry llegó a tiempo para impedírselo.
Jerry creyó una vez más oír el rumor, no de un motor sino de dos.
Corrió hacia el promontorio y miró anhelante al norte y al sur en
busca de un barco patrulla, pero tampoco esta vez vio nada y lo
achacó de nuevo al oleaje y a su nerviosismo. El junco estaba más
cerca, se dirigía hacia la isla, su parda vela de ala de murciélago
súbitamente alta y terriblemente escandalosa frente al mar. Drake
había corrido hasta el borde del agua y hacía señas y gritaba hacia
el mar.

—¡No dé voces! —cuchicheó Jerry a su lado.

Pero Jerry se había convertido en algo irrelevante. Toda la vida
de Drake se concentraba en Nelson. Desde el cobijo del promontorio próximo, el sampán de Drake se arrastró a lo largo del balanceante junco. Salió la luna de su escondite y, por un instante,
Jerry olvidó su angustia cuando un individuo bajo y vestido de
gris, fornido, la antítesis de Drake en estatura, con una chaqueta
acolchada y una voluminosa gorra proletaria, bajó por el costado
y saltó a los brazos de la tripulación del sampán. Drake lanzó otro
grito, el junco hinchó las velas y se deslizó detrás del promontorio
hasta que sólo fueron visibles las luces verdes de sus topes por encima de las rocas, y luego desapareció. El sampán se dirigía hacia
la playa y Jerry pudo distinguir la corpulenta figura de Nelson, de
pie en la proa haciendo señas con ambas manos mientras Drake Ko
agitaba enloquecido su boina en la playa, bailando como un loco.

El estruendo de motores fue haciéndose más intenso, pero Jerry
aún no podía situarlos. El mar estaba vacío y al mirar hacia arriba
sólo veía el acantilado y su negro pico recortado contra las estrellas.
Los hermanos se abrazaron y quedaron así abrazados e inmóviles.
Jerry los cogió a ambos, les golpeó, gritando con todas sus fuerzas.

—¡Vuelvan a la embarcación! ¡De prisa!

Pero sólo tenían ojos para contemplarse. Jerry corrió hasta la
orilla del agua y asió la proa del sampán y lo sujetó, gritándoles
aún, mientras veía que detrás del picacho el cielo se tornaba amarillo y se iluminaba rápidamente, mientras el palpitar de los mo-

tores se convertía en estruendo y tres cegadores focos caían sobre ellos desde los ennegrecidos helicópteros. Las rocas bailaban revueltas por las luces de aterrizaje, el mar se arrugaba y los guijarros saltaban y volaban en tormentas. Durante una fracción de segundo Jerry vio la cara de Drake que se volvía a él suplicando ayuda: como si hubiera comprendido, demasiado, tarde, quién podía ayudarle. Murmuró algo, pero el estruendo apagó su voz. Jerry corrió hacia ellos. No por Nelson y menos aún por Drake; sino por lo que les ligaba y lo que le ligaba a él con Lizzie. Pero mucho antes de llegar a su lado, un oscuro enjambre se abatió sobre los dos hombres, los separó y lanzó a Nelson a la cabina del helicóptero. En la confusión, Jerry había sacado su revólver y lo esgrimía en la mano. Gritaba, aunque no se oía a sí mismo por encima de los huracanes de la guerra. El helicóptero se elevaba. En la portilla había una sola persona que miraba hacia abajo, quizá fuese Fawn, pues tenía un aire sombrío y loco. Después, restalló un fogonazo anaranjado en la puerta, luego otro y otro, y tras eso Jerry ya no pudo contar más. Alzó las manos furioso, la boca abierta aún clamando, la cara aún implorando silenciosamente. Luego, cayó y quedó allí tendido hasta que no se oyó más que el rumor del agua sobre la playa y el llanto desesperado de Drake Ko ante los victoriosos ejércitos de Occidente, que le habían robado a su hermano y habían dejado muerto a sus pies a su exhausto soldado.

# 22

# NACIDO OTRA VEZ

En el Circus se extendió una oleada de optimismo triunfal al llegar la gran noticia a través de los primos. ¡Nelson en el saco! ¡Y absolutamente ileso! Durante dos días, se especuló mucho sobre medallas, títulos de caballero y ascensos. ¡Tenían que hacer *algo* por George, al fin! *Estaban obligados.* Nada de eso, dijo Connie astutamente, desde la línea lateral. Nunca le perdonarán haber descubierto a Bill Haydon.

La euforia fue seguida de ciertos rumores sorprendentes. Connie y el doctor di Salis, por ejemplo, que estaban concienzudamente protegidos en la casa franca de Maresfield, que había pasado a llamarse el *Delfinario*, esperaron toda semana que llegara su presa; y esperaron en vano. Lo mismo los intérpretes, transcriptores, inquisidores, niñeras y oficios relacionados que componían el resto de la unidad de recepción e interrogatorio.

La lluvia había estropeado el partido, decían los caseros. Se fijaría otra fecha. Esperad, dijeron. Pero pronto un agente inmobiliario del vecino pueblo de Uckfield reveló que los caseros estaban intentando rescindir el contrato de arrendamiento. No había duda, al cabo de otra semana se dispersó el equipo «hasta que se tomen decisiones políticas». Nunca volvió a formarse.

Luego se filtró la noticia de que Enderby y Martello conjuntamente (la combinación parecía extraña incluso entonces) estaban presidiendo un comité de control anglonorteamericano. Este comité se reuniría alternativamente en Washington y Londres y tendría la responsabilidad de la distribución simultánea del producto Dolphin, cuyo nombre en código era *caviar*, a ambos lados del Atlántico.

Por otra parte, pudo saberse que Nelson estaba en un lugar indeterminado de Estados Unidos, en un recinto protegido por el ejército y ya preparado para él en Filadelfia. La explicación tardó aún más en llegar. *Alguien creía* al parecer (pero las creencias de este género son difíciles de rastrear entre tantos pasillos) que Nelson estaría más seguro allí. Físicamente seguro. Pensad en los rusos. Pensad en los chinos. Además, insistían los caseros, las unidades de valoración y transformación de los primos tenían una entidad más en consonancia con aquella presa sin precedentes. Además, decían, los primos podían permitirse el coste.

*Además...*

—¡Además, mentiras y cuentos! —chilló Connie, cuando se enteró de las noticias.

Ella y di Salis esperaron sombríos a que les invitasen a unirse al equipo de los primos. Connie llegó incluso a ponerse las inyecciones para estar lista, pero la llamada no llegó.

Más explicaciones. Los primos tenían un hombre nuevo en Harvard, dijeron los caseros, cuando Connie acudió a verles en su silla de ruedas.

—¿Quién? —exigió, furiosa.

—Un profesor no sé cuantos, joven, un especialista en Moscú. Había convertido en *especialidad de su vida* el estudio del lado oscuro de Moscú Centro, dijeron y había publicado recientemente un trabajo, sólo para distribución privada, pero basado en archivos de la Compañía, en el que se refería al *principio del topo,* e incluso, en términos velados, al ejército privado de Karla.

—¡Claro, cómo no, el muy gusano! —masculló, entre amargas lágrimas de frustración—. Y todo lo sacó de los malditos informes de Connie, ¿verdad? Culpepper se llama el tipo, y sabe tanto de Karla como mi pie izquierdo...

Pero a los caseros no les conmovió lo más mínimo la comparación. Quien tenía el voto del nuevo comité era Culpepper y no Sachs.

—Ya veréis cuando vuelva George —les advirtió Connie con voz de trueno. La amenaza les dejó extrañamente impávidos.

A di Salis no le fue mejor. Los especialistas en China andaban a dos el penique en Langley, le dijeron. Un exceso de oferta en el mercado, amigo, lo siento. Pero son órdenes de Enderby, dijeron los caseros.

*¿Enderby?,* repitió di Salis.

Del comité, dijeron ellos vagamente. Era una decisión conjunta.

Así que di Salis fue a reclamar a Lacon, a quien le gustaba creerse una especie de defensor público en tales cuestiones, y Lacon por su parte llevó a di Salis a comer, aunque pagaron la cuenta a medias porque Lacon no era partidario de que los funcionarios se convidasen unos a otros a costa del dinero de los contribuyentes.

—¿Qué es lo que *sentís* todos respecto a Enderby, dime? —le preguntó en determinado momento de la comida, interrumpiendo el quejumbroso monólogo de di Salis sobre sus conocimientos de los dialectos chiu-chow y hakka; el *sentimiento* estaba jugando un papel muy importante en aquel preciso momento —. ¿Encaja bien allí? Me pareció que a ti te gustaba su forma de enfocar las cosas. Es bastante firme, ¿no crees?

*Firme* en el vocabulario de Whitehall de aquel período significaba halcón.

Di Salis volvió apresuradamente al Circus e informó de este sorprendente asunto a Connie Sachs (que era lo que Lacon quería, claro) y a partir de entonces, se vio muy poco a Connie. Se pasaba el tiempo preparando «el baúl», como ella decía. Es decir, preparando su archivo de Moscú Centro para la posteridad. Había un nuevo excavador joven que era su favorito, un jovencito lascivo pero servicial llamado Doolittle. Le hacía sentarse a sus pies y le impartía su sabiduría.

—El viejo orden se va — advertía a quien la escuchase —. Ese tipejo, Enderby, está engrasando la puerta trasera. Esto es un pogrom.

Al principio, la trataron con el mismo menosprecio de que fue objeto Noé cuando empezó a construir su arca. Mientras aún seguía entregada a su trabajo, Connie tuvo una charla secreta con Molly Meakin y la convenció para que dimitiese. «Diles a los caseros que estás buscando algo más satisfactorio, querida — le aconsejó, con muchos guiños y pellizcos —. Te darán un ascenso inmediatamente.»

Molly tenía miedo a que la cogieran por la palabra, pero Connie conocía el juego demasiado bien. Así que escribió la carta e inmediatamente la ordenaron que se quedase al terminar la jornada. Había ciertos cambios en el aire, le dijeron muy confidencialmente los caseros. Existía el propósito de crear un servicio más joven y más dinámico que tuviera unos lazos más estrechos con Whitehall. Molly prometió solemnemente reconsiderar su decisión y Connie Sachs reanudó su trabajo de empaquetado con nuevos bríos.

¿Pero dónde *estaba* George Smiley durante todo este tiempo? ¿En el Lejano Oriente? ¡No, en Washington! ¡Tonterías! Había vuelto a casa y estaba rumiando en el campo, en algún sitio (Cornualles era su zona favorita), tomándose un bien merecido descanso y arreglando sus asuntos con Ann.

Luego, uno de los caseros dejó caer que George podría estar *sufriendo un poco de agotamiento,* y esta frase produjo escalofríos a todos, pues hasta el más insignificante gnomo de la Sección Bancaria sabía que el agotamiento, como la vejez, era una enfermedad para la que sólo existía un remedio conocido, que no entrañaba recuperación.

Guillam volvió al fin, pero sólo para llevarse a Molly de permiso, y se negó a hacer comentarios. Los que le vieron en su rápido paso por la quinta planta dijeron que parecía muy deprimido y que era evidente que necesitaba un descanso. Parecía haber tenido también un accidente en la clavícula. Llevaba el brazo derecho en cabestrillo. Por los caseros se supo que había pasado un par de días al cuidado del matasanos del Circus en su clínica particular de Manchester Square. Pero seguía sin saberse nada de Smiley, y los caseros sólo mostraban una inflexible afabilidad cuando les preguntaban cuándo volvería. En estos casos, los caseros se convertían en la santa inquisición, temida pero indispensable. El retrato de Karla desapareció misteriosamente; según los enterados, se lo habían llevado para limpiarlo.

Lo que era extraño, y en cierto modo bastante terrible, era que ninguno de ellos pensó en dejarse caer por la casa de Bywater Street y sencillamente llamar al timbre. Si lo hubiesen hecho, habrían encontrado allí a Smiley, muy probablemente en bata, bien recogiendo platos o bien preparando comida que luego no comía. A veces, normalmente al oscurecer, salía a dar un solitario paseo por el parque y miraba a la gente como si medio la reconociese, de modo que la gente también le miraba a él, y luego bajaban la cabeza. O iba a sentarse en uno de los cafés baratos de Kings Road, con un libro por compañía y té dulce como refresco... pues había abandonado sus buenos propósitos de tomar sólo sacarina para rebajar la cintura. Se habrían dado cuenta de que se pasaba mucho tiempo mirándose las manos y limpiándose las gafas con la corbata, o leyendo la carta que le había dejado Ann, que era muy larga, pero sólo por las repeticiones.

Lacon iba a verle, y Enderby también, y en una ocasión les acompañó Martello, vestido de nuevo de acuerdo con su personaje londinense, pues todos estaban de acuerdo, y ninguno más sinceramente que Smiley, que en interés del servicio el traspaso debería hacerse con la mayor suavidad e inocuidad posible. Smiley hizo ciertas peticiones respecto al personal, que Lacon anotó meticulosamente, explicándole que la actitud de Hacienda hacia el Circus (sólo hacia el Circus) era, de momento, bastante generosa. En el mundo de los servicios secreto al menos, la esterlina estaba en alza. No era sólo el éxito del asunto Dolphin lo que explicaba este cambio de actitud, dijo Lacon. El entusiasmo de los norteamericanos por el nombramiento de Enderby había sido abrumador. Se había *sentido* incluso a los niveles diplomáticos más altos. *Aplauso espontáneo,* así es como lo describió Lacon.

—Saul sabe exactamente cómo hay que hablar con ellos — dijo.

—¿Ah sí? Bueno, bueno. Muy bien — dijo Smiley y cabeceó asintiendo, como hacen los sordos.

Ni siquiera cuando Enderby le confió a Smiley que se proponía nombrar a Sam Collins jefe de operaciones, mostró Smiley nada más que cortesía hacia la sugerencia. Sam era un *vivales*, explicó Enderby. Y lo que más les gustaba en Langley últimamente eran los *vivales*. El grupo de la camisa de seda estaba en alza, explicó.

—Sin duda — dijo Smiley.

Los dos hombres se mostraron de acuerdo en que Roddy Martindale, aunque tuviese bolsas de valor representativo, *no* estaba hecho a la medida del juego. En realidad, el viejo Roddy era *demasiado* raro, dijo Enderby, y al ministro le daba mucho miedo. Además, no se llevaba demasiado bien con los norteamericanos, ni siquiera con los que eran de su mismo estilo. Además, Enderby no quería coger más etonianos. No producían buena impresión.

Una semana después, los caseros abrieron el viejo despacho de Sam de la quinta planta y retiraron los muebles. El fantasma de Collins desaparecía para siempre, dijeron ciertas voces imprudentes con alivio. Luego, el lunes, llegó una mesa escritorio muy adornada, con cubierta de cuero rojo, y varios grabados de caza falsos procedentes de las paredes del club de Sam, que iba a ser adquirido por uno de los grandes sindicatos del juego, para satisfacción de todo el mundo.

Nadie volvió a ver al pequeño Fawn. Ni siquiera cuando revivieron varias de las estaciones exteriores de Londres más musculosas, ni siquiera los cazadores de cabelleras de Brixton a los que había pertenecido él antes, ni los faroleros de Acton, bajo las órdenes de Toby Esterhase. Pero nadie le echó de menos tampoco. Como Sam Collins, había intervenido en el asunto sin pertenecer nunca del todo a él. Pero, a diferencia de Sam, permaneció en la espesura cuando el asunto terminó y no volvió a reaparecer nunca.

Y sobre Sam Collins también, en su primer día de vuelta al trabajo, recayó la responsabilidad de comunicar la triste nueva de la muerte de Jerry. Lo hizo en la sala de juegos, sólo un pequeño discurso, muy sencillo, y todo el mundo admitió que lo había hecho muy bien. No le suponían capaz de aquello.

—Sólo para oídos de la quinta planta — les dijo.

Su público quedó sobrecogido; luego se sintió orgulloso. Connie lloró e intentó que se le considerara otra víctima más de Karla, pero la obligaron a volverse atrás en este punto por falta de información respecto a qué o quién le había matado. Fue en acto de servicio, dijeron, una muerte generosa.

Allá en Hong Kong, el Club de Corresponsales Extranjeros mostró al principio gran preocupación por sus hijos perdidos, Luke y Westerby. Gracias a la mucha presión que ejercieron sus miembros, se organizó, bajo la presidencia del siempre vigilante superintendente Rockhurst, una investigación confidencial en gran escala para resolver el doble enigma de su desaparición. Las autoridades prometieron plena difusión pública de cuanto se descubriese y el cónsul general de los Estados Unidos ofreció cinco mil dólares de su propio dinero a cualquiera que facilitase información útil. Con vistas a la sensibilidad local, incluyó en la oferta el nombre de Jerry Westerby. Pasó a conocérseles como Los Periodistas Desaparecidos y corrieron rumores de una desdichada relación entre ambos. La oficina de Luke ofreció otros cinco mil dólares, y el enano, aunque estaba afligidísimo, hizo todo lo posible por lograr que ese dinero se lo pagaran a él. Y fue él precisamente quien, trabajando en ambos frentes a la vez, supo por Ansiademuerte que el apartamento de Cloudview Road que había utilizado últimamente Luke había sido reformado de arriba abajo antes de que los agudos ojos de los investigadores del Rocker llegasen a examinarlo. ¿Quién ordenó esto? ¿Quién lo pagó? Nadie lo sabía. Fue el enano también quien recogió informes de primera mano de que se había visto a Jerry en el aeropuerto de Kai Tak entrevistando a grupos de turistas japoneses. Pero el comité de investigación del Rocker se vio obligado a rechazarlos. Los japoneses aludidos eran *testigos voluntarios pero no fidedignos,* dijeron, para identificar a un ojirredondo que aparecía de pronto ante ellos después de un largo viaje. En cuanto a Luke: en fin, tal como andaba últimamente, dijeron, era indudable que se encaminaba a un desastre de uno u otro género. Los que sabían hablaban de amnesia producida por el alcohol y la vida disipada. Al cabo de un tiempo, hasta las mejores historias se enfriaron. Corrieron rumores de que habían visto a los dos hombres cazando juntos durante el hundimiento de Hue (¿o era Danang?) y bebiendo juntos en Saigón. Otros hablaban de que se les había visto hombro con hombro en el paseo marítimo de Manila.

—¿Cogidos de la mano? —preguntó el enano.

—Peor —fue la respuesta.

El nombre del Rocker circuló también mucho, gracias a su éxito en un espectacular juicio por narcóticos montado con la ayuda del departamento antidroga norteamericano. Participaron en él varios chinos y una atractiva aventurera inglesa, una porteadora de heroína, y aunque, como siempre, el Pez Gordo no compareció ante la justicia, se decía que el Rocker había estado a punto de engancharle. «Nuestro duro pero honrado vigilante — escribía el *South China Morning Post* en un editorial en el que alababa su astucia —. Harían falta más hombres como él en Hong Kong.»

Para otras distracciones, el Club podía recurrir a la espectacular reapertura de High Haven, tras un perímetro alambrado e iluminado con focos patrullado por perros guardianes. Pero no hubo más almuerzos gratis y el chiste pronto se marchitó.

En cuanto al viejo Craw, pasaron meses sin que apareciera y sin que nadie hablase con él. Hasta que apareció una noche, muy avejentado y sobriamente vestido, y se sentó en su antiguo rincón mirando al vacío. Aún quedaban unos cuantos que le reconocieron. El vaquero canadiense sugirió una sesión de bolos de Shanghai, pero Craw no aceptó. Luego sucedió algo muy raro. Surgió una discusión respecto a una cuestión tonta de protocolo del Club. Nada grave: si aún seguía siendo útil para la marcha del Club cierta formalidad tradicional relacionada con las firmas de los vales. Algo tan sin importancia como esto. Pero, Dios sabe por qué, el asunto sacó de quicio al viejo por completo. Se levantó, y salió hacia los ascensores, llorando a lágrima viva mientras les lanzaba un insulto tras otro.

—No cambiéis nada — les advirtió, esgrimiendo furioso el bastón —. «El viejo orden no cambiarás», dejad que todo siga igual. ¡No pararéis la rueda, ni unidos ni divididos, novicios mocosos y lameculos! ¡Sois una pandilla de imbéciles sólo por intentarlo!

Ya se le pasará, dijeron todos, y las puertas se cerraron tras él. Pobre tipo. Qué embarazoso.

¿Hubo realmente una conspiración contra Smiley de la escala que suponía Guillam? Y si la hubo, ¿hasta qué punto le afectó la intervención disidente de Westerby? No se dispone de información, y ni siquiera los que se tienen mutua fe están dispuestos a discutir el caso. Es indudable que hubo un entendimiento secreto entre Enderby y Martello para que los primos pudieran echarle un primer tiento a Nelson (y compartir méritos por obtenerlo) a cambio de que apoyasen la candidatura de Enderby para jefe. Y es evidente que Lacon y Collins, dentro de sus esferas, tan distintas, participaron en ello. Pero es probable que nunca sepamos en qué punto propusieron reservarse a Nelson para ellos y por qué medios (por ejemplo, el recurso más convencional de una *démarche* concertada a nivel ministerial en Londres). Pero tal como resultaron las cosas, sin duda Westerby fue una bendición disfrazada. Les dio la excusa que andaban buscando.

¿Y *conocía* Smiley la conspiración en realidad? ¿Tenía conciencia de ella y aceptaba satisfecho incluso en secreto la solución? Peter Guillam, que ha pasado después tres años completos de exilio en Brixton, durante los cuales ha tenido tiempo para considerar su opinión, insiste en que la respuesta a ambas preguntas es un rotundo *sí*. Hay una carta que George escribió a Ann Smiley, dice Guillam, en el punto álgido de la crisis, quizás en uno de los largos períodos de espera en el pabellón de aislamiento. Guillam se apoya sobre todo en ella para fundamentar su teoría. Ann se la enseñó cuando fue a visitarla a Wiltshire con la esperanza de conseguir una reconciliación, y aunque la misión fracasó, Ann sacó la carta del bolso en el curso de su charla. Guillam memorizó una parte según dice, y la escribió en cuanto volvió al coche. El estilo vuela muchísimo más alto, desde luego, que cualquier cosa a la que Guillam pudiese aspirar por sí mismo.

*Me pregunto sinceramente, sin desear ser mórbido, cómo llegué a este paso que estoy dando. Por lo que de mi juventud puedo recordar, elegí la vía del Servicio Secreto porque parecía conducir en línea recta y más de prisa hacia el objetivo de mi patria. En aquellos tiempos podíamos señalar al enemigo con el dedo y podíamos leer cosas de él en los periódicos. Hoy, lo único que sé es que he aprendido a interpretar toda la vida como una conspiración. Esa es la espada por la que he vivido, y al mirar a mi alrededor ahora veo que también es la espada por la que moriré. Esta gente me aterra, pero yo soy uno de ellos. Si me ensartan por la espalda, se tratará al menos del juicio de mis pares.*

Como dice Guillam, la carta era básicamente del período azul de Smiley.

Últimamente, dice, el viejo es mucho más él mismo. De vez en cuando, come con Ann, y personalmente Guillam está convencido de que un día acabarán juntos sin problemas. Pero George jamás menciona a Westerby. Ni Guillam: por George.